天狗文库

等伯
金与墨

安部龙太郎 著
徐萍 欧凌——译

重慶出版集團 重慶出版社

Original Japanese edition published by Nikkei Publishing Inc., 2012.
Republished as paperback edition by Bungeishunju Ltd., 2015.
Chinese (in simplified character only) translation rights in PRC reserved by Chongqing Publishing House Co., Ltd., under the license granted by ABE Ryutaro, Japan arranged with Bungeishunju Ltd., Japan through CREEK & RIVER Co., Ltd., Japan and CREEK & RIVER SHANGHAI Co., Ltd, PRC.

版贸核渝字（2015）第292号

图书在版编目(CIP)数据
等伯：金与墨/（日）安部龙太郎著；徐萍，欧凌译.
—重庆：重庆出版社，2018.2
ISBN 978-7-229-12224-9
Ⅰ.①等… Ⅱ.①安… ②徐… ③欧… Ⅲ.①长篇小说－日本－现代
Ⅳ.①I313.45
中国版本图书馆CIP数据核字（2017）第230432号

等伯：金与墨
DENG BO：JIN YU MO
安部龙太郎 著 徐萍 欧凌 译
责任编辑：邹禾 许宁 魏雯
装帧设计：谢颖设计工作室
责任校对：郑葱

重庆出版集团
重庆出版社 出版
重庆市南岸区南滨路162号1幢 邮政编码：400061 http://www.cqph.com
重庆出版社艺术设计有限公司 制版
重庆豪森印务有限公司 印刷
重庆出版集团图书发行有限责任公司 发行
E-mail:fxchu@cqph.com
全国新华书店经销

开本：890mm×1230mm 1/32 印张：14.5 插页：8 字数：366千
2018年2月第1版 2018年2月第1次印刷
ISBN 978-7-229-12224-9
定价：59.80元

如有印装问题，请向本集团图书发行有限公司调换：023-61520678

目录

第一章 进京

雨。

自阴云密布的头顶，豆大的雨点簌簌而落。虽已阴历三月，将近女儿节了，可天候依旧寒彻肌肤，三合土亦笼罩在一片氤氲冷气之中。

长谷川又四郎信春（等伯）系紧草鞋，披上古旧的蓑衣。他身高五尺八寸，这近一米八的大个儿，披上蓑衣更显伟岸。

“为何穿如此破旧的蓑衣呀，明明有新的呢。”妻子静子关切道。一旁四岁的儿子久藏揉搓着惺忪睡眼，也前来相送。

“这雨明天就该停了，特意穿得破旧些，穿过便扔掉罢。”

“明日大约几时回来?”

“得看商谈进展如何，不过傍晚之前应该能回。”信春笨拙地撒着谎，戴了破斗笠出门。

外面寒气逼人，雨水夹着雪花。信春拉低斗笠遮住眉目，埋头避开人群，惟恐被人瞧见。他对静子谎称要去越中关野（高冈）购买颜料和画纸。说是那边捎来消息，从京都进了好货，他要去采购一些并住上一晚。但其实却是老家的兄长奥村武之丞唤他出去，说有要事相商。

能登七尾城到港口沿途，商贾与工匠的店铺鳞次栉比，是北陆一地屈指可数的繁华地段。下坡尽处便是宽广的码头，驶过日本海的船只舷舷相扣蔚为壮观。

冬日里强风肆虐波涛翻滚的大海，也因春的来临而渐渐平静温和下来。翘首企盼多日的船运商们，把满载着海外诸国各色物品的船只停泊在了此处。

（兄长说能得到贵人相助，到底是怎么回事儿？）

想起武之丞那一脸的桀骜不驯，信春不禁打了个冷颤。虽说这位兄长敢作敢为且武艺超群，但若稀里糊涂应了他，不知会卷入多大的麻烦。

信春走到建了许多船宿①的港口一角，突然被暗处探出的一只长手臂，拽入了里巷。对方头顶扣着破斗笠，一身渔夫式粗犷打扮，但仅凭其肩头的肌肉信春便立刻认出，此人便是武之丞。

“兄长，您这究竟是怎么了？”

“什么怎么了！我不是再三叮嘱过你，叫你乔装打扮，千万别让人认出来吗？”武之丞揪住信春胸前衣襟，推推搡搡把他按在一边的墙上。

“所以我才穿上这样的蓑衣，戴上这样的斗笠啊。”

“这立马就会被人识破。光你这块头就够惹眼了。”武之丞把信春带到后巷的船库，扔过一套渔夫的作业装，让他赶紧换上。

这衣物似是方才刚有人穿过，黏在上面的鱼鳞和血渍正散发着刺鼻的腥臭。信春强忍住恶心，好不容易才换好衣服。湿哒哒的布料冷冰冰地贴上肌肤，只觉得一阵寒气从背后袭来。

“此事若被七人众知道了，你我恐有性命之虞，一定要谨慎啊。”

“既然如此，还请兄长告知，我们究竟是去往何处？与谁会面？到现在我还是一无所知，兄长却一味要求我谨慎行事，实在无从着手。”

---

① 船宿：建于港口，供船员们留宿、补充物资等的客栈。

“现在还不能告诉你，这对你来说并非坏事。你只要相信我，跟着走便是。”武之丞将信春的乔装仔仔细细查看了一番，接着带他来到泊在港口一隅的一艘贩盐船上。

制盐是能登半岛的主要行当之一。其中奥能登的盐田所出产的盐，品质上乘，无论是食用还是海产品的腌制，都是上上之选，在越中和飞驒地区广受喜爱。

“要去越中吗？”

“啰嗦！不是跟你说过跟上就好么？”

武之丞四下里瞅了瞅，确定无人跟踪后，便迅速跳上贩盐船。大概早已跟船夫商量妥当，他只递过一包银两便径直下了船底。摞满了盐袋的船底，散发着腐臭的鱼腥味，直呛人。待入口的舱门一闭，顿时一片漆黑，仿佛被关进了地狱底层。

“暂且忍耐片刻。只需出了海就可上甲板透气了。”武之丞寻了盐袋间的空隙坐下，不久便鼾声大作。

兄长还是这般我行我素，信春一脸无奈，尽量远远找了处地儿坐下。

起锚的鼓声终于响起，船身渐渐驶离港口。水手的号子声与船橹的吱嘎摩擦声，透过船板听得真真切切。七尾湾属内海，所幸当下风平浪静。船只平稳顺畅地向北驶去。

（不管怎样先跟对方见上一面，要是觉得不妥再拒绝也不迟。）

信春双臂环抱，强忍着寒冷与恶臭。

这件事当初是信春提起的。在家人的新年会上信春遇见武之丞，觥筹交错之际不意脱口而出：“若想成为真正的画师，必须上京接触和汉的名画，与一流的画师交往。可我却没法拜托养父，况且也丢不下染坊的工作。所以一直在苦苦思索，看能否找到前往京都的大义名分。”

信春是从奥村家被过继到长谷川家的，所以对养父母和妻子静子多少有些顾虑。或许是因为跟谁都不能坦明心迹，憋在心里难受吧，他借着酒兴吐露了心声。但自那以后长兄讯息全无，信春内心反倒踏实了些，想是被当作酒后戏言了吧。

不过就在五天前，武之丞却突然到访，说信春若是想去京都，有个求之不得的机会。

“只是，有一个条件，务必要乔装打扮避人耳目，并于五日后的辰时（上午八点）到码头来。”武之丞把信春叫出去神秘地说道。

信春犹豫了。养父长谷川宗清同时也是绘画的师尊，自己断不可在没有师尊的允诺下擅自独行。此外还要跟静子撒谎，也不免心虚内疚。但若错失了这次机会，怕是一辈子都难上京城了。

信春时年三十三岁，已是一位能独当一面的佛画师。他皈依日莲宗，专门替寺庙画佛图，所以不算画师，而特意被称作佛画师。他实力超群，不光在能登，连越中和加贺等地都盛誉有加。有实力的寺庙源源不断地向信春订购佛画。可以说，他的境遇极佳，无任何不自由的地方，只是他自己并不满足。

信春不想一辈子都只做个乡下的佛画师。他也想画花鸟山水，与时下风靡京城的狩野永德[1]画师比肩。这个想法令信春心潮澎湃。更何况，这只是一个“人生五十年”的时代，他想到所剩时年已不多，于是焦虑日盛一日。

船只离港约莫半个时辰之后，浪大了起来，船身开始上下激烈浮动。

“该是已到外海了。”武之丞条件反射似的睁开双眼，判断上甲板已无碍，于是便站起身来。

船正穿过观音岬角之北的小口濑户，行至富山湾。海面灰蒙一色，

① 狩野永德：(1543—1590)安土桃山时代的画师，狩野派(室町时代至江户时代处日本画坛中心的画派)的代表性画师，日本美术史上最著名的画师之一。现存代表作有《唐狮子画屏风》、《洛中洛外图屏风》、《聚光元障壁画》等。

波涛卷起阵阵飞沫。北风迎面吹来，寒冷像要剜入肉里，可逃离船底的信春还是忍不住敞开胸襟深深地吸气。

远处，立山连峰绵绵不绝。那边好像并未下雨，阳光穿透云际，山脊的积雪正皑皑放光。船顺着海流，沿能登半岛由北而南。速度比想象中快了许多，从冰见至鱼津绵延的海岸线已近在眼前。

“这果然是去往越中啊。”信春愈发不安了。

“不错。只要到了对岸，可以喝酒洗澡，悉听尊便。”武之丞远眺前方，伸手惬意地打了个哈欠。

正午刚过，船便抵达了岩濑，在纤夫的牵引下沿神通川溯流而上。贴着立山连峰，行约五里[①]后抵达屉津。盐袋在此地被卸下，转而用马匹驮运，再沿着飞騨大道一路往南。这条道路便是飞騨、高山地区运送海产品的要道，有别名曰鰤鱼大道。

信春与武之丞夹杂在南行的马夫一行人中。雨住后阳光微薄，而来自雪山的风依旧冰冷刺骨，信春裹紧蓑衣，抗着严寒踽踽前行。

武之丞究竟打算去往何处，让他丝毫无从揣测。再往前走，便尽是山脉，很难想象会住有什么能在京都有门路的名门望族，而被武之丞训斥啰嗦也着实恼火，于是他只好一味缄口不言。

不久，河川变得狭窄，两侧的河岸愈发陡峭。此处乃是有名的“神通峡”，道路在绝壁的半空中蜿蜒。路面狭窄，仅够单马通行，而另一侧便是悬崖。各路马夫们唯恐马足踩空，都紧拽着马头小心翼翼前行。

即便如此，马匹掉落悬崖的事故似乎依然层出不穷。路旁隔三岔五便能见到用以祭祀的马头观音，是在为遇难的爱马祈祷冥福。不过这也很好地警示了后来者——此地危险！

信春探出身子向下望去，不禁倒吸一口凉气。断崖之高，仿佛是要

① 里：这里指日里，是古时日本的长度单位之一。1日里相当于大约4公里。

被崖底吞没了似的。河水已染作深绿，在悬崖下兀自蜿蜒。他深感恐惧，不由自主往后退，可突然蓑衣被猛地一扯，他险些一个趔趄摔倒。是谁干的好事？待回头一看，原来是饥肠辘辘的马儿正撕扯他的蓑衣，打算美餐一顿。若是马儿发起性子来，可就不得了了，信春慌忙脱下蓑衣赠与马儿。

“谁让你站那儿的？要是被撞落悬崖，你呀谁都怪不了。”武之丞愉快地笑道，一口喝干竹筒里的水。

穿过神通峡，便是榆原村。河流的西侧是宽广的平地，约莫两百户人家一户紧挨着一户。而街道往西近山处有一片高地，孤高地伫立着一座柏树皮顶的巨屋。那是掌管榆原至八尾一带的斋藤藤次郎的城馆。为防御敌人的进攻，城馆东面的正门设有泥田，另外三面皆有深堀环绕。

城馆背后的山脊上建有大乘悟山城，可借此与八尾保持联络。南边有榆原山城，守住去往神通川上游的庵谷与猪谷两地要道。

“终于到了。我们的主公就在城内。”

在正门告知事由后，他们便被带至远侍①——执勤武士们休息等候之地。那里还备有藏青色的丝绸和服与乌帽，供他们沐浴更衣。武之丞接过手巾，一脸满足地走向浴室，而信春则是满面疑云。

“这要见的是什么人？主公指的又是谁？”浴室的门一关上，信春便迫不及待低声问道。

“当然是畠山修理大夫了。我们的主公还能有谁？”

“修理大夫是畠山义纲大人吗？”

“是啊。主公已得斋藤藤次郎大人的支援，正打算夺回七尾城。”武之丞冲洗掉汗水和污秽，跨入浴桶，而后长长呼出一口气，看似十分

---

① 远侍：最初是平安时代的公家府邸里武士的伺候之所，有的也指寝殿主屋周围的回廊部分。中世、近世指武家府邸里，从主殿到中门附近的执勤武士的伺候之所。

惬意。

“但是兄长，你不是已经舍弃义纲大人回到七尾城了吗?”

“那是为了掩人耳目才那样说的。我武之丞怎会背信弃义，舍弃恩重如山的畠山家呢?”

信春出生的奥村家，代代都侍奉畠山家。父亲文之丞宗道是畠山家的家臣栋梁，曾司掌金银之职。这个职位后来由长兄武之丞继承了下来。另外三位兄长，有的分家独立，有的则过继给其他武士家族。

唯有最年幼的信春在十一岁时成了染坊长谷川家的养子。这是因为长谷川宗清相中了信春的绘画才能。他向文之丞恳请，希望信春能与他女儿静子成婚，并允诺将家业传于信春。于是此后的二十二年间，信春拜宗清为师，一面学习染坊的生意，一面专心习画，当了一名佛画师。

诚如宗清许下的诺言，信春与静子成婚，并在三年前有了长子久藏。

然而老家奥村家却一味落魄潦倒起来。只因畠山家的内纷不断激化，城主义续、义纲父子被逐出七尾城。在畠山家的领权问题上，义续、义纲父子与被称为七人众的温井氏、游佐氏、长氏等重臣曾经长期对立。而彼时年轻的义纲为打破僵局，于十六年前的弘治元年（1555）谋杀了重臣头领温井绍春，想要重掌政权。

不料，其强硬做法招致重臣们反目，父子二人于五年前反被逐出城去。那时奥村文之丞与武之丞为守护主公浴血奋战，不久文之丞战死，武之丞则与义纲等人一道逃出了能登。

起初，一行人投靠义纲的岳父六角承祯。但承祯也因与重臣们的对立而困扰不已，加之观音寺之变刚发生不久，实在没有余力庇护他们一行。因此，他们只得转而寄身于京都的畠山府邸，以期凭借室町幕府的裁度夺回领国。可哪知时机不巧，十三代将军足利义辉刚被松永久秀等人谋杀，幕府自身也是混乱不堪。义续和义纲只能凭借一己之力夺回能登，故派武之丞等返回能登刺探政情。武之丞带领随行家臣们回到七尾城，公开做了七人众之一长续连的家臣。

因此，武之丞表面上装作已归顺七人众，暗中却在继续筹谋如何让义纲重掌政权。

“修理大夫大人是在三年前入住城馆的，正好是你儿子出生的那会儿。原本打算在越后的长尾景虎大人的支持下，联合椎名康胤大人和神保长职大人之力，在七尾起兵。但椎名却在最后关头倒戈，起兵一事遂不得不拖延下来。”

畠山家曾任越中守护，和长尾景虎（上杉谦信）关系甚笃。因榆原一地与越后交通便利，于是畠山家便移居榆原，与长尾景虎等越中的权贵同一战壕，以期夺回七尾城。

信春所用的浴桶与武之丞稍许有些距离。对冒着严寒长途跋涉过后的身体来说，没有比温润的浴水更奢侈的东西了。氤氤氲氲之中，他起先还觉着陶然若醉，可到后来却越听越紧张，以至于整个身体都僵住了。

事关重大！卷入这样的纷争可不会简单了事。信春后悔自己粗枝大叶，没深思熟虑便跟随武之丞来到此地。

“自那以后，修理大夫便隐居至此，静待良机。而现在，机会来了。”武之丞抓紧信春的肩膀，告诉他不仅有越后的长尾，连越前的朝仓义景也会支援主公。“我们也一直在寻求朝仓家的支持，如今总算有了回报。朝仓义景坦言，一旦修理大夫发誓效忠朝仓家，就立马提供支援。”

“此事与我去京都学画又有何相干？”

“是这样的。我们想委托你将修理大夫的起誓书送去一乘谷。”

之前一直靠日莲宗的僧侣与朝仓家维持联络，但最近却被七尾城的七人众知晓，他们遂与加贺的一向一揆[①]合作，加强了关卡的警戒。所

① 一向一揆：日本战国时代净土真宗（一向宗）本愿寺派信徒所发起的一揆之总称。一向宗门徒素来以强大的宗教向心力、舍命杀敌的圣战模式著称。一向宗大本营为石山本愿寺。

以，这才想到让信春去送畠山义纲的起誓书。

“你经常去一乘谷的曾我家习画。因此，只要这次你也说是去拜访曾我家，便断不会有人生疑。”

“通关需要通行证的。事情没那么简单。”

“通行证我们会想办法，无需多虑。”

“可……可是，我已经是长谷川家的人了。我不能给养父母家添乱。”万一事情败露，受罚的可不光是信春，还会连累到养父母和妻儿，长谷川家或许会遭灭顶之灾。

“不错，你现在的确是长谷川家的人，但你身体里流淌着的分明是奥村家的血！”武之丞死死盯住信春的双眼，抓住他双肩的手加大了力道。“父亲大人浴血奋战誓死保卫修理大夫，尽守忠义。他临终时甚至比弁庆[①]还要忠烈，这你应该听说过了吧。”

“是，但我十一岁便过继给了长谷川家，如今是染坊的一家之主，吃的是染坊的饭。”

“我不管你吃的什么饭，武士之魂总还在吧？继承亡父之志，难道不是为人子者应尽之责吗？”

面对武之丞的强势，信春不再出声。他自幼受教不可忤逆长兄，所以即便有不满，也难以启齿。

“再说此事是我特意跟能登守求来的。你不是说想要一个去京都的大义名分么？为了这个机会我都豁出去了。”

“我确实说过那番话，但那不过是酒后的胡言乱语罢了。”那时信春只不过趁着酒兴不意多说了两句，定是兄长见有机可乘，为立功向义纲献上此计的。

---

① 弁庆：平安时代末期的僧人。武艺高强，侍奉于源义经。在衣川馆遭人围攻时，弁庆为保护义经，一个人堵在堂口，用一柄长刀挡住无数枪林剑雨，光荣战死。弁庆的事迹在民间广为流传，在众多文学作品中都有记载。

“酒醉也好清醒也罢。你想去京都专心习画之心总没变吧。我已把你的愿望跟修理大夫言明。主公说，你若想在京都习画，畠山家会负责照顾你在京都的生活。虽说畠山家现在面临困境，但好歹还是幕府的管领家族。有了这个靠山，无论是幕府还是朝廷，你都可以堂而皇之地出入。还有比这个更好的大义名分吗？”

“我说的大义名分是指说服养父母和妻子的理由，没想到会是这么严重的事情。”

“修理大夫都已经应允了，现在说这些还有什么用？你若无论如何都不肯接受，那为兄我只得向主公切腹谢罪了。”武之丞猛然起身，啪啪啪揍在自己长了长毛的胸腹上。

信春觉得自己简直跟中了圈套无甚区别，可终究还是难以回绝。不仅仅是因为不敢忤逆长兄，还有，若是有了畠山家做靠山，那么今后出入权贵府邸鉴赏名画的机会就多了。

二人换上备好的丝绸和服，来到宽敞的会客厅。等待之中，信春因紧张而身体僵直。不多久畠山义续、义纲父子一同现身，坐入上席。

义续五十余岁，体态匀称。他面貌温和，蓄着八字胡和鬓角，腰间佩带嵌有“二引两”家纹的短刀，威风凛凛。义纲大约年近不惑，颇显消瘦，面颊憔悴，看上去略有些神经质。

“今日得见主公尊容，吾等无上荣幸。在此待命的是吾弟又四郎信春。”武之丞说罢毕恭毕敬拜倒在地。

“又四郎，抬起头来吧。”义续爽快地招呼道，说自己曾看过他的画作。

“实在荣幸之至，可是七尾寺内所藏之图？”信春鼓足勇气应声道。

“不，是藏于越中金山谷本显寺的本尊曼陀罗。你可记得？”

“的确，是三年前供奉于本显寺的。”

“是我敬奉的。你所描画的惠祐和兆桂，正是我夫妇的法号。”

“原……原来如此！”三年前的永禄十一年（1568），越中新川郡金山谷的本显寺曾委托信春绘制一幅法华经本尊曼陀罗，但却未被告知施主为何人。

“那是为了祈求光复七尾城而敬奉的，所以不便公开姓名。但我曾跟住持言明，无论如何都要请你来绘制，你可知个中缘由吗？”

“在下愚昧，不明缘由。”

“因为我曾见过你的供奉在气多大神社的十二天像。一见到那幅画，我整个人就好似被钉在那里了一样，为之震撼不已。而且还听说绘制此画之人乃是为了保全我们父子而不幸战死的奥村文之丞之子，所以我当时就决定了，本尊图的佛画师除你以外不作他想。”

“承蒙抬举，信春不胜感激，实不敢当。”

“请上前来，让我看看你的手。”

虽然听得真切，可信春仍然呆在原地，动弹不得。

“这是主公的吩咐，还不快上去！”在武之丞的催促下，信春终于上前伸出双手。

义续猛地抓了信春的右手，挽起他的衣袖道：“难怪，真是好一双妙手啊。强壮而又不失灵巧。”怪不得可以画出那样绝妙的线条，义续抚摸信春手腕，神情恍惚。“这手，就算用来拿枪舞剑，也定是出神入化的。你自幼便勤练武术吧？”

“是，曾在父兄的教导下，不分昼夜。”

“定是那时的练习在绘画上起了作用。若没有武者的气势，是画不出那般生动的十二天像的。”曾久居京都的义续，在绘画方面也慧眼不凡。

“大人过奖了，在下不胜感激。”信春耐不住手臂被这般抚摸，说罢便后退了一间[1]之地，跪拜下来。

---

① 间：日本的长度单位之一，约6尺，即1.818米。

“那个，出使一乘谷之事——”义续看了武之丞一眼，犹似在说，你该告诉过他了吧。

“当然！能为主公效劳，吾弟三生有幸。”不等信春回话，武之丞抢先答道。

“又四郎，没错吧？”义续再次确认。他口气虽然温和，但目光却十分锐利，仿佛在说，此事关系到畠山家的命运，若无舍身的觉悟便不能担当。

适才信春见义续抓着自己手臂，把自己当一名真正的画师，内心充满感激。更何况他还那么欣赏自己，说若无武者的气势很难画就十二天像，信春此时的心情已经不容许有丝毫的怯懦了。“在下此前也曾数度拜访过一乘谷的曾我家，路也很熟，无需惦念。”

“那就好，你的一片忠心定有所报。请继续努力钻研画技，成为比肩曾我蛇足[1]的画师。”

“父亲大人，儿臣就此告退。”义纲面容苦楚地站起身来。就在被逐出能登之前，义纲曾被七人众下了毒，至今仍留有后遗症。也正因如此，义纲要夺回七尾城的信念十分强烈，他犯病后移居榆原村，可近来身体却每况愈下。

惦念儿子病情的义续，带着近臣从京都赶来声援。他动用了任职守护时期的人脉，一直在争取得到长尾和朝仓的支援。

“让我们举杯，预祝出征顺利。”义续举手击掌，即刻便有三名侍女端了盛有酒肴的托盘出来。其后，有人拿了朱漆酒勺进来，正是义纲之女夕姬。

夕姬嫁入了京都的三条西家，其母是六角义贤（承祯）之女。她自幼便是京都有名的美人，而且精通和歌及物语，才貌双全。肤色白皙透

① 曾我蛇足：室町时代画师，曾我派的始祖，生卒年不详。据传是京都大德寺真珠庵《花鸟图》、《山水图》作者。

明，披肩的秀发乌黑亮丽。她身着仟草色长罩衫，手持朱漆酒勺，款款而行的模样，就好似源氏物语中的某个画面，婀娜而高贵。

信春仿佛被摄住了心魂，目光一直茫然地追随着夕姬的身形，直到意识到自己的失态，才慌忙垂下头来。

“夕姬担心我年老难耐长途跋涉，这次特意陪我过来。端午节之前她就返回三条西家，你去京都的时候，仰仗夕姬便可。”义续若无其事递了酒杯过来，并告知大德寺的兴临院便是其父畠山义总所开，跟东福寺的栗棘庵也颇有渊源，应该能帮得上忙。“期待有朝一日，你成为天下第一的画师，让畠山家也扬名天下。”

夕姬清澈的眼眸正对信春，近过身来斟酒。她的和服浸过香熏，其清润的芬芳与透过青丝所散发的女人体香，让他心旌摇荡，仿佛醉酒般茫然递出酒杯。

“其实，夕姬也曾见过您的画作。”

“是哪座寺庙所藏?”

“并非佛画，而是莲花灯上的武士画。”

能登在夏秋转季时分有祭祀仪式。届时，方形的莲花灯笼是神轿巡游的先导。莲花灯外绘有色彩鲜艳的图画，里面点着蜡烛，宛若飘浮在黑暗中的荧光，十分讲究。所以，每个村落都会找来绘画能手绘制。

信春自幼便有善画之名，在他过继到长谷川家大约两三年后，画技突飞猛进，很快便有邻近的村落找上门来请他绘制莲花灯。

“是、是哪里的武士画呢?”信春焦渴难耐，一口气把酒喝干。

“神明神社的。画的是义经和弁庆，弁庆可真是画得出神入化。”

“那是二十岁前后的画作。弁庆的七种兵器可让我煞费苦心啊。”

“正是正是。弁庆的七种兵器像扇子一样在背后撑开，仿佛有光环笼罩一般，让人觉得好像是一种对武士心灵的救赎，甚为感动，于是叫侍女打听了一下画师是谁。”那时的夕姬大概只有七八岁光景，却能准确领悟信春的作画意图，还记住了他的名字。

“夫人慧眼明察，信春不胜感激。”信春此刻心里暖暖的，与受赞于义续时的暖意大为不同。他用笨拙的双手接过第二杯酒。老早就听闻夕姬美丽聪慧，五年前夕姬嫁入三条西家时，他还特意前去观看她的送亲队伍。如今，在京都水土的滋养下，夕姬出落得更加迷人了。

（以后若是再画仙女像，定会想起夕姬吧。）

信春有这样的预感，夕姬的身影正不由分说地占据他的内心。

这天夜里，兄弟二人宿于榆原馆。翌日清晨，武之丞送信春到屉津。

“我还有要事在身，不便继续相送。待拿到修理大夫的起誓书，过关的通行证也会一并给你送去。”武之丞递过竹叶包裹的饭团，叫他暂时继续如常地生活。

信春心绪复杂地接过饭团，乘上了去往河口码头的货船。

回到七尾，已是未时，午后两点左右。

与城下町南面相连的山脊上，畠山家的七尾城巍然屹立。山腹部是本丸，向外如阶梯状铺陈开来的依次是二之丸、三之丸。高高堆起的石墙优美地矗立着，远远望去鲜明夺目。从本丸到山脚相连的山脊上修葺着大道，重臣们的府邸排列两旁。山脚有畠山家日常的居馆，有毗邻的妙国寺和大念寺守护。再往下便是宽敞的城下町，皆由土坪和堀沟构成的城墙守护着。

信春下了船，神情恍惚地望着七尾城。此前，信春每每在此眺望，心里总是充满了怀念和自豪。但今天却与以往不同，他像是跨入了敌方领地，紧张得不敢抬脚。

（原来自归顺之日起，兄长就一直这么辛苦。）

信春这才第一次察觉到。于是他气沉丹田，跨步出行。

刚一回到家，静子便如往常那般出来相迎：“回来了啊，可有看中的画具?”静子肩上披着挡尘的布条，手里握着扫帚，貌似刚刚打扫过屋子。

“没有。画纸和颜料都是赝品，还是得去京都才行。”信春口气里好似憋着劲儿，强调好货还是在京都。

“你的预感应验了呢。”

“什么预感?”

“蓑衣和斗笠。正如你说的那样，雨停了不是?”

“确实，这个季节常常如此。”信春急忙斩断话题，走向远处的画坊。

静子是个献身型的妻子。她深信夫君的才能，总是把一切打理得井井有条，好让夫君更好地工作。她的脸颊胖嘟嘟的，为人温和，总是一脸客气的微笑，却是个内心强大的女人。她擅长料理，默默地操持家务，抚育孩子，吃苦耐劳，从无怨言。迄今为止，信春从未有过对静子不满的念头。但是今天却有点反常的厌烦。

在夕姬的华丽面前，静子顿时黯然失色。在触及夕姬令人目眩的辉芒之后，静子的一切都显得土里土气。

(笨蛋！在想什么呢，你这家伙?)

信春埋头工作，想要驱散心中的这团迷云。

越中的富山城妙传寺委托信春绘制一幅鬼子母神十罗刹女像。鬼子母神原是专门猎食幼儿的夜叉，受佛祖点化后成为送子、安产和育儿的守护神。《法华经》中记载，鬼子母神曾发誓与十罗刹女一道守护法华经门徒，因此在法华宗的寺院里被祭作守护神。

迄今为止，信春曾几度绘制过此画，藏于越中和能登的寺庙。画面右上方通常是怀抱婴儿的鬼子母神，左上方是与之对应的散脂大将[①]，下方则绘十罗刹女。无论哪张女神的脸颊都微胖，颇似静子的容貌。在信春绘制的佛画中，最受欢迎的便是此类。但最近，信春开始怀疑重复相

---

① 散脂大将：别名散脂夜叉，是鬼子母神的丈夫，佛教二十八眷属之一，八大夜叉大将之一。

同的图样是否妥当。即使绘制相同的题材，如果每一幅画中看不到功力的长进，就不能算是画师。

信春拿起木笔[1]，想在前日画稿中添上几笔，无奈诸多杂念困扰，难以集中注意力。因心绪与画技受缚，信春索性停下笔，朝窗外望去。

外面一片斜阳暮色。庭院边所种的松树探出如影的枝丫，映入云空的深邃中。他不由得想起那幅画，于是拉开桌案的抽屉。

那是一幅绘在鸡卵纸[2]上的山水画。硕大的岩石后，一棵松树舒展枝丫，枝下站立着一个怀抱幼儿的母亲与一个手持铁镐的男人。这是狩野永德所绘的《二十四孝屏风图》中的郭巨的场景。

这里面有个故事。郭巨看到自己年迈的母亲为节省开支而节衣缩食，于是就挖了个洞打算把自己的孩子埋掉，这样可以少张嘴吃饭。然而他却挖出了黄金，上面有“天赐孝子郭巨”的字样。

这幅屏风画是去年夏天，信春上京去采购画材的时候从画商处听说，而后在圣护院看到的。据说是狩野永德年仅二十四岁时的作品，是一幅六曲一双的大作。二十四孝的故事在左右屏风上各自画了六个场面，而信春的目光停留在郭巨的那幅画上，迟迟不能挪开。

粗犷的巨岩兀自矗立。擎天老松粗壮的枝干左右翘棱，生发出探往地面的闪电状枝丫。树下挖到黄金的郭巨夫妇，面对上天的恩赐安静地垂首伫立。

运笔和构图的精彩自然不在话下，画面中洋溢的气势和富有生机的优雅深深打动了信春。那是一个能开拓绘画新时代的天才，是一个承继了绘画名门狩野派的血脉，却又不囿于门第，具备轻松超越门第实力的天才。

信春比谁都敏锐地捕捉到这一点，像是被雷电击中了似的一直站在

---

① 木笔：把柳条的前端烧成炭的棒。在和画中专门用于画草图。

② 鸡卵纸：以雁皮为主原料的上等和纸。因色泽淡黄似鸡卵而得名。

屏风前。他汗毛竖立，浑身微颤，大概眼角也泛起了泪花。是对世间还有此等画师的感动和敬畏，也是对自身无论如何也望尘莫及的羞愧。

（啊，我此前的人生究竟在做什么？）

面对绘画世界的严峻和深奥，信春倍感无力，心里仿佛有一阵冷风刮过荒原。自己在长谷川家积累的绘画实力，以及在北陆一带博得的佛画师的名声，在永德的画前顿时都无所遁形以至于烟消云散了。信春茫然地像个废物似的杵在那里。

这波冲击过后，他的心中涌出一股绝不认输的强烈的竞争意识。

信春表面上看起来温和稳重，实际上内心如踩实的积雪般固执。从武士门第被过继到染坊当养子之时，他尝到了被打上失格烙印的屈辱滋味。也正因如此，在绘画上他有着绝不输于任何人的强烈信念。

（再这么下去就完蛋了。一定得进京重新历练画技。）

信春决意要成为足以匹敌永德的画师，于是瞒着家人开始临摹永德的郭巨画。

“夫君，晚饭准备好了。”静子招呼了一声，拉开隔扇。她总是很小心地尽量不打扰丈夫的工作，但信春沉迷在临摹中并没有听到。因此，猛然间见隔扇被拉开，信春就像个做坏事的小孩被抓了个正着，慌忙把桌上的画卷藏到身后。

“晚饭已经准备好了。父亲和母亲都在等你呢。”静子的脸上闪过一丝落寞的神情，却装作什么都没有察觉似的，回了主屋的客厅。

客厅有一个大大的地炉，养父宗清和养母阿相已经就座。儿子久藏在祖父宗清的膝上撒娇，看到信春后慌忙返回自己的座位。从今年起，信春坐在了上座。宗清把自己坐了二十年的上座让给信春，是告诉他，从今以后你就是长谷川家的当家了。

今晚的美味是烤樱鲷鱼。真鲷鱼一临近产卵期，便会浑身变作如樱花般的粉红色，故名樱鲷鱼。这是七尾一带春天的名菜。一看到樱鲷鱼，人们才切实地感到漫长的冬天终于过去了。

“听说，你去关野进货了？”宗清转过微微发福又沉稳的脸，从铁炉里取下酒壶为信春斟酒。他是北陆地区著名的佛画师，是信春的师傅。他画风柔和，又细致周到，至今尚有诸多寺庙点名请宗清作画。

“没什么好东西，所以瞅了一眼就回来了。”信春接过酒杯，含糊地答道。宗清与关野的画材商也有交情，如果事后得知信春未曾去过就不妙了。

“最近很难买到好的颜料。大概是因为京城的战事还没有结束吧。”

“听说织田和浅井、朝仓他们讲和了。”

“有传闻说那只是暂时的。浅井和朝仓的军队固守在比叡山，织田除了讲和别无他法。本延寺的日便和尚说，照此情形，战事可没那么容易消停。”

本延寺虽是奥村家的菩提寺，宗清也时常出入。住持和尚来自京都本法寺，现在也仍然和本法寺频密地来往，所以经常有京都方面的消息。

“听说是服从天皇的诏令，在将军的见证下议和的。这样还能再撕破脸吗？”

“织田从尾张下四郡的寻常武家起家，用下克上的手段取得了如今的地位。他才不会在意朝廷和将军的脸色，实在难以想象他会按常理出牌。”

三年前的永禄十一年（1568），织田信长拥立足利义昭为十五代将军并进军京都。世人无不期待幕府再度掌权并恢复旧有的秩序。可是，和平却没能持久。

去年，朝廷改年号为元龟。同年，织田以朝仓义景没有遵命进京为由起兵讨伐越前。浅井长政反对织田的讨伐，遂在小谷城起兵，意欲截断织田的退路。于是信长从若狭地区绕道湖西逃回了京都。

此后，织田重整军容，在姊川之战中击破了浅井、朝仓的联军。但浅井、朝仓并没有因此而屈服。

同年九月，他们趁织田出兵前往摄津国讨伐三好三人众[1]的空隙，出兵近江南部试图夹击信长。信长闻悉后紧急调回军队，计划在近江国坂本布阵击溃联合军队。但是，联合军队的浅井考虑到正面交火几乎没有胜算，于是固守在比叡山，将战事拖入持久战。

在摄津，石山本愿寺和一向一揆也起兵反对织田信长。他们意图从南北徐徐进逼并摧毁信长。信长一时走投无路，只得请正亲町天皇发出诏令，以义昭将军为证人，与浅井、朝仓他们议和，挨过了这命悬一线的危机。

但是，织田信长从一开始就不打算真心议和。冲突的火苗在元龟二年（1171）正月被点燃。

“再次开战的话，情况会如何呢?”信春向宗清讨教。

“织田应该会进攻北近江吧。这样的话，朝仓作为浅井的同盟就不得不派出援军。这对双方来说，都将会是决定生死的惨烈战事。”

“您是说朝仓家会灭亡?”信春带着几分战栗放下酒杯。朝仓家若是卷入这样的战乱，那么畠山义续等试图得到上杉、朝仓的支援而夺回能登的计划就泡汤了。想到这儿，酒便再也喝不下去了。

“看，准备好了哦。”静子把冒着热气的锅放到地炉的火架子上。锅里装着放有海鲜底料的味噌汁，海藻放里面焯一下便可享用了。

这个时期，在能登半岛的外海可以打捞到腔昆布、铜藻、石莼、裙带菜等海藻。这些海藻在冰冷得几乎可以冻断手指的海水中成长，春天一到便成了人们的桌上佳肴。

“对了，工作方面的进展如何?”宗清隔着热气问道，他指的是鬼子母神十罗刹女像。

① 三好三人众：指战国时代，三好长庆死后继续支持三好政权的三人（三好长逸、三好政康、岩成友通）。

“我想加入一些新的点子，但进行得不太顺利。”

“新点子是指什么？”

“我在想，能否找到一种方法来更强烈地传达出鬼子母神的威严。可这不是画得大些便可成事的……”

“画像的威严唯有在信仰和表现融为一体的时候才能生成，着急也不顶事。”宗清让久藏坐到膝上，把海藻快速焯过后喂给他。宗清对长孙的宠爱无以复加，都到了亲自用筷子夹住石莼和裙带菜喂饭的地步。

“另外，本延寺的日便和尚委托我们再画一幅新的佛祖涅槃图。要大到可以从本堂的顶棚挂下来，而且还要绚烂夺目。”纵三间（约5.4米）的巨作，根本不是两个人能够画完的，该是要集结北陆地区的佛画师们才行。“你怎么看这事？想试试么？”

“佛画应注重细微之处，不是越大越好的。”信春有点消极，他满脑子都是前往一乘谷之事，没有余力考虑其他。

“为了本堂的庄严，越大越美的佛像才越能显出佛祖的至尊。”

“都说一草一木，皆有佛性。近来，我觉得最好是按其本身的姿态朴素地去描绘。”所以，我想上京磨练画技，绘出如狩野永德那般的画作——信春很想这样叫喊出来，可是在宗清面前，他总是有所顾虑，什么也说不出口。

翌日，信春恢复了往常的生活。

每日卯时（清晨六点）醒来，接着全家齐集在本尊佛像前，吟唱“南无妙法莲华经”口诀。随后边吃早餐边和宗清商量当日的工作安排。辰时（上午九点）进入一隅的画坊。

这个习惯从宗清的父亲长谷川无分开始便保持至今。人，如果不保持一定的生活习惯，那么就不能身心技一体地完全发挥。作为佛画师，无分奠定了长谷川家作为画匠之家的基础。他从日常的经验体会到这一点，并将这领悟传给了宗清。

现在的继承者信春，走进大约十张榻榻米大的木板画坊，在壁龛悬挂着的本尊曼陀罗前坐下，开始打禅。他半睁着双眼调整呼吸，开始冥想释迦如来和多宝如来在大宇宙的至高之处向诸佛传授佛法的姿态，等心完全静下来后才开始动笔。

这是信春从开始学画以来一直遵行的仪式，但是今天，无论如何他都没法集中注意力。揽下那样的活儿是不是真的妥当，他在不安和恐惧中摇摆不定。

在榆原村拜见畠山义续的时候，莫名的使命感令他以为，生在武士门第的自己，理应尽一己之力为主公家排忧解难。那时他甚至有一种武士的那种因肩负责任而高扬的荣耀感。

然而，一旦回到原本的日常生活里，他又开始后悔自己竟揽下了那般棘手之事。加之，宗清预言织田和朝仓不久便会开战。如果跟织田的战事迫在眉睫的话，朝仓家便绝无可能有派兵到能登的余力。如此一来，指望依靠长尾和朝仓的支援夺回七尾城的计划必然受挫。

这时他脑里忽然闪过一个念头。

（莫非养父大人已经全部知晓了自己的秘密？刚才他说这些话，莫非正是为了劝诫自己不要去做傻事？）

宗清是个很会照顾他人情绪的人。在生意和绘画方面曾有那么几次，信春往错误的方向行进时，宗清会若无其事地说些话令信春觉悟。就算他愚钝，听时暂且领悟不到，但过后便能意识到那些话其实就是对自己的忠告。

如果真是那样，就意味着义续他们的计划已被泄露。那么，温井和游佐等七人众也定然知晓此事并加强了警戒。

（不行！我还是干不了啊。）

一阵寒气从背后袭过，信春不由得握紧了木笔。

我不可以只顾自己而危及长谷川家。趁现在还为时不晚，赶紧跟武之丞回绝此事吧。信春心里明白该这么做，但却没有行动。因为他无法割舍这个内心深处的希望，若能顺利完成这个任务，便可堂堂正正入京了。

大约过了十天，武之丞方面还没有任何联系。

信春焦急地等待着，无法集中精力工作，却连个报信的人影都看不到。是不是出了什么事？信春的内心渐渐失了平静。他会因为一点点小事情发脾气，会大声迁怒到静子和久藏身上。孩子不停歇的哭闹令信春觉得心烦意乱、无法工作，他甚至会粗鲁地让静子把孩子带走。

养母阿相有些看不过去了。“信春，可以借一步说话吗？”她来到工作间客气地问道，“你父亲所说的涅槃图，若是不想画，回绝就好了呀。”她大概以为信春脾气不好是因为养父宗清硬塞给他不情愿的工作。

“呃，我烦躁不是因为那个，是鬼子母神像怎么都画不好。”信春找了借口，把未完成的草图拿给阿相看。几番埋头苦画，还是无法想出鬼子母神十罗刹女像的新构图。于是不得已才画了以前的模样，可怎奈心思已经游离，画出来的线条全然没有生机。

“这样啊。不过每个菩萨显得都很庄严啊。”阿相也不刨根问底，只是委婉地关心他们的夫妻关系。

没过多久便到了三月底，北陆的樱花齐刷刷地盛开。长谷川家院子里的八重樱，在暖暖的春日阳光下开出多层的粉色花朵。长长的枝条伸到土墙仓库的白墙壁上，衬得每朵花都那么鲜艳夺目。

这株樱花是无分从京都带来的。无分在京都研习绘画时，看到仙洞御所的八重樱美不胜收，就缠着那里的园艺师分得一株树苗带回，并种植在土墙仓库的旁边。

“这株樱花是我们家的宝贝，比仓库里的金银还宝贝。”无分如此对宗清说，并让他年年都用这株樱花磨练画技。

五十年间，那樱花树苗已长成一株需一人环抱的大树，开出大朵大朵优雅的樱花。从工作间的窗户抬头望去，漫天一片的云蒸霞蔚，美不胜收。信春好久没有动笔的闲情逸致了，于是拿起画本和木笔，走出主屋的侧厢。他知道，那里是赏樱的最佳地点。

不过到时才发现，已经被人捷足先登了。久藏坐在侧厢的边上，晃动着双脚正在描花。他一会儿看看花，一会儿盯着手头，不算灵活地挥动着木笔。

信春蹑手蹑脚走到他背后，透过久藏小小的肩膀偷窥他的画作。久藏完全不理会树干和枝丫，尽画些花儿。仔细一看，他是在描绘同一花枝上的那些紧凑簇拥的花朵。

“这种画法是谁教你的啊？”信春忽然温柔起来，把手搭在久藏的肩上问道。

“爷爷。”久藏挺起胸脯往上看。一股幼儿身上的奶香飘过。

“是爷爷教你从这儿画起的吗？”

“不是啦。我喜欢。”久藏凭直觉找到了这片最美的景致，不愧是自己一脉相承的亲儿子。他抱起久藏坐在自己的腿上，开始教他樱花的画法。

“先取全景，然后由内而外地把花瓣一片片添上。”

久藏马上领会了要点，手里的木笔开始很有生机地舞动。胸背相贴的地方传来久藏的体温和筋肉的动感，信春沉浸在久违的身为人父的幸福感中。

一到四月，城内早早地出现了异常。在城下町的角落发现了两具尸体。

“似乎是在几天前遇害的。被塞在了船库，所以今天才发现。”店员的语调有些亢奋，信春踮起脚冲到前面。

（会不会是兄长？）

他按捺住忐忑不安的心情跑到城西的樱川，许多凑热闹的客官正聚集在那里。不下十五名武士围住对岸的船库正在调查。两具尸体仰天横在河滩上。其中一人是武士，另一人是僧侣，都穿着远行的装束。因周围看客们很是碍事，具体情况还看不分明。

“不好意思，请稍微借过一下。”信春拨开人群，来到河岸。

如果此事与武之丞他们的计划有关，信春这般焦急的出现很容易被官差盯上。他明知道这一点，却按捺不住。终于挤到人群的最前方，可以清晰地看到对岸的场景了。武士是具无头尸。身体因大量出血而萎缩，衣服摊在地上，如同一个空壳。僧侣从左肩到腰部被斜砍下来。

“到底出了什么事啊？”信春装作不经意地问一个背着行李貌似行脚商的旁人。

“呃，我也是刚刚经过此地。”对方也说不知详情，快速迈开脚步离去。

对方漠不关心的态度令人悚惧，他不禁环顾四周，却发现众人都在一言不发地冷眼旁观。那架势，好似知道多嘴多舌便会遭殃。而溯其缘由，则是因为七人众的强权政治。五年前七人众把畠山父子逐出七尾城后，为了彻底封杀支持畠山父子的旧势力，开始实行高压统治。他们不仅没收持有异见的家臣的财产，取消他们的官职，还无情地逮捕并严惩反对者。

最近，七人众的政治安定了下来，高压管控也松弛了些。但当时的记忆仍然活生生地留在人们心中。更何况如今发生了两人被暗杀这种大事，令人不由得心生阴冷，时刻小心谨慎，仿佛又回到了严冬。

信春突然心里发毛。出于担心，他头脑一热跑到河对岸来一探究竟。但冷静下来后才发现周围人的目光都甚为可疑，似乎还有不动声色的监视者。

他开始后悔自己的冒失，装作去追那个行脚商人，赶紧离开了人群。

（好蠢！究竟在干啥呢我？）

信春严厉地责备自己，可这毕竟是骨子里的性格使然。他身上有种在异常与异样中找寻本质的画师气质，一旦有突发事件或者反常之事，他就必然会靠近，去一探究竟。也正因如此，他曾经历过几次惨痛的教训。不过如果下次还有类似的情况出现，他依然会毫不犹豫地跑出去。

（不行！这次性质不同。）

信春一边急着往家里赶，一边惦念着还得回绝那个差事。回家之后，他直接去了画坊。信春拿起笔，缓缓地调匀呼吸，思忖应该如何写信回绝兄长。

当初想去京都学画只是酒后醉言，并非本意，是酒醉后没有克制住过分的欲望罢了。之后却被武之丞强行拖下水，揽下这么个差事。而内心深处，他知道自己其实不愿意用这种方式去京都学画。现在应该听从内心最真实的声音。虽然之前也有过逞强的念头，试图抓住这次机会，但日莲上人曾教导曰“迷惑即无明”。

（所以我想回绝此事。）

信春理清思路，打算动笔。文章需写得让武之丞明白，无论如何劝诱，自己都不会再心动。

不多久，店里伙计送来一封信函。“是一个行脚商人送来的，说是要交给店里的少主。”

信封上空无一字，笺上只寥寥一句：“樱花祭之斋夜，于本延寺。”字体粗壮豪放，无疑出自武之丞的手笔。

“那行脚商是什么人？”

“小人不知。对方只是说受人所托，放下信就离开了。”

“当时店里都有谁？”

“只有小人。大量的布匹已经染完，大伙儿都出去送货了。”莫非应该拒收此信？年轻的伙计有些不知所措。

“是情书。没想到都这个年纪了还能收到情书。”信春灵机一动，顺手撕破信笺，并再三叮嘱店员保密。

樱花祭是指四月八日的灌佛会。按照本延寺的惯例，会在前一夜开始斋戒，以祭祀释迦牟尼的佛诞。

本延寺是奥村家的菩提寺，信春和武之丞前去斋戒并不奇怪。兄长是打算趁斋戒会合之际，把畠山义纲写给朝仓义景的起誓书和去一乘谷路上所需的通行证一并交给信春。信春明白了兄长的意图。既然如此，就用不着写信，直接见面回绝比较好。毕竟只用书信把自己前往榆原村揽下的差事回绝掉，不免显得有些背信弃义。

到了决定命运的四月七日，清早便是朗朗晴空。天上的一汪蔚蓝，仿佛能透达宇宙的边际。覆盖山峦的树木抽出嫩绿的新枝，在微风的吹拂下沙沙作响。七尾湾风平浪静，如同油脂流淌过一般。涟漪反射的光芒灵动雀跃着，璀璨夺目。

信春在参拜寺庙的行李中偷偷塞入草鞋和绑腿。虽然已决心回绝那个差事，但考虑到万一，他还是做好了长途跋涉的准备。他的内心依旧犹豫不决。

“我去趟本延寺，参加樱花祭的斋戒。”信春这样告知前来相送的静子。

“这样的话，要明天才能回了，是吧？”

“老家让我过去一趟，可能后天才能回。”

“不用带换洗的衣物吗？”静子的关怀总是细致周到。欺瞒这样的妻子实在令他内疚不已，可嘴里却说，还没有决定是不是真回老家，就先不用了。

“父亲大人，我画好了。”久藏从里面跑出来，拿着一幅八重樱的画给他看。木笔画上淡淡地着了色。久藏画的樱花只有花朵，却能让人联想到重重花朵环绕的垂枝。难以想象这样的画作竟然出自四岁小童之手，真是后生可畏。

“画得真好！给爷爷看过了吗。”

“现在就拿过去。”久藏有些害羞。不好意思说他想让父亲第一个看。

等周遭暗沉下来，信春来到港口附近的本延寺。寺内排列着几处仓库。门徒中工商业者居多，所以仓库可用来临时存放他们的商用行李。本堂的门面有八间大。已经坐了约百人。有拖家带口的，也有约友人同来的，大家都各按所好，相继坐下。

信春见到好几个相识，可都没有打招呼。他不想让人知道自己在等武之丞，故而特意选了一处昏暗的地方就座，等待法会开始。

本堂正面悬挂着养父所绘的法华经本尊曼陀罗图。一旁安放着信春负责着色的日莲上人的坐像。信春的色彩感出类拔萃，能在细微之处自如运笔。这个坐像就是这种色彩技术发挥到极致的作品，光彩夺目的七条袈裟和法衣，像是穿在活生生的日莲上人身上一般，魄力十足。

（要是在这里挂上巨大的涅槃图，确实能让众门徒欣喜若狂啊。）

信春好像明白了宗清执着于这项工作的缘由。养父毕生都是北陆地区的佛画师，必然希望能在熟悉的寺庙留下堪称代表作的大作品。自己未能体察就贸然反对，很是罪过。

准备斋戒的人们陆陆续续走进寺院。信春仔细地挨个儿盯着看，然而直到天色全黑，也找不见武之丞的踪影。

不久，寺庙的住持日便上人开始讲解佛法。在左右两侧的灯笼映衬下，上人站在曼陀罗图前先讲了一番天下大势。本延寺的本山是京都的本法寺。日便上人每年都会去几次京都。他收集的各种谈资，对刚从千里冰封的漫长冬季中解放出来的众人来说，简直就是无上的消遣；对于利用海上通道与京都做生意的商人来说，这些也是宝贵的资讯。

集中在本堂的人们探出身体侧耳倾听，不愿错过一字半句。

在充分调动众人的情绪之后，日便上人开始用浅显易懂的话语讲解佛法。因是樱花祭的斋戒，重点当然是释迦牟尼的诞生和他的生涯，以及他悟道法华经的过程。最后，和尚朗读起日莲上人的《圣愚问答抄》中关于一眼龟[1]的那段。

“我自无始已来，醉无明之酒，轮回六道四生。时因焦热、大焦热地狱之火而哭泣，时而冰封于红莲、大红莲。时而是饿鬼，忍受饥渴之悲苦……”

琅琅的诵读之声回荡在本堂，日莲的教诲被深深印刻在众人心中。信春聆听了许久，感到现在的自己正被焦热、大焦热地狱的火焰包围。若想逃脱现在的困境，像一眼龟那般栖息于浮木的洞穴，自己只有听从如来的教诲，索性放下心结。可每当本堂的门被打开，有人进来时，他总是回头确认是不是武之丞。而他对佛法越是感同身受，内心便越希望自己能如释迦牟尼般舍弃家庭、全身心地投入绘画事业。

（释迦牟尼二十九岁舍弃家庭。而自己已经三十三了。）

只这点就堵塞了自己通往大画师的路。而京都的狩野永德年仅二十九岁。信春突然感到难以名状的焦躁，如火烧眉毛一般。

法会结束后有斋粥。传说印度有个叫苏佳达的女子将乳糜施赠与濒临垂死的释迦牟尼，最终助释迦得道成佛。斋粥便起源于这个典故。虽然只是加了点盐的素粥，但用寺庙的大炉火煮成，竟是不可思议的美味。而且可以随意添粥，所以这斋粥便成了众人所期的一大乐事。

用斋完毕，众门徒便在本堂和衣而睡至天明。也许是超出日常的体验令人兴奋吧，大家伙都没怎么睡觉，有的窃窃私语，有的还忍不住笑出声来。也有男女悄悄说着枕边话。

信春在采光的隔扇一侧占位躺下，单脚屈膝拱起，以便武之丞一进

---

① 一眼龟：独眼龟。此龟长年潜在海底。浮出海面的机会千年一遇。若要找到一块带洞穴的浮木，并将身体栖息于洞穴，其概率便更低。由此，一眼龟的典故在《法华经》等佛经中用以形容佛法难遇。

来便能认出。但是，他的努力直至天明都没有得到回报。

（既然如此，这事就到此为止了。）

跟兄长断绝关系吧，信春怒不可遏地冲出本堂。拂晓时分，在藏青色的暗黑中，信春迈着急促的步伐往家赶。

（过分！这次真的太过分了！）

信春心中的怒气快要炸裂开去。他根本没想过，兄长或许是因为有特别的事情所耽搁，只在心中认定，兄长一开始就没把自己这个弟弟当回事，所以才放人鸽子。也正因如此，他才不管自己身为养子的尴尬，强行替自己揽下这个差事，殊不知这给自己添了多少麻烦。

而兄长以为这样做是应该的，所以更不能宽宥他了。信春至此为止已经受够了委屈。

“武之丞是主人，就把你自己当家臣。”自幼父亲便这样教育他。

每每遇到什么事，父亲总会用这个原则让信春明白自己的身份。比如吃饭，兄长和父亲一起在客厅用餐，而信春则同女佣们一起在厨房的泥土房间里食用。再比如来客时，只兄长可以坐在宴会席上陪同，信春则在大门口负责看鞋。

自小被如此教导，因此兄长也只把信春看成家臣。兄长曾以指导信春练武为由，毫不留情劈头盖脸打过来；说要教自己游泳，把自己带到深海处，结果却扔下一句“你自己游上岸去吧”就拍拍屁股走人了。还不大会游泳的信春，曾几度濒临溺死的边缘，喉咙呛到咸咸的海水，简直是拼了命才游回岸边。而兄长却只跟同伴们笑呵呵地旁观，根本没打算前来相救。

在跟死亡的恐惧对抗时，信春心想绝不能输给兄长，决不能被这样愚劣的兄长欺负致死，等上了岸，定要让他吃上一刀。凭着这份信念，信春拼命地挥动快要麻木的手脚。

如果信春一直待在奥村家，长大后便会理解这是武士门第在战场中求生的教育法。但他十一岁就过继到长谷川家，作为继承人处处受人尊重。所以儿时的记忆对信春来说只剩下一些不近情理的欺负。

因此，被武之丞放鸽子后，信春的怨气简直排山倒海。

（从今往后，你我不再是兄弟。）

信春咬着牙抬起头，决不让涌上心头的委屈化成泪水。

天空暗得有些阴霾。虽然夏季临近，但厚重的云层低低笼罩大地，仿佛又返回到冬季。北风呼啸，海浪汹涌，浪涛拍打着海岸，如泣如诉。不多久下起雨来，远处雷声隆隆。又不是捕捞鲕鱼的季节，却见紫色的闪电划破长空，发出刺耳的响声。

雨，夹杂着冰雹，顺着风横扫过脸庞。信春上身前倾，双手抱紧包裹前行，尽量不让雨水淋湿。包裹中有偷偷塞进去的草鞋和绑脚，还有瞒着家人偷偷描画的郭巨图。

虽是凭记忆临摹的狩野永德的画，但这一幅他很有信心。他偷偷放进包裹，是想拿去一乘谷的曾我家，让大家做一番点评，以确认自己的绘画实力。这幅画千万不能淋湿。如果没了这个，进京的道路将永远关闭。信春在这种预感的驱使下跑了起来。

从港口过来的路已经到了尽头，前面是横贯城下町东西的道路。此路便是连接冰见和轮岛的能登大道。信春家就在三岔路口朝右拐的地方。面向大街的部分是商店，因是清晨，外面的门关得很紧。

信春敲起门来，想快点入内把郭巨图拿出来，若被雨水侵蚀就完蛋了。出于这份忧心，他顾不上对左邻右舍的惊扰，大声急促地敲着门。

可是，里面没有反应。

应该有人睡在店铺里的，但是全然没有动静。

“是我，信春啊。有人在吗？”信春大声嚷道。可是，还是没有反应，门关得紧紧的。

信春伸手去够边门。每当关店后或者夜间，店员们会从边门出入。

或许边门没上锁，所以他信手推去。只听吱嘎一声，门简简单单、无精打采地开了。

一定是谁忘记上锁了，怎么这么不小心？信春思忖着走进店中。里面异常安静，都见不到歇宿人的身影，泥土地面泛着一阵寒气。

信春急忙从包裹中取出郭巨图，然而画作已被淋湿，线条向边缘渗透，朦朦胧胧的，像是蒙上了一层雾气。他的衣服也已湿透，身体冰冷，得赶快换身衣服补睡一觉。信春走向主屋，但就在打开门的瞬间，他发现了异常。

走廊上有踩乱的泥脚印。而且不止一两个人，一间宽的廊下都填满了脚印。

（会不会是七人众的手下……）

信春的后背袭过一股寒流。如果是被七人众知晓自己参与了武之丞的计划，那就麻烦了。信春返回店面，抓紧放在地面的六尺长棒。

自入长谷川家当养子后，信春的武术练习已经生疏。如果运笔的右臂长满了肌肉，就画不出纤细柔和的线条了。所以有必要耍耍木刀的时候，信春也都用左手。但毕竟自幼习武，他相信自己的武艺还是超过普通人的。

他手持六尺棒往里走，好似拿着长枪。地板下倒伏着一具男尸，是今晚歇宿管店的伙计，脖子留有绳索勒过的青黑色印痕。定是盗贼打开边门踏入店内，杀害伙计后将其拖入地板之下的。其手法与樱川岸边斩杀二人后硬塞入船库的手法如出一辙。

雨，还在猛烈地下着。信春继续向里，走入主屋相接的房檐内。家中寂静无声，全无生气，新绿点缀下的樱花树如影子般茕茕孑立。

对面稍远处便是信春的画坊。门儿敞开着，远远地就能望见踩乱的脚印。信春确认无人后方才进门，只见书桌和高低搁板的抽屉全拉开着，里面的各种物品被抛在了地面。盗贼一定以为信春已经收到畠山义纲的起誓书了。所以半夜入室，想赶在送去朝仓义景之前夺走。

信春为卷入此事简直后悔莫及，他打开了紧挨着的卧室门。静子和久藏的衾枕只剩下空壳，抽屉和各类箱盒也是乱糟糟的一团。

是被掳走了……还是……

绝望势如破竹地袭来，信春强忍着穿过走廊，进入主屋。尽头处安放着祖宗牌位的佛坛，也被无情地毁坏了。抽屉里的线香撒落一地，散发出淡淡的梅花香味。其间夹杂着些许血腥，好似混入了铁锈一般的腥味。

信春打了个寒颤，往起居间走去。地炉上的吊钩跟平素无二，但橱柜大敞大开，连餐具都被抛了出来。紧邻起居室的是宗清的工作间。这里的杉板门严实地紧闭着，缝隙间有阵阵血腥味渗出。信春把手放在门把上，遣散内心的犹豫，猛地推开房门。

屋子中央，宗清和阿相双双倒地。阿相趴在地上，胸口淌着血；宗清被剜破喉咙，伏倒在阿相背上，至死都要保护妻子的模样。

“养父大人……养母大人……”巨大的打击几乎要将信春摧毁，他终于重新振作起来，开始搜寻静子和久藏。

“静子——！久藏——！”信春大声喊叫着，不放过任何角角落落，可还是不见两人的踪影。他甚至跳到外面，窥望走廊下方，看是不是被藏在了地板之下。院子里漫着雨水。信春不顾手脚沾满淤泥，匍匐着搜寻廊下的每个角落。

“静子！久藏！快答应啊。”信春大声地呼喊，泪水滂沱而出。自己的愚鲁竟酿成如此大祸！就因为无法放弃进京的梦想，被执念拖拖拉拉地牵着鼻子走，今天终于遭到了报应。

信春自责得匍匐在地，额头撞向泥沼，仿佛一直这样就可以挽回什么似的。他一次又一次地撞下去，好歹没有发狂。

“夫君！夫君——！”隔着雨帘，隐约传来静子的声音。信春回顾四周，却什么都看不到，不禁怀疑是否是幻觉。但他又一次亲耳听见了。

“在哪里，你在哪里啊？”

“在这儿，仓库里。”土墙仓库的檐下有一扇用来采光的小窗。静子正把脸贴在那儿，拼命喊着。

“儿子，久藏也在吗？”

“也在，快开门啊。”

信春起死回生般冲向仓库，可仓门上着锁。而且是从外面锁上的。“这是怎么回事？是强盗干的吗？”

“是阿爹叫我俩躲在这儿，还上了锁。”静子出生在商家，所以这样称呼自己的父亲。

可宗清为何这么做，信春完全不能理解。“钥匙呢，仓库的钥匙呢？”

“这里。阿爹扔进仓库后离开的。”当时盗贼逼近，几乎没时间藏身，宗清只瞬时将钥匙丢进窗内。

静子伸手从窗格抛出钥匙，只听叮铃一声钥匙落地。门开了，身着睡衣的静子紧紧抱着久藏。仓库冷若冰窖，两人都冻得牙齿上下打颤。

“没事了，不用怕。”信春把二人带到远离的睡房，裹了被子取暖。他自己虽然淋得像落汤鸡，却丝毫感觉不到寒冷。

“到底怎么回事？阿爹和阿娘都好吗？”静子还不知道惨剧，正担心父母的安危。

“父亲为何把你俩藏入仓库？昨晚都发生了什么？”

“大半夜的，阿爹过来叫我和久藏躲进仓库。没来得及问为什么。”就这么躲藏着的时候，听见有十来个人闯入家门的声音。来人带着杀气搜遍全家，黎明前方才离去。静子担心父母，想去主屋看看，但仓库从外上了锁，也出不去。

“看来父亲知道盗贼来袭的事啊。”所以才将两人藏在仓库里并上了锁。但家的出口只朝向前门大路，他大概已知道他们夫妇俩并不能全身而退。

想到这里，信春突然意识到了什么。宗清已经知晓盗贼是何人，为何来袭。所以清楚若被俘虏定然逃不脱严刑拷问，不如和阿相自戕……

“在这儿别动，一直待在这儿。”信春嘱咐静子待在睡房，自己则前去主屋料理二人的遗体。

没错。宗清头部的伤痕是自己用刀从耳下割至喉结的，身旁掉落一把用来削竹笔的小刀，刀身血迹斑斑。

（怎么会这样?）

信春茫然伫立着，忽听后背传来轰的一声。是静子亲眼看到父母身亡，晕倒在地板上了。

第二章　焦热地狱道

养父母惨遭非命，盂兰盆节初次祭奠法事于七月十三日，在长谷川家的菩提寺——长寿寺举行。

阴历七月正是盛夏时分。白昼的阳光炽烈而灼热，七尾城下街笼罩在一片湿漉漉的滔天热浪里。参道两旁的银杏树上，无数蝉儿狂躁地鸣叫着。其声响震半空，又变作层层重压，席卷而来。

长谷川信春（等伯）牵着久藏的小手，额头冒汗，正爬行在参道上。静子跟在后头，步履间却带几分踌躇。她站在参道中央，面容忧郁地再次问道："真的要去吗？"

"要去。无论受到怎样的对待，盂兰盆节的初次法事我都要参加。"养父母惨遭不测全是自己的错，得想办法赎罪。至于众亲戚的态度，他已拿定主意，忍忍就好。

穿过寺门，已有三十来人站在树荫下闲聊。众人都穿着淡墨色麻衣，手持扇子在胸前急促地扇着。一见信春便喝道："来干啥啊，你？"

宗清的弟弟宗高率先走了过来："不是告诫过你不要来的吗？从此你跟我们家再无瓜葛。"

“我知道。但今天的法事，请务必让我参加。”信春弯起魁梧的身体，如罪人般低头恳求道。

“够蠢！谁会原谅一个害死兄长的人？”宗高大声斥责的声音响彻寺内。宗高也是个知名的佛画师。但自从信春过继到长谷川家当养子并继承家业后，他不得不从本家独立出去。这份芥蒂使得他对信春更没了好脸色。

“叔叔，您别生气，还请通融一下。”静子也在旁低头恳请。

“不行不行。这家伙为了奥村家而牺牲了我们长谷川家，真是恩将仇报。”

“哥哥，别太大声。”宗高的妹妹阿通劝慰道。阿通嫁给富裕的商贾，现今育有三个孩子。“最难受的就是静子了。之后的事情都由哥哥你说了算，今天的法事就让他们参加吧。”

“这……能行吗？”宗高一碰触妹妹的严厉眼神便即刻软了下来，一改先前的强硬表态，仿佛那只是为了显示自己作为长谷川一家栋梁的威严。因为此前，他曾数次接受阿通的经济援助。“看在你的分上，就只能这么着了。但决不允许他踏入本堂一步。如果真有祭奠的孝心，就在这里跪拜着替二老祈求冥福吧。”

紧连着本堂的石板地是用石灰岩铺成的，在夏日阳光下白辉莹莹。信春似一头憨牛被拉出来，老老实实地跪拜下去。小腿骨和膝盖紧贴着石板地，如针刺般疼痛。太阳当头暴晒无情，仿佛被炙烤一般暑热难耐。

不过，信春觉得这也是理所当然的报应，整个法事期间只一味地忍着。

宗清事件，最终还是不了了之。接到报案后，官差虽也来了，但因没有找到任何有关盗贼身份的证据，所以便早早收工。

大概是七人众的手下干的吧，他们以为畠山义纲写给朝仓义景的宣誓文在信春手里。但当时信春并不在场，也没有找到什么宣誓文。更何况引得宗清夫妇自戕，所以七人众装出一副事不关己的模样，以逃避世人的责难。

而事件的始作俑者奥村武之丞却仍然音信全无。据闻在事发之前他已向长续连递交退隐申请，并将户主之位让与长子，信春不禁愕然。难不成武之丞原本就不打算把宣誓文交给自己，之所以把自己牵扯进去，只不过是为了掩七人众的耳目？这个疑团在他心头怎么也挥之不去。

（不会吧。兄长再怎么过分都不至于……）

他不愿把事情想得这么糟，但此事关系到畠山家的生死存亡，兄长难保不会不择手段。或许是武之丞故意让七人众觉得宣誓文已经交给了信春，让信春引开他们，而自己却趁机前往一乘谷也未可知。

（若非如此，擅闯长谷川家的盗贼们不至于搜家搜得那么彻底。）

信春胡思乱想着，但又无法跟武之丞确认真伪。而即便确认了真伪，事态也已无法挽回。

事件发生后半月余，信春以扰乱城下町的罪名被驱逐出七尾。官方的判定是：虽不知道贼人是谁，但引发这等血腥事件，长谷川家亦罪责难逃。即各打五十大板。因此长谷川家的当家信春遭到流放。

受此处罚后，长谷川家召开了家族会议。宗高和阿通等亲戚聚在一起，商讨之后的对策。当然，族人声讨信春矛头一致，要追究其责任的声音不绝于耳。信春将事情的始末原原本本地说了出来，但谁都不信。他们认为仅凭这点，宗清根本没有理由拉着阿相陪葬，肯定还另有重大隐情，定是信春为了袒护武之丞才有所保留。他们就是这么怀疑信春的。而武之丞在事件之前出让户主一事也助长了这个嫌疑。

正如宗高所言，信春被认定是为了奥村家而牺牲了长谷川家，而他自己却无从辩言。因此协商的结果是，让静子与信春离婚，再找一个有佛画师技能的人入赘，且提名宗高的次子宗冬为候选人。

“宗冬佛画师的技能甚佳，况且又比谁都珍惜本家的声誉。”宗高像是志在必得一般夸口自己的儿子，甚至还得意地说，当初若直接让宗冬当养子，就不会出现今天的惨事。

信春毫无反驳的权利，无论结果怎样，他都只能默默承受。

可静子却断然拒绝了："我跟定这个人了。久藏也是。"静子宣告众人，哪怕背井离乡，也要一家三口一起生活。

"他是个被流放的人，无家可归。你们要怎么生活？"宗高诘问道。

"这个请容我二人仔细考虑。长谷川家由叔叔继承不就好了么？"很难想象平日里中规中矩的静子，会用如此强硬的口气说出这番话。

全场鸦雀无声。

"哦，原来如此。那就请自便吧。不过丑话说在前头，本家的财产一分都不会给你们。"宗高貌似被激怒，可心内却甚为满意。

未时（下午两点已过），暑气最盛。日悬当空，条条光线炽热毒辣。被炙烤过的石板地与白沙亦无情地回吐着灼人热浪。

信春仍然跪坐着，侧耳倾听从本堂传来的吟诵声。小腿与膝盖已不知疼痛为何物，知觉全失。额头和太阳穴上涌出的汗水也不去擦拭，只任其渗入眼里，再顺着脸颊流淌下来。

如果这是对自己想要进京习画的惩罚，那就应该坦然接受。就算要五马分身，也得迎上前去，信春须直面自己证明自己。他那双浸润着汗水的血红的双眼，直直望向本堂之外的更加遥远的所在。

未申，也就是西南方向，便是京都。那里秘藏着诸多古今名画，是他所憧憬的有狩野永德恣意挥笔的丹青之地。此时此地，他决不能被打倒。

（静子，久藏……）

请原谅这样的夫君和父亲，信春呻吟似的在心中喃喃。事件以来，静子未曾责备过一句。就算能看到她脸上强忍的痛楚与窘迫，她还是一如既往地竭力操劳，更言明要离乡背井，与自己生死与共。静子竟如此竭力维护自己，信春有些意外。

法事终于结束，宗高走在前头，领着众亲戚走出本堂。貌似本堂也很热，有人狠命扇着扇子，也有人用手绢拭擦着汗湿的脖颈。

信春闭上眼睛，不让他们看见自己的落魄。正如每次作画前那样，他脑中出现了释迦如来与多宝如来在天上讲经说法的景象，以让身心在庄严无边的彼岸得到释放。

“混蛋，又四郎！”宗高叉腿站立，拳头打在信春脸上，说要替兄嫂出气。信春已感觉不到疼痛，只心碎得止不住落泪。其他人则远远绕道而行，像是在忌讳什么不洁之物似的。对于即将被逐出七尾的信春，没有人打算伸手拉他一把。

忽地，一阵熏香幽幽飘过，眼睑处多了一种手帕的柔软感触，是静子悄然俯身在擦拭着他的泪与汗。久藏似躲在她身后，一直盯着信春。

“您辛苦了！好了，咱们走吧。”静子仿佛什么事都没有发生过一般微笑道。那圆润的下颏、温和的面孔、深邃而慈爱的眼眸，让信春心头一紧。他好似羞赧地报以一笑，想站起身来，无奈腿已完全麻痹，无法用力，终于结结实实向前倒在地上。

夜晚，一家三口在城下町的旅馆歇宿。考虑到信春的极度疲乏，静子硬把他拉来住旅馆，说儿时的好友便是这里的老板娘。

这是城下町屈指可数的高档旅馆。唐式的匾额高高悬挂，令一般庶民望而却步。静子在大门口和老板娘说了一阵后，走进最气派的带壁龛的房间。

晚餐也极尽奢华。能登半岛的山珍海味，都满满地装在青花大瓷盘上。有珠洲的牡蛎，轮岛的鲍鱼和蝾螺，七尾湾的赤西贝等，都是渔师们从深海捕捞上来的珍品。还有七尾的名产卷鰤鱼。把冬季肥美的鰤鱼经由腌制保存，于盂兰盆节时分享用，这可是七尾特有的美味。

“这究竟是怎么回事?”信春好像闯入了另一个世界般迷惑不解。

“我们再也不会回到这里来了，所以麻烦朋友替我们准备了最奢侈的花销。”静子大胆冷静地对答着，拿起筷子催促大家快点享用。久藏十分欢喜，整个人趴在膳盘上，直接手抓最爱的牡蛎。

“哪来的这笔钱?不会是打算吃霸王餐吧?”

“不用担心。我从阿通姑母那里拿了很多盘缠。”

“很多?到底有多少?”信春特别慎重地问道。此地离京都路途遥远，若是在这里浪费太多，难免会心里没谱。

“这……大概三贯吧。”

“三贯铜钱?”

“银两三贯。姑母用长谷川的商号，给我出了张银票。”这个时代，银票已经普及。出门在外不便携带重金，况且还有遭遇强盗的危险，所以在各个主要城市，都有用银票兑换银两的商号。精通商业的阿通在把长谷川家的全部家当移交给宗高之前，作了张三贯银两的银票塞给静子。三贯银两相当于黄金六十两，即现在的六百万日元。

从七尾启程去京都，陆路途经千野、江曾、二宫，到达芹川。然后换乘江舟，沿着长曾川顺流而下，不久进入广袤的湖泊，即通向能登半岛西岸羽咋的邑知泻。虽然现在已被填埋成平原，但在当时却是连接羽咋到良川的大湖，是水运的一大动脉。

七尾到芹川的陆路约有三里，芹川至羽咋的水路也差不多三里。所以若是早上从七尾出发，傍晚便能到达羽咋。从羽咋乘船进入越前的敦贺港，再沿着北国大道来到琵琶湖的盐津。从盐津坐船到大津，穿过山科再从粟田口进京。距离遥远，但陆路却不长，如果海路遇上好天，便能走得顺畅。其实当时七尾与京都的交流及通商，远比你我今日想象中的活泛得多。

信春背着久藏，带着静子，于卯时（早上六点）从七尾启程，朝芹川行进。虽说只有三里路程，但对于不习惯远行的静子来说甚是艰难。信春在行程中需得顾及静子，所以竟比单身出行时负担大了许多。

盘缠虽然充足，但毕竟是被流放之身，举目无亲无依无靠，一路上无论遭遇了什么都无法仰仗公家权力，若是真的走得精疲力竭，也只能曝尸乡野。这么一想，信春便心事重重，步履沉重起来。单是自己还好，倘若连累到静子和久藏，真不知该如何是好。

兴许只有直面眼前的危险，才能发觉至今为止故乡与老家曾是多么照顾自己多么优待自己。正是有那些守护家园的人们的不懈努力，自己才可以不用担心挨饿受冻，才可以日日平安喜乐。此前都未曾意识到这些，只看到了周围人的封闭保守并为此生怒，那个曾经的自己是多么愚钝啊。这种愚钝膨胀开来，终于撑破了承载自己的家园之舟。

（还让养父养母死于非命。）

无尽的后悔和不安涌上心头，老天似乎也有意作对，天空顷刻间乌云密布，千野的客栈刚过，雨便下了起来。

是夏日骤雨。远山上的白烟眼看着越逼越近，周遭挂起一片水帘，一时间水天相接。他们急忙躲进一棵大松树底下避雨，可待了很久雨势也不见变小，雨云像是故意停留在了此处一样。

“在这儿稍等，我去买把油纸伞和蓑衣。”信春让母子二人等在松树下，自己则返回千野的客栈。茶店有替旅人准备的雨具，信春为静子选了把油纸伞，给自己买了蓑衣和斗笠。

回程时，只见面前一道笔直的路通向无尽远处。两侧覆盖着茂密松林的窄道，处处水洼溅起碎雨无数，一直绵延至无穷。而大松树下的静子与久藏相拥而立。两个失了家园失了故乡孤零零的身影，瞬间让信春震恸不已，竟驻足不前。

“啊……请饶恕我！”他哽咽道，差点儿就在此处跪下。

佛经上说，残害双亲的人会坠入无间地狱，无时无刻不遭受大苦大难。信春所犯正是这条，从今往后，不得不一直走在焦热地狱道上。

“啊！是父亲大人。”久藏看到信春，冒雨奔跑过来。

信春霎时间有逃离的冲动。别过来！在此别过，或许对你们来说更好。他想这般狂喊一通，再转身消失在雨道之中。可下一个瞬间，他又将久藏高高举起，紧紧地抱在怀里。

信春把久藏抱在身前，这样孩子也可以用蓑衣挡雨。他用腰带绑住孩子的屁股，这样手臂便可省力不少，然后右手撑着油纸伞，紧贴着静子往前走。

只要意志尚存，便前行不止。日莲上人曾教导：若无疑心诸难，自然臻至佛界。

（不要屈服。不要放弃。）

信春如咒语般念叨在心，行走在泥泞的雨道上。

一到江曾的客栈，一个身着僧衣的青年男子出现在眼前：“请恕小僧无礼，这位是长谷川信春先生吗？”

“正是。”这人莫非是七人众那边的？信春下意识地把静子久藏在身后。

“小僧是本光寺的永忍。受本延寺日便上人嘱托，特意在此恭候先生。”对方说要带领信春一家去寺里，可信春却没有立刻应允。他虽然知道附近的确有家叫本光寺的法华宗寺庙，但却无法相信日便上人会在这里等候自己。

“上人让小僧转达，他愿意为一眼龟递送一根浮木。”这是日便上人在樱花祭前夜讲过的法话。信春终于吃了一颗定心丸，于是带着妻儿跨入了本光寺的庙门。

日便上人就等在本堂旁边的膳房里，穿着麻布的窄袖便服盘腿而坐：“在雨中遭罪了啊。”和尚跟养父宗清年龄相仿，是看着信春长大的。信春入长谷川家当养子，还是靠他牵的线。“我知道，你并没有罪过。那天夜里直至天明，你一直等着什么人吧?”

“正是。”信春答得仓促，他不愿静子听到这些。

“你是被武之丞唆使的吧，他眼里只有自己，从不顾及他人。”

“兄长的计划，上人也知晓?”

“老僧寺庙与畠山家渊源很深，如今虽无直接来往，但事情梗概还是略有听闻。”

“养父呢？……养父知道此事么?”

“他是北陆的首席佛画师啊，生意上的往来也多。即便老僧不说，很多事情他都是一清二楚的。”

“我打算去一乘谷送信之事，他也知道吗?”

“具体怎样老僧不知，但他确实清楚你是走上了一条极难之路。”

“可养父又何苦要自杀呢?”信春呆立于泥地上，任凭雨水从蓑衣滴落。

“你怎么认为呢?”日便上人望向信春，目光深邃。

“起初以为他是为了不落入贼手。但最近觉得未必如此。”

“是么？还是盂兰盆节时分，或许他的幽魂正盯着着我们呢。”和尚忽然笑出声，从信春的怀里一把抱过久藏。“刚好正午，快上来用点热粥吧。”哦，肚子饿了吧？好孩子，好孩子。和尚边哄久藏边往里走，吩咐知客僧准备热粥。

热粥里加有丰富的草药，久藏喝罢便沉沉入睡。一旁哄睡的静子也在不知不觉中进入梦乡。从大清早走到现在，她实在是太累了。

“令夫人真是贤惠啊，说来还得感谢老僧当年的撮合呢。”和尚祥和地望着二人的睡颜。

“没想到她还会跟着我，且从没责备过一句，凡事都竭力往好处想。”

“宗清这人哪，他是从心底欣赏你的绘画才能呀。他曾有一次噙着泪说道，再过十年，你一定会成为驰名北陆，甚至是京都的名画师。”

“画师……养父真的这样称呼我吗？”

“是啊。他说，决不能让你一辈子陷在佛画师的井底。你知道，他为何选道净作为法号吗？”

“这个，晚辈不知。”

“其一是作为佛画师，替众门徒洁净成佛之道。其二，大概希望能为你扫清成为画师的路障吧。”

（怎么会这样？怎么可能……）

信春像是坠入了云里雾里。他从没有从宗清那里听过这些话。所以一直以为宗清替他所做的一切，只是为了让他更好地继承家业。

“宗清的心思，静子应该了解。因此，无论你流落何方，她都愿意同心协力跟你患难与共。”

“既然如此，那养父为何——”又选择了自戕？信春又兜回了最初的疑问。

“佛祖是禁止杀生的。自残也是违背佛祖教诲的大罪。宗清明知如此还选择自戕，是有相当觉悟的。”日便稍许瞑目后喃喃道，“那并非自戕，而是舍身。”

“舍身？”信春不明所以，又问了回去。

上人未作回答，只是从书桌里取出两封信：“这是老僧给你的浮木，请收好。”一封是信春作为本延寺的使者，前往京都拜访本法寺的证明。另一封则是写给本法寺日尧上人的推荐信。

“老僧跟日尧上人多少有些交情。只要说是老僧介绍的，寺内定有你们安身之所。”

“大恩不言谢，上人的恩德在下铭记在心！”有了这两封信，到了京都也可以安心了。正当信春带着妻儿走投无路之时，和尚此举无疑是雪中送炭。

“日莲上人曾言：大难既来，则顽强之信心弥坚；大难既去，则法华经行者不再。既逢大难，你就更应摒弃杂念、潜心作画，做个天下第一的画师。这便是你的行者之路。”

“在下必当日益精进，不惜一切成为从画行者。”信春心底涌上一股暖流，化作两行热泪。养父母过世以来所压抑的千般情绪再也不受控制。

“在画业上不再迷茫之时，就请替宗清和阿相画一幅巨大的涅槃图吧。那才是对二人最好的拜祭。”

不知不觉间，雨已消停。信春叫醒静子，抱起熟睡的久藏离开寺庙。静子的眼角尚有泪痕，她中途醒来，大约已听见了日便和尚的一席话。

三人从江曾到武部，过二宫，傍晚抵达长曾川旁的芹川。再转乘江舟，只消出了邑知泻便到羽咋了。今晚他们在此歇宿，等待明早的船只。

招揽客人的厨娘硬拉着他们卖力地吆喝。待他们已被说服，即将卷帘子进屋时，信春隐约觉得身后有人。像是有谁在暗地里盯梢。可扭头一看，通往桥端的路上却根本没有人影。

“怎么了?”静子问道。

“没什么，兴许是有野狐穿行吧。”

是夜，信春辗转难眠。尾随他们的，究竟是七人众的手下，还是武之丞的同伙？信春越想越不安。七人众虽然已经把事情搅浑，但不排除他们还想把私通畠山家的信春干掉的可能性。

“睡不着么?”静子小声问道，屏风的另一边睡着别的客人。

“是啊。你也是么?”

“可不是吗，这可是第一夜啊。”作为被故土舍弃之人，他们回想离别时刻，预想往后之事，心绪复杂难以成眠，也很正常。

“我会保护你们的。我向神佛发誓，一定不让你们遭人毒手。”也只有这样才能减少害死宗清和阿相的罪过。然而信春忽地想起了和尚的话：“那不是自戕，而是舍身。”舍身是指为了佛法或者拯救他人而舍弃性命。比如为了修行和报恩，被饥饿的猛兽吃掉就叫做“舍身供养”。

（养父的死若说是舍身的话……）

那他究竟是为谁而舍弃性命的呢？难道竟是为了畠山家？难道宗清夫妇舍身是为了解开禁锢信春的家庭枷锁，让其没有后顾之忧地进京习画？

（这……不会吧？）

信春一时惊得坐起身来。

“怎么了？哪里不舒服吗？”静子也起身问道，满脸关切。

“没什么。没事。”信春抑制住内心的波涛汹涌，调匀呼吸。额头和脖子渗出冷汗来，但他不愿让静子察觉，遂用袖口拭擦一下便又睡下。

信春曾受缚于自己长谷川家养子的身份，而不能远上京都习画。若是宗清察觉到这点，更以二人之死替他开凿了画师之路，那此等重罪他该要如何偿还……

翌日清晨，他们搭乘了最早的江舟。一艘大约能承载十人的小船，由船夫操着桨顺水而下，到达邑知泻。之后转乘往来于湖面的十石大船。所谓十石，即可堆放十石大米，是可承载三十人左右的大船。这是要等到客人坐满才出航的不定期船。

此时还只有四五个人入座，船舷前方空着很好的座位，而信春却故意在拴船场附近消磨时光，等着快满员时才入座。这样一来，后于他们上船的人便不多了。若是真有人跟踪，一眼便能瞧出来。

“快，只剩五个位置啦。”等船家说出这话，信春一家才上船。后面赶来一对背着包裹的夫妇，看样子像普通的行商，不像刺客。

“出船喽！”船夫一声吆喝，站在橹棚的六个水手一起摇动船橹。船儿眼看着加速驶向羽咋去了。

信春张开双臂深呼吸，还特意回头看了一眼，拴船场上并无可疑的身影。之前觉得有人跟踪，或许只是自己疑心太重而产生的错觉。

十石船在澄澈透明的湖面滑行。茂密的芦苇岸边，栖息着成群结队的白鹄。海鸥和黑尾鸥为了捕捉淡水湖里的鱼类，正高声鸣叫着飞旋徘徊。

羽咋的港口已近在眼前时，只听久藏急切地叫道：“父亲大人，母亲她——”

信春正忙着把周遭的美景刻入脑海，一听这话，急忙回头。只见静子身躯倚着船舷，面色痛楚呼吸不畅。她的脸有些潮红，额上的发丝都已被汗湿，但身体却异常冰凉。

“静子，你怎么了？没事吧?”

“没事。有点累而已。”静子吐气若游丝，却还硬撑着不让信春担心。

“都发高烧了，怎么可能没事?”信春抱静子坐膝上，帮她擦拭后背和手脚。他有些六神无主，只能想到替她暖一暖身子。“别怕！马上带你去看医生。”

信春抱着静子站起身来，打听乘客中有无习医之人。船内偏巧无人懂医，只一位僧侣言道，羽咋就有个他相熟的医生，倘若知道病人下榻的旅馆，便可拜托其前往行医。

“歇宿在哪里好呢？如有令人安心的栖身之所，还请大家务必告知。”信春过于担心，连声音都哽咽了。

“的场屋就不错，只是价钱稍贵。”

“贵也一定不会拖欠。请您带我们去，成吗?”

的场屋是位于拴船场附近的船宿。羽咋是往返于日本海的大型船只的集散地，因此随处可见以船夫和水手为客源的船宿。而这之中，的场屋是最为上等气派的。

信春走进店里，拿出三贯银两的银票，跟掌柜说要以此支付。

“当然可以，这边请。”掌柜也不预收银票，便把一家三口带入一个崭新的榻榻米房间。

不多时医生也及时到来，是个留全发[①]的五十出头的男人，据说曾经师从名医曲直濑道三。

“夫人的心脏有些羸弱啊。”医生捏着手腕把脉，面露难色，“最近夫人是否有异常悲痛之事？您可知晓？”

“知道。为此，她历经了千辛万苦。”

“若不介意的话，能否告知一二？”

既然是为了诊治，信春便将事情的来龙去脉一一道来。说到动情处，他握拳捶胸，说一切都是因他而起。

“原来如此。但夫人还是坚强地挺过来了。”

“不光挺过来了，她还一直守护着我，以她那么瘦小的身体……”喉头被激荡的情绪阻塞，信春没能继续说下去。

“病根就在这儿。心劳加逞强，阻碍了气血的流通。”

“如何才能治愈？”

“摄取充足的营养并静养。这是神通丸，每日服用三粒。”医生告知他们就诊费和住宿费记一起就好，随后便匆匆离去。

送医生出门之时，信春发现常夜灯的背光处有一男子正窥视着自己。此人担着行李，裹腿卷起，一副伙计模样的打扮。信春清楚地记得，此人老早便坐定在十石船上了。乘坐清晨最早的江舟从芹川出发的话，很容易推算出将在良川换乘十石船。所以，这人先行上了十石船，装作若无其事的样子暗中盯梢。

（这个兔崽子！）

信春赤着脚出了门，一把抓起放在门边的防盗棒冲将过去。就是这些家伙让静子这么痛苦，不管是什么来头，先暴打一顿出了气再说。信

① 全发：当时的医生或行脚僧的发型。

春边跑边系紧裙裤，在握棒处吐上唾沫，做好恶战的准备。

他的速度极快！这个近六尺的大个子，就像个善于踹脚的猛兽，迅速缩短着和对方的距离。大概是担心这么下去马上会被追到，伙计模样的男人在街角处一拐，躲进建筑物背后。观音寺的参道两侧到处是茶店和纪念品店，那人定是躲了进去。可信春也不能挨家挨户去搜。

等信春回到旅馆时，静子已经昏昏入睡。久藏安静地坐在枕边，一脸担心地紧盯着母亲。

“饿了吧。吃点东西吧?”

“不用。”久藏冷冷地答着，头也不回。

“母亲会没事的，睡一晚就好了。”夜还很长。信春铺好被褥，硬拉着久藏入睡。他自己也在不知不觉中入眠。夜半时分，信春被细微的虫鸣声惊醒。白天那股暑热，到了夜里一下子便凉了下来。金钟儿和蟋蟀正悄悄地竞相鸣叫。

十五的月亮清澈通透，幽蓝的月光透过隔扇洒进来，宛如置身海底的一片静谧之中，静子和久藏相依而眠。久藏原本睡在信春那侧，不知何时已依偎在了静子身旁，熟睡中一双小手还紧紧抱着母亲的臂膀。

静子侧身躺着，左手搭在久藏的背上，像是抱着他。或许是熟睡中无意识的动作吧，她手臂上还缠着薄被，看起来轻巧得好似羽衣袖子一般。

(这……)

信春愣住了。静子虽然已经病倒，却还本能地要保护孩子，他在静子身上看到了作为护子神的鬼子母神的身影。鬼子母神曾是专门杀食幼儿的夜叉，在佛祖的教导下变成了奉子、安产、育儿的守护神。而追随她的十罗刹女曾是大鬼神女，在法华经陀螺尼品里，称其为四天下所有鬼神的母亲。

信春受经文的字面意思误导，以为十罗刹女是鬼子母神的眷属。二者同为神，所以之前一直把她们画成同等大小。但实际并非如此，鬼子母神其实是十罗刹女的母亲，是她率领众鬼神之母的十罗刹女，守护着孩子和法华经的门徒们。

（因此，新的画应该——）

把十罗刹女置于鬼子母神身旁，如久藏依偎在静子怀里那般才行。这一转念，信春再也按捺不住，立即拿出画本和木笔，开始绘草图。

正中间为怀抱孩子的鬼子母神像，孩子伸出胖嘟嘟的手臂，嬉闹着想抓取母亲手中的石榴。十罗刹女们有些妒忌怀里的孩子，她们也想享受母亲的温柔，无奈已经长大成人。因此，虽然她们脸上一副懂事的神情，但内心却有一双无形的手正伸向母亲。她们身后远处，绘在圆环中的日天子、月天子、明星天子，正用光芒照亮她们的慈母之路。

新画的构思一幕幕浮现，信春痴迷地舞动木笔。草图十分逼真，线条生动传神，画得比预想的更有纵深感。信春几乎陶醉在自己的技艺和精彩的草图之中了，如酒醉般挥舞着木笔。

过世的宗清曾教导自己，唯有当信仰和表现融为一体，新的构思才会灵光闪现。信春如今才总算明白过来，甚而觉得先前所发生的悲剧或许都是为了让他能达到这种境界。

他想描绘细微处，但仅靠透过隔扇的月光毕竟不够。静子的表情很难看清，所以信春稍稍打开门板，好让光线多漏进一些。

月光如白刃般从细缝射入，照亮静子的脸。她苍白凸起的脸上流露出深深的疲劳，脸颊像是烤焦了一般了无生气，形同死人。信春似被人泼了盆冷水，突然清醒。对绘画的狂热迅速降温，残酷的现实重新逼近。

（什么画师！什么灵感！害死养父母，让妻儿流落街头，却还在这里自我陶醉！）

你还是人吗？内心的苛责如排山倒海。信春慌忙拉上门板，在莫名的冲动下将草图撕成碎片。艺术是一种病。无论画得多美多真实，都只不过是私欲与烦恼所操纵的奇思淫巧而已。悔意如惊涛骇浪般席卷信春，他魁梧的后背忽地抽搐起来。

三天过去，静子的身子还是没有好转。可以稍许喝点粥了，但尚不能起身。信春再次唤来医生，询问多久才能治愈。

医生口气严厉："需要安静修养十天。倘若勉强劳累，后果将不堪设想。"随后怏怏而去。

信春收起画本画材，只尽心看护静子。倘若静子有什么闪失，自己也活不下去了。于是他封存了蠢蠢欲动的内心，决定当下不再绘画。

这以后，信春一旦听说有助于养病的食材，便立马前往市场购买。他担心久藏在母亲身旁太过不安，便索性背着他一道出门。

附近有个美丽的海岸，叫千里滨。细腻的白沙岸，伴着涨落的海水一直延伸至无穷。若是平素，他肯定早已取出画本开始素描，这也是教久藏学画海浪的绝好时机。可现在，他连笔都不去碰了。不光是对静子的愧疚，也是因为察觉了自己对绘画的各种丑陋心思，让他提不起兴致。

第五天，静子的脸上出现了一丝血色，终于可以坐起身来。

"夫君，有件事想麻烦你，可以吗?"静子的语气十分拘谨。

"可是有什么想吃的东西?"信春边晾衣服边问。

"不是的。你能不能和久藏去一趟气多大神社，替我祈求一番。"听说若是奉上随身携带之物，再向神灵祈愿的话，病体便会迅速恢复。静子说罢递给他一把梳子。

"好，这事儿就交给我吧。"信春爽快地应承下来。考虑到中途可能遭遇七人众手下的突然袭击，他还是预先借用了旅馆的防盗棒，这才牵着久藏的手出门。

气多大神社位于邑知泻的北部，主位神是大己贵命（大国主神），从出云乘舟来到能登一地，开拓疆土并镇守此地成为守护神。与出云大神社一般，作为结缘之神广受众徒信赖。

穿过大门走在参道，便看见高耸的神门。柏树皮修葺的四柱门尽显庄严，格调之高不愧为能登第一神宫。过了神门，便是拜殿和本殿。社内周遭的原始林郁郁葱葱。本殿右侧是白山神社的社殿，左边则是供奉若宫神社的社殿。这若宫神社便是两年前，畠山义纲为祈求光复能登而捐赠的。虽是小巧的一间社流造[1]，但其优美的姿态充分展现了畠山文化的精髓。

信春和久藏来到本殿前，却不知该将静子托付的梳子敬奉在何处。若是放错了地方，静子的康复祈愿可能传不到神明那里。信春环顾四周想找人询问，可偌大的院内一个人影都见不着。无奈之下，他只好把梳子和零钱一起包入怀纸[2]投入香资箱，然后拉响社铃，击掌并双手合十，低头专心祈愿——拜托神明让静子早一天痊愈！

“父亲大人，神明在哪里啊？”久藏也合起手掌，疑惑地仰望本殿。殿门紧闭着，唯有横梁上雕刻的双龙俯视着久藏。

“神明上天入地，无处不在，这森林也有，正聆听着祈愿者的心声呢。”所以，你也赶紧跟神明祷告吧，保佑母亲早日康复。信春再次双手合十，给久藏做了示范。

“可是，母亲吩咐我来看看这里的神明呢。”

“这个嘛，得用心的眼睛去看。”

院内又恢复了静寂，海风吹拂着树梢，响起阵阵亘古不变的沙沙之声。信春着魔了似的，陷入深深的寂寞当中。他赶忙拉起久藏的手，想要快步离开。

---

① 一间社流造：流造是神社的一种建筑风格，一般屋顶的前坡比后坡长。一间社指两根柱子围成一间的格局。三间社即由四根柱子搭建的建筑风格。

② 怀纸：放在怀里的和纸。纸张不大，对折放入。可用作便笺、手帕、书写和歌和诗歌等。至今仍在茶会上被广泛使用。

"阁下留步！请问是长谷川先生吗？"正当他们穿过拜殿时，一位三十来岁的僧人踩着砾石追了上来。

"正是。"

"贫僧是正觉院的尊海。先生可还记得？"

信春亲切地笑笑，但实在记不起在哪见过。

"七年前本寺得到一幅先生的十二天像图，那时贫僧与先生有过一面之缘。"

"啊！你就是那时候的——"信春记得是位为人随和的圆脸俗僧，带发修行，还穿着绸衣，难怪他一下子想不起来。

"贫僧当时兼任气多大神社和正觉院两头，所以您不记得也无可厚非。"尊海憨厚地摸着自己光溜溜的和尚脑袋。那时流行神佛习合[1]，所以在神社的社内也有正觉院等神宫寺（现在高野山真言宗），而且宫司和住持由同一人担任的情况并不少见。

"那时候承蒙先生关照！托先生洪福，众参拜者都是十分欣喜。"

"那是畠山公所敬奉的佛画，我不过是动笔作画而已。"那是七年前，信春二十六岁的时候画的。当时尚不知愿主是谁，只知道是为了祈求畠山家的繁荣昌盛而敬奉的。

"每年的盂兰盆节至一月，十二天像图都会挂在本殿供人瞻仰。先生要去看看吗？"

"本殿好像关着呢。"

"若是开着门，怕会有海鸟飞入，啄伤画卷。所以我们会在没人之时关闭殿门。"既然殿门能开，信春觉得看一眼再走也无妨。虽然不久前才决定远离绘画，但想起在榆原村时连畠山义续都盛赞此画，所以也想亲眼确认一下此画的功底。

---

① 神佛习合：日本自古已有的神道与外来佛教的互相融合。

尊海打开了正门与所有偏门，不过伸展着长长屋檐的本殿殿内依旧略显昏暗与阴冷。十二天像图正悬挂其间，只一眼信春便被画中的气势所震慑，像被捆绑了手脚般无法动弹。右手持剑左手结印的罗刹天，四面四手的梵天，暗绿色皮肤张牙舞爪的伊舍那天，右手紧握独钴杵、左手握拳的帝释天……十二天神手持熊熊燃烧的火焰光圈，成排地环绕着信春，其锐利的目光仿佛能洞穿信春的内心。

这些全身心画就的精细到每一根毛发的诸神，以远远超越信春自身力量与思虑的真实存在感，从四面八方聚拢过来。信春深深叹了口气，自己终究还是离不开画。即便只是被私欲和烦恼所操纵的一些技巧，若不能继续钻研下去，活着也等同于行尸走肉。他被自己的画点醒了。

“啊，神明!”久藏发现了悬挂于顶棚的挂轴，很高兴母亲说的都是真的。

“你母亲说的神明，就是这幅画吗?”

“是啊，母亲说是父亲画的神明。”

原来静子委托信春捐纳梳子，其实是想让他看到自己的画，从迷惑中重拾绘画的信心。信春这才意识到静子的苦心，茫然呆立了半晌。

信春谢过尊海，向神门跨步走去，内心充盈着新的力量。

“久藏，你也想成为画师吗?”

“嗯。”铿锵的童音响彻院内。

“那好，咱俩一起努力。”信春像是获得了重生，抱起久藏坐在自己肩头。

“哇！驾——咯噔咯噔咯噔。”久藏欢呼雀跃，双手紧紧扶住信春的脑袋。

归途遇到一家卖团子的小吃店，信春买了静子钟爱的御手洗团子[①]回

① 御手洗团子：砂糖酱油葛粉作酱的糯米丸子，一般成串出售。名称由来于京都左京区的下鸭神社所举行的“御手洗祭”。

到旅馆。掀开印有商号的蓝色布帘时，信春差点撞上一个正要外出之人。此人伙计打扮，正是那个尾随信春的人。他发现擦肩而过的是信春后，慌乱中欲夺路而逃。

“喂，站住！”信春长臂一挥抓住此人的领子。

“你是谁？为什么跟踪我？”

“我没跟踪你，快放手。”男子背过身去，想挣脱束缚。

信春左手抓牢对方的胸脯，拧紧了一把扯过来：“老实说，谁派你来的？”

“是，我说我说，你快放手。”那人哀求道，惊恐之下竟致手足无措。信春一放手，他便一屁股坐在地上气喘力竭。虽然只不过是轻轻一拧，可衣襟掐到了脖子，让他一下子喘不过气来。

“烦死了，吵什么呢！”熟悉的声音响起，长谷川宗高自布帘后现身。是养父宗清的弟弟，想让信春和静子离婚之人。“怎么会是你小子！要是弄伤了我的人可就不好办喽。”

“这人是叔叔店里的？”

“是啊。不过，你不配叫我叔叔。”

“这人一直跟踪我们，我还以为——”还以为是七人众的手下。

“是我让他盯梢的。谁让你们做强盗似的勾当！”

“强盗？什么意思？我们做什么了？”

“碍手碍脚的家伙，快滚开！”宗高一把推开信春，带着那个伙计匆匆离去。

真是莫名其妙，但又不能拦住宗高问个明白。信春憋着一肚子怨气回到房间，静子已经坐起了身，正耷拉着脑袋。

“怎么了？发生什么事了？”

“他们查看了店里的账本，咱们的银票给发现了。”

宗高察觉到阿通擅自开出三贯银两的银票，便叫伙计尾随信春三人，拿回银票。

“他们明明知道你正病着，还掀开被子强抢银票？”

“他们一直嚷嚷着还银票、还银票，嘴里还不干不净，我便忍不住把银票砸了过去。真是对不住啊。”

“不必道歉，换成我也一样。”

“可是，这旅馆的费用怎么办呢？”

“别再纠结了，我来想办法。先把这个吃了吧，身子最要紧。”信春说罢拿出团子串。

“哇，好诱人啊。”静子用手指分开蘸着甜酱油的团子，一边无奈地嘟囔道，“哪家都有不通情理的人哪。”

“是啊，真是雪上加霜。”

“不过这么一来反而觉得轻松了，倒也挺好。不然总觉得自己做了亏心事。”

打这日起病魔忽地走远了似的，静子的情况越来越好。食欲也有了，洗衣打扫的力气也回来了。唯一的问题是怎么支付住宿费。这么高档的房间，住一晚起码得五百文钱，他们住了十晚就是五贯，相当于现在的五十万日元。

信春身无分文，还仗着有那张银票，把手头的零钱也花得差不多了。现在的他穷得倒立过来都掉不出一个子儿。

（用画来支付吧。）

既然进京是冲着当画师去的，怎么可以连住宿的钱都赚不到？信春定下决心，重新取出已收好的画具。就画郭巨图吧。如同孝子郭巨舍身为老母而掘得金银，信春必须为了静子和久藏拼死努力。

信春把壁橱的两面隔扇卸下，放在书桌上，架上木板，搭出一个鹰架。然后磨上足够的墨水，排好十几种毛笔。

（南无诸天善神！）

他向法华宗的守护神祈祷后，屏息落下最初一笔。狩野永德的郭巨图已深深印刻在他的脑海里，并且经过无数次修改完善最终才得出了令自己满意的图样。现在他把图样按两面隔扇的大小重新构建，用基本的线条勾勒出骨架。

画，三天就绘完了。细微精准，连松树干上的裂纹和岩石底部的杂草都惟妙惟肖。

“客官，您这是干什么?”船宿的老板大惊失色冲将过来，“这个隔扇是专门从京都请师傅过来制作的特订品。您在这里涂什么鸦?”

“嗯，您请看。”信春拆掉鹰架，把隔扇安置回原来的地方。一切如预期般完美，画刚好收进壁橱里，正熠熠生辉。“怎么样，满意吗?”

“真是相当出彩啊，这是大唐画吧。”老板也看得出神，但一听说信春想以此抵去住宿费时，马上脸色一沉。“客官不可胡言乱语。住宿费要四贯五百文呢，再加上道顿先生的医药费，合计五贯。这画儿能抵得过来吗?”

“银票被上次来的那人抢走了，我现在是身无分文呀。”

“听您这么说我也很为难。我这可是做生意啊。”

二人这样一问一答之际，道顿先生来了。他刚好过来收医药费。

“哦！这是——”道顿惊叹一声，像被磁铁吸引般地凑到隔扇前坐定。不愧是京都曲直道三的医学高足，他对绘画也是慧眼独具。“老板，你什么时候购进了这样的名画?”

“这画是这位先生擅自画的，还说要抵去住宿费呢。”真不知道该怎么办，老板哭丧道。

“住宿费多少钱?”

“四贯五百文。合着您的医药费共计五贯。”

“老板是觉得不合算啊。”

“那是肯定的，五贯呢!”

“不然这样，我出五贯，呃不，如果能给落款的话我出八贯买走。如何？”道顿性急地想拉过作品，仿佛逮着了大鱼决计不让溜走。

信春没有异议。他递了个眼色给静子，随后在隔扇右下方署名并按上袋形印章。

“您真是长谷川信春先生啊！真没想到会在这里遇见您！”道顿激动万分，捧起信春的手。

“不好意思，这位是——”老板对这意外的场面瞠目结舌。

“是长谷川信春先生啊。气多大神社的十二天像正出自先生神笔哪！”

十二天像图的挂轴在京都也是好评连连。把这隔扇拿去大名家或者商家，起码值二十贯以上。道顿极为得意的神情语气，把船宿老板悔到肠青。

翌日早晨，信春顺利结过账，正打算出发，旅馆老板恭敬地问道：“先生这是要去哪儿？”

“乘船去敦贺。”信春着急赶路，昨晚便跟船家谈妥诸项事宜。

“您是急着去京城啊？”

“正是。去本山有些事情。”

“这样的话，不如再等候一时。浅井和织田在近江打得不可开交，出琵琶湖去京都的路走不通了。”这是从敦贺过来的行人捎来的消息。因此老板谦逊地建议信春再逗留一时，静观其变。其盛情雅意，简直与之前判若两人。“只要先生再帮我画一幅隔扇画，你们在此逗留几日都不成问题。”

对方搓着手不住地挽留，但信春并未允诺。他想早日抵达京都，在本法寺安顿下来研习绘画。不想因路途凶险便踌躇不前。

这一日，他们绕道东寻坊的要冲，来到三国码头，翌日午后抵达敦贺。下船后他们向货运马夫打听消息。所谓货运马夫，是指专门从事敦贺到琵琶湖海津的行李搬运业者。他们应该最清楚近江一带的局势。

“不行，那里去不成。”马夫的头领神情冷淡。织田信长为了攻击浅井长政，调动五万兵力进攻北近江。因此，北国大街被严密封锁，没有特别许可不得入内。

“这特别许可，要怎么才能获得?”

“比如说有事情报告织田的武将，或者为织田效命等等。我等想要进去是不可能的。”

敦贺一地是信长的敌人朝仓义景的领地。因此，织田方面的戒备尤其森严。信春原以为车到山前必有路，但情形远比想象的要严峻。

思前想后，信春打算拜访一下法华宗的寺院。在敦贺，有一个本法寺的分庙，名曰妙莲寺，从此寺或许能打听到更多的详情。这个时节，寺院对局外人相当严格。多亏有本延寺日便上人的证明书，信春三人才得以入内。

三人一起被领到膳房，五十多岁的住持亲自前来招呼：“贫僧日达，是日便上人的弟子。在本山修行时多亏了上人的照顾。”

“我在七尾是佛画师，本次打算前往本法寺修行。”

“贫僧从日便上人处听说过先生。上人说您堪比肩京都的画师，对您十分青睐。只是先生为何要在这个时期——”前往京都？住持的神情既非同情又非责难，言下之意则是，现今前往近江简直如同赴死。

“因出了些变故我只能远离七尾。于是才想要依仗本法寺，潜心专研绘画。”信春再三询问到底有无他法可以抵达京都。

“贫僧甚是同情，但确实没法子啊。”

“战事有那么激烈吗?”

“信长这个人是第六天的魔王。端坐欲界的顶端，统领三界，企图令一切众生悉数听其摆弄。”因此，他对敌对势力决不姑息，不灭掉浅井和朝仓誓不罢休。日达如此告知。

“可是曾听言信长公在去年年末听从天皇勒令，与浅井、朝仓他们议和了。当时将军也在场为证，怎么可以单方面撕毁协议呢？”

“对于第六天的魔王来说，天子也好将军也罢，都不当一回事儿，哪天要是不如自己的意了，便会毫不犹豫地舍弃天子，消灭将军吧。”

诚如日达所深深担忧的那般，信长已经明确打出推翻旧体制的方针。去年十二月十四日，在正亲町天皇的勅令下与浅井、朝仓讲和的信长，放弃了近江的大部分占领地折回岐阜城。但这其实是苦肉计，目的是为了躲避北部的浅井、朝仓和南部的石山本愿寺、三好三人众的南北夹击。他一开始就不打算真正从命。这一点在信长往后的行动中逐一显露出来。

议和后的半个月，即元龟二年（1571）正月，信长对元旦朝贺的诸将们明言，今年的目标是消灭比叡山延历寺。浅井、朝仓固守比叡山时，延历寺无视信长的再三警告与其作对，所以今年他要报这个仇。不仅如此，延历寺还处于浅井、朝仓和石山本愿寺、三好三人众的势力范围的中间位置，起到了联系两方紧密合作的枢纽作用。因此，摧毁这个枢纽，并阻碍双方的兵员移动和军需物资的运输，对信长来说尤为重要。

“信长的军队在余吴、木之本一地都做了些什么，先生可有听闻？”说罢，日达和尚一张温和的脸，渐渐怒气勃发。

“没有，未曾听说。”

“围猎人群。他用大军包围村庄，然后逐步缩小包围圈，把所有人一个不剩地杀光。”

“连女人和孩子也是？”

“是的，孕妇及尚在吃奶的婴儿都不例外。僧人、尼姑、宫司、高僧也都无一幸免。但凡在这个村庄里的，便烧光家园，连一只虫子都不放过。”

“怎么会？怎么这般残忍……”武士也讲人情。奥村家的父亲自幼教导自己：不可杀害无关战事者，不可追杀投降乞生者。从这样的伦理观来看，信长的所作所为已然偏离武士之道，是不可饶恕的杀戮。

“所以，贫僧说信长是第六天的魔王。正儿八经之人是做不出这种事的。”日达愤怒至极，不禁涕泗横流。他双手合十，为牺牲者祈祷冥福。

“那……从若狭去京都可行吗？”谈话间，信春一直在考虑这个问题。

“不可。以前尚可穿过朽木谷，一路翻山越岭，进入京都。但大约半年前，朽木元纲归降信长麾下之后，此道亦被严密封锁。”

“那岂不是与京都完全无法联络了？”

“倒也不是，还剩有一条山路。”

从敦贺登上野坂岳，穿过若狭与近江边境的山岗，可以到达比叡山。然后下至八濑或者北白川，便可穿过信长军的警戒网。这是连接越前白山和比叡山的苦行僧之道，也是三好三人众、石山本愿寺替浅井、朝仓补给弹药的军用路。

“那条道是走得通的吧？”

“您一个人的话或许可行，可若是携妻带子则定然行不通。”

“请住持稍等。容我跟与拙荆商量一下。”

信春去见了在别室等候的静子，告知她自己想一个人先去京都跟本法寺联络。“去京都只有一条山路可行，你和久藏都走不了。所以，我一个人先去，想办法拜托本法寺收留我们。”

“那在此期间，我们该怎么办呢？”静子正给久藏喂食在码头买的饭团。

“我会拜托日达上人让你们暂住此处。他是本延寺日便上人的弟子，应该肯帮忙。”

“往返京都，大约要多久？”

“这个啊，大概个把月吧。”信春说着没谱的话。他这是要穿越战乱区，谁都不知中途会发生何事。虽然手持一封写给日尧上人的介绍信，可终究不清楚在本法寺会有何种遭遇。只是，信春一心想早日去京都，所以特意说得容易些，好让静子同意。

“在此期间，我和久藏要怎么生活呢?”

“出发前我会绘画。越中富山的妙传寺不是托我描绘一幅鬼子母神十罗刹女像吗？只要画好送去妙传寺，可得五贯。把这钱交给寺庙用作你们的滞留费，寺庙应该不会反对。”

“能这么顺利吗？还没画吧?”静子把久藏吃剩的饭团塞进嘴里，一脸惆怅。

“这你就不用担心了，新的构图已经在脑子里了。”信春说起那晚，看着静子和久藏的睡姿偶得的构思。十罗刹女并不是鬼子母神的眷属，而是女儿。所以应该这么画，他取出画本和木笔画起草图来。

静子看着画本，深邃的眼神里充满哀伤。“真好。这幅画，肯定能让妙传寺满意。”她强作欢颜，认可了自己和久藏留在寺庙等候的想法。

信春赶紧回到日达和尚处，拜托长老照看静子母子。

“可以。但是倘若这画并不值这个价，就当没说过这事儿。”妙莲寺与妙传寺相交甚久，自然不能送去上不得台面的画作。日达严厉地告知他，若画作不行，便将静子母子二人送回七尾。

就这样，信春一家暂时住进了寺庙的塔头，他从翌日起着手作画。构思已妥，也依此画了草图，但最关键的鬼子母神的表情还定不下来。在新构思成型的那晚，信春为了描绘细处，开门取了些月光，却见到了静子疲惫病态的脸庞宛如死人般苍白，不禁愕然。他对自己的罪过深感内疚，一把撕毁了草图。于是构思也就此戛然而止。需用什么表情，必须从头考量。

“对不住啊，你能抱一下久藏吗?”信春摆好静子与久藏的坐姿，想从中得些灵感。

静子很快照做了，可表情却不如意。对未来的不安已快将她摧毁，哪里还能有如意的表情？可即便如此，静子怀抱久藏的手还是那么温柔，看着信春的目光还是充满了信赖，她足以抗争残酷命运的强大内心表露无遗。

（就它了。）

信春忘我地舞动画笔。

所谓慈悲就是以悲为慈。鬼神与人的无奈正是因着佛祖深深的怜悯而被救赎。受佛感化的鬼子母神也应当是暗含着悲哀与忧郁的无限温柔的表情。

信春作着画，好似喝了烈酒般陶醉其中。一种前所未有的强烈而深沉的爱，化作欢喜澎湃而来。就跟碰触了在天庭传法的如来佛光时的那种欢喜一样。画师的心绪都一一传递到了画作上。鬼子母神的一张脸散发出一种目不可测的光明，不仅感化了围绕四周的十罗刹女，也包括背后的日天和月天。

信春作此画用了两天。

"果不其然！不愧是让日便上人所侧目之人。"日达和尚对画作心折首肯，答应即刻将此画送往富山的妙传寺。"贫僧会负责地照顾先生妻儿，直至您从京都返回。您应该不熟悉山路，贫僧就让寺里的人做个陪同。"不过日达和尚另有一事相求。

"住持有何事，请尽管吩咐。"信春依旧沉浸在全力作画的兴奋当中。

"有一封信希望能交给本法寺的日尧上人。如有回信，也请捎来。"

"遵命。这封信何时可以准备妥当？"

"已经准备好了。"日达拿出蜡封的信函。

于是信春打算马上启程。若是一再拖拉的话，恐怕战事会越来越激烈，前往京都的机会将会愈加渺茫。

"这个不用带么？"静子拿出装着画材的行李。

"本法寺同意了就马上来接你们，中途怕是没有时间作画。"其实信春也想带，不过为了能让静子安心，还是留下的好。

“时值乱世，山路也不见得安全。危险的地方就别去了啊。”

“我知道。我把你们留在这儿，不会做鲁莽之事的。”

负责带路的源八已经等候在塔头玄关处。此人模样宛如狮子头一般，下颚鼓鼓的。个头不高，但肩膀很宽，颇为结实。

“去京都要几日？”

“以我的脚力要两天。跟你一起的话，大概三天吧。”源八是木地师[1]出身，常年生活在山中。他虽是若狭人，但据说对这附近的山林也是了如指掌。

“我对自己的脚力也很有信心呢。会尽量跟上，不会落下的。”

信春在静子和久藏的目送下意气高昂地出发了，但没过多久便深刻意识到了自己的天真。虽然走在平坦道路上时，速度倒是不相上下，可一进入山道，他与源八的脚力差距便显而易见了。源八虽比信春矮了足足一尺，但却如履平地般轻轻巧巧地噌噌往上蹿。

因怕被源八就地扔下，于是他只沉默着拼命赶路。这时信春才忽然意识到，从七尾硬撑着走过来的静子，该是怎样的心情。当时，他也会特意放慢脚步等她，但过于着急赶路时便会忘记，等反应过来，总发现自己已比静子快出好多。而且即便是停下脚步等待之时，他也不敢保证自己一直是温柔体贴的。自己的缺乏关心也是导致静子体力透支的原因。

二人从野坂岳往南，在相连的山岗一直走，来到三国山的山顶，源八停下脚步，卸下背上的行李说道：“在此处休息一下吧。”

信春松了一口气，喝起竹筒里的水来。

“您看！那就是近江之海。”手指的方向正是广袤的琵琶湖。一个巨大的淡水湖在晴空的映照之下泛着青青的粼光。成熟待收的稻米把平原

① 木地师：可在山上自由伐木，并在山中生活的集团。

染成一片金黄。红叶满山，层林尽染。天地自然，悠悠雄大，展示着自古以来的和谐，不曾理会人世间的战乱纷争。

“那边是若狭，这边是敦贺。”西北方是若狭湾以及三方五湖，正北方是宽广的敦贺港。从高处望去，日本海和琵琶湖竟隔得意外的近。“这儿是若狭、越前和近江的边境，故称三国山。”

源八看上去冷淡简慢，但却意外是个话痨。他还哧溜爬上一棵大柿子树，把结满沉甸甸柿子的枝条整个都掰了下来。

“入了山绝不可焦躁。这儿不是人们可以随心所欲的。”源八像似看穿了信春的心思，说完便张开大嘴，嚼起柿子来。

信春也吃了几个。这是尖顶小头柿子，遍布着黑芝麻点儿，极为甘甜可口。微脆的口感很是过瘾，吃下两三个便又觉得有力气了。

当晚，他们在粟柄山岭附近露宿。在若狭的美滨与湖畔的牧野相连的这条道上，可以近距离地感觉到人气，让人安心。

翌日凌晨出发，顺利翻越了三十三间山，但到达一个可以俯视若狭大道之处时，源八突然停住道：“糟糕！是那帮家伙。”

信长手下的军兵在前面设了关卡，查禁往来的行人。他们在白石明神社安营扎寨，百人余的队伍都穿着盔甲，戒备森严。再往前便是熊川的客栈，屋舍鳞次栉比。若狭大道又名九里半大道，道路连接小滨和今津，有九里半，相当于现在的三十八公里长，与盐津大道并称琵琶湖的水路要塞。关卡便设在大道和山路的交叉口。很明显，信长军妄图截断比叡山和越前的通道。

“这关卡之前并不存在，貌似这帮人已经发觉这条道了。”

“那要怎么办?”信春初次见到信长的军队，倒吸了一口凉气。信长军军备之精良前所未见，根本不是越前的军队可以抗衡的。

“这样的话我们没法儿去大路。等天黑吧。”他们打算趁天黑混过去。但信长军到了夜里便燃起篝火，丝毫没有松懈警戒。

“他们定是有目的的。不然，没道理放这么多兵力在此。”源八打算去打探一下虚实，无声无息地沿斜坡下山去了。

信春本想稍作休息，可内心却忐忑不安，辗转难眠。他仰卧在铺满落叶的地面，遥望着闪闪发亮的漫天星斗。那最亮的北极星就是引导众生得悟的如来星。

不多时，源八便上气不接下气地回来了：“要赶快！听说今日就会同延历寺开战。”所以已经开始重兵层层包围了。他们须在开战前穿过比叡山，否则就无法到达京都。

源八是个出色的领路人。他带着信春沿着寒风川走下山，绕过关卡，顺利走到山脊道上。临近水坂山岭的时候，夜色渐呈鱼肚白，快天亮了。二人正坐在岩石上喘气，前方出现两个苦行僧。他们穿着抹布外衣，背负藤箱，拄着锡杖走过来。

比叡山里有人称“千日回峰行”的苦行，最严酷的时候一天需步行二十里。天台宗修验派的苦行僧们每日锻炼，便为了达成这个目标。

但自从比叡山支援浅井、朝仓军队后，他们便承担起运送弹药的任务。藤箱里装着火药和铅，穿越山路送去越前一乘谷和北近江的小谷城。即便在黑夜，他们也能自在穿梭于山林，连赫赫有名的信长军也对他们无能为力。

“大路上有近百名朽木元纲的手下呢。”源八不经意地把消息透露给苦行僧们，可二僧既不停留也不回头，照旧迈着整齐的步伐过去了。

一旦决定快走，源八便毫不留情，飞也似的走在百里岳、三国岳、经岳、皆子山等琵琶湖周围的山岗上。傍晚时分，二人到达途中山岭。从此地过京大道，再穿过大原、八濑便可进入京城。但这个山岭也有近百名的警卫士兵，正严厉勘查着过往的行人。

“怎么办？说是本法寺的使者，或许能让我们通过。”

“不行。还是走到比叡山，从没有监视的地方入京比较好。”信春想起日达和尚称信长为第六天魔王的话语，还有被驱逐出七尾的内疚和自卑，也令他不敢出现在信长军面前。万一被捕，身份又被人在七尾打听出来的话，十有八九会惹来麻烦。

二人避开警戒线，傍晚时分来到仰木山岭。这是连接近江坚田与洛北大原的道路，山岭上还有茶店。他们在此买了热乎乎的团子吃，也买到了久违的好心情。

“在横川有我一朋友的庙舍，就在那头不远。今晚就去那里歇宿吧。”源八迅速吞下团子，继续步行。他带着信春来到一个名曰惠心堂的庙舍。这里原本是为门徒和参拜者留宿所修建的大型建筑，但因年久失修，墙壁和地板都破了洞。

庙舍里已经先到了三十来人。有一半是通过仰木山岭往来近江和京都的行脚商人。剩下一半是远途前来参拜或者祈愿之人。

庙舍的佛台安放着阿弥陀如来像，佛像右手的五色彩带垂至板间。这缘于一个典故，据说设立惠心堂的源信，手握着五色丝带得到了弥陀的救赎而终于成佛。

翌日九月十二日，信春在莫名的巨响中醒来。四面八方传来不知是欢呼还是谩骂的声音，以不下于几万人的气势搅得地动山摇。此时天还未亮，已有十来人察觉异常而起身，彼此相顾骇然。其余人还在呼呼大睡。

“开战了！信长攻过来了！”外面有人大喊。是寺庙的僧人在四处奔走相告。

“就算是信长，也不会来这里吧？”某位初老的行脚商喃喃自语道。比叡山有不被侵的特权，是武家势力不可入内的圣地。

不多时，火铳齐声射击的声音响起。不下于几千支火铳的射击声，从山麓各处如旋涡般席卷而来，随后便是如怒涛般的叫吼声，越逼越近。显而易见，这是军队发出鸣金挑战声。

“大家快快逃散吧！信长打过来啦！”供给伙食的尼僧脸色苍白地仓

皇而入。

“真是笨啊，这里可是比叡山哪。”刚才的行脚商人不安到痉挛的脸上挤出一丝笑容。比叡山延历寺自传教大师最澄开山以来，因镇守王城的鬼门而备受尊崇。向此山发兵等同于跟朝廷开战。都城人模样的行脚商像是在说，哪里会有人向比叡山开战的呢?

“东塔已经打起来了，快跑快跑!”尼僧语音焦虑急促，转而又跑去别的庙舍通告。

“快跑吧，好像很不寻常。”源八熟练地收拾好行李，站起身。

“你先走吧，我去看看情形。”信春想去东塔一探究竟。

“干啥！打算送死去吗?”源八抓住他的手臂，问他在寺里等待的妻儿们将如何是好。

“没事的，我马上就回来。”信春甩开源八的手跑了出去。面临异常事件，信春总想去靠近，并一探事件的本质。所以此时此刻，他的内心正被无可救药地撩拨着。

从横川到建有根本中堂的东塔，大约一里路。信春跑在路上时，战局愈加恶化了。从坂本道攻入的信长军，已经逼近慈觉大师庙附近。这里是延历寺的正门，门口砌起了双重虎口[①]来固守山寺。门内的僧兵们备好弓箭、长矛和投石，拼死防守。但因半夜被袭，僧兵不仅人数少，且皆未穿盔甲。

而信长军则火铳火矢并用，搭云梯跨过围墙，一个接一个地跳入院内，对僧兵见一个杀一个。打头阵的，是浅蓝色底上印有桔梗家纹的明智光秀的五千名手下。

庙内有不下两千的男女老少。这些人原本住在山麓的坂本、坚田等地，因信长军的急攻而逃上来避难的。他们与其眷属是住在延历寺庄园

① 虎口：日本战国时期攻防要塞的一种。

的人，自然非战斗人员。但信长军所到之处一律毫不留情地斩杀，所以他们都来不及打点行李，匆匆忙忙地就跑来避难。

这里面也有健壮之士，为了守护家人和寺庙试图遏制信长军。他们赤着脚，拿着生疏的兵器阻挡在信长军面前。没有兵器的人则空手与对方扭作一团，试图给家人多争取些逃生的时间。

然而信长军有压倒性的优势。他们身着最新的装备，用久经沙场的熟练战法，坚实地执行着他们的任务。

那些知道既不能抵抗又无路投降的人们则如鸟兽散，纷纷逃向西塔和横川。奉命守卫根本中堂、阿弥陀堂、大讲堂、戒坛院等的众僧们，也因惊恐的扩散而争先逃亡。御堂里有为数众多的老僧、高僧和修行僧，他们委身佛法、依然坚守着寺庙。信长军明明知晓，却毫不留情一概放火烧毁。

其所用的武器是棒火矢，在铁矢前端装上火药筒，再用火铳打出。这是西洋传来的新兵器。火矢被射到御堂的门和横梁上，火药筒瞬间遍地熊熊燃烧，将这信仰的圣地团团包裹在火焰之中。

根本中堂自传教大师开山以来，一直承继着法灯。为的是传承大师的信念——能照亮世间片隅之地者便是国之宝。正因有了这个法灯的传统，日莲、法然、亲鸾们才能立足于世。然而信长军的棒火矢竟把这个传统也烧掉了。偶尔有人试图逃离火场跑出来的，全部都被斩杀。

信春在传教大师的御庙附近目击到的，正是这如同地狱图般的光景。很多人跑上坂道逃生。追着这些人砍杀的武士们被反溅的血液染得通红，却仍挥舞大刀，阵阵紧逼。信春被这惨烈的光景震慑住了，吓破了胆似的杵在那儿。

“愣什么呢，快跑呀！”不知是谁，跑过他旁边时向他大吼。信春这才清醒过来，但此时已有数百人背着桔梗家纹旗紧逼过来。

信春夹杂在众人当中，朝横川方向逃去。穿过担堂一侧，跑进杉树林的独道上。众人争先恐后地逃命，随时都可能被周围人挤飞出去。

谁都会因恐惧而抓狂，所以本能地觉得和众人在一起就是安全的。不过信春忽然想起了日达上人那番“信长围猎众人”的话。横川另一侧的仰木山岭也有信长军，所以这么跑下去，刚好可能被前后夹击。意识到这一点，信春急忙脱离大众朝大黑山的中腹逃去。

待躲入巨杉的树荫下刚舒了一口气，他发觉头顶有野兽的尖锐叫声。抬头一看，一只大猿猴正用整个身子摇晃着树枝，这是在警告他，这是俺的地盘，不许靠近。

信春捡起小石头想打走猿猴，可仔细一看，周遭的树上尚有数百头猿猴，正对自己虎视眈眈，一旦与其敌对，定会一齐冲将下来。猿猴是比叡山的神兽，之前受到优渥的待遇，从不会加害于人。但此次信长军的乱入令其惊恐万分，随时都可能采取攻击态势。

于是信春静静放下小石头，弯腰蹲伏，用蜷缩身体的方式告诉猿猴们，自己并没有敌意。

过了一会儿，跑向横川的众人便开始往回跑。因为木下秀吉的军队从坚田登上仰木山岭，用弓箭和火铳阻挡了众人的前进。往回跑的人和往前跑的人冲撞在一起，正互相推挤走投无路之时，遭到秀吉军和光秀军的前后夹击。就如同袭击羊群的群狼一般，由外及里，逐一砍杀。也有人试图冲出独道，但训练有素的武者早已悠然等在前方了。就如同卷起旋涡的浊流，将外逃者一一吞没。

信春无可奈何地看着这番惨状。胸中的愤怒与哀怜像要炸裂开来，却丝毫无力阻挡这幕惨剧的发生。唯有好好看清眼前的现实，用自己的画笔再现这番地狱光景，才是对众人最好的哀悼。信春睁大泪眼，目不转睛凝视着这一切。

“那里也有人。别让他跑了。”秀吉军的步卒发现了信春，射来一箭。

信春瞬间跳入巨杉的背后。秀吉军的弓箭手来势凶猛，射击精准，刚才若是呆着不动，一定早被射穿了身子。

“是个上等猎物啊。快包围！包围！”头领模样、身穿盔甲的武士下令后，二十人左右的弓箭队排着阵形逐步包围过来。

继续待在这里很危险。但若从巨杉背后跳出来，则会立马被乱箭射死。就在这命悬一线的危机时刻，头顶的大猿猴摇动树枝，发出了尖锐的叫声。俺们的地盘，不许靠近！尽管大猿猴如此威吓了一番，可对方却毫不在意。步卒中的一人已经拉满弓，朝大猿猴的胸部射去一箭。

大猿猴从晃动的树枝弹落下来，吧嗒一声掉在地上。几乎与此同时，数百头猿猴一齐冲下树来，朝秀吉军扑去。弓箭队的步卒们纷纷拔刀防卫，但猿猴们一个接一个，络绎不绝地飞扑过来，步卒们只好无可奈何地逃回队里。

趁着这个间隙信春逃了出来，越过山岗，朝京都方向的下坡路拼命跑去。他脚踩落叶，数次滑倒屁股着地，却也顾不了那么多，一直连滚带爬没命地逃。好歹军队的呼喊声和火铳声渐行渐远，终于可以喘口气了。不料，下方竟也传来叫喊声。

十来个僧人被织田信忠的二十来个士兵包围了。背着木瓜家纹旗的步卒们，耍着刀枪袭将过去。众僧中也有披甲持长刀之人，但其武艺显然不及武士们。其间有一位高大的僧人怀抱着一个三岁左右的幼童。为了保护幼童，他拼命抵抗。但不一会儿，浅墨色的僧衣已被染成血红。

信春恍惚间将这孩子看成了久藏，于是对信长军的做法简直怒火中烧。决不能容忍此事！若是眼看着幼童被杀，我还有什么资格存活于世？信春的心被彻底激怒。

他环顾四周，搬出斜坡上突起的岩石朝信忠军方向砸去。这需双手合抱的一块巨石，压着杂木滚落而去。趁着众步卒因岩石而怯阵之际，信春挡在怀抱孩子的僧人面前，接过长刀挥舞得滴水不漏。这是他在奥村家习得的凌厉绝技。

第三章 盟约之画

震惊天下的信长火烧比叡山事件已经过去近半年，世间逐渐恢复平静。三千僧俗男女被屠的比叡山，也再度沐浴在春风之中，岗上的山樱开出了清丽的花朵。

种植在鸭川堤坝上的樱花也开满枝头，吸引了河岸上为数众多的赏花客。冲着这个商机，许多商贩摆出各类摊档，游艺人①们正忙于招揽顾客。

京城也渐渐恢复了之前的生机，不过，还是有两件事情因火烧比叡山而改变。

其一是繁华的中心地带从鸭川东岸的祇园、六波罗转移到了西岸的河原町。之前，鸭川的水运商们都将船只泊在东岸，而船宿、商家、寺庙、游廓②等也都挤挤挨挨建在东岸。

然而火烧比叡山时，比叡山的分寺被悉数烧毁，寺社的杂役人员亦

---

① 游艺人：拥有游乐方面的技能并以此为生之人。与现在说的艺妓不同。当时的游艺包括落语、说书、谣曲、舞蹈、琴、三味线、尺八、笛、鼓、点茶、插花等。

② 游廓：游女集中的地域。游女是以宴席间歌舞或者侍寝为职业的女子。

被尽数斩杀，东岸一带成了修罗之巷。忌讳此事的船主们纷纷将船只改拴在了西岸。于是，船宿、商家和游廓也竞相迁至西岸，形成了现今河原町的初始模样。

其中最为繁华的，当属位于东海道粟田口的三条道至伏见口的五条道之间的路段。为了便于从大津方面运送各类物资，鸭川上建起了好几座桥，比如三条、四条、五条大桥，而其间还搭有一些小桥。

当年，刚刚来到京城的传教士们见此光景，不禁惊叹城里的桥梁何其之多，于是称京都为先斗城[①]，这便是地名“先斗町”的由来。

其二，则跟这些传教士有关。基督教传至日本的二十年间，无论幕府还是朝廷，都不认可传教士们在京城传教和居住。因为基督教与日本自古以来的神佛信仰并不相容，当时的正亲町天皇也发布诏书严令禁止。

但信长却无视这些旧有的诏令。他在永禄十二年（1569）四月八日准许了传教士路易斯·弗洛伊斯在京城的居住与传教活动。自此以后，传教士开始入住京城，基督教的信徒也缓慢增加。而信长火烧比叡山之后，基督徒的数量突飞猛增。因为人们亲眼目睹信长如此亵渎神佛，却没有遭受应有的惩罚。不仅如此，信长的势力还达至巅峰。而一直以来把神佛的权威当成金科玉律来统治万民的朝廷和寺社，却在信长面前唯唯诺诺，屈尊相从。

于是人们开始不把神佛当一回事，有的纷纷改信基督。这种倾向在遭受旧体制欺压之人和希望在信长身边建立新权势的人当中，尤为显著。

一派乱象之中，传教士们后来者居上，其信徒逐渐增加，影响力也日渐扩大。最先拥抱基督教这个西洋舶来的信仰之人当中，有猎新猎奇者，也有以遵从信长方针来达到占据有利地位的武士和商人。

鉴于此，基督徒便逐渐流行起来，京城各地出现了“上帝城”。所谓

---

① 先斗城：先斗是意大利语Ponte的日文音译，Ponte在意大利语中指“桥”。

"上帝"，即指天主。人们以此称呼集中居住着传教士和基督徒的地方。

与传教士颇有渊源的先斗町也出现了上帝城。从祇园搬来的游廓老板，皈依基督教后，便打出了大臼屋①的招牌。不过，与其说是为了信仰，不如说是拥有经商天赋的老板想趁着时下的流行大赚一笔。老板如是说："成为基督徒的艺妓们哪，那可是心甘情愿地在替我赚钱呀。"亦可谓是出于劳务管理上的深谋远虑。

通向这家大臼屋的羊肠小道上，一个大个子男人正步履沉重地大步走来。其发须肆意凌乱，似未曾打理过，一身略污的和服上满是补丁。

这便是从比叡山捡回一条命的长谷川又四郎信春的落魄模样。他肩上斜挎着一个装有画材的木箱。为了不让人看到脸，还时常头戴斗笠。

信春在大臼屋的小门口，朝里喊道："在下丸山无见斋，请开门。"一报上这个惯用的化名，店里的伙计立即将其迎入店内。在外屋，一个装扮妥帖的艺妓已端坐着等候了。是个胖嘟脸、大眼睛，约莫十七八岁的姑娘。

"我叫花扇。那就拜托先生了，请帮我画得漂亮些。"大概是老板德左卫门嘱咐过的吧。花扇深深地低头作揖。

"今天只是草图，不会花费太久。"信春丝毫没有笑容，直接拿出画本，取出木笔，开始勾勒花扇的轮廓。

这是一张五官十分造作而华丽的脸孔。水灵灵的黑眼珠和厚实的看似很要强的下嘴唇极富特色。虽还很年轻，可她已是大臼屋名列前五名的当红艺妓。信春边画边不时地跟花扇说些话，免得她表情僵硬。约半个时辰，草图便画完，之后便是着色，这是需要使用颜料的精细活儿，所以就拿回画坊去完成。

这画信春需要再画二三十张，做成扇子交给大臼屋。这也是信春目

---

① 大臼屋：日文里"大臼"与"上帝"同音。

前赖以糊口的工作。

“那么十天后见。”信春把三十把扇子交给伙计，正打算离去。

“丸山先生，请稍等!”老板德左卫门叫住了他，说是有酒菜相备，来邀他用膳。“多亏了先生的生花妙笔，本店的人物画扇深受好评。订单从四面八方飞至而来，我为此大赚一笔。这酒菜就当是谢礼吧，我让花扇来给先生斟酒。”话语中还暗示道，之后你们共度良宵或者尽情享乐，都随你的便。

可信春推说还有要事便拒绝了。德左卫门是从皮条客爬上来的男人，断不可掉以轻心。他请人喝酒，要相托何事，信春已大略察觉出来了。再说，信春已在内心发誓，在接回滞留在敦贺的静子和久藏之前，不再沾酒。

信春沿着鸭川堤坝的道路向北走去。路旁的樱花树正值满开，树树争相斗艳。河原聚集了很多赏花客，正悠闲地打开便当享用。有围作一圈饮酒作乐者，也有全神贯注观看游艺人歌舞者。

可信春与这些光景无缘。他的世界里，一切的一切都被黑暗吞噬，连樱花都成了浅墨色。在他的脑海中，尚盘桓着半年前的地狱绘卷。

当日的舞台——比叡山，如今仍旧是沉默中的都城鬼门。而在其注视下却依然沉溺于享乐的人们，在信春看来，无非是被私欲控制的亡灵。

（为何要假装已经忘却？为何不能直面事实？）

信春压抑住想肆意狂吼的冲动，凭着依稀的记忆走向画坊所在的上立卖。一座仿佛突然冒出的武家豪宅阻断了他前进的路，让人不知该取道何方。不知不觉间信春来到高仓道和一条道相交的十字路口。

一条道的北面，仙洞御所的围墙延绵相连，西面的一角有一棵八重樱的大树。开满花朵的枝条沉甸甸地越过围墙，探出头来。信春不经意一抬头，忽地被重击了一般，只呆呆地站在那里。

蓝天映衬之下娇妍盛开的八重樱，与长谷川家院里的那株一模一样。宗清的父亲无分来京都学画时，正是从这株樱花分得一株花苗带回七尾的。信春瞬间便看出来了。他撩起斗笠，出神地注视着这株樱花。

五十年前偶遇这株樱花时的无分的模样，樱树与仓库和谐共融的长谷川家的庭院，甩着双脚悠然作画的久藏身上的奶香……闪过脑海的各种情景，划破封尘已久的心，化作泪水流淌出来。而最令人痛心疾首的便是：自己因鲁莽害死养父母那天的记忆。

（现如今，自己行走在这焦热地狱般的人世，也算是害死二人的报应。）

正因如此，他才必须要全身心地接受惩罚，于是再度跨步朝前走去。

在源八带领下来到横川的时候，信春的内心充满了对前途的憧憬。但逃离比叡山途中救助怀抱幼童的僧人之事，却给信春招来了新的苦难。

信春在织田信忠的一队人马包围下，瞬间砍倒四五个人，并挡退追兵，让僧人和幼童得以在安全之处避难。之后他们在山中的岩洞过了一夜，随后在僧人的带领下来到北白川。他们辗转相知的寺院想求得庇护，但跟延历寺有渊源的寺院已被尽数烧毁。

最后，无路可走的僧人硬着头皮敲响了东山泉涌寺的大门。泉涌寺因有皇室的渊源，得以避过信长军的风火轮，其茅门依然悠然娴静。

僧人怀抱的幼子似乎跟皇室有亲缘，出来应对的僧人听完事情的始末，便十分郑重地将他们迎了进去。他们建议信春也在此处躲藏一阵，可他回绝了。他还要前去拜访他处。

“请您务必告知尊姓大名。当下无以回报，但希望将来能有报恩的时候。”这位叫德善的耿直僧人，含泪恳请道，是个和信春年纪相仿的聪慧之人。

“我叫长谷川，来京都是为了成为画师。”信春也不多言，就直奔本法寺去了。

持有日便上人的介绍信，应该能借宿一阵吧。信春乐观地伸手探入胸襟，介绍信还在。作为本延寺使者的证明，也牢牢地系在腰间。但是，日达和尚写给本法寺的信函却不翼而飞。明明是包在小绸巾里放在胸口的。莫非，是在跟信忠军对阵时掉落了？

(啊!……)

信春的心一下子凉了半截。那封信函若是到了信忠军手里，将给本法寺招来偌大的麻烦。信里有自己的名字，还不知未来会有怎样的灾难降临。

在不安的驱动下，信春火速前往位于一条归桥附近的本法寺。果然，寺内满是信忠军的人，正严密地监视着所有进出寺庙之人。信春屏住呼吸躲藏起来，等信忠军在夜里撤退后，从背面的小门进入寺内。他拿出日便上人的信函，求见日尧上人。

在仅有一盏孤灯的土房等了一阵，暗淡的走廊出现一位举灯的中年僧人，是寺里的执事僧日贤。

“上人已经休息了，速速请回吧。”日贤僵立于台阶之上，沉着脸瞋目道。

“日便上人的书信呢？”

“已经拜读。但被织田家追捕之人，本寺也不敢贸然收留。”

“我没有犯罪，只不过为了救助从比叡山出逃之人，赶走了几个杂兵而已。”佛道所言救人一命胜造七级浮屠，信春不得不为自己辩护。

“时下容不得这番道理。织田家让人作了肖像画来追捕你呢。”总之对手太过恐怖，日贤不敢冒犯。

信忠是信长的嫡长子，刚满十五岁。信长指定其为继承人，所以慎重地替他选择了作为成人礼的时期和初阵的地点。火烧比叡山之际，信长让信忠在北白川布阵，本想让他初露锋芒，但血气方刚的信忠却擅自带兵上山。这队人马遇上了从比叡山东塔逃下来的僧人，一心想着初战告捷，不料却被信春只身一人搅浑。

听闻此事，信长大怒。武士初阵的吉凶事关重大，一般会安排在老练的武将身边，在能绝对取得战功之时才会出场。但信忠不仅违背命令擅自出阵，还败给一个不知何方人士的男人。这关系到织田家的面子，信长不能放任不管。他唤来辅佐信忠的村井贞胜，究其责任。

村井贞胜身为京都奉行①，据说为了雪耻，便发了疯似的追捕信春。

“私藏了你，本寺也会被火烧光。噢！阿弥陀佛，老天保佑！”

就这样，信春被遗弃在半夜深巷中了。

待天亮后，信春前去拜访相熟的画材店。生野屋从祖父那代开始便与长谷川家有生意往来，应该会帮忙的。信春来到位于四条室町的店铺。可是，对方见了信春如同看到污秽须得赶紧撒盐一般，立刻将他撵了出来。说京都奉行的手下已经来过这里，还警告他们如果信春前来造访要务必前去报告。

“快走吧。不去报告已经是手下留情了。不行啊。”相熟的掌柜将信春推出，吧嗒一声关上了门。然后又扔出一顶旧斗笠，让他用来遮脸。这已经是他能做到的最大的善事了。

信春终于知道了事态的严重性。他将旧斗笠扣至眉间，上半身前倾着跨步离去。

“那个——可以稍等一下吗？”一个矮胖的男人从后面追上来。此人打扮时尚，像是个雅士。但蓄着薄薄胡须的圆脸，却又显出一副贫相。

“鄙人刚在生野屋，话都听见了。”他介绍自己名叫光太夫，在上立卖经营一家扇子店。还笑容满面地邀请信春，告诉他若是无处可去，不妨到小店工作。

“你为何如此热情？”

“鄙人跟朝仓家有些渊源，所以对被信长追捕之人不能放任不管。”

---

① 奉行：平安时代至江户时代武家的职位名之一，也叫奉行人，指奉上级命令执行公务的人。

这番话打动了信春，他如同抓住一根救命稻草一般，决定投靠对方。

上立卖的尽头，邻近西阵的地方有一家扇子铺，名叫“浮桥”。此处甚是荒凉，已不似京城之内。穷人们修建茅舍，各自居住。而“浮桥”就是在这样的一个角落经营的小店。店面只有一间屋子大小，店里有一个房间，供光太夫和其妻玉尾居住。店后面搭的一个小屋就是画坊，只在泥地上铺了一张草席，终日不见阳光。

信春在此借宿，并负责描绘扇子画、美女画、风景画、风俗画等，要他画多少就画多少。然后由光太夫夫妇把画儿贴到扇骨上，再送去主顾那里。

他每天要画上五张十张，但几乎没有报酬。光太夫夫妇的言下之意是，能冒险让信春住在这里并提供一日两餐已是无上的恩德了。想必是老练的光太夫瞅见了信春的窘状，于是把他当作了免费的摇钱树。

不过此处确实不易被人发现，所以信春就这么将就着过了半年。

回到浮桥，光太夫已经迫不及待地飞奔过来。他方才还在糊扇子，浑身上下一股浆糊的味道。

“这次的艺妓如何?”他在问是否足够貌美入画。

“年轻有朝气。搭配蓝色和服应该不错。”信春的色彩感觉出类拔萃，可以随着主角的面部特征自由地变换与搭配和服的颜色、花样和发饰等。

“大臼屋的老板都说了些什么?”

“说扇子好卖赚了大钱，并对此表示感谢。只要他生意兴隆就好。”

“只有这些？没说点儿其他的?”

“他请我去喝酒。不过我没去，不想沾惹麻烦。”

“这哪儿行？那可是重要的主顾啊，得要稍微客气一些。”

“我工作很忙。争取订单是老板的工作吧。”信春立即去了屋后的画坊。冬日里冰窖似的土屋，也随着春天的到来暖和了些许。光太夫拧着嘴角的胡须，甚是为难的神情，而后在妻子玉尾的催促下追了上来。

“还是大臼屋的事情。其实主顾是想要艺妓的裸画，说报酬可以给到现在的五倍呢！”这裸画并非指裸妇像，而是指春宫图之类。火烧比叡山之后，世人甚感世事无常，所以连春宫图都流行了起来。“就是这件事，我很难说出口。跟大臼屋的老板也这么说的。”

“那不挺好吗？”

“好什么啊？要是先生肯画，便可赚到现在的五倍啊。”光太夫想方设法恳求着，但信春就是顽固地不肯答应。无论自己将会面临何等艰难的处境，他也不愿出卖画师的灵魂。

傍晚，玉尾端来晚饭。画坊里没有照明，所以信春一般都在天黑前用餐。

“承蒙先生一直替我们勤奋工作。”玉尾一反平日的秉性，客气地低头作揖，“我弟弟送来一只鸭子，我便熬了鸭汤。这天乍暖还寒的，喝点热汤暖暖身子吧。”玉尾在土屋的草席上跪坐下来，放下盛着鸭汤锅的托盘。出人意料的是，居然还有一瓶酒。

“会喝的吧，来一盅如何？”

“不。酒不能喝。”

“别说这种不识风情的话嘛，酒量适当还是药呢。”不愧当过艺妓，玉尾的劝酒功夫实在高明。她虽已是四十五六的年纪，可依然洋溢着熟女的风骚。

鸭汤的香气勾起了信春的酒兴，好久好久都没见过这般美味了。稍许喝点总不碍事，于是诱惑战胜了意志。

玉尾热情地替他斟酒添杯。久违的酒精逐渐染红信春的脸颊，她看准时机开口道：“白天，我家那口子说的事情——能不能请先生揽下来呢？”玉尾终于道出了本意，“其实我也明白先生的心情，可大臼屋是小店的重要主顾，若是因此被封杀的话，小店只能关门歇业了。”

“我就猜到你会说这些。”信春喝干最后一滴酒，冷冷地嘲笑自己的软弱。

“那图也没什么大不了的嘛，只要是个人，谁不喜欢啊？大胆画了也就是了，不对么？”

“我是佛画师。不能做违背本业的事情。”

“佛画师？那是什么？”

“就是画佛像的工作。”信春厌烦起玉尾的纠缠不休，不愿回答得太认真。

“佛像？时下都不流行了。再说，佛祖的见识才没那么狭隘呢。不是都说莲花出淤泥而不染么？”

“我不干。如果非要画，那就另请高明吧。”

“别说这种傻话了。大臼屋可是看中了先生的画技才下订单的。如果能接下这个活儿，扇子销售额的三成都归先生您了，您就赶紧答应吧。”玉尾还是执拗的不肯放弃。

“无论怎样都不行。我明日还要早起，请回！”

“你说这些像话吗？要不是我们留你住这儿，你可就走投无路了。”玉尾突然变脸，提醒信春不要忘了自己匿藏庇护的恩情。“这么说固然不好听，但你是知道的，若被人知道是我们私藏先生在此，还不知会招来怎样的惩罚。我们可是冒着巨大的风险，收留了先生足足半年的哦。有恩报恩，难道不是人之常情么？”

“我做的工作足以报恩了。赚了那么多还嫌不够？人心不足蛇吞象。”如果有人让你卖身你会怎么做？要一个画师沾手春宫图不就跟要你卖身一样痛苦吗？信春罕见地发起火来。

“若有人要，我怎么卖都可以。没钱就像没了脑袋，活不了。”

“我不干。一旦越界，就再也画不出像样的作品了。”

“那好，那也容我好好想想。”

翌日起，玉尾再没拿来像样的食物。之前还有掺杂着粟米或稗子的米饭，再加一菜一汤。闹翻之后，先是汤没了，接着连米粒儿也不见了，只剩下粟米和稗子。玉尾似在跟信春打军粮战，想等着信春俯首求饶，其强硬手腕倒像极了京城女子。

三月中旬，樱花开始凋落时，玉尾带来一个身穿气派袈裟的中年僧人。

“先生，这位僧人说想见你。”他好像很中意我们家的扇子，但不知有何贵干。玉尾青着脸，有些莫名其妙的模样。

信春停笔，抬头打量僧人，似乎在哪儿见过但又想不起来是谁。

“不好意思。请问是长谷川先生吗?”对方看着信春，也有些不知所措。信春的头发和胡须肆意疯长着也不打理。他手拿颜料，身裹破衣，也难怪僧人认不出来。“先生想必是忘了，贫僧是本法寺的日贤。”

原来是信春求见日尧上人时，没让他进寺就把他赶出来的那个执事僧。

“以前实在太过冒犯，被火烧比叡山这等惊天动地的大事吓到了，做事没了分寸。”

“那么，请问有何贵干?”信春语气冷淡。虽然只是半年前的事情，他却有如隔三秋之感。

“那日，上人看过日便上人的介绍信后，责怪小僧为何不将先生迎入寺中。所以小僧一直派人四处寻找。后来听人说，这把扇子画颇有先生的画风。”所以他也没怎么准备就先行过来探访了。日贤小心翼翼地坐在被颜料玷污的草席上。

“不用担心。我在这里活得好好的。”

“有件事情一定得麻烦先生帮忙。事到如今，也真没什么脸面提出这样的请求。”

“什么事？你对扇子画感兴趣？”所谓人穷志短，信春的心在长期窘困中荒芜了不少。

“这事只说与先生听，日尧上人生了病，也不知还剩多少时日。他迫切希望在有生之日能请长谷川先生帮忙画一幅肖像画。”

“您知道的吧，京都奉行正在追捕我。”

“只要您肯赏光，到了本寺就可以藏匿起来。而且为了不让人看见，此番前来我特意备有轿子。”意思是只要乘上轿子便万事大吉，而轿子也是长老所用的最高级别，现已等候在巷子深处。

信春被催促着，也懒得收拾行装，便坐入轿子之中。玉尾没来得及搞清楚状况，慌忙叫唤光太夫。

“怎么了你？一惊一乍的。”光太夫冲出画坊，而此时轿子已转过里巷的拐角，出了大路。

到了一条归桥附近的本法寺后，寺里已经备好沐浴的行头。信春半年没有沐浴过了，便舒舒服服地洗过澡，剃去了头发和胡须。因为有人告诉他，今后要在寺里生活，扮作僧人模样才不容易被发现。

信春被带到了名为教行院的塔头。日尧上人自打生病以来，就住在这个日光充裕的小院里疗养。走入里间，日尧上人正靠着被褥坐在床上。他身形瘦高，浓眉细鼻，面相刚毅坚强。年仅三十。他是大阪油屋的富贾之家出身，年少时就有人中英杰的美誉，大本山本法寺把将来寄托在他的身上，请他做了住持。

从日尧这个名字也能看出，寺里对他期待颇高。“尧”字意味着高贵，同时也意指圣人天子，中国古代五帝之一便有“尧”。可如此深受重望的日尧和尚却得了不治之症。他面容青白，消瘦的颧骨高高突起。

“欢迎大驾光临！之前寺僧照顾不周，实在太失礼数。”对于日贤将信春赶出寺庙一事，日尧先行开口致歉。他其实在翌日听说后便派人追寻，但全无线索。

“那是我的不是。明知道会给寺庙增添麻烦，还前来敲门。”

“听说先生把织田的手下打败了。”

“有怀抱幼童的僧人被袭，就什么也没多想奋力赶走了那些兵卒。”信春耸耸肩道，他并没有杀生的意思，但拼命打斗间，没有余地去掂量下手的轻重。

这无意间把信春的纯朴善良表露无遗。或许因为看到信春后心态柔和了些许，日尧和尚第一次露出笑容。

“没有必要掂量下手的轻重。日莲上人曾言：第六天魔王看到三恶道的作恶者而喜悦，看到三善道的为善者而叹息。信长麾下那些作恶之人，是该受点报应。听闻先生打垮了信长的手下，甚感宽慰。”日尧的脸部恢复了一丝血气，洋溢出与年龄相称的精气神。“我之所以得病，也是因为信长火烧比叡山。我终究无力面对那些惨死之人祈盼救赎的呼声。”

日尧身在寺庙，却拥有洞察远方的感应力。这种被称为“通天眼”的神力，是凭借天生的灵气和佛法的修行才练就的。因此，火烧比叡山之日，比叡山及其周边地区发生的事情，日尧都悉数看在眼里。他全身心地承受惨死者的痛苦与悲哀，愤怒与怨恨。

人并非这个世上仅有的存在。含恨而亡的魂魄会变作幽魂滞留人世，为寻求救赎而做下恶业。而僧人所要做的便是超度它们，引其通往成佛之路。

日尧希望能忠实地完成这项工作。他不分昼夜地将这些纷至沓来的幽魂降服，让其明白法华经的真谛：人的生命充满了永恒的光辉。这其实是与剑戟相似的瞬间之战，在幽魂飞扑而来的那一刹那，若是不能用自身的佛法之力瞬间压倒对方，便无法引其向善。更何况这幽魂并非一个两个。被信长杀害的数百、数千的亡魂，都一齐涌入这块圣地以寻求超度。

而在这不停歇地超度过程中，日尧自己也累病了。艰难的苦行下，日尧的胃腑开裂，出血不止。但他依然奋力降魂，最终被病魔得逞，终究回天乏力。

这就是日尧所说的“自己无力面对到最后”的意思，他在责难自己的法力轻微。若是有更深的修行、掌握更强的法力，便可以一个不剩地超度这些幽魂。

“若再给我十二年，用以修行积累法力，大概会强大许多吧。可现在终究是镜中花了。”日尧微笑道，是如孩童般无垢的笑颜，却暗含着众生的悲苦。

“听说上人希望有一张自己的尊像？”信春非常理解日尧的遗憾。身处杀戮场时，他只能勉强捡回自己一条性命，这番悔恨缠绕心头，挥之不去。

“是的。我想为后来的修行者留下画像。”

“为后来的修行者，上人所指是——？”

“你的绘画功力，本延寺的日便上人已在信中提及。请用你的功力画下我实实在在的样子。如此一来，后来的修行者就能明白，我修行到何种程度，哪些地方尚存不足。”

僧人的尊像并非单纯的肖像画，必须要使人看了尊像便知道像中之人悟到什么境界。寺内修行者，在与尊像接触之中，会突然开窍，明白先贤所到达的境界。这表明此人的悟性已经臻至理解此种境界的程度了。日尧希望自己的像成为这样的一种道标，成为后来人的台阶，所以决意让信春描画尊像。

“上人所达之境界，不知在下能画出来吗？”僧人的尊像，信春之前也画过几次。但那并未超出肖像画的范畴，也并不曾有过要表现觉悟境界的意识。

“你不想战胜信长吗？”意外的提问，让信春顿时语塞。“我想战胜！

我想通过自己的一生告诉他，人生来就有不屈服于残忍暴行的高贵气质。所以至今仍在超度幽魂，然而我的生命之火不足百日便会熄灭，因此希望先生把这心境刻入画中，以传至后世。”

原来这就是胜过信长的方法，信春的身体因感动而震颤。他第一次意识到，绘画拥有这样的力量。

“我也想胜。为了那些惨遭屠戮的灵魂，我也想把不屈于暴虐的高贵表现出来。”说罢的瞬间，他的脑海里浮现出在比叡山与秀吉军队对峙的猿猴们。它们接连不断地从树上跳下，宛若蹴鞠一般蹦跳着冲向对面这些拥有压倒性力量的强者，让人仿佛看见了佛的使者。

翌日起，信春入住教行院，负责日尧的身边事务。要刻画心境与悟性，就必须对日尧有充分的了解。光是听闻还不够，需要常在身边，用身体感知对方。

四月过后，寺庙里的树木抽出嫩绿的新枝。日尧的病体也保持了小康状态，可以喝些葛粉汤和乳粥，面部也多了些血气。

信春看准时机，曾一度让他披上袈裟坐到讲经台上，右手拿桧扇，左手持经卷。然后，他便开始画草图。

“不需要换成法衣吗?”日尧坐在讲经台上询问。

“不用。之后容我看看您的法衣，再画上去就成。”正式的法衣很重，穿上也很费时。信春不愿给日尧增加这样的负担，所以只让他在平日穿的白袍上加了一面袈裟。

画草图用了半小时左右。之后如同绘艺妓画像那般，信春自行决定色泽的搭配。草图临摹了几份，开始着色上去。袈裟是浅墨色打底的锦缎纹样，覆盖整张桌子的是黑底的金凤凰花纹，其上放一张粉红底的金龙纹桌布……

为了表现日尧的超脱的气度，信春当即决定了配色与纹样，但法衣要如何去画，他尚无主意。上人所用的华丽法衣他虽然已经看过，但那样便与袈裟、桌布同一色系，而日尧的清廉与超度幽魂的紧迫感便难以表现了。

信春烦恼了好几日，而后思虑着上人平素所穿的白色法衣或许也不错。他一直接触的是身着白袍的日尧，觉得这定是最有上人韵味的色调。此番念头闪过，他便试着上色；其效果竟连他自己都大为震惊。虽然身着白袍的尊像基本没有先例，但却没有比白色更能表达日尧的心性和悟性了。

色泽一旦定下来，就要购买颜料。能否展现出鲜艳又有深度的颜色，关键看颜料的好坏。信春拜托执事僧日贤，去唤来生野屋的掌柜。

“承蒙惠顾，不胜感激！需要什么货色，请尽管吩咐，本店一定照办!”掌柜俯首作揖，殷勤作答。

本法寺由本阿弥光悦的曾祖父捐赠而建。自创建以来，在京都的美术界拥有举足轻重的地位，跟时下光芒四射的狩野派也颇有渊源，所以若揽下本法寺的生意，生野屋便可成为京城最大的画材商。

或许因为心里盘算着这些吧，掌柜极尽谦卑，都没有认出眼前这个扮作僧人的画师就是自己半年前赶走的信春。不过，这对信春来说并非坏事。他故作严肃，让生野屋诚惶诚恐，然后交与一张尊像用色的草图，向其订购颜料。

颜料的大半由矿石磨成。佛青用蓝铜矿，铜绿用孔雀石，黄色用虎眼石，红色则用水银和硫磺发色，白色用煅烧贝壳后磨制的粉末，亦称胡粉。最优质的胡粉材料便是故乡能登的牡蛎壳。

“总而言之，请备好最上等的货，无论多贵在所不惜。”本法寺有日尧的老家、油屋富商有形无形的支援。别说是颜料了，就是把生野屋整家店盘走，也不会眨一下眼睛。

生野屋在三天内就调度好了所有颜料，还特意派了两个调色专家留在寺中，随时听候差遣。

信春沐浴净身，洁净身心后才开始工作。他拿起木笔，以草图为模本，在宽三尺，长一尺五寸的绢布上描画起来。描绘出的是一位端坐讲经台，身形略向右前方倾斜的讲经长老。

（在画中注入生命力与悟性以战胜信长。以此证明，艺术的普遍性与永恒可以战胜第六天魔王的暴虐。）

信春开始往底图上色，竟有正跟日尧并肩作战的感觉。无论是日尧手上经卷的一个文字，还是桌布上的一根龙须，他都全神贯注、全心全意地去描绘，丝毫不马虎。

五月初，尊像绘成。日尧头上用以修饰的华盖，讲经台桌布上的龙纹，都如印度的纤密画那般描绘得细致入微。这些都与身着白色法衣的日尧保持着稳固的和谐。

完成的瞬间，信春差不多瘫倒在地。最后三天，他几乎是不眠不休。精神高度集中时，觉不出疲劳困倦，但在放下心来的那一刹那，忍耐突然决堤，令他精疲力竭、虚脱委顿。

信春昏睡了两天。在迷糊的梦境中，他听到死于信长之手者的怨声与嗟叹，他们化作幽魂朝自己相向而来。这完全就是地狱的光景。而日尧上人就是这样被日夜侵扰，一个接一个地将幽魂超度。就算在深沉的睡眠中，信春也摆脱不了心头的这份悲苦，痛得流下眼泪。

第三天清早，信春清醒过来，他面对日尧上人的尊像端坐凝视。阳光透过隔扇，柔和地照在画像上。风干的颜料像是吸收了光线的微粒子一般，焕发出鲜艳的光泽。信春看得呆了。尊像的完美令他都不相信是出于己手。是不是画神趁自己昏睡时，降临凡尘来添了几笔？

信春把画作用一张巨大的布裹住，而后带到日尧的房间。在日尧尚未过目之前，他不想让任何人看到。

“这……”日尧看到后，好一阵子没说话，之后喃喃着，这画中之人毫无疑问就是自己。他目不转睛地激动地望着画像，憔悴的病体微颤着。不久，眼泪浮出双目，滚落而出，他压抑着啜泣起来。

“上人您怎么了?”信春坐立不安，唯恐因自己的疏忽扫了长老的兴。

“不是的。迄今为止，我都没有用这种眼光看过自己。若是能早些这样见到自己，或许就有更深的领悟了。”日尧言道，他那是遗憾的泪。

“上人所指何意?”

“这是一个困于末那识的人像。先生非常精准地看穿了我的得悟境界。”

“我不明白。末那识是什么?”

“有一种叫做成唯识论的教诲，认为万事万物都随着人的意识而显现。”日尧简明扼要地解释给他听。人有眼、耳、鼻、舌、身、意，被称为六识，分别掌管视觉、听觉、嗅觉、味觉、触觉和知情意。再往前就是第七阶段的末那识了，它指产生自我意识的心灵的活动。

这个末那识统合其他六识，进而产生一种自我的生活方式，但另一方面，又因太过拘泥于自我，往往阻碍自身获得更高的觉悟。因此，修行者必须突破末那识，进入第八阶段的阿赖耶识，才能脱离执念，到达真如之境。真如是不加修饰的存在，是存在的本真。

“日莲上人曾言：不知内心的佛界，诸佛便不会显现。滞留在末那识便不能远离烦恼，若一直执着于求道修行，这种执着反而会化作执念，将觉悟之路堵塞。这正是现在的我，你已经很精准地画出来了。”

“我从没考虑得这么深奥，只不过有一颗与上人并肩作战之心，尽我所能而已。”

“我明白。所以你的心也停留在末那识的阶段。”日尧吩咐随从僧人，“去把开山上人的尊像取来。”

不久后年轻的僧人拿来了本法寺初代住持、日亲上人的尊像。日亲上人直面第六代将军足利义教的暴政，献上《立正治国论》一文，却反而惹恼了义教，被下狱并受炽锅盖头之酷刑。可即便如此，日亲依然坚持自己的信仰和信念，并以“锅冠日亲”之名受到人们的尊崇。

这幅尊像所描绘的便是当时的样子。此画并非出自名家之手，画技也并不怎么出色，可行刑狱吏们的紧张感与上人炽锅盖头的泰然自若的觉悟却表达得淋漓尽致。这才是进入阿赖耶识境界的僧人之姿。那位用柔软的笔触便轻巧绘出此种境界的无名画师，令信春震惊并羡慕不已。

“我并不是说先生所画的尊像有何不妥之处。想到后来的修行僧们能以这幅画为踏脚石得悟，我便能安心地迎接临终那刻。希望今后先生能继续修行，进入我未能到达的境界。”日尧将沉甸甸的课题交与信春，尔后在尊像下方写上“南无妙法莲华经”七字。

五天后的五月十二日，日尧和尚成了黄泉客，遗容甚为安详。他终于从艰辛悲苦的职责中解脱了。

本法寺举行了隆重的葬礼。日尧一门的油屋常金捐赠了大笔金钱，广泛邀请了京都和堺市的相关人士出席。同宗异宗的僧人、跟日尧有佛缘的公家或武家、美术界的大佬、跟油屋有交情的富商等等，参列者超过千人，把整个寺院堵了个水泄不通。

这之中，有伴随父亲光二列席的本阿弥光悦，狩野松荣、永德父子，还有担任信长茶头[①]的千宗易（利休），但信春都未能得见。他是被京都奉行村井贞胜追捕之身，在日尧上人生前的关照下得以居住在教行院，却无法出现在公众场合。

信春描绘的尊像，挂在祭坛旁。虽碍于时势，尚未落款，但在祭拜者之中广受好评。画中的上人活灵活现如在眼前，数百门徒都不愿从尊像前挪动一步。他们跑上前来想要请教画师是谁，赶都赶不走，应对的执事僧日贤竟大汗淋漓。

可即便是为人慎重的日贤，也有无法相瞒的对手。于是，从这些人

① 茶头：伺候贵人用茶的茶人。

口中，长谷川信春的名字在京城中悄悄传播开来。

过了日尧的初七忌，日贤拿着尊像前来拜访："感激不尽！多亏先生的生花妙笔，日尧上人才得以安心步入黄泉。"并言明这画好长一阵子都不会挂在本堂了，所以恳请先生落款。

"真的可以么?"

"这是上人的遗愿。上人言道，拜托先生做了如此重要之事，理应有所报答。"

"上人自身本就如此辛苦，还惦记着这等小事……"信春很是感动，在尊像前双手合十。

"尊像不对外界开放时，会保管在本寺的宝物殿。所以，请放心落款吧。"

"那我还有一个请求。"信春希望能将宗清的名字一并写入，多亏了养父宗清的教导，他才能画成这样的尊像，所以他想让宗清的名字流芳后世。

日贤知道信春从七尾被赶出来的始末。虽说落款中带有第三者的名字很不寻常，但他理解信春的心情，所以并未反对。

信春取出一支新笔，在讲经台的右侧写上"迁化日尧圣人尊灵位 生年卅岁"，在左侧写上"于时元龟三壬申历五月十二日"。然后换成一支细毛笔，在画面右下方添上一排小字，"父道净六十五岁，长谷川带刀信春三十四岁笔"。最后，加盖了袋状私印。

"宗清法名道净，就是为了帮你扫净成为画师之路啊。"日便和尚的这番话在耳边响起。养父如果在世，今年该六十五岁了。为了报答养父的养育之恩，偿还害死养父母的罪过，信春打算从今往后一直记着他们的年龄。

阴历五月是梅雨季。京都的雨颇有些见异思迁，刚以为下雨了却马上又停了；而刚一放下心，这雨又恶作剧般地下起来。

到六月，好不容易从憋闷的梅雨季里解放出来时，有一位头戴市女笠[①]的二十来岁女子前来探访。

“我是三条西家少夫人的侍女，名叫初音。”她可爱的圆脸蛋颇似御所人偶，而态度却刚毅无惧。

“哦？这倒意外。”信春略微有些防备。养父母之所以自戕，正是因为自己参与了畠山家的复兴策划，而三条西家少夫人夕姬也扮演了诱惑自己的角色。忆及当时之事，满是苦痛。

“十二日是少夫人曾祖父畠山义总的月忌日，会在大德寺的兴临院供奉斋饭，希望先生能够出席。这是少夫人交待的。”兴临院是义总请小溪绍怤开山的塔头，也是畠山家的菩提寺。义总的忌日是七月十二日，而月忌日，即每月的十二日会举行法会。

“我这样的人，为何——？”为何要急着邀请？信春有些想不通。

“说是有事相求，具体事由我并不知晓。”初音打开怀里的一块丝绸方巾，取出一封折叠并打好结的夕姬亲笔书函。紫阳花底的上等纸张上，写有“着初音前往，详情面谈”的字样。淡而清的熏香溢出纸面，另有一首藤原俊成的和歌相映成趣：紫阳花瓣露宿月，至夏仍不忘初心。

信春陶醉在熏香里，隽秀婀娜的字迹、欲语还休的和歌不经意侵占了他的心扉。虽说两人立场不同，但信春内心的萌动，宛如收到了情书一般。

“先生的答复如何？”初音找准时机恰到好处地催促道。

“感谢夫人盛情，不过……”若是应邀出席、涉足政事，必将如在七尾时一般愚蠢地重蹈覆辙。信春冷静地调整自己蠢蠢欲动的内心。“我因着一些事情，不能在世间抛头露面。请如此传达夕姬。”

---

① 市女笠：中间细长突起，宽帽檐的斗笠，往往在帽檐处带一层薄纱。

“这个少夫人早已知晓。”初音不动声色回答道，眉头都没动一下。

“早已知晓？知晓了什么？如何知晓的？”

“先生从比叡山逃离途中，杀了几个织田的手下，时下京都奉行村井正在追捕您。”

“为何这事会——？”会让夕姬知道？而且又为何知道如今我身处此地？……信春满脑子疑问。

“夕姬夫人的亲属也曾列席日尧上人的葬礼，所以在本法寺听到长谷川先生的传闻后，便告知了夕姬夫人。”

“原来如此。已经调查清楚了呀。”

“我还听说，长谷川先生是畠山家家臣出身。”看来，初音深受夕姬重用。她甚至知道夕姬看了信春绘的莲花灯笼画后感动至深之事。

“老家确实如此，但我自孩提时代便出门当了别家养子，所以我与畠山家已无缘。”

“可即便如此，夕姬夫人仍然仰仗着您。您知道为什么吗？”信春没有回答。曾经被欺骗过一次，他再不想了解个中原委了。“是因为内心的那份怀念。再加上，夫人现在的处境非常艰难。”

“名门公家的夫人，不是应该过着舒适的日子吗？”

“或许您有所不知。公家的夫人要受到重视，全凭娘家的权势。畠山家出了那样的事，夫人心里有说不出的苦楚。”

“怎么会，那个夕姬小姐怎么会……”信春动摇了。原本以为夕姬在高处悠然度日，他甚至想一吐怨言为快。可若是因为畠山家的没落而让夕姬遭受委屈，自己决不能放任不管。

巧的是，六月十二日刚好也是日尧上人的第一个月忌日。法事结束后，信春混杂在离席人群当中，出了本法寺。他把化缘帽深深扣至眉间，沿着堀川路向北而行。

位于紫野的大德寺，面向北大路街，是镰仓时代末期由大灯国师宗峰妙超所开的临济宗一系的大本山。总门面朝东侧的大德寺路。进去右手边有一个钦差大臣门，是专门迎接天皇所派使者的唐破风[1]样寺门。而寺内则是线状排列的三门、佛殿与法堂。兴临院正对着总门。

这是能登畠山家第七代的义总，于大永年间（1521—1528）所创建的菩提寺，并以自己的法号为寺名。他把家主之位让与义续后，便隐居在塔头，与众禅僧、公家及艺术家们多有交流来往，并相邀至七尾，为华丽的畠山文化奠定了基础。

夕姬正等在佛堂。她身穿一件薄墨色小袖，披一件黑纱羽织，身旁只有初音一人伺候。

信春原本以为会有大批参列者，看到此番情景，在松了口气的同时，也不免有些空落落的难受。正在门槛处踌躇不前时，只听初音招呼了一声："请进。"

寺院内又回归于一片静寂，有只初出壳的蝉儿在某处亮起了稚嫩的鸣声。一阵风儿吹过，檐下的风铃微微作响。

"得拜夫人尊颜，荣幸之至！"信春来到夕姬面前，尽了一下臣下之礼。

"有劳了，实在是抱歉！快请坐。"夕姬的声音依旧清澈婉转，但人却较以前消瘦了些，肤色也稍显黯淡。

"听初音说，您身子不适。"看到夕姬虚弱的身形，信春甚感痛心，之前的埋怨竟都烟消云散了。

"没什么大碍。初音不免说得夸张了些，实在不好意思！"夕姬无力地一笑。尚存稚嫩的一张俏脸上，有着对命运残酷的困惑与不解。而即便如此她还是坚强不屈竭尽所能地与之抗衡着。

"能登守大人和修理大夫大人，都别来无恙吧？"信春询问起义续和

① 唐破风：中央为弓形，左右两端曲线上翘的一种房檐样式。多用于大门、玄关、神社的正面房檐。

义纲的安否。

“是的。他们在榆原一切都好。能在榆原见到您，夕姬非常荣幸。”

“之后的事情，您都听说了吗?”

“听说和朝仓的盟约并不顺利。因此祖父命我早日回京。”夕姬黑亮澄透的一双大眼睛，直直地望向信春，丝毫看不出撒谎的痕迹，或许义续真的并未曾告诉她信春的事情。

“和夕姬夫人见面的那天，能登守委托我的任务，您可知晓?”

“祖父从不跟女人说那些事。与朝仓家的事情，也是母亲写信告诉我的。”

“这样啊。很抱歉我问了些不该问的话。”信春心头的憋闷不再，深深地低下头去。谁都无法保证夕姬的话是真的，可既然夕姬这么说了，信春愿意坚信不疑。

“听初音说，夫人有事拜托在下。”

“是的，有一事相求。”

“有何事请尽管吩咐，不用客气。”

“我想先给你看一样东西。”夕姬带信春来到寺院的本坊。

本坊门口已有披戴轮袈裟[1]的高僧在等候。他与夕姬像是熟识，亲切地招呼道:“夕姬夫人大驾光临，每次都是大晴天哪。”

“承蒙关照!这位是长谷川信春先生。”

听夕姬介绍自己，信春慌忙低头。他不知对方是谁，也不知该如何应对。况且，夕姬称自己为先生，让他觉得很是过意不去。

“贫僧名古溪，日尧上人的尊像曾在葬礼时有幸得见。”这位体态均匀的名为古溪的僧人直爽地跟信春搭起话来，直言不讳说尊像实在太出色，他初看时都吓了一跳。

---

① 轮袈裟:一种宽六公分左右的轮状袈裟，挂于脖子之上，两端垂于胸前。是一种外出用的简略袈裟，日本天台宗、真言宗、净土宗僧人多用。

“莫非您就是蒲庵古溪先生?”

“正是。先生怎会知道贫僧名号?”

“还在七尾时，我常去一乘谷学习曾我派的画，在那里听过您的大名。”

古溪是将朝仓家带入全盛时期的朝仓教景（宗滴）的亲生儿子。他出家修行是为了帮助父亲极乐往生，曾在下野的足利学校学习，之后拜大德寺的江隐宗显为师，迅速在佛学界崭露头角，后又成为千利休之师，以雅号古溪宗陈闻名。年纪比信春大七岁。

“原来如此。我都差不多二十年没回一乘谷了，这名字就像一股乡愁，甚是让人怀念啊。”古溪带他们来到一丈四方的房间，留下二人在此等候。

房间正面是铺着白砂的宽广庭院。石英砂砾在初夏的阳光照耀下光芒闪烁，宛如春日阳光沐浴下的七尾海湾。

“正如古溪先生所言，一听到故乡之名便能感觉一种温柔的气息。”夕姬或许也想起了七尾的海，望着庭院的双眸噙满泪水，一张洁白的面容在白砂的折射下显得更加清丽脱俗。

四周寂静无声。不知为何，蝉儿也停止了鸣叫，风铃也知趣地安静下来。万籁俱寂，只剩下夕姬和信春面对面在一个房间。信春开始有些不知所措了。沉默很尴尬，却又不知该说些什么。

正当无处安放的紧张感快把人压垮之时，池里的鲤鱼突然高高跃起。水声在下一瞬间响起，紧接着层层涟漪扩散开去。先前的紧张感也随之远去了似的，信春一下子轻松下来。

“让你们久等了。这边请。”古溪再次带他们去了别的房间。走廊迂回曲折，屋檐重重叠叠，信春既不知身在何处，又不知如何前往。原来大德寺竟这般大，让人震惊。

终于来到目的地的房间跟前。

“很抱歉，请戴上这个。”古溪递过来一个用和纸做的面罩，这是神事活动时用来避免飞沫的用具。

“两位请看！”古溪打开隔扇，壁橱上悬挂着的三联幅水墨画顿时映入眼帘。正中间是观音像，右侧是怀抱小猴的母猴，左边是啼鸣唤子的母鹤。简直连飘荡于宇宙之中的气儿都表现出来了一般出色。

“这……”信春在震惊与感动之中身形微颤。有志成为画师的人不可能不知道，这便是大德寺秘藏的牧溪[①]亲笔画《观音猿鹤图》。

紧扣心弦的感动如波纹般逐渐遍及全身，信春起了一身疙瘩，不知不觉间已凑过身去。观音的自然之态，有着信春的鬼子母神像所望尘莫及的优雅。其丰腴且温和的脸庞与充满慈爱的眼神，将见者之心紧紧抓牢。母子猿猴互相偎依，决然地面对自然的严酷。母猴神情略有不安，唯恐自己不能彻底守护小猴。而鹤是亲子情深的一种鸟，所谓“火原雉、寒夜鹤[②]”，鹤在寒夜里都会伸出翅膀替子鹤护暖。牧溪的母鹤鸣叫着向上空伸出锐利的喙，似要展翅起飞去寻找子鹤。

信春想起留在敦贺的静子和久藏，深深凝视中，忽然感觉缠绕的心结在画中舒展消散。以前观摩古今名画之时，总觉得栩栩如生如在眼前。曾我蛇足、狩野永德，甚至连暗地里仰慕为师的雪舟[③]的画亦是如此。

而这幅画却是自然被引入了画境，毫无阻碍亦毫无顾忌地便遨游在了牧溪所构筑的匠心画意的世界里。时刻戒备的母子猿、寻子哀鸣的母鹤，就是在喜怒哀乐中不断困顿烦恼的自己。然而无论怎样苦痛，都能为观音的慈悲所救赎。

在这种自然而然的思虑之中，信春的心自由地舒展开来。他从心底

---

① 牧溪：南宋画师，四川籍。其画作随笔点墨而成，意思简当，不费妆缀，被归于禅画范畴，对日本禅画影响尤深。遗迹多流日本，代表作《潇湘八景图》。

② 火原雉、寒夜鹤：民间俗语。说的是，火烧原野的时候，母雉会不顾自身安危营救子雉，母鹤在寒夜里张开翅膀替子鹤护暖。比喻亲子情深。

③ 雪舟：室町时代十分活跃的水墨画师、禅僧。

里庆幸自己有成为画师这个奋斗目标。作画的工作，真好。

“看得差不多了吧?”古溪说罢起身，准备收拾画卷。

隔扇被关上，房间里又只剩下信春与夕姬二人面对面。

“先生觉得此画如何?”夕姬似乎也被画卷深深感染，表情严肃。

“感激不尽！我做梦都未曾想过能亲眼得见这般名画。”

“现在我能做的，也只有这些了。夕姬诚心诚意祈愿先生作为画师能有大成!”

“绝不辜负夫人期望。我将努力钻研，以期临近牧溪的境界。”伟大的目标将使人成长。信春见识了未曾想过的绘画境界，内心涌动着一股新的力量。

“其实，夕姬想拜托先生的事情，也与绘画有关。”夕姬端正坐姿，说起正事来，“有位人士希望长谷川先生能帮他画一张如日尧上人尊像那般的画像。不知先生意下如何?”

“有位人士？可否告知详情?”

“现在还不行。希望先生能与我同去大坂，与此人会面。”既然夕姬如此用心，定是非常高贵之人。

“听说，摄津正在激战之中。大坂我们能去吗?”织田信长军与石山本愿寺及三好三人众在大坂的连连战事正不断升级。信春自从在比叡山亲眼见到地狱绘卷后，生怕再度卷入旋涡。

“织田军目前正忙于和伊势长岛的一向一揆作战，留在摄津的只是殿后兵而已。”

“夫人如何得知?”

“人在京城，总能听到各种消息。况且，去大坂的方法，这位人士会安排妥帖，完全无须担忧。”

“我原以为，夕姬小姐嫁入三条西家后一直过着平静的日子。然而为何现在却宁愿陷入如此纷争之中?”

“为了救畠山家。”夕姬脸色忽而阴沉下来，其口气仿佛在责难信春，若是受过主家恩惠的人，为主家出力哪里会有那么多怨言。

他们在六月二十九日出发。翌日三十日是住吉大社的除厄仪式，亦被称作夏越除厄，是一个年中仪式，为的是祛除上半年累积的灾厄并祈求下半年的安宁。京城中几乎所有的神社都会举行除厄仪式，而在供奉水神的住吉大社尤为盛大，有参拜者自畿内各地赶来。

信春与夕姬、初音掺杂在一行人当中，从伏见搭船顺水前往宇治川。信春身着僧衣，装扮成女御随行中的加持僧。船是住吉大社的御用船，是由等候在大坂的那位人士准备的。

担任信长军指挥的佐久间信盛和石山本愿寺达成停战协定，双方约定在夏越除厄的前后三天内停止一切战事。因此，宇治川也得到了片刻安宁，不再看到频繁往来的军用船只。宇治川在大山崎一地与淀川汇合后，河流变宽、水量充沛，船亦能急速前行。江面的河风拂过脸颊，温柔惬意。

夕姬望着千般景致逐一后退，心情清爽地眯缝着双眼。而随着一步步临近大坂，信春的心却渐渐失去平静。火烧比叡山的记忆至今还印刻在他身心。原本以为自己已经克服了这个心结，可一旦想到有再次卷入修罗场的可能，他便躯体僵硬腿脚微颤起来。

“先生怎么了？”夕姬询问道。

“没，没什么事。”信春两手摩擦脸颊，表示自己有些晕船。

“临近中午时分，先生可是饿了？”

“呃，有点儿。”

“我们事先备有餐点，请稍等片刻。”夕姬从初音手中接过便当篮，亲自取出便当。朱漆的便当盒上画有御所马车的泥金画，十分精美，里面分作四格，盛有米饭和菜肴。

“请用这个净口。”夕姬递过来一个青绿的竹筒。信春以为是水，没想到却是酒。澄清透亮的酒中，竹香与甘甜恰到好处相得益彰。

“承蒙细心关照，实在不敢当。”

“对女人来说，此番参拜住吉大社是平素少有的游山玩水，自然得好好享受一番。”夕姬说罢，拿出自己和初音的竹筒，熟练地饮起酒来。公家自古便有饮酒的习惯，早在《源氏物语》的时代，饮酒已被提升至社交礼仪的高度。夕姬自嫁入三条西家，也已经从容地适应了这个习惯。

有了意想不到的酒友，信春一下舒心不少，见到静子和久藏之前不沾酒的决意也松懈下来，于是倾斜竹筒一口两口送入口中。不多久，信春全身的紧张感逐渐消失，胆子也壮了起来，魑魅魍魉浑不怕似的情绪高涨。

“所以说嘛，酒乃去忧之玉帚。”初音一张娇口，高声笑起来。与夕姬谈笑间她貌似有些忘乎所以了，可信春觉得此话有理，连连点头，心绪极佳地把酒一饮而尽。

不一会儿，船驶过淀川的大湾。上町台地正对河川，仿佛孑立于河面之上。台地上有石山本愿寺的七堂伽蓝，远处可见庞大的屋檐如城郭状绵延。

石山本愿寺是由净土真宗中兴之祖莲如，在明应五年（1496）所创建的。因建寺所需的基石竟像是山上现成的一般，感此奇瑞，于是命名为石山。

淀川的河口有诸多沙洲，将河流分作几股，兀自流入大坂湾。信春一行乘坐的御用船，每逢河水分流便转舵向南，往寺内町中心地带行驶。

“难道是要前往本愿寺？”不安再次向信春袭来。他虽听闻要去大坂，可从未曾想过本愿寺。

“是的。御家门大人[①]正在本堂一侧的升云阁等候。”

---

① 御家门大人：此处专指藤原家族族长近卫前久。

前来迎接的轿子已经候在码头上了。夕姬坐入上等公家使用的四方轿，信春和初音步行随后。一行人爬上平坦的斜坡，抵达寺院的大门，穿过如城郭般的伽蓝，朝本堂行进。每个要隘均有身穿盔甲的士兵守卫着。这些人都是从各地的一向一揆中挑选出来的强壮之士。

轿子穿过升云阁门，在拥有宽广前庭的本殿玄关处停下。巨大的寺院之中，唯独此处是书院风格的优雅建筑。

一行人在寺僧的带领下朝对面所[①]走去，途中可不时听到寺院深处传来木刀打斗的声响与其锐利的声势。一个光着膀子的高大男子，正与四名武士练习打斗。男子只缠了一根头巾，而另外四人则戴着军用头箍，前臂和胫部防护。

“不用手下留情，跟战场一样放开手来啊。”男子的凛然之声响彻院内，他是在恼怒与对方的打斗没有手感。

“啊！”夕姬惊呼一声，即刻在回廊边缘跪下。几乎与此同时，两个武士从左右一齐进攻，男子弹拨开左边砍来的木刀并一刀击中对方前臂，并借反弹之力顺势刚好抵挡右边袭来的一击，并飞快地将对方冲撞开去。这番动作比武士们迅捷太多，如表演般精彩，绝不拖泥带水。剩余两人眼见有机可乘，双双攻将过来，但男子轻而易举地避开并将二人痛打一番。

“请跪下待命！那是近卫前久大人。”被夕姬拉住了衣袖，信春慌忙下跪。

“那委托画像的人——?”

“就是御家门大人。您的头抬得太高了。”

在夕姬的小声叮嘱下，信春不知所以然，有些别扭地低下头。

“小夕啊，比预计来得早呀。”前久用手巾擦拭着上半身的汗水缓步

---

① 对面所：会面之地。室町时代以后的武家府邸都设有对面所，用以主从、主宾之间的会面。

走了过来。此人和信春一般高大，是溜肩的修长体态，一身如钢的肌肉无一处多余。

“多亏大人准备了御用船，我们才得以顺利到达。实在感激不尽！”

“这位就是本法寺的画师吧？”

“正是。这是长谷川信春先生。”

“先生的传言我有所耳闻，在此有礼了。”前久的语声让人很感亲近，可信春却不明所以，为不失礼节只一味低着头。

“先生可是在比叡山救助过一位怀抱幼童的僧人？那幼童是我托付给延历寺的孩子。”

“啊！这是真的吗？”夕姬大为吃惊。

“去年八月，我因事将孩子留在延历寺。此后信长火烧延历寺，我一直心忧孩子的安危。直到泉涌寺派人前来通报，才知我儿已安全逃离。”

后来他才得知是有一个叫长谷川的画师帮助，孩子才幸免于难。但苦于不知恩人到底是谁身在何处，亦无从寻找。可就在上个月，听说本法寺的日尧上人尊像，就出自于一位叫长谷川信春的画师之手，于是便去寺里打听，这才得知长谷川因救助孩子，正遭京都奉行的追捕。

“信春先生，听说你用不凡的身手赶走了信长的追兵啊。”

“大人笑话了。我只不过拼命挥舞长刀罢了。”

“先生不必谦虚。若无武艺心得，怎能打倒五六个军兵？”前久把信春引至中庭并递过一柄练习用的木刀，让信春与他对打，说是想见识一下他的武艺。

盛夏的阳光炽烈火辣，庭院的沙砾已晒得发烫。四周树木上的数千知了，正齐声长鸣，振聋发聩。

“信春，千万不要客气。”前久换上白色练武服，将木刀握于正前方，准备就绪。

信春也以相同的姿势应对，却在正对的瞬间明白自己根本不是他的对手。前久毫无破绽。虽然看似松松散散、并未敛气凝神，但信春已经看出，若是自己先行进攻，前久可以变幻自如地反击过来。这是不变应万变的架势，后来成为“柳生新阴流”的至高境界。

信春没有动，因为他知道先攻则败。只能等待前久主动进攻，在他松动的瞬间出手，自己才有可能取胜。好热！头上骄阳似火，脚下热砂如炭。豆大的汗珠从额头顺着脸颊滑落，信春死死盯住前久的腰部。若视线被对方手足的动作所牵引，便会掉入对方的陷阱之中。只有死盯腰部才能更准确地做出判断，不至于被牵着鼻子走。

让人称奇的是，前久的面部并未出汗。他比信春大几岁，但细白的肌肤宛如年轻人般清爽。无论处于何种境况，他都能保持同一的精神状态，平和而沉着。

前久盯着信春的眼睛，转移重心至右下方，向信春的右侧缓缓靠近。突然在下一瞬间，他快速移步至左侧，从侧腹部斜砍上来。

信春从上往下挡过这一击，试图就此冲撞过去。可就在木刀砍下去时，前久的身影竟消失在眼前。原来进攻和向上一击都只是虚招，前久在瞬间已经迂回至信春的身侧并攻击过来。

“我输了。大人武功，在下望尘莫及。”信春放下木刀，跪拜在地。

“你是画师啊，无需在武功上有多高的造诣。”前久抓住信春手臂，轻而易举地拉他起身。“先生的武功已经相当不错了，听说祖上出仕于畠山能登守？”

“诚如所言，至十一岁一直在老家被灌输各种武艺。”

“难怪小夕需要你。我去冲冲汗就回，请在对面所稍等。”

对面所在宽广的池边。引自外面的清水，穿过房底注入池中，因此较之外面的酷暑，室内竟意想不到的清爽凉快。

“看来御家门大人对先生很是看重，刚才的对打实在太精彩了。”夕姬先前似乎太过紧张，见前久对信春厚待有加之后终于放下一颗高悬的心。

“献丑了。幸亏前久大人手下留情，信春才得以保全颜面。”

“这就够了。天下虽大，但要能胜过前久大人的武士却屈指可数。”

“公家之人也锻炼武艺吗？”一般而言，公家给人的印象是精通文化和文艺，却无缘武艺。信春原也认为如此，所以前久的高强武艺令他十分震撼。

“时势所逼，公家也在组织阵参众[①]备战呢。不过话说回来，这般武艺高强的也只有前久大人。”

“前久大人位至关白[②]，怎会如此精通武艺？”

“上上代的足利将军从塚原卜传[③]处习得剑术的事情，先生也曾耳闻吧？”

“是的，据说是位精通武术、英明杰出的将军。”那是第十三代将军足利义辉。义辉自幼专攻剑术，造诣深厚，并习得塚原卜传一之太刀的秘诀。

“御家门大人既是义辉的表兄，又是他的小舅。两人自幼一起成长，情同手足。剑术也是一起学的。”

“关白和将军一起学习剑术……”这是信春无法想象的光景。

“两人同岁，所以既是练习也是比赛。御家门大人曾言，将军学的快，但他更精进。”或许是夕姬认为，在正式见面之前将前久的背景告知信春更为妥当吧，她开始详细介绍前久的经历。

前久于天文五年（1536）出生，是关白太政大臣近卫植家的嫡长

---

① 阵参众：亦称阵参公家众。战国时代，在朝廷任职之人练武参战的组织。

② 关白：日本古代官职，是辅助天皇总理万机的重要职位，相当于丞相。平安时代藤原氏始开关白一例，后藤原氏分作五家：一条、二条、九条、近卫、鹰司，五家轮流上任。

③ 塚原卜传：战国时代的剑豪，兵法家。

子。他小信长两岁，比秀吉大一岁。

自古以来，朝廷便有不成文的规定：唯有藤原北家的继承人才能担任摄政和关白。这个藤原北家到了镰仓时代分家为近卫、九条、鹰司、一条和二条，被称作五摄家。其中，近卫家乃五摄家之首，历任族长，位于公家社会的至高点。

前久九岁任大纳言，十二岁为内大臣，十八岁则顺利升至右大臣，十九岁已担任关白和族长。但在这个混乱的战国时期，朝廷和幕府都被卷入战争的旋涡，情势低迷。将军经常因为无力平定重臣的叛乱而逃离京都，失去了幕府支持的朝廷甚至窘困到无法为天皇举行登基大典。前久的父亲植家为了打破这个窘境，把亲妹妹庆寿院[①]嫁与十二代将军足利义晴，从而加强了公家与武家的联系。于是，足利义晴和庆寿院所生的义辉、义昭便成为前久的表兄弟。加之，植家又将自己的女儿、前久的姐姐嫁与义辉，所以前久便成了义辉的小舅子。

因着这层浓厚的血缘关系，前久和义辉得以在学问和武术上相互较劲督促。可前久并未满足于此。

“御家门大人认为，羸弱的幕府与朝廷单靠联手并不能改变现状。因此，需有实力雄厚的战国大名的支持，重新确立一个以天皇和将军为中心的室町幕府的政治体制。所以，前久大人曾打算西下联手毛利元就。”

但迫于周遭的强烈反对，无法推行此计。正当他闷闷不乐时，越后的长尾景虎（上杉谦信）率领五千大军来到京都。这年前久二十四岁，景虎三十岁。两人相见恨晚，开始筹划宏图伟业。即，景虎继承关东管领家后，集结关东的军力南下打败据守小田原的北条家。然后，进京帮助足利义辉重建幕府政权。

而且，前久异乎寻常地决定，以关白的身份与景虎一道回越后，还

---

① 庆寿院：室町幕府地十二代将军义晴的正室，关白近卫尚通之女。

打算一道出阵关东。前久前往越后是在永禄三年（1560）九月十九日。一行人在敦贺乘船，于十月中旬前后抵达春日山城。

此时，景虎为了平定关东，正在上野国的厩桥城（前桥市）。翌年三月，景虎集结关东的十万兵力包围小田原城，以凌驾北条的气势，在镰仓鹤冈八幡宫的神社前接任关东管领一职，并易名为上杉政虎。

前久虽未参加这个继承仪式，但他随景虎出京的消息带给关东诸将莫大的影响。正因为有了现任关白兼藤原家族族长前久的支持，景虎得以集结十万大军，并在毫无异议的情况下就任关东管领。前久以为，只要联手景虎便能轻而易举地平定关东。但实际上，北条家族的力量远远超出他们的想象。

小田原城的城主乃名将北条氏康，他与邻国的武田和今川签下三国同盟，故其防守坚如磐石。景虎围城一个多月，一心盼着氏康投降，然而城中全然不见虚弱困顿，反而是自己的军队出现了军粮缺乏和物资不足的困扰。

除此之外，武田信玄还意图趁景虎离巢之际，从川中岛调兵至越后。因此，景虎不得不紧急撤回越后。前久的梦想便这样灰飞烟灭了。

“御家门大人极度失意地返回京都。但屋漏偏逢连夜雨，三年后，义辉将军被三好三人众与松永弹正谋杀。”

身为剑豪的义辉将自己收藏的宝刀纷纷插在起居室，这使他能在关键时刻举刀反击。每当刀下沾满血迹不能再砍杀之时他便另换一把继续浴血奋战，但终因寡不敌众，不幸遇难。他的母亲庆寿院和正室伊茶局亦遭杀害，前久在同一时间失去了姑母、亲姊和盟友义辉。

但是将军家却不能因为义辉之死而断绝。于是，前久饮恨决定以朝廷的身份支持三好三人众推举的足利义荣将军。可此后仅过了七个月，织田信长奉足利义昭带兵进京，易如反掌地踢走三好势力。义荣将军在战乱中遇害，足利义昭就任为第十五代将军。

前久打算顺势而为，可义昭对前久协助兄长之敌三好三人众一事耿耿于怀，无法轻易冰释前嫌。因此前久便隐居在石山本愿寺观望形势。他与本愿寺门主显如向来交情甚笃，收显如之子教如为义子（名义上的养子），所以他在寺院的生活如同在家，况且还方便同三好保持联络。

不久，义昭和信长的蜜月关系便出现嫌隙。因为信长名义上奉义昭为将军，实际上是为了帮自己夺取天下，他并无意重建幕府。

“于是，被孤立的义昭公三番四次请求御家门大人回京辅佐政务，但他却没有答应。因为御家门大人明白，信长的目标是天下布武，试图全盘否定向来的体制，建立一个以自己为顶点的政治组织。若不能令信长改变这个方针，怎么辅佐义昭公都无济于事。”

因此，前久打算用自己的方式行事。他集结信长的敌对势力并建立一张包围网，以期逐步击溃织田家。他呼吁在阿波、淡路、河内实力尚存的三好三人众，及南近江的六角承祯、北近江的浅井长政、越前的朝仓义景，还有跟前的石山本愿寺及比叡山延历寺。

这个计划在绝密中进行，无论当时还是现今，知此真相者寥寥无几。但显示前久是中心人物的确凿证据，却被收录在岛津家的《各家文书》中。

在元龟元年（1570）前久写给岛津贵久的书信中，有如下言语：

“虽几度闻悉将军令拙身回京，然一度面目全失之人，至今仍无此觉悟。友江州南北、越州、四国众。拙身今日亦出阵，即为遂本意。”义昭曾几度恳请前久速速返京，但前久以“一度失权之人不能应召”为由拒绝。加之，现如今已拉拢六角、浅井、朝仓、三好，自己今日也会出战，意图打倒信长了却心愿。

前久如此宣告后一个月，令本愿寺与一向一揆举兵袭击信长军。在伊势长岛的一向一揆也举起义旗，攻占小木江城，割取信长胞弟信兴的首级。信长受到南北夹击，已陷入无法动弹的窘境，于是请正亲町天皇发出议和的诏令，在义昭将军的见证下与浅井、朝仓等闪电般地讲和。但翌年九月十二日，信长单方面撕破议和的协定，强行火烧比叡山，切断了前久等人设下的信长包围网。

“信春先生正好在那时前往比叡山，亲历了寺门大难。”夕姬勉强将话题牵扯到信春，还道这也是种缘分。

“缘分，所谓缘分是指什么？”信春对夕姬的这番说法有些反感。数百人在眼前被杀害的光景，至今仍烙印在信春的脑海，实在不能用“缘分”这种空洞的词语来描述。

“在那般惨状中遇见并救助了御家门大人的孩子。因了这缘分，信春先生才会像现在这般拜访难得谋面的御家门大人。”

“这么有分量吗，这位近卫大人？”

“那是当然。不光门第和立场尊贵，前久大人还胸怀报国的远大理想。因此，无论过程多么艰辛，他依然努力不懈，如我先前跟你讲的那般。”夕姬的眼神里溢满了有些妖娆的辉芒。此般变化出卖了她对前久的极度仰慕。

“夕姬夫人，您参与这等事情都是为了拯救畠山家，对吧？”

“是的，我是这么说过。”

“前久大人有这么大的力量吗？”

“我对此深信不疑。再加上，公家社会讲究诸多例如门流、家礼的习俗规定，正如武士社会的主从关系一般，下面的人对高位的人是不能忤逆的。”

门流即宗门流派，家礼相当于侍从的意思。公家的身份门第森严，能升至何等高位亦由出身的门第决定。占据这个金字塔顶点的正是五摄家之首的近卫前久，所以说所有公家都是前久的侍从也不为过。

“是近卫大人嘱咐夫人带我来的吗？”

“不错。前久大人听说日尧上人尊像一事，才知道是信春先生救了自己的儿子，所以无论如何都恳请信春先生替教如画像。”

“小夕，这话不对吧?”前久苦笑着出现在上间房[①]，生丝衣服外加一件蓝色罗纱丝绸服，戴着凉爽的乌帽，其优雅的身姿与先前简直判若两人。

“啊！原谅夕姬不知大人驾到。”夕姬略显狼狈，脸一下子红到脖子根。

“不能说谎是我们公家的宿命，当然也要看对方是谁，这个分界线很难界定。”

“夕姬是因御家门大人的吩咐才带信春先生前来的。这事一定不假。”

“要这么说的话，那还真是。可告诉我信春的事情，建议我提拔他的人却是你呀。”

“呃，是么?”夕姬恢复镇定，一点不害羞地装作不知所云。

“大抵好像是这样的吧，难道是我记错了?”前久含糊措辞，给了夕姬一个台阶。“如小夕所说，我请先生前来是为了教如的画像。信春，能帮我这个忙吗?”

“教如先生？是本愿寺门主的——”

“门主显如的儿子，也是我的义子。”虽是刚刚剃度的小和尚，但也希望先生能画出如日尧上人那般出色的画像——前久立刻说出了目的，直率得令人吃惊。

“缘何想要教如的画像呢?”

“连这个都不得不说吗?”

“日尧上人是为了将自己修行未到的境地告知后人，才托我画尊像的。正因为我理解他的想法，才能将其尊像画活。”信春没有却步。如论对方多么高贵，但在绘画的世界里不分上下。这种想法不知什么时候自

---

① 上间房：书院式建筑中，紧邻着下间房，且地板稍高于下间房的空间。一般是主公接见侍从的地方。

然就出现了。

“原来如此，不愧为大画师。”前久满意地点头，而后告知要此画像是为了跟信长战斗。“那个魔王，不能一直让他霸道横行。不早些结果他的性命，恐怕后患无穷。”

“这样的事情，能做到吗？”

“你不憎恨信长吗？”

“当然憎恨，可是……”袭击比叡山的信长军是何等的强大恐怖，信春至今心有余悸。他实在不能想象有谁能打倒这样一个，动一根手指便能指挥千军万马的男人。

“无论他多么强大，我们都不能屈服。火烧比叡山自不必说，更让人咬牙切齿的是，信长已成为南蛮人的鹰爪，将要毁坏这个国家的国体！”

“大人所指的南蛮人——”

“就是葡萄牙人等。信长无视天皇的圣旨，许可耶稣会的传教士在京都传教，这可不单单是信仰的问题。葡萄牙正通过耶稣会支持信长夺取天下呢。”

不愧为五摄家之首，前久对世界形势了解得十分透彻。那时候，世界正处于大航海时代。西班牙和葡萄牙因为哥伦布和达伽马发现的新大陆而开辟了通往世界的航线。他们以传播基督教为名，一个接着一个征服所谓的异教徒国家，建立了横跨世界版图的大帝国。

西班牙和葡萄牙在罗马教皇的斡旋下，分别于1494年及1529年签订了托尔德西里亚斯条约与萨拉戈萨条约，将世界一分为二，确定了各自的殖民地版图，非常具有象征意义。其做法是：先送传教士前去传教并收集情报，发现可以信赖且有实力之人，便给予他们贸易上的利益，或是军事上的支援，令其强大。等这些人成了这个国家的统治者后，再将他们变成傀儡政权，将其纳入自己的殖民地版图。

当然，信长也知道他们的战略。但因此在南蛮贸易中取得的巨额利益却不容小视。更何况信长需要耶稣会和葡萄牙的帮助才能获得硝石、软钢、黄铜等军需物资。顺带说一下，软钢是制造火铳枪身内侧（被称为真筒）所需的一种高纯度的低碳铁。黄铜是铜和亚铅的合金，用作扳机和火剪等机关。这些在当时的日本都没有生产的技术，全靠进口。葡萄牙和耶稣会正控制着这些进口渠道。所以，信长越是大量使用火铳，就越依赖于他们，那么被要求的抵押也就越多。因此，他必须加紧统一天下的步伐。

原来信长火烧比叡山的背后还有这番不为人知的惊人秘密。

“因此，我决定再度集结友军打倒信长。这次不光是浅井、朝仓和三好，还会动员甲州的武田信玄。”前久的话语里充满了自信与坚决。只是这些话题太大太重，信春理解不到一半。

“小夕，可以帮我拿一下那边的砚台盒与纸张吗?”夕姬满面欣喜地从砚台盒中取出毛笔，恭敬地双手呈给前久。“你手好热！是被外头的暑气闹的吧?”

前久在纸上描绘地图，写下了加入包围网的各大名的领国。浅井、朝仓、三好维持原状，加上拥有甲斐、信浓、骏河三地的武田信玄，便可从东西夹击信长的领国。而越后的上杉谦信也与信玄达成协议，联手给予配合。

“要令此计成功，必须要加强本愿寺与朝仓及武田的纽带。因此，我计划了一系列姻缘关系来支持这个盟约。”光靠口说比较难懂，于是前久把三者的关系以图示之，并加以详细解说。“武田信玄将会迎娶藤原北家门流的三条公赖的女儿为正室。显如和尚的正室也是公赖的女儿，因此二人便成了连襟。现在，显如的继承人教如又会迎娶朝仓义景的女儿。你知道这意味着什么吗?”

“啊，大致明白了。”话题一个劲地往政权争夺的方向行进，其规模之大是畠山义续命令他的差事所不能匹敌的。前久如此详细地坦言整个计划，令信春感到欣喜与不安。此话题不免让人不寒而栗，可既然已经深入至此，也不便打断或回绝。

“有了这层姻缘，朝仓和本愿寺便成了亲戚。不光如此，还因教如成了信玄的外甥，可令武田和朝仓的关系也亲近许多。加之教如是我的义子，所以也方便我在暗地里提供支援。”即以朝廷重臣近卫家为中心，联合武田、朝仓、本愿寺三方形成一个包围圈。

前久认定除此以外，别无他法打倒信长，所以在去年六月亲自前往越前一乘谷，替教如谈好这桩姻缘，只是目前尚未下聘礼。如今正要派人去下聘，让教如迎娶朝仓义景之女，并打算顺带捎上教如的肖像画。之所以如此兴师动众地请信春前来，就是为了这幅画。

“这个盟约能否成立，很大程度上取决于肖像画的质量。如何？这差事你不会拒绝吧？”

面对自上而下的逼迫，信春的叛逆心油然而生。画与不画由我决定，用不着听你们说三道四。他真想用这句话直率地顶回去。

见到信春的神情，夕姬似乎有些担忧，于是也出口催促起来：“长谷川先生，也请为了畠山家应承了这桩差事吧。”

然而，这让信春更觉恼怒。夕姬眼里只有前久。她都不告知目的地，便带自己来到本愿寺。先将人置于无法进退的地步再提出要求的做法，实在跟兄长武之丞如出一辙。

“信春，你在犹豫什么？”前久的声音尖锐了些，“只要信长一直坐在权力的宝座上，你作为画师就永无出头之日。为何不痛下决心打倒他？”

“这我当然知道，只是我在七尾时，因卷入政治纷争而犯下了不可饶恕的罪过。”信春言道，因此若要接下这个任务，还望前久能准许几件事。

“什么事情，你且说来听听。”

“我来京都时，把妻儿留在越前敦贺。请允许我绘画完毕后前去接回。”

“没问题。我派使者前往一乘谷之时，你一道去敦贺便成。”

“之后，我打算接他们来京城。能否替我们准备一个安全的住处？”

“这个么，要是打倒了信长，什么都好办。”前久思考了一阵，问他愿不愿去仙洞御所[1]居住。

“御……御所吗？”

“是的。住那里的话信长应该不会出手。”前久十一岁时成为当今天皇的父亲后奈良天皇的义子。因此，可轻松地在仙洞御所觅得一个住处。

“这……实在太令人诚惶诚恐了。住处一事还请勿要挂怀。”信春缩紧身子，后退了一步。

“这样啊，那再考虑别的方法。从今日起你就待在这里开始工作吧。教如今天已外出，我明日再带他来拜见。”前久已将一切准备就绪。

“很抱歉，我还有一事相求。”

“何事？”

“想要好画需要优质的颜料，大人手中可有？”

“这事不用担心。这里还有别的画师正在工作呢。”前久拍一下手，让随从去唤来松荣。

没过多久，一个五十多岁身材矮小的老人出现了。老人和蔼慈祥，蓄着白须，头戴风折乌帽，麻布小袖上沾着点点颜料，像是正在作画。

“这位是狩野松荣。那么此事就这么定了。”前久嘱托松荣偶尔陪信春练练绘画，紧接着便护着夕姬不知去了何处！

“初次见面，鄙人长谷川信春。”信春比见到前久还紧张。这位狩野松荣可是狩野派的统帅、狩野永德的父亲。

“鄙人狩野，请多关照！”没想到松荣竟不可思议的谦虚，还说十分

---

① 仙洞御所：退位后的天皇所居住之地。

佩服信春所绘的本法寺日尧上人的尊像。

“多谢！鄙人曾在越前一乘谷见过令尊元信先生。”信春研习曾我派绘画时，适逢狩野元信受邀朝仓家，曾受过元信一些指点。元信乃狩野派第二代宗师，于永禄二年（1559）辞世，之后便由松荣继承家业。

“家父曾提起过你，说现在尚显粗糙，但不久便能扬名立万。”

“那位元信先生竟……”信春在惊讶和感激之余没了言语。他受元信的指点仅此一次，且只有三天时间。那三天对年轻的信春来说如同珍宝，但他实在没想到元信竟然还记得自己。

“此时此地的相见，没准正是父亲的引见呢。画材我们全都有，你想要哪些但说无妨。”松荣拉起信春的手，领他来到相邻的客殿。此殿是连接本堂和升云阁的建筑，是一个约有两百张榻榻米大、用以举行仪式的房间。为了准备与朝仓家的婚礼，松荣等人正重新绘制所有的隔扇画。

“请问，令公子不在这里吗？”信春在工作中的数百人中间寻找永德的身影，却没发现相似之人。

“他正奉命于信长，此事不可大肆声张。”松荣自先代证如起，便侍奉于本愿寺，但永德为了追求新的可能性，据说已成了信长的御用画师。

“所谓新的可能性，是指的什么？”

“他说想在信长的身边学习西洋的智慧和技法，并创作新的日本画。”

从这天起，信春入住本愿寺，开始着手教如肖像画的绘制。松荣对他极好，允许他随时进出他们的工作场地。因此，信春得以结交狩野派的高徒们，并在现场习得隔扇画的技法。

第四章　比翼连枝

教如的画像于七月中旬完成。

教如名光寿。因为他年仅十五岁，信春便用深绿色的法衣来强调他的年轻活力，手中持有菩提树的念珠。面长，眉目俱细，眉间甚宽，是一张继承了其母三条家血脉的优雅脸庞。其长鼻与紧凑的薄唇却彰显了他的刚强意志及聪慧。

长谷川信春坐等颜料收干，仔细确认画像的成熟度。没有不足之处。画像准确地捕捉了教如的特长，色调也十分和谐。可他还是觉得差了点儿什么。年轻人的表情原本就略显不足。他们没有直面诸多人生的历练，所以无法在面部表现出大人那般经由岁月镌刻过的个性。

但与此同时，他们却拥有可能性。宛如未开垦的丰饶的大地那般，属于未来的时间尚在酣睡。信春苦于自己尚未能充分体现出这一点。

像中所绘的是现如今的教如，虽然栩栩如生，但缺乏洞见未来的深度和魄力。信春一直盯着看画，苦思着该怎么办才好。像是绘出来了，但尚未绘成。想要突破这个未成之处，究竟需要做点什么……

一旦落入这种迷宫，画师会十分艰辛。信春坐在画像前思虑良久，但仍不知所措。有时，他觉得就这样罢，但有时，又觉得这画不行，想要将其撕成碎片。他的内心在这两者之间如钟摆般无依无靠地摇摆。

这天夜里，信春无法入眠。他躺在被子里，深深悔恨自己的青涩，并因此出离愤怒，一夜未能合眼。

凌晨，淡淡的朝晖依稀穿透障子。这时，火铳齐声射击的声响猛然传来。几百支火铳猛烈开火，数千兵马齐声呐喊着进攻过来。是信长军包围了石山本愿寺，趁对手在凌晨深睡时展开了突击。

信春因恐怖而将身形蜷缩。比叡山的凄惨光景在脑海中闪过，于是表情僵直，汗毛直立，甚至都无法呼吸。

（得马上逃走，现在立刻逃走……）

这话语似连敲的钟声在脑中响起，但他的手脚却冻住了似的动弹不得，像是遭遇了梦魇中的鬼压身。

潜伏在寺里的一向一揆势力也开始反击，射击的声音并不输信长军。那是杂贺的火铳队，他们对火铳的操作和射击都堪称天下第一。

况且，守城用的装备乃大型火铳，能发出直径为十七厘米的八玉子弹，每发射一枪，便会响起巨大的爆破声，看似很靠得住。

信春从恐慌中恢复过来，叉开双腿横躺在衾枕上。他凝视着房顶深深吸气，胸中的剧烈躁动终于渐渐平息。

（要杀要剐随你便！）

这般豁出去一想，方才那个只想着逃命的软弱的自己反而有些可笑了。正如日尧上人所言，自己充其量不过是滞留在末那识的一介凡夫俗子而已。

（好吧，既如此……）

信春显露出他与生俱来的硬骨头脾性，决定在枪战声中面对自己的画。

还是那幅画，但教如的表情看似有些不同。如同方才的信春一般，画中的教如看似也害怕那枪声。年轻人有许多未来的时间，这意味着一旦死亡便将蒙受巨大的损失。因此他们对死亡的恐惧心也较大人强烈。而教如已在两年前置身战乱的漩涡，随同父亲坚守在本愿寺。

这幅画所欠缺的，正是教如的这种念想。面对死亡的不安和恐惧，以及努力克服的信念与觉悟。信春未能在画中捕捉到这些，因而教如的表情无法体现他的内在。

（锅冠上人的画!）

信春突然想起在本法寺见过的日亲上人的尊像。如能深入领悟对方的心理，绘画技法反倒是次要的。一想到这里，信春尽量设身处地去接近教如的内心。作为年轻人，他也定是苦恼与无限可能性的集合体，信春思忖着重新铺开画纸。

新画于两日内完工。其间，信春未曾入睡。这次的画作无可挑剔，不仅有当下教如的身姿，还颇具深度，让人可预见他波澜万丈的未来。

信春躺下来，想打个盹后再向近卫前久汇报。但还未过半个小时他便醒了，他着实在意前久对此画的评价，以至于无法入眠。

用布将尚钉在画板上的画作整个包裹起来之后，信春来到升云阁的御座间。

前久身着小袖裙裤出了中庭，正仰望苍穹。他在夏日里灿灿的阳光中眯缝双眼，像是在追寻着什么。信春正思忖间，忽地发现前久右臂上缠着的皮革护腕，这才明白他是在放鹰。

鹰在高空翱翔，只豆粒般大小，前久挥动手臂往右，鹰便往右飞，挥动手臂往左，鹰便往左飞。这般绝妙的鹰猎本事也是许多武家所望尘莫及的，难怪会蜚声天下。后来他将鹰猎的技巧与方法吟诵成百首和歌以流传后世，即《龙山公鹰百首》。据闻，信长、秀吉、家康等都竞相寻求此书抄本，以借鉴书中鹰猎的手法。

前久瞥见等候在走廊的信春，于是将左腕搭在右臂上整个身子往后退。这时在上空盘旋的雄鹰则迅速直线下滑，随后擦地而飞，不多久稳稳落在前久的护腕上。茶褐色羽毛里夹杂着些许白色，无疑是一只精悍的鹰。

“好了好了，肚子饿了吧？”前久怜惜地抚摸着鹰的头部，从一旁的饲料盒里取出鲜肉。他用自己的嘴将鲜肉撕成小块儿，而后才喂食给鹰。这举动对于禁忌血污的公家而言，实在是不可思议的豪放。

“住在寺庙，鹰猎也不方便了。”所以这才时不时放飞一下，前久在井边洗着脚。

“您要的画已绘完。”

“是吗，给我看看。”

“就在这里吗？”

“没关系啊，只是不要让太阳晒到。”夏日的阳光格外强烈，岩质颜料会发出与室内不同的光泽。前久显然知道这个道理。

信春走入室内解开包裹，在前久面前竖起画像。这画信春可用以自诩佳作，是相当有自信的作品，但前久只一直盯着，无任何表示。

“呃……大人意下如何？”

“嗯，可惜呀。”前久嘟哝一句，用手巾擦脚，接着问信春要不要喝一杯。“这种热天儿，冷酒应该很美味哦！”

“啊……呃……”信春因他那句“可惜啊”受到打击，了无喝酒的兴致。

“噢，对了，也叫上松荣，让他看看这幅画吧。”

酒宴就设在御座间。在绘有中国古代五帝的房间里，信春忐忑不安地坐等着。这儿的隔扇画均出自狩野派之手。但究竟是元信还是松荣，信春就看不出来了。

不多久，前久带着松荣来了。松荣直直盯着信春的画，拈着唇下白须，再三点头。

"怎样，你也来点儿小酒?"

"能得以相陪，荣幸之至。"松荣笑呵呵应道。

前久一拍手，召来端着盛有酒肴方盘的侍女。酒装在看上去清凉宜人的玻璃瓶内，菜却只有沙丁鱼干和梅干。

"在此之前我想请教一事。"信春屏住呼吸，询问所谓可惜的意思。

"如此的人物给了朝仓太可惜了。就这个意思。"前久一口喝干玻璃酒盅，爽朗笑着把酒盅递给信春。信春默默接过。前久的认可令他悬着的心终于安定下来，身体里紧绷着的弦也松懈下来，眼中竟泛出喜悦的泪花。"松荣，你怎么看?"

"出色的画像。能把看不见的东西画出来，这本事着实让人佩服。"松荣心直口快称赞有加，说就连狩野派的高足之中也无人能画出这等出色的肖像。

"你这么说不碍事吗?狩野派的牙城可就受到威胁喽。"

"习画是一条通往得悟的羊肠小道。谁能通过此道，对其他人都是鼓舞。"

"如此甚好，今后还请多多指点信春。"

"那是当然。只要他继续钻研画技，鄙人不惜鼎力相助。"松荣解开腰刀的刀鞘口，鸣金起誓。誓约既出，决不违逆。

"信春!还傻愣愣的干什么!松荣已许诺收你为徒了呀。还不饮酒为誓?!"

信春慌忙把酒盅一口喝干，再毕恭毕敬地递给松荣:"小徒先干为敬，还请多多指教!"

"你的画里有真心。往后无论怎样艰辛，请努力修行，千万不要背弃你的真心。"松荣说罢微笑着接过酒盅，仿佛能[1]艺人一般，端端正正一

① 能:日本中世歌舞剧的一种。

饮而尽。

“我明日就派人出使越前一乘谷，你跟他们一道去敦贺即可。”前久说，他已经安排好了穿过丹波一地前往日本海的途径。

“抱歉一问，京城有无我同妻儿落脚之处？”

“就一如既往住在本法寺，如何？”

“但日尧上人已经辞世归西……”没了庇护人，恐无颜继续待在寺内。

“我会将先帝的牌位放入寺中，这样寺里的僧俗就不会再有怨言。同时信长也难以出手本法寺。”前久说，安置后奈良天皇的牌位不仅可以提高本法寺的规格，而且信长军也会顾忌不敢靠近。而这对司掌朝廷的前久来说，只是举手之劳。

翌日拂晓，信春与前久的使者一道离开石山本愿寺前往越前一乘谷。他们避过信长军的耳目，乘船至尼崎，再穿过伊丹、池田，辗转到达黑井城（丹波市春日町）。黑井城的城主赤井直正是前久的妹夫，当然也是信长包围圈的一员。他热情地款待了一行人，还派人护送一行至丹后的由良。

在此地坐船横穿若狭湾，便能直接到达越前的三国码头。前久的使者们转乘江舟，沿着九头龙川溯流而上，去往越前一乘谷。而信春则在码头住上一宿，翌日清晨搭乘商船去敦贺。

一年前离开七尾时，走的也是这条航道。但因信长军正在进攻北近江，所以他将静子和久藏寄托在妙莲寺，只身一人前往京都。信春那时曾言大约一个月就能前来迎接。但之后卷入火烧比叡山之事，又遭京都奉行追捕，结果整整一年都无法实践诺言。

信春眺望着三面环山的港口景色，当初踏上征途的一幕宛如亘古的记忆一般。这一年间发生了太多事情，能这样平安归来已经仿佛置身梦境。

港口西侧流淌着笙川，河对岸是广袤的气比松原。松原上，大批身披白色号衣、头戴拧绳头巾的男子正在采伐巨松。不知从哪里传来笛鼓相和的祭祀曲，港口和街上都热闹非凡。

“那是气比神宫祭的伐松号子呀。”同船之人解释道。气比神宫在每年的八月三日、四日（现在的九月三日、四日）举行祭礼，届时会派出几辆彩车。彩车上立有巨松作为神灵的附体，所以每年八月一日便会如期采伐。

“彩车会装饰武士人偶和四面围幕，那可真是豪华啊。”一位自称本地人的男子建议信春一定要去看看后天的祭礼。虽说领主朝仓义景正赌上家族的命运，打算跟信长一决生死，但敦贺街上却满是祭礼的欢乐气氛。

信春离开码头直奔妙莲寺。

途经气比神宫的大门时，几顶神轿为等待御灵正在此歇脚。信春斜眼一瞥，并未止步。这一年来自己都未能联系过他们，想必静子和久藏定是凄苦寂寞得很，定是在恨自己薄情寡义，而恼怒不已了吧。思忖间，信春愧疚到心痛，于是脚步更快了。

妙莲寺的门紧闭着，门上贴着“因祭礼关闭”的告示。信春着急地敲门：“在下长谷川信春，请开门啊。”他的嗓门大到足以传至本堂。

不久，狭窄的应急门开了，一位小个子男人露出脸来。此人正是当初替信春领路的源八。

“源八，你没事吧。”信春单膝跪下握住源八的手，对方却愣了好一会儿。“是我啊！我是信春呀！那时候麻烦你了。”

“啊——你出家了？”

“为了隐藏在本法寺，就剃发扮作了僧人。你也平安回来了，真是太好了。”

“那之后我逃去了花折坡方向，但受到织田军的夹击，于是爬上一棵大杉木才躲过一劫。”源八说，自己虽然挽回一命，但眼看着身下几百人被杀，尸体散乱横陈一地，都吓得不敢下来。直到翌日早晨，身体方能动弹。“自那以来，我一入山便全身发抖，再也不能替人带路了，因此现在寺里做些杂活儿。”

“我也被织田军追击，好不容易才逃脱。一直想着要早点来迎接妻儿，但那时形势所迫，我连京城都出不了。”信春简短地解释了个大概，然后说，现在终于可以带静子和久藏去京都了，很想见见他们。

“可他俩已经不在寺里了。”

“不在？这是怎么回事？”这次轮到信春发呆了。

“大约半年前，他们就离开本寺了。”

“那去了哪里？为何要走？”

“这个……具体我就不知了。”源八不经意地回答着，想要关上应急门。

“等等。说好让他俩寄住在寺里的，怎么会这样？”信春赶忙压住门板，不让源八关上。

“我也不知道。等住持回来的时候你再问吧。”

“那你至少告诉我他们去了哪里？求你了。”

“我真的不知。再不把手挪开的话会受伤的。”

两人正夹着门板问答，日达和尚从外面回来了。和尚像是喝了祭礼时待客的酒，脸红到头顶。

“哎呦，真稀奇啊。气比神宫的祭礼把我们日期夜盼的客人给招来了。”日达拍着信春的肩膀，颇为愉快地说道。

“我因掉落了您托付于我的信函，给贵寺添了天大的麻烦，实在对不住！后来一直想着要早些回来，但是……”

“大致的事情我已从本法寺的日贤处听说。快，请进来吧。”日达毫无芥蒂地带信春至本堂。信春再次为丢失的信函而道歉。他担心这事儿会给日达带来麻烦。但当时自己也是身不由己，无法联络。

“这儿是朝仓的领地，不受信长势力的直接控制。但还是免不了有些人想趁机讨好信长哪。”和尚说，京都奉行的密探追查信春的行踪至妙莲寺，当时便有人密告说信春的妻儿在此。“因此，他俩就不能在这儿待下去了。”

“那，他们去了哪里？”

“气比神宫附近的妙显寺。该寺与朝仓家颇有渊源，所以那些讨厌的家伙是没法儿踏入一步的。”原来日达考虑到静子和久藏的安全，让他们寄住到妙显寺去了。

“这次我得到贵人相助，可以带着妻儿入住本法寺了，所以特意过来迎接。”信春询问，他该如何报答妻儿长期受眷顾的恩情。

“本寺已从富山的妙传寺领取了鬼子母神十罗刹女像的画费，所以不必多此挂念。”

“那么，妙显寺那边呢？”

“这也用不着担心。静子夫人真有了不起的才气，或许要感谢的是妙显寺那方呢。”日达说会让源八带他过去拜访拜访，而后愉快地笑了起来。

“可是源八刚才说，不知二人身在何处呢。”

“那是他不想告诉你吧。生活在山里的人把家人看得比什么都重啊。”

日达直接下达了命令，所以源八很不情愿地再次成为信春的带路人。他在去比叡山途中那般聒噪，现在却跟不认识信春似的一直沉默。他是当真不愿与信春搭一句话，那紧绷的肩膀说明了一切。

“你骗我不知二人身在何处，是因为讨厌我吗？”信春这么问，源八却没有任何回答。

“我那时不听你劝，前往东塔，不是因为我可以舍弃家人，而是作为画师，最重要的就是亲眼确认事情的真相。”

“这世上还有什么真相比老婆孩子更重要?”源八的声音里带着蔑视的冰冷。

“这……”信春一下被问倒，便说这是两码事。

“能是两码事吗？在我们认识的人里若有人敢这般无情，早就被冷落封杀了。守护老婆孩子可不是那么简单的事情。”源八撇下信春，叫他再也不要跟自己搭话。信春也无言以对。

确实，比起回到妻儿身边，那时的信春优先选择了确认真相。静子要是知道了，会不会因此憎恨自己呢？信春脚步沉重地穿过了妙显寺的大门。院内十分宽广，参道两侧几个塔头一字排开。

妙显寺是自镰仓时代一直延续下来的古刹。初为真言宗，至镰仓时代末期，受到访此地的日像和尚的教化而改信了日莲宗。自那以来，许多货船船夫和实力派商人都皈依妙显寺，连朝仓家都给予了优渥的保护。妙显寺就这样兴隆起来。

离本堂最近的塔头一角有静子入住的僧房，是一座木瓦房顶的平房，在敞开的大门处便可将室内景致一览无余。

静子一身灰色的作业服，圆形发髻结在头顶，如见习的尼姑一般，正在摊开在地的纸张上画着什么。一旁的久藏手持木笔站立，像是随时准备添上一笔。信春躲在门槛边看了好一阵。

“彩车有六辆吧?”静子边动笔边问。

“是啊，你看这个。”久藏拿出一张样板画给静子看。

“谢谢久藏！围幕里的武士好难画啊。”

“站直了的马儿正从彩车上飞出来呢。”

“那是源义经大人哦。大概是翻越鵯越陡坡的一幕吧。”

“鵯越陡坡是什么?”时过一年，久藏长大了好多，竟已可以跟静子这般对话了。

“是啊，对你来说还太难了些。”

“要是父亲大人在就好了。这样的画，他能立马绘成。”久藏开始使劲儿折腾木笔。大概是对自己还无力作画感到可惜了吧，所以才假设若是父亲在就好了。

这让人怜惜的一幕让信春喉头哽咽。他想马上站出来，告诉他们自己已经回来了。可整整一年音信全失的自己，实在无颜即刻上前相认。

“是啊。若是你父亲在，可以画得更多呢。”

“那他为什么不回来呢?”

“去京城习画去了呀。”

“京城是个什么样的地方?”

“京城啊，是天子住的地方哦。许多厉害的和尚与优秀的画师从全日本赶来，大家都在拼命地刻苦钻研呢。”

“真的吗，那父亲大人好辛苦啊。”

“为什么呢?”

“你看，都是些厉害的人，就会被比来比去的。那就很辛苦啦。”

“久藏也讨厌被比来比去吧?”

“讨厌。但这是母亲的工作，所以没办法喽。”久藏说了句很懂事的话。信春却听不明白。这令他再次痛恨自己的长时间缺席，所以便越发不敢跨步。

“麻烦一下，把放在那里的竹尺拿给我好吗?”静子打算用竹尺描绘彩车的直线。久藏听见赶紧小跑着过去拿，却一脚绊在地面的工具箱上，扎扎实实地摔了一跤。

“啊!”信春禁不住喊出声来，跳进房间，一把抱起久藏。

“没事吧？有没有受伤?”他边说边轻抚他的膝盖，久藏却惊恐地呆在那里。

“是我啊。你父亲呀。你忘记了吗?”或许是因为打扮成僧人的缘故吧，久藏并未反应过来。他委屈的一张脸忍着不哭，而后忽地撒腿逃到静子身后。

“好像不记得我呢。”信春浅浅一笑，试图掩盖内心的害羞与失望。

“是你这样子的缘故。你戴上这个试试？”信春将静子递过来的手巾盖在头上，久藏这才终于明白过来。但还是藏在静子的背后不肯出来。

“这么长时间，真是对不住！世事实在难料。”信春讲起身不由己卷入火烧比叡山事件，而后又被京都奉行追捕走一路藏一路的经过。

“你的情况我从妙莲寺的长老那里听说了。能平安回来，比什么都好。”

“我画了日尧上人的尊像。这事你也听说了吗？”

“听说了。据说好评如潮啊。”

“很多列席葬礼的人站在尊像前不肯挪步，说简直栩栩如生。还有人说，有了这尊像，日尧上人定当成佛。”信春一个劲儿地强调成果，似想告诉静子，自己的这一年并非虚度。“还有，因为尊像好评的缘故，一个意想不到的人过来找我了。你猜是谁？”

“哦？那会是谁呢？”静子巧妙地应着信春的话，抱久藏坐在膝上，面向信春。

“是畠山家的夕姬小姐。在夕姬的邀请下，我去了大德寺，还亲眼观摩了牧溪的观音猿鹤图。那可是父亲大人一直惦念着想看的画啊，却让我亲眼见到了。”

“那可真好。那画果真十分出彩吗？”

“这……静子，我该怎么说才好……”信春感动到泪流满面。只要一想起那幅画，他便会全身颤抖。那种感动和惊讶，真不能用言语来表达。“我一看到那幅画，就觉得自己以画师为目标真是太好了。虽然在比叡山见过人间活地狱，但正因为克服了那段经历才能与天上的宝物相逢。这是神佛的指引。现在的我甚至感谢那段残忍的遭遇。”

“是吗。是怎样的画？什么时候你临摹一份让我看看。”

“一定让你看。也要让久藏看，会有那么一天的。”信春伸出长长的手臂抱过久藏。久藏也终于认可了父亲，随他抱了去。

“耶！我要骑马。”久藏抬头望着信春撒娇。

“好啊，给你骑。”信春毫无顾忌应承道，可惜僧房屋顶太低，信春一站起来，久藏的头便碰上了，所以只能坐着让久藏骑着脖子。

“哇，真是父亲大人！”久藏的双手紧紧抱住信春的头，扭动身体作骑马状。这柔软的双手和沉甸甸的体重给信春带来无限幸福。

“长大了许多呢！已经是响当当的男子汉啦。”

“那是当然，我都不输给长五郎呢。”

“谁呀，这个叫长五郎的。”

“是来这里学字的孩子。母亲我说得对吧？”

“没错儿。我们有幸得以常住此处，所以也招了些孩子，教他们读写和算盘。”静子出身商家，所以读写算盘都会。起初，集合门徒的孩子们开始教，没想到评价甚好。到如今，门徒以外的人也恳求孩子过来习字，静子都忙得不知该如何拒绝了。

“不错嘛，这挺适合你的。你这人稳重又亲和。”

“讨厌，老取笑人家。”静子嗔怒着又开始描她的彩车图。

“这是教课的时候用？”

“是啊，在画上写字让孩子们记忆。刚好是祭礼时节。”

“父亲大人也能帮忙吗？我们刚还在说彩车上的武士好难画呢。”

“好，久藏就做个小帮手吧。”信春未用竹尺就画出了笔直的线条，刷刷几笔已经绘出彩车的大致形状。接着他又描画乘坐在彩车骨架上的骑马武士，再加上他背后的松树和两根旗杆。这感觉像是在七尾画莲花灯笼画，于是心绪大好。

“父亲大人好厉害啊。”久藏盯着信春运笔，两眼放光。

“别光顾着看，赶紧帮忙啊。你会画松树吗？”

“会的。我还特意和母亲去松原练习过呢。”

“那就在这个松枝上绘上叶子试试吧。”信春为了让久藏作画，故意只画了松枝。

傍晚，一家三口久违地在一起用餐。

敦贺是个不缺山珍海味的地方。加上祭礼期间，寺内允许吃鱼，所以浇汁鲷鱼、章鱼醋味冷盘都摆在餐桌之上。而且甚至还有鲭鱼的祇园寿司。在祇园祭之日，京都人会吃鲭鱼的模压寿司。气比神宫的彩车巡游模仿的是祇园祭，因此祭日吃鲭鱼寿司的习惯也给一并效仿了。

“好奢华的祭礼啊。”信春不经意地用方言叹道。七尾的夏日祭亦有巨大的彩车巡游，也有祭礼期间特别准备的美食，这被本地人称为“祭日美食”。

“全都是孩子们家里送来的。据说这里的人家，一到祭日都会做祇园寿司。”

“哦，酒也是吗?”

“酒是妙莲寺的长老送来犒劳的。这些日子，辛苦你了。”静子把酒斟入素烧陶瓷的茶碗，这是能登人熟悉的株洲瓷。久藏吃饱了祇园寿司，不知不觉便进入了梦乡。平日里都是自己走去床上睡觉的，今天却一步不离信春左右。

“这一年间，孩子长大好多啊。”信春轻轻握住久藏的手。

“总有很多孩子来这里，他是有些紧张，但总会很努力地跟大家保持友好的关系。”

“原来如此，难怪会跟这些孩子作比较。”

“读写和珠算，他都和其他孩子一起学的。偶尔也会吵架。”

“难怪变得这么坚强，锻炼了不少嘛。”母子两人在异地生存一定相当不易。一想起这个，信春心里便沉重起来。赶来此地，原本是为了告诉他们，终于可以三人一起住在京都了，可不知为何，信春却怎么也说不出口。

“你怎么了。是有什么心事吗？”

“嗯，刚才源八他——”源八说自己不愿意跟不珍惜妻儿的男人搭腔，便把信春晾在一边。信春为此深感沮丧。

“源八与你本就不同。况且，并非只有在一起才是幸福啊。”

“你真是善解人意。你听说了比叡山的事吧？”

“源八告诉我了，听说遭遇极为惨烈。”

“我那时若同源八一起逃跑，也就不会让你们吃这么多苦了。”但信春总是不自觉地跑入险境，想要看清事物的本质，因此把静子和久藏放在了次要的位置。

“这难道不是画师的本性使然么？”

“大概是吧。肯定是的。”

“那只能怪亡父了。他曾那么严格地要求你。”静子讲起信春刚来长谷川家当养子时的事情，那段日子实在让人怀念。信春那时大概才十一岁。宗清待信春要比其他弟子严格许多，让信春从绘画的基础开始学，每天黎明前起床准备画材，晚上则收拾到最后。

“你还记得吗？大冬天的，让你手握冰柱站在外头。”

“当然记得。那时我的握笔姿势不对，所以养父让我用冰柱去体会若即若离的感觉。”

“你整整一个时辰都站在外面，向着天空描画呢。我那时躲在后面看着你，心里觉得很对不住，都哭了起来。”静子苦笑着给信春斟酒。

那一日的事情，信春也记得清清楚楚。那时他的身体马上就快被冻僵，但仍努力扛着严寒，嘴里如咒语般念叨着定不能输，只手握着冰柱在空中不停地舞着画着。

“所以，理所当然的，你首先考虑的肯定是绘画的事儿。源八那样的生活态度也很了不起。但是，被老天选中的人是容不得那种生活方式的。”

“被老天选中?”

“你生来便有出类拔萃的绘画才能，这让你很难像普通人那般生活。”静子毫不犹豫地继续说道，其实让信春视绘画为命根的人正是自己的父亲，所以她愿意分担信春的辛苦，这就是她活着的价值!

“刚才，我说过夕姬小姐跟我打招呼一事吧?”

“对啊。说你观摩了大德寺秘藏之画。”

“其实，不光如此。”信春把自己被夕姬带去石山本愿寺与近卫前久会面，又受托绘制教如画像的始末，原原本本地告诉了静子。

“你说的教如，是石山本愿寺门主的长子吧?”

“这你也知道啊?”

“上次听寺里的住持说，朝仓大人的女儿将嫁给教如。”送嫁队伍将从三国码头辗转丹后的由良港，前往大坂。跟信春的来时之路刚好相反。上面通告，敦贺也该出二十艘庆贺船同行至由良。所以，朝仓家的代官与船运商们正商量着如何调度这些船，但却怎么也找不到折中点。“我还听说加贺和越前的一向一揆会出三百艘船呢。”

“这门婚事等同于将朝仓家和本愿寺结成同盟一事昭告天下。所以更要组织盛大的送嫁队伍，让世人见识一下其庞大的气势。”

“那样就不会输给信长了，敦贺的人可高兴了。所以，今年的祭祀搞得特别隆重呢。”

“促成这段姻缘的，正是前任关白近卫前久大人。前久大人是三条西家与三条家的本家族长，所以，那位夕姬小姐称其为御家门大人，竟像侍女般服服帖帖。”信春一时说到兴头上，接着讲到前久出身于多么高贵的门庭，至今做过何等伟业等事。“总之，他能像调遣家臣般自在地指使越后的上杉和甲州的武田等人。而且，让朝仓家和本愿寺结盟也是为了打倒信长。”

“你怎么知道得这么清楚？”

“因为前久当面拜托我绘画。我们也比了一下武功，他还亲自递给我酒杯。”这是在七尾和敦贺无法想象的经历。也难怪信春会如此兴高采烈。

“那教如和尚的画像，后来怎么样了？”静子擅长提问，问得恰到好处，同时还不忘斟酒。

“不管怎么说，教如才十五岁。该怎么画他真令我苦恼了一番。刚巧那时信长军夜袭本愿寺。啊，不对，是黎明时分，应该说是晨袭。”一转到自己的话题，信春又兴奋起来，他一口喝干株洲瓷杯中的酒。如此一来，就有些过量了。只是像这般平安地跟家人重逢，跟静子说说自己的作为，实在太令人高兴了，以至于忘却了自制和限度。

“几百挺火铳射过来，几千兵马攻来喊声如雷，那可真是恐怖啊，静子。何况我是亲身经历过火烧比叡山的，真是颤抖到了骨子里。但就在那时，忽然想到教如每天都生活在这番恐惧中。这么一来，便看清了他温和的表情深处隐藏的心灵。”

“这样啊。看来画人画佛，其本质是相通的。”

“是啊，你不愧是老师。”信春递过瓷杯，让静子给斟了酒。后面还有更难出口的事要说，信春须得借些酒力。“画像绘得十分出彩，前久大人都说，这样出色的教如给了朝仓太可惜。这画是为了告知准新娘教如的人品。但画得太好，以至于觉得舍不得了。看，前久大人够耿直吧？”

“那画后来怎样了？”

“被送到越前一乘谷去了。估摸着朝仓家的准新娘现在正在看吧。还有啊，静子。我在本愿寺见到了狩野松荣先生，也让他看了教如的画像呢。”

“啊，是永德先生的父亲啊。”

“他可是个心胸坦荡之人。他说能绘出这等画的人，在狩野派的高徒中一个都没有。还说我的画里有真心……”信春回想起当时那一幕，依然感动到哽咽，“他说画中有真心，许诺收我为徒。”

“那可真是太好了。如此一来有朝一日，你便可以同永德先生一起作画了。”

“但永德他……”信春趁兴直呼永德其名，“他成了信长的御用画师。说是要学习西洋的智慧和作画技巧，只是不知会否顺利。”

醉意不经意间袭来，信春倾身晃悠着，连他自己都没有意识到。毕竟连续作画与长途劳顿叠加一起，已透支了不少体力。他死死盯着茶杯，像要挑战似的一口饮干。

“其实啊，静子。我这次回来是想带你们一同去京都的。因为有了前久大人的援助，你我三人可以入住本法寺。”

“这样啊。我猜也会是这样。”之所以不问还是因为顾虑，一听此话静子松了口气。

“你们愿意跟我一同去吗？”

“那当然。正因为相信你会来接我们，我们才等得这么心甘情愿。”

“但是，这边的工作怎么办？”

“我会找人接替，而且心里已经有了人选。”

“这样啊。早知如此我老早就说出口了。”

“难不成，你也有所顾虑？”

“我说过一个月就回来接你们，可不料却让你们等了一年，我猜你们大概在生气。再说，去京都后会比现在更加辛苦，所以有时会想，倒不如生活在这里，落得个幸福清净。”

“对我和久藏来说，能在你身边就是最幸福的。但我有个请求。”因为跟孩子们约定一起去看彩车巡游，所以要等祭祀结束后方可离开敦贺。静子一脸为人师表的严肃模样。

祭礼从八月三号开始。三号的巡游有神轿和小彩车。町人们或弹三弦琴，或击鼓，或手舞足蹈缓步前行。翌日又多了大彩车，祭礼达到高潮。小彩车大多是由船运商或商家私人捐赠的，大彩车则由敦贺十二町中的东西六町，每年交替着出六辆，即一町一辆。每个町派出的大彩车在唐仁桥町的大路上集合，向着气比神宫的表参道，即御影堂前町大道游行。为了迎接巡游队伍，面朝大道的人家都会在门口悬挂两盏灯笼。

这一天的辰时，即早上八点，静子所教的十八个孩子已经汇集在僧房。孩子们五岁到十来岁不等，以兄弟姊妹居多。大家都穿着祭礼用的白色号衣，头上扎着红手绢。

“大家准备好了么？请分成两列手牵着手，跟在我后面。”静子也扎着红手帕。这是为了在嘈杂的祭礼人群中区分彼此，以防走失。

“父亲也扎上吧。”久藏塞给信春一块红手帕。

“好的。这样咱俩就有记号了。”信春抱起久藏，让他骑在自己肩上。这样无论在何处，大家都能找到他们。

“不可以的。必须大家一同步行。”静子严厉地责备信春，以防他们扰乱纪律。

城内到处传来笛子、鼓、钲鼓的祭礼乐。道路两侧，写着大大的祭礼字眼的灯笼排列得整整齐齐。孩子们跟着静子来到唐仁桥町大道，激动不已地期待大彩车的到来。大家很有礼貌，也会照顾别人的情绪。没有一个孩子推挤着抢先的。这也说明静子颇有当老师的资质。

不久，祭礼乐声越来越响，大彩车绕过东滨町的山丘赫然出现在眼前。装饰着人偶的舞台座距离地面三丈（约九米），其上方还立着巨松、竖着旗杆，所以高得像要刺破云霄。彩车近两丈宽，由三轮巨大的车轮支撑着，后方设有车辕，用以改变方向。舞台座上装饰了骑马武士的人偶，高栏下方悬挂着有唐狮子与牡丹图案的四面围幕。队列的先遣是身着麻布礼服的二十位里正，其后有近百个身披号衣的车夫排作两列，拽拉彩车。

彩车前方站了一位领唱，正用嘹亮的嗓音唱道：“艳夜纱欸——”

车夫们便应声道：“傲思苦德——”

来自滨岛寺町和御所十子町的大彩车相继从唐仁桥町后方现身。大道上的彩车已经全部到齐。

“不免让人想起七尾的夏日祭呢。”静子手遮眼角，拭去一抹泪水。每年五月，七尾都会举行青柏祭，也有类似的彩车巡游。来向世人宣告夏天已经到来，这祭礼十分令人难忘，但对于被驱逐的人来说，已经无法再次身临其境了。

“别担心啦。总有一天我会带你回到七尾。”信春十分爱怜地想要抱紧静子的肩膀，但碍于在孩子们面前，只轻轻地拍了一下后背。

没过多久，六基大彩车开始朝南出发，在西方寺前的三岔路口掉头，沿着御影堂前大道向气比神宫行进。这气势甚是雄壮，可见敦贺地区财力雄厚。财富的源泉主要来自于日本海的海运，特别是与明国之间的贸易。唐仁桥町这个名字，也和渡海而来的明国人颇有渊源。

御影堂前町大道上设有楼座，用以招待町中要人或朝仓家重臣。跟着大彩车出了大道的信春，忽然被楼座上段的一个特别强壮的武士吸引住了目光。

（那是？不会吧……）

事发突然，信春只呆呆地杵在原地，但不可能看错。此人正是兄长武之丞。他的旁边坐着一位威风凛凛的带侍童的武士。两人正觥筹交错亲密对谈。

信春惊得屏住呼吸，惊慌失措地想找个隐蔽处躲起来。

“你怎么了？”

“看，看楼座那边。”

“那是天筒山城主、朝仓土佐守大人啊。”

“他的旁边是我兄长，被他发现就不妙了。”按理说，信春无须逃避躲藏，反倒应该质问兄长在七尾时的不诚实，他有知道事情前因后果的权利。但信春实在不擅长应付武之丞，他再也不想和这位兄长有什么牵连。

“那就请戴上这个吧。”静子递给他一顶遮阳用的草帽，可惜为时已晚。武之丞已经发现信春，并派了三名手下的武士过来。

“您是长谷川信春大人吧。奥村兵部大辅大人想邀您前去楼座会面。”武之丞在朝仓家当官，有了个听起来挺威武的称谓——兵部大辅。

“承蒙邀请，不胜荣幸。但您看我们带着孩子，所以不方便前去打扰。”

“您若不去，小的们无法交差。请看在祭礼的面子上挪步吧。”

“我过会儿再去。请告诉我要去哪里？”信春说着搪塞的话，腋下都开始冒汗。一问一答间，耐不住性子的武之丞已经走了过来。

“又四郎，好久不见。”兄长依旧蛮横得像招呼家臣或是家佣。他蓄着黑黑的胡子，目空一切的神情像极了舞台演员。

“好久不见。”信春只能低下头。

“我还在担心你到底怎么了呢，听说在京都做了很了不起的事情嘛。”

“什么事？”

“教如大人的尊像呀。据说是你受近卫前久大人当面拜托而绘的？”

“呃，是的。”

“看了那幅尊像，义景大人的女儿已经答应会高高兴兴上花轿呢。之前一直哭着不肯呀。因你，连我都受到义景大人的赞许。”武之丞打算趁此机会把信春引见给土佐守大人，于是强行拽着信春的手臂，要拉他上楼座去。

“请走开！”信春用力甩开武之丞的手，“我还并未原谅你，你这么做我也很为难。”

“什么并未原谅？”武之丞锐利的目光死死盯住信春，责怪他这哪是对长兄的态度。

“去年四月七日，樱花祭之夜的事情，我怎能忘记?”

“哦，原来说的这事啊。”武之丞用置之身外的语气说着，将信春拉到楼座背后无人之地。“那时我是打算如约去本延寺的。但七人众的监视太过严密，我连七尾的城下町都进不去。见实在没辙，我便亲自将修理大夫大人的起誓文送到了朝仓家。”

“你自己能送去，为何要指使我去？是为了故意引开七人众的目光而设下的圈套，对吧?”

“不是的。我还真没想到，会背上这样的黑锅。”

“那天夜里，七人众的手下闯入长谷川家，害得养父母自戕。我就是因为听信了你的话，结果把自己逼入无法挽回的境地。”

“这我听说了。真是可怜!”

“你说什么？可怜?”信春愤怒得说不出话来，“这……这么一句话就算了结了?”

“你生气也是理所当然。我知道你受了委屈，也很艰辛。但是，为了重振畠山家，那也是不得已。我不能把兄弟之情放在主公之上。”

唐仁桥町的大彩车刚在眼前通过，滨岛寺町和御所十子町的大彩车也快到楼座跟前了。

“艳夜纱欸——”

“傲思苦德——”

祭礼的应和声与华美的伴奏接二连三地传来，几乎将两人的声音吞噬。

“这么说，你就是在利用我喽。”

“利用是断然没有的。你若不信，我也没辙。你要怎么想就随你怎么想好了。”武之丞利用长兄的身份无所忌惮地厉声道。

“那就别再把我牵扯进去。我也不去见什么土佐守大人。”

“你是想断绝兄弟之情么?”

“我是长谷川家的养子，自那时起就跟奥村家断了关系。”

“你练画练呆了吧，连父亲大人都忘掉了?”武之丞鄙夷地叹了一口气。两人的父亲奥村文之丞，在畠山义续、义纲父子遭七人众追杀，逃出七尾城时，因挺身守护主公而亡。武之丞认为，作为人子，身体发肤受之父母，所以有义务继承亡父的遗志。“为了振兴畠山家，我可以不顾性命，甚至不择手段，也可以对别人的批评甘之如饴。”

“所以你要侍奉朝仓家?”

“正是。我现在任职天筒山城守护，月入五百石俸禄。士兵中约有一半是畠山家的旧臣，所得的俸禄用以维持手下人的口粮。”朝仓义景有约在先，只要武之丞侍奉朝仓家，他就会尽力帮助畠山父子夺回七尾城。武之丞信了他的诺言，所以志愿守卫最前线。“如今总算有了起色。只要朝仓家和本愿寺，武田和上杉的同盟一起对付信长，就绝不会输。”

“你不会是现在还跟夕姬有联系吧?”夕姬与武之丞莫非是早已联络妥当，这才把自己举荐给近卫前久的?在本愿寺与前久会面时，夕姬试图隐瞒举荐之事，莫非这便是理由?信春的此番猜测让自己顿感失望透顶。

“怎么可能有什么联系?夕姬小姐，可是有事?”

“……”

“快回答啊，又四郎。夕姬小姐发生了什么事?”

谁要回答你啊?信春很不情愿地在兄长的威严下坦白道：“夕姬小姐在前久大人面前举荐了我。”

“真难得!你看我们三人，不正为了畠山家的复兴而紧紧相连么?”武之丞喜极而泣，擦了擦眼角。“听说是你画的教如尊像，我已经非常高兴了，而这个消息更非比寻常。”

“我接的只不过是画师的差事，跟畠山家没有任何关系。”

“你脑子或许是这么在想，可你身上流淌的奥村家的血液却不会撒谎。正因为想要报答主家，你才能画出如此无可挑剔的尊像啊。”武之丞以手掩面，极力忍耐着啜泣之声。而后为了不被人看到，便蹲在楼座柱子下呜咽起来。

信春第一次见到兄长哭泣。看到一贯逞强的兄长突然间变得这么脆弱无助的样子，信春也像是胸口被堵住了一般说不出话来。

“好吧，就听你一回。”信春伸出手，示意兄长快别哭了。

“真的？你愿意去见土佐守大人了?”

“只是简单地打声招呼。”

“这就够了！然后你就会知道你的画作多么受好评，你兄长我因此又多么有面子。”

朝仓土佐守景纲是前任敦贺郡司景恒的胞弟。两年前信长进攻敦贺时，景恒固守天筒山城和金崎城防战，但面对十多万大军，终因寡不敌众而投降。之后，北近江的浅井长政起兵反抗信长，信长军为避免被前后夹击而退兵，临走前把俘虏景恒移交给了朝仓家。然而义景认为景恒的投降是卑怯的表现，将他从家臣中除名，并让其弟景纲担任天筒山城主。

“你来得正好！你的事情我已从奥村大人处听说了。”景纲让信春坐在自己身旁，详细询问了京都形势。当信春说到打算数日后返回京都时，景纲让人递来一个装了碎银的皮袋，作为信春进京的盘缠。

此时正是越前朝仓家被信长攻陷的一年前。

信春带着静子和久藏到达京都，已是元龟三年（1572）十二月下旬。他们八月中旬从敦贺出发，来到丹后的由良。因信长军加强了对丹波的进攻而不能自由通行。等到这年十月，甲州的武田信玄率三万兵马进攻远江和美浓，他们才好不容易进入丹波。信长为了对付武田，将进攻丹波的兵力拨回美浓。趁着这个空当，以黑井城主赤井直正为中心的反信长势力才得以挽回败局。而信春一家也终于如愿从丹波沿着周山大道进入京都。

时值隆冬，雪花飘个不停。山野悉数银装素裹。

信春带着妻儿穿过白雪茫茫的山野，费尽艰辛才抵达本法寺。本法寺在一条归桥附近。从一条堀川往西，大概位于现在的晴明神社一带。传说由西北鬼门进入都城的妖怪们，会迫于天皇的威光，在此桥附近折返，所以被称为“一条归桥”。

三人到达寺院后，执事僧日贤恭敬相迎：“雪大路滑，路上辛苦了。快请进!”他亲自带三人前往教行院，说是从今往后，此处可供一家三口自由使用，还派了两个小和尚照顾他们的起居。

“实在不敢当。只需寺庙的一隅，能让我等一家三口落脚即可。”

“那怎么行呢。这是第一大人特别吩咐的，若是照顾不周，我等反受责怪呀。”

“什么？第一大人?”

“就是关白大人呀，你不知道吗?”关白是天皇之下，位处第一的大臣，在朝臣中居首位。因此，京都人称关白为第一大人。这里所指就是前任关白近卫前久大人。前久将后奈良天皇的牌位安放在本法寺，并捐赠领地五十石作为安放费，令寺院兼顾照看信春一家。

“不光如此，我还替先生收下了十五贯银元，是绘制教如尊像的酬劳。”银元十五贯相当于三百两黄金，折算成当今货币差不多有三千万日元。

“如此厚待，实在感激不尽!”信春觉得受之有愧。他还特意询问是否需要剃发。自敦贺出发时，头发就长出来了，现在都可以梳发髻了。

“没关系。您请自便即可。”

“那么，可以外出吗?”

“这个也请自便。信长的军队现在正准备逃离京都呢。”日贤语气甚是痛快，这消息是由本法寺在尾张的分寺传来的，说是织田与德川联军在十二月二十二日的三方原之战中败给武田信玄。“现在谣言四起，说是武田军会趁势进兵尾张，连同浅井、朝仓联军进攻美浓，前后夹击信长。”

“是么，这样就好。”信春终于放下了悬着的一颗心。当初前久提起这个策略时，他还怀疑是否真能击败那样恐怖的信长军呢。

“您是立了大功啊。等世道迎来新局面，您作为画师的道路也会宽阔得很哪。”所以，尽可以大摇大摆地待在这里。日贤说罢，命令两个小和尚去准备沐浴事宜。而后剩下信春一家三口在房间里发怔。

教行院共有八个房间，仅客厅就有二十张榻榻米大小。这么大的塔头，虽说可以自由使用，却还不知道从何用起。

“这位执事僧，总觉着有些别扭。”静子如此评价日贤。

“为何?”

“他明明对我们很殷勤，可我却全然觉不出温暖。”

“那日我逃离比叡山求助于这家寺庙时，就是被他硬生生赶了出来。或许若无对权力动向的敏感触觉，就难以在京城存活下去吧。”

“日达和尚曾说京城人心里一套嘴上一套，叫我们要小心。真不知能否跟大伙好好相处下去。”

“到时候就习惯了，用不着担心。”

从这天起，在本法寺的生活就算开了张，可信春完全没有进入工作状态。好不容易有了这么一个可以安心习画的环境，他却连打开画本的念头都没有。以前在被信长的手下追捕的同时，能完美地画就日尧上人与教如的画像，是因为有危机感和置之死地而后生的信念，能让他直面绘画的世界。但当危机消失之时，这股动力便也跟着消失了。

这么无所事事地过了几天后，信春想要外出走走。虽然日贤说京都已经安全了，可此话能否当真还得自己亲眼确认。若真可以大摇大摆毫无顾忌，就可以带上静子和久藏去逛一逛京城了。

“我出去一下，傍晚时分便回来。”信春跟静子打了声招呼，便往一条道的东边走去。道路两侧是公家权贵的府邸，走到尽头便是仙洞御所和近卫府邸。这也是信长军曾经大张旗鼓设立警卫的地方。

信春把斗笠扣至眉间，扮成化缘僧的样子察看情形。道上留有残雪，孩子们在奔跑嬉戏。顶着鱼笼的桂女[①]、载满柴米的车等在道上来来往往。找不着一个军兵的影子，人们从压抑和恐怖中解放出来，脸上洋溢着鲜活的表情。

一根插在雪地的竹子上，刻有一些京童[②]涂鸦的诗歌。信春确认四周无人，战战兢兢瞥了一眼。

弹正忠，义终身破灭；

比叡山，祸祟诚恐怖。

弹正忠是信长的官职，“义终身破”与信长最初的领地尾张与美浓发音相近。这是一首强烈批判信长火烧比叡山之举的诗作，却能堂而皇之地出现在这里，足以证明政局的确发生了变化。信春放下心来，大胆地往室町道南下。

近卫大道的南侧有一幢信长替足利义昭修筑的二条御所。今年七月前后，信长与义昭关系恶化，信长军曾包围御所，将其围了个水泄不通。可如今却一派安然，目之所及，只有身穿二引两[③]甲衣的足利家警卫站于大门处。

信春从大门前走过，在第二个路口折西，脸上仿佛事不关己，心里

---

① 桂女：现京都市西京区桂川西岸一带生活的女子。其特征是头上有一个用白布包裹头部的“桂包”。镰仓时期，桂女们会头顶木桶，行走卖鱼。到了室町时代，还卖寿司、糖果、酒樽等物。

② 京童：此处特指好事者。

③ 二引两：足利家族的家纹，圆圈中两道横纹。

却是欣喜雀跃的，终于从信长军的威胁中解放出来了。

（我赢了！我战胜了第六天魔王！）

信春摘下斗笠，仰望天空。一片深邃湛蓝了无际涯，阳光正暖洋洋洒满大地。

翌日起，信春便带着静子和久藏在京都各地游玩。最先去的，是大德寺。要是古溪宗陈在的话，没准儿还能让他们看一眼牧溪的观音猿鹤图，久藏也能学到不少。可惜古溪恰巧外出了。

京城的名胜古迹大多为神社佛阁，其中有许多是普通老百姓禁止入内的，不过他们手持本法寺的介绍信，哪里都能进出自如。更何况信春的教如画像在京城享有盛名，有些住持和宫司已从公家口中听得传闻，因此受到特别礼遇亦是常有之事。

如此行乐的日子转瞬即逝，一眨眼已经到了元龟四年（1573）的正月。

信春思忖，寺庙神社在清扫后所布置的正月装饰也是一大看点，便邀请静子道："今天去天龙寺走走，顺便一睹岚山的雪景如何？"可是静子却无甚反应。"怎么了，身子不舒服吗？"

"没有。比起这个，我更想拜见日尧上人的尊像。"

"哦，这个啊。"信春唤过小僧，想拜托日贤把尊像从宝物殿拿来。原本在来本法寺之前，信春便答应过要给静子看看，可后来却忙于游山玩水，压根儿忘了这事儿。

挂轴上的日尧上人，活生生的就在眼前一般，仿佛从未离世。那降服幽魂的气魄，因病见衰的脸庞，正是临死前日尧上人的身影。隔了许久再次目睹自己的画作，信春像是被当头一棒。

"这是滞留于末那识的身影。"日尧寂寥的声音在信春的耳边喃喃作响。他鲜明地记起，自己也曾被告知有同样的执念，亦处于末那识的阶段。的确如此。才这么点儿成功便得意忘形了，自己该是多么浅薄啊。

曾经起誓一辈子都要钻研画技的，现在却连打开画本的念头都没有，真是软弱的家伙。

一旁的静子正对着尊像双手合十，泪眼婆娑。她已经从画里看出来了，日尧上人教了信春太多。

“父亲，好厉害啊！”久藏正坐着，满眼贪婪地盯着画像，身体微微颤抖。

“是么，很厉害么？”信春故意反问一句。

“当然厉害了。原来人不是只在这个世界活着的呀。”仅仅六岁便能感受到如此程度，其才能令人惊叹。

“是啊，人的灵魂跟如来是一样的，在永恒的时间和无限的空间之中呢。”若不能把这些画出来，就不算真正的画师。信春这些话说与了久藏，同时也说与了自己。

一月七日信春开始着手工作，这天日贤带来一位僧人。他的脑袋剃得光光生生，说是要在京都专心修行。

“这位是日通，受堺市妙国寺之托将在本寺修行。”他是堺市巨贾油屋常金之子，跟日尧上人同门，时年二十三。虽然只差信春一轮，但因一张童颜，看起来非常年轻。“日通才华出众，终究是要担任本寺住持的。不过修行期间不能特别优待，所以先让他做长谷川先生的随从吧。”

“小僧日通，还请多多关照！”他眼眸的辉芒泄露了他的聪慧。其眉目酷似日尧，而面颊较之日尧圆鼓，是一副温和的面容。

“我叫信春，这是拙荆静子和犬子久藏。”自第一眼看到日通，信春便感到一种不可思议的缘分。

“日尧上人葬礼之时，小僧曾拜见过他的尊像。在绘画方面也请多多指教。”

“喜欢绘画吗？”

“只不过在茶室看过一些轴画而已。还什么都不懂。”

“油屋收藏了很多名画吧?”

“画的良莠我不懂，不过从祖父那代到现在，收集了大约五十幅。”

“是吗，有机会真想观摩一下啊。”

“请务必光临！三位可来堺市好好游览一番。”日通因为静子和久藏在场，便说起堺市有许多南蛮舶来的奇珍异货，还可以大家一同上南蛮船参观等等话题。

翌日起，信春开始研习隔扇画。若想作为画师自立门户，必须有能力绘制专门用于大寺庙和城殿的数百张隔扇画。信春趁现在有钱有闲，想好好练习一番。样本就是狩野派在石山本愿寺客殿的隔扇画。

作隔扇画时，先要向施主展示图案，即“赐教草图”，图上会详细注明殿房的哪个部位镶嵌哪幅画作。信春得到狩野松荣的允许，把赐教草图临摹了下来。数百张隔扇画的图案只用一个月便临摹完成。

信春打算依据这些来描绘教行院的隔扇画。当然，没有报酬，画材也是自己买，只要日贤答应。

“这可真是求之不得。为博得京中盛名，还请不吝赐画一展神技啊。”这个能干的执事僧立马爽快地应承了。

房间共有八个，隔扇数量近两百。建筑物中心的佛堂安置着佛像，周边配置了书房、礼间、檀那间①。每个房间自成格局，绘画也各有不同。但每个房间的画在整体上又需调和，需用统一的世界观来表现，因此在图案的取舍上相当不容易。

绘画虽是平面的工作，但隔扇画却是能呈现三维的伟业。信春思考数日，还是未找到好点子。头一次作隔扇画，他连该以什么为基准来演绎空间都把握不定。这种时候，画师们通常会通过临摹样本，来学习基本要领。

---

① 檀那间:门徒们的接待室。

信春从石山本愿寺临摹的赐教草图中，选出跟教行院布局相近的画。方丈院的隔扇画中，佛堂用山水花鸟图，檀那间是琴棋书画图，礼间为潇湘八景图。中心是佛堂室中的山水花鸟图，基本上都是狩野家第一代正信的绘画。

开始着手时，信春先画了三分之一大小的草图，初步制作了一个十六面隔扇图的缩小版，然后再加入自己的构图，再绘出精致的草图。

东侧一株老梅盘亘在岩石上，花朵儿楚楚可怜。细看之下，壮实的枝干粗犷曲折，有着岁月磨砺的坚韧。梅花亦是朵朵祥瑞，有喜迎春到的美韵。树枝上栖息着一对黄莺，树根旁有蝴蝶花和蒲公英零零落落。长长的梅枝下流淌着一弯丰盈的小河，一对水鸟领着稚嫩的雏鸟们来来回回。再把目光投向北边，便可知道这河水源于雪山。下流的勃勃生机都是来自雪山的馈赠。

水墨画的技法是信春临摹狩野永德的二十四孝图屏风时习得的。再加这次可以自己决定画面的构图，所以笔触可以随性而至。这些富有温情的丰饶自然在信春的笔下一处处诞生。那栖息在梅枝上的一对黄莺，像是马上就要欢快得鸣出声来；雏鸟儿们也仿佛是要立刻钻入水里去猎食鱼虫。墨汁画就的图案，一到了信春的笔下，梅花都好似透出微微的浅红，实在不可思议。

“父亲，好厉害啊。”久藏一整天跟在信春左右，盯着父亲的一举手一投足。静子则在远处一边守望着二人，一边勤做家务。

大约过了十天，信春完成了十六面隔扇草图。信春如正式作品一样将其一一排好，而后一家三口坐在当中观看。松下的鸣鹤是模仿了牧溪观音猿鹤图里的鹤，西侧那秋意横生的树枝上，则参照了牧溪的母子猿猴。

“加了猿猴，就不是山水花鸟图了呀？”静子首先发觉了图中的不自然。

“一般来说是的，但我不是答应过你要找个时间临摹观音猿鹤图给你看么？这就是。”

“还十分可爱呢。是吧，久藏？”

“嗯。我要骑马！”久藏快活地跳起来，缠着要骑到信春肩上。

接下来信春开始着手琴棋书画图。这期间，政局愈发动荡不安了。

自去年夏天，将军足利义昭与织田信长之间的对立加剧，且在朝仓和武田、本愿寺的同盟关系刚刚成立时，他便明确表示自己反对信长。当武田信玄在三方原之战中大胜时，义昭不顾近臣细川藤孝等的劝阻，兴兵讨伐信长。此后，义昭又加强了在近江的石山、坚田的防守，试图阻止信长军进入京城。

此事在《细川家记》中有如下记载：（将军）放逐信长的使者，下御教书于武田、上杉、浅井、朝仓等，亦含五畿内、四国、西国。率先巩固江州石山、坚田之要塞，以备战。

此消息一经传出，京中哗然。有人害怕信长军的进攻，将家财载于车上逃出京城。有人为求躲避战火，将财产托付给神社和寺庙。也有人为了避免战火和掠夺，将自家和仓库严密封堵，用泥巴将大门堵死。为了保护自己和家人，大家都在竭尽所能。人们虽祈祷着将军的胜利，可心里毕竟清楚信长军的压倒性强势，总得做些准备来应付最坏的事态。

消息也传到了信春耳中。执事僧日贤跑进教行院，告诉他义昭起兵一事：“二条御所周边，已有一些奉公众[①]率兵陆续集合，马上就开战啦！”凡事谨慎的日贤，这次也按捺不住高涨的情绪。

“是吗？那战局将如何演变？”

“将军起兵，诸国大名都将拥护吧。听说西国的毛利也率领水兵到大坂候战。”

---

① 奉公众：室町幕府时代的武官官僚，是直属将军的军事力量。

“京城不会成为战场吧？”信春实在清楚信长军的恐怖。倘若只身一人还好，带着静子和久藏便不得不慎重。

“听说为了防止信长军入侵，将军已在石山和坚田加紧防守。再加上天下无双的武田信玄在三河给了信长一个下马威。所以，信长定然不会出兵京城。”

“那么，追随信长的大名们，也不会进兵京都吗？”

“就连大和的松永弹正都归于将军麾下了呢。明知要同将军开战，还追随信长的大名，在畿内一个都找不到。”

“但是，也有万一吧。我还听说，已经有人开始避难了呢。”

“不明缘由地瞎起哄是愚众之常态啊。”日贤说着僧人不该出口的冒失话，还断言即便京城成了战场，本法寺也定能幸免。“上京是非战之地，大名不可带兵入内。再加上，托长谷川先生的福，本寺存放着先帝的牌位，所以，信长之流是不能出手的。”

京都弥漫着恐怖的紧张气氛，但也还算安稳。武士们正积极备战，平民除了继续日常的生活之外别无他法。

时间一晃便到了春天。信春想起去年今日自己正在绘扇子画聊以糊口，不禁想去仙洞御所看看八重樱。他在人生的低谷苟延残喘之时，曾得到那株樱花的莫大帮助。因此，得趁着战局平稳之时，带上静子和久藏前去一睹为快。

“久藏，想回家吗？”

“家？”

“七尾的家。很想念吧？”

“可是，回得去吗？”久藏虽还是个孩子，但也知道七尾的家想回却回不了。

“出发啰！洗衣服什么的先放着吧。”信春催促静子快些准备外出，她正在院子往盆里加水。

信春是冲着半开的樱花去的。花蕾初绽，花色尚白，宛如躲藏在生机勃勃的枝条中，颇有情趣。而静子和久藏立刻便知这株樱花和七尾家中的一模一样。

“真的就像回家了一样呢。”久藏攀上泥墙，仰望樱花。

“祖父就是从这株樱花分得花苗的啊。”静子想起在七尾时的幸福时光，不禁泪眼婆娑。

一家三口顺道去了鸭川，信春想让他们看看盛开的樱花丛。不料，刚一踏入下京，便发现城中一片骚然。足利义昭的奉公众们为了坚固京城的防守，正在鸭川设鹿砦，在堤坝围上栏栅。

先前义昭在石山与坚田二地设的鹿砦被柴田胜家轻松攻破。所以奉公众们早就把鸭川的水流当做固守京城的最后防守，连樱树都被砍掉用作鹿砦和栏栅。可以说，奉公众之中无人不畏惧信长军。因此他们连手工艺者、商人与河原居民都征用，还用刀鞭威胁着让其赶工。

信长终于在三月二十五日有了动静。他亲率三万多兵力离开岐阜城，于二十九日进入京都东面的知恩院。并以此为大本营加紧分析局势，通过义昭的前任近臣细川藤孝等，意欲同将军议和。

信长的宿敌武田信玄虽拥兵占据了三河的野田城，却因病无法动弹。朝仓义景被北陆大道的积雪所阻，连出兵近江都办不到。于是信长便趁机闪电入京，试图施压将军义昭而实现和解。这么一来，将军先前发出的御教书便无效了，反信长的势力也就失去了起兵的大义名分。

义昭当然知道这些。他希望无论如何要渡过当下的困境，等待援兵的到来。所以义昭固守着二条御所并坚决拒绝了信长的要求。这次起兵，是经受了信长威逼利诱考验后的决定，义昭早已做好最坏的打算。倘若自己战败身死，还能让信长背上谋反弑君之罪，那也算是如愿了。

义昭如此出牌，令信长也深感棘手。再怎么说，足利将军家有持续了近两百四十年的权威和政绩。若是讨伐了义昭将军，便再也不能主张自己的正义了。这一点，只消看看讨伐了义辉的松永弹正和三好三人众的下场便可知晓。

陷入窘境的信长为了打破这一僵局，试图拜托朝廷做出和解的仲裁。征夷大将军是天皇任命自不必说，而武家的势力不论如何强盛，若非天皇亲自授职，便得不到号令天下的大义名分。信长依据这层关系，想让正亲町天皇发出和解的诏令。若义昭仍继续拒绝，便是忤逆了天皇之命，到那时，自己便可与之一战。

然而朝廷决眦拒绝了信长的要求。因为朝廷曾被信长耍过一次。

三年前的元龟元年（1570）年末，信长得到天皇的诏令与固守比叡山延历寺的浅井、朝仓议和。当时，在将军义昭的见证下，信长曾发誓：自己将从近江的占领地撤退，并与浅井、朝仓、比叡山冰释前嫌。

可就在翌年八月，信长再次起兵攻打浅井，九月火烧比叡山，斩杀僧俗男女三千余人。倘若天皇如此受气还发出和解的诏令，其权威必将扫地。在天皇及辅佐之臣的判断下，天皇决计不再理会信长的请求。

但是，信长是第六天魔王。一听到拒绝的回应，立即派遣京都奉行村井贞胜去禁宫威胁道：若不发诏令，战火必将延及京城。

朝廷还是没有应允。他们小看了信长，以为他无论如何不至于这么做。但信长却表示自己的威胁决不仅仅止于口头。四月二日，他在京都城外的二十八处地方放火，烧毁了九十余町。并在翌日包围二条御所，强迫义昭和朝廷双方应允自己的要求。可信长还是没有得到预期的成果。因此，他在四月四日进京，开始火烧京都。

这一日直至天明，信春一直在绘山水花鸟图。他将绘好的三分之一缩小版，重新画到实际的隔扇上。刚刚画完东侧四面的梅树小禽图，北侧的松鹤图。这是临摹牧溪之画，所以信春费了大力气专心作画，以至于忘了天色已亮。

如实临摹松与鹤当然重要，但若不能捕捉当场的氛围便不能接近牧溪的绘画境地。为了描绘肉眼见不到的氛围，需使用远近法让景物有深度，再用霞雾遮掩。但光靠这些手法仍无法接近牧溪的境界。究竟要用什么才可以呢，信春摸不着头脑，只能无奈地在鹰架上呻吟。直到天蒙蒙亮时，才终于意识到自己妄图画空气自然是行不通的。

事物皆在空气中，人则透过空气看事物。若照着这种感觉画松与鹤，或许自然就能表现出那种氛围……

信春卷起画轴，防止汗水滴湿。然后一笔一画，懵懵懂懂地画上去，远处传来警钟声。最初，信春并没有在意，但声响越来越大。

（是不是哪里发生了火灾？）

信春沉浸在绘画中，忘却了京城正处于何种状况。不多久，火铳射击的声音稀疏可闻。警钟声也愈发尖锐，仿佛在告诉信春危险已经逼近。他终于回到现实，却不愿中断隔扇画，打算听信日贤的话——上京乃非战之地，所以是安全的。

这时候，人们的呼叫与吵嚷从一条道传来："火攻了！信长火攻过来了！"

信春打了个冷战，比叡山的情况倏地在脑海浮现。他惊得飞跑出去。鸭川沿岸火势正旺。荒神口附近至今出川大道的堤坝沿线，火苗正纵向燃烧成火焰墙。

火，在风的煽动下逐渐吞噬邻家，渐渐西进。信春差一点就要跑出去一探究竟。但忽然想到，应先考虑妻儿，便跑回教行院推醒二人。

"静子，久藏，快起来。"

"怎么了？"静子马上睁开了眼睛，但久藏依然在沉睡之中。这也难怪，还是黎明时分。

"信长开始火烧上京了，准备一下赶快出逃。"

"你呢？"

"我去通知日贤和尚。寺庙必然需要人手保护本尊佛像和寺宝。"信春带着邻屋的日通等人，沿着灰暗的参道朝本堂跑去。日贤已经起身，但不知事态究竟，正在彷徨之中。周围约十五位僧人也面面相觑，聚于一处。

“信长火攻过来了。快将本尊佛像和寺宝转移到安全的去处。”

“怎么会？这儿可是天皇膝下啊。”日贤仍旧固执己见。

“火势已近，这个佛寺也不可能完好无损。”宝物殿的地下有仓库，可供战乱和火灾时使用。他们将本尊和寺宝放入仓库后，紧紧关上石门。

“日贤和尚请带领寺里的众僧去避难，到下京就没事了。”信长的目标只是上京，下立卖大街以南暂且安全。

“长谷川先生呢？”

“我会带上妻儿逃难。我是被织田军盯上的人，故而不能与众人同行。”

回到教行院时，静子已整理好的行李堆积如山。和服、画材、米、锅等，就算那些不可或缺的物品，靠双手显然也是拿不了的。

“这是在干什么？打算搬家吗？”信春不自觉地大声喊道，只需带上水和碎银即可。

“可是，换洗的衣物和食物总要的吧。”

“先考虑活命。之后的事情总会有办法。”信春把久藏抱在胸前，用衣带系紧。一手拿着六尺棒，另一手紧握着静子的手向西走去。

然而火焰墙已从西面逐渐逼近。显然，信长从东西方向分别放火，接着封锁南北方向的通道，想将人赶尽杀绝。信春仰望天空。风正从西南方吹来，滚滚黑烟倾斜着扫过京城向东北方弥漫。

要逃的话，最好往南。可是向南则需穿过信长在二条御所的包围网。万一被发现，一家三口不问对错定无活路。于是，信春决定北逃。只要沿着智惠光院前面的大道一直向北，便能到达大德寺。要是能赶在信长军火封上京之前入寺，便可仰仗古溪等人的慈悲而躲过一劫。

西侧的火顺着风势迅猛逼近。黑烟挡住了视线，火星乱舞，肌肤被烧灼得生痛。信春站在上风口，护住静子一个劲地跑。就在跑到今出川大街之时，忽听背后有人叫喊：“找到了！在那儿呢。”

信春一转头，看到十来个背插着木瓜纹黄旗的步卒，正挥舞着大刀追过来。他们是织田信忠的手下。在火烧比叡山时，这群人曾被信春踢散，如今为了报仇雪耻，一直在本法寺蹲点。但碍于本法寺供奉着后奈良天皇的牌位，不敢轻易出手。这次趁着火烧上京的混乱，想跟信春来个了断。

信春逃离大道，拐入不知名的小路。穿过一片住房，来到一处带井的中庭。这是几户人家共同使用的一口井，院子角落里，女人的和服与衬裙还挂在晾竿上。可见至昨日为止，人们还过着平静祥和的日子，可而今无论哪户人家都已是空无一人。

“喝这个。”信春打来井水，把整个吊桶递给静子。“身上可能会溅上火星。用手巾把头盖住，然后把水整个从头淋下去。”

信春让绑在腰间的久藏也喝过水后，把水从头淋至全身。

“父亲，好冷。”久藏哆嗦得厉害，上下唇都颤得封不住。信春原以为久藏是被吓到了，可一摸额头才发觉孩子烧得厉害。

“啊！糟了。”静子说罢想接过久藏。

“再忍耐片刻，等到了大德寺就能喝上药了。”信春阻止了静子，带着她从反方向穿过小路来到大街上。前方有六人正推着载有家财的货车。带着老人的五口之家也从旁边的小路冲了出来。信春打算混在两家人群里逃跑。可信春高出旁人太多，老远便被人发现了。

“就是他！别让他跑了！”两人一组搜寻信春的步卒们，赶紧吹响手哨呼唤同伙。信春想赶紧逃跑，但无奈前方有货车阻塞，只得再次拐入小路。后头的静子不知被什么东西绊了一下，应声摔倒在地。

“静子，没事吧？”信春扶起静子的那会儿，已有四个步卒追来。

“看好久藏，你们先走。”信春解下腰带把久藏交给静子，在小路的入口处等候追兵。

四人即刻将信春包围，举起大刀，一双双惯于战场厮杀的眼眸中透出狠劲儿。

“是长谷川信春吧?”

“正是。”

“本人武左卫门，是比叡山遭你毒手的长景兵库助的兄长。今天要替兄弟报仇。”

在比叡山时，信春只心无旁骛地帮助怀抱幼童的僧人，并不知道杀了谁，或是打伤了多少人。但战败方却不同。被画匠之流打败，实在有伤武士的颜面。所以武左卫门一直伺机要替兄弟雪耻。

信春手握六尺棒，状如持枪，往小路深处后退五六步。小路宽约四尺，仅可供一人通过。信春打算利用地形取胜。

“别得意了！兄弟们上——”武左卫门一声令下，便有一个高个子步卒砍将过来。

对方身着甲衣护额，即便被六尺棒戳到也无性命之忧，于是英勇地左脚踏前右手举刀抢先一击。但小路狭窄，大刀无法自由挥舞，一击之后不能立马发出第二刀。

信春避过对方的一击之后，趁机将六尺棒往对方的右膝盖打去。这威猛的一棒将对方的膝盖骨瞬间击得粉碎。

“啊”步卒惨叫一声，护住右膝翻滚在地。这一棒便让高个子步卒失去了战斗能力，也不能继续联手布阵了。所谓战场上的介者剑法[①]，就得如此伺机而动。信春年幼时被父兄灌输的武功战术派上了用场。剩下三人被吓到，连连后退了两三步。

---

① 介者剑法：对身穿盔甲的敌人所用的战术。即下蹲后瞄准对方的眼睛、脖颈、腋下和手腕等盔甲无法遮蔽的部位砍杀的战术。

在这小巷里，六尺棒反而比大刀有利。况且倒地的步卒成了障碍，令他的同伙们不能靠近。趁这空当，信春跑入小巷深处。在一处跟先前类似的，有井水的院落里，静子正抱着久藏呆站在井口旁。

“怎么了？不是叫你快跑吗?”

“孩子吐了，得让他先喝点水。”一听这话，信春赶忙喝了一口腰间竹筒里的水，口对口地喂给久藏。之后又轻抚着久藏的后背，帮助他呼吸。

“再忍耐一会儿。我会保护你们的，放心!”信春双臂抱稳久藏，尽量不晃动，再次来到大路上。

他们来不及细辨方位，只一个劲儿狂跑，不知不觉来到真教寺前。有救了！从这里去大德寺并不远。然而继续赶路途中，却发现武左卫门一伙儿出现在前方。兵力已增至八名，后面还有五人正步步紧逼。

“你这难对付的家伙！现在就送你去见阎王!”武左卫门手持两间[①]半的长枪逼过来。

信春被前后夹击，左右则是寺庙的长围墙，完全无路可逃。正在无可奈何之际，五个骑马武士从大德寺方向奔来。领头的武士背着绯红色的靠旗，是信长的使番[②]。

“住手！不可胡作非为。”使番武士纵马插入武左卫门与信春之间，“主公严令禁止杀害平民。你们对着手无寸铁的一家干什么呢?”

“我们是织田信忠大人手下。这么做是事出有因，但不便相告。”武左卫门左右挥动长矛，想让使番让道。

“真奇怪。你是说，长子信忠可以违背信长公的命令吗?”

“没、没有。这……”

“今天的杀生禁令已经通告全军。明知故犯的话，别怪我不客气。”

---

① 间：长度单位，1间约1.818米。

② 使番：职务名。通常用以在战场上传达命令或督察、出使敌军阵营等。

使番武士取出短铳，瞄准了武左卫门。到了这地步，步卒们也无计可施。武左卫门对信春斜睨一眼，只好乖乖走掉。

“赶紧趁现在投奔大德寺去吧。”使番乘马说道。

“请问，您是哪位？”对方明显是认识信春特来相助的，但因戴着头盔认不出来。

“以前曾受先生关照。若能有幸活命，来日定能再见。”使番未留姓名，匆匆带着其他四人朝南方行去。

信长军在南方也放了火，把上京烧成一片火海，烧毁房屋七千余户。不过他们虽四面放火，却并未堵塞平民的逃路。正如使番所言，信长严令禁止士兵对平民的虐杀和掠夺。火灾可以借称是因为战火蔓延并非己方之过，但若士兵滥杀无辜则无法另寻借口了。可即便如此，作为第六天魔王的信长，做法依旧相当残酷。

朝廷重臣们在惶恐中担忧整个皇宫会被烧毁，于是四月五日派使者前往二条御所，传达了天皇勒令将军与信长和睦的诏书。这样一来若是义昭违反诏令，信长便能以平定谋反的名义攻打二条御所并消灭足利幕府了。为了避开这番局面，义昭答应议和。由此，这个拉拢了武田、朝仓、毛利的信长包围圈便在瞬间土崩瓦解。

第五章　遥远的故乡

火烧上京六年后——

天正七年（1579）的新春，织田信长的安土城天主阁①完工。外面五重，内部七重。至此，日本第一个真正的天主阁在安土城山顶诞生。关于此城，可详见太田牛一所著《信长公记》之《安土山御天主次第》。

支撑天主阁的石墙高约十二余间（约二十二米），内侧是土仓，这是第一重。第二重有二十间乘以十七间即三百四十坪大，高十六间半。信长的居室是一个十二叠②大的房间，“水墨梅图由狩野永德画成。居所内之绘所③，从上至下悉数镶金。房内设有书院，挂有烟寺晚钟的风景图（下略）（《信长公记》角川文库版）”。

---

① 安土城天主阁：1576年于琵琶湖畔所建的城郭，对其后各地的天守阁影响深远。日语里天主阁与天守阁同音，信长特意选用了“天主”二字。数年后因本能寺之变被毁，成为历史上的幻城。

② 叠：面积单位，即一张榻榻米的大小。和室地面铺有榻榻米，因此用叠数来表示二维空间的大小。

③ 绘所：平安时代所设的御用绘画之所。室町中期以后室町、江户各幕府也都各自有设。

这正是永德所绘的水墨画和金碧隔扇画。烟寺晚钟风景图是中国的潇湘八景[①]之一。永德在天正四年（1576），安土城动工之初，便被信长邀至城内作画。天主阁的绘画亦由永德及其同门所作。太田牛一逐一记录了绘画的详情，可见在当时，城内的何处配置何种绘画是相当讲究的。而画家的地位相应也高。

“第三重，十二叠大小，配花鸟画。故称花鸟间。”

“再往南是八叠大小，其中贤哲间绘有葫芦出驹[②]。往东是麝香间。”所谓麝香间，即绘有麝香鹿的房间。此外，还有仙人吕洞宾、西王母及牧马图。

“第四重，西侧十二间（叠）绘有岩石诸树，故称岩石间。往西有八叠间，配有龙虎争斗图。往南十二间，绘有各色竹子，因之称为竹间。其后十二间专绘各色松树，则称松间。”

此外尚有绘着许由与巢父典故的房间，亦有无画却涂有金漆的七叠间。

“第五重，无画。”至此几重配置了各式各样的绘画，但这一层却是无画的质朴空间，称小屋层。这是为了突出第六、七重的壮丽而特意安排的。

“第六重为八角堂，四间大小。外柱涂朱漆，内柱皆镶金。绘有释家十大弟子等，以及释尊成道说法图。隔扇外另有饿鬼及诸鬼，嵌板上绘有吻兽和蛟龙。高栏之上则有宝珠状雕刻。第七重，四方居，三间大小。居所内皆金，外壁亦为金。四方内柱绘有飞龙、跃龙，顶上绘有天人现身图。居所内则挂有三皇五帝、孔门十哲、商山四皓、竹林七贤

① 潇湘八景：最早源自北宋沈括的《梦溪笔谈》书画，指湖南湘江流域的八大景色。分别为潇湘夜雨、平沙落雁、烟寺晚钟、山市晴岚、江天暮雪、渔村夕照、洞庭秋月、远浦归帆。潇湘八景在日本流传甚广。

② 葫芦出驹：从小小的葫芦口跑出一匹马，比喻事出意外，弄假成真。

等；与火镰、宝铎共十二枚装饰，皆涂黑漆。”

出现如此华丽的城郭与金碧隔扇画，正是因为信长时代是经济的高度成长期。其直接原因是与大明及南蛮的贸易，此外还有赖于石见银山及生野银山的金银大增产。

此时，长谷川信春（等伯）正在堺市。自京都的本法寺遭遇火攻以来，信春辗转各地，于三年前携妻儿三人栖身于堺市妙国寺。妙国寺的住持是油屋常言之子日珖上人，与曾跟随信春的日通同属一门，也正因此缘，信春一家三口才入住妙国寺。

广普山妙国寺是日珖上人得到三好之康（长庆之弟）的土地捐赠，并在生父油屋常言的经济资助下开山建成。于三好之康战死的永禄五年（1562）开工，元龟二年（1571）建完本堂及学问所。之后设置了祈拜殿、四柱门及御影堂。院内跟日珖有渊源的僧人们塔头四起，最终成为堺市屈指可数的大寺院。

到如今寺院境内尚存有国宝级天然纪念物——大苏铁，据说树龄已有千年以上。

妙国寺还有这样一个传说。据传，安土城修筑之际，信长将这日本第一的大苏铁移植到了城内。可苏铁却因依恋堺市，于是每夜哭泣着要回妙国寺。信长一怒之下拿刀砍树。然而伤口却喷出赤红的血液，信长不寒而栗，终差人将树送回堺市。

苏铁是常青树，全年皆绿，所以寺院有一座名为“常绿坊”的塔头。信春一家便在这常绿坊的一室里，每日看着苏铁过日子。

自今春起，信春开始着手绘制京都本圀寺日禛上人的尊像。因日禛被朝廷授予“法印”的称号，师父日珖想赠他一幅尊像以示庆贺。

“烦请画出如日尧尊像般的效果，日禛牢牢继承了日尧的遗志呢。”

日珖和日尧既是油屋同门，又是佛道上的师徒，日尧的尊像日珖也曾数度观摩。这是报答日珖收留全家的好机会。信春二话不说应承下来，还面见日禛，着手勾勒素描。但过去近一月了，工作上依然未能找到感觉。皆因信春分心病妻静子，无力集中精力。

从去年年末开始，静子一直干咳。起初以为不过是感冒罢了，不想过了年干咳依然不见好。静子的脸上没了血色，眼见着一天天消瘦下去。

信春也请了寺院介绍的医生前来会诊，医生也只开了些治感冒的汤药方子。静子规规矩矩地喝药，但病情却全无改善。没有食欲，渐渐消瘦衰弱下去，一天中有一半都躺在床上。这还是静子顾念信春怕他担忧而勉力而为的，实际上她已经羸弱到想全天都躺在病榻上。

对此，信春也装作不以为然，只嘴上俏皮道，待到春暖花开，什么病都自然逃之夭夭。可他内心里却甚是担忧。被逐出七尾第八个年头了，无论多么艰辛困苦，静子始终没有抱怨一句。这样的妻子若是有个万一……信春一想到这里，便心绪不宁彻夜难眠。这时若静子偏巧咳嗽了一声，信春便会冻住了似的发颤。

内心的纷乱使他不能集中于画境。绘日尧尊像时的那种深刻感悟，无论如何都无法再现。

日禛弱冠十八，往后将成为接受加藤清正①皈依的名僧，但当时尚在修行途中。之所以受命为法印，且担任大本山本圀寺的住持，皆因他的出身，即权大纳言②广桥国光之子的缘故。他一张长脸上略带圆润，颇有气质，又聪明伶俐，能背诵法华经全卷。但信春却对这类人并无好感。

信春十一岁时离家成为染坊的养子，从极度的心情低谷开始奋力修行画技。或许正因这个缘故，他对日禛那样一出生便拥有一切的男人无论如何都抱有反感。更何况每次信春打算作画时，便会想起日尧临终的场景。

---

① 加藤清正：江户时代初期的武将、大名，肥后熊本藩的第一代藩主。

② 权大纳言：大纳言是太政官（相当于尚书省）下的官职，相当于唐代官职的亚相或者亚槐。权大纳言是额外任命的大纳言。

日尧为了超度在火烧比叡山中牺牲的亡魂而日渐消瘦。他的样子与现在的静子重叠，令信春心烦意乱。于是信春试图跟日尧尊像反着画，也试着用日本画的手法突破瓶颈，但那不起劲的笔只是无力地在画纸上徘徊。

隔扇的对面传来静子的咳嗽声。她从午后一直睡着，想来已经醒了。听得出来，她本想捂着嘴巴尽力忍住不咳，这反令信春愈加难受。

“怎么了？你醒了啊？”信春打开隔扇，来到床头。

“对不起，打扰你工作了。”

“说什么呢。若会被一点咳嗽声干扰，再多时日也成不了真正的画家啊。”

“可你正为画不出来愁着呢。”

“不是画不出来，而是不画。”绘画这东西，须等画者的内面成熟后，灵感才会如泉涌般汩汩而出。信春装出一副悟道禅僧的样子告诉静子，现在正是等待井水涨满的阶段。

“哎呀，还真是了不起的心志呢。”静子强颜欢笑，反倒引发了又一阵剧烈的咳嗽。信春等静子咳完，双手扶肩帮她坐起身来。嶙峋瘦骨的感触从指间传来，静子已经轻得可怜。

“刚才寺僧替我拿来了甘葛，说是对喉咙好，也能增加营养。”信春将装在备前壶里的甘葛汤，倒了一些在茶碗。其实是甘蔓茶的甜汤。

“真好喝，感觉已经循环至全身了呢。”静子双手接过茶碗，很珍惜地小口小口地喝着。屋子的一角有一张书桌和一个摆满书本的小架子。那是已十二岁的久藏学习的场所。现在他去了寺院的学问所。“孩子近来一个劲儿地看深奥的书本，都不怎么听我说话了呢。”静子寂寞地微笑，说启蒙老师也该谢幕了。

“他是为了不让你担心，故意显得狂妄自大罢了。其实啊心里巴不得再多听听你的教诲呢，傻孩子瞎逞能。”

“哦，是吗？”

“那个年纪的孩子，都这样。”

“说来，你刚到长谷川家时，也跟久藏差不多年纪吧。”

“十一岁，比现在的久藏小一岁。”信春执拗于细节。信春从武家过继到商家当养子时，觉得整个世界都崩溃了似的。所以当时的一点一滴他都历历在目。

“你当时一脸被拐孩童的模样站在店门口呢。”

“我当时很生气，对同意我去当养子的父亲，也是对自己。”

“可你不哭不闹，真的非常努力地修炼画技。自从你来到我家后，我父亲都换了一个人。”

“这我可是第一次听说。怎么个换法？”

“是啊，怎么换的呢……”静子目光游离，思考良久，“在家的日子多了。不再酗酒，更努力修行绘画了。还有，对我也温柔了起来。”

“对你一直都是温柔的吧？”

“才不是呢，之前偶尔一生气便拿我当出气筒呢。”

“好奇怪，我来了之后，怎么会一下子变得温柔了呢？”

“我也不知，到如今也不能亲口问父亲了。”静子嘴角微翘，好久都没见过她这般晴朗的笑颜了。“可是啊，后来我嫁给了你，他一定觉得把我养得这么粗野很抱歉吧。”

“是吗？这样我才娶到了天底下最好的老婆啊。”信春说笑着，心里的确也这么想的。他深深感恩已故养父的顾念。

外边响起一阵喧嚣的脚步声，久藏双手捧着木箱跑进来。他已是梳着发髻的年轻小伙子了，跟信春一样个子高高的，体格已不输大人般强壮。

“父亲，母亲，我回来了。”久藏站着高声说话，并在静子面前放下了木箱。

“这什么呀，里面?”

“这里面啊，有一个世界。我想让父亲和母亲看看，特地从学问所借回家来的。”久藏满面抑制不住的激动，打开盖子，从中取出地球仪来。这是把葡萄牙人带来的地球仪精巧复制后的物品，在南蛮贸易兴盛的堺市已经很常见了，但信春和静子都还是头一回见。

“据说，我们居住的世界如这个圆球一般。你们知道日本在哪儿吗?”久藏得意地旋转着地球仪。

“在大明和朝鲜的旁边吧?”这点知识信春还是有的，但具体位置就不得而知了。

“好像线球似的。”静子也学着久藏的样子试着旋转地球仪。

“日本在这儿。像弯弓一般，连接着这块大陆的边缘的这个。”朝鲜在这儿，大明和印度是这里，还有，葡萄牙人居住在地球的另一端，久藏把刚刚学来的知识一股脑儿热情地搬给父母。

“好聪明的孩子！这就开始传教了呀。”日珖上人笑眯眯地走进来。上人时年四十八，是妙国寺的开山祖师，也是日莲宗最优秀的学僧，且精通教学。因评价甚高，后来还兼任了与日莲颇有渊源的中山法华经寺（千叶县市川市）的住持。他仪表堂堂神采飞扬，且稳重坦然跟谁都能亲近。“刚才你跟老师提了一个有趣的问题吧。跟父母亲说了吗?”

“刚才是指……”

“你问，地球若是自转，那鸟儿如何能回到原先的地方?”

“那时上人也在场吗?”

“经过学问所的时候稍稍瞄了一眼。不想碰到有孩子在问有趣的问题，再一细看，原来是久藏。”

“这……这孩子是不是说了什么失礼的话?”静子担心久藏是不是说了些狂妄自大的话给人平添麻烦。

“母亲，不是这样的。先生说，地球每日自转一次，每一年围绕太阳公转一圈。”所以一日才有昼夜，一年才有四季。但是，如果地面一直都在旋转的话，那么飞翔在空中的鸟儿不就被落下了吗，他们如何回到原来的地方呢。这么一想，久藏才提出了刚才日珖谈及的问题。

“于是，先生慌张起来，很坦率地低头承认，说自己还没有学到这种程度。”

“那就有些过了。真是对不起！”

“没关系。最近大家都觉得欧洲的东西好，不明所以便飞扑过去之辈大有人在。但若不像久藏这般用自己的头脑思考，学问或修行都不会长进。日莲上人也教导我们，思考得夜不眠昼无暇。”下句便是，切勿虚度一生后悔万年。像日莲这般不惜性命勤修佛道的修行者在日本也是不多见的。这种精神日珖和信春也都有继承，久藏也正踮起脚跟打算紧随其后。

“但医学和天文，确是欧洲更先进。听说在靠近港口的南蛮寺，从丰后来的名医阿尔梅达正为病人治疗。静子夫人要不要也去看一下啊？”日珖正是为了传达这个消息，才特意来拜访常绿坊的。

“那太好了！一起去看病吧怎么样？”信春奋力响应道。

可静子却并不来劲，只含糊地重复着：“嗯，确实难得，不过……”

“怎么了，你不想去？”

“让那么高明的医生替我看诊，实在太浪费了。”

“看诊就是为了治病！讲什么高明、浪费呢。”信春想着赶紧治病，不经意间语气强硬了些。

看着发窘沉默的静子，久藏帮腔道：“母亲是觉得南蛮的医生恐怖啊。”南蛮人茹毛饮血的传闻在他们的所到之处时有耳闻。虽说那是红葡萄酒不是血，但依然有很多人对此深信不疑。更何况还曾有人说，南蛮的医生会叫患者赤身裸体，再触摸问诊。所以静子感到害怕也并非全无道理。

“既然如此，就先不勉强了。等想去看病时再同老衲说一声便可。”日珖体恤惊恐的静子，催促着信春一同走出房间。“日禛的画像，可有些许进展?”

“实在抱歉！我画了草图，但还差一点，不得劲儿。”

“可否让老衲看一下?”

“当然，请。”信春带日珖来到画坊。

日珖站立着，目光凝聚在摊开的草图上：“确实，还没有画到那个点上。”

“您能看出来?”

“绘画的事情我不懂，但尚能看出草图上的线条是死的。”正可谓一语中的，信春完全无法反驳，只如冻僵了似的呆呆伫立着。“下次樱花祭，日禛会来本堂跟门徒们讲法。正是个好机会，你也来听听吧！”届时，信春便会知晓日禛是个怎样的求道者。“人不会因为出身好教养好就一定能幸福地活着。有时候正因为周围太多惠泽才更艰辛。所以日禛才成了佛门弟子。如果看不到这一点，这画永远画不成。”

“不好意思，樱花祭时请让我去听法吧。”信春坦率地听从日珖的建议，并同时恳请道，“拙荆好像对南蛮的医生有些恐惧，可否容我先行查探，也好让她安心。”这样静子或许就愿意前去就诊了。信春似抓住一根救命稻草般，觉得是机会便不能放弃。

“那请你带上这个。”是给日比屋了珪的介绍信，日珖原本打算交与静子的。

三月樱花满开的季节，信春带着久藏去拜访港口附近的南蛮寺。这天本来是久藏在学问所里听论语讲义的日子，可他特意请了病假与信春同行。

“因为我们前去是为了让母亲安心啊！多两只眼睛总不会错吧。”于是，两人时隔已久地结伴出行了。久藏不好意思同父亲并肩行走，于是落后信春三两步跟在后头。即便如此，久藏对信春来说仍然是个可靠的同伴，信春感到一种从未有过的安心。

沿妙国寺西侧的道路下坡，来到通往港口的大路。这是贯通堺市的主干道之一，道路两旁陈列着众多大店。稍走一阵，到了港口一旁，便是日比屋了珪的店面和府邸。

日比屋是因南蛮贸易富甲一方的巨贾之一，入基督教后有了教名迪奥戈。弗朗西斯科·哈维尔最初前来堺市时，了珪便与其有交往；待到加斯帕尔·维莱拉开始在京都传教时，他已经成为基督教的有力庇护人。了珪在永禄七年（1564）受洗，在府邸一侧修建教堂供传教士们居住。沿袭京都人的叫法，此教会亦被称为南蛮寺。

闲话并说——

有关永禄八年（1565）首次进入堺市港口之事，路易斯·弗洛伊斯在《日本史》一书中有如下记载：

“港内时值波涛汹涌。一行人下船之前，堺市高贵又颇有名望的市民、日比屋迪奥戈了珪已准备了一艘大木筏供一行人登陆。”（中公文库版）

港口西侧有戎岛，成为堺市港的天然堤坝。但其入口甚小，故大型船只需在港外抛锚，来者换乘木筏着陆。那时，路易斯·德·阿尔梅达也随弗洛伊斯一同拜访堺市，在日比屋了珪府邸投宿。

“由此，一行人直接前往了珪家。了珪似招待王侯贵族般，极尽慷慨友爱之能事。他邀一行人住宿在他的府邸、离主屋稍远的一处甚是优雅新颖的居所。那是因为堺市人极为富裕，一般备有多套客房。”（《日本史》）

文中堺市富商的富裕生活可窥见一斑。而信春和久藏所走访的，正是这个日比屋了珪的府邸。不巧了珪不在家。当信春拿出日珖的介绍信后，一个三十前后的美目女子出来待客，脖子上挂着十字架，显然是个基督徒。

“我是了珪的女儿，名叫春子。请跟我来。”府邸内庭有一条往南的小径。穿过茂密葱郁的竹林，一所西洋风格的潇洒的建筑出现在面前。尖塔上置有十字架，是一座很气派的教堂。

教堂旁是一所为信徒子弟所开设的神学校，时隔甚久再次拜访堺市的阿尔梅达以此作为医院替病患看病。

等候室中约有病患近二十人。有商人模样体态匀称的男子，带着随从的武家的女儿，弓腰曲背的老僧，怀抱婴儿的母亲等，各个阶层的人们都坐在长椅上排队等候。既有穷人也有身患疑难杂症而蒙面之人，阿尔梅达均平等相待。

“我已报与医生知晓，且请这边稍等。”教名萨宾娜的了珪之女，似乎也在帮忙治病，会亲自询问等候患者的详细病情。

趁着等候阿尔梅达的间隙，信春用手指在大腿上描绘患者的颜容。幸福的人们神情相似，而受苦的人们则各有各的面孔，将心底的执拗与不安毫无防备地显现出来。

能亲眼看到这些姿态神情，对画家来说是一种幸运。若将这些表情鲜活地记忆下来，便可在各类画题中使用。可取出画册直接素描的话又太过失礼，所以不为人知的用手指在大腿上勾勒的习惯便这样形成了。

若仅凭肉眼观看很容易忘记，但若用手画过则绝难忘却。信春所做的便是将记忆刻画到自己身体里面。

“父亲，你可是腿痒？”

“为何？”

“你刚才就一直在……”久藏觉得信春是在腿上挠痒。

“不。这个嘛……”信春带久藏走出等候室，告诉他自己是在画画。“画家须随时打开五官感受并接纳世间的一切。无论所遇何事，都要正视之，不能转移视线。”

信春回到等候室，再次开始用手指素描人物。久藏也用与此前不同的目光来注视这些病患，但他并没有活动手指。大约等了半个时辰，萨宾娜请他们进去。

路易斯·德·阿尔梅达是位中年修道士，身穿黑色长袍，其上套一件白色罩衫，鼻梁上架着一副眼镜，优雅地端坐椅子之上。他的头发剃得很短，下颚蓄着一把金色络腮胡，在西洋人中算是小个子。

“这位是长谷川信春先生。他夫人病重，特来相谈。”萨宾娜简洁地传达要点。

“是什么样的病症？请尽量描述得详尽些。”阿尔梅达来日本已有二十七个年头，日语说得很是流畅。

“自去年年末开始咳嗽。起初以为得了感冒，但过了三个月仍不见好转。”近来日渐消瘦，连食欲都没有了。信春拼命表述着静子的病情。

“可有发烧?”阿尔梅达一边记录一边询问。

“没有，应该没有。”

“那有痰吗?”

“应该没有痰堵住喉咙。”

“有无疼痛?”

“诶?”

“有没有感觉哪儿疼?”

信春答不上来。即便有疼痛，静子也会默默地一个人忍受。并不是信春不关心静子，只是之前完全没有考虑到，也没有具体问过静子。

“有肺炎的可能，要密切关注。”肺炎是由细菌所引起，这在当时的欧洲也都还未弄清。不过这种病症，从古希腊的希波克拉底时期便有研究。

“无论如何，请带本人来一次。通过触诊若能知道哪里疼痛，就能断定病症了。”

“要触摸身体确诊吗？”

“是的。”

“可是，拙荆从未请西洋的医生看过病，所以有些……”

“不用担心。女性病患的触诊由萨宾娜进行。”

“你也是医生吗？”

“嗯，承蒙修道士的指教。”谦逊地说自己尚不能独当一面的萨宾娜，在入基督教后专攻西洋医学，是日本女医的先驱。

“修道士先生将于四月末返回丰后。请尽快带夫人前来就诊。”萨宾娜将信春送至户外，还在久藏的手里放了一个小糖果。这是自葡萄牙传入的一种糖，名为金平糖。

“好温柔的医生啊。得告诉母亲，可以安心前来就诊了。”久藏嘴含糖果，心情颇佳。金平糖是用罂粟籽裹了砂糖液制作而成，有着当时在日本品尝不到的甜味。

“我们买这个糖果给你母亲吃吧。应该在什么地方有卖的。”二人沿海向北走去，前后经过木材町、宿屋町。再往北的神明町，紧密地排列着冶炼火铳的作坊。

町西便是外港，海面上近百艘大船浩如烟海。其间一艘船体漆黑、插着三根帆柱的南蛮船，已稳稳抛下锚，悠然停泊于洋面之上。船长三十间（约五十四米），船尾建着两层高楼，船侧一溜儿大炮口整整齐齐。

这便是盖伦帆船。

日本的帆船只能顺风前进，而盖伦帆船却能通过巧妙地操纵几只帆实现逆风前行。加之船板竖立抗撞击，且承载量大。成功制造盖伦帆船令葡萄牙和西班牙自由地航行于七大洋，横跨全球建立了自己的殖民帝国。

这些事情，信春并不知晓。不过在学问所受过先生教诲的久藏，指着盖伦帆船告诉他：“父亲，就是那个。葡萄牙人用那种船环绕世界一周呢。”

“环绕一周，究竟要花多久呢?”

“听说，一般要两年。”

“两年都一直待在船上吗?”

“据说会在各地港口上岸，补给粮食和水。阿尔梅达医生也是坐这种船来到日本的吧。”

“两年啊……”

葡萄牙人花费如此长的时间，冒着随时遇难的生命危险，来环游世界，这种顽强的生命力令信春再次深感佩服。阿尔梅达医生也来到日本二十七个年头了。他难道不想回故乡？不想见见亲朋好友吗？究竟需要多大的信念，才能支撑这种生存方式?

信春远远眺望着浮在洋面的盖伦帆船，久久思考着自己的过去。跟他们的生存方式相比，自己所受的苦难又是何等的不足挂齿啊。

信长火烧上京夺走了京城中弥足珍贵的平和生活。本法寺亦被烧毁，信春一家流离失所。他们先去了大德寺，免遭风餐露宿的厄运。但其间，天下局势骤变。

元亀四年（1573）四月十二日，反信长势力的重镇武田信玄病殁，享年五十三岁。七月十八日，在宇治槙岛城起兵的足利义昭遭流放。自此，足利幕府在事实上灭亡。七月二十八日，信长任命村井贞胜为京都所司代[①]，令其掌管京城，且奏请朝廷改年号为天正。八月八日，信长集五万兵力攻打小谷城，十三日击退前来救援的朝仓义景军，取得首级三千余枚。八月二十日，义景自刎，朝仓家灭亡。八月二十八日，浅井长政自刎，小谷城陷落。

至此，持续四年的信长与浅井、朝仓的对战落下帷幕。这番局势下，被信长军视为眼中钉的信春便不能待在京城了。为了不给大德寺添

---

① 所司代：室町时代的官职之一。最初为统帅侍从的所司，后来专门负责管理京都的治安。

麻烦，信春投靠了丹波黑井城的赤井直正。偏巧近卫前久为躲避京中的战乱亦委身黑井城。其妹是直正的正室，故前久带领嗣子信尹等人暂住。直正是一员猛将，人称丹波赤鬼。他与八上城的波多野氏同心协力，顽强抵抗着信长军的进攻。信春与妻儿在城下暂住，在前久的熏陶下继续着绘画修行。

然而到了天正三年（1575），信长任命明智光秀为丹波攻伐的主将，逐渐加大施压；同时他又动员朝廷，规劝前久回任京都。信长起先推二条晴良为关白并试图掌握朝廷实权，但晴良并不能胜任。于是信长明知前久是敌对势力的头目（也正因为知道他是头目），还是呼吁他回京为新政权效力。

前久应允，于天正三年六月回京。军事上已无力同信长抗衡，不如进入内幕，从政治上牵制他。前久时年四十岁。此时离本能寺之变尚有七个年头，前久作为信长政权的中枢进行了至关重要的工作。比如他走访萨摩的岛津家，规劝其服从信长。还出面争取信长与石山本愿寺重修旧好。

前久精通先例典故及文化、艺能、鹰猎等。信长亦敬服其不同寻常的才能，如莫逆之交般厚待这个小他两岁的前久。对前久而言，这个华丽转身是对下一步的铺垫。但前久离去后的黑井城却遭遇信长军的猛烈攻击。

天正三年十月，明智光秀率领两万兵马攻打丹波。他拉拢丹波的豪族包围了黑井城。信春在开战之前带着妻儿逃至丹后一地，辗转于日莲宗的寺院之间，打算伺机返回七尾。与其在陌生的土地上经历战乱，不如回到故乡再经营生计。但越后的上杉谦信已开始进攻越中及能登，实难找到驶往羽咋的船只。

一来二去，已是天正五年（1577）九月。七尾城被上杉军攻陷。在继畠山义续、义纲父子被流放后，仍于名义上拥有七尾的畠山家，至此彻底灭亡。正当三人举目无亲走投无路时，日通邀请他们前往妙国寺。于是，三人费尽周折穿越明智军的丹波战场，终于抵达堺市。

“父亲，你看！”久藏指着港口朗声道。西洋式小船方才离港，驶向抛锚的盖伦帆船。六名水手分列左右，摇橹前行，中有乘客十人。不单葡萄牙人，也有皮肤黝黑的马来人和缠着头巾的印度人。但久藏注意的并非这些人。

“船头乘坐着两只像狗一样的动物呢。你看！冒出头来了。”确实，栗色和茶色的两只动物，前足跨在船舷之上，正眺望着周遭景色。它们长毛簇生，大耳向后耷拉，颜细如狼，是西洋品种的柯利牧羊犬。无怪乎初见的久藏只看到了似狗一样的特征。

“还真是啊，好像还是幼崽。”信春兀自不觉地开始在大腿上挪动手指画起素描来。久藏学着样子在手掌上舞动手指，记忆柯利的模样。

“啊，船尾还有一只呢。”之前一直匍匐着的一只，这才刚刚站立起来，可见到上半身躯。那是毛色黑白相间的大狗，脖子上的长毛打着卷儿。是猎犬萨路基，数千年前便与人类同居。也是曾几度在圣经上出场的圣犬，深得传教士们的钟爱，经常见他们牵着一同散步。

“父亲，什么时候，咱也去乘那船周游世界吧。”

“是啊。等你长大了，那个时代或许就来了。”届时，一定要去会会西洋的画师。两人一面畅想未来，一面将目光停留在西洋犬上。

回到常绿坊后，久藏便热情地游说静子，不妨去阿尔梅达的医所就诊。“诊疗是由名叫萨比娜的日比屋的女儿进行。她说传教士医生马上就要回丰后去了，事不宜迟，需趁早就诊才是。”

“那个叫萨比娜的人，是基督徒吗？”静子生长在能登，对新生事物极为谨慎。

“貌似她甚是敬重阿尔梅达医生的人品，才下决心行医的。后来她还特意给我一颗甜甜的金平糖。”父子二人想买来给静子品尝，特意外出寻找来着，却没有发现一家店有售。所以久藏画下金平糖的样子，告诉母亲，这个糖果有着多么不可思议的外形，又是多么的美味。“它似陶瓷一样白，圆圆的，表面上沾满了小颗粒。虽只有小手指尖那么大，却甜得厉害呢。要是母亲吃到了，一定会甜到目瞪口呆的。”

久藏十分了解静子的不安。因此他使尽浑身解数，想劝说母亲前往医院。这份热忱感染了静子。数日后，他们走访了阿尔梅达的医院。检查结果是肺炎，感冒的病症已伤及肺部。需要喝药，并摄取足够的营养，且身体不能着凉。

“胸部疼痛，咳嗽不止之时，请随时来医院。如果我不在，让日比屋帮你看就行。”萨比娜春子亲切听取静子的病状，在他们回去时，又给了久藏一粒金平糖。似乎只给孩子。久藏出了医院，立刻把金平糖轻轻塞到静子的手心。

“这是对母亲鼓起勇气来医院的嘉奖。请快快康复起来，协助父亲。”

“小家伙净说些大话。”信春对久藏的细心体贴甚感高兴，告诉久藏可以骑骑久违的脖子。

“那不如背一下母亲吧。母亲现在的病体不可勉强辛劳。”久藏要先行一步，说罢便朝夕阳暮色中的大路跑去。

四月八日的樱花祭。日禛上人和日通从京都相携而来。日通二十九岁，在本圀寺潜心修行，随时都可胜任大寺的住持。

“贫僧今后将在此修行，有劳先生教诲。”日通拜访常绿坊，递过一个用纸包裹的礼物。打开一看，是干燥的高丽参。日通听说静子得病，特意买来相赠，“将其煎饮，可治百病。”

“如此贵重的礼品，实在受之有愧。”信春小心收起来后，告知他静子的病体近来有所好转。不知是阿尔梅达的药有效，还是气候变好的缘故，静子的咳嗽已经止住，都可以起床做些家务了。

“是么，那真是太好了。”日通似亲人般的开心，随后话题转到了信春的工作上，“上人的尊像，听说进展得不太顺利？”

“陷入了僵局。日珖上人责令我听完今天的讲法后重新思考。”

“可以观摩一下草图吗？”

“只是用木笔画的，怎么好意思拿出来让人看呢？”

“正因如此我才想看看。还请告知先生有怎样的辛苦。”在日通那澄澈的眼眸注视下，信春只好取出草图。静子的病体稍稍好转后，信春笔下的线条也恢复了往日的力度。只是，尚未触及日禛的内面。

日通久久凝视着，嗯了一声点头道：“确实如此。日珖上人给出了很好的建议。”他也请信春好好听一下今日的讲法，随后转身回本堂去了。

日禛的讲法从申时（下午四点）开始。本堂中聚集了约五百人，大家紧挨着聚坐一堂。无法进来的则坐在走廊，后来连走廊都容不下了，便站在院内恭候。

战国时代后期，庶民对宗教的热情高涨，令人骇然。一是因为在朝不保夕的混乱时代，众人需从宗教的绝对性中寻求内心的安宁。理由之二，则是民众在经济成长生活富裕后，每个宗派都更加团结了。日莲宗主要讲求中小工商业者的现世利益，而一向宗（净土真宗）则吸引了众多流通业者和非农业民。各宗派的门徒们组织教团，旨在生活和职业上互相扶持。理由之三则是因为，弗朗西斯科·哈维尔访日以来，传教士陆续来日，开始传播基督教。传教士们冒着死亡危险，远渡重洋，寻求信徒，献身传教。从这些人身上，民众再次看到宗教拥有的巨大力量。

因着这些缘由，世上掀起了一股宗教热潮。其中尤以日莲宗、一向宗、基督教以及认为万事万物均为天意的天道思想大事盛行。各门徒们一聚到一起，便物议纷起，论证哪个宗派才属正统。因此，每个宗派都热心教学，不愿输给其他宗派。日禛的讲法之所以吸引如此众多的听众，实有如上的时代背景。

信春也带着静子和久藏，在本堂的前方占据一席之地。为了让他聆听真切，日珖上人特意给他们留了座。信春决意，就算是为了报答上人留座之盛情，自己也要一言不漏地悉数听完。

“父亲的脸好可怕。”久藏走到信春身后，帮他揉肩。他知道信春因为画不好日禛像而苦恼，所以用孩子的方式照顾父亲的情绪。静子则手握念珠，等待日禛现身。

四月八日的樱花祭刚巧也是父母去世九周年的忌日。静子没有特意告诉信春，只是自己把这次听法当做了对父母的祭拜。

信春看在眼里，说道：“他俩一定在天上守望着我们哪。一定会赐给我们力量的。”他抱起久藏坐于膝上，腾出一点空间给静子。说来，好久没让久藏坐在膝上了，不过这么做是为了不让大病初愈的静子感到姿态窘迫。

日禛身着白色小袖，其上一件黑色法衣，以清爽的姿态登上讲坛。他下颚圆满，面相温和，虽然年轻，却有着一心钻研佛法的气魄和庄严。他刚一站上讲坛，喧闹的本堂登时寂静无声。

“诸位信徒，感谢大家今日莅临听法。贫僧是本圀寺第十六代住持日禛。如众位所见，本人年纪尚轻，但承蒙日珖上人厚意，在此讲法，还请诸位多多包涵。”日禛双手合十，低头行礼。他语调谦虚，毫不自满。声音略微偏低，但圆润有力，即便是他平素的音量，也依然可以传至整个本堂。

“今日是释迦牟尼生辰。释迦是天竺的种姓，牟尼是圣者的意思，他的俗名称作乔达摩·悉达多，曾是天竺北部某王国的王子。但在二十九岁时，他意识到人若不能从生老病死的痛苦中解脱，便无法得到救赎，便发心[①]出家修行。经历严酷的修行后，他在伽耶城的菩提树下证觉成

① 发心：佛教语。谓发愿求无上菩提之心。亦泛指许下向善的心愿。

道。诚如所见，贫僧尚未悟道，今日因循古事，也讲讲自己立志空门，出家修行的经纬。”日禛望向聚集在本堂的众信徒，仿佛在问是否可以讲。

“贫僧出生在公家的广桥家系，自幼立志研习和歌。理由自己也不明白，只是自懂事起，常被称赞和歌咏得好，所以便想咏出更多更好的歌以得到世人的认可。其间逐渐领悟了和歌的愉悦与艰难，以及深奥，竟在不知不觉间成了和歌的俘虏。”

日禛幼名鹤寿麻吕。广桥家以文学为家业，属于镰仓时代初期藤原北家的日野赖资所创的日野流派。但到了室町时代，广桥家与足利将军家联姻，建立了其作为外戚的地位。由此，政治上的权威日渐强大，遂成了沟通朝廷与武家的武家传奏[1]。日禛的祖父兼秀是内大臣，父亲国光与长兄辉资是权大纳言，二兄广桥兼胜作为武家传奏，在替朝廷与信长、秀吉、家康等交涉。也就是说，广桥家已从文学之家转变为政治之家，然而日禛却立志成为歌人，且勤勉好学。

“就在十二三岁那年，贫僧遭遇两大难题。其一源于公家社会的传统、因习、制度本身所具有的缺陷。这么说，似在诽谤养育我的亲朋师友，心中实在过意不去。但为了让大家了解贫僧发心的契机，我愿坦率说出我当时对公家社会的愤懑。”

稍许喘气后，日禛说道，那其实就是禁锢人的监牢。表面上看是朝廷命官，私下里却是家格门第贵贱，表与里死扣在一起。由出身的门第来决定可晋升的官职，毫无自由可言。公家社会的门第顺序，是由天孙降临[2]时，自家的祖神起到何种作用所决定，而且这个地位亘古不变。一个现今无法证明的神话被当做依据，并让人顺服。

---

① 武家传奏：室町、江户时代在朝廷所设置的公家官职之一，负责向天皇、上皇传达武家的奏折。

② 天孙降临：日本神话中，天孙奉天照大神之命降临并掌管日本的故事。

“此等因习在和歌世界亦不能幸免。所谓的古今传授便是如此。”

古今传授是阐释《古今和歌集》的记录，是一子相传、门外不出的秘传。最后的奥义乃口授，除了被传承者无人知晓。所以无法从外部窥知秘传的内容，亦无从验证其正统性或正确性。可是，被传承者却因为传授这个动作本身而被视为一流的歌人。

“贫僧并没有得到传授，所以并不知道内容。但正因为有传授这么诡异的东西在，让我明白了和歌世界是何等的扭曲造作。而被传承者及其弟子，则为了主张自身的正统性，把古今传授标榜成最高权威，并以此支配后来者。若是将来想得到传授，就必须对他们言听计从，唯唯诺诺。这种态度不仅存在于和歌的学习，更牵涉到对师长和前辈的态度礼节，年中年末的礼品往来。可是诸位，这位难得的被传承者的和歌作得怎样呢？是决计不能用出类拔萃来形容的。”

日禛这么一说，全场爆笑如雷。这笑声充满了共鸣，仿佛在说是的是的，这般笑料在我们周边亦多如牛毛。

“在如此姑息权宜的社会中，接受那些华而不实的教诲，即便成了歌人，又有何意义？如此一想，我便遭遇了最初的难题。但是，还有比这更为棘手的难题盘桓在前方。那就是，贫僧并无歌人的真正才能。”

如此苛刻的话语，使得本堂再度全场寂然。信春亦在侧耳倾听，感同身受。久藏坐在信春的腿上也一动不动地盯着日禛看。

“我国最优秀的和歌集《古今和歌集》的序文中，有如下文字。”日禛深深吸了一口气，开始毫不费力地吟诵序文。

“夫和歌者，托其根于心地，发其花于词林者也。人之在世，不能无为，思虑易迁，哀乐相变，感生于志，咏形于言。是以逸者其声乐，怨者其悲鸣。莺啭花枝，蛙鸣水间。是以万物，皆咏和歌。可以述怀，可以发奋，无需用力，惊天地，泣鬼神，和夫妇，化人伦，莫宜于和歌。”

日禛的咏诵宛如歌谣。语调强弱自如，节奏快缓有序，自成美调，徐徐沁入人心。

“诸位！你们如何理解这篇序文呢？我们明白‘是以万物，皆咏和歌’之意。但如何可以不费丝毫力气，便能‘惊天地，泣鬼神’呢？单凭三十一个文字，真有如此震撼的力量吗？果真如此，又该如何作歌咏歌呢?”

十四岁那年，日禛在这个巨大的疑问前停滞不前。他认为自己并没有这么大的力量，也不知该如何作歌才能拥有这番力量。也就是说，他并没有作歌的资质和才能。

绝望，似无尽的黑夜将日禛包围。他叩响了歌学之家的冷泉家与三条西家的大门。他以为，古今传授的奥义中，必然写着对这个疑问的答案。那么，得到古今传授的两家主人定然能回答这个疑问。但两家主人都草草打发了他。并不是因为他是个无足轻重的黄毛小子，而是他们根本就不相信和歌具有此等力量。

“别说这些傻话了。谁说和歌能惊天地、泣鬼神?”

“是的是的。那只不过是纪贯之[①]先生的文采而已。”

他们口上没有明说，但很明显，心里便是这么想的。

“可是诸位，当贫僧初读此篇序文时，却直觉地感知和歌有这番力量。我坚信，纪贯之是将自己的亲身体验确凿无误地记录了下来。然而无论怎么努力，我咏的歌都无法惊天地泣鬼神。由此，我深感绝望，便不能再原谅自己的愚鲁。”

日禛的话直抵信春的肺腑。他陡然一怔，怀抱久藏的手腕也不自觉地使上了劲儿。

信春也有过类似的体验，也是在十四岁那年。他钻研画技，一心想成为佛画师，但无论如何都画不出佛像的脸部。即便模仿师傅宗清和

---

① 纪贯之：日本平安时代初期的歌人和随笔作家。《古今和歌集》的编撰者之一。

前辈们的画作，依然只能画出些似是而非的东西。而且，越是想画好，佛像的面部就越没有灵魂。

“不用着急。心中无念，佛陀自会假手于你。”

虽然宗清如此庇护自己，但信春仍然不顾一切想画出自己满意的作品，以妄图扳倒佛祖的势头继续修行。于是完全走入了死胡同，以至于看到画本就觉得头痛想吐，拿着笔的手腕也使不出半点力气。哪怕使出全身之力去画线，手腕也似磐石般动弹不得。信春被绝望吞噬，与日禛一样不肯原谅自己。

“战场厮杀，弱兵先亡。若想残生，需当自强。”这本是生父和兄长教导信春武艺时的话，此刻终于深刻明白，原来自己在画师的世界只是一枚弱兵。若真如此，只能自残。于是，信春在傍晚时分离家出走。

有一处岩石构筑的信春熟悉的所在，能一眼望尽七尾湾，以前曾经常来此作画。若是从此处跃入大海，便可将一切作个了断。

时值夕阳残照，海面被染成赤红一片。再跨出一步，便可永久解脱，他这样想着，可脚却动弹不了。并非因为恐惧而浑身僵硬，而是仿佛有一只看不见的手将自己抱住，不容动弹。

信春筋疲力尽，愣在岩石上眺望暮色沉沉的大海。黑色的松影悄然倒映在沙滩之上，宛如世上那些残兵败将。

暮色降临，事到如今，长谷川家已经回不去了，而奥村家则更不用说。信春进退维谷，空腹难耐。想来自己从早至今，未进任何食物。当不再想着去死之时，成长旺季中的身体便切切实实地提醒主人，现在的肚子空空如也。

夜色渐浓。天空被厚重的云层覆盖，周遭漆黑一片。每逢波浪席卷岩石，信春便恍然觉得站立不住。背后的群山时不时传来野兽的叫唤，四周寂静得可以听见飞鸟晃动树枝，拍打翅膀的声音。

信春越来越害怕。但周围没有灯光，动弹不得。与先前带着一色豪气企图自尽的自己大相径庭，现在却唯恐失足落水。无奈之间，只好抱膝端坐，等待天明。信春被空腹和自己的愚蠢吞没，低头忍耐。

这时，他忽觉有人提灯走来，原来是静子带着侍女前来找寻。宗清也在遣人分头寻找，但只有静子知道信春时而会来岩石地带素描，便拜托侍女同行相寻。

“饿了吧？给你。”静子不问不恼，递过一个包裹着竹叶的饭团。一个才七八岁的小女孩，却如同母亲般，懂得温柔体恤他人。信春狼吞虎咽着尚带余温的饭团，一边扼声哭泣。就这样边哭边吃，等到吃完时，一切都平静了下来。原本积郁心间的、无法成画的苦痛和对自己的愤怒，顿时烟消云散。

是夜，他寄宿在侍女家里。翌日，前去向宗清请罪。宗清当做什么也没发生，将信春迎入后赞誉道：“已然有了画师的神气!”

在这番鼓励之下，信春进入画坊描绘佛祖的面部。没有什么昂扬的斗志，却轻松顺利地画了出来。与其说是画出来的，不如说是佛面自己走出来的。而且，面相酷似静子。并非信春有意画成静子的模样，而是自然便绘成那样了。对此，信春丝毫没觉得不妥，这便是他的佛祖。

自那以后，信春一直描绘着同样的佛祖像。无论如来、天女、鬼子母神，基本都是同样的面相。信春亦从没觉得不妥。

正当信春神游自己的经历时，日禛的讲话已然过去不少。他说道，对自己没有才能深感绝望，他同信春一般想到了死亡。

“那以后，才过去四年。现在这么说或许显得贫僧有些狂妄，不过那时候，真的还只是个孩子。想着既打算死就要死得痛快，死得令人刮目相看。像冷泉家和三条西家的当家人那般，明明不能用和歌感动天地，却装成一流的歌人，我得让他们知道自身的恬不知耻。那时就是这种反抗精神在作祟。”

于是，日禛去了吉野。

时逢春季。在自古以来便被视为咏歌胜地的吉野，日禛参拜后醍醐天皇的墓地，探访西行法师[1]的足迹，看着惹人怜爱拥拥簇簇的樱花，吟咏了自己的辞世百首[2]。

他将百首和歌奉纳在金峰山寺后，便沿着通向熊野深处的小道往西窥崖走去。西窥崖是矗立在大峰山山顶附近的悬崖断壁。从吉野到熊野的行者们，常会在西窥崖把新人倒吊起来，强行令其抛却烦恼，于是此岩闻名于世。据京城人言，此崖高足有数百丈，令人头晕目眩，人们相信若是从此处跳崖而去，定能直接去往西方净土。

当时的日禛就是打算从西窥崖纵身，从此与这不尽如意的秽土诀别。

“我只身来到吉野山，按计划顺利将辞世百首奉纳在金峰山寺。接着来到吉野的上千本，询问当地人士，去到大峰山顶大约需时多久。人们告诉我，男人步行两个时辰便可到达。”而且路径已经被无数行者踩踏出来，应该不至于迷路。

日禛听信当地人的话，朝山顶进发。中途经过高耸的四寸岩山和大天井峰，但无论怎么走都看不到大峰山。原定于傍晚时分到达西窥崖，却眼见着天色暗淡下来，只身处于不知名的深山之中。他焦急起来，可山路艰险，逐渐没了脚力。夜幕悄然降临，日禛甚至不确信脚下之路是否正确。这么下去，怕是要被饿狼猛兽撕碎吃掉。日禛战战兢兢、魂不附体，艰难行进中忽见远处出现一处亮光。

“当时我欣喜之至，终于可以得救了，于是便朝着灯光走去。那是一间寺庙宿舍，是专门为登大峰山的人所设置的住处，已有二十来人入住。用过施粥后，我筋疲力尽地横躺下来。这时一位中年僧人开始在灯光下宣讲佛法。在大伙儿和衣而睡的宽间一隅，我不经意地听着。僧人的话题转至语言，我清晰地听到了这句话：‘心有所分别，则言有所分

---

① 西行法师：日本平安时代末期至镰仓时代初期的武士、僧人和歌人。

② 辞世百首：离世前吟诵的百首和歌，颇具遗言性质。

别；心外则无所谓别或不别。’”

此话直击日禛心胸，疲劳困倦瞬间散去，只等下句。

那位中年僧人继续讲道：“言语托根于心，成形于声。凡夫俗子沉迷我心，不知不觉不悟。佛祖将此心之力谓之神通。所谓神通，可通达灵魂之一切法门，畅通无阻。此自在之神通，乃一切有情之心，一切心动均达悟道。由此，佛祖言道：此心之已发，便可出入国土世间。”

日禛不由得坐起身。

这才是解开“不费气力，惊天地，泣鬼神”之语的钥匙。众人皆躺，不知是听是眠。中年僧人不管不顾，手持油灯，继续讲法：“众生乃本觉[①]之十如是[②]，但其心灵被一念无明[③]遮盖，如在睡眠，入生死之梦，忘本觉之理，见过去、现在、未来三世之虚梦。”

日禛想听得更真切些，爬过横躺的众人，靠近讲法僧。摇曳的灯光照亮中年僧人的面庞，他问日禛，是否执迷于某些物事而不得悟道。

“和歌，哦不，语言究竟有没有，不费力气便能感动天地的力量?”

“有。心与天地本浑然一体，心能正确动念，当能感动天地。”

“要如何才能达到这番领悟呢?”

“委身佛祖的教诲。只需以法华经为手杖，为支柱即可。”

日禛听完，心满意足地入睡。可待天明，询问同宿者，竟无一人见到僧人，亦无一人听过讲法。怎么会有如此荒谬之事，日禛环顾宽间，

---

① 本觉：佛学术语。众生之心体，自性清净，离一切之妄相，照照灵灵，有觉知之德。是非修成而然，乃本有自尔之性德，故曰本觉。

② 十如是：语出《法华经》。指诸法实相存在的十种必要条件，即宇宙一切万有，森罗万象的十种必然真理、规则。十如是包括如是相、如是性、如是体、如是力、如是作、如是因、如是缘、如是果、如是报、如是本末究竟等。

③ 一念无明：佛教术语，在大乘法中叫做烦恼障。无明即迷惑，包括一念无明与无始无明。

看到讲法僧坐过的地方，供奉着一个小小的役行者[1]的木像。其颜面，确如昨夜的讲法僧。

“我可能做了梦，但赐予了我得悟的线索，所以绝不是虚梦一场。因此，我放弃了从西窥崖纵身一跃的念头，也向金峰山寺要回了辞世百首，回到京都。然后跟父亲询问，要如何才能学习法华经。于是，父亲告诉我，叔父正在本圀寺任住持。”

那便是本圀寺第十五任住持，日栖上人。日禛赶忙拜见日栖，跟他讲述了大峰山的遭遇始末。于是，日栖道：“这是佛祖垂迹。”且马上建议日禛皈依入佛门。“日莲上人也曾言，如来会托梦来规劝梦中的众生，会一点一滴地启发诱导。你若真想到达梦中境界，除了出家，别无他法。”

日禛思忖是否应该即刻发心出家，不过尚有一点顾虑。他想知道，寻求普遍真理的僧人，如何看待天照大神和天皇。

“我看到公家无论谁都视天照大神为绝对神，以向天皇誓忠为大义名分将众人囚于无形的禁锢之中。这样的社会若是已波及佛门，那自己决不能遁入空门。日栖上人听闻后，却若无其事地跟我说，天照大神虽是司掌这个国家之神，但与梵天、帝释、日月、四天相比，却只是一个小神。”

从法华经广袤无垠的宇宙观来看，这番想法是理所当然的。但日禛却是第一次听到如此明确的说法。打这日起，日禛便成了日栖的弟子。

“以上，便是我的发心始末。自那以后，才过了四年，虽然仍很不成器，但小僧决心精进佛法修行，不是和歌而是用信仰来感动天地。”

讲法结束后，本堂仍旧悄然无声。众人被日禛诚挚的话语和强烈的求道心所感动，良久沉浸在余韵当中。静子也安然坐着，一动不动。她紧握念珠，神情温和，似忘却了疾病和世事的艰辛。

---

① 役行者：(634—701)是日本修验道始祖，飞鸟时代至奈良时代的知名咒术师，世称役小角。平安时代因为山岳信仰的兴盛，朝廷追赠“行者”尊称给他，之后通称役行者。修验道，是在山林之间苦行锻炼自我的一种修行方式。

“你没事吧？这么一直坐着挺累的吧？”

“没什么。托你的福，算是一次极好的祭祀了。”

“是啊。事到如今，我还是无法面对养父大人。”

“没这回事儿。父亲应该很欣慰，你‘已然有了画师的神气了’。”

“是么？你也回想起那时的事情了？”

“是啊。摸着漆黑的道路前行，还真挺恐怖的呢。听到日禛上人朝深山走去，当时的情景便如昨日重现。”

“那时的饭团子当真好吃啊。自那以后，已经……”

“二十七年了。真是一眨眼的工夫。光阴如梦。”想起当年的事，静子微微有些脸红，脸上泛出明朗的笑。她忆起了当年的感触，因为担心信春，她不顾恐惧害羞，奔波在深夜的道路上。

“那是什么时候的事情啊？”久藏见两人说得开心，忍不住插嘴进来。

“我十四岁那年。跟日禛上人一样，我当时在绘画上停滞不前，想一死了之。”信春简短地说明了事情经过。他想，刚好可以趁机教导久藏，该用何种觉悟专心研习绘画。

“哦！上人被役行者拯救，父亲却是母亲救的呢。”

“呃，是这么回事。那之后我便能画佛祖的面相了。”

“可是，那你能画日禛上人的尊像了吗？”久藏在调侃父亲，转眼间竟已到了这样的年纪。

“是啊，能画了。因为深切了解上人的心境了。”

“那就请从明天开始加油吧。若是一直都画不出来，恐怕我们无法在寺院容身哦。”久藏只身先回常绿坊去了，他想让父母单独相处一会儿。好一番少年老成的顾虑。

翌日起，信春开始着手日禛的尊像。他需要画的，就是日禛追求正义、真理和理想的那份执着。他必须抓住那份执着的求道心直面法华经时，瞬间所散逸的气魄。

信春以听法之时所把握的构想为主线，下笔描绘草图。年轻的面庞尚带童子的圆润，却又是绝顶聪明，气质非凡。

（此人今后必将得悟，且硕果累累。）

信春画着草图时便有这样的预感。

为将这种预感传达给观画人，他一笔又一笔，充满怜惜地描绘起来。很少见的，这次光画草图就用了十天。不是信春画不出来，而是舍不得画完。与日禛的求道心一面对话一面描画的幸福时光，他不愿意早早结束。

接下来是上色，这是信春最拿手的。况且宝盖、讲法桌及桌布的绘法，他在七年前绘日尧上人像时已经掌握。这次他要画得更加鲜明，把日禛那执着的信念画得庄严感人。日尧的时候，信春用洁白的法衣展示上人清廉无垢的人品，这次他却让日禛穿上黄栌染①的法衣。

黄栌染御袍是天皇在神圣的祭礼时才穿的。信春用俗界的禁色作法衣，预示出日禛今后将荣登佛门最高地位。

上色也花了许多时间，完成时已是五月初。每天都下着阴阴郁郁的梅雨，颜料很难干。不过，这反倒让颜料显出润泽来，像是本人立于眼前一般气势十足。

“怎么样？”信春最先叫来静子，寻求她的点评。

“好棒！好厉害的画技！”静子不禁跪在尊像前双手合十。她已经看出，信春这番作画，已经突破了几层境界，朝着画家的至高点迈进许多。

刚好从学问所回来的久藏，在静子身后呆住了。他凝视画作，似想将它吞入一般，而后突然又折返，跑远了。信春和静子正纳闷发生了什么，只见久藏拖着日珖上人出现在门口，后面还跟着日通。

---

① 黄栌染：是一种染色名，看起来像带红色的黄色，或是带黄色的茶色。黄栌染御袍是天皇在年中祭礼时所穿的礼袍，明治时代以后成为即位礼服。

“请看！这是父亲的画！”久藏兴奋地叫道，喜悦得快要爆炸。

“真的辛苦你了！”日珖坐于像前，先慰劳了静子一番，“画是心音的显现。若不是欣赏画中之人，心音是不会作响的。”

“莫非这次讲法，是上人特意安排的？”信春问道。

“别以为安排便能起作用，人的心与底子薄的东西毕竟不同。只是在该遇见时恰好遇见罢了。”

“可是不管怎么说，黄栌染的法衣真让人大吃一惊。之后不会出问题吗？”日通有些担心俗世的反应。

“这是为庆祝日禛的法印之位私下相赠之物，无须太多顾虑。”至关重要的是求道心。这幅画是个契机，也是缘分，能让日禛在今后也不忘初衷。日珖在笑语中把日通的担忧一扫而光。

也不知是否因为看到尊像完成便松了口气的缘故，静子的病状一下子恶化了。她咳嗽得比先前严重好多，胸部也疼痛得厉害。没了食欲，身体再度消瘦，脸色蜡黄继而惨白。静子一直都极力撑着。但自吐出带味的黄水之后，便不能离床了。

信春太过担心，简直张皇失措。一切看在眼里的久藏，去教会的医院请来了萨比娜春子。

萨比娜把脉触诊后，把信春叫到别室：“长谷川先生，请过来一下好吗？”

“夫人得了肺炎。感冒的恶气侵袭肺部，这种病，往后会逐渐呼吸困难。”

“要怎么办才能治愈？”

“很遗憾。得了这种病的人，多半会死亡。夫人大概只有两三个月时间了。”萨比娜认为，医生有责任准确传达病人的情况。这也是跟阿尔梅达学的。

“怎么会……，这种情况下再想出些办法，才是您的工作吧？”

“非常抱歉！之前也碰到过数名相同病症的患者，医生也无能为力。”

信春愕然呆立，不觉回头一看。隔扇的对面便躺着静子，他忧心如焚，生怕静子听到了刚才的对话。“那么，拙荆今后会变得怎样？”

“气息越来越微弱，食物不能下咽。肤色惨白，并出现浅褐色斑点。当斑点似传染般扩散至全身时，便接近临终了。”

“我又该做些什么呢？我想让她别太辛苦。”

“让她充分休息并摄取营养。坚硬的食物会越来越难以下咽，可以熬些薄粥或者葛粉汤。带她去向阳的房间，充分保暖，别受凉。”

“其他，其他还有什么要注意？”

“向神祷告。一切听从神的安排，祈祷夫人能上天堂，时刻伴随神的左右。”

“我和静子都不是基督徒。我们信奉法华经。”

“那就向佛祖祈祷吧。无论何人，生来都向着死亡进发，这些都是神明的安排。肉体的死亡并不意味着一切终结。重要的是，能明白这个道理，安心地启程。”萨比娜有着将一切交付神的强烈信仰。因此，对他人之死亦能冷静面对。但信春却无法如此冷静地接受一切。

“还有一个问题，可以请教一下吗？”

“您说吧，不用客气。”

“这件事，应该告诉静子吗？”

“换成我的话，应该会告知本人。万事万物都是神的指示。只有准确知晓自身，才能真正理解神意。不过长谷川先生打算怎么做，则需您自己拿主意了。”萨比娜拿出用怀纸包裹的金平糖，拜托信春交给久藏后，连诊费都不收便回去了。信春将其放入怀中，久久地杵在原地。

事态之严重，彻底将信春击败。他只是杵着，不知所措。待到回过神来，早已泪流满面。眼泪淌过脸颊，从下颚滴落。信春用手拭去，又怕被静子察觉，于是又来到水房洗脸。

他几度掬水喷脸，扼声痛哭了一阵，最终决意不告诉静子。他不愿抹杀静子对生的希望。而且萨比娜说的也不一定全对。他愿意全力相信生存的可能性，并为此同静子一起努力。信春稳住心神，如此反复告诫自己。其实若将真相告知静子，信春定会比静子更加失魂落魄。

他把一脸僵硬换做轻松，来到静子枕边："还是因为湿气太重的缘故。等梅雨季节过去就会好了。"

"是吗？真给你添麻烦了。"静子的脸上体贴地露出一丝笑容。

"医生说要充分注意营养和休息，据说葛粉汤就挺好的。"接下去就不知该说什么了，信春把怀里的金平糖递给久藏。"有两颗，一颗是你母亲的。"

久藏接过糖，将其中一颗抛入嘴里，再用怀纸包好另一颗，递给母亲。"谢谢！真是好甜的糖果啊。"

静子接过，却没有放入口中。

"明天开始，我要画七尾的景色了。用三面隔扇来绘制山水画。"

"哦？这是替谁画的呢?"

"油屋托我画的。但不知到底该画哪处景色才好，一直犯愁呢。不过先前听了日禛的讲法，所以觉得那处岩石地带的海景很不错。"信春拼命撒着谎。他并没有受托，只是深知静子一直很想回故乡，虽然办不到，但至少可以画一画故乡的风景给她一点儿安慰。

"那里的景色，你也记得很清楚吧?"

"是啊。自那以后，还跟你去过好多次呢。"

"那我们两人一起合作吧。我若是漏了什么，麻烦你提醒我啊。"

翌日，信春开始着手草图。

正面是广袤无垠的七尾湾，能登岛横亘其间。若以四村塚山为中心，其形状恰似左右伸出了双翼。东边有半岛突出，至观音崎，成为防护富山湾巨浪的天然堤坝。半岛与能登岛之间，有一个窄口海峡，是出入富山湾的门户。

西面，从七尾一侧突出的岬角与能登岛的屏风崎靠得很近，形状宛如二鸟斗嘴。以前有走访七尾的文人将此景称为啐啄之景。这是源于“啐啄同时”这个成语。雏鸟孵化，会从内侧啄壳，而母鸟会在外侧同时啄壳相助，所以称作“啐啄同时”。这个狭窄的海峡深处，长者之鼻和长浦之间，浮着一个猿岛。此岛经年风平浪静，有着作为内海的七尾湾最具代表性的景色。

信春坐在静子的枕边摊开画本，一面跟她讨论每处景色的确切布局，一面精心描绘。这番亲密交谈，对二人而言仿佛回到了故乡一般祥和静好。

静子就这样欣喜了几天，可忽有一天，她噙泪喃喃道：“夫君，谢谢你!”想来是已经察觉出了信春的心思。

“要说感谢的应该是我。有你在，我才能画得这么正确。”信春绘完草图后，开始誊绘在隔扇上，先着手的是能登岛的正面景色。

五月下旬，发生了一件超乎预想的事。过来告知信春的，正是交情颇深的日通：“安土城下引发了一场围绕宗论的骚动。据说织田信长公下令本寺出面对峙。”日珖上人将赴京都顶妙寺协商对策。日通也将随同前往。

“骚动，是指什么?”信春一听到信长之名，一阵强烈的忐忑袭上心来。

“听说堺市法华宗的人在净土宗的道场野蛮捣乱，不过具体情形尚未知晓。小僧马上出行。”因此他特意前来辞行。信春和久藏将日通送至大门口。

门里门外在消息传遍后已聚集了大批门徒。日珖的轿子从中穿过，日通和学僧日渊则徒步相随。其后不远处，跟着一个斗笠很破、法衣微脏的僧人，即巡回修行的游行僧普传。这位老僧近日寄宿妙国寺，因其讲法直言不讳而深得人心，吸引了众多的信奉者。

日珖经过信春面前，特意停轿招呼："好好照顾静子夫人啊。"

这便是史上赫赫有名的安土宗论的序幕。关于安土宗论的始末，《信长公记》中有相当详细的记载。

五月中旬，从关东前来的净土宗灵誉玉念在讲法时，遭到堺市人士建部绍智与大胁传介的质疑。于是，玉念答道："不跟汝等半吊子争论，把你们皈依的高僧找来，老衲跟他一决高下。"

法华宗一派听闻此事后，派遣日珖、日渊、日谛等高僧从京都赶往安土参加宗论。

信长曾派奉行前往两派，劝双方取消宗论化干戈为玉帛，但法华宗一派并不领情。于是双方的宗论于五月二十七日在安土城下的净土宗净严院拉开帷幕。

结果，法华宗败。建部绍智、大胁传介、普传三人被斩首。日珖等写下保证书，承诺"既输宗论，今后绝不向他宗施加法难"，继而勉强得救。

这是信长方面的记录。不过，据当事者日渊所著《安土问答实录》，事件的真相却全然不同。根据日渊的记述，事件始末是这样的。

五月二十五日一早，安土城派来的使者抵达日珖等所在的顶妙寺。信长的家臣堀久太郎、菅屋九右卫门、长谷川竹千世以奉行的身份前来传令。因安土城下将举行法华宗和净土宗的宗论，命法华宗派遣学问僧。

当日大雨滂沱，日珖等十余人巳时（上午十点）从京都出发，当日亥时抵达安土城下。

翌日早晨，众僧在善行院集合，等待着信长的指示。而后奉行众[①]的使者前来逼迫道："须写下承诺书，承诺若在本次宗论输场，在京都以及

---

① 奉行众：室町幕府的奉行人集团，是幕府直属的文官集团。

信长领国之中的寺院皆可废。若不写，那就停止宗论，诸位可自行打道回府。”

倘若承诺此次论败则寺院皆可废，不知将来会被如何滥用；但若不战而退就这么回京都去，定被认为是法华宗自知不敌，落荒而逃。

事已至此，日珖等人这才意识到，原来这是信长的圈套。大概是利用建部等人引起的骚动，企图一刀削弱日莲宗的势力。因此他们应对道：“递交承诺书之事甚是为难，恐难从命。前来安土城乃尊信长公之命，故回京一事亦听凭信长公调遣。”

无论信长命令他们返回亦或参与宗论，他们都打算从命。由此，便可避免落荒而逃的负面评价。奉行众听后认为日珖等言之有理，故命令他们在没有承诺书的前提下迎战。

如此这般，宗论于五月二十七日辰时、上午八点开始。

净严院的佛堂上，日渊等四人与玉念、贞安等净土宗一派的四人对峙，由南禅寺的秀长老（景秀铁叟）与因果居士作为判官莅临现场。院内有近千名警兵维护治安，数千名净土宗门徒压场。日莲宗的门徒虽也有数百名到场，但气焰上处于劣势是毫无疑问的。

其实这里已经布好了信长引诱日莲宗的陷阱。

此时的信春正忙于山水画。

他绘完正面的能登岛之景，将隔扇嵌入静子的病室，接着绘西侧的啐啄之景。如同二鸟伸喙相戏的岬角对面，波光盈盈的七尾湾延伸开去，在猿岛处又收紧，状似系好的袋口。这是堪比中国风景名胜潇湘八景图的佳作。

信春把自己对静子的情感全数融入画中。有常年来陪伴左右的感谢，不能带她回七尾的歉意，还有尽可能多些健康时光的祈愿。他把所有都凝于笔尖，性急地舞动着画笔。

静子终日温和地躺在床上。她变得不怎么咳嗽了，连胸部的疼痛似也感知不到了，偶尔会请久藏帮忙扶起身子，久久凝望正在画坊奋斗的信春。那表情就跟信春所绘过的鬼子母神一样。然而，静子胸部出现的淡褐色斑点已然宣告，死神的脚步渐近。再没有比这更残酷的事情了。

安土城下的宗论一事，日珖的随同及堺市的商人们每天都有传达。比如五月二十五日，日珖上人一行抵达安土城。二十六日奉行众胁迫一行人书写承认寺院可废的文书。二十七日宗论输场，妙国寺的普传被斩首。每每传来宗论的风闻，寺僧及门徒们都神情黯淡，相顾无言。

六月一日，日通回来了。他的脸上鲜明地留下了被殴打过的伤痕，法衣也已撕破，染有血污。

“这是怎么了？你这样子。”一听到日通的消息，信春也赶忙来到本堂，但他实在被日通的样子吓到。

“在净严院被打了。之后会集合大伙儿，将事情原委一一细说。”

堺市不大。妙国寺的公告一经发布，立即赶来五百余位门徒。当中有运载着全部家当的商人，甚至有手持刀枪、火铳准备作战的武士。

“请大家看看我这副样子。”日通身着血污的法衣凛然而立，“这最能说明宗论之时发生了什么。大街小巷有谣言疯传，说我宗败北，这实属陷害。日珖上人与日谛上人都十分出色地完成了宗论的对峙，并且完胜。但担任判官的因果居士，却按照信长公的意思判定我方输场。”日通详细述说了宗论的始末。

宗论自始至终都是日莲宗有优势，其中日珖的论调更是犀利，几度令净土宗的玉念、贞安答不上话来。

但判官因果居士却并未宣布玉念等人的败北，反而站在净土宗的立场上跟着反驳日珖。此事因果居士后来在自著《因果居士记录》中这样写道：“此派论调（净土宗的反驳）确实粗劣一等，然上有指示，不得已而为之矣。”他承认判定净土宗赢场是信长的指示。

而另一位判官、南禅寺的秀长老已八十四岁高龄，宗论之后他推称“耳朵不好使，不知双方都说了些什么”。他也是因信长而成为判官的，然而恐于日后的批评，故决意装耳背。

当时日珖等在论辩上一直保持优势，用法华之妙力压玉念、贞安等人。可即便已经驳得对方哑口无言，因果居士仍不下判定。于是日渊便向奉行三人道“对方二人现已无话可说”，以此寻求完胜的判定。可这时，玉念却突然站起，大声呼喊“胜了！胜了！”好似暗号一般，警卫武士顿时鸣金，前来剥去日珖等人的袈裟。

年轻的日渊、日通殊死反抗，但已被涌来的武士们抬起，运至院落，扔到列席的净土宗门徒中间。这便是他们被众信徒拳棒相加，头上面部均出血负伤的缘由。

“可是，真正恐怖的事情还在后头。我们被赶到佛殿一角，日珖、日谛和日渊被带到了信长公面前。他们双手后缚，脖筋被抓，颜面被压至地板，简直形同罪人。”

信长坐在马扎上，冷冷注视着三人。他先传唤大胁传介，道：“你是个大俗的商人，身为盐商，这次既然负责净土宗长老的歇宿，本该袒护长老，没想到却受人唆使，胆敢挑衅长老，引得天下骚动，实在是太没规矩了。”所以罪当斩首。信长话音刚落，武士们已将他拉下佛殿枭首示众。

原来人是可以如此简单被杀的，一眨眼的工夫，一条命就没了，甚至来不及惊讶。

紧接着，普传被带到了信长面前：“听说你这个人直到去年都不属于任何宗派，曾公然坦承，一切听凭天意。而法华宗是喜欢赠人以物，再拉人入宗的。若是能把你这般博学之人拉入法华宗，名声就好听多了。所以你就被这些人诱惑，最后才进法华宗的吧？”

信长如此断言，但普传毫无惧色反驳道：“贫僧十多年以前已然看破，只有法华经才能让人成佛。只是扰于身边诸事，直到今春才得以入宗。”

“不不，法华宗的好，你不说我也知道。看你都一大把年纪了，继续活着也没多大意思了吧。把他带下去。”号令一下，普传也被带离佛殿，当即枭首。

很明显，这是杀鸡儆猴。是要告诉众人，若不从，所有人都会是同样下场。

此后信长对日珖等人道：“没有一个人赞誉这些人的宗旨。知道为何吗？因为这是与人相关之事。一味宣扬本宗，就少有人恶言相向，可只要与人事相关，便会有人心生厌憎。至于为何，大抵是因为宣扬本宗的欲念太深。如今事已至此，诸位要么在此送命，要么改换宗旨，请务必三思。”信长言罢，把剩下的事情全权交给奉行，自己则回安土城去了。

日珖等人不愿改换宗旨，认为就算在此丧命，也是无可奈何之事。奉行众们把日珖等八人关进一个三叠大的房间，令他们再细加商量。他们还派了数百个警兵严加防守，不让他人靠近。

到了傍晚，奉行众们提议，可以不强行改换宗旨，但必须写下致歉书，承认宗论败北。他们还出示了草拟的誓文。日珖等僧明言不能照办，但奉行众却逼迫道：“倘若拒绝，则将被捕的法华宗门徒两三百人悉数杀掉。”

被逼无奈之下，日珖等不得不按对方所示写下誓文，其内容如下：

一、本次于江州净严院，与净土宗进行宗论，法华宗败北。本次宗论，实乃法华宗令京都和尚普传及盐商传介挑起。

二、从今往后，绝不对其他宗派挑起任何法论。

三、此番对法华宗的宽大处理，吾等感激涕零！法华宗众上人将一旦离宗，重新获得僧职许可后再司前职。

此誓文由十三个关系到此次宗论的寺院住持破指血书，但奉行众仍觉得不够，强令众僧再书一份。

“今次本宗得以宽宥，甚为感激！因此，今后不对他宗挑起法论一事，决不可有异议。倘若今后本宗有不合规矩之处，可凭此文处罚本宗，届时不可不服或提出申诉。此文可向外公告。”一行人被迫承诺，今后若稍有差池则听凭处治，且不可以此为恨。

信长为了掌握法华宗的生杀予夺之权，如此周到地替他们准备了安土宗论。

日通含冤淌下泪来，在讲述完事件始末后把话题转移到今后的对应上：“通过这次事件，我切身体会到权力的可怕与愚蠢。但现在，我们无法正面对抗安土政权。如果这么做，则正中对方下怀。因此，无论遭受何等不公，我们都要谦虚忍耐。”

日通晓谕众门徒，再三叮嘱他们不要为安土宗论之事含冤：“日珖上人、日谛上人现今仍被监禁在安土城下的桑实寺。倘若我等在京都或者堺市引起骚动，他们就有可能会被斩首。因此请各位务必铭记在心，各自珍重！”

待众门徒离去后，日通向信春走来，说是有事相谈。

“今后织田的兵马大概随时都会闯入本寺。而我们既然写下了致歉书，便无法抗拒。”这样一来，倘若信春一直藏在本寺，恐怕庇护不周。况且，若被问责为何匿藏信长军追捕之人，本寺也担待不起。所以希望信春暂时离寺躲避。

“可静子已经病倒了。一下子让我们出去，我们也……”

“静子夫人和久藏可以待在油屋，我们绝不会亏待他们的。”

“她只剩一个月的性命了，若不能伺候静子左右，我实在对不起九泉之下的养父母啊。”

“我能理解先生的心情，可……”日通悲悯中语音哽咽。但要让信春一同待在油屋，却风险太大，他也不敢拜托祖家。

“我知道了，我跟静子商量一下。”无可奈何中，信春回到常绿坊。与其让静子孤零零死去，不如三人一起回七尾吧，这样至少还能让静子亲眼看看真正的故乡。信春与生俱来的反抗精神被触动，他心意已决。

在跟静子和久藏说明了来龙去脉后，信春询问道：“回七尾可好？”

“这真是求之不得！但我这样子，会不会给你们添麻烦啊。”静子怕自己拖后腿。

“我会一直背着你的，你放心！我们曾起誓，无论天涯海角，都会一同前行。是吧，久藏？”

“就是啊，一呼吸家乡的空气，母亲就能精神了。”久藏也决心鼎力协助。

信春告知日通后，日通马上替他们准备好了油屋的通行证和盘缠。

“有了这张通行证，便可经过琵琶湖到敦贺。各路关口应该不会起疑。”

“连盘缠都替我们备好，真是不好意思！”装在皮袋里的碎银约有一贯①重，足以支付他们一家三口回到七尾的旅费。

“你的那幅隔扇画就卖给油屋吧，就当是定金。”

事态刻不容缓。信春马上收拾行囊，打算背着静子去港口。这种时候魁梧的身材就很管用了，瘦小的静子刚好妥妥地伏在信春背上。

“不好意思，最后带我去看一下那棵苏铁，好么？”静子稍有顾虑地请求道。一出了常绿坊的中庭，便能看见数百年树龄的苏铁意气风发地舒展着大片的绿叶。静子像是要把这里的时光统统刻入脑海一般，久久凝望着。

“多谢！”她喃喃道，气息中有万般感慨。

这一日，他们在港口附近的船宿休息了一晚，翌日一早坐上了日通

① 贯：古时日本的重量单位之一。1贯等于100两，约3.75公斤。

帮他们订好的大船，驶向大坂。在大坂换乘三十石大船，沿淀川溯流而上，傍晚来到伏见。

“怎么样？有没有感觉太辛苦？”信春躺在船宿的房间里问静子。

“我没事儿。从堺市到伏见，原来只需一天便到了呀。”

“近来愈发便利了。航船也增加了不少。”

“西洋人都从地球的背面开过来了呢。去七尾简直就是瞬间的事情嘛。”久藏若无其事地说道，想给静子打打气。

翌日，三人坐上由纤夫牵引的小船在濑田川逆向而上，徒步走过途中的险要处，抵达琵琶湖的关津一地。第三天一早，坐小船出了关津，在大津换乘大船航行于琵琶湖之上。这艘大船是南蛮的舶来品，用木棉做的帆，左右两侧各有十根船橹。

要是碰到顺风，大津至湖北面的盐津只需两日。船沿着湖西向北而行。橹棚处站立了二十个水手，正喊着号子摇橹。时已初夏，湖面吹来的习习凉风令人心旷神怡。左侧一大片都是近江坂本的街市，明智光秀所修建的坂本城正姿态优雅地立于湖上。这是一座有着巨大船库的水城。城的背后就是绵延的比叡山，根本中堂与横川中堂一带，仍是被信长火烧后的荒凉模样。

信春横抱静子，默默凝望着比叡山。

那是八年前。信春路经尾根前往京都之时，不巧被卷入信长军火烧比叡山一事，他只身离开横川的寺宿，想到根本中堂去一探究竟。那时打头阵的明智军队闯入寺内，放火、杀戮，极尽其能事。曾逃至寺内寻求避难的众人，又争先恐后地往横川跑。但横川那头，另一批人在羽柴秀吉军追赶下亦逃命往这边跑，于是两拨人在山上狭道相逢，进退两难。而羽柴军与明智军却仿佛早已算计好了一样，前后夹击，又是射箭又是放枪。

如此杀戮无情之人，究竟是怎样在安抚自己的内心？究竟该怎样用沾满血腥的双手去爱惜妻子，去怀抱自己的孩子？

（定然不可能。纵然盛极一时荣华富贵，但违背神佛教诲之人，其内心终究不得安宁。）

思绪在信春心中汹涌，无所谓愤或怒。

过了坚田的浮御堂，湖面一下子宽敞起来。这片总让人误以为海的广袤湖面，竟是这般风平浪静，了无波痕。船只继续朝雄松崎笔直前行。左侧的比良山地层峦叠嶂、延绵不绝。

“父亲你看！”久藏伸手指向东边。一艘悬挂织田家旗的军船，正猛速驶来。信春紧张起来，不知有何事发生。只听军船统帅朝信春船上的押运员大声喊道：“御座船到！其余船只速速靠岸，让出水路！”

这似要撕裂空气的吼声，把静子吵醒了。她胸前的斑点已扩散至脖筋。肌肤失了血气，幽幽透出怪味。

“发生什么事了？”她那愈发澄澈的双眸紧紧盯着信春。

“没事儿。被本觉之理鄙弃之辈，正在浮渡三世虚梦。”

片刻后，一艘巨船与前后两艘随行之船相继出现。这是天正元年（1573）信长在佐和山城下的港口所建造的船。船身全长三十间（约54米），宽七间（约12.6米），有橹百根，橹与船首安装着跟城郭上相同的箭仓。

信长立于船首。一身银白色南蛮桶护甲，绯色披肩随风摇曳。明智光秀和堀久太郎左右相随。

大船经过旁边时，信春看清了信长的模样，意外发现他竟然是骨骼纤细的小个子。虽脸庞细长五官齐整，但颞颥处青筋凸起，其性子之易怒易狂显而易见。

“那就是信长。”信春小声告诉久藏。

“他是要出阵吗？”

“不清楚。听说摄津正在战火中，但船上似乎没有兵马。”在摄津的有冈城，据说荒木村重已经竖旗反对信长。为围剿荒木，信长发动五万兵马包围了有冈城。

百根船橹齐动的大船，一眨眼便超了过去，继续往南驶去。信春乘坐的船经过雄松崎，当日傍晚在高岛的大沟港抛锚。

翌日清晨出航时，琵琶湖对岸的安土城赫然在目。外围五重的天主阁立于安土山之巅，尤为壮丽瑰奇。

至第三重为止都是盖瓦的大房顶，该是寺院的本堂，外壁则用黑漆长板铺装。第四重呈八角形，柱子、横梁、栏杆均涂朱漆。外壁采用色泽鲜艳的白漆，房顶为蓝瓦。第五重呈正方形，蓝壁朱瓦，柱子、横梁、栏杆镶满金箔。

有一禅僧见过天主阁后曾作诗道：五楼金殿云上秀，碧瓦朱甍日边辉。象征着信长天下布武[①]信念的天主阁，仿佛浮于湖面之上一般巍然屹立。

这一日，他们在盐津港歇宿。明日将开始陆路行程，车夫也已雇妥，静子可以躺在行李车上，沿盐津街一路往敦贺去。路程约五里，早些出发的话，傍晚便能抵达。但中途有险峻的陡坡，不知重病的静子能否挨过去。

“身子怎么样？要不要在此休息两三天？”

信春担心静子的身体，可静子却希望越快越好：“我只不过横躺在行李车上，没关系的。好想早点见到七尾的海！”

晚上静子勉强喝了点稀粥。她顽强抗拒着业已临近的死亡阴影，为了早日看到故乡山水，在尽可能地维持体力。

翌日天晴。盛夏的晴空，澄澈高远。因全天都日照强烈，信春买了

---

① 天下布武：于天之下，遍布武力。是以武力得天下，以武家政权支配天下之意。

把大红的遮阳伞固定在行李车上，将静子整个罩在荫凉下。

“这样子，很像小姐出嫁啊!”中年车夫开着玩笑。

“就是！这是宝贝小姐，可得小心点儿拉车啊。”信春爽朗应对，走在行李车的一侧。

一行来到三方岳的山脚，经过沓挂一地来到一处山脊，这是近江和越前的分界。这片曾经的朝仓家领地，六年前为信长所攻破。下了尾根，再稍行片刻，来到麻生口。由此往东，便与北国道汇合。沿途的刀根坂，曾是信长军与朝仓军激战之地。

当年，朝仓义景试图挽救小谷城，领了一万余兵力在余吴布阵，可在见到信长军的威容之后，下达了撤退的命令。他判断，除非回到领国越前，死守城郭，不然根本不是信长军的对手。

但信长对此已然察觉，当朝仓军在半夜撤离时，他率领了一支警卫军冲了上去。而原本就打前阵的佐久间信盛、柴田胜家、羽柴秀吉、丹羽长秀等，也不甘示弱，唯恐落于信长之后，一齐猛烈向对朝仓兵马开火。朝仓义景向北败走北国大街，试图越过刀根坂逃往敦贺。但遭信长军追击，最终三千余人阵亡。

信春驻足麻生口问车夫：“此处离刀根坂还有多远?”

“大约一里左右。”

“好像那里曾有大战吧?”

“山野简直堆满了尸骸啊。连我们都被驱赶过来收拾尸骨，真是吃尽苦头。”战死者的遗体不能放任不管。于是周边住户便被征集过来，收拾尸骸火葬。按照惯例，战死者随身的盔甲和武器会作为报酬赠给这些人。

“战死者中，有没有能登畠山家的兵将啊?”刀根坂之战中，天筒山城主朝仓土佐守也已战死。兄长武之丞也应该是追随土佐守出阵的。

“这个嘛，我们就算看过家纹，也搞不清是谁家的。”车夫对这话题兴味索然，继续开始拉车。

跟预计的一样，他们傍晚便到了敦贺，从此地坐船两天便可回到七尾。一家三口好不容易终于又回到了这里。不过据说昨日开始刮大风，海面波涛汹涌，不能出航。信春不得不等待大海重归风平浪静。但船宿却拒绝了他们的歇宿要求。

“银子我这儿有。提前支付也没问题。”信春把装有碎银的皮袋整个儿拿了出来。

“不是因为这个，只是您的同行人病体不容乐观。”但凡等待乘船之人都想有个好兆头，船宿的掌柜毫不掩饰地紧缩眉头。

“正因为生病才需要好好休养啊。离得远点儿也没关系，你必须得帮忙想个办法。”信春因生气而口气强硬，可掌柜却觉得麻烦，只低头不理。

“父亲，别说了。再争下去，母亲太可怜了。”久藏建议信春去妙显寺，此寺正是静子和久藏苦等信春时关照过他们母子的地方。

信春在妙显寺门前与车夫道别，而后背着静子走入寺内。寺僧们还记得静子，赶忙收拾出他们以往住过的僧舍。

静子已奄奄一息。她自始至终没有抱怨过一句，但大热天赶路的舟车劳顿太伤病体。如今，她肌肤上的斑点已开始扩散，如染如晕。

“撑住啊！七尾马上就到了啊。”信春揉搓着静子渐渐冰冷的手，想让它们暖和过来。静子睁开澄澈的眼眸微微一点头，已然没有力气出声了。

过了不多时，妙莲寺的日达上人前来探病：“病成这样，还能扛到这儿，真不容易啊。”日达的话既像是责难又像是夸奖，但语气却又两者都不像。

这天夜里，信春整夜未合眼，一直坐在静子枕边。他不时地揉搓静子的双手双脚，但失去张力的皮肤的触感清楚地告诉信春，已经没什么用了。

他们被赶出七尾八年，静子一直备受艰辛。自己只顾追逐画师之梦，都没说过几句温柔的话。可静子却毫无怨言，全力支持着自己支撑着他们的家。若静子就这么死去，信春都来不及报答她的恩情，生之哀痛莫过于此。

天亮了。天正七年（1579）六月十二日。这是个永别的早晨。

信春悄悄离开静子的枕边如厕。从僧舍的侧廊能望见天筒山。

在黎明时分淡蓝色天空的映衬下，天筒山如影子画一般赫然耸立。山脊向北延伸，一直连到金崎。兄长武之丞志愿死守此城，希望能立功再兴畠山家。然而朝仓家却为信长所灭，畠山家的复兴终究成了无法实现的梦幻。

不知兄长现在干什么。或许同信长兵马对决，已战死沙场；亦或得以偷生，正期待东山再起。

（兄长也已经五十出头了。）

此番感慨在不经意间袭来。兴许是因为心碎的缘故，亲人的事情显得比任何时候都更让人挂念。

久藏似乎也预感到了今日的特殊，从一早开始便一直守在静子身旁，只是忽然间又一言不发地出了门去。片刻后久藏带回十来个孩子，他们都是静子曾在这里教过读写珠算的学生们。

“母亲，大家来看你了。你看到了吗?”久藏拼命叫喊，似想留住静子渐行渐远的魂魄。

静子睁开眼，看到围在枕边的孩子们，而后借信春的帮助坐起身来，道：“孩子们，都长大了!”语气听来很是有力。那个时候才五六岁的小孩儿，转眼间快成人了。大多数孩子都继承家业，被晒得愈发矫健。

“你看这个。这家伙现在还保存着呢。”久藏站起身，跟幼时的拌嘴对象长五郎一起打开一张画。是气比神宫祭祀大典那天所画的山车画。

“谢谢你，保存得这么好。”

“是老师送的嘛。敌人来袭时，我都把它揣在怀里一起逃跑的呢。”长五郎得意地昂首挺胸。进攻敦贺的信长军毫不留情地将街市付之一炬，许多孩子因战火失去了父母兄弟。

久藏送孩子们出门去后，静子放心地躺了下来，之后带着微弱的鼻息不知不觉睡着了。醒来后轻声道：“啊，我做梦了。”血色久违地回到她的脸庞，生动得仿佛生命之火从体内照亮一般。“听说临终之时，此生之事会如走马灯般闪现。是真的呢。”

“你看到了吗？”

“嗯。从小时候到今天的事情。”

“你不过只小睡了一会儿呢。”

“不可思议。想起了很多事情，哭哭笑笑。好像又重活了一遍。”静子貌似挺愉快的，语气淡然，似在远处凝望自己那般。

“还有，我还见到了佛祖。”

“什么样的佛祖？”

“如法华经所说那般。佛祖在高空，整个罩在金光里，正在对诸佛传法。”

“这个我也梦见过。不光佛祖，周边所有的一切都闪闪发光吧？”

“是啊。在这金光的照耀下，我自心底涌出欢喜。”这欢喜前所未有的强烈，教导我世间万事万物以顺应自然为尊，这便是在受佛祖感化吧。静子澄澈的眼眸闪耀着光辉。

“我想是的。只有抛弃所有执念，从三世虚梦中解脱出来，人才能体会到这种欢喜。有人曾经这么跟我说过。”

“道理都懂，可人们为何要如此痛苦呢？”

“是啊，那又是为什么呢？”

“你也从诸多艰辛中挺了过来，对吧？”静子说，她在这一生的梦境中，也清楚地明白了信春是以怎样的信念挺过来的。

“我的辛苦是自己选的，是为了成为画师。但这却连累你辛苦奔波。”

“我从没觉得辛苦啊。看着你的画艺日益长进便是我的快乐。”

“是吗，那就好。”

“父母亲的事情，你也不用过多自责。”静子摸着信春的手，似在安慰。

“不，那是我的错。要是我没有答应兄长的要求……”养父母就不会自戕，一家三口也不会被逐出七尾颠沛流离了。每每念及这些，信春便开始撕心裂肺地后悔。

“父亲一直希望你能成为天下第一的画师。他一直相信你有这个实力。”

“本延寺的和尚告诉我，养父是为了让我自由才舍身的。我却一直愚昧不知，什么都不考虑便答应了兄长。”

“父亲作为佛画师度过此生，他是凭着自己的信念才自决的。母亲大抵也是为父亲的这种活法殉道的。”静子说她都明白。但信春听来觉得她是在宽慰自己，因此愈发难受。

不知何时，久藏已经回来，正坐在信春旁边听父母言谈。

“谢谢你带孩子们来看我！不过母亲还有个请求。”静子说想看看久藏的画本，她知道久藏有一些在妙国寺绘的画。

“知道了，母亲。”久藏从行李中拿出一个小画本。

信春抱起静子，跟她一起看久藏的木笔画。有日珖、日通等的肖像画，妙国寺、堺市及市街的风景，连当时在港口见到的牧羊犬都描得栩栩如生。久藏的画技不知不觉间提高了许多，真让人不敢相信。

“画得真好。是吧，夫君？”

“是啊。究竟是谁教的呢？”信春近来并没有传授久藏画技，也没见他打开画本作画。应该是他自己悄悄画的，但自学作画却能达到这种程度，也算是惊世奇才了。

“你想成为画师吗？”

“是的，母亲。”

“那你拜父亲为师吧。你总在他身边帮忙的话，父亲的画功自然便会传给你的。”

“我知道了。我会这么做的，请母亲放心。”

“也请你收这个孩子为徒吧!”

“好。这是长谷川家第四代，一定会成为出色的画师。”

“嗯，这样我就没什么遗憾了。”静子最后怜爱地望了一眼久藏的画本，忽地失了力气，倚在信春胸前。

“母亲！母亲走了——”久藏向着虚空高声呼喊起来。信春回过头去，却什么都没看到。只是手腕处传来的触感变化，告知他静子的生命已到了尽头。

“静子！静子!”他小声叫唤，摇着静子的身子，却只有脖颈在无力地晃动。信春茫然了好久。悲伤尚未来到。在时空骤停的寂静中，只有被抛下的无尽的孤寂正一步步迫近。

葬礼在妙莲寺进行。

“她似十分安心地去了呢。”日达上人说，从静子的表情中看得出来。他一边拨着佛珠一边念经。静子的遗骨也暂且存放寺内，信春打算等哪天可以回七尾了，再移至父母永眠的长寿寺。

“之后您做什么打算呢?”初七的法事结束后，日达问道。

“我也不知道。想找个地方可以继续钻研绘画。”

“静子夫人真的很了不起啊。自她离开敦贺后，好多人都过来反复地问，老师什么时候能回来。”

一听这话，信春的悲恸似大坝决堤般汹涌而出。他这才真切地意识到，自己再也见不到静子了。

第六章 对决

天正十三年（1585）夏天，长谷川信春（等伯）在堺市的油屋。

在敦贺料理完静子的葬礼后，信春带着久藏辗转相熟的寺院，靠绘些佛画和隔扇画糊口度日。这样过了三年，天正十年（1582）六月，发生了一件令信春颇感侥幸之事。宿敌信长在本能寺遭明智光秀偷袭，结束了其四十九岁的短暂一生。接着明智光秀又在山崎之战中死于羽柴秀吉之手。

天下正逐步跨入秀吉的时代。天正十一年年初，日通告知信春，日莲宗被弹压的态势也缓和了许多，此刻要回到堺市应该不成问题。

信春归心似箭地返回了堺市，但却没再继续入住妙国寺。那里的一草一木都真切鲜明地留下了与静子一起生活的痕迹，他无法装作若无其事。

于是日通邀请道："既然这样，就住在油屋吧。"油屋在安土宗论后的混乱当中早已易主。原本的主人常祐过世，现在由其弟常金继承家业。常金是日通的父亲，给信春提供了诸多便宜。

之后的两年间，信春刻苦钻研隔扇画、水墨画、肖像画、大和绘等各个绘画领域，也受邀出席了油屋的茶会，并与千宗易（利休）、今井宗久等人成为知交。当时信春已经四十七岁，无论在哪个绘画领域，都已登一流之境，但近来，研习西洋画技巧的欲望在他心中愈加炽烈。

其契机是缘于在日比屋了珪的书库见识了西洋画。

了珪跟基督教传教士及葡萄牙商人交往颇深，收购了近二十幅西洋画。其中多为同时代画家所绘的宗教画、人物画和战争画等，但当中也有模仿米开朗琪罗、拉斐尔、莱昂纳多·达·芬奇的画作。

这些用日本没有的油画颜料所作的画，色彩极为丰富。要怎样才能画出这般颜色呢，信春都有掘开画布、一探究竟的冲动。而且西洋画的立意和构图十分大胆，他们用远近法表现立体感，用对光与影的强调来凸显对象物，值得一学的地方很多。

信春从了珪处借得几幅中意的画作，拿回油屋临摹。草木与岩石的颜料虽然在表现上有一定的极限，但要以此揣摩西洋画的精要之处，却也足够了。他至今也没有放弃梦想，希望有朝一日能去京都跟狩野永德一决高下。虽然彼此迥异的立场依旧，但绘画上，信春一直有绝不言输的自负。

眼下他正临摹达·芬奇的《孔达夫人》。

这是描绘佛罗伦萨商人孔达之妻伊丽莎白的画作，今天以《蒙娜丽莎》之名闻名于世。信春在了珪的书库发现这幅画时，觉得跟静子很像。无论是脸型，还是浅笑嫣然、不经意一瞥的神情，都似看到本人般逼真。而更令人惊叹的是，夫人的姿态和背后的风景协调感十足。将远近法所描绘的风景置于人物身后，就给人一种夫人立于现实景色中的感觉，而她嘴角上浮的那一抹神秘的微笑则显得更有韵味。

“据说这是一个叫做达·芬奇的画家在八十年前画成的。”了珪告知信春，这幅画于1506年完成，所以是在信春出生的三十三年前。“还听说达·芬奇的画作横空出世，改变了西洋人对人的看法。可见，优秀的画作拥有多大的力量。”

被这句话触动的信春打算临摹此画，习得画法，然后描一幅静子的肖像画。

他先把静子画作怀抱幼童的鬼子母神，然后在背后用远近法添加风景。可是两者很难协调在一起。或许因为信春之前一直画平面肖像画的缘故，所以一下子添上风景就产生了不配对的感觉。但信春没有放弃。在闷热困乏的暑湿之中，他费尽周折地艰难摸索着。

静子的七年忌已过，转眼间又是七月。

“长谷川先生，可以进来吗？”随着一阵踩踏走廊的登登脚步声与毫无踌躇的话语声，油屋的女儿清子来了。

清子中等身材，体格肥胖，脸部圆得似要撑破一般，她柳目低鼻，绝不是能用漂亮来形容的那类，但其活泼好强的个性与殷勤亲切的态度确是优点。她是上代主人常祐之女，日通的堂妹。原本嫁入堺市纳屋，但常祐死后，夫家以清子不能生育为由将其休回娘家。

“夫人的画像还没有绘完吗？”清子越过信春的肩膀偷窥了一眼。

“怎么都不成。连七年忌都过去了，还没完成。”原本信春打算在追善茶会上公之于众的，但没有画好只能断念。

“是吗？其实画得挺好的，只是……”清子毫无顾忌地坐在信春一旁，紧盯着画像，凝视良久。

“只是什么？我想听听被省略部分的批评。”

“可以吗？我这样的也可以妄加评论？”

“没关系。任何见解都不妨说出来听听。”

“我一直在看，这画像好像只模拟了外形。”尖锐精辟的点评令信春大为吃惊，他不由得紧紧盯住清子的脸庞。

“对不起，说了些自以为是的话。”清子略为惶恐，圆脸赤红如染。虽说已经过了三十，但她的脸上仍有少女般的天真无邪。

“哪里哪里。确实如此啊，阿清。”为了缓和清子的拘谨，信春故意用了阿清这个称呼。“确实，我只顾着画佛，忘记了还有魂。”

“我待会儿要去日比屋那里，先生有什么需要代劳的吗？”清子跟萨宾娜春子很是亲密，时常去医院帮忙，也借些书籍回来阅读。她要去还一本赞美诗，让信春若有事情尽管吩咐。

“阿清是信仰基督的吗？”

“不啊。为给病人打气加油，我去医院唱歌。”

“是吗，那……好。”他本想把达·芬奇的摹本还回去，可加了画框的画太重，让清子代劳实在过意不去。

“先生不如同去？偶尔为之嘛。”

“我刚好有点事，就让久藏替我去吧。”信春越过隔扇喂了一声，久藏身着满是颜料的麻质小袖走了过来。久藏已长成十八岁的小伙儿，面长精悍，个子也高，一点不比信春逊色。

“你是在用岩石颜料吧。”

“日通让我画一幅鬼子母神十罗刹女的画像。”久藏也已经可以接单作画了。而且起点正是长谷川家的本行——佛画师的工作。

“是不是还腾不出手来？”

“不，刚刚结束。”

“那好，你跟清子一道，替我去还了这幅画吧。”

“哦，稍等一下。”久藏回到房间，换了一身清爽的淡蓝小袖回来。这种对细节的追求让父亲信春也深感钦佩。

“顺便，再借一幅你喜欢的画回来吧。”

“我现在正学曾我派和狩野派的画作呢。”久藏抱起用布包裹好的《孔达夫人》，打算出发。

“跟久藏走在一起，回头率可高了，会不会遭人误解啊。”清子一脸为难，不过也并非不可接受的模样。

七月十二日是静子的月忌日。信春念完经后，日通气喘吁吁地前来拜访：“好消息啊！我们的愿望终于实现了！”

“怎么了，这般大汗淋漓的。”

“昨天，羽柴秀吉公担任了关白。作为换代恩赦，他对法华宗宽容了许多。”因此，日珖、日渊等与安土宗论相关的人员都可以不再瞻前顾后，法华宗的布道自由也得到了保障。“可以回京都的寺院了，重建本法寺也不再是梦。”

“是么，那太好了。”信春高兴得握紧日通的双手，但他自己却还不能堂堂正正地入京。把信春视作敌人的信长、信忠及京都所司代①的村井贞胜虽然在本能寺之变中战死，但秀吉基本继承了信长时代的方针，所以信春依然是织田家敌对的罪人。

“世道已变。长谷川先生一定也会没事的。”

“无所谓。能这样待在这里，我已经十分感激了。”信春并没有太多期待。或许因为受信长军迫害的岁月太久，到了秀吉的时代仍不期待情况会有所好转。

数日后——

“长谷川先生，有客人找你。”清子脸色大变，慌忙前来传话。

“怎么了？是谁啊?”

“带着十来个随从的武家，说姓前田。”

“不认识啊。可说了是为何而来?”

“说希望见先生一面，只说了这个。”

“请他进来吧。或许是加贺的前田大人。”与信春所想的不同，入内之人是个四方脸大牛鼻、约莫五十来岁的男人。虽戴着乌帽，头发却剃

---

① 京都所司代：织田信长为支配京都地区维持治安，1568年设置了京都所司代一职，由家臣村井贞胜担任。信长死后京都由丰臣秀吉统治，此职位在1583年后由前田玄以担任。

成了僧人状。

“长谷川先生，好久不见啊！”刚一见面，对方便如此招呼。可信春却浑然不记得这个人。

“这样还想不起来吗？”对方取下乌帽现出僧人的模样，满脸期待。

“实在抱歉！好像是觉得在哪儿见过……”可究竟是何时何地的何人，他还是想不起来。而对方却如此亲切，这令信春更觉愧疚难当。

“鄙人现在名叫前田玄以，原名德善。在火烧比叡山之时承蒙先生出手相救。”

“啊！那时的……”信春清楚地记得那个怀抱幼童的僧人。当年，他从信长军的杀戮中侥幸逃脱，沿着京都方向下山。途中偶遇十来个僧人，正被织田信忠手下的步卒包围。信春看到一个与久藏年龄相仿的幼童，便拼命挡在步卒跟前，打倒数人，救下德善他们。

“那时真是太感谢了！托先生洪福，才能活到今天。”玄以深深地低头鞠躬。

“没事就好！那时你作的是僧人打扮。”

“当时我在比叡山修行，但遭遇信长火攻，所以守护近卫家少主逃了出来。”

“你还俗了？”

“那次事件之后，我痛感信仰的无力。最终想通了，要让百姓幸福，还是得从政改变世道。”玄以是美浓一地出身，父亲侍奉织田家。因这层关系，他也得以侍奉信长，后来成为信忠的近身随从。为了搞清信长强行火烧比叡山的缘由，他只身闯入，用超越常人一倍的努力终于出人头地。

“之后，你搞清楚了吗？信长为何要做如此残忍之事？”

“不能说完全明白。但是信长公有将这个国家改变成理想国度的强烈愿望。大抵是为达成所愿，才决意不惜践踏所有的吧。”

“践踏神佛的教诲，毫不留情地杀戮，这样能建立理想国度吗?”

“像我等拥有普通常识之人做不来这些事儿。但信长公认为自己有这个权利。”

“混蛋！他怎么会有这种权利!”

“他的想法非常人所能及，也因此遭遇了接二连三的离间和背叛，最后终在本能寺迎来了灭亡。”事变当日，玄以正与信忠同在二条御所。原本他决意与主公同亡，没想到信忠命令他带三法师（即之后的秀信）出逃，于是他将幼主平安送至尾张的清洲城。

“是吗？那跟比叡山时如出一辙啊。”

“命运弄人啊。其实信长公火烧上京时，我也见过长谷川先生。”

“那一日，火势都快要蔓延到本法寺了，我带了妻儿出逃。”信春打开了一段封尘十二年的记忆。当时他背着久藏，牵着静子的手，在四处火焰的路途中不知所措，却被信忠手下的步卒们袭击。这些人是比叡山时被信春所杀之人的亲属，为替亲人雪耻特意冲着信春而来。正当信春在小巷遭前后围攻，陷入命悬一线的危机时，幸得一位戴面罩的骑马武士所救。

“难不成，当日的骑马武士就是……”

“正是。在下当时担当信忠公的使番，所以注意到了武左卫门等人的企图。”确实，步卒的头领叫武左卫门，他又自称是遭信春杀害的长井兵库助之兄。

“我记得对方当时说自己是曾经得我救助之人。但怎会想到……”在比叡山救助的僧人竟会变成武士。

“有命在才能再聚首。这也是缘分吧。”

“那么你今天为何来此?”

“在下被秀吉公任命为京都所司代。”

“所司代，就是京都奉行吧?”

“前任村井大人在二条御所与信忠公殉命。在下接替后任。”

“那岂不是了不起的高升。”

“是秀吉公嘉奖在下救出三法师而任命的，也没有什么惊天动地的缘由。”但今后，或许能帮上信春的忙了，玄以说罢拿出一封文书。菊文用纸上写着宽宥信春之罪、认可其往来天下之自由的内容，还有新任关白秀吉的朱印。

“这、这是……”

“是的。关白殿下宽恕了长谷川先生的所谓罪行，以后无论回京城还是七尾，全凭先生自己做主。”

“实在感激不尽！承蒙如此眷顾，真不知该如何言谢。”

“这并不是我的功劳，幸好有近卫太阁的帮助才办成的。”近卫太阁即退让关白之位的近卫前久。

“我听说近卫大人离京了。”

“因被怀疑策划本能寺之变，所以投靠了德川家康大人。不过前年九月，在家康大人的斡旋下已经返回京都。”

“是因为洗清嫌疑了吗？”明智光秀在山崎之战败亡后，曾传言四起，称近卫前久才是本能寺之变的幕后黑手。信长的第三子信孝打算拘捕前久质问虚实，但前久已早一步逃至嵯峨，后又靠着家康逃往浜松。

时任武家传奏的劝修寺晴丰，在天正十年（1582）六月十七日的日记中如此写道：

“近卫殿、入道殿藏身嵯峨。信孝公差人前往拘捕，已遁。御方御所（诚仁亲王）甚忧，往探。近卫殿今次无理之举，意外。”

大意是说，前久与入道二人已逃离嵯峨，故信孝派兵捉拿未果；诚仁亲王十分担忧，前去探望；前久此次的做法颇无道理。晴丰到底是把前久的哪些做法指责为无理，现已不得而知，但至少晴丰认为前久参与了本能寺之变。

信春也听过这般传闻，他认为按照前久的信念和言行推断，想杀信长也是理所当然。

“嫌疑有没有撇清，我并不清楚。但信孝公已经自戕，信雄公也转投关白殿下的军门。至于到底是谁参与了本能寺之变这个问题，已经不再重要了。”情况已经发生变化。更何况前久认了秀吉作义子，是替秀吉开拓通往关白之路的功劳者。

“朝廷有个惯例，只有五摄家出身之人才能就任摄政和关白之位。关白殿下正是因为成了近卫太阁的义子才就任关白之位的，所以对长谷川先生的赦免一事就答应得更痛快了。”

“近卫大人竟对吾辈如此上心。”

“他曾说因麻烦先生太多，才使得先生过着不见天日的生活。先生既然已得自由之身，不妨自己前去谢恩吧。”

“能去拜访吗，以我这样的身份?”

“大人一定会欢喜的。他十分看重长谷川先生呀。”前田欢迎信春顺带探访京都所司代，然后坐上等候在店门口的轿子打道回府。

信春茫然了半晌。命运转变太快，都难以让人相信这就是现实，反倒令他疑惑这莫非是谁的恶作剧。

信春带着非现实感走访了妙国寺，将事情的原委告知了日通。

“恕贫僧冒昧，可否让我看看那张朱印状?”日通怀疑文书的真假，盯着信春的朱印状前前后后仔仔细细地看。“没错！这个朱印与发给本寺文书中的相同。现在您可以大摇大摆地游走整个日本了。”

“十四年前在比叡山救助之人竟然会成为京都所司代。这种事，当真会发生呢。”

“也是你的善根结出的善缘吧。恭喜你了！多年的辛劳终于得到了回报。”

信春也告诉了久藏，并将朱印状供奉在佛坛前向静子汇报。虽然走了许多弯路，但终于可以回到京都，踏上通往画师之路了。这也是静子在天庇佑的结果。

“看今后了。今后一定要成为永德那样的画师。是吧？久藏！”

“太好了！母亲！”久藏说话的语调还跟从前一样，仿佛静子就在身边。

到了八月，酷暑告一段落。信春拜访了京都的近卫府邸。他带了一幅刚刚画就的鹰图，是给鹰猎名手前久的礼物。

近卫府在二条御所的东侧。本能寺之变发生时，明智光秀踏入近卫府，用火铳扫射坚守在二条御所的织田信忠势力。这样看来，前久串通光秀的嫌疑愈发大了。

前久正在书院。他在本能寺之变后出家，法名龙山。须发皆已剃度，身着浅墨色僧衣。“你终于来了。平安就好！”

“这次幸逢大人帮忙，真是感激不尽！”信春拿出装在木箱里的画，说是一点心意。

“什么呀，这是？”

“是岩鹰！”

“打开瞧瞧。”前久的态度依然强横，但信春熟知他的为人，所以丝毫不觉得不快。岩鹰是挂轴画，画面上的雄鹰目光锐利，正要从山上的岩石地带展翅高飞。“画得真好。不过我不需要，给我儿子吧。”

“您不喜欢？”

“那是三年前的我。现在已经出家，只求度日安稳、心境平和。况且……”他说让秀吉写下朱印状并不是自己的功劳，都是前田玄以竭力促成的。

“前田大人说，多亏了近卫大人呢。”

“前田是个谨慎谦和之人，不会炫耀自己的功劳。不过话说回来，真的过去好长时间了啊。”

“是啊，从丹波的黑井城别过之后，一直未曾谋面。”

“已经十个年头了。这期间，都过得怎么样？”

“在丹波辗转了一阵之后，寄身于堺市的妙国寺。”

“妙国寺应该是日珖担任住持的吧。他是油屋常言之子，本圀寺日禛的师傅。”通晓全盘事物，记忆源源不断，站在公家社会顶点的前久确实厉害过人。

“的确如此。但在安土宗论后备受弹压，我便不能待在寺里了。”

“那是信长受耶稣会所托，故意摧毁法华宗的圈套。”耶稣会将佛教诸派中的一向宗和法华宗视为宿敌。而且，葡萄牙商人和法华宗门徒在堺市的贸易上也产生了对立和摩擦。因此，耶稣会和葡萄牙商人双双向信长施压，令其封杀法华宗。

“近卫大人过得怎样？”

“我吗？我跟信长相交甚好。从天正三年至天正十年，啊，不对，应该到天正九年为止。”

“冒昧地问一句，这是出于您的本心吗？”

“是的。那人拥有旷世之奇才。那样的人在本朝历史中，也只有清盛[①]和尊氏[②]能与之相提并论。正因如此，我才与之诚心相交，是为了让信长的能量更好地为这个国家所用。”

正如前久所言，他为了信长百般操劳。天正三年九月，前久南下萨摩，替信长与岛津家牵线。天正六年，信长因荒木村重谋反而陷入僵局，前久建议信长与本愿寺通过诏令议和。天正八年，前久的工作已见

---

① 清盛：指平清盛。平安时代后期的武将、公卿、政治家。

② 尊氏：指足利尊氏。镰仓时代后期至南北朝时代的武将，室町幕府的第一代征夷大将军，足利将军家之祖。

成效，信长与本愿寺实现诏令议和。此时的前久，还用近卫家的兵力监督一向一揆的势力退出本愿寺。

而另一方，信长也尽量厚待前久。他在前久嫡子信基（之后的信尹）的成人礼上担任元服亲[1]，次年重新恢复近卫家遭人掠夺的一千五百石的领地。

政治领域以外，前久和信长在骑马、鹰猎方面也十分投机。前久的深厚教养及千锤百炼的洞察力，对信长来说也是魅力十足。这可从信长写给前久的书信“兴起进京，顺道探访”中得见一斑。对信长而言，前久是一个在不经意间想起便可探访的一种亲密的存在。

“就那样什么事都不发生的话，我跟信长应该已经联手改变了这个国家。但是天正八年，意想不到的事情发生了。”

“那时的信长公拿下了石山本愿寺，威猛似太阳东升啊。”

“确实如此，但异变出现在海外。信长赖以仰仗的葡萄牙被西班牙吞并。”公元一五八零年，西班牙国王菲利普二世进攻并吞并了一直以来在殖民地所有权上对立的邻国葡萄牙，自己兼任葡萄牙国王。由此，原属葡萄牙的殖民地改属西班牙，横跨亚非和南北美洲的“日不落帝国”诞生了。

“可是，那么遥远的国度里发生之事，跟信长公有关系吗?”

“当然有了。你一直待在堺市，可知道南蛮贸易能产生多大的利润?”

“我曾听说，只要收购蚕丝、药材、陶瓷器，便能得到惊人的利润。”这样的话题，在富商集结的茶会上总是交错乱飞。茶话会之所以在堺市如此盛行，只因为这是仅限特定人员参加的商谈活动。

“不只这些。若不进口软钢、黄铜，便无法制造火铳，若没有硝石和铅便不能使用火铳。这些军需物资，信长都是通过澳门的葡萄牙商人购

① 元服亲:也称乌帽子亲。是成人礼上为其戴乌帽子的假想父亲。

买的。”信长之所以如此厚待耶稣会，其目的是跟耶稣会背后的葡萄牙保持友好关系，并促进在堺市的南蛮贸易。但葡萄牙被吞并之后，信长便被迫马上跟西班牙重新建立外交关系。

“为了促成此事，耶稣会大人物范礼安于天正九年二月来到京都。信长在皇宫旁边举行阅兵阅马式，就是为了告诉范礼安，自己支配了这个国家。”

但前久却猛烈反对信长举行阅兵阅马式。他的主张是，本国的国主是天皇，外交权自古以来归属朝廷，所以，若没有诏书许可，武家不能擅自与外国缔结外交条约。对此，信长做出了一些让步，他把阅兵阅马式改作名义上的给天皇阅览的仪式，但实际的主宾却是范礼安。

“我也去看了，信长抚弄胡须的样子甭提多得意了。但作为公家之人，我觉得是可忍孰不可忍。我决意杀信长，是从那时开始的。”

前久悄悄联系对信长的方针或方案不满之人，还叫回正在备后鞆浦亡命的足利义昭，筹谋出一个再兴幕府的计划。然后送一封书信给信长，称“将推举你成为太政大臣抑或关白抑或将军的官职，请早日上京”，将信长骗出来，再让明智光秀将其讨伐。

“到此为止的计划顺利完成，之后的部分却没法执行，因为出现了意想不到的叛徒，巧取了渔翁之利。”

“是谁会那样做?”

“还是不知道的好。我也不想说些不服输的话了。”前久摸了一下剃度后光溜溜的脑袋，说今后的人生，想重新修建府邸，好传承给子孙。枝垂樱远近闻名的近卫府邸，经过本能寺之变和信孝兵马乱入之后显得颇为荒芜，只是因着雨露勉强支撑的状态。

“信春你今后打算做什么?”

“难得变成自由之身，我想回到京都继续绘画修行。”

“那可以担任绘所的别当[①]啊。”绘所，是指朝廷司掌绘画的官家部门，而别当，就是那里的长官。“秀吉担任了关白，正打算复兴朝廷。今后，绘所的工作要多少有多少。”

“谢谢厚爱！不过……”

“哦？你要拒绝？”

“万分抱歉！”

“没关系。画师就应该忠实自己的信念！若不如此，很难产生新的灵感。”说到这一点，前久想起狩野永德这家伙，有些生气地紧锁眉头。

“那……是何缘由？”

“信长一死，永德便转而投靠秀吉。而且还用出卖画师灵魂的肮脏手段。”前久虽未言明到底发生了何事，但其厌恶的神色表露无遗。“听好了，信春！我们这些从政之人，多少要为了信念撒些谎。时而欺骗、诬陷或背叛。但这并不表示我们认可这些行为。我们也在内心祈求流芳千古的真善美能从心底打动并震撼我们。画师是求道者，不可被世俗的名利蒙蔽了双眼！”

长谷川信春（等伯）第二次进京，是在天正十三年（1585）八月。比叡山、爱宕山的山顶上，已有秋叶儿红黄缤纷。京都周围的三面群山，正迎来满山红遍、层林尽染的美丽时节。信春自十四年前进京以来，还是第一次可以这样肆意走动，而毋庸担忧信长耳目。他想好好思考一下今后该做些什么。

首先，他走访了仙洞御所。御所西侧一隅，一株巨大的八重樱伫立在长长的墙垣内，其绿叶繁茂浓密之至。长谷川家的庭院里也有一株相同的樱花。那是养祖父无分来京都研习绘画时，从仙洞御所分得的一株

---

① 别当：平安时代以后，院、亲王家、摄关家等官家部门的长官。

小苗。

“要珍惜这株樱花，它比金银、比其他任何东西都珍贵！”无分总这么再三叮嘱。信春原以为这源于养祖父对京都文化的向往及对朝廷的尊崇，可现如今，经历了人世间的这番动荡不安，信春又有了新的领悟。

（养祖父可能是从御所的樱花里看到了不朽。）

正如近卫前久所说的“流芳千古的真善美”那般，与无价的真善美相比，世俗的权利富贵只是无常虚幻之物。这或许才是无分希望子孙所学到的。可如今再也回不了七尾的家了。故土经历了领主畠山、上杉、前田的变迁，现已成为一片崭新之地。那个长谷川家或许早被拆毁或转手他人了吧。所以对信春而言，御所的八重樱更让他怀念。

接着，信春去了本能寺。

这个位于西洞院蛸药师，属日莲宗的寺院，在事变当天被明智光秀的万余兵力包围。信长只带着两百来名随从，与明智军激战一阵后，不得已放火自焚。如今偌大的寺院已变作空地，无人问津。讨伐明智光秀后上京的秀吉，视信长遇难的寺院为不祥之物，将火后所剩的建筑与墙垣一并撤去了。

（国破山河在，是吗？）

信春感觉自己是真的已从信长军的追捕中解放出来了。他向天高举手臂，深深吸了一口气，从内心深处涌出迎接新时代的喜悦。

信春从蛸药师大街折东，稍行片刻来到室町大街。近处一角有一座南蛮寺。这是天正四年（1576）耶稣会传教士们在信长的许可下修建的教会。信长与耶稣会诀别后，在安土城内的总见寺自称神让人祭拜。所以，倘若信长的天下一直持续下去，南蛮寺早晚也会迎来毁寺的命运吧。这次因本能寺之变勉强逃过一劫，只见传教士们传教的身影一如既往。

信春对基督教并没有负面的印象，他对阿尔梅达和萨宾娜春子的献身精神及救助活动满怀敬意。但前久的一席话，让他再也不能如从前那般单纯地看待传教士了。

室町大街真是热闹。好多家吴服店鳞次栉比，各家的和服也都色泽丰富让人赏心悦目。大批顾客正围着货架尖着眼精挑细选。商品多为绢织品，原料的蚕丝在日本原产的并不多，大半依赖进口。室町的繁荣是南蛮贸易支撑起来的这句话，一点儿不为过。

街上也有茶店。店门口撑起朱色大伞，放置了长凳，也兼卖御手洗团子。想起这是静子的喜爱之物，信春便在长凳上坐了下来。可以这般不顾别人的目光安心享用团子，终究是因为信长的时代已经结束。若能在静子生前带她来这里，她该多么高兴啊。这么一想，眼鼻深处便忽地有悲凉涌出。

“那个……要是搞错了还请原谅啊！”一个六十来岁的妇人客气又略显顾虑地跟他搭话。此人鬓发已白、腰背已曲，但依然保留了几分花街柳巷式的婀娜色香。“您不会是……长谷川信春先生吧？”

信春听到自己名字骤然心一沉，但马上意识到自己已无需隐遁躲藏：“是的。请问你是……？”

“浮桥的老板娘啊。就是那个，在西阵卖过扇子的。”

“啊，光太夫的夫人。”

“是我玉尾。可是好久都没见着先生了啊。”

十四年前，信春被信长军追捕，被本法寺拒于门外，差点流落街头时，正是扇屋浮桥的老板光太夫为他提供了方便。不过信春在他们店里住下后，他们便抓住他的弱点，一味让他工作，甚至想逼迫他答应妓院绘春宫图的要求。所以对信春来说，玉尾可不是他想见面寒暄之人。不过此刻玉尾的服饰穿戴跟当年全不可同日而语，而且还带着一个年轻的丫鬟。

“那我也在这儿坐一坐吧。”玉尾还是一如既往的专横，话未说完已经靠着信春坐了下来。

“生意好像挺顺利嘛。”

“非常顺利，这还多亏了先生呢。”

“我只不过是个食客而已。”

“您说什么哪！见识了先生高洁的生活态度，我家那口子重新开始习画了。”

“我那时哪有什么高洁的生活态度啊?”

“您还记得吗，大臼屋?”

“当然。可让我画了无数的艺妓肖像画呢。”

“那家店不是愿意出五倍价钱让你绘那些画嘛，可先生无论如何都不肯点头。”当时想用美酒鸭汤攻克信春之人，没有别人，正是玉尾。

“看了您的风范，我家那口子也洗心革面，说是要重新回到画师的起点。于是，您去了本法寺后，他便把您留下的绘画当范本，潜心临摹研习。”画质提高了，扇子也逐渐走俏。就这样，他们的小扇铺居然兴隆到能在三条道开店的地步了。“从这过去稍走几步，就是一个叫做了顿图子的地方。请您挪步去我们店里看看吧，我家那口子也一定会高兴的。”

信春无法拒绝玉尾强硬的热情，只好跟着过去。扇屋浮桥就在室町大街西侧，衣棚街与三条道交汇之处。

这是一家有三间大的气派门面，入口处悬挂着紫色的布帘，印着“浮桥”二字。店面左右摆放着各色扇子，正面墙壁上则悬挂着十四年前信春所绘的扇子。有艺妓肖像、五重塔、铠衣武士这三面。这些明显是信春画的，但扇子一角却盖上了浮桥的印章。

“哎呀，这不就是我们店里出的吗?”玉尾难堪地辩解着，接着叫光太夫去了。

作坊中，两位年轻的画匠正在替画上彩。信春在的那会儿，所谓的作坊便是土间上垫一张席子而已，现如今却是铺着木板的房间，还放了书桌。不多时，光太夫被玉尾拽着手从里面出来了。他的头发愈发稀疏、弓腰曲背，十分显老，且右手右脚似乎有些不太灵活。

“是先生！真的是先生啊！”光太夫一见到信春，便有感而泣。“去年冬天中了风，现在已经不中用了。”

“就是啊！竟搞成这个样子！”玉尾说罢，麻利地让光太夫坐到作坊的一角。

“你们停一下，这位就是长谷川先生，是我们店的恩人哪！都给我好好记着啦。”光太夫给画匠递过一些钱，叫他们自己去买些好吃的。

“来这里开店已经十年了。原先过着如蛴螬虫般的日子，多亏了先生让我清醒过来。”

“哪里的话，那时多亏了店长的照顾！”

“我高兴的是，先生，像我这样的人也稍许悟通了一些绘画的心得。我一个劲儿地临摹先生留下的画作，不知不觉中画技便有了长进。因此，别人的画作也能看出几分高下了。”这比什么都更为难得啊，光太夫再次泪流满面，感叹终于有了生之意义。

“这个人哪，已经是老糊涂了，近来动不动就哭。”玉尾一边陪哭，一边用手巾胡乱地替光太夫抹泪。“还有啊，先生。我们有个请求，不知您能否听一下？”

“什么事？”

“关于这家店。这个人中风之后，很难更好地经营了。我们打算把店盘给谁，以后就靠租金度日了。”可若非信得过之人也没法儿出租，若非画技过硬的画师又不能令店面生意兴隆，他们为此愁肠寸断，偏巧此时在茶店偶遇了信春。“这定是神佛的安排。刚才在里间我还跟他商量来着，想问问先生可有兴趣接管？”

“就是就是。要是先生的话，我便没什么遗憾了。”

这事情进展完全出乎意料。不过，若想在京城研习绘画，经营一家画店或许是个意外靠谱的点子。

“怎么样啊，不行吗?”

“呃不，只是太过仓促……”

“我们在四条那边另有住处，店铺里间先生尽可自由使用。”

“是啊，我只有一个请求，希望两个画匠仍旧能留下来工作。”

翌日，信春回到堺市跟久藏商量。他虽很中意于盘店一事，但也不能擅自独断。

“父亲大人是怎么想的呢?”

“虽然事出突然，但我觉得开家画店让顾客看看我们的作品，也是挺好的修行。”再说，将来若要接大活儿，我们也需要培养几个推心置腹的画匠。

“既然这样我就没有异议了。要做就做成能够独树一帜的长谷川派吧!”久藏已经长大成人，且如此有远见抱负了。

信春也告知了日通与清子，并知会他们自己将搬出油屋。

“那可真是太好了！过不多久，我也会回到本法寺的。”那样又可在京都见面了，日通毫不掩饰内心的喜悦。唯有清子默默无语、愁眉不展。

搬去京都那天是八月十五日。偏巧是石清水八幡宫的放生会，从大坂去往伏见的船上拥挤不堪。带着大件行李的信春和久藏，一路上多少被人嫌弃，但放生会是佛教劝诫人们不要杀生，要心存慈念的日子，所以倒也没人抱怨。

了顿图子的浮桥这边，光太夫和玉尾正耐心等待着。他们把家财悉数搬出，做好了马上交接的准备。店后有四个里间与一个中庭，是个上好的门面房。店内也已腾空，先前摆放在货架或挂在墙上的扇子都清理得一干二净。

“放着老东西，恐怕会给你们添麻烦。所以弄了个结业大甩卖，都腾干净了。”卖剩的都让大臼屋取走，玉尾一脸干脆的模样。

“多谢多谢！我们一定小心使用。”

“有先生租用，我们一点儿都不担心。你们不光可以卖扇，也可以卖些屏风、隔扇什么的，你说是吧，老伴儿？”

“就是啊，一定会卖得飞快！”光太夫说时不时会过来瞧瞧，而后即刻又泪眼婆娑了。

这天正好是中秋佳节。信春在店前摆好凳子，打算和久藏一起赏月。

“那我可不可以叫上千之助和茂造他们？”这两人是光太夫要求信春继续雇用的画匠。搬家进进出出这么会儿，久藏已与二人相熟。

“好啊！那就去买点儿酒来吧。”结果，连光太夫和玉尾也一起加入了赏月宴。千之助身形瘦长，三十来岁，已有妻儿。茂造比久藏大三岁，是丹波出身的耿直青年。

“先生，京都的月亮要这么赏的哦。”玉尾拿出一个装有芋头、茄子的篮子。茄子上都挖了孔，据说需要拿着茄子从这孔口赏月祈愿。

“赏月不是得吃团子吗？”

“那是老百姓的习俗，宫中自古以来都这样的。”被玉尾催促着，大家都从茄子的空口赏月祈愿了。

次日起，信春他们开始张罗着开店的各种准备。首先拜访了四条室町的生野屋，希望生野屋能为他们提供画材。

“要开画店？这可真是好！”相识的掌柜边搓手边保证，无论要多少货都可以赊账。生野屋是祖父之时就有生意往来的画材店，但信春被信长军追捕时，还是被冷冰冰地赶了出来。“那个时候真的对不住啊！不管怎么说，那个对手我们实在惹不起啊。”原来掌柜也还记得当年之事，对他低头道歉。

等画材大致备齐了后，他们便开始制作扇子。信春和久藏绘画，千之助和茂造负责张贴。

店名称作“能登屋”。这当然是因着故乡之名而起的，而且能登还可以理解成能够攀登，即荣升之意，所以该命名还寄托着生意兴隆的美好愿景。

到了十月，离开店越来越近了。这时，日通前来拜访。“看来能成为一家不错的画店呢。地方也好到没的说。”

“缘分真是不可思议！居然会租给我开店。”信春扼要地叙说了自己与光太夫的渊源。

“一定是命运的大手在引导你。这也印证了因果报应之理啊。”日通也为了重建本法寺前来京都，说以后会时不时过来看看。“另外，清子也想见见你们。我下次可以带她来吗?”

“当然可以。她也来本法寺了吗?”

“也不知吹的什么风，她非要过来帮我的忙。我想她一直待在油屋也怪可怜的，便带了她同来京都。以后还要多多关照啊!”清子因为不能生育，被夫家休了。而且虽有娘家在，如今也已是叔父掌权，所以在油屋未免有些局蹐。

“这是一点儿小心意。”日通拿出一个茶釜，说是作为开业的庆贺礼。这是油屋常言爱用的、芦屋出产的真形釜[1]。

“这么贵重的东西……”

“能交托给你这样的人使用，祖父一定欢喜得很。请在待客时使用吧。”

送走日通没多久，近卫家的使者来了。“左大臣大人有贺礼相赠!”

作为使者的青侍[2]态度有些妄自尊大，他将一块用布包裹的板状物直接放于柜台。赠主是前久的嫡子信尹，刚刚高升，承袭了左大臣之位。

---

① 真形釜:是最基本型的茶汤釜,肚大口窄。是专用茶釜出现之前留有汤釜形状的一种釜。在镰仓时代初期的筑前芦屋,真形釜作为茶具,常架于风炉上使用。

② 青侍:在贵族、公家的家政机关侍奉的武士。

包裹里面是一块扁柏板，书有能登屋三字。这位信尹便是后来三藐院流派的书道鼻祖，被称为宽永三笔[①]之一的信尹，特意为信春写下画店的匾额。

“左大臣吩咐：这是上次幸得鹰图的回礼，还望笑纳！”

“多谢左大臣费心！鄙人十分感激！”信春拿出一把桐盒装的扇子作为答谢。

十月十日开店之际，本圀寺日禛上人送来一个白瓷瓶的插花，以示庆贺。下午，五位花枝招展的艺妓前来购买扇子。信春觉得为首的稍年长的艺妓有些面熟。

“我是大臼屋的花扇啊。先生，您可还记得？”

“啊，是啊，以前替你画过。”那时，花扇只有十七八岁，现在已经三十出头了。

“听说您要开店，就带了这几个孩子过来。请像以前那般替我们作画好吗？”

“那么容我画两份吧，其中一份放在店里卖，可以吗？”

“没关系。不过请在画像上留下我们店名和她们的名字，可以吗？”花扇也很厉害，现如今成了老板德左卫门的填房，操持着大臼屋的上上下下。

画店生意很是兴隆。

最初的半个月，只有浮桥的老客户光顾，但随着买者好评如潮口口相传，扇子越卖越快，到十一月时制作全然忙不过来。可又不能因为好卖而粗制滥造、敷衍了事。信春一时烦恼得不知该怎么办才好。

“那简单啊先生，你把价钱翻倍就好了。”通晓世态人情的玉尾给了

① 宽永三笔：指书法大师本阿弥光悦、近卫信尹、松花堂昭乘三人。

信春一个饶有兴味的建议。确实，价钱翻倍后顾客便会减少，这样就能从商品短缺以及向顾客道歉的双重压力下解放出来。信春也认为这或许真是个好办法，于是即刻采用了，可谁料顾客竟全然少不下来。扇子反而因其高端定位而好评连连，甚至从各地进京的大名们都大量采购，用作回乡时的礼品。而且，每逢新年，重新置办扇子的客人尤其多，公家、寺院、神社以及室町的大商店都纷纷下了大单。

信春新增了三名画匠，采用草图、上色、润饰的分工合作制。上等的扇子由信春和久藏润饰，其次的则由千之助和茂造担当。张贴则向他店下单。

这么一来，生产总算有了眉目，但仍然缺乏运营商店的负责人。画材的买入、扇子的销售、人工费的支付、跟顾主的联络等等，信春一双手实在应付不过来。他一筹莫展，去找日通商量，希望油屋能替他们介绍一位擅长经营之人。

“我跟父亲问一下吧。不过要操持商店的好手，咱们身边就有一个呢。”日通抓住良机，建议信春雇用自己的堂妹清子。清子曾管理油屋的账本，性格开朗，也很会招呼客人。

“这实在求之不得，可是她本人愿意过来帮忙吗?”

“不用担心，她会如鱼得水般勤奋工作的。”

翌日，日通把清子带了过来。清子那胖得快要撑破的圆脸，因喜悦而熠熠生辉。她已经购得了一套道具，只为能即刻上任。

“百闻不如一见，先生画店还真是挺气派啊!”清子望着能登屋的招牌和货架上排列的各式扇子，一脸神往的模样。

“店里只有男人，多有邋遢。”

清子从拘谨的信春身侧挤过，又问：“账房在哪儿?”接着走入店内，四下张望。

“在隔壁房间。一般在关门后，我和久藏会把营业额记到账上。”

“那不如把中间的隔扇拿走，让店面和账房连成一片呢。这样我也可以帮忙招呼客人。”

信春马上照办。清子则坐于书桌旁，开始查核营业账本。

“进货费用的账本呢?”

“那个没有记啊。”

“画匠们的劳金呢?”

“这个也没有记。”信春根本不知道还需要记录这些东西。

“那不就不知道花费了多少成本，也不清楚有多少利润了吗?”

“留在手头的钱就是赚的，进货费用和劳金都已支付过了。”

“是吗？那我明白了。”清子打开包裹，取出一本画满横线的账簿。当时，这种发明于意大利威尼斯的复式记账法，已经传至日本。油屋也是这么经营的，清子是在店里帮忙的时候学会的。

天正十四年（1586）新年刚过，能登屋迎来一位稀客。狩野松荣毫无前兆地飘然而至。

“雪可真是好东西啊。远行的话自然万般麻烦，可踏着新雪步行，好像把人的身心都洗得干干净净呢。”松荣站在门口，正拍落粘在和服下摆的雪花儿。昨夜的大雪厚厚堆积在门外，周遭一片白雪皑皑，刺得人眼睛发痛。

“松荣先生，欢迎光临!”信春让所有人排作一队，出门迎接。

“我已是隐居之人了，请大家不要客气，继续工作吧。”松荣反而略显拘谨。他还是一如往昔的谦恭随和、处处为他人着想。“听说你开了家画店，一直想早点儿过来庆贺，只可惜我这隐居之身却一点儿清闲不起来。”

“这儿太冷了，快请进!”信春带他来到里面的待客间。六叠大小的房间一隅，放着点茶的各种道具，随时可为客人点茶。风炉上放的正是日通所赠的茶釜。

“嚄，这可是优雅的真形釜啊！”

“朋友相赠的。我实在没工夫装地炉，只好延用这夏天之物了，实在抱歉！”信春开始麻利地点茶，茶碗用的是有着琵琶色光泽的人形手青瓷。

“多谢！这茶有沁人心脾的味道。更何况在这寒冷的冬天。”松荣细细品茶，然后拿出一份贺礼来，谦道不及这茶碗珍贵。那是装入桐箱的一块墨，箱上写着雅友二字。“这是明国墨匠程君房所制，还只有十年，却颇有胜于古墨的味道，近来我只用这种墨。也请你试试吧！”

“多谢先生！这比什么都珍贵。”一打开箱盖，便能闻到丰润的墨香。色泽也很温和，纹理细致，很有韵味。

“今天之所以前来拜访，还有另外一个理由，能听我说说吗？”

“我是松荣先生的弟子，有什么话尽管吩咐！”信春在石山本愿寺绘制教如肖像画时，松荣待信春如狩野派高徒一般，还允许他看了传内不传外的隔扇画草图。虽已是十多年前之事，但此番恩德信春从未敢忘。

“其实呢，这次关白殿下要在内野一地营造宫殿，包括城楼和宫殿，宏大而壮丽。而且据说不久便能在那里瞻仰天皇行幸。”这说的是聚乐第[①]。内野原本是禁宫所在地，曾经的建筑物在几百年前便烧毁殆尽。不过京人却一直寄希望于再建，所以一直空着。秀吉在此修建聚乐第并请得天皇行幸于此，无疑是在确认自己一统天下的地位。“殿内的隔扇画，很幸运地由狩野家承办。不过这是千张以上的大工程，我们人手不够，所以此次前来是希望信春你能帮下忙。”

“这可是求之不得的事情啊，但永德知道吗？”

“跟那人还没说起过。虽说是父子，近来都没有什么推心置腹的对话。”

---

① 聚乐第：是安土桃山时代末期，丰臣秀吉于京都内野（原平安京大内里遗址东北处，今京都上京区）兴建的城郭兼府邸。前后仅存八年。

“光是人手的话，狩野家应该已经足够。还有其他特别的缘由吗？”

“因为是天皇行幸之所，所以制作方面全要按照朝廷的规格。但在审议席上，近卫太阁表示不能全让永德一人负责。”近卫前久说，只有一位负责人的话，画风便容易出现偏颇。但这只是表面意思，实际上，他对永德有着根深蒂固的不信任感。

“这又是为何呢？”

“你还没有听说吗，从太阁大人那里？”

“我只知道近卫大人批评永德，但却不知为何？”

“是吗？说来实在面上无光啊。”松荣盯着人形手茶碗，思量着该不该对信春言明。“再来一碗，可以吗？”

信春向松荣献茶。松荣慢慢喝完第二碗，而后缓道，希望信春不要对他人言。

“犬子画过几张信长的肖像画，其中一张收藏在大德寺。”本能寺之变后，秀吉在大德寺修建了总见院，替信长设置了牌位。天正十二年，信长三周年忌的法会也在那里举行，那时法堂悬挂的就是永德所绘的信长肖像画。“可是秀吉公却不喜欢犬子所绘之画，命其重画。而且不是重新画过，而是命他修改原有的画像。”

“秀吉公为何要这么做？”

“据说秀吉公嫌信长的衣着太过华丽，不适合法会的气氛。”

“那永德照办了吗？”

“是的。他跟谁都没有商量便重画了。我也是在三周年忌的法会现场才知道这件事的。”最初的肖像画，信长表情威风凛凛，衣着也灿烂夺目，还带着佩刀和短刀。但重画之后却显得十分寒碜，衣装极尽朴素，腰际只剩一把短刀。

永德在秀吉的命令下，自毁了过去自己所画的信长像的威严。

“这样啊，难怪近卫大人——”会严厉叱责永德出卖了画师的灵魂，信春这才明白了缘由。但信春无意责怪永德。对画师来说，在一度完工的画作上增减修改，其实是一件令人撕心裂肺的事。该责备的，应是下达这种命令的秀吉的傲慢。

“犬子的事，近卫大人是怎样说的?”

“他说，画师是求道者，不可被世俗的名利蒙蔽了双眼。”

“确如近卫大人所言。不过犬子应该也是烦恼许久之后所下的决断。”狩野家自第一代正信传至第四代，均担任幕府或朝廷的御用画师。永德作为狩野家的总帅，有守护狩野派画业和名誉的重责。但他过去太为信长所重用，所以政权更替后，立场有些微妙。因此，他一定是为了得到秀吉的信赖，才顺应了秀吉令其自毁原作的无理要求。

“就在这时，狩野家应承了内野殿的工作。再这么下去，我担心犬子一人遭受非议批判，会加深他的孤立，变得愈发固执。”所以，松荣希望信春能以另一个绘画负责人的身份加入聚乐第的隔扇画制作。

“这是近卫大人的意思吗?”

“不，只是我个人的想法。”

“您说过，还没同永德商量过，是吧?”

“是的。我想先得到信春你的承诺之后再劝说。”

“这样的话或许比较难呢。”信春曾一度见过永德。那是两年前受邀参加日比屋了珪的茶话会时，他与前来买西洋画的永德同席。可是不管在等待室还是茶会席上，永德既不正眼看信春也不同他说话，彻底无视。那态度仿佛在说，我根本不当你是画师。

“难也好，他不愿意也罢，哪怕卡住他的脖子，我都要让他答应。因此，可否劳驾你过来一次?”

“好，我会过去的。但我也有个请求。”信春希望一旦接下这个工作，要带久藏一起参加。参与狩野派的工作，这是父子二人难得的机会。

松荣的府邸在狩野图子。自狩野正信居住此地后，便被称为狩野图子了。正如信春住的了顿图子因茶人旷野了顿而得名一般。地点位于乌丸今出川十字路口向西，第三户人家向南的地方，是新町街和小川街之间的原图子町。

信春从居住的了顿图子沿新町街笔直向北，走不到半里路的地方就是了。他故意空手而来，虽松荣对自己恩深义重，但跟永德，他只想对等相处。

在玄关处让人传话之后，松荣出来迎接，带信春到客厅。少顷，永德出现在上座。

永德时年四十三。虽说已过不惑之年，可人称白面贵公子时的样子仍依稀可见。他身高仅五尺，身材纤弱，看起来要比信春小两圈。不知这样的身体哪里藏着那么巨大的能量，能画就那般雄壮的隔扇画，想来真是不可思议。

“事情我已从父亲那里听说。”永德带着冷冷的目光直奔主题，“听说内野殿的工作你可以来帮忙?”

“受松荣先生所托，我便接受了。”

“听说你在下京经营画店?”

“出售扇子、屏风等。”

“以平民为对象的买卖中，大概没有机会接触宫殿内高贵的隔扇画之类吧?”

“虽不是在高贵人家的住所，但隔扇画我也画过几次。”

“那就先画个两面的隔扇画，让我看看你的功力如何?”也就是说，要永德看得上才能采用。如此专横的说话方式令信春懒得回应。“当然，我会支付费用的，你毕竟是作画来卖的嘛。”随后还问信春该付多少钱合适，唯恐对方不明白自己讨人嫌似的。

信春真想起身踢席，打道回府。但一旁的松荣正满脸歉意地使眼色，所以他便睁一只眼闭一只眼。“您问我的画值多少钱，那么我想问问，永德的画又值多少钱？”

“我不经营画店，被你这么问实在很意外。”

“那么我也一样。我是作为松荣先生的弟子才接这个活的。”

“嘎，那要怎样才肯画呢？”

“非得要支付费用的话，请用永德您的画来购买吧。”信春豁出去了，这等于说，自己的画和永德的一样值钱。

“画店的你，跟这个我？”永德唇角一端上翘，嘲弄地一笑。是神经痉挛的那种笑。“怎么感觉是以银换土呢。”

“是银是土这不是我们能决定的。把各自所绘的隔扇画放一块儿，请人评断哪个是银哪个是土不就好了？”

“建议不错啊。那就让我亲自封了你的嘴，让你知道自己有多么不知天高地厚！”永德说画题和日期另行通知，说罢即刻离席而去，仿佛跟信春多说一句都是愚蠢至极。

信春和松荣相顾无言，就像约好了似的齐声叹气。

“真对不起！我说过头了。”信春担心自己引得松荣不高兴。

“是我对不起你！他以前都不会那样说话的。可自从信长公肖像画事件以来，他一味虚张声势，不肯跟人示弱。”

“这种时候我们还比画，合适吗？”

“没关系。有了竞争对手，人能发挥出意想不到的潜力。这十多年来，他得到信长公的提拔，一直被人捧为天下第一，你不要客气，给他一拳，断了他的高鼻梁吧。”接着松荣笑道，“不过作为对手，他也的确可怕。”

似乎松荣拜托信春绘隔扇画，也有促进永德发奋的意味。

焚烧正月装饰的爆竹节刚刚过完，松荣便派来使者，告知画题定为山水花鸟图中的梅花小禽图，并请信春于三月一日将完成的作品带去狩野府邸。另外还特别说明，虽然之前说的是两张隔扇画，但山水画约定俗成为四张，所以当日请信春拿四张隔扇画过去。

“这是永德的意思吗？”

“可以这么认为。”使者含糊其辞，只想知道信春允诺与否。

“我知道了。请告诉永德，说我很期待那天的到来。”

“这是松荣大人让我交给先生的。”使者拿出一封书信，大意是在比画结束之前不便过来拜访。

信春集合了久藏和画匠们，略述自己将和永德以隔扇画一决高下的来龙去脉。“要是这画被认可，便可参与绘制关白大人所建的内野殿的隔扇画了。”

画匠们极为吃惊，相顾骚然。久藏也兴奋得面色潮红。

“这是我们创立长谷川派的第一步，这一阵我会从画店的工作中抽出手来，请大家好好看店。”

翌日起，信春便开始画作的构思。

他翻看了狩野派赐教草图的临摹图，琢磨永德会用什么样的画决战。永德家的独门绝活是在中心画上粗壮的树干表现存在感，以左右延伸的树枝来表现动感。粗壮树干的部分笔触粗野，充满气势与跃动感，枝丫和花朵则纤细精致，营造出高贵优雅的氛围。永德也应该会以此画法为基本，另外加上一些让人耳目一新的趣向。到底该如何应对才好？信春边看边凝神思索。

方向已经确定。

其一，要在色彩感上极为丰富。层层叠起的红梅娇艳欲滴，底部的花草在春日里竞相争艳。虽说是水墨画，却可以通过技巧让观众感觉到色彩层次，以此超越狩野派容易陷于单调的局限。另外，要加入西洋画的技巧。正如达·芬奇的《孔达夫人》那般，在背后风景中运用远近法，可突出梅花生于自然的感觉。

信春开始在本尊曼陀罗前坐禅，跟在七尾时一样，要等心性完全平静下来才开始绘草图。

粗壮的梅花树干偏左，枝丫则向右伸展。枝丫上绘上几根小枝条，开出几朵小花，两只麻雀正相约栖息。若只这样，则显右侧太重，所以左边的下方用皴法画上一块沉重的岩石，在遥远处添上一条源自雪山的涓涓细流。前方的底部长满正含苞待放的春日的草花，要比红梅晚些开。这番构图意味着，所有一切都是山间雪水的馈赠。

信春勾勒着基本线条，润着色，一连画下好几张草图。他一次次调整梅枝和花朵的位置，稍许变换背景的高度，令整体保持平稳均衡。但不知怎的，他就是不满意。总觉得什么地方不对劲，不舒坦，但却又不明白究竟哪里出了问题，于是越画越糊涂。

“你怎么看?”大约画下十五幅草图后，信春把它们列于一处，询问久藏的意见。

“水墨画是突出正面的艺术，如果在背景上用西洋画技法，会不会把水墨画的优点给抹杀了?”久藏的语声略显顾忌。水墨画和西洋画犹如水和油，是互不相融的。

“不对，肯定有可以共生的方法。”信春顽固地拘泥于这个构图。达·芬奇能做到的事情，自己不可能做不到。再说，光用传统画法很难跟永德匹敌，须得在新的手法中寻找克敌制胜的活路。

一个月过去了，信春一直在画草图。他不知该怎么办才好，愁得食不下咽，可仍握笔不放，想着继续精进。只一双眸子在深陷的眼窝中愈显锐利。

看到他这般窘迫，有一天清子端茶来到画室。她就坐在房间的一角，默默望着信春工作。信春未曾注意，只顾自己不停歇地画。到了傍晚，他忽然发觉清子依然坐在原地，双眼泛着泪光。

“怎么了，阿清?”信春已失去了时间感。他根本没料到清子已在这儿坐了半天。

“先生，您绘画是为了什么呀？”突如其来的疑问令信春有些不快。他根本不想回答。“您是想绘什么样的画，才立志当画师的？您在这里经营画店期间，是不是已经忘了绘画的初衷？”清子不愿眼泪淌出，于是仰天说下了这些严厉的话。

“别自以为是，要是不高兴，就请回你的本法寺去吧。”信春极度生气，骂声里带着愠怒，他再也受不了了，于是飞奔出门外。他心里明白清子的心情，她并未说错。但心绪慌乱的信春却无法坦诚地接受这些话。

信春就这样气息紊乱自顾前行，也不知到了哪条街，看到一家简陋的茶店。店里供应酒饭，约有十来个人正围着大桌站着餐饮。他被这热闹所吸引。原本就好酒，酒后失态之事也发生过几次。静子在世时他比较克制，可自经营画店以来，受邀酒席的机会也增加了不少。

信春走入店内，喝干五大碗。但草图之事一直在脑际挥之不去，反而借酒浇愁愁更愁，顿觉得酒也不甘美，小店的侍应也不满意。

他情绪激动，这样子借个契机闹事于他来说也并非不可能。于是乎周围客人的态度也一下子变得不客气起来。信春这个大块头，实在十分惹人注目。有四五人一直在盯着他，目光冷峻，一副你若有意动粗我们定当奉陪的神情。

当然，信春已不是年轻人也并不想故意冲撞。他老老实实结过账，带着一肚子不满往外走去。虽已是春天，但日暮时分的京都大街依然春寒料峭。街道两旁各种门面屋的木瓦房顶尚留有残雪，道上行人更是冷得肩膀直哆嗦。

“为了什么要绘画啊……”他一边走一边自嘲般地重复着清子的话，远处有笛子和太鼓的喧嚣声。巨大樟树覆盖下的神社境内，正在上演神乐。这不是神事或者祭祀，而是行脚戏班子的演出，演的是《素戋鸣尊》。

信春饶有兴致地在临时入场口付了钱。境内中央设有舞台，围着帷幕。左右分别架起了篝火，用以照明与供暖。客人约两百来人，各自用垫蓐席地而坐。其中大半是拖家带口的庶民。舞台上，身着华美衣装的女人们，正翩翩起舞。

出云阿国[1]登上历史舞台距今还有一段时间，但这种与歌舞伎颇有渊源的演出，正随着世间的安定人气渐盛。《素戋鸣尊》是一出打斗的神乐。素戋对玉照姬心怀暗恋，某日将其从御殿盗出。大和武尊对两人紧追不舍，并巧妙地用计夺回了玉照姬。而素戋失了美姬，且被自己人背叛，最终惨死。

最后一幕是在山间被敌人围困、身负重伤的素戋，一手持剑一手抱紧玉照姬的衣物，情深意切地哀述衷肠。明知遥不可及却仍伸手索取的男人的悲剧就在这里。可是素戋却依然我行我素，直至滑落破灭的陡坡。

情节与表演都极为精彩。看着至死仍紧握玉衣，连呼心上人名字的素戋，信春禁不住泪流满面。可望却不可即的东西很多。在苦难中过世的静子，他已无法再见一面。因自己的愚鲁，害得养父母双双自戕的罪孽亦无法偿还。而且无论怎样努力，都无法绘出让自己满意的作品。看着将死的素戋，这些念头一并涌出，他竟止不住地泪流。一不小心哽咽出声，于是慌忙捂住嘴巴。

神乐结束后离场，信春依然处于无尽的茫然中。或许因为尽情哭泣了一番，他觉得清爽多了，而那个跌落在深深迷茫中的自己也看得更清晰了。为了战胜永德，这段时间他太过焦虑，以至于迷失了自己。最重要的莫过于一步一个脚印去接近理想，而自己却陷入求胜欲望的陷阱，本末倒置了。

---

① 出云阿国：安土桃山时期的女性艺能人。被认为是歌舞伎的源头。

信春醒悟过来，不禁全身战栗。这并非因为寒冷，而是因为越过危险境地后的一种安然，以及不输未来的豪气。

翌日清早，信春淋水净身。他只着一条兜裆布走到内院，一面往身上淋水，一面祈祷神明清除自己内心的尘垢。

草图的构思在夜间已经出来了。隔扇的中央绘上粗壮曲折的老梅，不需倾斜来博取跃动感，只用近乎垂直的姿态来表达沉甸甸的存在感。树干上长满青苔，凹陷处有小草探头。整个虽覆盖着厚厚的积雪，但向右伸展的小枝上却长有花蕾，以此宣告春日临近。一对麻雀停在枝丫上，毛茸茸胖乎乎的在严寒中相依相偎。

老梅左侧偏低的位置有雪山连绵，此处流出的小河，与梅树干交错，在其背后继续右行。小河的上游则被春霞遮掩，下游岸边的草花微微吐出新芽。蜿蜒的河流不时有漩涡翻转，是自然的馈赠，也是昭然的跃动。这正好衬托了老梅静穆的存在感，以及挺过风霜岁月的凝重感。

信春绘了好几幅草图。这次并不是因为草图不行需要重画，而是越画越想画，他心绪激荡，只想一直画下去。而这幅画的意味，在每次描画中都得以更加明确。

草图在第三天完成，已做到尽善尽美，无任何可删可添之处了。信春大大舒了一口气，放下笔，让清子端茶过来。他想让清子最先看到，并对前些日子的事道个歉。

“有客人所赠的糕点呢，先生可要尝尝?”来到画室的清子，一看到画便呆住了，连手上的茶都忘记放下，只出神地盯着老梅图。

“这次画得怎样，阿清?”

清子沉默半晌，而后徐徐正座，低头道：“恭喜先生！这——”

——这便不会被你叱责忘记画师的初衷了。信春正想开个玩笑这样回敬她一句，却一下子把话吞进了肚里。他清楚地看到抬起头来的清子眼里，有哭红哭肿的痕迹。

三月一日未时，信春带着完成的四张隔扇画来到狩野松荣的府邸。久藏与千之助、茂造一起，慎重地把画镶嵌在大厅东侧。画一放到二十叠大的空间里，着实亮眼。前来观看的狩野派弟子们，像弱点曝光了似的一个个杵在那里。

稍后，其他弟子们带来了永德的画作，将其立于西侧门槛。四面隔扇画列作一排，妥妥地镶于廊边，于是一片气势非凡、绚烂豪华的梅图便展现在眼前了。主干并不太粗，树龄大概二十余年。这株初长成的梅树开得正盛，从左下方向右上方好一派气势恢宏花团锦簇。

主干延伸出来的几处枝丫保持了绝妙的均衡。其中有一枝还一度飞出画面，再向下折回重新登场。树枝上的花儿前浓后淡，完美地展现了距离。整个画面出色到甚至能让人感受到花间洋溢的空气。

小禽绘的是黄莺。一只停在树干的中央，正做展翅飞翔状。另一只则在花间若隐若现，正在惬意地享受春日小憩。

信春看到此画的瞬间，立即被此画惊到。他觉得自己正一点点地被人扭住胳膊按倒在地。若是走入满开的梅林，应该就能见到这幅场景。永德通过自在勾勒花瓣和树枝的浓淡，来表现穿透林间的阳光及空气的质感，完美到挑不出半点瑕疵。跟这种纤细新颖的画风相比，自己所绘的粗干老梅仿佛成了废物一般。

“怎么样，久藏?”信春招呼久藏，想重振受挫的心情。

“好厉害！居然能画到这种地步……”久藏感动到说不出话来，肩膀微颤。久藏的这种异常反应是史无前例的。

不多时，松荣和永德结伴出来。松荣见到信春后微笑示意，但永德却只有那么一瞥，如同瞥了一眼野狗似的。

“信春哪，这可是你的全力之作啊！”松荣在信春的画作前时而靠近时而远离，从各个角度加以确认。

“万分感谢您给我这样的机会。您觉得怎么样？”

“非常安静的画作。面对它，我的心灵也安宁下来了。”松荣对着画作观摩了一阵子，便问永德怎么看。

“画得不错。”永德轻轻一躲，“但是太过古旧，似在看自己过往的画作。”他自顾嘟囔。

“信春觉得怎样，犬子的画作？”

“十分佩服。观后心情浮荡宛如身在满开的梅林。”

“你怎么看呢？”松荣也问了久藏。

“我要毕生修行，但愿也能绘出这样的画作。现在只能说这么多。”久藏是长谷川家第四代。生于画师之家的感性似乎与永德有相通之处。

“这真是龙争虎斗啊。问题是，怎么决定优劣呢？”松荣觉得自己一个人判定太过可惜，提议让徒弟们投票定胜负。

“我们家有八名高徒，再加久藏便是九人，他们觉得哪个好就投哪个票。信春，你意下如何？”

“是，全凭先生做主。”这方法对信春十分不利。因为狩野派徒弟大抵是不会背叛永德转而投票给自己的，但他只能遵从松荣的决定。

“永德，你意下如何呢？”

“没问题。这是父亲策划之事，按照你的意思来就好。”

不久，八名高徒到齐，中间三人信春也认识，是他在石山本愿寺描绘教如肖像画时，承蒙教授隔扇画基础的恩人。八人观摩着永德和信春的画作，既佩服又惊讶，可一听说要投票，全部神情大变。

“信春是东，永德为西。你们推举谁的画，只需写上‘东’或‘西’便成。写完的牌放入邻屋的箱子即可。”松荣仔细叮嘱徒弟们不要介意永德的想法。但弟子们却因责任重大，各个神情凝重。他们再次比较东西的隔扇，大厅的空气紧张到令人窒息。

信春如刀俎之鱼，耐着性子等待结果。永德则拿了画本和笔筒，边看信春的画边描着什么。信春带着偷窥的歉意看过去，发现他正在誊画自己的那对麻雀，毛茸茸胖乎乎的相依相偎着。

“先生可中意?”因为太过高兴，信春不觉问出声来。

“是费心之作。”永德坦率地称赞道，而后立马严厉地加上一句，只是唯有此处值得一学。

第一个投票的人是久藏。他踩着踏实坚定的脚步去隔壁屋，之后直接回到原先的座位上，一次都没和信春对眼。接着八名高徒也分别投票，结果即将揭晓。松荣负责读票，两名弟子在写有东与西的纸张上画正字计票。

“第一张，西。第二张，西。”永德连得两票。第三张是东，第四张又是西。信春以为结果就是这么一票对八票，八大弟子全投永德的票，只有久藏支持自己。永德正在冷静地绘着麻雀。他面目可憎，貌似对开票的结果毫无兴趣。

“第五张，东。第六张，东。”连续两票给了信春。那就是三对三，对等了。守望中的狩野派弟子们一片骚然，但最惊讶的人却是信春。第七张是白票，表示不能判断孰优孰劣。听到这个，永德开始紧缩眉头，露出不快的神情。

“第八张，西。”永德先得一票，只剩下一张了。

“第九张——”松荣持票停顿了片刻，似要引起众人的焦虑。若是西则永德胜出。若是东则持平。信春紧张得全身僵硬、连咽唾沫。

“第九张，东。因此，结果为平局。”听到松荣的发表，狩野派弟子们一片寂静。八大弟子中至少有三人，比起永德更推崇信春的画作。

“别这么尴尬。这最能证明我们狩野派对绘画持有公平真挚的态度了。”松荣赞扬了一贯坚持立场中立的八大弟子的见识，并同时宣告信春将协同参加内野殿的工作。“永德，你没有异议吧?”

“没有。事情按照父亲的计划进展，这很好。”永德铁青着脸，斜睨了八大弟子一眼。

“我并没有计划什么。这是你现在的真正实力。”

“是吗？或许是吧。”

永德站在自己所绘的隔扇画前，咬紧唇舌，面露自嘲的微笑。然后从笔筒中徐徐取出画笔，在难以名状的哼唧声中将画作划破。右边一击，左边一击。在盛开的梅枝上展翅欲飞的黄莺，被锐利的线条无情撕裂。松荣心痛地盯着永德，却没有出言阻止。

狩野派的所有人离去后，久藏仍然久久地坐在永德的画作前没有动弹。他正坐着，一动不动地面朝画作。

“怎么了，久藏？”

“这画儿，太可怜了！”久藏紧握膝盖，眼噙泪水，说能不能让他来修复这画。

“你这么介意的话——”那跟松荣说说看，信春忽然想到，不知久藏投了谁的票？或许是永德也未可知，现在的久藏身上散发出一种气场，令信春不敢轻易询问。

第七章 大德寺三门

聚乐第的营造工程自天正十四年（1586）二月开始，于翌年秋基本完成。位及关白的秀吉为了彰显自己的权势所修建的这座宫殿由本丸、北之丸、西之丸、南二之丸四处大殿构成，外围有一条宽二十间（约三十六米），深三间，全长一千间的护城河。本丸是用金箔瓦装饰的五层天守阁，还修筑了天皇行幸的御所别宫。东边配置了门扉全黑的庄严大门。

此殿需要几百张隔扇画。长谷川信春受托参与这项工作，所以从筑城开始至完成的一年半，他跟狩野永德等一道大显身手。

永德的父亲松荣虽说希望信春担任另一方的负责人，但在拥有近三百名弟子的狩野派当中，这个愿望并不现实。狩野派不愧是一个拥有百余年传统的画匠集团，弟子的序列辈分被严格地决定。他们以八大弟子为中心，分成八组展开工作。

现场的工作和绘画的进展也全部按照既定章法进行，所以没什么经验的信春根本无法轻易介入。他只带了二十来名狩野派的年轻弟子，经手本丸的远侍和南二之丸的殿堂所需的隔扇画。虽然远离城郭中心，但却是学习狩野派如何给不同的大殿分配绘画，如何推进集团作业的好机会。

在这段工作期间，久藏的画技有了显著的提高。久藏为人温和却不胆怯，越是大型项目便越能发挥能量。他也受到了狩野派年轻弟子们的仰慕，不知不觉间便成了他们中的大哥。

信春所负责的画作，在天正十五年八月底结束。永德等人尚在本丸和御所别宫赶工，不过并未请求信春前去帮忙。所以信春抽身返回能登屋工作，打算顺便好好休息一下。大约九月初，狩野永德悄然前来，他一身随意的打扮，只带了手持角樽的年轻弟子。

“我有事相商，可以吗?”永德献出角樽，说了些这么长时间辛苦了之类的慰劳话。

“如此郑重，真是愧不敢当!”此时，店面和房间都很散乱，信春不知该带永德去哪里，踌躇地朝四周张望。

“我即刻便回，就这里无妨。”永德在长凳上坐下，并从货架上取下一把扇子。“做工真是精致，应该在京城中广受好评吧!”

“画店的工作罢了，并非值得称赞之物。”

“托先生的福，聚乐第的工作进展很顺利。我曾说过一些失礼的话，现在看来多亏了长谷川先生肯前来帮忙。”

“您太客气了！从中我也学到了不少东西，真不愧是天下第一的狩野派。”见永德如此亲热地跟自己说话，信春一高兴便将年轻时临摹永德所绘的二十四孝图练习水墨画之事也一并相告了。

“是吗。现在我们正在书院绘二十四孝图呢。”

“还需很长时间吗?”

“是的。本丸大殿和御所别宫正同时进行，所以人手不够。”

“这样的话，恕我冒昧——”信春正想说自己可以去帮忙，并打算亲自出马。

“所以我前来与您商量，长谷川先生。”

“哦，好。”

“您的儿子久藏可否先跟我一阵子？”

“犬子？”

“这段时间我看到久藏的工作，觉得他颇有天资。如果能在我手下研习的话，不出四五年，定能成为天下知名的画师。”

“您想收他为徒？”

“是。先会让他帮手本丸大殿的画作，之后想请他移居狩野图子，我会正式指导他。”也就是说，让久藏成为住家弟子。

永德这番直接前来商量，一定是十分看好久藏，可信春却犹豫起来，并未即刻答复。今后若要打出长谷川派的旗号，久藏是不可或缺的存在，他是长谷川家的第四代继承人，会不会就此被永德夺了去？此种不安在信春内心躁动。

“狩野派有延续了四代的各种画技。恕我失礼，比起在这里的修行，我们狩野派的研习，更能令久藏受益。”

“这个我知道。但犬子是长谷川家的继承人。作为长谷川家的养子，我有守护这个家族的义务。”

“您是说，比起把久藏培养成一流的画师，让他守家更加重要吗？”

“不是的！当然——”当然是培育成一流的画师更为重要，信春脱口而出。因为自己也曾苦恼过，一直在要不要离开长谷川家的问题上挣扎过。他不想用家族的责任来绑架久藏。

“在参与聚乐第的工作中，久藏的画技简直是突飞猛进。这正是因为他受了狩野派高徒的指点，学会了一些狩野派的技法。”

“犬子听闻此事了吗？”

“还没有。我不能在没得到长谷川先生的许可前，轻易作出承诺。”

“那请容我先问问久藏自己的想法再作答复。”

“知道了。我期待能得到肯定的答复。”永德留下一句其实自己并不想强人所难的话，而后离去。

聚乐第的工作结束后，久藏也回到了能登屋。他回到作坊，和千之助及茂造一道努力替扇子上彩。与绚烂的隔扇画相比，这工作朴素得令人扫兴。但久藏一句也不抱怨，只默默地潜心静气地画。

信春看在眼里，觉得还是不能让久藏闷在这里停滞不前。倘若成了永德的弟子，不仅能掌握狩野派的画技，更能在巨大的舞台上继续工作、大显身手。这对于画师来说，是个求之不得的机会。

（但是，可是……）

将他派中具有潜能的继承人纳为弟子，通过让其钻研自派画技为我所用，这正是狩野家的常套手段。永德应该也是冲着这个来的，信春无法将内心的不安彻底拭净，因此一直下不了决心跟久藏坦言。

九月十二日是静子的月忌日。

信春在起居室的小佛坛前供上了胡枝子，悬挂了鬼子母神十罗刹女画像用以祭拜。他在鬼子母神的画像前诵经悼念，忽地，仿佛听到了婴儿的哭泣声。鬼子母神的脸庞看上去也甚为忧郁。而且在抬眼的瞬间，静子的声音清晰地传入耳中：“你为何不相信久藏？”

信春似被击中靶心，猛地朝作坊冲去。久藏正端坐在书桌旁，描画扇子的草图。

“打扰了，能过来一下吗？”信春带久藏来到佛坛前，然后两人双手合十，“其实前几天，狩野永德来过我们店里。”信春终于把永德希望能收久藏为徒的事告知了他。

“怎么样，你想去吗？”

“父亲大人是怎么想的？”

“我想尊重你自己的决定，不要顾忌我的想法。”

“既然这样——”久藏稍稍含糊其词了一下，最后表明愿意去。

“就没有丝毫不安？”

“在聚乐第时，孩儿曾得到过永德先生的几次指导，所以不用担心。”

“为何永德会……”

“我曾恳请他让我修复梅花小禽图。或许是因为这个他觉得我挺有意思，便时不时地指导几下。”

“这事怎么没有告诉过我？”

“我觉得是不值一提的事啊。”久藏的神情忽显得有些固执。

“是吗？哦，对了，那个时候，你投了谁的票？”信春突然感觉久藏一下子离自己远了，便耐不住问了出来。

“你说比画的时候？”

“是。”

“我投了白票。因为我判断不出孰优孰劣。”

“知道了。那你去拜永德为师吧。家里的事情不要在意，在永德那里尽情磨练自己的画技吧！”但是将来请务必回来。信春很想这么说，又唯恐久藏嫌弃，最终犹豫着并未出口。

这事便成了两人在今后好长一段时间内，出现微妙龃龉的原因。

过完新年，已是天正十六年（1588）。

能登屋开业三年来，发展得甚为顺遂。久藏已经拜永德为师搬出店里，但千之助和茂造已能独当一面，所以能登屋的扇子销售在京中数一数二，生意很是兴隆。信春又新雇用了几个画匠，现在是一个有十二人的大家庭了。

画店由坐在账房的清子掌管，除待客、账簿管理之外，她还负责联络顾主、画匠饮食等各项杂事，每日里极尽繁忙，却无怨无悔，所有事情都处理得井井有条。

“我去下大德寺。”信春朝清子招呼一声便出门了。为了摒弃心中杂念、进入更高的画境，他从两年前拜春屋宗园长老为师，开始习禅。

“大约几时回来?”清子一边拨着算盘问道。

“傍晚时分。我就去一下本坊，如有急事可马上派人来找我。”

信春沿着三条道西行，遇堀川道向北。京都的春天风和日丽，空气里洋溢着新绿的幽香。信春迎着微风独行了一会儿，聚乐第的五层天守阁便出现在眼前。

去年九月，秀吉从大坂城移居此地，作为自己的政权中心。他将周围土地赏赐给诸大名，令他们建设极尽奢华的府邸。其威容壮丽，好似都城的正中心被武家占领了一般。据说久藏也在本丸大殿工作。自去年年末离店以来，信春还一次都没见过他。他现在也一定还在这个城郭里埋头苦干吧。

穿过大德寺的大门，在敕使门一侧转弯，只见三门[①]（山门）前围了一堆人。木匠们抱住平房的栋门，正测量屋檐和房柱之间的距离。而庶民们正聚集在门边，很是稀奇地旁观着。

“发生什么事了?”信春问一个中年卖春妇。

“说是要改建大门，改成两层楼的。”

“就是啊，要造个巨大的三门呀。”旁边一个商人打扮的男子插话进来，说春屋宗园长老发愿建造三门，正在募集布施。“这个六月，恰逢信长公七周年忌，所以长老正奋力从大名们那里募集布施呢。”这解释倒十分符合京都商人的思维。

不过这怎么可能？信春思忖着跨入本坊。宗园正在自己的方丈——一个周围都是山水隔扇画的房间里，跟千利休对谈。

春屋宗园六十岁。自永禄十二年（1569）担任大德寺住持以来，二十年间一直是举足轻重的人物。他目细个小，颧骨突出。总是衣着朴素，所以在寺内常被外人误以为是男仆。可他又是那么风趣睿智，若是

① 三门：寺院正面的楼门，一般有三个门，所以称三门，象征空门、无相门、无作门。过去的寺院多居山林，所以也称作山门。

有人专横跋扈地问："喂，春长老在哪儿？"他便会趁机放出烟雾弹："不巧刚出了远门儿呢。"

千利休六十七岁，身材伟岸不输信春。他肩宽胸厚、体格健壮，大鼻方脸棱角分明，厚厚的嘴唇总是闷闷不乐地紧闭着。

利休似乎很中意信春，在堺市时便经常邀请信春前往茶会。他知道信春参与聚乐第的装修时，便带他来到大德寺，向宗园引荐。

自那以来，信春一有时间便来拜访宗园。他来倒并不是参禅或者问答，就是坐在宗园旁边跟他聊聊天，或者默默静观，仅此而已。可每当信春离开三门之时，总有洗净了世俗尘垢、身心清爽之感，实在不可思议。

此时宗园和利休正在谈后阳成天皇行幸聚乐第一事。秀吉的此番大愿，将于四月十四日举行。

"之前便有所耳闻，真是辛苦你了！"宗园慰劳利休道。

"武家成为关白的先例，迄今为止从未有过。因此朝中对天皇行幸的反对意见极多。"心性执拗的利休，对禅师宗园却青眼有加。

"据说这些反对派都被近卫太阁摆平了？"

"秀吉大人成了近卫家的义子，所以强词夺理说不算武家。有近卫太阁撑腰就是好办事啊。"

"迎驾的准备可已办妥？"

"难啊。不只礼法，连日常用品与隔扇画、厕所的建造等都有繁琐的规定，实在太为难了。"三年前，秀吉在禁宫举办茶会，向正亲町天皇献茶时，利休担任了后援。居士号利休就是那时受天皇所御赐的。而这次天皇行幸聚乐第，据闻秀吉也将在黄金茶室向天皇献茶。

"那一位去迎驾，定是阵容豪华滴水不漏啊。"

"没有办法，唯有叹息。"

"今后的事，可有考虑？"

"这今后所指？"

“武家是世俗之权，司掌神圣世界的天皇总不能一直被其想当然地利用吧?”

“你可曾听闻，誓纸之事?”

“关白大人要求诸大名在天皇行幸期间交出宣誓忠诚的誓文，这不是挟天子以令诸侯吗?”这是多么危险之事，彻悟禅理的宗园十分清楚。

“恕我妄言，那一位正醉心于到手的权力，不是一两杯茶能够浇醒的。”

“是吗，看来谁的意见都是枉然啊。”宗园顾念利休的立场，不再深究下去，于是招呼信春道，“你似乎有事?”

“不，没什么。”信春不想叨扰宗园，并未言明。他刚才一直挂念着三门营造之事。若是改建成二层楼，内部必然需用华丽的壁画来衬托庄严肃穆。他思忖着若是自己能争取到这份工作该多好。

“可是三门之事?”宗园的洞察力十分敏锐，信春的心思早就被一览无余。

“刚才经过门前，听说您要改建楼门。不知是真是假?”

“是真的。老朽已到花甲之龄，想最后再替寺里做点事，之后就退了。”

“您是要辞去住持一职吗?”

“若不给后进让道，怎能培育人才? 刚才老朽还跟利休宗匠谈到这事。”

“是啊，我刚才还在恳请高僧，改建费用就让我来出。”利休慢慢看向信春道。

“是宗匠您一人捐赠吗?”

“是啊。这座寺院是茶人的圣地，这般名誉之事可难找啊。”利休虽有这番期待，但大德寺是天皇敕愿之寺，也是信长的菩提寺，所以事情并不会那么简单。

“如今愿意捐赠之人从各方冒出，都各有说辞。我虽感激宗匠的芳志，但还请稍加等待。”宗园颇觉对不住地低下头来。

最终信春还是未能说出三门之事，比预定提前回到店里。账房的清子一脸淘气地卖关子道：“先生等候多时之人，已大驾光临。”

信春正想问是谁，只见久藏从里间的画坊走了出来。自他住到狩野家之后，完全是一副大人样了。一双温柔黑亮的眸子酷似静子，让人看了揪心。

“哦！回来了啊！”信春放下一颗悬着的心，竟有些泪眼汪汪了。

“好久不见了，父亲大人还好吧？”

“好，还一样有精有神，父亲有一肚子话要对你说。”信春想和久藏在里间边喝小酒边聊，可久藏却说没太多时间可以逗留。

“怎么？不住一晚吗？”

“今天只是把千之助想要的颜料送过来。然后马上就得赶回狩野家，把手上的工作做完。”

“聚乐第的隔扇画，不是已经绘完了吗？”

“还有很多永德先生不满意的地方，要一点点修正。而且，朝廷命令我们重画的地方也很多。”因为将接待天皇行幸，所以御所别宫和天皇寝宫的规格极高。稍有不合典章制度的，便被责令重画。

“是吗。那还真是遭罪呀。”

“最初我也这么想。后来逐渐了解了典章制度背后的深意，我也觉得收获不少。”

“在那边生活得怎么样？有没有不太方便之处？”

“托父亲的福，永德先生指点得越来越多了。其他师兄弟对我也很好。”

“你现在绘什么样的画呀？”

“现在可以让我绘二十四孝图的屏风了。”

“那不错啊。我年轻时也曾临摹永德的郭巨图，从中学到了松树和岩石的画法。”

“永德先生运笔，有着说不出的气质。要怎样才能画出那般浓厚的画作呢?”

“这个要从永德那里学习。一天又一天，每天都腾空心境，潜心研习。”刚才久藏那句话若角度不同，不免有鄙夷父亲的画作粗杂之嫌，但信春却毫无芥蒂地赞扬永德。

“对了，你可曾听说大德寺三门之事?”

“没有。三门怎么了?”

“没什么。只不过听到些传闻，有些在意罢了。”信春连忙切断话题。他忽觉羞愧起来，自己竟想从专心习画的久藏那里打探狩野派的动向。

樱花快要散尽之时，信春和清子之间出现了意想不到的嫌隙。起因是一些琐事。信春在起居间设置了一个小佛坛，每逢月忌日便会放些静子喜欢的野花拜祭。但最近一个月，他埋头于禅宗祖师图，疏忽了供花一事。

水墨画是很有意思的。每一根线条都不能重来，但一根连着一根，便能构筑出一个世界。这根层层上色的画法不同，别有一种紧张感和充实感。更何况他还需用这画来表现悟禅的境地，还想拿去让春屋宗园看看并点评一番。

画这画那的，信春一连好几天，连佛坛都不顾不上看一眼。清子觉察到了便说:“让我去采些花来吧?”可信春一直盯着画，只心不在焉地敷衍了一下。

“花儿都枯了好几天了，这样行吗?”

“哦，放着吧，我之后再做。”

“先生这么忙，还是让我来吧。”

“你不要多管闲事。阿清只要管好店里的事情就可以了。”虽说信春并没有任何恶意，但清子却一下子变了脸色。

“没想到你是这么薄情之人，夫人太可怜了！”清子说着，将手里的扫帚掷在地上便跑出去了。

清子一去不复返。第二天、第三天都没来店里，而且什么话都没留下。信春这才发觉事关重大，但他并不清楚缘由，兴许病了也未可知，于是吩咐店员去本法寺瞧瞧。

“还是师父您自己去比较好。”掌柜身份的千之助这样忠告。三年来，他与两人走得最近，大概察觉了大致的情况。

“怎么回事？什么情况？”

“这事我不能插手。请您自己去本法寺问问吧。”

千之助越发莫名其妙了。就这么听他的话去问，信春反觉得难堪，于是也就放任不为了。可店里没了清子，营业马上磕磕碰碰让人焦头烂额。谁都不会管理账簿，也不清楚顾客的订单与画材的购入情况。宛如走失了马匹的货车，茫茫然进退维谷。

“你们这些家伙，平时都干什么去了！”信春冲着千之助和茂造撒气。可当时是信春自己说交给清子便好的，事到如今也无可奈何。或许还是得去见清子，跟她低头认错，劝她回来才是。

信春思忖间，日通恰巧来访。

“哦，上人啊，你来的正是时候。”信春招呼日通来到里间，开始点茶。日通已是本法寺的住持，受冠上人号。他体态匀称，一副堂堂的僧正模样。

“长谷川先生的茶里有着说不出来的温暖啊。这是不是人品的缘故啊。”

“多亏了上人所赠的真形釜啊。不光水味变佳，竟还生出了松籁般的缭绕余韵。”信春把真形釜称赞一番后，便开口询问清子的状况。

“她躲在屋里，谁也不见呢。”

“可是生病了？”

“这个贫僧不知。我此番前来，其实也是想跟你谈谈这事。”

“我这边可是出了大麻烦了。有道是越尊贵的工作越不显眼，清子这一走，我们才明白她是多么重要。能否请上人帮忙美言几句，让她回来?”

“您说她十分重要?”日通缓缓放下茶碗，追问这是否仅对画店来说。

“上人所问是——”

“对长谷川先生来说又如何呢?清子是个重要的女人吗?”

“那是，自然——”信春刚想说清子自然是重要之人，但他忽然发觉日通似乎话里有话。

“怎么样?您能回答我吗?”

“不过您看，我都这个岁数了。”信春已到了所谓“人生五十年”的坎儿，他从未想过这把年纪还要迎娶小他一轮的清子。

“其实，新寺业已建成，我马上就得搬离这里。如此一来，清子也不能像往常那样每日往返店寺之间了。”本法寺原位于一条归桥，可却被秀吉勒令搬至堀川寺境内。于是新寺从去年开始施工，在油屋和本阿弥家的赞助下近日得以竣工。

“因此，想要清子如常在店里工作，只能让她住在店里。但要让三十过半的清子在这里做女佣，却也太可怜了。倘若长谷川先生有心，请恕贫僧愚妄，迎娶清子才是最好的办法。”

“清子她，此事——”

“十分抱歉，贫僧尚未提起。她自被夫家离弃后一直有些局踏不安。虽是堂妹，却也很难启齿。”

“这，岂不是不知道清子会否同意?”

“这不必担心。贫僧自幼就看着清子，她在想些什么还是知道的。”清子不想离开信春左右，可若本法寺搬迁，她便不能跟平素一般每日往返。她定是为此烦恼不已，不知所措，所以才会被些许小事弄得心绪大乱。

“约莫半个月前，她突然说要回油屋。明知回去也无立足之地，却还逞强，其实只为了忘忧。长谷川先生，贫僧胆敢以性命担保，她是在等你的温柔良言。所以，请迎娶清子吧。”日通两手着地，垂首恳请。

“我明白你的意思了。但事出突然，请给我一点考虑的时间。”

日通回去后，信春用井户茶碗点了一大碗茶，缓缓啜入口中，一面审视自己的内心。

信春初次见清子是在本能寺之变后，自己借住在堺市的油屋之时。清子担心信春和久藏多有寄人篱下之感，所以便尽量多顾着他们。而自她来到了顿图子后，在工作上愈发得到磨练。她无懈可击地完成所有工作，得到了顾主与画匠们的极大信赖。而另一方面，她对谁都细致关心。年轻的画匠因疏忽遭一顿臭骂时，她便在没人看见时给点零用钱，让其去买点儿好吃的。信春执念于战胜永德而迷失自我时，也是她含泪提醒，在经营画店的同时也勿忘初衷。

细细想来，这六年间，清子一直陪伴在自己左右。信春因此而得救，得以不被世事烦扰，可以专心绘画的修行。曾几何时，信春觉得这样便是理所当然，忘却了感恩。而这次，信春终于懂了清子的好。

(这个人若是能嫁给我——)

真是求之不得！但要再婚，担心的事儿也确实不少。

其一是对不起静子。因自己的愚鲁害得双亲自戕，害她被逐出七尾，最后还被迫在苦难中离世。若是自己一个人最终得了幸福，岂不是对三人的背叛？

其二是顾念久藏。久藏那般仰慕静子，一听信春再婚，必然反对。哪怕当面不说，心中一定十分失望并且蔑视这个父亲吧。如此一来，他将愈发远离这个家，完全被狩野永德套牢。久藏是树立长谷川派不可或缺的儿子。只要一想起久藏有可能成为敌人并阻挡在眼前，他便动摇不安了。

是夜，信春在静子的佛坛前，用井户茶碗满满斟上白浊的酒，跟静子对饮。自被清子数落后，坛前之花信春每日必换。他还在佛坛一侧悬挂了鬼子母神十罗刹女的画像，以怀念在世时的静子。

“静子，你是怎么想的?”他在心中发起询问。

“那你又是怎么想的?”静子的声音在信春脑中响起，宛如巫女还魂。

“我觉得对不起你，但还是想迎娶那个人。”

“既然这样，按所想去做不就可以了?”

“但是啊，总觉得对不起你们。”

“无须担心我这里，比你那边幸福多了。”

“是吗？最近你都不来托梦了。”信春一口喝干茶碗里的酒，喃喃声中似有些愤愤不平。

“清子是个好人。那样心地善良的人很少见哦。”

“你也这么看哪?”

“是啊，可惜是张平鼻脸。”平鼻脸是指难看、笨拙之意。

“跟你相比确实如此。不过这是先天生就的，也没其他办法。”

“体格也很奇怪哦，像个不倒翁似的。”

“别这么说！她虽有些固执，不过心肠很好。”

“……”

“怎么了？难道吃醋了?”

“这么一来，我便没有什么事情可为你做的了。很是寂寞啊。”

“怎么会呢？你至今都是我的心灵支柱呀。”

“若真这样，就请你别为小事烦恼，选择自己相信的道路一直走下去。这样你便能更好地作画。”

“久藏又如何？他会原谅我吗?”

“那个孩子是一直看着你的样子长大的。或许会稍有些情绪，但他一定会理解你的。”

“是啊。他最近完全长大了，我都不知他在想些什么。”

“请你有点自信好吗，你可是天下第一的长谷川信春呢。”

信春因寒冷而睁开眼睛。原来酒过几巡后，自己竟然在佛坛前不知不觉睡着了。

翌日，信春上披羽织，下着裙袴，前往一条归桥拜访。寺院本在信长火烧上京之时已经烧毁。三年前得到回京重建的许可，只重修了本堂和方丈室，都是铺板的简朴样式，而且随着搬迁的进行，本尊和行礼已经搬走，显得甚是清冷。

信春来到方丈门口，日通从里面飞奔出来。“我一直翘首盼着呢。终于下决心了？”

“如果清子同意的话，我想和她成为夫妇，所以特意前来。”

“太好了！长谷川先生，这真是天大的好消息！”日通握紧信春的手，贴到自己的额头以表感谢。

“清子小姐在哪儿呢？”

“在本堂。本堂马上就会被拆毁的，但她还在拭擦清洁，说因为那是佛祖的住处。”

信春制止日通把清子叫来的想法，只身一人来到本堂。清子正跪扑在回檐上，用力拿抹布擦洗着。为了便于清扫，清子穿了一身深蓝的作业服，浑身圆滚滚的，看不见腰身，确实像个不倒翁。可即便如此，还是很可爱，现在的信春是这么认为的。

“之前对不住。能稍微说会儿话吗？”信春走近前来搭话道，但清子只瞄了一眼，并没有停下手头的活儿。

“这次来，是有重要的话跟你说。我想跟你商量今后的事情。”但清子还是没有应声。她嘴角紧闭，圆圆的身子一会儿向左一会儿向右，不停地用抹布拭擦着。意想不到的沉默抵抗让信春有些畏缩，但不能因为这样便放弃。他思忖等她清扫完本堂应该能好好听他说话了吧，于是也拿起抹布开始帮忙。

本堂重建不过三年，堂内仍能闻到木头的幽香。把这些木头擦得锃亮的话，木头上的纹理便醒目地呈现出来，美得仿佛回到新建之初。信春用心拭擦着一块块木头，不知不觉便觉得神清气爽，似在跟佛祖对话。由此，他似乎明白了清子执拗地手不停歇的缘由。

正如信春到了这个年纪从没想过再婚一样，清子也是心阻重重。她因为不能生育被迫离婚，而且已是年过三十。她定是已经给自己下了定论，觉得这样还想着嫁人未免太痴心妄想，从而抹杀了自己的真实内心。

两人从回檐的两侧开始拭擦，在本堂的正面相遇。擦完五级高的阶梯后，信春从清子手中夺过抹布，就势在水盆里清洗。

“谢谢你帮忙！”清子有些脸红，因为信春夺取抹布时，两人的手微微触碰了一下。

“下次能为我清扫吗？”

“啊？……”

“要是我这样的男人也可以的话，你能不能嫁给我？”清子没有作答。信春纳闷间回头一瞥，只见清子以手捂口，正在小声啜泣。信春当做没看见，拧干抹布后，把盆里的水掬着一捧一捧地往外洒去，尽量洒遍每一寸土，这样可以少些尘埃。

“像我这样的女人，可以吗？”清子小声问道。

“啊，阿清。哦，不。正因为是阿清小姐，我才下定决心的。”

“谢谢你！今后还请多多关照！”

这日起，清子以信春订婚人的身份入住能登屋。不过他们规规矩矩地说好，在拜访油屋得到正式允许之前，住房和饮食依旧各自分开。

四月初，千利休忽然出现在了顿图子的店里。他身穿道服，戴着宗匠头巾，拄着竹杖，所以坐在账房的清子以为是哪里的隐士，并未特意招待。信春刚巧进店，一眼发现正在物色扇子的利休。

“这可怎么才好。宗匠大驾光临，要是提前通知在下，我就可以前去迎接了啊。”

“哪里哪里。刚好受邀在旁边的了顿处喝了茶，就顺便过来看看。”

“了顿府邸的水如何？可是您想要的味道？”

“味道虽然不差，但也一般。点茶要用的话，还是四条的化妆水①比较好。”天皇行幸聚乐第时，利休担当献茶大任。因此，他为了求得点茶用水，正寻访京城的名水，但一直没有碰到心仪的。

“您累了吧，不妨在里屋休息一下吧！”不巧这日真形釜没有炉火。信春用铁瓶麻利地烧水后，用南蛮玻璃茶碗点茶。虽还只是四月，但室外光照甚强，所以信春选用了略显凉意的器皿。利休坐在门槛上，饮着茶眺望作坊里画匠们的工作。

“你的茶还是这么笨拙啊。”利休说罢，要了第二杯。这次，信春用小只的黄濑户茶碗点了浓茶。“虽然笨拙，可味道挺好。茶这东西真是不可思议啊。”

烧水还是用铁器最好。若用黄金釜，则会掺入别的味道。利休一面享受着黄濑户茶碗的温润感，一面自言自语似的地嘀咕着。

“对了，狩野可通知过你内部预览的事？”

“内部预览是——”

“天皇行幸之前，让主要人员先预览本丸大殿。狩野永德负责向导，我还以为他已经通知你了呢。”

“没有啊，不曾听说此事。”

“是么？好奇怪啊。”利休思量半晌后，说自己可以带信春同去。“你也想看看自己的工作成果吧？后天巳时，来我家即可。”

信春按时到访，发现八大弟子之一的狩野宗光等在大门口。此人出身于大和绘名门土佐派，成为永德的弟子后被允许使用狩野姓氏。“利休

---

① 化妆水：传说女性宗教家经过后流出的泉水。相传美女小野小町曾居住此地。

大人吩咐在下替先生向导西之丸和二之丸。”

“永德先生呢?”

“之后将会担当本丸的向导。”宗光并未多言，开始带他入殿。

西之丸的大殿以等候室为中心，是参见秀吉的大名们等候之地，所以规格不很高。绘画的图案主要是松、竹、柳等，由狩野派中画技并不出色的人担任。南二之丸大殿是秀吉手下的奉行们办公之所，主要配置花鸟图和山水画。其中约有一半，是以信春为首负责完成的。

令人惊讶的是，信春所绘的老梅小禽隔扇画被使用在了对面所。这是跟永德一决胜负的自信之作，所以信春原本打算将其用在本丸的远侍。但永德却不做任何商量，将其移至南二之丸。

“这是怎么回事?”信春驻足，请求解释。在开始工作之前，他们双方便已决定由谁负责哪一块地方。永德再怎么是栋梁，也不应该随意更改。

“是大内传来指示，让我们改变位置。”

“缘何会有这样的指示?”

“新皇登基后是个崭新的时代，这样的画题有些不太妥当。”

“有何不妥?”信春紧咬不放。老梅寓意长寿，寒雀则宣告春的到来。如论怎么对照先例典故，也不会有什么问题。

“详细情况我也没有听说。先生不如过后去问问负责人。”

对面所的前方，长长的走廊一直连到出口。走廊两侧都是绘有梅林和大河的隔扇。这本是信春为了搭配老梅的左右而绘的。信步走去，梅林逐步花开，意味着春日渐进。大河的河岸绘有木槿花和蒲公英，紧连着正面的雪山，象征着时光的流淌。而如今，这番寓意深远的画群被拆散拼凑在这样的所在，信春只能认为是永德怀有恶意而故意为之。

“本丸的远侍，变作了怎样的光景?”信春虽然明白，冲着宗光发火也没用，但却无法保持沉默。

“接下来我会向导。”

远侍就是执勤武士的伺候之所。身份低微的武士，为伺候公家远远地等在外头，故而有了远侍这个称呼。关白秀吉在聚乐第的本丸建造远侍，将其改为前来拜见的大名们的等候休息之所。这个二十叠大的细长房间，分为上下两段。上段的正面使用了永德所绘的梅花小禽图。

当日松荣宣布永德和信春画技不分伯仲时，永德一气之下毁了自己的画作。他用墨汁打叉，拭去了将从枝头展翅飞翔的黄莺。但是这个部分已被完全修复，甚至比原作还要完美。

“这是久藏的工作。师父（永德）看到后大为欢喜，从此对久藏另眼相看。”左右的隔扇也绘有梅林。看上去像是永德的笔触，但事实上这些作品也都出自久藏之手。

“这个，犬子他……”信春为久藏的进步深感骄傲，但同时内心激烈地摇摆不定。一看这些画作，信春便知道久藏有多么醉心于永德。这么下去，或许久藏再也不会回到自己身边，而此番不安自他看到隔扇画一隅的落款后迅速膨胀。落款用的是狩野派的壶形印，中间嵌着“狩久”二字。“这是久藏的?”

“是的。他已获得使用狩野名号和落款的许可。仅仅四个月便能享受如此殊荣，久藏是第一人。”宗光大赞久藏能这般迅速出人头地，但信春却高兴不起来。说到底还是永德为了打倒长谷川家才故意收久藏为弟子的。他那天之所以那么礼贤下士，一定是为了掩饰这个目的。

在对面所稍等片刻后，永德身穿肩衣正装走了进来。他见到信春也在场，便如碰到麻烦般即刻皱起眉头，而后找了个靠近上段的位置坐下。他个子小，为了显得壮大威武尽量张开肩膀，似在全身心地抗拒信春。那优雅端庄的面容，反而更显拒人于千里之外的顽固。

不多时，利休在左大臣近卫信尹的带领下进来。之后，劝修寺晴丰、中院通胜、广桥兼胜等头戴乌帽，以水干[1]姿相随。他们无论哪位，都是担当朝廷和这个国家传统文化的俊杰。

近卫信尹见到信春后颇想上前来招呼，但又对此场合有所顾虑，最后还是决定佯装不知，然后郑重地走向上段间。三位公家位列左方，右方则由利休和京都所司代前田玄以、大德寺春屋宗园作陪。

“今日承蒙各位挪步至此，鄙人深感荣幸。接下来，由鄙人狩野州信来担任向导。”永德深深拜伏作礼。

最初去的是大广间。从上段的壁橱至高低搁板，配置了以巨松为中心的金碧隔扇画。侧面的小墙与寝榻、一直到折叠的方格顶为止，全部覆盖着大量金箔和岩石颜料所绘的画，绚烂到使人目眩。

信春心里一片森森然，只茫然地来回四顾，感觉这简直就是在炫耀永德与自己的实力差距。

黑书院则风格大变，一下子进入了宁静的水墨画世界。地炉间和连歌间，还有天皇休息的帝鉴间，有潇湘八景图、商山四皓图、竹林七贤图的隔扇做装饰。

“怎么了？你这温顺的表情颇不自然呀？”宗园走近来嘀咕。

“被这出色的画作震慑住了。”

“哦，这么坦率也挺好。”宗园话中有话。只是当时的信春并不明白其中的玄机。

内览结束后，信春受邀至利休府邸，说是作为之前的回礼请他过来喝茶。

“此番可有收获？”利休边点茶边问。

“万分感激。我第一次见识到那么气派的画。”

---

① 水干：是平安时代男子装束的一种，是晴雨两用的简素的服饰。镰仓时代至室町时代多为少年礼装，也是公家从者常见的装束。

“那倒是。比这个更豪华的大殿，在日本是找不到的。但是啊，真正的美并不只有那样的画。”利休说罢献过茶来。

深绿色的浓茶泛着点点璀璨，在黑色乐茶碗的底部荡漾。啜上一口，信春顿觉香气似凉风般扩散，整个身体都逐渐清爽通透起来。随后，因永德的工作而震撼动摇的心绪也逐渐镇定下来。而掌中黑茶碗的美，正以一种与大殿画对峙的质感与厚重感，逐渐将心填满。

利休之所以点茶，就是为了教会信春这个道理。宗园想诉诸语言表达的，大概也是这一点。信春总算明白过来，深切痛感自己竟还这般青涩，而后接着将茶啜完。

此时外面传来急促的脚步声：“利休，我回来啦！”秀吉毫无顾忌地一把拉开隔扇。他身矮肩宽，体格壮实，披一件朱红天鹅绒桐纹阵羽织。石田三成紧随其后。“在大坂的工作结束得比预想的快。我等不及便赶回来了。”

“殿下平安回京，可喜可贺！来杯茶如何？”

“好啊。不过好像有先来之客啊。”秀吉看了一眼退至房间一隅、伏地而拜的信春。

“这位是画师长谷川信春，是为大殿内览而来。”

“哦？这名字好像在哪儿听过。”

“三年前，前田玄以大人——”曾替他寻求赦免回京的许可，石田三成当即提醒秀吉。三成时年二十九岁。正是头脑清晰、反应迅速、记忆力绝佳的时期。他辅佐中年秀吉，得到莫大的信赖。

“是吗。原来是比叡山之难中救助玄以的画匠啊。”

“诚如所言。幸得殿下赦免，鄙人感激不尽！”

“那件事情，织田一方也有过错，赦免也在情理之中。听说你只身一人斩杀三人、打倒五人来着？”

“那个时候只求自保，什么都不记得了。”

“不必谦虚。这份英勇，只做画匠很有些可惜啊。”你应是武家出身吧，秀吉亲切地询问。

“父亲和兄长都曾侍奉能登的畠山家，但只是下等武士，不值一提。”

“我不也是尾张中村的小老百姓嘛。出身啥的就是个屁。”

“啊！鄙人多有失礼。”

“二之丸对面所的画，据说就是先生所绘？”

“确实如此。”

“那个很好。停在梅枝的两只麻雀，就跟年轻时的我和我老婆一样嘛。”秀吉已经看完二之丸和本丸，说自己对老梅小禽图最为欣赏。“你看上去跟我年纪不差几岁呀，再修炼精进一番，成为天下第一的画匠也不错。”

“对了，利休大人——”石田三成瞅准时机，告知利休捐赠大德寺三门之事，已得关白殿下许可。

“实在是感激不尽！对鄙人来说，已是无上的荣誉了。”

“一旦改建成了楼门，二层的楼内须得绘上壁画吧。”

“确实。听说这是惯例。”

“永德提出，他愿意负责这些绘画。不知利休先生意下如何？”永德听说建造三门一事，便迅速向三成做工作。

“请容我跟春屋长老商议之后再做答复。”利休避开当场回答。

“壁画绘在楼门之内。按照惯例，应该由捐赠一方决定诸项事宜。”

“我只是出一笔费用罢了。关于三门修建的具体事宜得由长老决定。”

“这些事情还不着急吧。对了利休，天皇行幸的日子已经决定下来啰。”秀吉一脸极为得意的样子。众公家们一直暧昧措辞，不愿给予肯定答复，不过最终还是败给了秀吉。

“真是可喜可贺啊！敢问定于哪一日？”

“四月十四日出发，一直待到十八日为止。这番盛容，可是信长公都做不到的呀。你也得用心准备准备。”

后阳成天皇的行幸，在预定的四月十四日正式举行。天皇时年十八，是自天正十四年即位以来的第二年。按照室町时代的礼仪惯例，武家瞻仰天皇行幸之时，需在府邸的大门口相迎。但秀吉却因自己是关白，故而颠覆先例，乘坐牛车至大内迎接。

天皇身穿山鸠色（黄中带青）的束带莅临紫宸殿时，秀吉手持束带的边缘，助天皇登上凤辇。整条队列以凤辇车为先，秀吉的牛车紧随其后，再有诸家百官相随，沿着正亲町大道（中立卖大道）向西而行。全程十五町（约1.6公里）。沿路有六千名武士守卫。知名人士在路边铺席正座，他们的臣下则身着肩衣正装恭候在巷弄或商家门前。

行幸的编队和礼法，因长期中断而有诸多不明事项。但京都所司代的前田玄以调查了诸多公家记录，再现了拟古的形式。

“事久荒废，不明之处甚多。然民部卿法印玄以奉行，查实诸家古记录与典籍并效仿。”这是《聚乐行幸记》里的记载。

聚乐第筑有专为迎接天皇行幸的御所。柏皮屋顶的大殿顶部，装饰着象征王者的金龙。殿内的隔扇画由狩野松荣、永德父子承办，悉数为呕心沥血之作，自不待言。

天皇着御座，接着秀吉和公卿们入座后，开始庆祝酒宴。每当酒过一旬，便又有极尽奢侈的膳肴送入。壁龛处，有蓬莱岛、鹤龟、松竹等等陈设，总之各类祈愿福寿之物都美轮美奂、尽善尽美。

翌日十五日，秀吉起誓，为保证朝廷与皇家的财源，他将献上京城的地租银五千五百三十余两，直至末代为止；而且，将从近江高岛郡拨出八千石用于扶持公家及门迹寺院[①]。无论哪个措施，秀吉都以本次天皇行幸为契机，在向世人昭告王政复古的姿态。而其真正的意图，是假借

---

① 门迹寺院：平安时代末期以后，指皇族公家子弟所居住的特定寺院。后来逐渐成为寺院规格的表述。

天皇的威名令诸大名宣誓服从作为关白的自己。

此事可从秀吉令诸大名提交的宣誓文中可窥得一斑——“听从关白殿下调遣之令，无论如何，不敢有背。”即完全不违背秀吉命令之意。

第三天的连歌会中，秀吉担任了最初的歌者。

“漫漫等待必有价，世世契约长如松[①]。”

骏河权大纳言德川家康回了一联：

“片片松叶翠如盈，绵绵千年待君归。”

第四天是能的表演。第一幕是万岁乐，第二幕是延喜乐，台上台下其乐融融直至第八幕。会后有酒宴，秀吉之妻北政所与母亲大政所均有礼物进献天皇，有小袖、黄金、香料、高檀纸等。

特别值得一提的，是仙洞御所的正亲町上皇亲笔所作的短歌：

“万代之上八百万，延绵不绝是此时。”

虽然不免有阿谀之嫌，但长年遭受信长专横之苦的上皇，大概挺欢迎秀吉的王政复古政策吧。

十八日是第五天，天皇在午时左右从聚乐第启程回大内。秀吉也跟随在列，其所乘牛车前有长列行进，均是献与陛下的各色礼品，长柜三十、唐柜二十。所有礼品柜都外涂黑漆并绘上莳绘，刻着金属菊花纹样，还有紫色唐锦盖于其上。

行幸之日与还幸之日，沿途均有大量看客安静地目送队列行进。

“五畿七道而至的老少贵贱不曾喧嚣，只伏身静拜凤辇。管鼓之音回荡街角，感叹敬服之情铭刻于心。”（《聚乐行幸记》）

至此，秀吉策划的一朝一次的仪式顺利落下帷幕。不过，京城中的热闹依旧持续了一阵，人们在大典之后的兴奋和失落中，仍以天皇及秀吉队列的绚烂豪华作为茶余饭后的谈资。

信春也过了一阵这样的日子，返回日常之后，才开始烦恼该如何操

---

① 连歌会中，首联吟咏青松是惯例。另外，日语中“等待”与“松”的发音相同。

办与清子的喜事。

他最在意的人是久藏。久藏对静子的记忆是他最珍贵的财富，他怕是会反对吧。信春本就甚为担忧，自看到他对永德的崇拜后，更变得心事重重。

如果清子以自己妻子的名义来这个家里生活，信春担心久藏再也不会回家。他一定会一直住在狩野家，然后改名为狩野久藏。这种忧虑如腾起的黑云，无情遮住了他心的亮光。

信春独自烦恼了数日，而后决定跟清子商量。惯于世间人情的她或许能有什么好点子。可待他走出店门，看到账房那边投来的完全信赖的眼神，却反倒开不了口了。

“哎呀，有什么事吗?”

“没，没什么。我想让你帮我泡杯茶呢。”两人那般信誓旦旦地约定过，现在怎么还好意思去跟人家商量这样的烦恼，还不如把心里所想一切如实告知久藏。于是信春在书桌前坐定，拿起笔来。

他写下了自己决定迎娶清子为妻的缘起和经过，以及自己的想法，希望久藏能找个机会回家来与自己面谈。

这封信，信春让与久藏相交甚密的千之助送过去了，可四五天了却完全没有回应。了顿图子到狩野图子，只相隔半里路。距离近得连孩子都可以往来充当信使。只要有心，总能从工作中抽身回来，但久藏不仅未曾回家，甚至连回话都没有一句。

(他终究还是嫌弃这事的吧。)

久藏定是嫌弃清子做填房，而故意选择忽视的吧。他定是对父亲都厌倦了。信春此番一转念，心绪竟陷入比写信前更大的混乱之中。

“喂，久藏到底什么情况啊?”信春喊来千之助问话。

“好像挺忙的。据说正在绘二十四孝图屏风。”

“家里的事情，他可有只言片语?”

“没有。我们没有时间慢慢说话。”

既然这样，信春也没有办法，只能继续稍加等待。可过了十天半月也依然杳无音信。信春万般焦急，已变得疲于等待。若是久藏真的厌烦也无可奈何，但反对归反对，写封回信总还是应该的吧。可久藏却如此不当一回事，一定是学了永德开始轻视自己。如果真是这样，那就别怪我不客气了。

“我去见一下久藏。”信春对清子说了一声便斗志昂扬地冲出大门而去。

三条道上，车水马龙熙熙攘攘。秀吉让大名们在聚乐第周边兴建自己的府邸，并命其家人与家臣都随同搬迁过来，所以京城的人口一下子增加了一成多。操着陌生的方言，在店内货架前转来转去的人也增加了不少。

信春沿着衣棚道笔直向北走去。这条衣棚道可谓名副其实，街道两旁卖衣服的店铺挤挤挨挨一字儿排开。在这即将迎来苦夏的时节，店铺里摆满了麻布、薄绢、罗纱质地的各类衣物。

狭窄的道路人满为患。信春拨开人群一鼓作气往前走，可走着走着，心情逐渐郁闷起来。他讨厌因这种事竟一怒之下去找久藏的自己。而且还是在永德的跟前。他们在大德寺三门一事上很可能成为竞争对手，他不想让人揪住这种全不相干的弱处。

(既然这样，不如在三门的事上先做一个了断。)

这种想法颇有些狗急跳墙的意味，但总好过现在这样犹豫不决如坐针毡的烦恼。

最终信春走访了大德寺，春屋宗园在播种朝颜。这是去年从利休处得到的花种子，宗园正趁着雨后将其撒入庭院的润土里。他头戴斗笠，翘着屁股的模样，好似山野村夫。

信春就坐在回廊上等他播种完毕。若是在这个当口招呼宗园的话，会被怒斥修行不够，有时还会被他的警策棒揍一顿。所以没有比沉默等候更好的了。

“你像是有话要说吧？”宗园意外地早早收工回来，一边换下汗湿的僧衣一边这样招呼信春。

“因有事相求，特来拜访。”

“三门的画？”

心事被一言说中，信春反而接不上话来。他一次都未曾跟宗园提过此事，可见内心分明已被看透，倘若草率言语，便有可能即刻暴露自己的浅薄。

“请恕我不自量力，正是！”

“想胜过永德？”

“我不想输。但这与三门的画并不相干。”

“已经第几个年头了？”宗园低声询问。他指的是信春来大德寺参禅之事。

“两年半了。”

“这期间，可明白了些什么？”

“学会了摆正心态。”

“嘆？不妨说说看——”心态到底该怎样摆正？是双手捧着还是用肩膀扛着？宗园这个问题实在严苛。

“我不清楚，只是想保持原本的自我。”

“原本的自我，你可看得见？”

“不，看不见。”

“那岂不是不知道如何分辨原本的自我？”

信春无言以对，思考良久。禅的问答很难。对于尚在门外徘徊的小僧信春，他既没有悟性也没有学识去回答这些问题。但沉默下去就跟承认自己落第是一样的，于是勉力答道：“释迦牟尼佛曾说：人皆具有佛性。观照这个佛性，便可知道是不是原本的自我。”

“蠢蛋！”宗园的怒声如烈火般喷出，警策棒也应声而至，落在信春的肩头。“你居然还在那种境界徘徊？三门的绘画可不能交给你。”

“恕我失礼。请问错在何处？”

“无错！只是卑小被揪了出来。赶紧收拾包裹回去吧。”宗园把爱用的警策棒舞得呼呼作响，信春肩膀、后背简直被揍了个痛快。他第一次看见宗园这副魔鬼相，于是在不知所措中，狼狈出逃。

信春深受打击，回到了顿图子的店铺时仍然面色青灰。

“你跟久藏之间，是不是有什么误会？”账房的清子神色有些担忧。

“我没去见久藏。不用担心！”

回到里间，绘了一半的禅宗祖师图映入眼帘，上面“南泉斩猫”的场景已经绘完一半。传说中，中国唐代有一位名僧叫南泉，他的弟子们因为一匹猫争执不休，于是他将猫斩首以告诫弟子。这幅就是画的左手提着猫脖子右手正持剑砍下的南泉，但全没有画出来。无论是南泉的样子抑或表情，全没有得道高僧的辉芒。他不惜破杀戒也要教化弟子的气魄，也全无踪影。而即将丧命的猫却似午睡刚醒一般乏力呆然。

这样的画就妄想让宗园点头？三门的工作妄想凭运气拿到？信春冷冽清楚地看到了自己的卑小，坐立不安了。

“喂——酒！给我拿酒来！”这一日，信春把自己泡在酒里，以抚平杂乱无章的内心。第二天开始正式直面宗园的质问。

如何才能看到原本的自我？正确答案在哪里？自己又到底错在哪里？信春以与宗园一决高下的心态去寻求答案，忘记了其余的一切。

信春最大的优点，便是近乎愚鲁的坚韧。他不似都市成长的人那般脑筋灵活，也不会迅速处理事物。但他却有一股认真劲儿，能一直埋头于一件事情，有着不弄清真相决不罢休的韧劲儿。这或许是因为能登的气候与风土，那里一年中有一半都被大雪封锁。对手是大自然，可不是一点儿小聪明就能怎么着的，所以除了忍耐与等候春的到来之外别无他法。

雪，剥夺了人的自由，但同时给予人深刻思考和慢慢观察的充足时间。就是那样的生活培养了信春决不妥协的韧劲与正确辨事的眼光。

其实这一年来，春夏秋冬轮过一圈，信春一直在面对宗园的质问。这期间，信春收到了久藏的回信。久藏在信中表示支持父亲与清子的婚事，还附带说明，之所以稍迟回信，确实是因为太忙。

信春让清子看信，两人欢喜过一阵，但他的心思更在这些俗事之外。他时而在起居室闭关，时而信步外头，一直在考虑要怎样才能看见原本的自我。

某日早晨，大雨过后，店面附近积了一个大水坑。正经过此处的信春忽然心血来潮，凑过去细看之下，只见浑浊的水面倒映出了自己的面容。这只是作为外形的自己，并非内心。而想要看见原本的自我，必须要内心。可这心要如何才能看见呢……

信春呆立水坑前陷入思考。一条肮脏的野狗从他的身后跑近，站在信春跟前企盼了一会儿，见他不给任何吃食，便又横穿水坑跑了。

水坑泛起几圈波纹，随着水面重归平静，信春的样子也带着清晰的轮廓浮出水面。这像极了理想中的肖像画在心中成形的过程。

信春豁然开朗。心是无形的，无法用形去抓取，但却可以像日尧上人与教如的肖像那般，连内面一道描绘出来。

（对！要看见原本的自我，绘画就好。）

不是去画自己的像。而是自己所绘的所有的画里，都有原本的自我。

意识到这点的瞬间，一阵欢喜自内心涌来。信春就好像梦见了在高空讲法的释迦如来一般，是一种将心灵解放出来的欢喜。

信春就这样来到大德寺。他冲入新建的三玄院，想向春屋宗园汇报自己的答案。不巧长老不在。

“那就等会儿吧。我已经知道答案了。”再没有人能阻挡自己。他以昂扬之姿进入方丈等候，可到了中午，宗园还是没有回来。

室内三面是用云母画技法绘成的桐纹隔扇，不禁让信春想起故乡每年纷纷扬扬的鹅毛大雪。那一帘不停不歇无声无息的雪，把人们的生活封了起来。而那日他带着静子和久藏步行在丹波的山中，天空也飘着这样的雪花。

信春头戴斗笠，身穿蓑衣，静子用伞护住久藏，一家人朝京城走去。太难忘了，那一天的那个时候……

想象无限扩展，记忆模糊了界限。信春突然特别想画出当时的光景，于是开始寻找笔墨。书桌上有宗园的笔盒。而墨也十成足，仿佛为他特意预留的。

信春先绘了一座高山，似要冲破天际，再在山脚配了一些楼阁寺院。这是他们通过周山街道朝京都步行途中所见的神护寺的风景，却极为丰富地演绎了优雅且高水准的都城文化。画面右侧配置了几棵早已画顺手的松树，继续往右则是刚下船起步的三人。

两个小僧走近，见状骇然失色，一把揪住信春：“您在干什么？快停下！”

“放开！这就是我的答案。”

“不行！这面隔扇是关白殿下特赐之物。”

“别担心！责任全由我来担待。”信春凭着块头大赶走二小僧后，继续一心不乱地作画。画的是涌自内心的所有。他再次确信，那便是原本的自我。

到了傍晚宗园依旧没有回来。据说是去了岚山的天龙寺，今夜会留宿在那里。信春一直画到日暮时分才完成四面山水画，然后给宗园留下字条，离开了三玄院。

三门的建造差不多已经完成，朱色的巨大楼门在薄暮冥冥中赫然耸立。此前每次经过时，他都会被其气势所压倒，但这一日，却可以平心静气自然视之。

次日，信春翘首以盼宗园的消息。他自信，宗园一定能明白自己找到的答案。可惜没有等到任何消息。五天、十天过去以后，终让信春的心绪惶惶然起来。

那个答案应该没错。只是自己不顾僧人制止，在秀吉亲赐的桐纹隔扇上作画或许就不妙了。桐纹是朝廷钦赐给秀吉的，所以在上面绘画就等于在秀吉脸上涂稀泥。更何况，三玄院是与狩野派亲近的石田三成等人创建的寺院，难保他们不会小题大做，借此摧毁信春。

思前想后，信春不由得后悔自己当时的轻率。这会不会令宗园完全嫌弃自己呢？信春逐渐把事情往坏的方面想，而且越想越坏。

“或许，将献上颈上头颅呢。”他最后竟这样跟清子哭诉道。

“如果真的那样，那也没有办法啊。不是吗？”清子貌似还有所期待，只顾拨弄算盘，都没有抬一下头。

天正十七年（1589）五月二十七日，秀吉的长子鹤松出生。

五十三岁的秀吉和侧室淀姬之间，终于诞生了期待已久的世子。秀吉的欣喜可谓非同寻常，他向京都大坂的各家神社寺院捐赠土地，还向各方赏赐了黄金。因此，京中似也被这意外的景气炸开了锅。

在这个当口上，春屋宗园叫来了信春。信春洗洗脖子，带着奇妙的神情拜访了三玄院方丈。隔扇画原封不动立在那里。前面，有宗园和利休促膝对坐。

“你还做了一件惊天动地的事情啊。”利休首先招呼信春。

“因为找到了宗园长老提问的答案，所以——”

“所以太过高兴以至于忘了分寸，是吗？”

“实在对不起。我的答案对吗？”信春诚惶诚恐地望向宗园。

“你自己认为呢？”

“我已经尽了力。无论有怎样的处罚，我都心甘情愿。”

“我会向关白殿下和石田治部大人禀报：是为了庆祝鹤松大人出生特意让你画的。”宗园从糕点盘中取出脆薄煎饼，用坚固的牙齿嚼碎。

“那，那就是说……”

“一般来说，是不能容许之事。但你真是个好运的家伙。”

“万分感谢！那——”那个问题的答案到底算解开了没有？信春问道。

“答得妙啊。是吧，宗匠？”

“正是。所谓一念虚空啊。”

“释迦花了六年，达摩祖师用了九年。若没有面对艰难问题的资质和觉悟，便不能开辟新的世界。”

“太好了，信春。长老说，想将三门的画都交给你呢。”利休近来年纪大了牙齿也越来越不得劲儿，于是将脆薄煎饼用水泡着吃。这套手法，亦如点茶一般优雅。

“宗园长老，这是真的吗？”

“狩野派虽然有石田治部大人的推荐，但他们画风一成不变，缺少趣味。我正和宗匠商量这事呢。”

“那，我……”

“今年年内就想举行三门的落成庆典。在那之前能赶得及吗？”

“赶得及。就算赔上一条性命，也一定会在那之前绘完。”

“钱由我来出。栋木上的庆祝词由长老来写。我们三人合作呢。”

信春急急离开三玄院，一路小跑，回到了顿图子。他想早一刻回到店里，将此事告知清子和徒弟们。

翌日起，信春精神抖擞地开始工作。

能负责大德寺三门的壁画，便是被认可为一流画师的明证。也能成为将来接受城郭、大殿、寺社等工作的重要里程碑。而且是跟狩野派角逐后胜出的，因此备受世人关注。

信春摊开三门的图纸，构思草图。

门面五间、二层双重的主屋风格的楼门确实庞大。楼上室顶和室壁需要全部绘图，所以工程之巨大，不是信春以往的工作能比的。草图出来后，才能决定工作的顺序并制定进度表。也需要算出什么颜色的颜料需要多少，然后提前跟画材商预定。

信春思前想后，决定先看看三门内部。

“请！脚下小心一些。”在寺僧的带领下，信春带上千之助和茂造登上陡峭的台阶。目之所及，整个京城一望无垠。西边的爱宕山、东边的比叡山。正面右方的船冈山如拳头般隆起。山的东侧能看见聚乐第金箔镶作的屋顶。

距离室顶的高度是人身高的两倍。要在这里搭建鹰架描绘蟠龙图和天人像，可见工作的难度超乎想象。

“至少需要二十个人吧。”千之助叹息着嘟囔道。主要的地方由信春描画，但需要有人专门涂背景或者递笔和颜料。可信春只有十名弟子。

“不光要画，还需要有人站在下方整体把关。”这包括判断绘画是否协调，颜料的调度是否有微妙的差别，所以需要有一个跟信春差不多水平的画师。但若不是心有灵犀者，也不能胜任这项工作。

“貌似，只能请久藏先生回来帮忙了啊。”

“是啊。有你和久藏在的话，便如虎添翼了。”久藏还寄宿在狩野家。而且，近来他画技精进，已与八大弟子平起平坐，信春不知道他是否还愿意回来。

但在绘画这件事情上，信春不会犹豫。所以马上将久藏叫到狩野图子附近的一家茶屋酌酒面谈。上次见面，还是去年盂兰盆节久藏回家之时。那时候，信春满脑子只有宗园的提问，所以早已不记得自己跟久藏说了些什么。

“越来越优秀了嘛。”久藏出色的成长，连做父亲的都觉得耀眼。

“还很不够。近来感觉，越来越能深刻地体会父亲教给我的东西了。”看似毫不经意的一句话，却能叫人狂喜。原来久藏已经到了这个年纪，而且开始好酒。

“出席酒宴的机会也多了吧？”

“作为总帅的陪同，拜访大名和公家的机会多了。而且，总帅不怎么喝酒，所以——”久藏便代为喝酒作陪。连持杯的姿势都有了高贵的气质，是那种习惯于高贵的坐席间镇定喝酒的风范。

“在清子的事情上，让你担心了。”

“我可没有担心。有那么好的人来照顾父亲，我也可以安心习画了。”

“是吗，你能这么说啊。”

“父亲说有事相商，是指你们的喜酒吗？”

“不，此事现在还不能公开。”信春替久藏斟酒，告诉他大德寺三门的壁画将由自己负责。

“那可真厉害。恭喜父亲！”久藏面上没有任何忧色，只高兴地连声赞叹太好了太好了，杯里的酒也被一口喝干。

“听说，狩野派也想得到这项工作，你没有听说吗？”

“没有。总帅从来不说这些。”

“我想趁此机会达成夙愿，树起长谷川派的旗帜。因此想请你先回来，你觉得如何？”信春端正坐姿，坦言自己就是为了商量这事才叫他过来的。

“长谷川派，是吗？”久藏出声确认信春的意思。

“这项工作如果顺利完成，便能引起天下人的关注，就有机会跟狩野派一样负责城郭和大殿的内部装饰了。”

“记得在了顿图子开店时，我们好像还说过这个话题呢。”

“那时你说，要做就要做好，把长谷川派旗帜打出来。”

“在京城亮出长谷川派的旗帜，爷爷一定很高兴啊。”久藏极目远方，想起了七尾的家。幼时，是祖父宗清把自己抱在膝上手把手教自己画画的。

“肯定。你也常想起爷爷?”

“我其实都不太记得了。是母亲曾时常说起。”

“我能努力到今天，都是因为觉得，自己若不成为出色的画师，便对不起养父大人和静子。而终于到这个年纪，才把握了这样一个机会。”所以，希望久藏你能帮忙协助！信春深深地低头恳请。

“父亲的心情我非常理解，可我不能随便离开狩野派。”

“为何?”

“拜师时，我曾递交宣誓文。宣誓不将狩野派的技法外漏，且不能在没有得到许可的情况下私自离开，那是入门的条件。”

“我怎么从没听说过这些?!”信春大为愕然。永德前来商量招揽久藏入门之时，并未提起这些。

“那是惯例，也无计可施。要想离开狩野派，就必须请永德先生返还那张宣誓文。”

“既然这样，就由我去拜托永德返还。你看如何?”

“要是可行，我同意。狩野派门规森严，身在其中，有许多为难的事情。”

“这事包在我身上。只要你肯回来，我不惜一切代价。”信春信誓旦旦，可事情却并非所想的那么简单。

永德对三门的工作也曾势在必得，但信春却依仗宗园和利休之力捷足先登。信春虽无恶意，但永德却免不了有囊中之物被巧夺的挫败感，从而对信春抱以反感与敌忾心理。而这时信春又恰巧为了三门的工作想让久藏回来，不知永德到底会作何表态。

（或许应该拜托松荣先生？）

若是由他父亲开口，永德应该会顺从吧，但信春又马上打消了这个念头。自从松荣让信春参与聚乐第的隔扇画之后，松荣与永德之间关系愈加紧张。再加松荣已是隐居之身，已经不管家事，所以这时去请求松荣先生有些强人所难。

那还有谁可以拜托呢，信春在心底搜索，但没有一个人可以成为连接两人的纽带。信春决意，只能自己直接拜访，他恳请会见永德，跟他商量一下久藏的事情。

回复当天就来了。永德回答，会派遣狩野宗光过来，有什么事情跟他说便好。宗光便是那个在聚乐第内部预览时替信春作向导的八大弟子之一。

“我想先生也知道，这件事情不是弟子随便能决定的。”

“宣誓文的事，我一直不曾听说。永德前来协商之时并未曾说明此事。而我正是因为想到久藏将来会回来，那时才把他交给永德的。”

“事到如今，再说这些话也——”也无济于事了，宗光对信春的天真一笑而过。

“那要怎么做才能让久藏回来？我想直接询问永德。请你这样转告他。”

第二天，宗光再次来访。夏日阳光的照射下，宗光白皙的长脸上都渗出了汗水。

“总帅说，事件原委他清楚了。”

“那么，可以让久藏回家了是吧？”

“但有一个条件。”因永德已经向久藏传授了很多独门秘法，万一泄露，对狩野派来讲便是一桩大事。因此，要以信春的名义递交一份起誓书[①]，保证今后不会给狩野派招来麻烦。

---

① 起誓书：以神佛为对象起誓的文书。在当时被视作最为可靠的誓言形式。相比之下，宣誓文只对被宣誓人发誓。

“写法就按照这个样子。”宗光策划得很周全，已经准备了样本。不但不能给狩野派添麻烦，还要向神佛起誓：一旦违背，狩野派有权将他们从京城赶出去。

“赶出京城?”这么一来，生杀大权就捏在永德手里了。但信春一心想要回久藏，便咽下了这个条件。

宗光收好起誓书，道：“这样总帅应该也能答应了吧。我会尽早安排你们会面的。”他让信春等待下一个通知。

可他回去数天了，信春还未收到任何消息。也不知出了什么事，信春只能焦急地等待着。十几天后，宗光终于来访。“总帅实在太忙，多有失礼！他说接下来可以会面，我负责带先生过去。”

“是么？那我赶紧准备准备。”信春换了一身羽织与裙袴，抑制住焦躁跟在宗光后面。

时值盛夏时分，蝉儿停在府邸的松林上聒噪个不停。与玄关相连的鹅卵石上，已有人洒过水了。永德身穿一件凉爽的上等麻质小袖，正端坐于会客间的上座。

“有幸得见，实在感激不尽!”信春像家臣般恭谨有礼道，“此番任性的请求，给您添麻烦了。但还请容许久藏回家，鄙人将感激涕零。”

“遗憾啊。久藏刚学会笔势，我正期待他在今后确立自己的画风呢。若现在离去，怕是迄今为止的苦劳都打水漂了。”

“这么做的确有些任性，但久藏终将是长谷川家的继承人。把他交给您的时候，鄙人也是这么说的。”

“倒是听过。你说自己作为养子不能让这个家族断绝。”

虽然永德的口吻很让人讨厌，但信春确实说过类似的话语。

“那就请您务必斟酌权衡。”

“知道了。你已经提交起誓书，如果他本人也希望如此，我不会阻拦。”永德传唤随从，下令将久藏带过来。信春紧张地等待着，但久藏并不在府邸。

“听说久藏五天前就参与加贺的前田大人那边的工作去了。”年轻的随从回答道。

“那就派人去聚乐第叫去。”永德道。但久藏在的，不是聚乐第的前田府邸，而是加贺的金泽城。“那他何时回来?”

“大概十月末。”狩野家弟子多达数百人，只有各项负责人才知道派谁去了哪里。随从就是跟负责人确认才得知的。

“诚如所闻。十分抱歉，只能请你等到那时了。”永德说罢便离席而去。

“请等一下。这样的话，我们的工作会有麻烦。”

“久藏目前还是我的弟子。在将他返还之前，当然应该优先狩野家的工作吧。”永德说他自己并不知道久藏去了金泽，但实难相信这纯属偶然。永德一定是知道信春要带走久藏，才故意派他远赴金泽的。

(之所以拖沓了十天，就是这个缘故。)

信春对这肮脏的行径咬牙切齿。但永德既然说不知，自己也毫无办法，只能空手而返。

回去后，只见店里大批客人熙熙攘攘。是从越后一地前来本山参拜的一行人，正用浓厚的口音说笑着物色礼品。清子应客人们的要求，时而取货，时而应答，正忙得不可开交。若是换成往常，信春也会过去帮忙，但今天的他却没有这份心情。

进入里间，信春一脸茫然呆坐半晌。不久清子端了茶过来，说客人们一听到午时的钟声，便齐刷刷地回去了。“一定是到什么地方吃午饭去了吧。跟潮水一样刷刷的就没了。”

“累了吧？他们的方言也怪难懂的。”

“不啊。大家都很高兴，称赞扇子漂亮呢。”

“我被狩野拒绝了。”

“那久藏他——”

“说是要到十月末才能回来。”信春讲述了事情始末，自嘲自己怕是被永德耍了。“这样的话，只能重新雇人了。需要五个手艺好的画匠，十个帮工，可以吗？”

“钱的事情不用担心。托你的福，生意挺顺利的。”

“要勉为其难去招揽过来，佣金大抵得需平常的两倍。”

“账簿，你要看看吗？”清子从店里拿来厚厚一叠，上面全是清子工整的字迹，满篇密密麻麻的数字。自从把账房交给清子后，商店的积蓄约有黄金一千二百两。换算成现代货币相当于一亿两千万日元。

“好厉害啊！何时竟——”

“能登屋的扇子可是京城最好的。若这点儿积蓄都留不下，是会遭天谴的。”

“有这么多积蓄就没问题了。我要画好三门的壁画，夺取天下第一的名声。”信春打算等三门顺利完工后，便去拜访油屋正式提亲，现在还时机未到。

三门壁画的样式已基本敲定。顶棚的中央绘上圆形的蟠龙图，左右两边分别搭配升龙和降龙，以此来表现佛教中得悟的世界。升龙是上求菩提，降龙是下化众生，两者均是对僧人理想的具象化形态。

这些画约定俗成，比较容易描绘，但同时也容易陷入与过去名作太过相像的危险。春屋宗园之所以说“狩野派的画风一成不变，缺少趣味”，指的就是这种弊害。

在这一点上，信春很有优势。他长年从事佛画师的工作，已有足够的经验能在既定的画题中加入自己独到的表现。重要之处不是画作本身的匠心，而是理解该画题的本质后，用自己独到的手法去表现。

信春有幸学禅，师从宗园，平素深受熏陶。所以明白大德寺禅的本质便在开山祖师大灯国师的教诲中。僧人们每日早晨，都会诵读国师遗诫，再开始一天的修行。遗诫的开头部分是这样的：

“汝等诸人，来此山中。为道聚首，莫为衣食。无有肩不着，无有口不食。只须十二时中，向无理会处，究来究去。光阴如箭，切勿旁心杂念。”

你们是为了佛道修行而聚集在山中，不应为衣食担忧，只须埋头修行即可。而修行的目标“无理会处”，指的是超出学问、知识、常识等所能解释的觉悟之境。通向得悟的道路艰险，而人生苦短，如果拘泥于俗世杂事，便会荒废一生。

这种近乎于癫狂粗暴的求道心，信春也有。所以他才会飞出七尾，历经重重困难，继续精进他的画业。

（最重要的，在于捕捉向着无理会处修行之人的气魄。）

信春首先描绘中心部分的蟠龙图。空中盘绕的蛟龙，正用可怕的目光瞪着靠拢的人们。升龙和降龙都令人恐惧地扭动身躯，伸展锐利的龙爪，告诉人们通往得悟的路途艰险严苛。左右柱子绘上哼哈二将，正如阎王般怒气大发，蔑视着人类的软弱愚鲁。

只有决心遁入三门，舍弃身体和俗世并潜心修行之人，才能到达无理会处，与佛祖合为一身。这座山便是这样一个修行的场所，是与人世间断绝一切关系的另一个世界。

在这些思考的驱使下，信春挥笔不停，继而有了一种年轻时描绘十二天像图时的手感。不是自己在画，而是栖息在体内的什么操持着自己的手腕，用绘画的形式向外喷发出来的感觉。所用颜色也是近乎于原色的红、黑、绿、青。这是信春为了突显画作的强势和激烈。而且，不拘泥于细处，只考虑将粗犷壮实的线条绘活。

信春试着将绘就的草图拼凑起来，这一看，自己也大为吃惊，竟跟孩提时代所绘的莲花祭的灯笼画十分相似。他一方面觉得理所当然，一方面又有些难为情。

六月末，信春拜访大德寺向宗园展示草图。宗园盯着拼好的草图看着，久久没有说话。

“嗯……”不知是佩服还是无奈，宗园只哼了一声，便一直抱着胳膊。

“您觉得如何?”信春等不及，先开始提问。

“很活。无理会处的那些将进未进的修行者们，大抵都会被这样的幻影所扰。”在得悟的入口处，龙作为佛祖的使者，为了矫正修行者的不成熟而故意现出愤怒的姿态。过了这一关，才算踏入了新世界。

“能作出这样的画，表明你的修行已经进步至此。不容易啊!”宗园点了头，说没有一处需要修改，只剩一个现实问题。“其实呢，年末的各项事宜都堆积在了一起，所以想在十二月初进行三门的落成法会。不知道能不能赶得及?”

“我知道了！明天马上开工。”

信春顺便拜访了画材商生野屋，订购所需分量的岩石颜料和水胶、胡粉等。

“恭喜恭喜！听说您已应承了大德寺三门的工作了呀。”熟识的掌柜不愧消息灵通。

“已经有人这么传了?”

“那可不是！世界就这么点儿大呀。我还听说，你跟那边的总帅闹不和呢。”

“其实也没有什么不和。”

“不用隐瞒了。这不正好说明先生的实力已经扩大至此了嘛。”

长年来君临天下的狩野派象牙城，被只手空拳的信春击破。京中有关人士均面面相觑，或惊讶或称赞，自然也不乏看热闹的。

画材订购倒是顺利，但画匠雇佣一事却碰到了意想不到的困难。京城中有几人专门负责斡旋画匠的，碰到信春这种情况，一般会从畿内近国召集画匠。但这次，谁都没有答应帮忙。

“听说新受封的大名们都一齐修建城郭大殿，所以无论哪家的画匠全都被派出去了。”负责联系画匠借调的千之助与茂造的汇报简直一模一样。

（怎么可能这么荒唐?）

信春思忖，他知道责备二人也无济于事，于是带着礼物拜访了相交甚诚的若狭屋。

“实在是很难说出口啊。”接过礼物的老板，擦着面上脂汗告诉他，现在没法儿派人去能登屋。

“这，又是为何?”

“某处送来了一份传阅文书，我们都不敢违背啊。”原来是永德下令业者不能派画匠给信春。他要彻底阻碍三门的工作，以便将羽翼渐丰的长谷川派一网打尽。

“既然这样，那请你帮忙介绍一下其他的店吧。我应承了大德寺三门的壁画，但现在人手不够。”

“实在抱歉啊！我要是这么做，便是违背了那份传阅文书，所以——”

“那就算了。我自己找！”信春气极，噌地站起来。

“很抱歉！你去其他店也没有用。”

“京都不成的话，就去大坂和堺市。”

“传阅文书也到了那边。在畿内工作的人，都怕得罪那人。”

怎么会有这种无聊的蠢事，信春不信。待他去了大坂和堺市后，才知道果然都如若狭屋所说的那样。即便他通过私交的熟人用金钱收买，拜托他们寻找画匠，也还是没有人应声。谁都唯恐被狩野家封杀。

（至于做得这么过分吗?！狩野他——）

信春被巨大的障碍所挡，一筹莫展。事到如今他终于狠下心来。这是一场关乎生死的大战。对方要摧毁自己，那自己就用葬送狩野派的觉悟去迎战。信春与生俱来的不服输的气质被激发了起来，他在内心发誓，一定要挽回败局，但却没能想出突破现状的方策。

“要不要跟堺市的叔父商量一下？”清子体察信春的苦衷，小心翼翼提议道，油屋常金跟西国的毛利家和大友家都有交流，或许能拜托叔父招来手艺出色的画匠。“狩野家再怎么厉害，也不至于连西国也唯唯诺诺。”

“不，这样不行。”他是想在成名之后再去迎娶清子，如今在这种事上实在不愿先行失了锐气。

京都的盂兰盆节从七月十一日开始。人们在佛坛前点起迎神火，供上迎神丸子和茄子、黄瓜、豇豆等，准备迎接先祖的亡灵。而迎来的亡灵被称为圣灵，会被郑重招待至十六日点起送神火为止。

信春从这日开始关闭店门，准备迎接养父母和静子的亡灵。七尾的长谷川家已经不存在了，所以他十分清楚，必须接他们来这里。清子也十分敬重静子，她一大早便起身，做好了万全的准备。看到清子的心意，信春特别感激。

正午刚过，清子打算在佛坛前供奉午餐，突然地面晃动起来。脚底下似有一股力量冒出，而后开始左右摇晃。清子手持膳食蜷伏在地。其后，摆放颜料的柜子眼看着就要倒下来。

“危险！”信春瞬间扑到清子身上护住。柜子直接击中信春的后背，颜料瓶和器皿乒乓作响四散开去，其中也包括已经兑水调过的颜料，把衣服地板各处染得凌乱斑斓。

“我……怕是被嫌弃了啊……”清子孩子似的抽泣着，身子不住地颤抖。

“傻瓜，是地震！”

这年二月五日，骏河、远江发生地震，危害甚大。而同时地壳变形波及京都，引发了这次京都的地震。所幸的是，晃动并不大。能登屋的损害只是颜料柜倾倒，店内墙壁上装饰的扇子掉下来的程度。但因为画匠们正放假归家中，所以收拾起来没那么容易。

信春一身污衣，正收拾散乱在地的扇子时，门口出现一个魁梧的身影。抬头一看，身着旅行装束的久藏正站在那里。

“地震了，没事吧?”

“哦，没什么事。盂兰盆节放假了?”信春思忖定是久藏也放了假所以才回来的。

“我跟狩野家告了别，今后请让我在这里工作吧。”

“金泽城的画呢?”

“还没有结束，但我听说父亲很是苦恼。”久藏听闻信春为了取回宣誓文，甚至提交了起誓书，于是不顾永德的制止，返回家中。

“既然这样，那赶紧帮忙吧。”信春微微一句，继续拾掇扇子。若无其事的外表下，是高兴得想要跳出来的一颗心，仿佛感觉肩上的重担顿时卸了下来一般，但却又不能在作为徒弟的儿子面前喜形于色。

翌日，大约有七名狩野派的年轻弟子因仰慕久藏赶来投奔。他们不习惯永德的专制，希望能在久藏手下工作。

“父亲，您能允许吗?”久藏已经完全是一副主心骨的神情。

“哦，可以吧。”信春明知道一旦接受这七名狩野派弟子，便会被永德责问自己挖墙脚，但此事皆因对方而起，实在没必要顾虑什么。

十六日，点起送神火，送走亡灵。第二天，他们便开始了三门的工作。

信春描绘蟠龙图和升龙、降龙，久藏负责天人像和迦陵频伽像，千之助则承担仁王像和波图。因为还是炭笔素描的阶段，稍有差池也不碍事。关键在于整体是否协调均整。

虽然是踩在鹰架上的高难度工作，但三人按照草图，仅用了十天便绘成了。而且三人心有灵犀，画面和谐得连信春都要误以为是自己一个人所绘。

接下来是色彩。蟠龙图以青绿色为主，使用孔雀石为原料；升龙和降龙则用蓝铜矿来凸显琉璃色；朱红则用水银和硫磺调制；黄色用虎眼石来出色。每一种颜料都很昂贵，可为了使色泽显得鲜艳而有深度，信春挥金如土。

扩充至十七人的徒弟们也意气相投，为树立长谷川派旗帜而各守其职。天气也很好，简直就是在预祝他们一帆风顺。到了十月末，所有工作全部完结。

十一月一日，宗园和利休受邀预览。

“正好是无理会的入口啊。是吧，宗匠？”精通禅道之人便能一眼看出，宗园不住地表示佩服。

“确实如此啊。必须要给信春一个符合这幅画的名号。”利休询问信春有什么希望的字号。

“那，我想从本门先贤等春[1]先生处讨一个等字。”

“等字啊，那就称等白如何？”宗园定下后，说字意可以慢慢思考。

信春依言，在蟠龙图的一旁署名“长谷川等白五十一岁”。自此，信春改称等白（之后的等伯）。

三门的落成法会于十二月五日举行。是由宗园担任导师，秀吉以下诸位大名参列的盛大仪式，所以壁画作者长谷川等白之名一跃而为天下知。

如此气势恢宏魄力十足的画，在迄今为止的狩野派中并不曾见。这种不仅限于表层的描绘，而且逼近本质的奔放画风，给看惯了俊美画作之人的灵魂以深深的震撼！

---

① 等春：战国时代画师。作品有《花鸟人物押绘贴屏风》、《潇湘八景图》等。

第八章 永德去世

天正十八年（1590）新年刚过，京城早已喧嚣不休。秀吉昭告天下，将讨伐小田原的北条氏，并勒令诸大名备好兵马准备出征。

争执的起因是北条氏与真田氏的对立。随着北条氏的北进，真田昌幸眼看上野（群马县）沼田的领地快被夺走，于是请求秀吉出面调停。秀吉曾经发布过一道“总无事令”，禁止各大名之间的私斗，所以他同意调停并下令让双方和解，条件是沼田领地的三分之一归还真田，其余都给北条氏。

但是，进入沼田城的北条势力和坚守名胡桃城的真田势力依然不断发生小规模战斗。于是，北条氏在一气之下，想借己方兵力的强盛一举攻下名胡桃城。秀吉闻讯后，便以违反总无事令为由，向北条氏宣战。

德川家康受命先锋，于二月十日率两万兵马往骏府城进发。紧接着，织田信雄、蒲生氏乡、丰臣秀次等亦相继沿着东海道向东进发。三月一日，秀吉本军由天皇亲自送离京都。

小田原城乃天下名城，曾经承受了上杉谦信和武田信玄的猛烈攻击。城外由全长九公里的土垒和壕沟作防，城内则聚集了五万名关东地区的勇士。北条氏在周边城池亦分配精兵守卫，做好了完全的迎战准备。

但集合了二十一万总兵力的秀吉显然更加胸有成竹，他在给真田昌幸的信中如此写道："关东八州之主悉数聚合，故攻小田原可一遍杀尽。"即是说，关东地区的勇士们既然都集中在小田原城，便可以一并讨伐干净，所以反倒是好事。

秀吉之所以这么自信，不光因为他拥有北条氏的三倍兵力，还因为他已经切断了北条氏入手硝石和铅的途径，所以他知道，只要将战事拖长，北条氏便会因弹药用尽而一筹莫展。

而与此同时京城内也洋溢着乐观的气氛。出兵之时需要在短时间内购买兵器、兵粮、马粮及生活用品等，所以京中呈现出自九州征伐以来的战时景气。

了顿图子的能登屋也异常兴隆。长谷川信春，改名为等白，因大德寺三门的壁画广受好评，不仅京内京外，名声还远播近国及整个日本。看过壁画的武家、公家、僧侣，都直奔能登屋购买等白的作品。而仅有耳闻的仰慕者们也想看看等白究竟绘什么样的画，所以了顿图子前，排起了等候入店的长龙。

能登屋从开年初便开始手忙脚乱。店头摆放着的扇子和小型屏风飞也似的被买走。隔扇画和屏风的订单从大名家、寺庙神社和商家纷至沓来。

等白已将画匠增至四十人，账房也另从油屋转雇了两名店员，即便如此，依然有些忙不过来。"再怎么忙都不许疏忽！每一项工作都要当成修行来做。"

等白自离开七尾，已经熬过了十九年的不如意。在终于风生水起之时，他依然全心全意地着手每一项细小的工作。不过近来，有些事情令他介意。几乎与樱花盛开同一段时日，清子变得没有精神了。

她与等白自去年年末正式结为夫妇，新婚才过了三个月，奇怪的是她总觉得心里堵得慌，哪怕坐在账房，也看似辛苦难耐，招待顾客也有些漫不经心。

“你从正月开始就一直太忙了，稍微休息一下，如何?”等白有些担心，但清子却逞能道自己没事。

等白不知所以然，正焦闷之时，从油屋转雇过来的阿房出乎意料道：“夫人该不会是怀孕了吧?”

“……啊?”

“不至于这么惊讶吧。先生没有印象?”

“这个嘛，当然——”有印象。等白说罢便红了脸。

“那岂非喜事？这可是神佛所赐。”

“可是清子她——”她是因为不能生育才被迫离婚的。而且自己也已五十二岁，根本未曾想过还能有子。

“人与人是要靠缘分的。关白大人还不是得了侧室淀姬才有第一个孩子的么?”

“清子她说过自己怀孕了吗?”

“没有。这是女人的直觉。”

“那麻烦你帮我去问问，是不是真的，好吗?”

“您说什么呢?！对女人来说，能由丈夫最先发现，才是莫大的幸福啊。”您就是太过迟钝，夫人这才不高兴的。阿房留下这句近似威胁的话，转身回了账房。

等白暗地里观察清子。她原本就胖，所以看不出有什么体态上的变化。也没有呕吐或胃口变小，貌似并非妊娠恶阻。

(那清子确实是在生气吗?)

如果真是，那自己得赶紧做点什么才行。可等白越急越不知如何应对。当然，他倒还没有鲁莽到当面询问清子是否已怀孕的地步。

时值樱花盛开。在犹豫了两三日后，等白邀请清子外出赏花。他们来到仙洞御所共赏八重樱。这株祖父无分曾经分得树苗的樱花，今年也稳重地开出了粉嫩的花朵。

“结婚后是第一次来看哪。”

“是啊。你第一次带我来还是四年前。”

“这株樱花和我们七尾家中的一样。所以对我来说，这儿就跟我的家一样。所以啊，如果孕育了新生命，就应在这里跟大家报告一下才好。”等白说罢，只见清子含泪微微一点头。

“谢谢你！真没想到竟然还会有这样的喜事！”

“要感谢的应该是我。可是，真的可以吗？”

“可以什么？”

“可以由我这样的人来孕育您的孩子。”

“你还真是个莫名其妙的家伙哪。你不是我的妻子吗？”

“这……倒也是。”清子像是思虑良多，却未说出口。

回到家，等白将久藏叫到屋里。两人都有些奇妙的紧张，是因为他们一直都很在意久藏心中珍藏着的母亲静子。

“今天特地有话跟你说。”等白耐不住尴尬正想拿出酒来，久藏却拒绝喝酒，说还剩了些工作。

“怎么了父亲？神色这么奇怪。不会是又接了什么勉为其难的工作吧？”

“不是的。其实……那个……”等白稍稍含糊其词后，终于把清子有孕之事告知了久藏。“这个孩子将成为你的弟弟或妹妹。虽然年龄相差很大。”

“这可真是恭喜了，父亲大人厉害啊！”久藏高兴得差点儿一拳砸到等白的肩头，而且说话的口吻也像是知道女人了似的。

“你……不嫌弃？”等白知道清子最担心的就是这个。

“父亲说什么客气话呀。我们想要树立长谷川派，需要培养不劣于狩野派的势力呀。家人当然是越多越好。”

“嗄！你都这么说了，那还不赶紧娶房媳妇？”等白十分高兴久藏的通情达理，于是半开玩笑地逼迫起来。

“我还在修行中呢……”

“已经二十三了吧。要是有了意中人，不妨带回家来看看！”

“那好，我考虑一下。”久藏撇嘴一笑回了画坊。

三月底，能登屋来了一位稀客。久违的狩野松荣拄着拐杖来访。上次见面，记得还是因为聚乐第的工作。

“你这么忙来前来打搅，真是不好意思。但我有事相求，所以——”

“欢迎光临！请往里间移步！”等白将松荣引至别墅的会客间。工作增加后弟子也多了起来，原先的住宅太显狭窄。所以等白买下了邻屋当做别墅。

“好漂亮的庭院。生意这么兴隆，真是可喜可贺啊！”

“多谢多谢！聚乐第那会儿真的让您老费心了！”等白麻利地点茶。道具全都置办了新的，唯有茶釜除外，用的仍是芦屋的那只真形釜。

“我才应该感谢你啊！托你的福，聚乐第的工作才得以顺利完工。犬子太过冒犯，一定惹你不高兴了吧。”松荣深深一低头，恳请等白原谅。永德草率对待等白的画作一事，松荣一直甚为介意。

“还请把头抬起来吧！那些事情，我从不曾介意啊。”

“那家伙自幼便拥有出众的绘画才能。因此，我的父亲将他当做狩野家的宝贝甚是溺爱。给他所有他想要的，让他看所有他想看的。他十岁的时候还曾上过朝呢，此事你可听说过？”

“不，不曾听说。”

“当时，他正在研习大和画，说想看看宫中所藏的真品。于是我父亲便拜托公家众，让他能够入朝参见天皇。”当然，无官无爵之人是不可以与天皇见面的。据说，他是藏在后宫之中，抓住天皇出行的机会，给天皇看了他所绘的兔子。“那时的后奈良天皇甚是喜欢，赞他说遇见了神童。就这样，他便愈加自大了。待他年纪稍长后，便对我说的话全然不以为是了。”松荣说罢，面上浮出一丝寂寞的笑。

“刚才您说有事相求?”等白十分明白松荣的辛酸，所以不想继续这个话题。

“其实还是为了犬子的事情。上次大德寺三门一事好像又添了许多误会，不知能否冰释前嫌?”

“哦，那件事啊。”等白一脸的不甘，似被人用抹布抹了脸一般。永德为了妨碍等白在三门的工作，向各方施压使其雇不到人手。这般肮脏的手段怎能原谅?

“您生气是理所当然的。不过最终我家的弟子也过来了几个。所以，可不可以就此扯平?”

“那些弟子是仰慕久藏而来，又不是我挖墙脚。”

“确实如此。但狩野家却一直认为是被挖了墙角。所以对久藏的反感也甚是强烈。”再这么争执下去，对双方都没有好处。所以希望等白这边能先委屈一下，松荣再次低头恳请。

“您是想让我前去道歉吗?”

“这不光为了犬子和狩野家，对长谷川派的将来而言，我也不希望留下什么祸根。”

这话直击等白的心府。松荣不是那种只考虑狩野派的心胸狭窄的画师。他曾毫无保留地传授等白画技，连秘藏的赐教草图都让等白临摹过。他曾言：画师是行走于狭窄险要之道的求道者，无论谁经历此道到达彼方，对后来者都是一种激励。他曾抛弃门户成见，包容了等白。

“师匠，我明白了！我明白了，所以请您把头抬起来吧!”

翌日，等白带着久藏拜访了狩野家。因松荣曾说，永德今日在家。

反正要道歉，不如带着久藏一起。

“知道了。请稍等。”久藏从画坊取来一个瘦长的包裹。

“是什么，这个?”

“用作礼物的画。我想总有一天要去寒暄一番，所以早就准备好了。”那是高三尺的六曲屏风，是墨色梅花黄莺图。构图与永德跟等白比画时所绘之图相同，但却有令人称奇的纵深之感。

“原来如此。你想到了活用屏风折痕的办法!”隔扇画是平面图，但屏风却可以有山与谷的折痕。活用这个特性，在山处绘上粗壮的树干和树枝，在谷处描绘稍远的细枝树叶，这样就起到了强调远近感的作用。

“我在修复总帅毁坏的黄莺图时，就在考虑有无方法能使这只鸟看上去飞得更远。之后便想到了屏风。”

“狩野派的技法已经娴熟，线条也活泼生动。这样的作品，永德一定会爱不释手。”

绘画的技法、着色的技巧等，各个流派都有秘传。仅颜料的调配就有数百种，所以可以毫不犹豫地说，对秘传的掌握程度可以决定绘画的质量。狩野派之所以能君临绘画界，也是因为这些技术已经积累了四代的缘故。

久藏学了大半技法后返回长谷川家，所以狩野派认为遭到背叛甚而对其反感，也是人之常情。但这种反感有可能不利于久藏的将来。

(松荣师匠担心的正是这个。)

等白再次意识到松荣对自己与久藏的关怀，所以决定今天无论遭遇什么都不能生气。

等白和久藏沿着室町大街一路向北。两人身高出众，并肩步行时则更加显眼，且久藏眉清目秀温文尔雅，竟引得同路的姑娘们驻足回望。

“喂，你先走。”等白终于受不住这些灼热的目光，退步往后。不过内心却是窃喜的，久藏已长得如此出众，让他自豪得想飞上云端。

狩野图子距离了顿图子仅半里路，是两人步行三十分钟的距离。狩野家自第一代正信以来便拥有奢华的府邸。两人在大门口通报后，狩野宗光出来应对。他本是土佐派出身，聚乐第内部预览时曾负责为等白做过向导。

“好不凑巧，总帅正好外出了。”其态度仿佛在叫嚣快点滚回去。

“我听松荣师匠说，他今天在家呢。”

“因有急事，刚刚出门。”

“那我们等等就是。”等白微笑作答。不似以前那般生气，也就不会被狩野派的威慑所迫。今日的自然态连他自己都感觉不可思议。

宗光只好不情不愿地领着他们来到弟子间。这是一个八叠大小的木板房，上座是一个高三尺的和室。永德就是坐在这里跟弟子会面的。

“嘎！好似天子一般哪！”等白靠近久藏的肩头，低声惊叹横木上居然还有垂帘。

“光弟子就有三百来人呢。能进入这屋子的，只有其中的三十人左右而已。”

“你也是在这里受教的吗？”

“有一段时间是的。成为八大弟子之后便换作茶室了。”之所以如此等级森严，是为了促进弟子提高画技。但据说讨厌这种做法而离开的人也不少。

“是吗？这么说来，我接受的是三十人弟子的待遇啊。”

圆窗外的中庭，有一个岩石围作的池子。池中的大鲤鱼成群游弋着，时而还能听见折尾击水之声。已经过了午时。早上起便没有进食的等白已饥肠辘辘，可对方并未提供任何茶点。约一个时辰、即两小时后，永德终于出现。他身着羽织裙袴，有事外出看来是真的。而且会面之人貌似相当重要。

“久藏长时间来承蒙关照！一直没能前来道谢，实在太过失礼了。”

等白双手伏地，深深叩首，行了一个大礼。

“何必言谢？如今已是无关之人。”永德甚至不看等白一眼。

“他那时急着回家是因为对我的困境不能置之不理。不过确实给您添了不少麻烦，但还请念在他体恤父亲的分上，原谅他吧！”

“体恤父亲？这倒是个方便的借口。”永德嗤之以鼻，丝毫没有原谅的意思。但若说不肯原谅，则会暴露久藏离开一事对自己的不利，有损狩野派的体面。

“永德先生曾说，若本人企盼离开，自己不会挽留。金泽城的工作，久藏中途的确是离开了，但听说他对自己所负责的那一块儿，却是昼夜不停赶着做完了的，不是吗？”

“是他自己说的吧。我可没听过。”

“我从仰慕久藏而来的弟子当中听说的。犬子绝不是那种自吹自擂的人。”等白想守护久藏，减轻他心里的负担，所以针锋相对当仁不让。

“总帅，请您收下这幅画吧！”久藏走上前去，取出木箱里的屏风。永德只稍瞥了一眼，并不打算收下。“我毕生不会自称狩野派，您传授我的技法也不会向外泄露。如同这幅画一般，如数归还。”

久藏额头着地，叩首起誓。但永德并不相信。他顽固地沉默着，只剩太阳穴在焦躁地痉挛。等白见状，反而觉得可笑了。永德的神情宛如耍赖的小孩，这便是人称天才画师的男人的气量吗？真是可怜。

“犬子定然说一不二，不会在这儿撒谎骗你。所以请安下心来看看这画如何？”

“又不是弟子的画，没必要看。”永德低沉的嗓音里藏着压抑的怒气。

“您好像讨厌绘画呢。哦，不。应该说是对绘画没有梦想吧？”

“你、你说什么？”

“如果对绘画有梦想，一定会想知道自己亲手指点过的弟子在这半年间进步了多少吧。不会只顾着自己的立场和狩野家的面子。你连这个都分不出来了吗?”等白不是故意找茬。而是将内心所想直接说出了口。

但击中要害的永德却勃然大怒，他铁青着脸，面如土色站起身来。“不过是个开画店的。不要以为三门的画受到好评便可以飘飘然而不知自己几斤几两。难道你忘了交给我的起誓书了吗?”

“确实交给你了。可我只是拜托你看看久藏的画而已，并没有给你惹麻烦啊。”

“不合我的心意便是惹麻烦！你如果还想在京城干活儿，就别顶撞狩野!”永德尖声嚷道，一脚踢落木箱拂袖离去。木箱的盖子哐当一声被踢飞，屏风掉了出来。

“这也是指导之一。”一直在后方候着的狩野宗光慌忙将屏风重新装入木箱。永德这位大画师竟做了这种事，如果被外人知晓，定然有损狩野派的名声，因此宗光不得不赶紧粉饰。“总帅只要看一眼对方的神情，便明白对方的画达到了什么程度。一定是总帅看出了久藏的傲慢，所以这么严厉告诫于他的。”

他说这幅画自己会先收起来，以后再拿给总帅过目。宗光说完这句急忙退了下去。

穿过狩野府的大门，等白不禁仰天长叹。狩野家蜚声天下，谁承想内里竟如此糟心。

“父亲大人，真对不起!”久藏含泪替永德道歉。

“为何要道歉？最难受的人应该是你啊。”

“因为我曾经是狩野的弟子。那是总帅的疾病，不是一直都那样的。”

“我知道。不过我好像也说过头了点儿。”

“据说以前他不会那样的。但是自从关白殿下命他修改信长公尊像后，他遭到各方无言的非难，落下心病。一定是支撑狩野派的重担，远比想象的要重得多吧。”

“我说我明白的。你别这样对谁都介意。”你人怎么就这么好呢？等白好想抱抱久藏的肩头。

正如秀吉的豪语所言，小田原征伐进行得十分顺利。

三月二十七日，秀吉大军进入骏河的三枚桥城（沼津市）后，打算同时进攻山中城和韮山城，于是任命丰臣秀次和织田信雄为总大将，分别开往两城。山中城是守卫箱根坂的东海道的要冲，由北条势力的松田康长和北条氏胜等率领五千兵力驻守。他们无力对抗秀吉的大军及压倒性的火力优势，所以不到半日便被攻陷。

秀吉于四月一日越过箱根，六日占领了北条氏的菩提寺，即早云寺，并在此设了本营。他一面享受箱根的温泉，一面不紧不慢地围攻小田原城。

捷报频传，京中的人们也情绪高涨。在京都人的认知中，关东还是东夷野蛮之地。而秀吉的胜举让人联想到坂上田村麻吕[①]、八幡太郎义家[②]的平夷大捷，不禁大快人心。此时的秀吉，在京中人气达到鼎盛。

了顿图子的能登屋也一如既往的生意兴隆，等白每日都在繁忙中度过。四月转瞬即逝，五月的梅雨季节即将来临之时，京都所司代的前田玄以派使者前来。“所司代说，想请先生来家里饮茶。”

等白按指定时间到访，而后由人领至庭中的茶室。这是一间四叠台目[③]的清冷茶室，身穿黑色僧衣的玄以替等白点茶。玄以虽然身居京都所司代的要职，但在私生活上却依旧保持着僧人的质朴。这是为了不忘信

---

① 坂上田村麻吕：平安时代的武官。因平定东北陆奥的功勋，被封为征夷大将军。

② 八幡太郎义家：源义家，八幡太郎是为号。平安后期武将。在前九年战役中功勋卓越，出任出羽守，后为陆奥守兼镇守府将军。平定后三年战役后，集东国武士的威望于一身。

③ 台目：是茶室榻榻米的一种，面积大小约普通榻榻米的四分之三。四叠台目，即四张这样大小的榻榻米。

长火烧比叡山时绝望到还俗的心情。

“大德寺三门的画，还是广受好评呀。”玄以在三岛茶碗中点好薄茶递给等白。三岛茶碗是铁分较高的高丽茶碗，但因着三岛之名，有着预祝小田原胜战的含义。“前几天，又有一位大名拜托我替他引荐等白先生。先生画技真是愈发精湛了啊。”

“这也是托了大家的福。虽然绕了许多弯路，但对绘画而言都有裨益。”

“听说先生最近很忙？”

“托您的福，订单总是四面八方接连不断。”

“那，一定抽不出空了吧？”玄以开始在伊罗保茶碗中点第二碗茶。

“如果是玄以大人吩咐，我自当全力以赴。”

“这还只是内部消息。这次关白殿下想为上皇建造仙洞御所的配殿，我想推荐由你来负责殿中的隔扇画。”

“仙、仙洞御所吗？！”等白怀疑自己是否一下子听错了。画被收藏在禁宫或御所，就是被认定为全国一流画师的铁铮铮的凭证。无论此前三门的画作有多受盛赞，他都不曾想过这样的美差能轮到自己。

“我负责执行配殿的建造。所以可以推荐画师。”

“那可真是求之不得！仙洞御所有一株八重樱，祖父无分曾从那株樱花树分得花苗。若能有机会绘得画作与那株樱花做伴，无论做出多大的牺牲，我都在所不惜。”哪怕推迟所有能登屋的工作，哦，不，哪怕让他从此关店歇业，他都愿意。

“既然这样，我便推荐你来作画。但我只能做到这一步，真正决定画师的是朝廷。”

“我也可以出面拜托朝廷吗？”

“要是有门道的话，稍微活动一下比较好吧。恐怕狩野也不想错过这次机会的。”建造配殿一事，石田三成应该已经知会了狩野永德。狩野家跟公家的交往甚密，想要赢过他们实在是万难。

“应该会有办法的，我也有一位相交甚好的公家。”

几天之后，等白带了一面东山风景的风炉屏风，拜访了近卫前久的府邸。这两年来，等白并未跟前久互通音讯，不过此前前久一直待自己极好，所以他期待这次也能得到一些帮助。

前久正在府邸一角的靶场射箭。他大等白三岁，应该已经五十五了。但他依然背骨挺立、仪态端正地将弓拉成满月状。

“大人现在正在实践十射之行。”引路的侍从建议信春在靶场的入口处等候。

所谓十射之行，是指十根箭全部射中靶心的修行。若有一根未中，则需重新开始，十分严格，同时也是一种培养胆量和集中力的锻炼。

前久实在不可思议，似乎什么都会，什么都精通。他的剑术和马术能令武士羞愧，和歌与书法的水准在公家中也是数一数二。而其政治手腕简直就是怪物。本能寺之变后，他将秀吉纳为义子，替他开辟了通往关白之路。现在也仍然保持着隐秘的实力。

而此刻，显然他的射击本领也不同寻常。离靶心足有半町，远在五十米之外，他却能十箭全部命中。

“是你啊信春，来了呀。”前久接过随从手里的葫芦，咕噜咕噜喝起酒来。

“好久不见！看到大人如此康健，心中甚是喜悦！”

“我已经是隐居之身了。不像你那般有势头。”前久说他看过大德寺三门的壁画，大为感动。“你终归还是个武士，那可是战场之画啊。”

“大人谬赞，实在愧不敢当！”

“不是我在夸奖你，有些画是只有武士才能画就的。这些，你逐渐会明白的。”前久总是这样直言不讳，随后问他手中的可是新作？

“是风炉屏风。若是大人能用的话，就太荣幸了。”等白打开屏风，是仅用墨汁的浓淡与少许线条表现的东山三十六峰。并非那种栩栩如生的写实风景，而是匠心独运的新作，给人以进逼心灵的感触。

“不错！开始有牧溪神韵了。可惜跟我的茶不配啊。”

“请恕我冒昧，大人所期望的是怎样的画呢?”

“花开寂静的画作吧。你的心意我领了，这一幅转送给利休去吧。”

“知道了，我一定照办。”

“那你这次来，所为何事？是有事相求吧?”

被前久看穿内心，等白少有地动摇了一番。面对许多人许多事，等白已经可以回归自然态了，但在前久面前，却做不到。

“其实，我想拜托您仙洞御所的隔扇画一事。”

“是配殿吧？据说是秀吉要为上皇修建。”

“前田玄以大人说会替我推荐，但需自己去拜托朝廷。”

“这件事，我帮不上忙。很遗憾啊!”

“那，可否告知理由?”

“各种原因。这些都得跟你说吗?”

“我实在是太失礼了！非常抱歉!”

等白如被冷水泼身，失意地退下。以前前久一直对自己那么友善，可这次态度为何就忽然大变了呢？等白不明白。也正因为不明白，所以更加心痛。

（是因为好久不联络，所以招致反感了？还是曾经拒绝担任绘所别当一职，惹他不高兴了?）

总而言之，可依赖的那条线断了。

等白万分失意地回到店里，跟清子商量道：“油屋应该有许多相交甚密的公家。能不能通过油屋拜托一下那些公家?”

“我觉得还是不要这么做为好。”清子正为即将出世的孩子缝制尿布。

“为何这么说？这不会给油屋添麻烦的。”

“一旦跟公家们借债，便会后患无穷。”

“会有什么无穷的后患？”

“不仅是这事本身的谢礼，每年盂兰盆节和年末的谢礼也不能省。还有，他们会极度廉价的杀价购买商品，甚至连你借给他们的钱都会被含糊吞掉呢。”

公家们被这乱世所扰，很长一段时间里不得不过着弱肉强食的生活。所以一旦发现有棵摇钱树，便会厚颜无耻地纠缠不休。清子在油屋时，曾几度亲眼见过那番光景。

等白也明白清子所言。已经被最可靠的近卫前久拒绝，不可再逞强了。他曾一度自制，打消了念头。但内心深处总有些东西未能彻底斩断。

若能在仙洞御所的樱花旁边添上自己的画作，那么自祖父无分以来的愿望便能成真了，而差点儿毁在自己手中的长谷川家，就能在御所开辟新的生路。此番想法实在难以斩断，竟变作执念，紧紧揪住了等白的心。

这个国家的文化也好，艺术、艺能也罢，都是以朝廷为源流而生。朝廷不是通过世俗的权力，而是通过吸引国民的心来维持王权的。而这种押上自身生死存亡，历经磨练而成的文化、艺术、艺能，有着富饶的成果。

在文化、艺术、艺能领域之人，全是心灵国度的住民。他们越是精进便越能够理解，其实他们无法离开朝廷来构建自己的世界。对此，等白也深有同感。所以他不想错过这个机会，哪怕让他抛却所有，他也愿意描绘配殿的画作。

（对了。如果是夕姬夫人的话……）

是夜，等白对着满月再三思量。嫁入三条西家的夕姬，定是通晓朝廷内幕的。她一定能为自己取得配殿工作指出一条明路。

（但是，可是……）

等白非常明白，这是个危险的赌局。他一连数日都下不了决定，神离心倦，无精打采。他发着低烧，身体沉重，感觉迟钝，根本无心拿起画笔。

“你不会是感冒了吧？”清子还以为是最近工作太忙，等白一直在逞强的缘故，于是端来了生姜汤。不过等白并未伸手，只如老牛般瞪着清子，你们这些人怎么会明白我的心情？

等白之所以犹豫，是因为他知道自己无力抵抗夕姬。夕姬既是旧主的小姐，又是自己年轻时崇拜的对象。若是在她令人目眩的双眸凝视之下，自己便不得不从。所以他一直敬而远之，可也正因为如此，渴望靠近的心思也愈加强烈。以前虽然被耍过，但现在一定能够从容应对。

（对呀。我已经不是从前的我了。）

这种自信给了等白勇气。没错，只需商量一下便可，若出现无理要求，直接拒绝便是。等白勉强修整好自己的心情，给夕姬去了一封信。回信次日即到，而且信使是一位全然意料之外的人物。

“打扰！”开店之前，已经有一个僧人站在玄关前。此人戴着一顶黑亮的柿漆斗笠，穿一身洗褪色的僧衣，手持一支树根所制的粗杖。“在下是贵府熟人，想见长谷川先生。”

这人音色低沉，给人以威慑之感。正打扫庭院的阿房以为是个前来打劫的恶僧，见状大惊失色地往回跑。“奇、奇怪的化缘僧说想见先生。”

所谓的化缘僧，便是俗称的乞丐。既如此，赶出去便成，等白系好腰带走向大门。

“又四郎，久违了。”没了门牙的嘴巴微微一翘，恶僧掀起斗笠的边缘。居然是兄长奥村武之丞。一张僧人模样的脸上，左眼处缠了一块黑色的眼带。

“啊！是兄长吗？”血脉相连真是麻烦之至。等白瞬间便回到了幼年时仰望武之丞时的心绪。

“对。夕姬夫人的信使。带我去一个能说话的地方。”

“兄长，你这眼睛?”

“哦，这个呀。”武之丞若无其事地摘掉眼带，说是中了火铳。残留着赤褐色弹药烧痕的眼睑，盖住了眼窝。“在刀根坂之战殿后时，被织田的火铳队所伤。”

近处射来的子弹击中头盔的护甲，接着反弹伤了左眼。因为不是直接击中的，所以性命无忧，但铅弹的炽热烧毁了眼球。

“你兄长我有一肚子话要说。早上起来还没吃过东西，别忘了替我准备饭菜哪。”武之丞大大咧咧一副回自家店的模样，等白见状连忙带他来到一旁的别墅。

等白并不曾跟清子和久藏说起过武之丞的事。这样的兄长让自己完全抬不起头来，所以他并不想让他们知道。忐忑的等白越走越快，武之丞在其后拄着粗拐杖尽力跟着。貌似他的右腿不大听使唤。大概也是在战场上负的伤吧，不过等白并不愿再细问下去。

“嚄！真不愧是天下第一的长谷川先生。”武之丞在中庭的池边驻足而立。一群鲤鱼约十尾左右，以为有饵，竟相游了过来。

武之丞观望片刻，忽然冷不防提起拐杖刺穿一条红鲤的腹部，而后高高举过头顶。拐杖先端并不特别尖锐，却能像尖刀般在瞬间把鱼刺穿，说明他精纯的武艺丝毫没有变得迟钝。

“正好，替我做成下酒菜！”武之丞挑着那条不住扭动的鲤鱼凑到等白的鼻前。

“别这样。这种鲤鱼不是用来吃的。”

“鲤鱼就是鲤鱼，哪有不能吃的?”

一入客间，武之丞极自然地坐了上座，背靠壁龛，右腿伸出并倚靠在壁龛立柱上。“在刀根坂之战中，膝盖被一击长枪给毁了，自那以后便弯不了了。”他请求等白原谅他的无礼。顾虑他人的礼节毕竟还在。

“听说那次战役，死了近三千的朝仓军。你能生还挺不容易的。”

“我是为了复兴畠山家才去侍奉朝仓家的，想的是建立功勋。但没有理由明知朝仓家会灭亡还去送命。”武之丞一脸鄙弃，说战场上有许保命的法子，只不过那些人不知道罢了。

“至今你都在哪里？在做什么？”

“我负伤后动弹不得，多亏有附近寺院僧人的相助。于是便在寺里边打杂边修行佛道。”这样的身体再也上不了战场了，所以便决定当个化缘僧继续活下去。“大约三年前，我得知畠山修理大夫大人正隐居在北近江的余吴，便前去侍奉。”

“大人还健在吗？”

“嗯。不过老太爷今春去世了。”武之丞摘下挂在脖颈的念珠，拨弄了一下开始祈祷冥福。

十九年前，畠山家的再兴计划失败后，义续、义纲父子先逃去近江，投奔义纲的岳父六角义贤（承祯）。但义贤的观音寺城被信长攻破，自己也在伊贺、甲贺等旧臣的领地辗转流离。畠山父子跟了义贤一段时日，勉强保住性命。后来得知七尾时代的旧臣在余吴浦从事船运业，便带着幸存的家臣及妻儿投奔。两个月前的三月十二日，义续失意地在那片土地上了却了终生。

“但是，我们仍然不能放弃复兴大计。为了找到门路，还有近二十名旧臣托了亲友四处奔走，你也须得帮我们。”武之丞语一副理所当然的强迫口吻。这对等白来说真是麻烦至极。此时若不断然拒绝，之后恐怕难上加难。

“我以前也说过。我自幼离家做了长谷川家的养子，现在跟畠山家已经没有关系了。”

“不管你身在何处，都改变不了你奥村家的血脉。既然生在奥村家，便时刻不能忘记对畠山家尽忠守义。”

“就是你的这些话，让我在十九年前做下了后悔莫及的蠢事。养父母惨死，自己也被逐出七尾。静子也差不多等于是被我害死的。”诸多往事涌上心头，等白悔得泪眼婆娑。

“可正因如此，你才能成为这么出色的画师。现在不正如你所望，走出七尾了吗？”

“你、你说什么？兄长丝毫不能理解我的苦楚。你这种人的话，我再也不想听了。”

“我做那些事，也不是为了让你受苦。只是时势不济，吃了败仗，才给你添了麻烦而已。只要有战事便有胜负，也总会有许多人丧生。这是没有办法的。”

“我早就不是武士了。至于畠山家云云，跟我无关！”

“你真的这么认为？”武之丞用单只右眼死死瞪着等白，目光中有让等白畏缩的锐利。“我和旧臣们都为了畠山家的再兴把性命都置之度外了。而你却说跟你无关？”

“那是……”

“如果这是你的真心话，那么你为何要去求夕姬？是觉得只要自己出人头地了，利用一下旧主的小姐也无妨吗？你已经沦落成这样的男人了吗？”

“不，那是为了——”等白本想回答那是为了长谷川家，但忽而想到，即便自己真是为了长谷川家，也逃脱不了自己企图利用夕姬的苛责。

“我并不打算苛责你。正因为你心中仍留有主家畠山家的位置，所以才会想起拜托夕姬。我不过是提醒你而已。”为了弥补身体的不足，武之丞已经磨练出一副唇枪舌剑，岂是握握画笔之流的等白所能击败的。

“可是，事到如今，畠山家还能复兴吗？”

“想要重回大名地位大抵是不可能了。但要领取个五千石、一万石，将家族延续下去的方法还是有的。”

方法之一便是让畠山义纲当上秀吉的御伽众[1]。秀吉通过让没落的守护大名成为御伽众的方式确立自身政权的权威，所以只要有门道，就有充分的可能性。

再者，就是提拔义纲的孙子春王丸。春王丸是义纲之子义隆的嫡长子，其母为三条家的小姐，所以三条家应该能为之尽力。武之丞把复兴主家的大业赌在这两条道上了，所以想方设法接近秀吉政权的要人。

这日午后，等白在武之丞的引领下拜访了夕姬。

以味噌口味的鲤鱼汤为下酒菜，武之丞酒足饭饱，甚至连午睡都没有错过。之后才拄着拐杖精神饱满地步行离开。等白仿佛被牵着鼻子的牛，默默地跟在后头。忐忑不安的心里，一种不祥的预感总是挥之不去。而另一个冷静的自己在发出警告：再这样对兄长言听计从，恐怕还会重蹈十九年前的覆辙。

可即便这样，等白还是无法抗拒。不仅因为他对兄长的顾忌以及对夕姬的念想，闯入危险之境亲眼确认真相的这种艺术家的性子正蠢蠢欲动。

（车到山前必有路。事到如今怎能退缩？）

跟在状如钟摆般行走的兄长身后的等白，思忖间突然正色起来。

武之丞带他去的是紫野的大德寺。寺内有畠山义总修建的兴临院，对畠山家的有缘者给予特别优待。夕姬不得不躲开世俗的目光，所以选择此处与等白会面亦属理所当然。

夕姬正在书院。虽已四十出头，但依然端庄美丽。身形随着年龄的增长丰腴了些许，却反而平添了几分魅力。在身旁伺候的是初音，就是等白在本法寺之时，由夕姬派来的那位面如御所木偶般的侍女。

“夫人近来可好？这次强人所难，真是万分抱歉！”等白如从前那般

① 御伽众：室町时代以后在大名家中作为大名的陪聊者。

深深一鞠躬。

“真是好久不见啊。你能想起我，真的太高兴了。”

“那时承蒙小姐引荐近卫太阁，真是无以为报!”

“那是御家门大人希望之事。不过好像反倒给你添麻烦了呢。”

当年，等白在夕姬的带领下拜访石山本愿寺，受近卫前久所托描绘了教如的肖像画。这是为了让朝仓义景的女儿嫁给教如，坚固信长包围圈的手段。但不料却被信长的闪电作战各个击破，朝仓、浅井，还有武田如今都业已败亡。等白也被视为协助建立信长包围圈的敌对者，直到本能寺之变信长灭亡为止，一直没有机会抛头露面。

“确实也有异常艰辛的时期。但后来承蒙太阁大人相助才得以拨云见日，所以并不存在麻烦之说。”

“自那以后，已经过了十八年了啊。”夕姬在心中细数岁月，喃喃道，时间过得真快呀。这期间，娘家畠山家已亡，她在夫家三条西家的日子如同无壳的蜗牛般无依无靠。刚才这喃喃一声中竟全是感慨。

“这次听闻老太爷过世，这实在太让人难过了!”

“祖父在最后颠沛流离，据说生了病也不能求医问药。他是那样骄傲的一个人，想必觉得甚是遗憾失意吧。其实，我都几乎想不起祖父春风得意时的样子了。”

“既然这样……既然这样，请容许我替老太爷绘一幅肖像画吧。”等白脱口而出。他其实不曾想自己竟会脱口而出。

“要是可以的话，祖父不知有多高兴呢。”

“包在我身上。我自当绘出老太爷威风凛凛的模样，可以收藏在这个塔头。”

“那就请配上刀和鹰吧。祖父喜欢鹰猎，格外喜欢展翅高飞的雄鹰。”

“明白了。就绘佩带二引两家纹的腰刀，坐在高丽纹榻榻米上的样子吧。在榆原村拜见时的尊容，一直刻在我的记忆里。”看到夕姬欢喜的神情，等白半梦半醒。这在旁人看来就是一个傻瓜，但他却像被什么附体了一般，不得不这么说。

“那太好了。既然你特意出来一趟——”夕姬让初音备好酒菜。初音退至门边，打开隔扇向武之丞传话。武之丞静静地一直等候在外面。而且还采取蹲踞的姿势，勉强弯曲了他那无法弯曲的腿。这种奉夕姬为主君且敬而爱之的臣下情义，令等白见了为之动容。

“来，请喝一杯吧。”夕姬亲自斟酒。等白虽接了酒杯，但一直在意武之丞的目光，完全不能放松。

“对了，你在信上说有事相求？”夕姬饮酒作陪，此刻已经脸颊微红，白色的肌肤仿佛从内部着了色彩一般，分外娇媚。

“其实，这次，听说关白大人要建造仙洞御所的配殿。”

“这事我也听说了。据说前田玄以大人担任建造奉行呢。”

“前田大人说，会推荐我负责配殿的隔扇画。”等白伏拜道，自己本想寻求近卫前久的帮助，结果当场被一言拒绝。他不知理由，也不知今后该如何与其交往，所以想跟夕姬商量一下。

“明白了。我知道的事便都对你讲了吧。”夕姬放下酒杯，面露妖媚的笑。“关白大人为何要急忙修建配殿，长谷川先生知道吗？”

“不知道，未曾听说。”

“这里有些不能对外公开的复杂情由。”夕姬使了个眼色，初音便过去通知武之丞离席。等白听着兄长离去的脚步声，一面紧绷着全身期待下面的话。

“事情的起因在五年前。秀吉公成为关白的时候，曾经发誓，自己会将关白之位让与六宫大人。”六宫大人指的是八条宫智仁。他是诚仁亲王的第六子，后阳成天皇之弟。秀吉成为近卫前久的义子出任关白时，曾立誓不久便让位八条宫。前久这才力压朝廷内部的反对，出演了将平民出身的秀吉推上关白之位的精彩一幕。

“当时，秀吉公在公卿面前明言，自己没有子嗣，所以无意违反誓言。”夕姬明显降低音量，神色间显得尤为秘密。但是去年，淀殿生育了鹤松。于是秀吉公便说要摈弃誓约，把八条宫还给天皇家族。

这跟欺诈相差无几。一众人不禁哑然，一同请求秀吉撤回发言，但秀吉不听。还说“吾保天下，需当末代有名”，希望朝廷认可他将关白一职让给鹤松。如此一来，八条宫便空落落地成了闲人。其生母劝修寺晴子（之后的新上东门院）为此十分心痛，她数次拜访秀吉，要求得到妥善处置。于是秀吉试图让八条宫得到亲王称号，成为宫家。但遭到后阳成天皇的强烈反对。因为一旦八条宫成为亲王，便有可能成为东宫（皇太子），后阳成天皇担心不久后便会被八条宫夺走皇位。

“因此，秀吉接近上皇，希望他能声援八条宫的亲王称号。修建配殿便是为此。”仙洞御所住着退位的正亲町上皇。他已经七十四岁，若是配殿修建完，劝修寺晴子便会居住配殿，负责照顾上皇。

“为此，上皇和天皇之间风波四起。近卫太阁的爱女前子是天皇的皇后，所以他不便出口此事。”

“原来，这才是我被拒的理由。”

“只要推荐了长谷川先生，便会被认为参与了配殿修建一事。在天皇跟前，他是有所顾忌的吧。”

“多谢！听了这些，我心中的郁闷一下子散去了。”等白从心底感到安心。正因为他敬服前久的审美力，所以对上次被冷拒之事一直耿耿于怀。

“那你今后作何打算？要放弃配殿的工作吗？”

“如果，有什么路子的话，能不能请夫人帮帮我？”

“我和晴子太后颇有交情。如果请她过目长谷川先生的画作，或许可行。”

“这样再好不过了。您只要告诉我什么样的画合适，我马上画完给您送来。”

“不过，我也不能空手去求人。还得表示相应的敬意。”听她这么一提醒，等白瞬间有些犹豫。一旦跟公家众借了债，便会后患无穷——清子的话语在脑里闪过。

可同时，想要拿下配殿工作的念头却更加强烈。再说他也不想事到如今再拒绝，让夕姬觉得自己是个不成样的男人。

“没关系。我稍微有些积蓄。”等白加了上限，说只要是与自己身份相应的钱财的话没有问题。

“那好。有什么事我会让武之丞前去通知的，请按指示照做。”夕姬命初音搬来一个瘦长的桐箱。“这是祖父生前爱用的扇子，您请看！”

扇上绘有七尾湾的景色，是一幅悠然自得的水墨画，乃室町时代的周文所绘。

“祖父执政时期，曾邀请周文先生前来七尾。这便是周文作为谢礼而绘的。还请先生收下做个念想吧。”

“这么珍贵的东西……”

“没关系。此扇由长谷川先生收着，祖父一定喜欢。”

等白获赠意想不到的礼品，回家途中竟像是踩在梦里一样。周文是大名鼎鼎的画僧，乃雪舟之师。此扇还是畠山义续生前爱用之物，这对等白来说尤其珍贵。

（兄长要是知道了，必定十分羡慕吧。）

等白一会儿打开扇子，一会儿又合上，喜不自禁。只可惜，这喜悦未能持续长久。第二天一早，武之丞送来一封信，夕姬要等白在后天之前，将三百两天正大金币送去兴临院。

（三、三百两……）

等白惊得眼珠子都快要飞出，只目不转睛地盯着字看。不是三百文，也不是三十两，上面明明白白写着“三百两”。换算成现代货币，相当于三千万日元。这么大一笔钱，怎么拿得出来？信春踌躇半晌，接着转念一想，对方是天皇的生母，这个数目的谢礼或许是应当的。

（不管怎样，那可是仙洞御所的配殿啊。）

而且，等白觉得，金额巨大正好说明夕姬确实是在疏通关系，所以他打算照办。只是，店里管钱的人是清子，若不跟她说明，让她打开金库拿出钱来，自己手头的钱是远远不够的。

“稍微过来一下好吗？”等白语音中颇带犹豫，此时的清子正打算关店准备晚饭。

“什么事？今晚吃酱烧沙丁鱼。”清子以为等白想问晚餐的料理。她已妊娠六个月，腹部的隆起愈加明显了。

“是关于仙洞御所的工作之事。我拜托了某位贵人，所以需要赠送三百两作为谢礼。”

“某位贵人是谁啊？”不愧是豪商油屋之女，清子对这大笔金额一点儿也不吃惊。

“是劝修寺晴子太后。据说太后会入住新造的配殿。”

“你不可能见到太后的。我问的是，谁会替你从中斡旋？”

“那个，这个……”等白犹豫着终于坦言道出了夕姬，告知清子夕姬是畠山家的小姐，嫁入了三条西家。

“恕我冒昧，没落大名家的小姐会有这等力量吗？”

“她是三条西家的正室，据说跟太后颇有交情。”

“你跟她交情深么？她的话都能信么？”

“人家是能登太守的小姐。以我们现在能登屋的实力，三百两应该不成问题吧。”

“钱是有的，但这是大家努力赚来的，我们不能随便挥霍。”清子让等白叫来久藏，给大家一个能认同的说明。等白在两人面前，毫无保留地剖白了自己找夕姬商量，并随武之丞去拜访了兴临院等事。

“久藏，你怎么认为?”

“要是母亲大人许可，我想就按父亲的意思办吧。”久藏也是看着与仙洞御所相同的樱花长大的，他能明白等白的心情。

“既然这样，我也没有意见。但是，有个条件。”清子双手贴着肚子，面向等白郑重强调道，金钱的支付仅此一次，下不为例，必须把这个原则一并转告对方。

“好的。我已经跟对方解释了我这边的情况，不会有太过分的要求。”等白顺口应付了一下。

清子当日便去了兑换店，换了三十枚天正大金币。这是秀吉统一天下后新铸的十两金币。

等白将金币交给兴临院的武之丞。翌日夕姬来了一封信，称确认收到三百两。她已经跟劝修寺晴子太后约好会面时间，请安心等待。还道，太后格外喜欢樱花，如果有合适的想一并交给太后看，烦请尽早拿来兴临院。

这些话，信上白纸黑字写得清清楚楚。等白增强了信心，马上拿着绘有樱花的屏风和两把扇子，走访了兴临院。

“行，东西还挺不错。”武之丞夸张地评定了一番优劣，说这些东西应该可以了。大概是看在等白已经花费了三百两的分儿上吧。其言语态度让等白憋了一肚子气。

“兄长也会赏画吗?”他想确认兄长是否真有鉴赏能力。

“会，还剩一只眼睛呢。”

“那你喜欢谁的画?”

“也说不上是谁的。那种时不时能吸引人的就不错。”

“什么样的画能吸引到你呢?”

“草木国土，悉皆成佛。能捕捉到这个本质的画。”

“那我的画又如何？有没有捕捉到本质呢?”等白赌气似的紧咬不放。

“我已经说了，你的画挺不错。难怪会天下闻名。”

“挺不错，是指还有地方不太好吧?”

“当然有了。你自己也不认为自己的画是完美的吧。”

“是。但还请告诉我哪里不够好，容我做个参考。”

“你是画师，跟我这个外行人请教做什么?”武之丞一口咬定，等白的迷惑是心尘未净的表现，然后转换话题说他还有更重要的事情委托。“我想让你帮我引荐京都所司代的前田玄以大人。”武之丞说，在复兴畠山家大业上，有事相求。

“什么事?”

“我直接跟玄以大人说，不能跟你说。”

“我都不知你有什么事，怎么可以贸然引荐。”

“其实呢，是六角承祯大人成了关白殿下的御伽众。”承祯被织田信长攻破观音寺城之后，曾依赖旧臣辗转各地，最近被秀次立为御伽众。

六角氏是近江源氏的一支望族，与源平争战中争抢宇治川头阵的佐佐木四郎高纲颇有渊源。其先祖佐佐木道誉曾活跃于南北朝时代，并成为足利尊氏的坚实右手。而且，六角氏长年作为近江守护有不错的执政功绩，这次成为御伽众便存续了整个家族。

“我们的主家与曾侍奉源赖朝公的畠山重忠颇有渊源，且在足利幕府一直担任管领家族之重任。在门第方面完全不劣于近江源氏。”而且，畠山家和六角家有诸多联姻。上上代义总的女儿嫁给了六角承祯，这一代的义纲娶的也是承祯之女。

“因此，我须面见玄以大人，请他通融此事。这也是为了夕姬。”

“实在抱歉，我帮不上这个忙。”

“为何？你跟玄以大人不是过从甚密吗?”

“人家跟我熟悉是因为承认我是个画师。政治上的事情我不能拜托他。”

“信长火烧比叡山时，不是你救了他的命吗？”武之丞不知从哪里打听到这件事，说该是玄以报恩的时候了。

“人家已经报足恩了。请不要再死缠烂打，仰仗些不能仰仗的东西。”

“现在正是畠山家能否复兴的紧要关头。你是说，无论我们怎样，你都事不关己，是吗？”

“无论你怎么说，这件事真的不行。万分抱歉！”等白彻底拒绝了。若是把武之丞引荐给玄以，那么厚颜无耻的兄长不知会做出什么事情来。

“是吗，那我现在就写诉讼状，劳你转交给玄以大人。”武之丞无可奈何地让步，并恐吓等白这个必须答应。武之丞不愧是久经沙场之人，他的交涉术带着两三层不同程度的目标。等白招架不住，不得不应承下来。

烦恼了数日之后，等白拖着沉重的脚步拜访了玄以的府邸。他带着自己爱用的井户茶碗，以此表达此番叨扰的歉意。

“这个莫非是利休先生曾经持有的？”玄以说道，自己曾在利休的茶会上见到过一模一样的茶碗。

“结束大德寺三门的工作时，利休以此作为奖赏相赠。”

“这么贵重的东西，我万万不敢收下。”

“请一定要收下。如若不然，我便没脸拜托你了。”等白深感抱歉和羞耻，冷汗直冒，无可奈何取出了武之丞的诉讼状。

玄以手捧立式文书的诉讼状，表情越来越阴沉严峻。这是他作为京都所司代，裁决各种艰难的诉讼和公事的表情，也是有能官吏的表情。

“等白先生，我曾听闻你是畠山家的侍从出身。”玄以缓缓折起诉讼状，问他跟诉讼人奥村武之丞是什么关系。

“他是我生家的兄长。奥村家代代侍奉畠山家。”

“所以你不能彻底拒绝，才将此信转交于我，是吧？”

“实在对不起！”

“我知道你很难办，但这些事情你还是不要插手为妙。不然，你好不容易打开的画师之路有可能再度被封。”玄以口气干脆，表情依旧阴沉险峻。

等白不知缘由，一脸困惑与惶恐。

“之所以跟你这么说，是因为有各种复杂的情由。”玄以觉得等白毕竟无辜，告知道，旧家新立为御伽众，现在是一个十分复杂的政治问题。“下面这些话，请权当做私下听到的。自从鹤松君出生以来，丰臣家已经分割成两派势力。”

一派被称作武断派，是秀吉一手培养且跟秀吉一同打天下的大名，以加藤清正、福岛正则、黑田长政等为中心。另一派是吏僚派，以秀吉在长浜时代雇用的石田三成、长束正家等为中心，是运营丰臣家政权的官吏幕僚，其大多数是出身于浅井家的旧臣。

之前，后者的势力一直不敌前者，但自从淀殿所生的鹤松被指定为继承人后，两派的势力有了显著的变化。三成等在旧主之女淀姬周围集合，瞬间增大了发言权。

“最近两派凡事相争，水火不容。包括涉及政权的人事安排，诸大名的处置问题等。将没落的守护大名提拔为御伽众一事，也不例外。”

这次六角承祯被新立为御伽众，是因为六角家与浅井家的旧主京极家是同族，所以由三成推荐。当然，这也符合淀姬的意思。所以，没有庇护人的畠山家是不能与六角家相提并论的。

“这个诉讼状我先收下，等时机合适再交给关白殿下过目。请这样告知你兄长。”玄以这样说，已经给足了等白面子。

（说到底，还是不该去拜托夕姬。）

沿路折回了顿图子的路上，等白为自己的愚鲁悔青了肚肠。为了得到配殿工作，被这股欲念所煽动，自己差点就要重蹈十九年前的覆辙。赶紧收手，三百两就当施舍算了。等白对心中那份抛舍不下的依恋敲响警钟，一回到家便着手描绘畠山义续的肖像画。

圆满融通的脸上，蓄着漂亮的胡须，双目发出锐利无比的眼神。左手持刀，右手配鹰，仪表堂堂，一副能登太守的模样。等白想在下次去兴临院时，以此画作为饯别，从此与畠山家还有夕姬毅然斩断关系。

畠山左卫门义续，法名兴源院殿灵岩德祐大居士的肖像画于二十天内完成，是一幅纵三尺，横二尺的大作。肥壮的身体肩膀上耸，以显示威严，身着银杏小碎花的素袍，右手还拿着生前爱用的周文的绘扇。腰间佩带二引两家纹的腰刀。画面上部有一片空间，等白打算请春屋上人或者古溪宗陈替义续写赞。

在某个临近盂兰盆节的猛暑日，等白带着完成的画作来到大德寺。穿过大门，崭新的红漆三门笔直伫立。一想到这个楼上收藏着自己的画作，等白就有一种在天地留下自己痕迹的自豪感。

武之丞正在兴临院的作坊中。作为兴临院收留自己寄宿的回礼，他在这里替僧人编制草履。“你来得正好。正想做完这些去找你呢。”

“找我有事?”

“夕姬夫人带来的消息，说是太后希望由你来绘配殿的绘画。”

“这……此话当真?”

“是啊。有信为证，你自己看吧。另外，还有一事商量。”武之丞的目光停留在等白手持的卷轴上，询问那是什么。

“老太爷的肖像画。我画了一幅卷轴。”

“请容我拜见一下。我去淋下水，您在房间里稍等。”武之丞之所以使用敬语，不是因为等白，而是因为画像里的义续。之所以淋水，是为了洗去身上的污秽。

等白在房间等候，一心想着早点见到夕姬的书信。虽然来之前打算就此斩断所有联系，但此时的他已经忘得一干二净。不久后，武之丞换了身白麻布的小袖，剃光了胡子楂儿，显得十分清爽利落。等白解开卷轴的绳索。

“等等，在地板上展开多有不敬。”武之丞让等白将画挂在壁龛上，自己则退下三间远，跪地叩拜。

画中的义续就跟还活着一样。在榆原村会面时，义续曾称赞等白的双手柔韧有力。那时的一切都在脑里鲜明地苏醒过来。

身旁传来低沉的啜泣声。是武之丞紧握拳头，压抑着尽量不哭出声来。等白回想起被逐出七尾以来的苦难，对自己未能守护全家深感抱歉，于是也禁不住簌簌落泪。

待哭过一阵后，“长谷川等白先生，多谢您的这等出色的画像，实在感激不尽！”武之丞再次鞠躬道谢。“这样便能将老太爷的事迹流传后世了。夕姬夫人也一定十分欢喜吧。”

“承蒙兄长看得起，小弟不胜感激！”生平第一次从武之丞口中听到谢字，等白也深深鞠躬还礼。

“那个，配殿之事——”武之丞拭去眼泪，拿出夕姬的书信。信上确实写着劝修寺晴子太后打算将配殿绘画委任等白一事。“只是，暂时还有些困难。”皇室的绘画，本来应由朝廷的绘所负责。若要交与外人，需在会议上得到公卿们的同意才行。

“这个会议因在禁宫的近卫阵举行，所以通常又称为阵定或者仗议。由三位以上的公卿列席，共同讨论政务。”据说，狩野家想利用这个会议扭转局势，所以已经开始向各方有交情的公卿疏通。为了对抗狩野家，还需要额外三百两金币。

“怎么这么荒唐?”等白不禁大嚷出声，“之前交给你三百两时，已经说过再也拿不出钱了。兄长应该也了解此事的，不是吗?”

“确实如此。但情况有变，实在没有办法。”

“我拿不出来，钱都是由店里掌管的，不是我能够私自挥霍的。”

“那找个其他的理由，让店里出钱不就好了。”

“哪能那么简单呀。也请兄长替我想想。”

“要是这样的话，配殿的工作恐怕拿不到手，之前出的三百两就白白浪费掉了呀。”

“那也没办法。因为店里已经跟我再三叮嘱，出不起额外的钱财了。”

“那么，夕姬的立场又如何？她这么帮你，你却打算见死不救吗？”武之丞步步紧逼，可为何不出三百两就是对夕姬见死不救这点，等白不明白。

“你想想看呀。夕姬为了你跟太后接洽，然后得到了对方的口头允诺。但却在阵定时被狩野抢走，那夕姬的颜面何存？”

“怎么会，那是你们……”

“主家已经灭亡，夕姬迄今为止百尝艰辛。这次要是再没了太后的庇护，日后将无法在公家社会生存。只不过为了区区三百两，你就打算牺牲对自己有大恩大德的主家的小姐吗？”

很奇妙的理论，但等白却未能反驳。他敌不过武之丞的强势，觉得此话也确有道理。

（但是，清子是完全不会理会这些的。）

等白知道，作为豪商的女儿，清子必定用毅然坚定的口吻提出反对。等白都有些怕回家了。他漫无目的地信步闲走，不觉来到仙洞御所附近的十字路口。就仿佛是被那株樱花唤过来的。思忖间正要跨步离开时，御所的门开了，里面走出来五个身着宽肩礼服的人。

是狩野永德。

他带着长子光信和高徒宗光等人，在御所要职们的目送下辞行。永德看上去十分疲惫，由弟子们扶着坐入等在门口的轿子。待御所的门一关，轿子便起驾了。轿旁跟着光信和宗光，正朝着等白的方向走来。于是等白慌忙隐入围墙的阴影里。

“要是能得到前大纳言的美言，就万无一失了。内侍大人也那么说。”轿子经过十字路口时，弟子中的一人对光信奉承道。

“住口，别胡说!”宗光责怪道，口吻严厉。

等白目送着漆黑大轿缓缓而过，觉得极不是滋味。永德他们串通御所的内侍，疏通前大纳言。他虽不知谁是前大纳言，但从弟子的语气来看，已经差不多得到了对方的应承。

(我岂能在这里败退?)

与生俱来的不服输的性子又占了上风。

要建成足以对抗狩野派的势力，光比永德画得好是不够的，还应当培养优秀的弟子，与公家武家的要人有所结交，也得经手引得天下人瞩目的大工作。这个绝好的机会就在眼前，岂能吝惜三百两而错过?若不是赌上自己的所有前去挑战，是没有可能取得胜利的。

等白带着如临绝境、迎战决斗场的满腔斗志回到了顿图子的能登屋。

“我有话对你们说，不好意思，请过来一下。”他把清子和久藏叫到客间，告知了武之丞的要求。“想要取得配殿的工作，还需三百两。我想你们也一定有自己的想法，但这次请遂了我的心愿吧。”等白正坐着双手伏地请求道。

若是静子，一定二话不说便答应了吧。她一定会把所有的钱都拿出来，随等白去用。因为她知道等白自入长谷川家当养子以来，为钻研绘画之道经受了多少磨难与辛酸，她也知道父亲宗清是多么希望等白能有大成。她跟等白一样生于七尾，自幼一起生活，她知道等白会因何哭泣，会因何喜悦。所以，即便等白走了一条错误的路，她也能设身处地地体会等白的心情。

但清子却不同。她出生在日本最为开明的堺市，在屈指可数的豪商油屋投胎为人，所以她的想法从根本上就与等白很不同。而且两人相遇之时，等白已是一流的画师，人也比较沉着了。因此，等白心底深处那种难以名状的激愤之情，是清子所不了解的。

就算裸身奔跑于白雪皑皑的荒野，也不愿半途而废的那种夹杂遗憾的憋屈愤懑之感，是清子所理解不了的。她会试图通过说理并捋清常识的方法，让等白打消这个不经大脑思考的念头。

“我早知事情会变成这样。”清子冷静地说道，其口吻冷得出奇。

“早知会变成这样，是什么意思?”

“答应充当斡旋人而伸手要钱是公家众的惯用伎俩。所以我才让你告知对方，不可能再额外出钱了。”

“你想说，夕姬夫人和兄长是在骗我并勒索金钱吗?”

“这种话我也不想说出口。但阵定这种仪式老早以前就荒废了，从没听说过现在还在举行的。”

“只是你没听说过吧。秀吉公担任关白以来，恢复了诸多旧仪。阵定或许就是其中之一呢。”等白拼命地抑制激动，此刻已气得浑身都起了鸡皮疙瘩。

“那不如先去问问前田玄以大人，阵定有没有恢复。如果真的恢复了，我也没有意见。”

“这、这么难堪的事我怎么做得出来?”

“怎么？确认一下是不是事实而已，有那么失礼吗?”清子一步都不退让。

“夕姬是我主家的小姐，兄长又是与我血脉相连的至亲。我怎好意思说对他俩都不信任?”

“这么说，只要是主家小姐你便言听计从了？只要是血脉兄弟，撒谎也没有关系了?”

“吵死了！什么都不懂还强词夺理！”压制不住的情绪终于爆发出来，等白放声怒吼起来。其实他自己也知道，这事不合情理。也正因为他知道，所以更加感情用事。

“父亲大人，偶尔来点小酒如何?”久藏霍地站起身，拿来了细颈酒壶与碗。他打算让等白歇口气，冷静下来再商量。

“对不住。我一不小心就……嗯。”等白在久藏的担忧中看到了静子的影子，不经意间便有些哽咽。

“母亲说的很有道理啊，不过我也能理解父亲的心情。”久藏在两只碗中斟入酒，说自己先干为敬，接着一口喝干，其姿态之优雅，气度之完美，简直令人恍惚失神。

等白忽而对自己失去理智的言行深感羞耻，赶紧拿起碗，喝了一口。“那你怎么看？”

“三百两，再加三百两，合起来就是六百两，是能登屋一年的收益呢。”

“这个我知道。”

“从中再扣除画材费、支付弟子们的劳金，所以掌管账房的母亲确实需要谨慎一点儿。”而夕姬和武之丞会怎么疏通各方，最后到底能不能拿下这份工作，当然十分重要。

“我在听你的意见。你要是我的话，会怎么办？”

“不会支付。用钱买来的工作，我想祖父祖母也不会高兴。”

“是么？你们的想法我明白了。”等白叹了口气，喝干了第二杯酒。虽然很遗憾，但他已经恢复了判断力，知道他俩的意见很是中肯。

“……但是，我还是很想要这份配殿的工作。因此，呃——”这三百两算我从店里借的，我会写借条，不管花几年一定如数奉还。“这样可以同意了吧，清子？”

“知道了。那我从你每月的零花钱中先行扣除。”

清子又跑了一趟兑换店，准备了三十个天正大金币。等白将其交给武之丞，之后只能在等待中听天由命了。配殿的营造已经开始。仙洞御所的西边，一座雅致的寝宫正逐渐成形。

在等待的这段时日里，等白从相熟的画商那里借来章程典籍的古书，逐一确认古今的配殿里都有些什么样的画。然后从大和画的画本中选出一些合适的作品，加以省略和变形，使他们符合现代的审美。

这期间，不安的情绪如波涛汹涌。等白虽然对清子的口气很坚定，但他自己其实也不是百分百地相信夕姬和武之丞。

（六百两巨款。如果他们只是纯粹欺骗的话，应该不至于如此漫天要价。）

他暂且这样安慰自己，只是等待的心绪仍像抓着一根稻草般忐忑。

七月末，前田玄以的使者前来，告知朝廷已下达正式通知，将配殿的工作委任给等白。“大人说，为相商今后之事，还请劳驾明日来一趟奉行所。”

等白听着使者的陈述，一种令他瘫软的安心与通过考验的欢喜同时涌上心头，所有情绪都来不及整理，只茫然了半晌。他来到佛坛间，在养父母和静子的牌位前双手合十。多亏了他们的教诲和支持，这才走到了这一步。

他一个人静坐许久，待心绪抚平之后叫来了清子和久藏。“托你们的福，工作已经拿到了。谢谢你们原谅我的任性。”既非夸耀也非得意，唯有发自内心的感激。

“父亲大人，恭喜你了！”久藏貌似也十分担心，这下终于可以安下心来。

“对不起，我曾那么固执。”清子委身道歉，脸上神情却是禁不住的喜悦。

翌日一早，等白便去拜访了前田玄以。

“等白先生，真是太好了！”玄以递过配殿的设计图，说希望能在十月底完工。

“请做到最好。费用关白殿下会出的，需要多少就申请多少。”

“多次承蒙厚意，委实感激不尽！”

“哪里。你我都是火烧比叡山以来的交情了。”玄以动情地说一直想着有朝一日能真正报答当年的救命之恩。

等白旋即投入了工作。首先以配殿设计图为基础，确认隔扇画的位置和数量。一个个确定图案后，等白和久藏负责主要场所，其他的则按弟子们的能力分派。无论是墨汁还是颜料，都需要准备最上等的。人手也不够，需得另行委托调配三十人左右过来。

“这是树立长谷川派旗帜的时候，每一瞬都不可大意。每一幅作品都要嵌入精魂，以流芳后世。”

然而八月十一日那天，前田玄以那里传来了极为意外的消息：配殿的工作必须中止。等白大惊失色，急忙跑到奉行所，寻求事情原委的说明。

“实在抱歉！朝廷要求立即中止，目前还不知道是什么原因。”玄以表情苦闷，表示已经派人前去询问过，但尚未得到合理的答复。

“怎么会有这么离谱的事？我们都已经开始工作了呀。”

“我明白，但事情全由朝廷决定，他们命令中止我们不敢不从。”

“听说这次的事情是通过阵定决定的。怎么可以简单地说反悔就反悔呢？”

“阵定？谁这么说的？”

“是某位贵人。据说是公卿众参列的公开朝议。”

“那是许久以前的事了。”玄以立刻给以否定，现在是由某位有力公卿的意向来决定，并没有召开什么阵定。

等白登时失了言语。事情太过意外，他的大脑一片空白。

“若不早些知会先生，我怕会带来更大的麻烦，所以马上派了信使。具体原因正在调查中。”玄以强调，一有消息便会即刻通知等白。

这个理由终于在三天后知晓了。原来是狩野永德率领门人拜访了劝修寺晴丰（晴子的兄长），要求取消交给等白的委任。晴丰征求了准后[1]九条兼孝的意见，最终接受了永德等人的要求。但若直接从长谷川家夺走工作交给狩野，未免显得太过露骨，所以暂时以开工非吉日为由先行中止，之后再寻找合适的时机将工作转托给狩野。

事件经纬在劝修寺晴丰的日记《晴丰公记》中有详细记载。

天正十八年八月八日，永德带着长男光信及胞弟宗秀拜访晴丰府邸，言称“将御所的画交与那个叫长谷川之人实在不甚妥当，请收回成命”。晴丰马上就此事去征求了九条兼孝的意见，并于八月十一日告诉永德，将会把工作交给狩野派。八月十三日，永德等人再次拜访晴丰府邸回礼，并高举酒杯庆祝。

晴丰虽未记录，但不难想象，永德为了谋求此番结果，一定是给了一笔可观的谢礼。双方心知肚明，只是秘而不宣罢了。

京都所司代的密探们从各方下手，数日内已经探明此番真相。这让等白黯然神伤。正因为曾以为到手，欢天喜地过，所以突然的失去带来的失望也更大。他没脸去见清子和久藏，很明显，自己将成为京城中的笑柄。而最令他深感遗憾的是，自己被夕姫和武之丞欺骗了。

（什么阵定？什么太后？）

等白紧咬牙关，诅咒自己的愚蠢。

他明白是想要夺得配殿工作的欲念招致了这样的结果，他也知道被骗之人才是真正的愚蠢。但这份遗憾、愤怒与悔恨却无法抑制。无处发泄的愤懑日益膨胀，最终泄向横插一脚的永德。

翌日傍晚，等白出门。

一直被画材包围着，闻着颜料的气味儿，这让他难以忍受。而家人

[1] 准后：日本朝廷里，太皇太后、皇太后、皇后为三后（即三宫）；准后的待遇与三后同等，正式称准三宫。

和弟子们的目光也好似都充满了责难。他想去外面透透气。

农历八月十五日，正是中秋月圆夜。等白跟东山升起的月亮背向而行，在三条大街上发现一处便宜的酒家。门口摆着长凳，卖一些下酒的熟食。约十来个刚结束工作的工匠和刚关店的商人，正坐在一起热热闹闹地喝着酒。

这种店家是等白所喜欢的。他也挤进去在长凳上坐下，一边吞着杯里的酒，一边只身沉浸在喧嚣中，这么一来，心情反倒逐渐镇定下来。

人们都背负着各自的重担，拼命过着每一天。重要的是以何种心态而活，而非谋求地位和名誉。等白忽地想起很久以前，本延寺的日便上人曾这么教导自己。

“佛画师的工作，便是把佛祖的教诲传达给众生。必须以如来使者的心态时时精进。”这是养父宗清时常挂在嘴边的话。

若能以此为信念，那么仙洞御所的工作得失其实并不重要。只要继续精进献身画业，终究总是会有各种机遇的。

等白的心逐渐镇定下来时，只听店里有人高声叫嚣：“不行，不行，不能把活儿交给那种人哪。”

“话是这么说，可是人家本领高啊。”

“再怎么有本领，都不过是越前的乡下人罢了。这么重要的工作怎能委托他呢?”

这是两个五十开外的商人。口气很大的是个一脸倔强的瘦削男人，是等白最讨厌的那种自以为自己的意见全天下最正确的类型。更何况他吭哧吭哧的鼻息声也很是碍耳。

“爱宕屋啊，那种话是说不得的呀。四代五代传下来的老铺子，起初还不都是从乡下出来的吗?”一个胖胖的长相温和的商人说，要承认他的实力才会真的成长。

“你那边可能是那样，但我们店不一样。我们可是出自清河源氏的、货真价实的京都人。”

“什么呀，应仁之乱打得不成样，结果还不都一样么？”

“才不一样呢。关键时刻出身门第最重要。我跟你说啊，播磨屋——”一脸倔强之人忽然降低音量，问对方知不知道那人的父亲是干什么的。

“不知道呀。”

“是染坊。住在桂川河堤，是个经营青屋的。”青屋是指蓝染坊，在京城曾一度受着无端的歧视。“这次的锦缎是要送去聚乐第的。只要我还有一口气在，决不能让那家伙来织。”

等白本不想听这些，可在酒庄的喧嚣声中，越是讨厌的声音便听得越清。他也不能让他们闭嘴，只一味觉得越来越堵得慌。在京城生活，就要靠门第和交友的广泛。一家织布坊若没有这些，生意便会被那些老店铺夺走，这跟现在的自己如出一辙。

（永德在劝修寺大人面前也定是这么说的吧。）

一想到自己竟也会那般被辱，等白的心再次怒涛汹涌。他可不愿意就这么把眼泪往肚里咽。虽然早知定局已无法扳回，可告知永德一声“你做的手脚我全知道”还是必要的，否则这口气实在太憋屈。

只见等白高大的身躯晃晃悠悠地离开酒庄，在当空皓月的光芒下走到了狩野图子。

面前一座大名府邸般的大房子如影子画似的无声矗立着。大门关得很紧，也没有看守。原来都已经这么晚了，等白在诧异中试着去推边门，发现竟悄无声息地朝内侧开了。庭院里的秋虫正鸣声四起。等白瞬间想要折回，但酒兴催促着他继续踏入了狩野府邸。

（只是过来说句该说的话而已，有什么可顾虑的？）

他替自己找到了充分的理由。

永德等人在中庭搭了一个如舞台般的凉台，正在赏月。永德和光信坐在上座，其余十来个高徒分居左右。等白似被宴飨的热闹气氛所吸引，他推开柴扉，摇摇晃晃地踏入中庭。

“谁啊，你是？”末席上一个脖子粗短的弟子，走下凉台把他拦了下来。无论是站姿还是距离的取舍，都表明此人颇通武艺。

“在下长谷川等白。来此有话对永德先生说。”

“这种时候偷偷摸摸进来，很失礼吧？”

“边门开着呢。是因为配殿绘画之事，我要对永德先生说句话。”等白打算平心静气地说话，可狩野一方却心虚自己强抢了等白的工作，唯恐受到等白的苛责，于是弟子们各个反应过度。

“不行不行。这里不是你这种人来的地方。”粗短脖子的弟子抓住等白的前胸，想推他出去。最初的一击让等白趔趄了一大步，但他迅速挡住下一击，并扭住了对方手腕。自幼被灌输的武艺即便到了五十二岁，还依然随身。手腕的关节反被擒住后，粗短脖子没出息地大声悲鸣。

“你这个粗人！”高徒们争先跳下凉台，欲将等白制服。等白忽而松了手，挣扎着的粗短脖子失去支撑，瞬间摔倒在地。

“等等。我并不打算动粗，只想跟永德先生说句话。”

“那也须遵照礼节吧。你白天再来便可。”这等时刻还醉了酒，真不知道来干什么，弟子们异口同声责怪等白。

“这个我道歉。确实如此。”等白跪下谢罪。他此刻醉意已全然消失，可还是不愿就这么折回。“就一句话，请让我跟永德先生说。说完我马上回去。”

“不行。你明白自己什么身份吗？”这里不是一个开画店的该来的地方，大个子弟子两人架住等白，欲将其押解。

“等等！”永德规诫弟子们，若是只一句话，但听无妨。“但须得双腿跪地说才行。这么大的块头，别妨碍了大伙儿赏月。”

“得到您的许可，鄙人万分感激。永德先生，仙洞御所的工作原本已经委托给等白我了。是你硬抢过去的吧?”

“不知道，听不懂你在说什么。”

“我知道你直接去找了劝修寺晴丰大人。我已不再记恨这件事，所以希望你能承认自己的所为。”

“我说我不知道。你若随意捏造，可不能轻饶你。”永德打算撒谎到底。因为一旦承认此事，便有伤狩野派的体面，而且会给晴丰带来麻烦。

“是不是我随意捏造，你自己扪心自问便知。我当然也不能说自己洁白无瑕。也不打算给你添麻烦。只需要一句话，只要你承认事实，我内心的冤屈也便平息了。”

“那是你自己的事情，我管不了。”永德三次彻底装作不知。为了彻底维护权力和权威，也需要借助谎言的力量。永德熟知这些，所以一脸正色毫不害臊。

“哦！原来如此！我终于明白了——”正因为你有这种想法，所以才画不出饱含灵魂的画作。等白盘坐于地面说道。“我在某处寺院观摩了你的桧图屏风，那真的很糟糕。想博得喝彩的用心和努力很明显，但最重要的画心却看不到。你对自己的画作都撒谎，实在没有继续当画师的意义。”

“闭嘴！我是人称天下第一的画师，做的是天下第一的工作！我可不是下等贱民，不需要你这种开画店的指指点点说三道四！”永德在激愤中突然起身，一脚踢翻托盘。凉台上酒壶与碗碟哗啦啦四处飞散碎了一地。

“总帅，请冷静！”狩野宗光站在永德面前，挡住了他的张皇失措。“快！快把这个粗人拎出去。”

话音刚落，便有五个弟子同时抓向等白。有人拧起手腕，有人抓向胸腔，有人扭住裤腰。每个人都怒气勃发敌意满满，非要把等白赶出柴扉外的架势。

“别碍事！我还有一句非说不可。”等白抖抖身躯，摆脱了诸位弟子。他有些头脑发热，忘了力道与分寸。虽然没打算动粗，但拧住他手腕的两人已被撞飞。而顺手一挥间，前后两人也相继摔倒。

“你这个，无礼之徒！”粗短脖子不知什么时候已手持木刀，从正面砍击过来。

这意外的一击，等白未能避开。于是他的额头，便挨下了这学武之人的精湛一刀。砍得他眼前一黑，差点失神。但他稳住了。

（一旦倒下，便会被杀。）

武之丞自幼灌输给他的沙场警训，在这危急关头救了等白。

额头上方的发际处裂开长长一道口子，鲜血汩汩而出。等白只觉得有一股血腥掠过鼻端，液体顺着下颚滴答而落。他用手摸了摸额头，有黏稠之感，一看，手掌已染成一片红。若他身材稍微矮小一些，定被击中头顶早就见阎王了。这一击是如此锐利、毫不留情。

“汝等卑怯小人！”等白忽地换了武士语，带着满脸血污逼近。

粗短脖子害怕地后退了两三步，而后一蹬腿，双手握拳伸出，借着整个身体的力道冲将过来。大个子甲衣武士的弱点，往往在于喉首。他这一招便是直取要害的狠招。

等白身体右倾，错开对方的风头，再顺势一转，用左肘撞向对方额角。粗短脖子应声倒地，一动不动。等白从他手里夺过木刀，窜上凉台。他鬓发杂乱，满脸血污，俨然落荒而逃的武士。其身后背负的一轮满月，更是将他照得阴森凄惨。

“永德先生，你听好了啊。”等白自认为态度很温和，可对面的永德却已深陷恐惧之中，只瘫坐在地半张着嘴。“你这样谎上加谎，所以除了些虚张声势的画你什么都画不出来了。你的天赋谁人都知，不如再次回归初心，把灵魂画进去如何？”

“那、那就把久藏还给我！”永德边退边嚷道，“我不要起誓书了，你把久藏还给我！”

"犬子？为何？"

"若是久藏在我还可以重新来过。教他绘画时我是回归过初心的！"永德一口气把话说完，而后双手掩面，哭了出来。

等白仿佛胸口被猛地一击一下子蒙了，呆若木鸡。此前自己一直羡慕永德，但其实自己却拥有一个甚至超过狩野家四代积累的至宝。意识到这一点的瞬间，永德的苦也看得清清楚楚。

"永德先生。"等白丢下木刀打算下跪，这时宗光猴子似的悄无声息靠拢过来，塞了些东西在等白手里。是天正大金币。而且有五枚。在等白鲜血淋漓的手中，迎着月辉，正发出莹莹的光。

"今晚就请先收下这些，剩下的五枚我明天派人送去。"

"什么意思，这是？"

"你贿赂太后的十枚金币。请容我们等额赔偿，这事就这么过去如何？"夕姬只给了劝修寺晴子一百两。狩野派从各方查明后，便赠给其兄晴丰更多的金币。

等白忽地清醒过来。五枚金币撒落凉台。谁曾料自己竟牵扯进了这么无聊的事！离开七尾时的梦想与志向，究竟去了哪里！悲哀与悔恨交织，无力感遍布全身，等白下了凉台走向门口。然而刚出柴扉，一阵剧烈的头痛袭来，他就这样倒了下去。

醒来已是三天后了。枕边坐着憔悴消瘦的清子，正倾身看他，还有汗味儿袭来。三天来，清子没能洗澡没能睡觉，一直看护着他。

"你，知道这个吗？"清子竖起一根手指左右晃动。

"嗯，手指吧。"

"太好了。春子说你的眼睛有可能失明，所以——"清子一觉都没睡，一直帮他在额头敷着冷毛巾。因为太过担心，还特意把萨宾娜春子从堺市请来。

"我没事。倒是你，若不躺下来睡一会儿，对身体不好呢。"清子马上要生了。哪有人会挺着大肚子一直不眠不休，等白责难清子的不小心。

“你才是呢。请再多考虑一下今后的事情，替我们这个孩子想想。”等白倒下后，狩野家请来医师做了紧急处理，然后用门板把等白抬回家。清子初看时还以为已经死了，着实吓得不轻。“那天晚上，究竟发生了什么?”

“我也不太记得了。不过在三条大街喝酒的事，倒还记得清楚。”等白不想让清子担心，于是把一切归结于醉酒，没再多说什么。

虽然结局惨淡，但等白没有后悔。他终于知晓了永德的苦处，而且重新意识到自己的久藏是多么珍贵。大概今后可以毫无芥蒂地跟永德相处，一起比拼画技了。

幸亏额头的伤口并未伤及神经。皮肤有些开裂，头盖骨稍微陷下去了一点，等白横躺了七天，便伤口愈合、红肿消退了。待起身后，等白以全新的心情投入工作。既然仙洞御所的工作被抢，当下无事可做，不如试着绘制桧图屏风。

永德的桧图屏风是为博取认同的纸老虎。能这么批判人家，那当然就该有自己的桧图屏风，以证明自己的画作是拥有灵魂的。他想拿着新作去拜访狩野图子，为之前的无礼跟永德致歉。

重阳节刚过，菊花将要开败的时节，久藏突然脸色苍白出现在等白的房间。

“父亲大人……”久藏在门口只轻唤了一声便失了声。

“怎么了？出什么事了?”

“听说昨天……总帅去世了。”

“永德先生……怎么会?”

“是弟子时期的好友过来通知的。不会有错。”

“死、死因是什么?”

“说是夏天身体本就不好，差不多一个月前便恶化到卧床不起。”昨天是九月十四日，一个月前正是等白去狩野家大吵大闹的时候。

“我们要前去吊唁。你马上准备一下。”那天夜里，永德还能精神地赏月喝酒。其病体一下子恶化，莫非因为自己的缘故？在不祥预感的笼罩下，他换了小袖裙袴，朝狩野图子走去。

狩野家门口，来了大量的吊唁客。高阶武士、高位僧、富商，都带着随从在排队等候。后面还有驾着御所马车前来的公卿女御。其人脉的丰富，其人数之多，简直将狩野图子堵得水泄不通，足可见永德之大。

等白排在队列的末尾。

“这位可是长谷川先生?”负责接待的弟子中有人过来招呼。

“长谷川等白和曾在这里受照顾的犬子久藏在此。这次真是——”等白想吊唁几句，可年轻的弟子一句没听便跑入府邸内。他正自诧异，只见那名弟子带着狩野宗光走了过来。此人正是那天夜里把天正大金币塞入等白手中之人，永德的亲信。

“您所来何求?”这说话的傲慢语气与那时截然不同。

“听闻永德先生过世，特地前来吊唁。”

“不劳您费心。我们两家没有任何关系。”

“既然这样，那我先告辞。请容许久藏一人留在这里。”

“这是谁啊，不认识。不如两人一同回你们能登如何?”宗光的态度自始至终都是冷冰冰的，爱理不理。

等白是永德的仇人，久藏是背叛者。既然你们把狩野家当成敌人，那就休想在京城混下去。其言外之意便是如此。“回你们能登如何”这话，意味着只要在狩野家目所能及的范围内，他们便不会客气。

第九章 利休和鹤松

天正十九年（1591），是日本史上划时代的一年。这一年，关白秀吉结束小田原征战、平定奥州，完成了一统天下的大业。但之后便踏足出兵朝鲜的战争泥潭。

长谷川等白一家四口，共同迎来了这波澜壮阔之年的元旦。

去年十一月出生的又四郎（之后的宗也）成为新的家族成员。他身子圆圆的酷似清子，又很能喝奶，十分健壮。等白祈盼能平安无事地将其抚养成人，故起了一个与自己年幼时相同的名字。

迎来新生命的第一个元旦是格外特别的。他们从相熟的料理店预订了新年料理，一家人相聚一堂，觥筹交错其乐融融。

“去年我给大家添麻烦了。”等白开口道歉。因他的缘故，店里损失了六百两，更挑起了与狩野派的矛盾。归根结底都是因为想得到仙洞御所的工作，是欲望导致的失败。

“因此，今年我打算寻回初心，只把心思放在完善自己的画作上。托大家的福，目前手头有很多大名家和寺庙神社的订单。只要把每一个工作都尽心竭力地完成，总有一天会让公家注意到我们的。”

“是呀。扇子的订单也有很多，今年可必须得好好工作啦！”清子生了孩子后，愈发显得丰腴，也多些了威严的气派。有了女主人的自信后，她比以前更加心直口快了。

“久藏怎样？今年可立了什么目标吗？”等白斟酒问道。

久藏一如既往优雅地一口喝干，道：“我打算尽可能接近总帅的境界。”他毫不犹豫地说出了自己对永德的仰慕。

“那我呢？你不打算接近一下吗？”

“父亲大人的画太高深，不是下了功夫多练习便能够接近的。”久藏说，父亲的画作不是技法的堆砌，而是源于他天才的个性，是从骨子里喷出来的。所以即便想要接近，但只要方向一致，怕是永远也无法超越。“但是总帅的画，却是建立在自身的努力，和掌握狩野家常年积累的画法的基础上绘成的。因此，只要下够功夫，谁都可能超越现在的水平取得进步。”

“是吗？你也是当年的八大弟子之一啊。”等白稍感不快，但久藏所说亦无可厚非。

“并非因为我曾是弟子才这样说。其实我跟总帅一样，都是一出生就闻着颜料的味道，拿画笔当玩具长大的。”因此，久藏明白永德的心情，也能体会试图把狩野派的绘画提高到新的水准到底有多难。

“那种努力有时候看起来像是单纯的模仿，也有时候会被认为是为了博取好评而不拘常规。但究其本质，却并非如此。”

“怎么不同？能告诉我吗？”

“不是重新创作，而是把已经完成的东西做大一圈。为此，必须要将前几代人的画作全部纳入自己的身体才行。”总帅就是挺不过这个重担才英年早逝的，久藏澄澈的眼眸浮出了泪水。

“原来如此。永德为何那么看重你，我今天算是真正明白了。”

“总帅他……说了什么吗？”

“他说，不想放你走。”等白没有多说。自己的一些行为，已经践踏了久藏深深敬重的永德。况且，他都没有试图去深刻地理解永德，便感情用事，说他谎上加谎。此事化作莫大的悔恨，在心胸间挥之不去。

新年伊始，秀吉政权便开始行动，准备出兵朝鲜。新春刚过，他便命令沿海的诸位大名建造军船。此事政权内部和诸大名中亦有反对者，舆论一分为二。

以石田三成为中心的吏僚派和依循耶稣会的基督徒大名们试图敦促出兵一事。三成等人以出兵为契机，加强了中央集权的体制，并以此顺利将权利转移到淀姬所生的鹤松手上。基督徒大名们则依循耶稣会欲将明国收编为殖民地后广泛传教的方针行事。因此，他们加强与吏僚派的联合，加速了出兵的进程。

而反对者便是秀吉之弟秀长与外甥秀次等，即聚集在北政所宁宁周围的丰臣一门，以及德川家康、前田利家、蒲生氏乡等分权派大名们。他们中的多数正着手经营刚刚获赐的领地，无法应对出兵的负荷。再者，他们明白，一旦变成战时体制，他们将不得不听从吏僚派的命令。

该出兵还是该重视内政，各方怀揣着各自的用心，展开了激烈的较量，双方的对立一触即发。也偏巧在这时，发生了两件大事。

其一是丰臣家的重镇、大和大纳言秀长，于一月二十二日去世。秀长在秀吉政权中曾经起过何等重大的作用，从天正十四年（1586）拜访大坂城的大友宗麟的记录中可见一斑：

“私人礼仪是宗易（千利休），朝廷之事则由宰相（秀长）统管。”（《大友家文书录》）

这个秀长一死，吏僚派的发言权迅速增强。

其二是耶稣会东印度巡察师范礼安，带领遣欧使节团的四人，拜访了聚乐第。伊东祐益、千千石纪员等四人，于天正十年（1582）一月，在范礼安的带领下朝欧洲进发。于三年后平安抵达罗马，还参见了罗马教皇。

他们在公历1586年四月从里斯本港口出发，于两年后的1588年八月到达澳门。但他们得知秀吉在去年六月发出了传教士驱逐令，便暂停回国一事。之后在1590年六月进入长崎港，时隔八年重返故土。并于同年，由作为印度副王使节的范礼安陪同，终于如愿进京。

沿途聚集了大量百姓，打算一睹他们的风姿。但问题是，为何秀吉会允许范礼安在此时入国?

秀吉在天正十五年（1587）年六月发出传教士驱逐令，取缔基督徒。之所以允许范礼安等人入国，只能认为是秀吉改变了方针。而且，秀吉在给印度副王的回信中的“日本为神国，故禁止基督教”的语句，后因范礼安的抗议删除了。也就是说，三成等吏僚派们为了拉拢基督徒大名，想办法让秀吉撤回或是放缓了传教士驱逐令。

就这样，权力斗争的指向一下子有利于推进出兵派。不久后还将波及到利休与等白。

这一年有闰月。消息传到等白处，是闰一月的二十二日。

“大德寺三门可能要出问题，刚才千利休大人拜访了春屋长老，商谈该如何应对。”春屋宗园的信使如此告知等白。

“你说的问题，所指什么?”

“三门的楼上安放了利休宗匠的木像。据说关白殿下听闻此事，大为生气，责难利休僭越。”

“可那不是宗匠自己的意思吧。听说是古溪宗陈先生进献的贺礼。”

“确实如此。所以最近，丰臣家的奉行众们正在质问古溪上人。”

若事态扩大，有可能三门会被摧毁，罪责还会波及受利休之意描绘壁画的等白。宗园便是担忧这一点，才派遣信使告知等白。

信使已回，可等白仍不能从震惊中恢复。大德寺三门的壁画是等白倾注心血绘成的作品。时值他被逐出七尾的第十八个年头，那是一个里程碑式的工作，见证了他终于出人头地。他实在无法想象，那个三门不但会被摧毁，还可能连累到作画的自己。

几天后，德川家康、前田利家、细川忠兴、前田玄以审问了古溪宗陈。宗陈因在三年前的九月得罪了秀吉，被流放至大宰府。后在利休的斡旋下，于翌年七月获得赦免。为了报此大恩，他赠送利休一尊木像并安放于三门。

被问罪的宗陈明言：这是自己作为一山之长的所为，利休丝毫没有责任。而且，宗陈还痛快地质问对方：利休营造三门，是连大将军都不能完成的豪举，给这位大英雄立个木像有什么不对？宗陈出身于越前朝仓家，骨子里颇具武士精魂。他在僧衣中藏有腰刀，若有万一便打算自杀担责。

看到这个审讯报告，秀吉大为震怒。因为他觉得“大将军都不能完成”这句话是针对自己的讽刺。

秀吉为了取得信长后继者的地位，在大德寺为信长举行了隆重的葬礼，还以宗陈为开山祖师兴建了总见院。但他丝毫没有敬重信长之意，单从他命令狩野永德将信长的肖像画改为一副穷酸相中便可得知。所以秀吉听到耳里的言外之意便是：“彼下等贱民之资，当然连兴建三门之事都无法完成。”

秀吉的报复是赐死。他还下令将宗陈，连同春屋宗园一起实行磔刑，并悬挂尸首于三门。后因其母亲大政所和正室北政所的规劝，才勉强打消此念。

形势不妙，利休很难得救。谣传如狂风席卷京城，自然也传入了了顿图子的等白耳中。画店附近有一些不明来历之人徘徊往复。也正是从这个时候起，店里不再有客人光顾。还有人经过店门时旁若无人地大声道：“所司代的人怕等白逃走，正在盯梢呢。能登屋这下完蛋了。”

等白被逼无奈，就算自投罗网也要弄个明白，于是走访了前田玄以的府邸。

“今天有事相问，还望如实相告。”等白询问玄以，监视画店的人是不是他的手下，语含蕴怒。

“不是。我并没下过令。”玄以一如既往的温和。

“那究竟是谁？有那些人盯梢，客人都不敢进店了。”

“对方是想以此激怒等白先生吧。你可不能上当啊。”

“为何要挑衅我？”

“只要你因怒犯下罪行，便会累及让你绘制三门壁画的利休先生。那样就可以增加一条利休的罪状了。”

“也就是说——”

“是石田治部大人设下的圈套。他正在各处搜罗利休的纰漏，欲借此机会除掉利休。”不只木像问题，其他诸如高价贩卖茶具、巧取前来鉴定的古玩等，诸多不利于利休的所谓罪证都被石田用各种手段搜罗了来。“我还有一句心里话。等白先生，其实你也濒临危险的边缘。”

“我是画师，总不能因为绘了三门的壁画就有罪了吧？”

“不是画的问题。你曾通过三条西家的夫人向劝修寺晴子太后赠送过一百两黄金吧？”

“那、那是……”一下子被击中软肋，等白满脸通红地支吾起来。

“我知道你是为了取得仙洞御所配殿的工作。可狩野家却用更多的金子把工作抢走了。听说你还为此闯入狩野府邸大吵大闹了一番。”玄以如同阎罗王似的把一切都查得清清楚楚，等白听得哑口无言。“我不是责怪你，而是想说，幸亏你没有得到工作。”

“为何？此话怎讲？”

“若是你得了那份工作，便落入治部大人的手掌心了。一旦收买太后的事情坐实，便无从辩白，怕是得即刻拉去三条河原斩首示众了。”

“可是，为何会这样？”等白以为事情已经外泄，他惊得伸手护住了脖子。

“治部大人和狩野家交往甚密。你忘了吗？”玄以喘了口气，离席端来一种红色的茶。“这是南蛮人喝的红茶，是范礼安进献给关白殿下，殿下又转赐给我的。”

“这么贵重的东西。”

“来喝一口，平稳情绪很有效。”等白战战兢兢捧着茶，其香醇厚浓郁，只是涩味稍重，并不合自己口味。玄以没有再说什么。上茶意味着送客。

等白终于意识到了问题的严重程度，失魂落魄地离席而去。

正如玄以所言，不日，各种利休丑闻在京城传得沸沸扬扬。甚至还有人传谣，秀吉要娶利休之女为侧室，可竟然被利休顽固拒旨等等。迫于石田三成的压力，利休身边的人也倒戈相向，一一检举利休的罪状。

利休在闰一月二十九日写给细川忠兴的信上，有“又，宗无近日颇怪，万代屋亦是。一笑了之”的字样，这是在怀疑住吉屋宗无和万代屋宗安两人有莫名其妙的动作。宗安是利休的女婿，亲人倒戈，对他的打击无疑是巨大的。“一笑了之”一句，也道出了利休的无奈。

而同时，丑闻攻击的矛头也指向了等白。

“那男的杀了养父母，夺走金钱后逃出七尾。后来为了分得经济援助又跟油屋的女儿结了婚，对前妻见死不救呢。”

“听说他还跟三条西家的女御通奸，为了当上朝廷绘所的别当，使尽了小手段。此事在永德的参奏下作罢，于是他就恩将仇报，闯入狩野家府邸搞得天翻地覆啊。”

如此这般，通过巧妙的篡改捏造事实，把等白说成一个贪财好色，为了目的而不择手段的大恶人。

这些当真是只能“一笑了之”的愚蠢的谣言，但却意外地左右着世人的看法。正如谚语所说："他人的不幸，味美如鸭肉。"通过他人的不幸来肯定自己的幸福，这种阴暗的心理偶尔总会从人心的某个角落显形。

更何况等白自着手大德寺三门的壁画以来声名显赫。那些嫉妒之人便不问青红皂白，趁机落井下石，希望从他人盛极而衰的故事中聊以慰藉自己的内心。

到了二月后没多久，画店有位头戴仕女笠的公家侍女来访。是侍奉夕姬的初音。等白怕被人发现，便将初音带至旁边的别墅。

"夫人让我转交这个。"初音拿出一封信，信上字迹婀娜："明日午时，请移步兴临院。"

"有什么事吗？"等白将书信返还初音，思忖道，你已经骗走我六百两黄金，还想干什么？

"夫人说，想跟先生商量脱离困境的方法。"

"不劳贵夫人担心！我自己会处理的。"

"陷入困境的不只有长谷川先生。再这么下去，夫人的处境也很危险。"

"这——是因为把我推荐给了太后？"

"正是。如果长谷川先生受罚，那么夫人就会被三条西家赶出来！"公家社会比谁都忌讳污名。不管是血污还是罪污，一旦沾染便不能在公共场合中露面。初音拧着那张如御所人偶般雅致的脸蛋。

等白决定出门。若因自己而令夕姬陷入困境，他便不能放任不理，更何况她说还有脱离当下困境的方法。

画店周围晃荡着一些不明所以的人，为了避开这些耳目，他在黎明前，深深扣了一顶斗笠，从后门出去，前往大德寺。离约定的时间还有两个时辰，他犹豫再三，最后决定拜访三玄院的春屋宗园。

宗园一定知道利休的处境。此时他恰好在晨坐打禅，等白便在方丈内等候。隔扇上的山水图还在，是等白当年不顾众僧阻挡而绘。象征着京都文化至高点的险峻山峰在中央巍然耸立，还建有优雅的大殿。右侧一角则是朝着京都迈出脚步的等白与静子、久藏的样子。

那时对等白来说，最难的是如何提高绘画的技法，他根本没有想到有朝一日会卷入政治纠纷。

（浮木之龟！）

等白想起本延寺日便上人传授的日莲上人的教诲：人，只要一直处于轮回中，便会不断经历各种苦痛；此时遇到法华经，便如随波逐流的乌龟乘上了浮木，得以小憩。

等白久久地凝视着山水画，想起迄今为止的种种，内心逐渐恢复了平静。而就在此时，回廊传来谈笑声，宗园和利休走了进来。

院中残雪厚重，屋内地板冰冷。可即便如此，二人也只穿了白色的小袖，外披一件僧衣，甚至还光着脚。

“宗匠，您也来了？”

“是啊，好久没有来这里洗涤心尘了。”

“那三门之事——”是已经解决了吧，等白忽地放下心来。利休和宗园，两人都是一副毫无烦恼的清爽神情，让等白心绪大安。

“那个真是没办法，好像也给你添麻烦了吧。”

“倒不觉得麻烦，可究竟会怎样呢？”

“我大概是斩首或者剖腹吧。只是大德寺的三门非守住不可啊。”利休悠闲自若地喝起小僧端来的凉开水。

“这事您就不用操心了。治部毕竟也是贫僧的弟子。”绝不会让他动这座寺院的，宗园也咕噜咕噜喝起水来。

“那么长老——”利休被杀长老您也不在意吗？等白的语气变粗了。

“这个没辙。因为宗匠期望如此呀。”

“什么？怎么可能？”

“诚如长老所言。大丈夫宁可玉碎，不为瓦全。”秀吉传话，只要利休谢罪便能得到原谅，而且秀长正室、智云院和北政所也纷纷表示愿替利休进言。但利休并无屈服的打算。他若为了保命曲节求全，便会令自己长年修得的茶道悉数变为谎言。“所以，今天已经拜托长老帮我超度了。”

“可这不是——”不是正中三成下怀吗？等白无法心服。

“信春，对你来说，治部是个什么样的人？”

“这……”等白一下子答不上来。

狐假虎威的君侧奸臣。殚精竭虑把淀姬之子鹤松扶上位的谋略家。头脑反应迅速得令人恐怖的实务家。而且更是把利休推入陷阱的阴险敌人……等白的头脑中有好多个词，但无论哪个都是世间流传的对三成的评价，并不能用作利休问题的答案。

“我不清楚。请问长老如何评判？”等白把利休的问题原封不动地踢给宗园。

“这个嘛，要我说呀，他就是门外之人。”宗园伸手烤着炭盆取暖，一边望向外面。

“就是这么回事。我有茶道之门，你有画师之门，门外的事情我们管不了，但门内是有自己的世界的，必须不惜性命守护。”利休直视等白的脸，问他有没有这个觉悟。

“有。只要是为了绘画和家人。”

“好。既然有这份胆量，就应该不会对亲人的死倍感煎熬。”

“您说亲人是指——”

“静子夫人和你的养父母呀。他们都用自己的方式拼命地生活，走完一生后才去了彼岸。你若是哀叹自己害死了他们，就是否定了他们的一生呀。”

“但是，我……”我却做了无法向三人辩解之事。这些悔恨一齐涌上心头，等白抓紧膝盖，泪流满面。

“哭泣也好，悔恨也罢，都已经无济于事了。生者能做的，便是背负着死者继续活下去。”利休的话振聋发聩，如鞭策在身。等白以手背拭去眼泪，动了动下颌称是。

“这样吧，如果听到我死了，就拿这个当个留念。”利休坐到书桌旁，写下等白二字，这是宗园赐予的称号。“白是无的境地。今后你要背负着死者，朝无的境地出发。”利休说罢，在白字旁边加上一个单人旁。

遵从利休遗训，自此以后，等白便以等伯自称。

是日，利休前往总见院拜访古溪宗陈。他赠给宗陈两个长年爱用的青瓷茶碗，与他喝茶作别。宗陈问他“末后一句作何言？”即遗言是什么。利休答道：“白日青天怒雷光。”是晴空万里的天上，突然雷光大作之意。

这句话该作何解，众说纷纭。有人认为此话是禅道用语，揭示了利休的悟禅境界。也有人认为此话表明利休内心动摇，如遭遇了晴天霹雳。

此语其实出自《江湖风月集》中道源禅师的绝句《守口如瓶》：“明明只在鼻孔下，动著无非是祸门。直下放教如木突，青天白日怒雷奔。”其大意为：口分明在鼻子下方，但有时却成为祸事的元凶。其后所接受的如木突（警策棒）鞭策的严厉教诲，便如青天白日中划过天际的雷光，让舒缓的心弦再次收紧。

如果利休的“白日青天怒雷光”是取自此诗，较为妥当的解释应该是：“祸从口出，此言自古有之。我也犯下同样的过错，不过所幸接受了教诲，松弛的心弦得以收紧。”而传授教诲的便是春屋宗园。松弛的心弦得以收紧，意指已经有了为信仰舍命的觉悟。

但遗憾的是，等伯（等白）尚未到达此番境界。他怀揣着利休所赠的字帖，穿过夕姬等候着的兴临院大门。

夕姬一身浅墨色僧衣，大把青丝仅由一根白丝带束着，没有化妆，身形清瘦，唇色似被冻僵了一般。壁龛上悬挂着畠山义续的肖像画。此画虽出自自己手笔，但此刻看来还是觉得十分逼真，如同在跟生前的义续本人会面一样。

“百忙之中，劳驾光临，实在感激不尽！”夕姬郑重言谢，还低头致歉，说仙洞御所的隔扇画一事，给等伯添麻烦了。

“此事我一直想听听能让我信服的理由。”

“我对武之丞说，需要三百两。其中一百两赠给太后，剩下的用来打点劝修寺晴丰和准后。但听说武之丞跟你要了六百两，是吧？”

“是的。起初是三百两，过了一阵又说为了顺利通过阵定，还需三百两。莫非夫人不知？”

“去年年末，逃亡近江的父亲突然来信言谢，说收到三百两捐助，十分感谢！但我毫不知情，便质问了武之丞。”于是武之丞说，他从兄弟处筹到一笔捐赠，以夕姬的名义捐给了在余吴浦的畠山义纲。“三百两已经是巨款，再加三百两，这实在难以想象。所以我逼迫武之丞说出实情。”

“兄长，他怎么说？”

“他坦言，说告知你需要六百两才能取得仙洞御所的工作，于是让你出了六百两。他说那么做也是为了一心帮助我的父亲，振兴畠山家。”夕姬再度低头恳请，“我知道你很不愉快，但还请原谅他！”

“让我见见兄长。如果这是事实，一定要他直接跟我道歉。”

“他已经不在这里了。他假我之名跟长谷川先生骗得巨款，所以我十分严厉地斥责了他。”

可是武之丞听后怒极，反驳道：“我等为了大人不惜舍命相报。从兄弟那里多取了三百两，也都是为了畠山家，怎能甘受小姐斥责！”

“我跟他说，那不如跟长谷川先生坦白一切，为自己的独断专行道歉。但武之丞震怒道，为了大人哪怕交出亲兄弟的性命他都在所不惜，那才是忠义，区区三百两却要受多方责难，实在太没道理。说罢拂袖而去。”自那以来，音信全无，正在担心他呢，夕姬无奈地叹了口气。

“这实在太过无礼！”等伯替武之丞低头道歉。他虽然可憎，但毕竟还是血脉亲人，等伯不能装作事不关己。

“没关系，他也是为了畠山家。况且最难受的应该是长谷川先生才是。”

“不，我没事——”等伯口气豁达，说自己的事不必在意。

“您能这么说，我就放心了。自打知道此事以来，我一直担心先生会恨我，每日里魂不守舍……”夕姬语音渐轻，捂着胸口弱不禁风的模样。

“不过，夫人今日这一身僧衣打扮是怎么了？难道正在闭关祈祷？”

“实在难以启齿，我现在离开三条西家，住在塔头。”

“这……也是因为这次的事？”

“大约十天前，石田治部大人来到我家查问，有否跟利休交易茶具之事，其中也涉及到一些我与长谷川先生之事。”

“我跟夫人你……”

“有一些风言风语，被他大肆嚷嚷了出来。我那本性善良的丈夫听到后，大受打击竟卧床不起。”夕姬说，不能再给三条西家添更多的麻烦了，于是便暂时寄身兴临院，待日后风平浪静之后再作打算。“治部大人是很恐怖。不仅是在此寺与先生会面之事，连多年前我向近卫太阁引荐你绘教如画像一事都清清楚楚。”

十九年前，夕姬带着等伯拜访了石山本愿寺，把他介绍给近卫前久。等伯受托替教如画像，是为了促成教如和朝仓义景之女的婚事。三成仔细地调查了此事，说这事一旦公开，对三条西家的名声可不好。

“而且还扣紧我的手腕，将我拉到隐蔽处，在我耳旁威胁恐吓。那布满血丝的锐利目光，冰冷坚硬的手指，简直不像是人，令人毛骨悚然。”夕姬紧缩眉头浑身颤抖，说好似在黑暗处被蛇紧紧咬住不放一般。

“但他为何要对夕姬夫人如此无礼？”

“当然是为了淀姬一派。我们当家的侧室里有个叫伊吹的人，是淀姬的表姐。”所以，他要帮她将夕姬赶出三条西家，把伊吹扶作正室。再这么下去，夕姬不仅会被迫离家，连三条西家正室这个事实都可能被抹煞。

“治部这人，以为尽力帮助淀姬便是对亡故的浅井家尽忠义。他同武之丞一样，认为只要是为了这个目的便可以不择手段吧。”

“我听初音说，夫人有脱离困境的办法?”

“有。但只有一个。”

“能否告知?”等伯不由得问了出来。

“请近卫太阁帮忙说话。秀吉公是通过太阁大人才当上关白的，所以不会违逆太阁大人的意思。”

“没错，可能的确如此。”

“但若想让太阁大人帮忙周旋，必须提供利休大人无辜的证据。长谷川先生可有?”

“所谓证据是——”

“比如有关三门的书信，就最好不过。”

“哦，书信倒是——”等伯想起来了。三门壁画完成之时，利休犒劳等伯，特意赠了他井户茶碗。这茶碗已被等伯拿去转赠给了前田玄以，但书信还留着。而且利休对三门完成一事的感受，在信中有所表露。

“就是它！只要有了这书信，便可去请太阁大人帮忙。请尽快拿过来给我。”夕姬跪坐着靠拢过来，紧紧抓住等伯的手。那双手在微微颤抖。是受困窘境，抓了一根救命稻草求乞援救的一双手。

等伯回到家，在书信箱中找到了那封信。

利休的书信，等伯特别郑重地用油纸包好存放着。利休在信中慰劳等伯绘壁画之苦，称壁画受世人好评他也深感自豪，甚是满意。而后在信的末尾，利休写道：“这也算是对已故信长公报了恩。自己的茶，正是因为侍奉信长公才得以大成，而信长公离世后便成了度日之技能。此事常令自己懊恼不已。今日三门得以完成，终于不再有所遗憾，终于可以全身而退了。”

读了这封书信，即可明白利休并没有僭越的任何想法。可等伯却犹豫着到底该不该原封不动地交给夕姬。

“成了度日之技能”一句，也可能被解读成利休不愿侍奉秀吉。其实此话本意是感叹。茶道原本是求道之技能，无奈却为世间诸般杂事牵累。这与利休时常吟诵的一首和歌有着相通的意境：

“御法我自清，不愿同世浊。却成渡世桥，吾心尤可哀。”

可是，若传话之人歪曲事实恶意解释，反倒有可能激怒秀吉。

正当等伯犹豫不决时，事态愈加恶化。二月十三日，利休受命前往堺市反省，这是把利休当成罪人的一种处罚。所以当他沿着京城大路朝淀川行进时，前后都被所司代的兵马严密包围。

利休入夜后才出发，而且不允许亲人和弟子相送。只利休的得意门生细川忠兴与古田织部偷偷跟在后面，一直送师尊到淀川的船埠。

利休在写给松井康之的书信中，曾这样描绘他发现两名弟子时的心情：“昨夜忽见羽与（羽柴与一郎忠兴）、古织（古田织部）相送至淀川船埠，甚为惊讶，且心存感激。茶道之兴可托之二人也。”利休发现两人偷偷送自己到了船埠，惊讶又感激。后世茶道的振兴，可寄希望于这两人。

这封信是十四日写的。翌十五日，利休给来信问候的芝山监物[①]写了一封回函，信末有吐露真情的一节：“如今离京，乘舟淀川，遥想当年，更有老泪流。终至更申，终至更申。奈何天更晴。凄凄焉，凄凄焉。”

利休说将在那个世界候着他，于是留下“凄凄焉，凄凄焉”一句与这个世界道别。他虽已决意为守道而舍命，可终究还是心有不舍的吧。

---

① 监物：律令制中，归属中务省。负责内库钥匙，管理出纳之职。

情况极为不利。利休死罪已定的传闻在京城中四散，而看客们的兴趣已经转移到了行刑上，是在堺市切腹，还是回京被大卸八块。石田三成等人巧妙地操纵舆论，在世间酿造出利休当然有罪、毋庸置疑的氛围。

每次听到这些传闻，等伯都耐不住内心的焦躁不安。不能让宗匠就这么死去。如果此时闭口不言，就等于帮助了三成。然而想归想，他仍然下不了决心将利休的书信交与夕姬。

有天夜里，等伯做了个梦。他梦见自己和利休两人被拉至三条河原的土台上，将要被斩首。等伯太过惊恐，忽然开口说自己跟利休没有什么关系。

“是吗，那是利休这家伙唆使你的吧?”验尸官石田三成引诱他，说只要举证利休有罪，便可放了他。三成的双眼布满血丝冷酷异常，威胁他若想活命就乖乖听话。

但等伯实在不能背叛于己有恩的宗匠。正当他进退维谷、沉默不语之际，利休开口了。

“诚如所言。”利休主动承认自己的罪状，说跟这个男人没有任何关系。“此人与我无缘无分，就放了他吧。让一个门外之人跟着我奔赴阴间，实在太过麻烦!”

话音刚落，等伯忽然惊醒。大冬天的，却冷汗透湿了全身。得救后的安心感，与背叛利休的悔恨懊恼，交织缠绕于心，异常沉重。

此时已经天明。清晨的阳光从门缝间隙射入，将房间笼罩在一片淡淡的明亮之中。一旁的衾褥里，清子和又四郎正相拥而眠。看着两人安详的睡脸，等伯决意守护这种幸福。但倘若什么都不做，自己便会成为梦中利休所言的门外之人，这就跟出卖画师的灵魂一样。

等伯在清寒中起身，打开箱子寻找利休的书信，打算再读一遍，考虑是否应该交给夕姬。可那封油纸包好的书信却不见了。这怎么可能?

等伯在箱里翻来覆去地找了个遍，也没发现混杂在其他书信中。

“怎么了？”清子已醒，躺着问他。

“有点儿奇怪而已。”等伯搪塞着说没事，便再次钻到被褥中。

等鸡鸣声响起，大伙儿都起身了之后，等伯再次打开收存书信的箱子寻找。可还是踪迹全无。他那样郑重地用油纸包好放进去的，怎么会莫名其妙消失得无影无踪呢？

“喂，稍微过来一下，好吗？”等伯叫来正准备早餐的清子，问她知不知道是怎么回事。

“那封信由我保管着。”

“是我让你保管的？”

“不，是我自己的主意。”清子踏进房间，镇定自若地端坐下来。

“你是何意？”

“那封信不能交给夕姬夫人。我看你一直在犹豫，索性替你保管好了。”

“这些事你怎么会知道的？”

“你曾几度梦魇，说梦话来着。”所以，为以防万一便将书信收了起来。

“给我！”

“是打算交给夕姬吗？”

“你就别管了，还给我！”

“不还。你不能交出去。”

“你懂什么！什么都不知道，就别做自以为是的事儿！”等伯试图保持冷静，但怒气上冲，连声音都有些打颤了。

“什么都不知道的是你啊。那封书信若被人恶用，你知不知道会招来多大的祸事？”

“恶用？被谁怎样恶用？”

“那个……有各种情形吧。”清子担心夕姬会将书信交给石田三成，加速三成将利休推落悬崖。但要如此直白地说出口，她确实还有些不敢。

“我知道你在担心我。但如果就这么沉默下去，我岂不是背叛了宗匠？什么都别说了，赶快把书信给我。”

“若夕姬是值得信任之人，我也不会这么做了。可是——”

“你说她不能信任？”

“先前不是还被骗走六百两银子吗？都错过一次了，为何还要再错一次？”

“那是兄长擅自做主骗走的，不是夕姬的过错。”

“这是夕姬的片面之词吧。你亲自跟兄长确认过？”

“那你确认过吗？说夕姬夫人在撒谎？”

“是的，我确定。”当夕姬说为了顺利通过阵定，另需三百两时，清子拜托娘家油屋，调查是否现在还有阵定的习惯。顺便还拜托他们调查了夕姬。

堺市数一数二的豪商油屋肯定有自己的探子。因为他们需要正确地把握交易对方的大名、商家、公家，或者寺庙神社，究竟有多少资产，可有内幕等等。而调查结果显示，夕姬在数年前就已经离开三条西家，遭受离婚同等的待遇。她跟初音悄无声息地住在化野一地，而且三条西家已不再提供生活费。

“为、为什么？是因为娘家的畠山家已经没落的缘故吗？”

“或许也有这个原因吧。但最大的理由……”

“是什么？你原原本本跟我讲。”

“她为了复兴娘家，不顾丈夫的立场，试图拉拢公家武家的强势人物。那时她用过哪些手段，我都说不出口。”

“怎么会？怎么会有这么离谱的事？”等伯不愿相信，但忽然想起，上次夕姬曾主动靠拢身子，还握住了自己的手。

“六百两之事也是如此。等你交过去之后，夕姬大约花费一百两用以购置衣物和化妆用品。”

“够了！我知道了。把宗匠的信给我。”

“你打算怎么做？难道——”

“怎么做由我决定。另外，你手上有多少现钱？”

“大概五十两吧。”

“一并拿来！”等伯打算全部交给夕姬。若她已经零落至此，无论自己做出多大的牺牲，都必须帮她。奥村家的血脉如此告诉他。

“不要！那封信若被恶用，不光是你，连久藏和又四郎都会受到牵连哪。”

“吵死了。怕死还谈什么忠义？”等伯瞠目怒吼。

睡梦中的又四郎像火烧似的猛哭起来。清子抱起他轻摇安抚道：“好了好了不哭不哭。真是个可怕的父亲啊。”

等伯来到账房，拉开边上的抽屉，马上找到了那五十两，但书信却哪儿都找不到。等伯一转念，翻开账本，果然发现用油纸包裹的书信正夹于其中。

“你要是拿走，那我就带着又四郎回娘家去。”清子动用了最后一张牌，试图让等伯悬崖勒马。

“悉听尊便。我并没打算带着你们。”

“难道夕姬比我们都重要吗？”

“哪边都重要。别说这些无聊的话。”

“为何？你又没有侍奉过畠山家！莫非——”莫非中了夕姬的色诱？清子好歹才把这句话咽下肚去。

“莫非？莫非什么？连你也把那些无聊的传闻当真了？”

“才没有呢。只不过是，看不透你罢了。”

等伯知道清子是当真会回娘家的，也理解她如此生气是无可厚非的，但他不想成为门外之人，只凭这份信念，他冲向了兴临院。

夕姬收下书信，说会向近卫前久拜托，救回利休一命。可事实上情况并无转机。二月二十五日，置于三门的利休木像在归桥被大卸八块。木像的腋下，夹有一块写得甚是诙谐可笑的罪状牌，吸引了大量的看客。

目击此事的伊达政宗的某位家臣，在寄往老家的书信中如此写道：“将木像大卸八块，实在是前所未闻之事，京中沸然。看客有男女老少，不分贵贱。木像右侧腋下，夹有一块罪状牌，罗列着多条利休之罪。行文滑稽可笑，此处不宜举例。”

将木像大卸八块示众，实在愚蠢卑劣至极，令人不齿。不用说，这自然是石田三成他们为了制造问罪利休的舆论而使用的煽情手段，但其实还有另外一个目的。

三成等吏僚派竭尽所能想把所有权力都集中到秀吉手上，于是便用利休做替罪羔羊，让那些反对权力高度集中的分权派诸大名保持沉默。

翌日二十六日，利休被命进京，回到聚乐第的府邸。

被命切腹是在二十八日。这两天中，各方势力都前来为利休请命，所以秀吉犹豫了两天。大政所和北政所，德川家康和前田利家等与利休交往甚密的大名们，蒲生氏乡、高山右近、细川忠兴等堪称利休七哲的弟子们，还有天王寺屋、油屋等堺市的豪商们……支撑丰臣政权的各方势力，也进言减免利休的罪责。秀吉也不知道，若无视这些请愿处死利休，将会招致何种变故，所以犹豫着不能决断。但到了二十八日，秀吉终于下达了切腹的命令。他担心反对的大名会救出利休，特意令上杉景胜的三千军兵守在利休府邸周围。

这日早晨开始便大雨倾盆，雷鸣阵阵，霰雹裹夹。正应了“白日青天怒雷光”的那番光景，或许是上天也在叹息对利休的处罚吧。

利休的辞世歌，是这么写的：

“愿提我太刀一柄，今日此时天地抛。”

提我太刀一柄，这太刀所指到底是什么？可以认为是他毕生修行的茶道奥义，不过今日此时被抛向了天地，所以解释成奥义和领悟的生命本身则更为贴切。

利休没有屈服于秀吉的怀柔政策，他拼死守护了茶道之门。这首和歌显示了利休游离于生死的自在境地，也无疑是对后来人的劝诫和鼓励。

但深受秀吉信任而手握大权的三成，却不能理解这种生命的价值。他为自己的胜利沾沾自喜，甚至还羞辱已死的利休。

其一，便是暴尸归桥一事。而且，还把木像碎块置于尸首之上，实在令人无语。另外，三成还彻查利休的妻儿弟子，试图将他们也扣上共犯的帽子。此番调查极尽刀光剑影，可从吉田兼见写于三月八日的日记（《兼见卿记》）中窥见一斑。

“今日，宗易母，同其女，受石田治部少辅拷问，并动用虿盆喂蛇的刑罚。其母当场昏厥，其女亦是。但不知是否真确。”

虽然吉田兼见在日记中说“不知是否真确”，但公家之间有这种传闻出现当属事实。同时亦可知，三成在人们眼里，是做得出严刑逼供，并祭出虿盆喂蛇等酷刑之人。

利休的儿子道安逃至飞驒，其女婿少庵投奔会津的蒲生氏乡。从这些事情中也可窥知当时对利休一派弹压之激烈。

其实，三成近乎执拗地攻击利休及其一门，是有其原因的。利休不光对于分权派大名，连对基督徒大名也有强大的影响力。因为蒲生氏乡、高山右近、织田有乐斋等，以及利休七哲的多数都是基督徒。

为了强行出兵朝鲜，三成有必要拉拢基督徒大名。而放缓传教士驱逐令，并允许范礼安入国，便是出于这个原因。如今基督徒大名中间，对于要不要响应出现了意见分歧。所以，如果利休向氏乡和右近等人灌输反对出兵的想法，那么反对派就必然占优势。三成担心这一点，便想方设法将利休处死，并彻底解体利休一门，试图把基督徒大名们拉入自己一派。

利休暴尸三门的传闻，当日便传到等伯那里。他从往来画店门口的行人口中听到，也有人特意跑来店里通知他。

等伯飞奔出去想亲眼看看，但脚步却一下子迈不动了。他心里知道不得不去，因为画师的灵魂催促他去看看利休最后的样子，但身体却拒绝了。那般残忍之态，身体如何承受？若是见到了只剩首级的利休，那巨大的冲击后，等伯都不知道自己会变成什么样。

他站在十字路口的中央，抬头仰望苍穹。

从早晨开始的雷声和霰雹都已消失，铅色的云层低低笼罩，天空一片灰暗。只这片苍穹入眼，悲伤便已经汹涌如注，等伯流下豆大的泪珠。街道上往来的行人们，继续过着与利休之死毫无关系的日常生活，他们看着如废物般伫立的等伯，甚至露出稍嫌麻烦的神情。

等伯忽然间醒悟，发足向聚乐第走去。

生者能做的，便是背负着死者继续活下去。这是利休教诲自己的。若是在此驻足不前，便是违背了利休的教诲。

（怎能就此认输呢？我绝不认输！）

他在心中如咒语般反复念叨，来到归桥跟前。

聚乐第门前的桥上，挤挤挨挨都是人。乐于充当看客的京城人，扎堆筑成人墙堵在桥头，都想眼见为实。等伯被愤怒驱赶着，毫不客气地扒开人群前进。

桥的入口处用竹栅封着，身穿盔甲的上杉家士兵正在执勤。竹栅对面筑起一个土台，立着被大卸八块的利休的木像。而被踩在木像下面的，正是横放着的利休首级。砍取人的首级，是从后颈处下刀的。因此，首级的横断面是倾斜的，若就此放置首级，那便呈仰望苍穹的姿势。如将木像置于其上，看客们便看不清面部细处，所以才将其横放。

等伯全身寒毛直立。愤怒、悲哀和绝望汹涌而出，他游泳似的拨开人群向前走去。脑中白热一片，什么都听不见。时间好似静止了一般，所有的一切都静悄悄的。他只看见身穿“毗”字筒形盔甲的上杉家士兵，摆成鹤翼阵型的五十来人，一齐朝这边过来。

等伯想冲破此阵，于是高高举起右手打算突进。忽然，有人紧紧抓住了他高举的手。等伯忽地一下返回现实，只见一个身着无袖羽织的茶道中人忽地靠拢过来。

“停下！别做这种傻事啦。治部和丰臣的运数已尽，这么做只会招来杀身之祸，徒劳受损罢了。”此人语气中充满了戏谑，但眼睛却在哭泣。一眼便知是深深悲痛利休之死的人。

等伯被这个不相识的男人拉离人群，回过神来时发现自己正一个人晃荡在京城大街上。他不作任何思考，没有任何感知，只茫然地踉跄而行。好似已经将五感全部忘在利休那里了，他甚至不知道现在身处何方，却不知不觉间穿过了大德寺的三门。

等伯的脚，无意识地带着主人来到三玄院。

不多时，一个长相土气的老僧出来应对，正是白衣裹身悼念利休的春屋宗园。等伯死死地盯着宗园，是心中开了道口子的那种空洞无物的目光。他踉踉跄跄地走近，试图摸一下宗园的脸。

“喝——！”宗园亮出一声撕天裂地般的吼声。

等伯终于清醒过来，找到了自我。而同一瞬间，激烈的疼痛袭过他的脖筋。“啊，啊……”等伯双手抱头，滚落至庭院，在痛苦的挣扎中，弄乱了那呈现美丽扫印的白砂。

人是有感应力的。看到所爱之人遭受苦痛，则自身也会一样苦痛。等伯的这种才能胜人一倍。因此，他才对切腹后再被割下首级的利休的苦痛，如此感同身受。

“啊，啊……”刀刃切入腹部的苦痛令他呻吟打滚，头颅被斩的瞬间便忽地失了意识。

待他恢复过来，发现自己已经躺在被褥里了。宗园正在他的枕边打着金刚坐，进入了无我之境。等伯慌忙去掐脖子，好在脖筋仍然相连，疼痛也已消失。

“清醒了?”宗园以放松打禅的姿势盘腿而坐。

“给您添麻烦了!”等伯颇有从烂醉如泥中清醒过来的感觉。

“你几岁了?”

“五十三。”

“还是一如既往的不成熟啊。貌似你跟禅真的无缘哪。”宗园甚是失望似的嘟囔道，若是禅修有成，看个尸首不至于那般慌乱。见师杀师，遇佛杀佛，不会为任何事物拘泥阻挠。要明了最深层的普遍，才是得悟啊。“不过，也算是你与生俱来的命运吧。正如宗匠的教诲，唯有背负死者，朝你的画境前进了。”

“要怎样，才能做到啊?”

“是画师吧，你?”

“是。”

“那就画宗匠的肖像画吧。回想他的尸首，想象他剖腹和被斩首的痛苦，还有他迄今为止的教导，你得从正面看他。”利休背负了所有的苛责离世，与大德寺相关的许多人都得救了。宗园眺望着远方，语声寂寥。说若肖像画绘完了便拿过来，由他来写赞词。

石田三成等人利用处死利休来压制反对派，逐渐布局和完善中央集权体制，加速出兵朝鲜。然而民心已经背离了丰臣家。

利休行刑的两天前，京城中贴出了几张痛批秀吉的匿名打油诗。比如：

“世间之事，水满则溢。视而不知，是乃运尽。”

“强压强结，易损易坏。十乐之都[1]，一乐皆无。”

“末世何在，其实无他。且看木下，猴狲关白[2]”。

另外还有七首，都对现有政权充满了怨念。

两年前也出现过这样的匿名诗，秀吉查出了犯人并施以磔刑。负责警卫的小兵还因大意失职而被处死。如今又出现了匿名打油诗。可见，因秀吉和三成的政策，其作者背负了何等深重的苦痛。

等伯回到画坊，开始着手利休的画像。

幸好，现在没有其他的订单。大名家和寺庙、神社曾经托付的大型工作，都如退潮般被取消。等伯因与利休交好，被视为共犯。大伙儿都战战兢兢，怕若是拜托那个人作画，就会遭受来自三成和秀吉的灾难性报复。

能登屋恢复成了最初的模样，通过制作扇子和屏风聊以维持生计。近四十个弟子中，大多数已经流向他所，现今只剩下最初的八人。况且清子和又四郎不在，于是家中似断了火般冷冷清清。想要恢复因利休事件中断的客源，貌似需要很长的时间。

等伯整日面对着白纸一片的画本。

想要描绘利休，须得从草图素描开始，可只要一拿起笔，他便觉得头痛想吐，完全无法继续。刚砍下的尸首被木像踩踏的印象太过强烈，以至于让他无法想起利休生前那健朗的姿态。他的身体顽强地拒绝越过那个残像去画。

但等伯还是不打算离开画本。他不能逃避，必须直面利休那刚刚砍下的尸首。若不能从正面跨越这道坎，他便不能背负冤死的利休继续活下去。这就是他此刻的觉悟。

---

① 十乐之都：日语里十乐与聚乐发音相同。十乐之都，谐音聚乐第。

② 且看木下，猴狲关白：丰臣秀吉原姓木下，因长相特异，早年曾被戏谑为猴狲。

释迦花了六年，达摩费了九年。所幸，跨越直面的问题所需的近乎愚鲁的正直，倒正是等伯的个性。这之间，各种思绪纷繁往复。

七尾的家遭遇七人众的袭击，养父母被迫自戕。进京途中正逢信长火烧比叡山，又不幸被卷入。信长火烧上京，自己带着妻儿在火焰中奔逃。后来寄身堺市的妙国寺，终于度过了些许安稳平静的日子，但又受安土宗论的牵连，一家三口不得不离开寺庙。本打算带着生病的静子回到七尾，哪知静子却在中途病故。待到完成大德寺三门的工作，终于出人头地，可喜悦亦不持久，因受利休事件牵连，事业跌落谷底……

离开七尾二十年间，等伯遭遇了太多事情，他一直在苦难的道上步步前行。

其间的变化无常令他自己都深感惊讶，但这些都是因为要直面绘画而亲自招惹来的。苦楚与哀痛，就像必须赤足走在荆棘道上一样，且没有退路。

“只要明白若不堪忍受当下之苦，便无法脱离未来的恶之道，那当下之苦便成了喜悦。”日莲上人曾如此教导，“传教大师翻越两千里习得止观，玄奘行二十万里遂得般若经。路遥则心志显。”越是志气高远之人，越能持续行走在遥远困苦的道路上。虽然不知前方有怎样的命运在等待自己，但继续前行是人们唯一能做的。

等伯的心渐渐地倾向于此，某一天，忽觉豁然开朗通透一片。只要庆幸自己能为绘画受苦便可以了。不管是亡者还是其他，全部承受下来，而后挥动舍身之笔就可以了。

（这便是背负死者前行。）

想通的瞬间，一种欢喜自心的深处涌出。

“清子，我明白了哦。”等伯欣喜地朝旁边的账房喊去。不过没有回音。等伯甚至忘却了，三个月前清子已带着又四郎回娘家去了。

清子也是十分顽固，连消息都不捎来一个。但六月的某天，她却背着又四郎，双手抱了一大捆苏铁树叶回来了。

“怎么了？这么突然!”

“明天就是静子的十三周年忌了，你忘了吗?”

“没有，怎么可能忘记呢，不过——”他刚还问清子为何抱着这么多苏铁树叶，现在只好笨拙地打圆场。

“以前听说静子喜欢苏铁，所以从妙国寺那里分得一些。”清子在佛坛前放上花瓶，插上色泽鲜艳的苏铁树叶。大叶儿上有如针般的细叶呈线状紧密排列，充满了生命力和张扬之感。将其束好插入花瓶，竟似扎根在向阳的庭院。

“谢谢！静子也一定会喜欢的。”

“我已经拜托了本法寺的日通上人。其他要怎么办？只请家里人，可好?”

“如今这种世态下，总不能太过张扬吧。”

“那我知道了。明天，阿房也会回来。”两人分头准备法事，显然清子脑中已经有了具体的步骤。

“真对不住啊。以前说了些过分的话。”

“我回来不表示我已经认同。但是，还有这个孩子，中途走人也实在对不住静子。”清子一脸严肃，说要给又四郎喂奶，暂请等伯出去。她的心如苏铁树叶般，还竖着刺儿呢。

一听说清子回来，久藏露脸了。他注意到佛坛前的苏铁树叶，便正色言谢道：“母亲大人，谢谢您!”

“讨厌，这么见外。”清子挥手嗔怒一句，但欣喜之色溢于言表。

“其实呢，我也为明天的法事绘了一幅画，请稍等。”久藏从画坊拿出两面隔扇，置于佛坛两侧。

平缓的假山上，长满密密麻麻的苏铁树，远处有一溜儿白壁土墙。这是与静子最后住过的妙国寺的庭院风景。隔扇画跟花瓶里的苏铁树叶正好相得益彰。

“哎呀，真是心有灵犀啊。”清子感动至极，不禁涕零。

“你什么时候，竟绘了这画?”等伯完全没有发觉久藏绘过这画。

“工作结束后绘的。算是绘制苏铁间的练习吧。”

“没必要顾虑呀。这个人把静子的忌日都忘了。你可以直接说，是为了静子画的。”

总之是等伯不对。只是相对于两人对静子深切的关心，自己被说成薄情郎也确实毫无辩解的余地。

六月十二日，静子的十三周年祭举行了，仅有亲人列席。由日通上人诵读经文，之后是追思故人的酒宴。

“时间过得真快呀！一晃都已经十二年了啊。”日通身穿紫色僧衣，恰到好处地胖了点。他在堀川寺内重建本法寺，被授予僧正之职位。

“静子生前多亏了您的关照。在妙国寺的生活，仿佛就在昨天。”

“静子可真是心性善良之人。要是没有那些事情，应该不至于这么年轻便亡故，想来着实令人唏嘘。”

等伯他们三人为了逃避信长耳目，在妙国寺藏身。但安土宗论发生，弹压日莲宗的势力已经逼近，所以，等伯不得不带着重病的静子离开寺院。在等伯的背上，即将离开寺庙的时候，静子说想再看看苏铁。或许是静子想从苏铁的顽强生命力中分得一丝勇气吧。

“哎呀，久藏都已经成了出色的画师了呢。能绘出这种苏铁之人，在狩野派中也找不到啊。”

“谢谢！是母亲大人供奉的苏铁树叶，衬托了我的画呀。”久藏端正完美地把酒一口饮干，委婉地慰劳了一番清子的功劳。

“也真是拿她没办法。听说不光又四郎，连阿房都一同带回娘家去了，是吧?”日通看着站在厨房的清子苦笑。两人是堂兄妹，拜托等伯迎娶清子的正是日通，所以他跟媒婆一样很是在意他们夫妇的关系。

“是我不好。没有打算去理解清子的心情。”

“她从小便要强，对某些丑恶是十分厌恶啊。虽然有时显得太过多嘴，但请看在她也是为你着想的分上，请多多包涵她吧!”

“需要乞求原谅的人是我。今天也多亏了清子，才能办成这么出色的法事。”

“我知道你很忙，不过还请光顾一下本法寺。我在一处离院购置了画材，你随时都可以过来住。”

“上人也开始绘画了?”

“闹着玩而已。想一想迄今为止看过的和汉名画，自娱自乐罢了。”

聊到这里，日通说也想请教一下等伯看过的名画。这便是之后被整理成书的《等伯画说》，是传承等伯画业的十分珍贵的资料。

日通回去后，等伯和久藏久违地坐一处对饮。虽然两人都没有说出口，但都切实感受到了静子的存在。也因此，两人都久久不愿离去。

“上人很有眼光。能绘出那种苏铁之人，除了你还真没有他人。”整体的构图匀称精良，连细小分叉的小枝叶和鳞状树干的手感都绘得那般精密，这画出彩得连等伯都瞠目结舌。

“在妙国寺的时候，曾经绘过几十张苏铁。我便以当年的画本为基础，加上总帅教授的技法试着绘了一下。”

“确实同永德的画作十分相似。端正优雅。”

“此外，我还参考了天竺的纤密画。在日比屋时，萨宾娜春子小姐给我看的。”堺市的日比屋了珪收集了印度和欧洲的各种名画。等伯也在那里看到了里奥纳多·达·芬奇和米开朗琪罗的画作。

“诶，什么时候一起回七尾吧?”乡愁随着酒醉愈发浓厚。等伯想让自幼离开故土的久藏去看看那里丰饶的山川海景。也想把遗留在敦贺的静子的遗骨带回长谷川家的菩提寺安葬。

“好啊! 一定要带我回去!”这也是久藏长年的心愿，但因顾虑清子一直没能说出口。

与此同时，秀吉和三成正扎扎实实做着出兵海外的准备。

秀吉企图与西班牙合作征服明国。也包括用武力撬开实施海禁政策（锁国政策）的明国大门。因此，需要朝鲜国的协助，所以秀吉命令对马的宗义智在这年一月开始同朝鲜交涉。

秀吉最初要求朝鲜充当“征明向导”，即让朝鲜成为日本征服明国的先遣部队，这是十分蛮横的要求。所以遭遇明国册封国的朝鲜一味的顽固抗拒，也是理所当然。

朝鲜自古以来便有明国、朝鲜、日本的序列意识。即明国是文明的中心，边境的日本比朝鲜还要低一等。这种世界观下的朝鲜国王认为秀吉的要求是僭越至极。

因此，宗义智的使者将要求更改成“借道入明”，以促成朝鲜改变主意。也就是让朝鲜提供一条日本进攻明国的道路。但朝鲜连这个要求也拒绝了。所以秀吉政权若想征服明国，必须先同朝鲜开战。

秀吉在此情形下并未改变计划，他任命亲信浅野长政为总奉行，令其在肥前的名护屋筑城。他想通过在这片与对马海峡隔海相望的土地上修筑巨大的城池，来作为出兵朝鲜和征服明国的前线基地。

然而八月五日，从根本上动摇这个计划的事件发生了。秀吉的长男鹤松去世，虚年三岁。对秀吉而言，他为自己孩子的夭折悲恸万分，而对丰臣政权来说此事的影响则极其深远。因为三成等人推进中央集权化统治，是以秀吉继承人为鹤松为前提的。

鹤松的身后有其生母淀姬。三成等近江出身的官僚们，集结在旧主之女淀姬周围，以淀姬的力量为靠山。他们大权在握，甚至已经凌驾了秀吉自幼培养的战果累累的大名们。将利休处刑示众也好，强行出兵朝鲜也罢，都是为了以构筑战时体制为由，更进一步巩固丰臣家的独裁。

所以，鹤松一死，这个计划便残酷地全盘崩溃了。主导政权的三成等人，如脚底破冰般失去了存立的根基。

而且，祸不单行。坊间开始有谣言流传，说鹤松之死是利休的亡灵作祟。秀吉与三成对利休的残忍戕害，刚刚发生在半年前。这些记忆在民众的脑中还异常鲜明，大家都宁愿相信是利休的怨念杀死了鹤松。

京都自古以来便是御灵信仰旺盛之地。据说，早良亲王、井上内亲王、菅原道真、崇德上皇等[①]在政争中丧命的这些人，会引发灾难。而民众们对此深信不疑。因此鹤松一死，便有谣言从各个角落传开："那当然是利休的亡灵作祟了。做了那般没天理的事，怎么可能不遭报应呢?"

与此同时，人们对利休的评价则越来越高，而对秀吉和三成的反感也愈甚，这对丰臣政权来说是件大事。

为打破这个僵局，秀吉采取的策略是，将外甥秀次收为养子并出让关白之位。秀次是秀吉胞姐之子，跟已故秀长也甚为亲密，同分权派大名的关系也十分良好。时年二十四，被授予织田信雄的旧领地尾张，有着百万石的俸禄。他既有作战的经验，也有足够的统治业绩。

因此，秀吉宣布将于八月二十三日将关白之位让与秀次，试图以此修复与分权派大名的关系。

数日后，等伯受前田玄以之邀，拜访所司代。

以前一直在私宅会面，今天不知吹的什么风。等伯纳闷地穿过所司代大门，随后被带至办公间。只见书桌及周边，文件堆积如山。玄以正坐于其中，戴着南蛮舶来的眼镜阅览公文。

---

① 此四人皆在政治斗争中失利而惨死。早良亲王是奈良时代末期的皇族，光仁天皇之子。延历四年(785)，因受造长冈宫使、藤原种继暗杀事件牵连，被废太子，幽禁在乙训寺，后在流配途中死去。井上内亲王为光仁天皇之后。宝龟三年(772)以诅咒光仁天皇之罪被废后，其子亦被废太子。菅原道真，是宇多天皇的重臣，位及右大臣。被左大臣藤原时平构陷，左迁至大宰府并在当地去世。崇德上皇是日本第七十五代天皇，保元之乱后被流放赞岐，并死于当地。

“京中的公家、寺庙、神社，每家都有印证自己渊源的大量文书。若不了解这些文书，便无法裁定有关双方利益的纠纷。”玄以苦笑着摘下眼镜。

“这便是被称为眼镜的东西？”等伯在堺市曾见欧洲的传教士和医生戴着这个东西，但还是初次见到日本人使用。

“要试着戴一下吗？戴上便可看见手头的文字，很是方便。”在玄以的建议下，等伯将眼镜架到鼻梁上。确实，手头文字清楚得令人惊讶。对于老花之人，眼镜真是如同魔法般方便的道具。“绘画时，看不清手头很不方便吧？”

“自己绘画时倒不怎么觉得出来。但看弟子们的画作就麻烦了。近了画像模糊，远了又看不清细节。”

“嘆，自己画时原来看得清楚啊！”

“或许也是看不太清的，只是没有感到不便。”

“大概是你的心眼在动吧。脑中已经有了该绘之图，便以为是已经看清了的吧。”玄以整理好正在阅读的文件说道，“这么着急请你过来，其实是有重要的工作拜托。你猜，究竟是什么工作？”

“这个，完全没有头绪啊。”因为等伯与利休事件多少有些牵连，所以曾经来自大名家、寺庙、神社的订单全部都被取消了，且一直持续至今。

“你要是听了，保准会大吃一惊哟。”玄以含笑卖着关子。

“看似一个相当好的消息啊。”

“是的。没有比这还痛快的事情了。”玄以提防了一下外边的动静，小声道，“已经决定由你来绘制鹤松君菩提寺的画作。

“真、真的吗？”

“当然是真的了。关白殿下将在东山七条建一座祥云寺，用来供奉鹤松君。殿下说，想请长谷川先生负责隔扇画。”

“可是，我是大德寺的……”

“正因为是你画了大德寺三门的壁画，才会有这样的工作来找你。”殿下为了消除利休亡灵害死鹤松的谣传，真是拼了命了。启用利休看好的等伯，也是策略之一。而且担任营造奉行的是分权派之首德川家康，这又令人惊讶不已。

“是淀姬之子呀！一般来说应当任命石田治部大人为奉行。但从这次的情形来看，情势一下子变啦。”

“什么意思，这是？”

“关白殿下将重视自己一门和自幼培养的大名们了。以石田治部为中心的近江人将会失势。”把吏僚派称呼为近江人，可见玄以对他们的反感。

“那……那若是鹤松早点死去，宗匠便不会遭难了，是吗？”

“很遗憾，确实如此。”

“怎么会这么荒唐！这正义和真相又在何方？”

“这些东西哪儿都没有。这个世界是一片秽土，人的行为甚是愚劣。”玄以眼光中流露出对现世深深的绝望。自信长的火烧比叡山开始，他就意识到了这一点，所以才会脱离僧籍，投身武士的世界。“然而虽身在秽土，却还是要努力靠近净土。这难道不是如来使的使命么？”

“既然这样便当明确三成、石田治部的责任吧。那样戕害宗匠，却不受任何惩罚，岂不是很奇怪吗？”

“那不可能。追究了治部大人的罪责，便也强调了关白殿下的过失。”玄以无奈地浮出笑容，取出一张图纸，是鹤松的菩提寺——祥云寺的方丈图。“布局跟其他禅寺没什么不同。但关白殿下说要建造一个前所未有的巨大寺庙，而且必须在明年三月之前完成。你能接下吗？”

“所有的画都交给我？”方丈之中，有中间、礼间、檀越间等多处房间，每套房间必须配置不同的画作，况且空间巨大，必须要下功夫配合它的尺寸。

“是的。我觉得正是向天下昭示长谷川派实力的难得机会呢。”

“确实，但我现在既没画匠又无积蓄。”

“这你不用担心。”经费由秀吉出，画匠可向别的派系请求调度，玄以迫使等伯做出决断。

等伯犹豫了。毕竟心里对协助处死利休的秀吉颇有抗拒，况且他也不能确信，自己能在这么短的时间内完成工作。但若是完成了，那长谷川派便能与狩野派比肩了。这些思绪在等伯内心交织往复。

“我明白了，请允许我接受此项工作。”

“我就知道先生会答应的。快，我们赶紧出发。”玄以命令近侍拿来替换的衣物。

“去哪里?”

“聚乐第。必须马上觐见殿下，汇报此事。”

等伯对这意外的情节发展有些困惑，但还是在玄以的带领下前往聚乐第。

他曾受狩野松荣所托，助其完成聚乐第的绘画，所以大体明白殿内的情形。走在二之丸的长廊和本丸的回廊上，等伯还能记起当时着手绘画的情景。那时他只不过是帮忙的画匠之一，但今后在祥云寺的工作中，自己将成为栋梁，指导所有一切。憧憬着那时的工作，他的情绪不由得高涨起来。

秀吉正在书院。他身穿薄绢小袖，倚着扶手，一把扇子不停地往胸口扇风。连日来，京都的高温暑湿令人疲惫不堪，秀吉也撑不住了。

“前田玄以大人来了。”侍童在门外禀告。

“哦，进来进来。”秀吉时年五十五岁。鹤松过世后曾一度日夜悲叹，但近来又恢复了快活。“粗暴的画匠也来啦。依旧是这么魁梧啊。”

“殿下还记得鄙人，实在感激不尽!”等伯在玄以的后方，额头着地行了一个大礼。

“殿下的意思已经传达给他本人了，说一定不负所望。”玄以简短地作了报告。

“这样啊。喂，画匠。把后面的隔扇打开瞧瞧。”

等伯受命照办，只见下段间里立着老梅小禽图。这正是等伯与狩野永德比赛时的竭力之作。骨感多节的老梅泰然自若地伫立中央，树干分出的一条小枝上，栖息着一对麻雀。它们耐着春寒两相依偎，胖乎乎蜷着身子等待春的到来。

“看着这幅画，我的心境便会平和。所以就把它放在身边了。”

“实在感激不尽！没有比这个还让人高兴的事了。”

“利休的事情上，好似也给你添了麻烦哪。”

“实在很遗憾！”虽然有可能冲撞到秀吉，但等伯却不得不这么说。

“利休去了，连鹤松也走了。曾经多像那麻雀一般近在身旁，如今也高飞了。”秀吉眺望着小禽图，似寂寞得耷拉下了肩膀。“但是离开了秽土，向净土出发了呀，是吧，玄以？应该为他高兴才是。”

“佛祖就是这么教导我们的。”

“所以啊，画匠，给我描绘鹤松所在的净土的景色。要能让人觉得是一直跟他在一起的那种。”秀吉交给等伯一百个天正大金币用作当下的筹备金，但这实在是个近乎荒谬的画题。

等伯背着沉甸甸的钱褡，不知所措地回到能登屋。他一屁股坐在门槛上，甚至忘了脱掉草鞋。

“奉行大人找你什么事儿啊？”清子的声音从账房传来。

“呃，让我绘净土的画。”

“净土宗的寺庙吗？”

“呃不，来世的寺庙。”莫名地回了几句后，等伯忽然想起背着的钱褡，便提了过去咚一声放在清子面前。肩膀有些酸痛，大概就是这一百个天正大金币的缘故。

“哇，这——”清子张大嘴巴说不出话来，不过手却已经麻利地数起数来了。“这么多钱，到底是怎么回事?”

“关白殿下出的筹备金。我稍微躺一会儿。”等伯一直不曾意识到，其实面见秀吉已让自己紧张到了骨髓。现在见到清子的脸，这才终于松了口气，而疲惫也一下子涌了出来。

这几天，等伯一直茫然地发着呆。他心里明明知道，必须得赶紧开工，可命运再次离奇巨变，他的身心都还没有缓过劲儿来。身体倦怠，持续低烧，头脑一片空白，完全不能集中精力。

“问个事儿好吗?”清子悄声询问那么多钱他到底打算怎么办?

“钱？什么钱?”

“真讨厌！你不是收了一百个天正大金币作为筹备金的吗?”

“啊，是啊是啊。”

“就这么放在家里，我晚上都睡不安宁。你赶紧想个办法。”

“那这样吧，你先拿走三十个，算我上次欠的。”

“你没开玩笑吧？这完全两码事儿啊。”这钱是祥云寺的筹备金，不能用来还债。清子不愧是商家出身，有板有眼。

“现在放在哪里?”

“地板下的防火仓里。要是有个万一，那可不得了。”

“那先拿过来。”

“你要做什么?”

“你就别管了，快拿来吧。”

清子环顾四周确信无人后，悄声掀开地板，而后手捧一个装着一百个天正大金币的素陶瓷瓶走了过来。等伯将这些金币全部倒在地板上，开始将它们排列在榻榻米上。

天正大金币呈椭圆形，长五寸，宽三寸，将他们纵横各排列十个，刚好形成一个略小于榻榻米的方形黄金垫。

“人都说，金钱即仇敌——”其实不过是生活的手段而已，等伯一屁股坐在金币上面盘起了腿。“你也过来坐坐，这种事情可是很难得呢。”

“怎么敢？会遭报应的。”

“别管了，先来坐。”等伯长臂一伸，把清子拉到身边。巨款也好秀吉也罢，他都想一把将他们按倒制服。

“哎呀，凉丝丝的，还挺舒服的呢。”清子说，就像是坐在黄金茶室里一般，脚踩金币的感触很让人开心。

翌日，前田玄以再次招呼等伯前往。

（莫非，祥云寺的工作——）

也跟仙洞御所时那样要被取消？等伯忧心忡忡地快步来到所司代。玄以一如既往地正在办公间跟文书大山格斗。

“不好意思又劳烦你前来。隔扇画准备得怎样了？”

“事出突然，我的脑子还没缓过神来。”

“在这种时候实在有些抱歉，但我想还是应该通知你一下。”

“发生了何事？”

“以前好像听你提起过，奥村武之丞是你家亲戚吧？”

“是的，是老家的兄长。”

“这人现在正在所司代的人屋里关押着。”所谓人屋，即指牢狱。玄以说，武之丞受过严刑拷问，并且三日后将在三条河原斩首。

“兄长？为何？”

“因为这个。你认识这个吗？”玄以拿出来的，正是利休写给等伯的书信，是当时等伯受夕姫所托并交付给她的。

“据说是武之丞从你家中将此信盗出，为诋毁利休而交给了石田治部大人。”

“不对。这是我交给居住在兴临院的夕姬夫人的。她说需要提供利休无罪的证据，才能向近卫太阁替宗匠求情，所以我便交给了她。”

“是吗？可武之丞为何要撒谎？”

“夕、夕姬！他一定是为了保护夕姬。”除此之外，想不出武之丞还有什么需要以死圆谎的理由。

“也就是说，把这封信交给治部大人的是夕姬？”玄以早已查知此事，此刻是在诱导等伯自己去想通原委。

“或者，大抵是这样的。可是为何事到如今，这封信反而会出现在这里？”

“石田治部大人的好计策啊。”

“那人又在图谋些什么？”

“这次不是图谋，而是为了保护自己的立场，在拼命耍各种花招。”玄以面上笑容略带讥讽，讲述起个中缘由来。

三成原本想将权力集中在秀吉手上，再由鹤松继承，所以不择手段地将利休处刑。但不足半年，鹤松夭折，而且世间还有传闻是利休的亡灵作祟。为此，丰臣政权内部也出现了要追究三成责任的呼声。陷入窘境的三成，想通过交出诬陷利休之人，来引开可能烧身之火。原本诬陷利休时，也是用糖果加鞭子，让这些人做些虚无的证言。如今情势一变，他便把所有的责任转嫁到曾经的证人身上。

“治部大人将家臣送入所司代，逮捕了二十来人关押在人屋里。他想利用所司代，把自己对这些人的处分正当化。”

“那么，前田大人呢？”

“我什么都没做。治部大人交给我的名单里有武之丞的名字，所以询问了一下缘由。”于是，三成立即把记录罪行的罪状与利休写给等伯的书信送了过来。“在利休的书信中，记录了自己作为茶头侍奉于关白殿下，茶道已经沦为了度日糊口的职业，这便成为他平日里看不起殿下的证据。据说武之丞是这么诋毁利休的。”

“兄长完全没有理由这么做。”这一切全都是夕姬的策划！但等伯将这话连同自己的懊悔一并吞入了肚中。

“旧主还真是个麻烦的东西啊。长谷川先生也好，治部大人也罢。”

“我要见见兄长，请让我见见武之丞。”

“可以，但是你还是不要有什么牵连才好。”好不容易得到了祥云寺的工作，要提防被人抓了小辫儿。“而且，他受过严酷的拷问，或许你都看不下眼。”

“请让我见见他。我想当面跟他确认一些事情。”

牢狱是一个像米仓一般的细长型建筑。土墙上有几处开着小窗格子，里面昏暗无光、潮湿闷热，直让人疲惫不堪。空气中还充斥着血水脓疡与食物腐臭的味儿。

正中间有一条通道，两侧是格子隔开的泥地间。待眼睛适应了里头的黑暗，等伯终于看到，这些被捕之人正在泥土间的角落或墙壁旁蹲伏着。他们经受过严刑拷打，披着血污的破衫，活着也只是为了能在最后示众行刑。

狭长通道的尽头有一扇左右对开的门。门的那边就是拷问室，不断传来鞭打与呻吟声。

“在这边。”奉行所的人员带等伯来到武之丞这里，接着便逃也似的离开了。格子那一面的泥地间中，武之丞正横躺着，脸部肿得几乎认不出来，双眼用溢满血脓的布条层层包裹着。

“兄长……是兄长吗？”等伯无法相信自己所见的一切，小声呼叫道。

“哦，又四郎？”武之丞的声音意外的坚强有力，可身体已被彻底摧毁，几处骨折，根本无法坐起身来。

“你怎么了，这眼睛？”

“治部大人的手下干的。”

“被拷问弄瞎的？”

“他们说，如果不坦白就把剩下的一只眼用烧红的火筷子挖出来，我便说，你试试好了。”武之丞使出全身力气逞强道。

“为了我和夕姬，兄长你……”

“不是的。那封信是我从你家偷走，交给石田治部大人的。因为有人跟我说，只要有陷害利休的证据，便能让主家成为御伽众，所以——”

“那，事情成了吗？”

“啊，治部大人会信守承诺，还写下了字据。”

“是夕姬，这么跟你说的？”

“我都说了是我做的。其他事情一概不知。”武之丞顽固地一口咬定是自己干的，但很明显，他只是听夕姬这样说的罢了。就因为等伯把那封书信交给了夕姬，结果却成了恶人加害利休的砝码。

“为何……为何非要这么死心塌地？！”夕姬和武之丞都是为了重振畠山家吧？等伯不知该说遗憾还是残忍。

“为了达成所愿，我牺牲了你的养父母，在金崎城和刀根坂也死了诸多家臣。所以，只要还有一条命在，便要为了振兴主家尽力。这是我的职责。”

“但是兄长，你被背叛了呀。大概你自己也知道的吧。”

门的另一头传来临终前的嘶吼，然后一直持续的呻吟声中断了。被拷问之人终于咽气。之后，死一般的寂静包裹着整个牢狱，令人毛骨悚然。

“又四郎，绘画会背叛你吗？”

“不会。”

“但是，总有绘不出想绘之画的时候吧。”

“那是因为我自己不够成熟。无关绘画本身。”

“我也一样。是我自己的力量不够，才会招致这番结果。”但无论如何，主家作为御伽众继续存留下去的道路已经打开，武之丞说他也有脸去见那些死去之人了。说罢，他用包裹着布条的眼睛看向等伯。

“兄长……”在奥村家时，兄长教授武艺的场景在等伯的脑中闪过，他向格子那边伸出手去。这个兄长和自己流着同样的血，虽然走的道路不同，但拼命谋事的情念却是一样的。

突然间，门的另一端传来年轻女子的哭喊。新的牺牲品将被拉去拷问。女人挥舞着手脚抵抗，但狱卒们大声说着下流话，将其压制住。

“快走！这里不是你这样的人该来的地方。”武之丞的语调中带着对兄弟的顾虑。这便是他对等伯说的最后一句话。

三天后，武之丞与其他人一起，被押入四五人一辆的货车，在京城中游街示众。末了，在三条河原被斩首。刑场上高高悬挂的牌子上，记录了他们的罪状：谗言陷害千利休，误导关白殿下的执政。

没有一个人相信这些话。但此番行刑后，世间对秀吉的批判声也戛然而止。

那二十来个受过严刑拷问之人的凄惨模样，在京都人心中烙下了深深的印痕。若是平时说话疏忽了些，怕也会遭受那番待遇。这份惶恐封住了京中好事者的嘴巴。

而秀吉正在一步步顺利地进行出兵朝鲜和征服明国的准备。

八月二十一日，他公布了三条禁令，禁止武家奉公人与农民、商人之间的身份变动。也就是说，侍奉武家的侍、仲间、小者、荒子[①]等禁止转为农民和商人，农民不得放弃耕地而从事其他工作。这些政策都是秀吉为了确保出兵朝鲜的兵源，以及足够的粮食生产。

十月十日，秀吉命令九州的诸位大名开始修筑名护屋城，由浅野长政担任总奉行，黑田孝高（如水）担当设计奉行。

---

① 侍、仲间、小者、荒子：均为武家奉公人，但有身份高低的不同。四者之中，侍最高，荒子最低。

另外，秀吉同时公告天下，将于年内把关白一职出让给养子秀次，而自己则于来年春天出阵名护屋，担任战场指挥。

为了在出阵之前先完成鹤松的供奉法事，秀吉命人于来年三月筑好祥云寺。不过无论秀吉的力量如何强大，仍是无法在半年内完成寺庙的全部工程，所以只能优先修筑方丈。

方丈的正确图纸被送至等伯处时，已是十月。

地点在东山七条，即现在的智积院一带。宗派为临济宗，正式名称是天童山祥云禅寺。此命名源于鹤松的戒名祥云院殿。方丈的规模是一般方丈的两倍大，横九十九尺（约29.7米），纵五十七尺（约17.1米）。布局以佛坛间和中之间（室中）为中心，西边设有大书院和礼间，东边是衣钵间和檀那间。

方丈中要配置什么样的画作才能显得庄严，自古已经形成一定的章法。但依章法行事，同时还要表现出秀吉所要求的净土风景，却是一个大难题。

“你怎么想?”等伯放下图纸问久藏。久藏已经二十四岁。会在这次的工作中担任另一个栋梁，充分发挥所长。

“我觉得，先要决定我们依照哪个先例来配置图案。”

“我想依照大德寺珍珠庵的画。”

珍珠庵是一休宗纯的菩提寺，方丈中的绘画是由与一休相交甚好的曾我蛇足所作。等伯年轻时，曾专门学习曾我派，所以画风甚是熟悉。里面的四季山水图和四季花鸟图，也都是等伯绘得很熟的画题。

“是啊，那个也不错。”

“说话别顾虑，以后我们在工作上就是对等的了。”

“我觉得天瑞寺的比较好。”

天瑞寺同在大德寺的山内，是秀吉为其母亲大政所建造的菩提寺，由狩野永德作画。其中的松、竹、樱、菊等花草树木，都是用华丽的镀金画的手法绘就的。

“哎呀，怎么又是永德！”

“呃不。我只是觉得鹤松君所居住的净土风景与那里比较接近。再说，鹤松他是大政所的长孙，所以，配置成对的隔扇画，也一定能讨关白殿下的喜欢。”

“知道了知道了。不过开个玩笑而已。”

虽然被驳倒，但与久藏一起承担大型项目还是颇令等伯欣喜的。模板就定为天瑞寺的方丈。永德在中之间配置了松，檀那间是樱，衣钵间是菊，每个房间都分置了四季。等伯和久藏也打算效仿。

“中之间还得用松吧。”松是一年四季的常绿植物，象征着永久的生命力，而且与鹤松这个名字相应。

“不过，我想做些绚丽的变化。”

“那么，在礼之间用松树和立葵，一打开这道隔扇进入中之间，正面就有松和黄蜀葵来迎，如何？”立葵和黄蜀葵都是夏日的花草，开出的洁白花朵甚是惹人怜爱。将他们搭配在松树的根部，可以增添些色泽的丰腴。

“那在佛坛间的前面，立一面松树秋草图的金色屏风吧。”

“不错。从那儿向左，描上松树与萩花，再往前，撒一片秋野之草。”

“檀那间的樱花，可以由我来画吗？”

“你是想绘上七尾家里的八重樱吗？”

“是的。那株樱花我依然清晰记得。”

“你年幼时，养父大人曾教过你画法，是这个原因吧。”衣钵间就由等伯自己负责。但他总觉得光是菊花显得有些不足，想画些足以匹敌久藏的八重樱的图案。“枫树怎么样？让枫树立于秋野之草中？”

“真好！不过我可不肯输给你哦。”

“那正好。别看我这个样子，你的父亲还是很有一手的。”

佛坛间用泥金绘上释迦如来佛像，大书院配置水墨画的山水图，彰显世界的静寂。

图案一旦决定，便需绘赐教草图以得到秀吉的同意。一般来说，赐教草图是用木笔绘成的素描，但这次时间太紧，不允许出现重画的情况，所以等伯绘好了上色的草图，以期万全。中之间和礼之间的松树由久藏负责，释迦如来像和山水图由等伯接手，两人并排着桌案，着手素描。

六个房间的画虽然都是独立的，但互相之间仍需保持一定的关联与协调。客人从礼间进入，在中间正面看到佛像，在檀那间和衣钵间受到接待。绘画也是随着这种关联，让人体会到这一系列的变化，引领客人见识净土的风景。

等伯负责的草图比较容易。在佛画师时代，他曾绘过很多幅释迦如来像，只需要以当时的构图为基础，绘成绚烂华丽的放大图即可。水墨画的山水图亦如此。自从在三玄院的隔扇上作画以来，已经绘过几次。这次加入了潇湘八景图，绘入一些人们的生活情态，在山川湖水中着力加入一些雾霞来展现。

难的是久藏这边。礼之间和中之间里的松树，是方丈的关键。若不能吸引来客的目光，用压倒性的魅力将客人带入一个不同寻常的世界，那么成功便十分渺茫。可久藏的草图中并没有这样的力量。或许因为他继承了狩野派工整优雅画风的缘故吧，虽然久藏仿效永德，绘出粗壮的树干和粗糙的树枝，但这不过是摆设程度的画罢了。

“不是这样的。你得把眼前真正的松树画出来。”等伯瞅着久藏那边，禁不住插口道。虽然他决心全权交给久藏，让他充分发挥实力，但实在无法保持沉默。

“可是我觉得松树就应该这么画啊。”

“这是狩野派的画法，看上去很美观，但松树拥有的顽强坚韧和生命力的光辉却让人无法感知。”

“照你这么说，那究竟要怎么办才好啊？”绘了数次都被等伯判定为不行，久藏不禁焦急地吼了出来。

“你画的松树，是透过狩野派式画技所见到的松树。你画你的裸眼所看到的松树就好。”

人的眼睛真是不可思议，会在不知不觉间用自己所学的知识和技巧来看世界。那不是事物原本的姿态，只不过是建立在知识和技巧基础上的一个解释而已。等伯说的便是这个意思，但久藏还未能理解到这么深。何况，他差不多已经完全掌握了狩野派四代传承下来的技巧，所以一下子听人说要全部放弃，便不知所措了。

“既然这样，请父亲给我个样本。我已经完全糊涂了。”久藏澄澈的眼眸浮出懊恼的泪水，他抓起画本站起身，就这样一声不响地奔出了家门。

三天过去了。四天过去了。渐渐地，清子终于按捺不住问道：“喂，你怎么都不去寻找久藏呢？”

“去哪儿找啊？”

“哪儿？久藏熟悉的人那里啊，或者其他觉得他可能会去的地方。”

“没有这样的地方。”等伯放任不管。

艺术之路是孤独的，必须跟谁都不同，必须以一种谁都无法模仿的境地为目标，就这么孤独地持续行走在求道之路上。久藏正朝着这种境地出发，去了一个直面自己的旅行，正逼近一个对画师来说至关重要的关口。所以等伯也只能默默守望。

“怎么会……要是有个万一那该怎么办啊？”

“那只能断念，说明他只有这点力量。正如在战场上亡命一般。”

“什么战场啊亡命啊？你这人怎么这么冷血！为什么就没有点人情味儿呢？”

“那你去找吧。但是，别奢望久藏会领情。”等伯语气粗暴起来。

其实他也一样止不住地担心，甚至站也不是坐也不是。就因为他自己切身体会过，想要渡过这个关口有多么艰辛困苦，所以无论久藏身在何方，他都愿意赶过去帮上一把。但如果这么做了，就等于摘掉了久藏即将生长的嫩芽，因此无论被说成冷血还是薄情，他都只能一直耐心地等候。

其间，等伯开始绘松树秋草图。他打算等久藏回来后便扔给他说，这个便是范本。

这幅画位于中之间的西侧，从礼之间进入的客人，首先会从正面看到松树黄蜀葵，等他们一回头便能看到这番秋色。如果说春天是万物复苏的季节，那么秋天正是展现旺盛生命力的时节。为了表达这种生命力，他在右手边绘了巨松，松枝长长地伸向左方，在横梁的上方时隐时现，下方则有一个广袤的空间向外延伸。他打算在那里绘上盛开着的秋日花草和象征亘古不变的岩石。

等伯想将秋草绘得大大的，其后配上金箔，使花色显得鲜艳夺目。但那样便很难在大小上和松树保持匀称感，所以松树的根部用金云掩盖，地面用陡坡切成三角，让人猜不出树干的大小。这样既可以消除巨型秋草的不自然感，还能进一步凸显松树的巨大。

被松枝守护着的木槿花、菊花、芙蓉等分别开出或红或白的花朵。初秋的芒草伸展着细小而尖锐的叶子。主角不是松树，而是这些花草。他想让每朵花草都显露出生命的尊严和美丽，以衬托鹤松所在的净土的庄严。所以每一片花瓣每一片叶子，都需要精巧地区分来画。

等伯平素在画本里画过一些花草和树木，他从几百张画作中挑选了芙蓉和菊花，绘着绘着，忽地发觉有些不可思议。当他越想把这些花草画得真切，这些花草便越变得死板。而与其精确地临摹眼前的实物，倒不如象征性地画出花草树木所具有的本性，才能更显逼真。因为，人在认识事物的时候，会无意识地替这些事物做上记号加以识别。当然，等伯并没有这样的知识，只是凭经验理解了这一点。

（这不就是禅画吗？）

他忽然意识到这一点，便翻开他在大德寺临摹的禅画来看。那些都是终极的图案。当把万物的本质提高到普遍性上后，再去着手一点一画，便可以表现自如了。如果仿效禅画的画法，那么便没有必要在意松树和花草的大小匀称了。

十一月初，路上开始结霜柱的时候，久藏回来了。晒黑的脸颊、凹陷的眼窝、半月额和胡须疯长。赤裸的双脚全是伤痕，衣服已经脏得发臭。

“久藏，画出来了吧？”等伯一看到久藏的脸便知道答案了。

“是这个，您能看一下吗？”久藏从袋子里取出画本。

虽然久藏全身上下那般腌臜，可画本却干净得连一点儿手垢都没有。等伯打开画本，心中不禁钦佩不已。

松树立葵图是沿着对角线描绘巨松的，松下搭配开着白花的立葵。矫健的松树自然是栩栩如生无可挑剔，但令人惊讶的是，立葵也极大，完全忽视了相对的大小匀称。

“你，这个……”这正是等伯不久前想到的画法。久藏仿佛心灵感应般的，突破了写实的界限，绘出了如此出色的作品。

松树黄蜀葵更加刺激。挣扎着伸向天空的几株松树之间，黄蜀葵也不甘示弱地垂直立着，高高地开着花朵；坚实地斜卧在礼之间的松树，一打开隔扇，映入眼帘的这株纵向延伸的松树，定能让来客体验到无比惊讶与感动。

“这么多天你都去了哪儿？在哪里掌握这些画法的？”

“敦贺。母亲在世时带我去看过气比的松原，我就在那里一直盯着松树看。”松林里秋草丛生。看着眼前的花草和对面的松林，不知不觉间忘却了远近的感觉，当时就想，随感而画便可。

“是么？是气比的众神和母亲助了你一臂之力啊。”等伯刚想拿出松树秋草图来告诉久藏，其实自己也是这么感觉的，不料被清子打断。

“哎呀，哎呀，借过借过——”清子推开等伯，让久藏坐在门槛上，开始用热水替他洗脚。“你的脚好冰啊！还到处都是伤……你知道我有多担心吗？”清子一面旁若无人地叱责于他，一面却又轻声啜泣着替他小心擦洗。

无视匀称感将树木与花草对置的方法，还能应用于枫树和樱花图。等伯在画面中央的巨树下，绘满了大大的萩花、白菊、木樨，以表现秋日山野的富饶。久藏把盛开的八重樱画得跟柿子一般大，镶嵌在整个画面中，用以彰显春的华丽。这些都是现实中不可能见到的光景，但是画中卓越的图案却比现实景物更为鲜艳动人，枫与樱之美表露无遗。

当等伯把上色的赐教草图交给前田玄以后，一纸通知告诉等伯父子须前往聚乐第，关白大人希望见面详谈。于是等伯与久藏穿上宽肩礼服打扮齐整，往聚乐第走去。而玄以早就等候在此，将二人带至秀吉面前。

秀吉一个人正盯着朝鲜的地图看，他眼神严峻，正在考虑来年春天出兵时，需要集结多少兵力，派谁打头阵。

“我等应召前来觐见。”等伯在门口禀告。

“是画匠吗？进来吧。”秀吉折好地图，放在书桌上，旁边还放有一副眼镜。秀吉比等伯大三岁，也深受老花的困扰。“赐教草图我看过了。你就是儿子久藏？”

“正是。”

“樱花图让人极为佩服！松葵图也很出彩！”不过，秀吉还想让他们加上几笔。他取出松树黄蜀葵图来。“这画只到横木实在可惜，如果能一直冲到房顶，你们觉得如何？”

“请让我看看。”久藏神色里没有一丝怯懦恐惧，从秀吉手中取过草图，用木笔加画了几笔，使松树高至房顶。确实，这样一画，松树的气势与生命力则大为增加。能看到这一点，可见秀吉的眼力也是不容小觑。

“我想请你在肥前的城郭也大显身手，可以动手召集人手了。”秀吉要把正在修建中的名护屋城的隔扇画交给久藏。他是如此中意久藏之画。

祥云寺的画在翌年春天之前完成了。三月五日，即鹤松月忌日当天，秀吉和淀姬及诸位大名、公家众参列了一场盛大的法会。

等伯和久藏所绘的隔扇画和屏风，大量运用了金箔与各类岩石颜料，绚烂豪华得令人目眩。其出色的画作博得所有参列者的一致盛赞。长谷川派力压狩野派的全盛时期已经来临，这便是天下昭告。

第十章 《松林图》

秀吉催促久藏前往名护屋城伺候，是天正二十年（1592）九月的事。

祥云寺的方丈完成后，寺里又依次修建了佛殿、法堂、膳院等，所有的内部装饰均由长谷川派负责。这是需要画几百张隔扇与门板的大工程，其麾下画匠已超过两百。久藏和等伯同时担当阵头指挥，无法离开职守，但却也不敢无视秀吉的再三命令。

“你去吧。之后的事情也是船到桥头自然直。”等伯很早就发现，其实久藏心里非常想去。

“可是这边父亲大人一个人能行吗?”

“重要的地方已经大致结束。而且，千之助和茂造也该练练手了，不能一直靠着你呀。”

“明白了。那我三天后便启程。”

这三天里久藏废寝忘食地工作，想把主要的地方先做完。

“那边也有大工程在等你呢，千万不要勉强啊。”久藏如此认真卖命，使得等伯不得不再三叮嘱。

出发前夜，全家人一起吃饭。三岁的又四郎与久藏十分亲密，不愿从他的膝上离开。清子怀上了第二胎，预计孩子将在来年春天出生。

“这孩子挺重的吧，让他坐一旁好了。”清子瞄了一眼又四郎，示意他从久藏的膝上下来。

“我不！哥哥都说了没关系的。”

“不是哥哥。请称呼兄长！”

“哎呀，小事都无所谓啦。”等伯老来得子，对这个孙子辈似的幼子又四郎，极为宠爱，总是不知不觉间就纵容了些，清子对此很是不满。

“不好。久藏的身体可是很金贵的，还肩负着重任呢。就因为你这个样子，又四郎才愈发来劲儿不听话。”

“我没事的，又四郎是特别特别重要的弟弟嘛。”久藏用筷子拆开烤鲷鱼，夹起一小块喂给又四郎吃。

“你的好意实在很感激，可是——”清子把又四郎从久藏膝上抱走，让其在自己身旁正坐。“若不从小严格教育，这孩子将来就得哭鼻子了。”

“对不起。我并没有这样的意思。”

“没有怪你啊，久藏。是那口子太过懒散。”

“喂，怎么怪我啊？”

“当然怪你了。若是不能让这孩子像久藏这么出色——”那她便输给静子了，清子心里可不想认输。

过不多久，便到了哄睡又四郎的时间了，只剩下等伯和久藏两人。他俩也没什么特别的话题，静静对饮便可，彼此间已万事心照不宣。

“名护屋城是个什么样的地方啊？”

“听说是建在面向大海的高地上的城郭。”

“再往后便是冬天了，那里的北风怕是很猛烈啊。”

“那儿是肥前，应该没有北陆这么严酷吧。”

“徒弟只带十人就行了？千之助或者茂造，你可以带走一个的呀。”

“我只负责太阁殿下的御座间和大广间，之后便是狩野的工作了。”

名护屋城的隔扇画由狩野永德的长子光信负责，他们已经在当地开工了。但秀吉并不喜欢光信那种缺少气魄的画风，于是就把本丸大殿的画交给了久藏。

“御座间和大广间是大殿最出彩的部分，狩野派大概觉得十分遗憾吧。”

“师从总帅的时候，有几个相熟的人。我会小心行事，不打算跟他们起争执。”

“你可是我的骄傲啊。这项工作顺利完成之后，长谷川派的地位也该坚如磐石了吧。”

这次轮到等伯和永德的孩子们比赛画技了。久藏已经在祥云寺的工作中取得了凌驾等伯的盛赞。而光信因担任右京进之职，被人起了个“劣手右京”的谑称。无论谁都看得出胜负的结局，所以等伯内心颇有些沾沾自喜。

翌日清晨，久藏带着十个弟子出发去名护屋。其中有一半是当年曾在永德手下修行，后来仰慕久藏而转投了顿图子的。之所以带他们同去，源于久藏对狩野派的思虑。

等伯和清子一直送至鸭川的船埠。这是久藏的第一次长途旅行。若是生病了怎么办？若是感觉寂寞了怎么办？作为父母总有担不完的心。

“不要勉强自己。如果有需要的东西，不要顾虑，马上通知我。”等伯一直操心到临近出发，嘱咐他画匠也好画材也罢，什么都可以替他送过去。

“久藏，我有一事相求！”清子的神情像是已经思虑良久。

“什么事？母亲大人。”

“我肚子里的这个若是男孩，可否允许借用你名字中的久字。”清子抚摸着肚子问道，她想孩子沾沾久藏的光。

“可以啊。一得到他出生的消息，我即刻赶回来庆祝。”

“还有啊，早点娶个媳妇吧。如果你不介意的话，我拜托媒人替你物色一个合适之人如何?”

“这种时候说什么呢?!”等伯觉得这还用问吗，肯定介意的啊。但久藏却意外地一笑应承了。

“那就拜托了。母亲大人看得上的人，一定不差。”久藏清爽地笑笑，随即乘上了十石大船。

“水土一改，会吃坏肚子的。一定要小心啊。”

“知道了。已经不是小孩子啦。”

“要是有什么问题，一定要通知我，千万别有顾虑。我会马上赶过去的。”

不多久，太鼓起鸣，宣告船只出发。十石大船离开船埠，沿着鸭川向淀川驶去。等伯和清子像是要把久藏的身影刻在眼眸里，一直目送着他离开，直至消失在视线之外。

另一方面，秀吉出兵朝鲜，才半年便早早地遭遇了暗礁。

这年三月二十六日，秀吉在后阳成天皇的目送下，意气风发地从京都出发。四月十二日，小西行长和宗义智的第一军一万八千七百人在釜山登陆。四月十七日，加藤清正和锅岛直茂的第二军二万二千八百人也紧随其后。黑田长政和大友义统的第三军一万一千人；岛津义弘等的第四军一万四千人；直至第九军为止，共计有十五万八千七百人的强势阵容。

第一军一登陆便攻下釜山城。松浦镇信的家臣吉野甚五左卫门有记录如下：

“火铳齐射的两个时辰，世间黯淡一片，天地受惊，弹药所到之处，盾牌箭楼悉数洞穿，再无敌人探首而出。”（《吉野甚五左卫门备忘录》）。

火力占上风的秀吉军持续了四个小时的枪击，攻势甚为猛烈，枪击时喷出的黑烟已将四周染作昏暗的黑夜。于是秀吉军冲破了高三寻（约5.4米）的城墙，闯入市内，然后极尽暴虐之事。

“房屋间隔、地板下方，无处可藏之人均被带至东门。众人双手合十下跪，说着难解之语。‘马诺马诺’之类，似在求救。可惜无人愿救。众人皆被斩首弃尸或踩踏至死，以此血祭军神，无论男女猫狗，一律格杀。得尸首约三万之多。”

直面如此惨状，甚五左卫门为己方军队的残忍而战栗，他写下了“现在看来，我等比恶鬼还要恐怖”的语句。

朝鲜王国常年来采取文治主义，所以将士的火力装备不够充分，对秀吉军的进攻无力抵挡，只能一味撤退。秀吉军则一直穷追，五月三日到达汉城，六月十五日则占领了平壤。

但捷报频传的进攻步伐到此为止了。秀吉曾打算在两年后让后阳成天皇和公家众移居北京，还想让秀次担任大唐的关白，但攻至平壤的秀吉军，因兵粮弹药的补给没能跟上，不得不放弃进一步的进攻。

而且凛冬将至，寒气逼得大河都似要结冰。因此，时任朝鲜在阵奉行一职的石田三成与诸大名协商，决定中止出征明国，暂时留在平壤过冬。小西行长得此授意后，便与明国派来救援朝鲜的游击将军沈惟敬议和，并缔结自九月一日开始的五十天休战协定。

自此以后，秀吉军深受明国军的进攻与朝鲜义勇军奋起反抗的困扰，不得不撤退。通过处死利休、让反对派噤声，才得以强行执行的海外征伐，仅仅半年便遭受重创。

只是，实情并未传达至秀吉。鼓吹出兵的三成等吏僚派及基督徒大名们，唯恐被追究责任，所以只报喜不报忧。

到了十月，等伯开始着手膳院客间的山水画。与方丈的书院不同，这里可由等伯自由发挥，所以他打算挑战长年来一直想尝试的牧溪的画风。

山水画的原则是四方四季。房间的西侧夏入秋，正面北侧冬入春，东侧则绘上春入夏的景致，需要从左到右表现出季节的推移变换。

以正面为中心，左半部分绘上白雪覆盖的冬山和松林，右半部分画上含苞待放的梅林环绕下的茅屋。驻足茅屋的一名高士正眺望远处的冬山，其间湖水广袤，湖面泛起一层水雾。能否似牧溪般表现这层水雾的空气感，便成为这次挑战的关键。

另外一个挑战，是在西侧夏入秋的场景中描绘猿猴图。牧溪留下的猿猴图，捕捉到了母子猿猴因冬季的来临而胆怯紧张的样子。不过等伯打算绘一些硕果累累的枝条，其上有子猴坐在母猴肩上嬉戏，还有一只倒挂枝条上准备回到母子身边的父猴。

在七尾，人们把儿童骑在肩上嬉戏称为“高凳凳”或者“猴凳凳”。这是等伯体会至深的亲子形象。父猴从左到右晃动着树枝朝家人移动，不仅表现了他对家人的爱，同时也显示了季节流动的方向。

况且，这三只亲子猴也暗指秀吉、鹤松和淀姬。这样便可让他们在净土之景中完成浮世里未能实现的家族团圆。

秀吉有个“猴子”的绰号，所以这幅猿猴图可能会令他震怒。若是换成一般的画师，一定会有此顾虑。但等伯深知，秀吉有一双识画的眼。他确信，只要画得出色，秀吉定会欣赏这种机智而大喜。

草图一开始动笔便停不下来了，越画越有趣。母猴中重叠了静子和清子，坐在肩上的子猴又有幼时的久藏和现在的又四郎的影子。

正当等伯废寝忘食埋头作画时，清子过来告诉他有客来访，是经营画材的生野屋。

“恭喜先生盛誉满京城！”这位熟识的掌柜已经年逾花甲，鬓发皆白。“今天我给您送来奈良的墨和安艺出产的笔。”

“替我放在那儿吧。”等伯甚至吝惜离开书桌的时间。

“其实呢，有一事，我觉得您听一下会比较好。”掌柜手脚并用坐着凑过来，轻声告知道，狩野松荣患了重病。

“师匠？什么时候开始的？”

“我听说今年夏天开始情况恶化，已经不能起身了。”

“这么久了都！”这么久竟一直患病在床！等伯搁笔转向掌柜。

“我听说，松荣先生挺想见一见先生，但是弟子们坚决不让，他也没有办法。”

“是么？谢谢你告诉我！”

“托先生洪福，我们也得以生意兴隆。只要有什么事情可以帮得上忙的，但说无妨。”掌柜的拿了新的订单，搓着手心满意足地回去了。

自仙洞御所一事以来，等伯与狩野派的关系极为糟糕。甚至还有人放话，说永德早逝就是因为等伯去狩野府邸胡闹的缘故。更何况，祥云寺的工作由等伯单独负责，获得了天下第一的美名，使得狩野派对等伯的敌意更胜一筹。于是松荣想见一下等伯，都被弟子们用各种理由阻挠下来。

等伯心生一计，请京都所司代前田玄以与自己同行。

“我知道了。明天便可前往探病。”玄以很爽快地答应下来。他在聚乐第和天瑞寺的工作中和松荣相交，对他大公无私的人品很是敬服。

他们一到位于狩野图子的府邸，狩野派高徒们便一齐出门迎接。其中也有狩野宗光以及久藏当年的侪辈，却无人肯正眼瞧一下等伯。

松荣躺在偏远的里屋。那是一处僻静向阳的房间，院子里的红叶已开始着色。庭院里的白砂地上留有清新的扫纹。

“大人屈尊来到这样的地方，真是……”松荣看到玄以，慌忙想要起身。但这个动作反倒令他呼吸紊乱，引发一阵激烈的咳嗽，最终他只得再次躺下。大概是肺病。身体消瘦得只剩皮包骨，大概患病已久且死期已近。

“今天，我是陪同等伯先生一同来访的，请无须顾虑。”玄以握住松荣的手，轻轻安抚道。

“感激不尽！多谢光临！”松荣眼角湿润。他称赞等伯在祥云寺方丈的画作是一件功劳。

“您看过了吗？”

“从弟子们那里听来的，但那是你的画作，不看也知道个大概。”

“多谢！多亏了恩师教导有方！”等伯在石山本愿寺绘教如肖像画之时，松荣正着手大殿隔扇画的工作。那时，他允许等伯看狩野派的草图，又从基础开始传授等伯大殿隔扇画的绘法。

“那是因为你本来就是可造之材。而且近卫公也让我好好培养你。”可那会儿真没想到会成为现在这样的大画师，松荣有些目眩似的望着等伯。

“实在抱歉！我给狩野派添了不少麻烦。”

“我培养你也是有目的的，不必道歉！”

“是为了让我与永德竞争吗？”

“犬子自幼便得了天才之名，什么都随心所欲。但也因此没能完全发挥潜力。所以我当时觉得，若是把你这样带着野性的画师推到他面前，他或许会觉醒。”松荣闭了一会儿眼，调匀呼吸后问等伯，有没有看过永德的唐狮子图屏风。

“拜见过抄本。”

“那幅画是永德跟你相遇后，试图打破自己的外壳，挣扎过后才画就的。”但他也因此减了寿，不到五十便离开人世。

“似乎有人说我是永德的仇人。”等伯忍不住解释道，自己绝没有加害之意。“那时，仙洞御所的工作被永德抢走，我实在觉得太过遗憾，所以想亲自问问他的想法，仅此而已。但被弟子们动粗，于是……”

“我知道不是你的过错。犬子支撑狩野派的大局一直甚觉疲惫。要是能让他更加自由一些就好了，但我的力量有限，没能帮助他。”松荣望着房顶的某一点自顾沉默起来，像似想起了与永德的种种往事而语塞了。

作为画师，要承认自己的力量不足是多么难受的事情。但松荣因为有永德这样杰出的儿子，所以不得不一直经受着这种苦。

“听说你儿子的画技也精进了许多，现在正在肥前吧。”

“跟贵派的光信一起，正在名护屋城共事。”

“是吗。光信或许能力有限，但其弟孝信资质不错，或许不比久藏差。”松荣眼光精准，把孙辈之力也看透了。这位孝信的儿子，就是其后替狩野派奠定全盛期基础的探幽。“要是狩野和长谷川能并肩竞争，共同精进，该有多好啊。彼此之间不可有怨恨，你能明白这一点吗？”

“当然明白。”

“那就早点儿跟狩野修复关系吧。现在这么下去对长谷川派也没什么好处。”松荣说，他就为了告知这个才劳烦生野屋传话的，说罢便精疲力竭不再言语。

这是等伯和松荣的最后一面。十月二十一日，七十四岁的松荣踏上前往黄泉国的旅途。

作为画师，他的画技固然比不上父亲元信和儿子永德，但在室町幕府灭亡后，又经历信长、秀吉争霸天下的这段动荡时期，他始终守护狩野派安然度过，其功劳理应得到更高的评价。其中最大的功劳要数他早年便注意到等伯的力量，向他打开了狩野派的大门吧。可以毫不夸张地说，若没有这位师匠，等伯便不可能出人头地。

新年一过，到了文禄二年（1593），等伯时年五十五岁。他离开故乡能登已经二十二年了。在那样一个“人生五十年”的时代，已算是步入了老龄。以现代的寿命比例，大抵已接近七十了，但他依然体格强健、精力旺盛。这年春天清子将会生下第二个孩子。

等伯在对孩子降生的期待中，整日埋头于祥云寺膳院的山水画里。

大致已经完成了。西侧的猿猴图和东侧的春入夏的清流图也已绘完，极是出彩，惹得僧俗男女都竞相前往观看。其中要数亲子共乐的猿猴图最有人气，猿猴逼真得好似要从隔扇里跳出来。连身在远地的秀吉听说了都派人来催促将猿猴图的草图送过去。

现在如果宣告已经完成，大概无人会有意见。但等伯总是对于正面左方的雪山松树图不甚满意。

雾霭蒙蒙的湖边，有一片被白雪覆盖的松林。近处松树绘上浓翠，依次渐远渐淡，直至与遥远处耸立着的雪山相连。这是生于能登的等伯十分熟悉的一片景，照理应是得意的画题，可这次等伯却一直不能满意。

正因为这片景太熟悉，所以他总觉得看上去有某种违和感。其实，在感受冰雪的寒冷、吹越松林的风声、眺望雾霭蒙蒙的雪景时，会有一种灵魂被吸入异界的不安。而等伯未能将这种不安表现出来。

这要如何表现，等伯找不到答案，经历数度修改却感觉越改越糟，于是只能独自在没有出口的痛苦世界中闷闷不语。

这就叫眼高手低。

艺术家们学遍古今东西的名作，鉴赏的境界很高，可自身的表现力却未能企及。于是数度被打入绝望的深渊，而后拼命研习，想要跨越这个坎。

但大多数在到达一定水准之后便妥协了，因为，身心都无法承受继续钻研的辛苦。只是等伯不允许自己有任何的妥协。他诚实到近乎愚鲁的地步，只一个劲儿地朝不足之处前进。哪怕耗费几年也要达成所愿的斗志，等伯片刻都未曾失去。

他把自己关在膳院，在与鹰架下的隔扇画格斗之时，忽然意识到自己越是想画便越是画不出来。

“想要得悟的欲望阻碍了得悟呀。你没想到这个吗？”利休曾这样斥责自己。

不是为了画而画，意味着把自己内里的东西以绘画的形式由内而外自然地表达出来。虽然等伯很明白这个道理，可究竟要怎样才能做到，则完全没有头绪。

就这样持续着看不到终点的战斗，不知不觉便到了百花争艳的季节，传来了等伯翘首以盼的消息。

“师父，恭喜恭喜！是个男孩。”年轻的弟子从了顿图子跑来告知母子平安。

“是吗，辛苦你了！”等伯把收拾工作托付于人后连忙赶回家。

清子顺产后正安心地躺着。她脸颊微微发红，是经历生产时的苦痛所留下的余韵。一旁的孩子正在婴儿包里沉睡，才刚出生已经鼻息如大人了。

“这可是身强体壮的证据。不错不错！”等伯俯身看着婴儿的脸。跟猿猴图里的小猴子一样。

“名字怎么办呢？久藏赠了一个字，你看叫久太郎如何？”清子十分精神，正畅想着孩子画师的将来。

“哥哥叫又四郎，弟弟叫太郎好像有点奇怪啊。”

“哎呀，只是名字而已嘛。不用顾忌顺序的呀。”

“就因为是名字才重要。若是听到镇西八郎为朝的名字，便知道他是第八个男孩儿了不是？”

“是么？那把又四郎的名字改了不就成了？”清子似乎特别想给孩子取名为久太郎。

“又四郎本来是我的名字，我可不想这么随随便便就给改了呢。”

“你呀，还没有注意到吗？”

“什么？”

“久藏会成为比你还要优秀的大画师哦。他的画风兼具大气和细致呢。”

“这个嘛，嗯，可能确实如此。”其实等伯有时候自己也这么觉得，被久藏比了下去也不怎么生气。

“所以，我跟久藏要一个字，也是为了这个孩子。既然已经得到一个字了，就想取名为久太郎嘛。”

“那又四郎要怎么办？”

“奥村的父亲大人叫文之丞，所以又四郎就改成新之丞吧。大胆活泼，挺适合那个孩子的呀。”争论结果就此定格。

这位久太郎后来改名为左近，继承等伯之后，自称“自雪舟第六代”。

翌日，等伯返回祥云寺，但他决定暂时放下膳院的山水画。心情还未修复完整，此时再出手修改，只怕会陷入更深的困惑。所以他打算暂且以指导弟子为主，顺便换换心情。有时会去大方丈，再次回味与久藏共同完成的那些画作。那些作品依然出彩得让人恍惚出神。特别是久藏绘就的樱花图，美得让人心疼。

（不知七尾的樱花怎么样了呢？）

等伯想起了长谷川家院子里的八重樱。那是祖父无分从仙洞御所分得的一株，是传家之宝。而如今，祖父的那份心愿以这样的形式开出了花结出了果。

或许是真的心有灵犀吧。四月中旬，久藏突然走访了祥云寺。他肩上挑着两件行李，一副旅客的模样，说是从伏见的船埠直接过来的。

“怎么了，久藏？回来庆祝孩子出生的吗？”

“是啊。我跟母亲大人约好的呀。”久藏工作告一段落，所以就马上乘上了前往大坂的船。“不过我想先看看猿猴图，所以直接来了这里。太阁殿下也甚是喜欢，让我给你带来了赏赐。”

久藏打开行李，拿出装有茶碗的盒子。盒子里面放着利休喜欢的熊川茶碗。是在朝鲜的熊川烧制的，呈琵琶色，碗身浑圆丰腴，极为朴素。里面还放有秀吉的亲笔书信。

“猿猴之画甚佳。真想尽早让夫人一睹为快。以此为赏。太阁。”

秀吉十分中意等伯送去的草图，所以赐与利休的茶碗作为奖赏。这里的夫人究竟是指正室的北政所，还是鹤松的生母淀姬，现在不得而知。或指双方亦未可知。

久藏久久地坐于膳院的猿猴图前。最初神色认真而严肃，似想把画读懂，可不久便像卸了肩上的重担一般盘腿而坐，甚是舒服自在的样子。仿佛也加入了猿猴一家的天伦之乐中。

“怎么样？喜欢吗？”

“嗯。怎么觉得像回到了小时候。”

“这一幅也算是画完了，但有个地方总有些不满意。”

“雪山松林图吗？”

“你看出来了？”

“数次修改的痕迹还在，所以我猜的。”不过与其他画作相比毫不逊色，久藏下了评断。

“真不逊色？”

“是的。父亲大人的思考还在更深远的地方吧。”

“知道了。你先回家吧。先来这里的事情，要跟清子保密哦。”因为久藏是回家来庆祝久太郎出生的，所以直接回家一定更能讨得清子欢喜。等伯思维缜密。

等伯傍晚回到家时，久藏手上抱着久太郎，膝上坐着新之丞。他生来讨孩子喜欢，所以两个弟弟都十分舒服地倚靠着久藏。清子正在厨房，高高兴兴做着美味佳肴。架在灶头的锅里有美味的鱼香溢出。

“哦，你回来了？”等伯照着商量好的剧本表演，不过被自己笨拙的声音背叛了。

“晌午刚过时到家的。”

“那边的活儿怎样了？忙吗？”

“御座间已经完工，现在做的是大广间。壁龛的草图我带回来了，待会儿请您看看。”

“什么样的画？快拿出来瞧瞧。”等伯着急催促间，只听清子从旁插话进来。

“久藏已经很累了呀，工作上的事情明天再说也不迟吧。”清子拿来了酒和小菜，是柳屋的澄酒、小香鱼和款冬的杂烩粥。

“朝鲜的战事怎样了？还顺利吗？”

“好像不似预想那般顺利。从名护屋阵地逃亡的人也很多，所以还特意设置了留人奉行所，用以取缔这种情况。”

“朝鲜那边的寒冷更加严峻，听说许多人都冻死了。步卒和战场脚夫的辛苦可非同一般啊。”

“我听说啊——只是传闻罢了。”听说好像要和明国议和了，久藏小声告诉等伯。

身在平壤的小西行长和明国的沈惟敬合谋欺骗秀吉和明国皇帝，打算实现和平。依据这个策略，沈递交了投降文书，宇喜多秀家和石田三成正向秀吉传达。当然这本来只是一小部分人知道的军事机密，但不知为何泄露了出来，于是和平即将来临的说法便传开了。

“战事的话题当然也重要，不过——”清子看准时候，询问久藏是否还记得相亲之事。

“记得。我们说好，若有合适之人便介绍给我。”

“我拜托日比屋的春子小姐帮忙找来着。那一位老早便知道久藏，跟我也是知根知底的。”

“找到了吗？这样的人？”

“是呀。听我说——”清子探出身子，神采奕奕地说道，就是萨宾娜春子的侄女，绢子小姐。已婚女性中，总有人对朋友的亲事有异乎寻常的关心，更何况是自己中意之人。而现在的清子正是这种状态。“她是春子的兄长了荷的女儿，所以门第一点儿也不差。今年十九岁，现在春子的医院里帮忙。”

“那家医院我们住在堺市的时候去过。我还记得萨宾娜给我的金平糖非常好吃。”久藏意外的显得很有兴致，还想起了一堆那时候的往事。

“你这个父亲怎么看啊？”

“是啊，春子小姐推荐的，应该不错。但——”等伯比较在意十九岁了还单身这件事。而且，是日比屋的女儿，还在医院帮忙，那必定是个基督徒了。

“确实，她好像有个洗礼名叫西西莉亚。但这事完全没有问题呀。传教士驱逐令已被取消，京城中还新建了教会呢。”

“可是，我们家信法华宗啊。”

“信仰不同有什么关系？重要的是人品！对吧，久藏？”

“我也这么觉得，但如果父亲大人不满意的话——”

“不是不满意，只是难免会有安土宗论那样的事发生。虽说传教士驱逐令已被取消，但还是觉得不能全然放心。”

“久藏没什么意见的话，我先拜托春子小姐，让他们先见上一面。以后的事以后再考虑不就行了？”清子强行作下结论，并铺开了下一阶段的路。

翌日清晨，等伯见到了大广间壁龛的草图。画面中央有一座大桥，呈舒缓的弧状，其下有涟漪数重，一直延伸开来。右侧岸边是刚吐新芽的柳树，左侧则垂柳荡漾，预示着春入夏的季节变换。垂柳下方，水车旋转，还有护堤的石笼，是人们日常生活的光景。

草图是用木笔画成的，但有色泽的标注。占据画面一半的桥用金箔色，数重的涟漪用银箔色加黑边。柳叶取石绿之色，令这金银的世界更加多彩。

“我取名为柳桥水车图。绘的是住吉神社的桥，寓意航海的守护神。”名护屋城作为出兵朝鲜的居城，航海的安全至关重要。因此才选取神社桥这个住吉莳绘的画题，并铺开来画。

“像是一座通往朝鲜的桥呢。”

“是的。石笼寓意制伏敌地，水车是效仿水车小屋，有寄寓兵粮润泽充足之意。”

“这样一来，太阁殿下也一定很喜欢吧。华丽的色泽也是殿下的喜好。”

“原本打算绘作壁龛的壁画，现在觉得作屏风也一定很有趣。”久藏将草图折叠成六曲一双的屏风状。“你从右边和左边分别望过来看看。”

屏风立在上座的后方，所以必须在折叠的位置和图案上下功夫，让分坐于左右席的宾客也能看到一幅完整的画。久藏已经设计好了，从左右分别看过来的桥与正面观看时是不一样的。即所谓“视觉欺骗图”。桥身显得短了，而搭在对岸的桥端却变得高而耸。

“有意思！这样的画定能为酒席添彩助兴呢。”会考虑这些事情的画师，无论和画汉画都不常见。等伯简直佩服得全身都快起鸡皮疙瘩了，连忙叫得意弟子千之助试着做成屏风的样子。

“需要十天前后才能完工。能等到那时候吗？”

“可以。拿着这个屏风回去，也好跟殿下解释。”

“既然这样，不如回趟七尾吧。恰逢青柏祭的时节。”

“太好了！我一定要同去。”久藏欣喜地赞同道，只是有点儿担心清子会不会不高兴。

“她呀，不是那么小心眼儿的女人。反倒会大肆铺张，准备给亲戚的礼物呀，给寺庙的供品呀什么的。”二十二年了，等伯想到故乡七尾，早已经归心似箭。

翌日清早，等伯和久藏两人踏上了还乡之路。

确如等伯所料，清子打算让他俩携带大量的礼物给亲戚和受照顾的寺庙，但等伯想要轻装便行，所以只拿了银票。两人怀揣着全新的画本，是因为考虑到沿途有许多记忆深刻的地方，他们要将这些记忆留在画本上，以用作今后绘画的素材。

从大津乘船，沿琵琶湖北上，当天便在高岛歇宿。第二天坐最早的船只渡过盐津，沿盐津大道北上去敦贺。

“啊，这里是……”是母亲坐在行李车上走过的路，久藏取出画本，迅捷的笔触将周遭的景致画了下来。

从沓挂翻过山坡到达麻生口时，这次轮到等伯驻足了。自此处向东一里便是刀根坂，在那里，越前的朝仓军在信长军的追击下兵败如山倒，阵亡了三千余人。等伯的兄长武之丞的家臣也有大半死于此地，武之丞自己的左眼也为炮弹所伤，右膝盖也吃了一击长枪，以至于步行艰难。

“快走！这儿不是你这种人该来的地方！”等伯耳旁响起武之丞在暗牢中所说的最后一句话。

男子二人行的脚步挺快。这天傍晚便到达了敦贺。他们拜访了存放着静子骨灰的妙莲寺。自那以来十四个年头过去了，日达上人也已过世，但后继的住持依然郑重地替他们保管着静子的骨灰。

等伯为自己多年来的了无音信致歉，捐赠了长年以来的供奉费用后领取了静子的骨灰。白木盒子里的静子，轻得不可思议。

“父亲，让我来拿吧。”久藏将盒子装进预先准备好的袋子里，然后挂上脖子，怀抱于胸前。

这一夜，他们在妙显寺借宿。静子等候等伯前来迎接的时候便住在这个寺里，而且也是在这里的僧坊去世的。种种回忆在心中泛起涟漪，两人久久不能入眠。

第二天早上，他们参拜了气比神社，然后乘上前往羽咋的船只。回望时，只见气比的松原在敦贺的西侧一望无际。这片松原是神灵附体，曾给了久藏灵感，让他顺利完成了祥云寺方丈的松林图。等伯想到这些，便双手合十，向神灵感谢良久。

当晚，两人在羽咋的场屋歇宿。

的场屋是等伯携妻儿进京途中住过的船宿。当年，积劳成疾的静子在这里养病，却被叔父长谷川宗高夺走银票，以至于他们连药费和住宿费都无以支付。后来等伯在船宿的隔扇上绘了一幅郭巨图，且幸遇道顿医生慧眼识货愿意购买，这才化解了那场危机。

翌日清早，天刚黎明，二人便参拜了气多大社。他们想向能登的守护神——大己贵命（大国主神）做个还乡的寒暄，然后再次观看了一下正觉院的十二天像图。梵天、罗刹天、帝释天等，守护佛界的十二天神正在熊熊燃烧的火焰背景下，以忿怒之态凝视人间。这充满十足气魄与气势的绘画，是等伯二十六岁时的杰作。

“好厉害！我现在的年纪，父亲大人都已经绘出这等佳作了呢。”久藏仰望十二天像图，脸色因感动而苍白。

“以前你我二人曾来看过的啊。那次静子让我们向神社奉纳梳子。”

“母亲叫去看一下神明。或许，她说的神明不是指这画，而是父亲大人呢。”

“这画让我重新振作起来。静子老早便预料到了。”

参拜结束后，两人回到船埠，乘坐十石大船向东去往邑知泻。邑知泻是个深入能登半岛的大湖。等伯二人在其东岸换乘江舟，沿长曾川溯流而上抵达芹川。再从此地走陆路经过二宫、武部、江曾，日暮之前抵达了七尾。

从京都出发到此只用了四天。但等伯却为各式各样的事情所阻挠，居然在长达二十二年的时间里都没能回到生养自己的故乡。

“先去拜访长谷川家。听说叔父依旧坚朗。”等伯离开七尾之后，长谷川家由叔父宗高继承，继续着染坊和佛画师的家业。这些都是等伯后来所听闻的。

按捺住急躁的心情，等伯二人往城下赶路，但城下町已经大变样了。从港口到城里约有一里多路的繁华城镇已踪影全无。曾经绵延于道路两侧的商铺，或变废墟，或成空地，所剩商铺已屈指可数。而且，城郭消失了。曾经那座筑于山顶，威风凛凛的七尾城，只剩下断石残垣淹没在杂草丛中。

“城郭呢？……畠山家的城郭不见了！”这番惊厥差点儿把等伯压垮。离开故乡之后，这里发生过什么事情，等伯大致是知道的。但亲眼所见这片废墟的失落感，还是令他差点儿瘫坐在地。

“听说前田利家公担任能登太守后，把城郭迁移至小丸山，而城下町与寺院也跟着搬了。”不知昔日之景的久藏显得较为冷静。

长谷川家的店铺和仓库也荡然无存。唯有一棵八重樱大树屹立在长满野草的空地上，粉花凋零，绿叶覆盖，正如久藏所绘的樱花图那般极力伸展着枝叶。

“这里只这么小吗？”宅基地变成空地后似乎显得狭小。等伯记得曾经居住此处时是个亮堂堂的大院子，时不时有受压之感。或许这种感觉仅仅来自于他那养子的身份。

“养父，养母……”等伯跪在地上，双手合十向养父母的亡灵致敬。自接受利休的教诲以来，养父母为自己所害的想法已经淡薄了许多，如今他只想诚挚地感谢两位的养育之恩。

“父亲，你看！”跪在一旁的久藏，单手指向一个枝丫。嫩叶底下，还剩了一朵樱花没有凋谢。大大的花瓣水灵灵地盛开着，仿佛开到现在就是专为了等候他们还乡。

两人几乎同时取出画本。就这么站着，一心不乱地挥动木笔。这花这样苦苦等候，究竟是要告诉他们什么？

长谷川家在新城下町有一个气派的店铺。位处贯穿东西的内浦大道与城东的毒见殿川相交处，店内陈列着染色后的布匹，还挂着几幅佛画。

“有人在吗？打扰了！”等伯掀开店门布帘，小心翼翼询问道。

“什么事儿啊？犬子不在哪。”一位小个子老人闷闷不乐地走出来。无疑是叔父宗高，只是看起来小了一圈。

“好久不见！是我信春，还有犬子久藏。”

“是你啊！你来干什么？”宗高冰冷的态度丝毫没有改变，一如等伯他们离开七尾时那样。

“我来是为了把静子的骨灰奉纳在长寿寺。”

“说什么呢？现在还回来干什么？你什么身份哪？”

“我本想早日回来，但因诸多事由，一直等到今天。实在抱歉！”

“长谷川的店铺有宗冬体面地维持着。听说你在京城出名了？但守护七尾和祖先的宗冬不知比你强多少倍呢。”离开了故乡便成了他乡之人。宗高虽然同意将静子的骨灰纳入长寿寺，但却并未让等伯二人进家门。

长寿寺与奥村家的菩提寺本延寺一道，都在前田家的命令下迁至小丸山城的西南山中。寺院群建于此处，是为了防守城下町。长寿寺在山的入口处，与前田家的菩提寺长龄寺相望而建。住持刚过世，现在由本延寺的日便上人兼任着。这位曾经见证等伯过继给长谷川家一事的和尚，至今健在。

寺僧去叫住持时，等伯和久藏便在本堂等候。时值新绿旺盛的季节，周边森林中，有黄莺正在悠悠鸣叫。

“那个宗高可真是一如既往啊。倒让我想起了他一直追到羽咋的往事。”

“你还记得吗？那时你才四岁。”

“不知怎么回事，离开七尾途中的事情，我都记得清清楚楚。”

“虽然年纪还小，不过你当时一定十分担忧吧，所以情绪比较紧张。”

约莫过了半小时，日便上人到了。虽已年过八旬，但依旧精神矍铄，几乎是小跑着拾阶而上。

“信春，回来了啊！画艺大成了啊！”日便紧握等伯的手，说一直在七尾守望着他。

“上人您别来无恙……”等伯无语凝噎，回忆涌上心头，再也说不下去。

日便上人替静子举行了纳骨仪式和追思供养法事。静子辞世十四年，久留异乡的魂魄终于回到七尾，与列祖列宗们聚首了。

“谢谢您！静子也一定喜欢。”等伯恭谨地拿出永世供养费。也不知下次回来会是什么时候，趁现在能做的就尽量去做。

“在江曾本光寺与君会面的情形一如昨日。那一日，雨下得好大。”上人想起陪着久藏入睡的静子，静静地啜了一口茶。

“您替我这一眼龟递上了一根浮木。后来却因卷入京城的战乱，被织田家追击。尽让静子吃苦受累，实在找不出合适的话语来道歉！”

“你们离开本光寺的时候，静子来跟我告别，说修行的旅程已经开启，无论前方有任何艰难险阻，都要陪着你支持你。”

“她确实做到了，可我却什么都没能报答她……”

“信仰无需报答。日莲上人曾说，信法华经的女人不会随着人世间的罪孽坠入恶道。静子就是出污泥而不染的荷花呀。”

当晚，等伯二人在旧城下町的某家旅馆住下。老板娘是静子自幼的玩伴。他们一家当初离开七尾前的那一夜，也是因着这层缘分入住在此。

老板娘依然健在，她带着等伯二人来到一间同当年一样带有壁龛的房间。“现在大伙儿都去新城下町了，这边多少有些寂寥。”

这家旅馆当初规格之高，曾在城下街屈指可数，如今已老旧了不少，一如七尾城的命运。但旅馆充满温情的招待却一如往昔，这让等伯和久藏宽慰不少。

好好泡过澡，两人正打算对饮，却来了意想不到的客人。原来长谷川宗冬听说等伯归来，便率领一族人前来拜访。

“家父脾气不好，实在抱歉！我一回家就听说信春先生来过了，于是——”宗冬想着一定要跟等伯打声招呼，便拿着酒赶过来了。

对于承继了佛画师家业的宗冬来讲，等伯就等同于云端的存在。他带着三个儿子，想借此机会认识一下等伯。怏怏不乐的宗高身旁所站的一位老婆婆，便是当年塞给静子三贯银票的姑母阿通。

“哎呀，小久藏已经长得这么出色啦！眼睛跟静子一模一样！”阿通走向久藏，硬塞给他一包砂糖果子，还要他保密。

虽然一下子变作了人数众多的酒宴，但七尾不愧是拥有山珍海味的地方。在老板娘的努力下，美味摆满了整张桌子，有鲷鱼片、盐烤鲳鱼、酱烧竹笋等。

“盐水还没有吃透——”老板娘有些抱歉地拿出一盘卷鰤鱼，这原本该在盂兰盆节时才上桌的美食。

“我们跟京城的生野屋照旧做着生意，所以也经常听到二位的消息。据说二位极受推崇，连狩野派都败下阵了呀！”请一定要伸手拉我们一把啊，宗冬围着等伯献酒。

“那当然了！我们同为一门，有什么能帮忙的事情尽管吩咐。”等伯说只要能让他向长谷川家报恩，他愿意竭尽所能。

“那么，可否赐我一个等字，从此我便称作等誉？”等誉即达到等伯的荣誉，宗冬用心良苦。“再让我儿宗宅拜入门下，成为长谷川派的弟子。虽然他才十四岁，但数三个兄弟中最有希望的。”

“久藏，你怎么看？”

“可以啊，只要能帮上忙。”久藏说什么都愿意做，实在大气。

或许是听到这些，终于解开心结了吧，宗高第一次向等伯敬酒：“信春，什么时候回京都？”

“我想看完后天的祭礼再回去。”

“那不错。跟以前不同，现在的祭礼可盛大了。大船那样的山车都有三台呢！”

“是小丸山城的新城主前田安胜大人，为了收拢七尾的人心，才发起的祭祀活动。”宗冬代替宗高说起了祭礼缘由。

前田利家受封能登领国是天正九年（1581）十月的事情。利家本来准备把城郭从七尾搬至小丸山，但因天正十一年又受封加贺的大半，于是便在尾山（金泽）修筑了本城。此后，统治能登的人便成了利家的兄长五郎兵卫安胜。安胜在天正十七年搬入小丸山城，而后又逐步完善了城下町和港口的设施。并于翌年决定每年四月申日举行青柏祭，巡游大山车，以收拢人心。

从畠山家以来，七尾经历了重臣七人众、上杉谦信、前田利家等数度领主变更，留下了各自的家臣和所庇护的产业，因此城民之间尚存隔阂。为了扫除人们心中的疙瘩，安胜下令制作全日本最大的山车，让大家手牵手一齐拉车绳，以期构筑符合七尾的良好人际关系。

山车有三台。费用分别由垄断渔业买卖的鱼町、垄断水产加工业的府中町和垄断冶金业的锻冶町承担。其中，老城民较多的鱼町的山车，被允许使用畠山家的二引两家纹。这正是安胜明确表示与居民保持一致的方针。

“是啊是啊，你也去拉车绳吧。这正是你回归七尾的明证呀。”宗高含泪啜着鼻水，表示虽然经历过很多苦难，但能活下来就好。

翌日凌晨，等伯睁开眼睛，似感觉有人相邀。

夜还未明。古老的大旅馆仍在寂静中安眠。风平浪静的海面上传来微微涟漪拍打海岸的声音。等伯心中一紧，走出旅馆。不知是雾还是霭，周遭白蒙蒙的一片。旅馆前面连绵着一片松林，对面的七尾湾广袤无垠，见不到远近的边界。温润的海面有水气升腾，似一片雾霭，正笼罩着四周。

雾中的松树，近处的色浓，渐远渐淡，最后消失在一片白色的浑浊中。极目遥远处所见的山峰，正是能登岛的四村冢山。

(啊，就是这个！)

等伯想要绘入山水画中的，正是这番熟悉的景色。却又不知道到底要怎样才能将这笼罩在四周却又充满诱惑的感觉表现殆尽。

“原来是这个呀，父亲大人一直追求的景色。”不知何时起，久藏已站在身后。

“是啊。跟牧溪的景色不同吧。”

“是不同。比他的还要重一些，有渗入肌肤的感觉。”

“这是自幼看惯的景色，却画不出来，说明我的修行还不够啊。”

“父亲大人的话，什么时候一定画得出来。”

等伯循声回首，却发现久藏的身影已没入雾霭之中。忽地等伯心里生出一种不祥的预感，好似久藏就会这样消失掉，去到一个他所不知道的地方。

“喂！久藏！”

“我在这儿啊。”

“名护屋的工作，进展顺利吗？”

“嗯。怎么突然问起这个来了？”

“没什么。这样就好。”等伯很想直接问他跟狩野派相处得如何，但不知怎的，就是开不了口。

青柏祭从这天夜里（现在是五月三日）开始。戌时中刻（晚上八点），一台山车从锻冶町拉出，向祭拜日吉山王的山王神社驶去。这俗称“大山”的山车，巨大到车上连楼塔和舞台都齐全。楼塔高五间三尺（约十米），宽两间一尺（约四米），状似船头和船尾，呈扇形铺开，染了纹路的帷幕层层折叠，色泽艳丽。舞台中央立着一棵松树作为众神的附体，其周边装饰着华丽的人偶。此车名曰“宵山”，当天内会被拉进山王神社。

接着是从府中町印鑰神社拉出的第二台山车。此车将在翌日早晨卯时下刻（早上七点）到达山王神社，所以名曰“朝山”。接到第二台山车到达的消息后，第三台的“本山”才从鱼町城门出发，正午时分到达神社。

设置这番时间差，是为了避免山车在狭窄的道路上挤作一团。山车十分巨大，仅车轮的直径便超过成人的身高。路口掉头也很花时间，所以必须从神社附近的町里将山车拉过来。

等伯和久藏在长谷川的店铺等待黑夜的降临，他们和宗冬的家人一起牵引锻冶町的山车。夜深时分，将供品（众神的食物）摆放于舞台上的祭坛，洁净身心后，三根车绳便被抛出。

“今日良辰，吉日良辰。明日申日山王祭。”领唱们齐声开唱，并排三列的牵引者一起用力拉牵。需仰望才见的山车便开始缓缓向前移动，把两旁挂了灯笼的道路挤得满满的。

引绳很粗，单手握不过来，所以血气方刚的牵引者总会不知不觉加快脚步。于是“大山”开始加速，前方的牵引者唯恐被后方追上，便继续加速，因此需要掌控山车杠杆之人正确地调整速度和方向，才能确保安全。

压轴戏是山车在山王神社的入口处转弯调头。需用长四间的长棒插入车轴下方咬紧木马，然后由年轻人持棒将山车抬起。

“嘿——呀，吼——呀，加油干——呀。”

踩着歌声的节拍，车轴缓缓抬起，其下放入车辕，而后在准备调头的车上插入中心杆。万一车轴没有咬紧，车辕将被压扁，所以非要大伙儿同心协力不可。

“在敦贺的时候，大家也一起去看过祭礼吧。”等伯望着路口的山车掉头，想起往昔。

“是母亲大人带着大家一起去的。虽然有不少孩子在战场上死了父亲或兄弟，但那天大家真的好开心！”

“你母亲喜欢祭礼。她若是看到了这个山车，不知会有多高兴呢。”

翌日，等三台山车一起到达山王神社后，便有神侍人员备好衣料和供品。神社的宫司头戴高冠，上面插着嫩柏叶，将供品盛在青柏叶中供奉到神前。

青柏祭的名字便源于这个仪式。等伯和久藏也在社内观看，压轴戏是船形的巨大山车并肩而立的英姿，昭示着七尾因日本海的交易而日趋繁荣。秀吉一统天下之后，各地的往来愈发自由，交易也更为频繁，因此城下町发展得很快。

“抱歉！请问您是长谷川等伯先生吗？”一位身着剑梅瓶纹样宽肩礼服的年轻武士过来询问。

“是的，可有事？”

“前田安胜大人说想一睹尊颜，请您往这边来！”年轻武士带二人来到神社的社殿内。

只见众人围坐在那里，吃着方木饭盒里的菜肴大开酒宴。这被称为“祭祀玩家家”，美味佳肴摆得满满的，有竹笋、款冬、鱼糕、煎豆腐、魔芋、生鱼片、模压寿司、鲳鱼等等。

前田安胜也坐在那里。其目的是与城民打成一片，所以祭礼之日则不论身份，与城民一起开怀畅饮、共享美餐。

“先生，请这边坐。”安胜盘着腿，移动臀部让出一些地方。他是前田利家的三哥，一张圆圆胖胖的面庞看起来很是温和，诚实且替人着想的性格也清清楚楚写在脸上。

“我从日便和尚处听说你回到七尾了。劳烦你大驾光临，实在很感激!”

“受到大人邀请，鄙人十分荣幸。看到那么气派的山车，真是大吃一惊!”

“托各位工匠的福，才能制作出那样的山车。新时代的打造，需要大家齐心协力啊。”安胜说着一个出色的执政者该说的话，首先敬了等伯一杯。“我曾多次听闻你在京都大显身手。作为你的同乡，我们也觉得甚是骄傲啊。”

“大人过奖了，实在感激不尽！听您这么一说，我觉得自己跟故乡又有了新的牵绊。”

“以后多回七尾来看看。要是也能请先生在小丸山城和金泽城大显身手就好了。”安胜是个吃过苦的人，所以知道应该如何招待客人。他的话，顿时打开了等伯的心扉，让他觉得好似见到了久违的亲友，因此，等伯心满意足地品尝了七尾的酒和祭祀过家家。

“对了，听说奥村武之丞是你亲兄长。”

“是的，是老家的长兄。”

“我从日便上人处听说，他在京都过世了。其实，我在战场上见过你兄长。”

“不会是在刀根坂吧?”

“正是。我当时是织田家的前锋，他是朝仓家的殿军。”他身披全黑的盔甲，头戴满月状头盔，手持十字长枪阻拦在前的英姿，真如说书世界里那般威武。安胜眺望远方说道，现在都能想起他奋勇征战的飒爽英姿。“对他的惨死，我感到无比遗憾!”

“兄长对畠山家极尽忠义而亡，他的人生应该没什么可后悔的。”

“说到畠山家，你听说夕姬的事情了吗?”

“没有。好久没有音讯了。”出什么事了吗？等伯不安到胃有些绞痛。

“三个月前去世了。听说死于渡船事故。”她们从高岛往盐津，横渡琵琶湖的时候，所乘之船被伊吹山吹来的一股旋风打翻，夕姬与侍女初音双双溺水而亡。“或许夕姬正打算来能登呢，真让人心痛！”

外面传来人群的喧嚣声。神事已告一段落，人们开始斩断张结在神社前和参道的稻草绳。收纳了祭神除邪幡的“大山”离开社内，回到各自的街区。人们相信，这番巡游可以祛除晦气与灾害。

等伯和久藏也并肩目送山车离去，一面祈祷着家人的健康和画业的大成。

两人从七尾回到京都已是五月一日。

望穿秋水的清子告知他俩明天就去大坂见春子。“春子小姐说啊，一得知消息便去八轩家候着。而且这次会面的旅馆啊，我都安排好了。”所以就不要犹豫了，赶快出发。清子一副拉起二人的手就要出门的架势。

等伯出发前委托得意门生千之助制作的柳桥水车图已经出色地完工。虽只是一个样本，但因大量使用金箔、银箔的缘故，竟看起来如工艺品般辉芒四射极为美观。正如久藏所预料的那样，做成六曲之后，从左右眺望时的景致与从正面看到的不同，这时的柳桥是浮起来的。

“这个好啊！肯定能让太阁殿下满意。”

他们在当天整理好行李，次日一早便同清子三人去了大坂。在伏见乘坐三十石大船沿江而下，傍晚到达八轩家的船埠。清子预订的是一家大名入住规格的高级旅馆。而且服务周到，连老板和老板娘都过来寒暄致意。

“这家旅馆是我从小住惯了的。”不愧是豪商油屋之女，清子一副理所当然的神情。她的这一面是等伯不熟悉的。

从旅馆派人送信去堺市后，萨宾娜春子于次日带着侄女绢子前来。她们坐着轿子一前一后，还带着随从，轿前有大量的看客围聚一处。

五人先在厅堂会面，而后转至小间的茶室。绢子一张眉清目秀的鹅蛋脸，温雅恭谦的模样，净是低头听大家说话，举手投足间又能让人感觉到是个内心坚强、头脑聪慧之人。

这样的姑娘要是能嫁给久藏的话——此刻等伯心里的天平已经倾了不少，便自告奋勇说由他来点茶。“再怎么说我也是利休宗匠亲传的弟子，就从正式的浓茶开始点起吧。”

浓茶的喝法是客人们旋转着茶碗一个接一个分享同一碗茶。有人说这种喝法源于神水宣誓，也有人说是受了天主教圣杯的影响。等伯思忖，只要能成为连接久藏和绢子的契机便好。

这次相亲大为成功。久藏和绢子已经彼此相处融洽，双方对这桩婚事均无异议。久藏年幼时曾生活在堺市，而绢子也正在学习日本乃至欧洲的绘画。这些都在无意中拉近了两人的距离。

当晚就寝后，清子大为满足地嘀咕道：“真是太好了！绢子真是个好姑娘!”

“男人娶了媳妇才算独当一面。久藏的画风今后也会变吧。”

“总觉得她很像静子啊!”

“是么？我倒没觉得。”等伯蹩脚地撒了个谎。其实他第一眼看见时就觉得像了，只是不好当着清子的面说。

“你看，春子小姐着实很用心呢。就你，挑了那么多刺儿。”

“我可没有挑刺。不是都说过的嘛，拜托春子小姐的话一定没问题。”

“还嘴倔！什么十九岁了还单身是不是有点奇怪，什么信仰不同怎么着了的，还说传教士驱逐令虽然取消了但还是不放心什么的。”清子毫不客气。但等伯明白她的不留情面也是出于替久藏的幸福着想，所以便任她尽情数落自己却丝毫不恼。

翌日，三人参观了大坂。他们远眺秀吉所筑的大坂城，去港口的街市转了一圈，还参观了已经挖掘至安井道顿的壕沟。大坂这个城市到处都充满活力，商店的货架上珍稀物品堆积如山。三人边走边看，挑挑拣拣，体会了一番不同于逛京都的乐趣。其实一家三口这么游玩多年来还是第一次，所以更觉开心。

翌日五月五日是端午节。这天，久藏乘上了前往肥前名护屋的船只。

“下次回来时就该举行婚礼啦。”等伯和清子一直送至八轩家的船埠。

“就劳烦父亲母亲了。我想九月左右应该能回来。”久藏从船边探出身子挥手作别。这只大型船只上，挂着全新的木棉帆布。那白色映衬着五月的碧空，美得耀眼。

等伯回到京都后，叩响了大德寺三玄院的大门，他想再次尝试师从春屋宗园参悟禅境。若要开始真正着手水墨画，不参禅便无法开辟新的境地。

“老实告诉你吧，你跟禅没缘分。”严师宗园毫不客气。

“为何？”

“你的心底有熊熊火焰在燃烧。你无法将其熄灭，况且也并非灭了就是好事。”不过两人毕竟相交多年情分不浅，宗园见他参禅心诚，最终还是允了。

等伯从这日开始进入禅堂，每天坐禅半个时辰，尽力腾空内心。就像没有凹凸的镜子才能照出影像来一样，要想真切地绘出心中所见，也需要先让心灵空空如也。等伯需要抛弃想画的欲望，之后才能拾笔。他的目标便是无欲自如之境。

五月中的一天，正值梅雨期，等伯在大德寺的三门一侧遇见一位六十开外的僧人。这位僧人似曾相识，仿佛在哪里见过。他停下脚步，发现对方也拉开斗笠的护荫一直在盯着他看。僧人面颊深陷，形容枯槁。

“莫非，是畠山修理大夫大人？”

“正是，你是长谷川等伯先生吧？”

此僧正是曾经的能登太守畠山义纲，也是夕姬的父亲。等伯离开七尾前，曾在越中的榆原村见过一面。

“看您的打扮，是出家了吗？”

“因有些想法，大约一个月之前在兴临院剃度。要是方便的话，喝杯茶如何？”

义纲将等伯带至兴临院的僧坊，其客气郑重之态已无曾经的主君风范。兴临院现在已成为前田家的菩提寺，义纲是凭借往昔的缘分才得以入山的。

“女儿小夕过世后，我便完全放弃复兴畠山家一事了。就因我欲念未断，未能早些断念，不但害得女儿丧命，也死了许多家臣。”

“听说夕姬夫人是在琵琶湖过世的。”

“是的。在高岛的海面。”

“她是想回七尾吗？”

“余吴浦。她想来告诉我被立为御伽众一事，却在途中丧命。”义纲懊恼地扭曲着脸。

“听说是因船只事故才不幸遇难的。”

“是被杀的。只不过佯装成了船只事故。”

“这……莫非——”

“就是石田治部干的。他把小夕利用了个遍，觉得碍眼了便命手下杀人灭口。”

夕姬为了能让畠山家被立为御伽众，于数年前开始接近石田三成。那时，三成与千利休出现了对立。三成让夕姬去寻找落井下石的证据，于是夕姬欺骗等伯，取得利休写给等伯的书信并交给三成。信中“如今茶道已成度日之技能”一句激怒秀吉，也成为秀吉下令利休切腹的理由之一。

然而鹤松死后情势大变，三成为求自保，必须消除这些陷害利休的蛛丝马迹。夕姬知道后，便嫁祸奥村武之丞，并将其交给三成，以此挽救三成的危机。作为回礼，三成交给夕姬一封书信，说会尽力让畠山家成为御伽众。武之丞曾说“已经得到字据”，指的便是这个。

“但治部根本没打算守信，支支吾吾拖拖延延。之后遭到小夕的威胁，三成便杀人灭口害死了小夕。”

其计策十分巧妙。他传信给夕姬，说畠山家已经被立为御伽众，所以想请义纲进京。而且指派石田家的四位家臣作为信使跟夕姬同行，前往余吴浦。四人在中途接了夕姬与侍女初音二人，乘船从高岛出发，然后在琵琶湖推落二人，装作是船只事故。

“小夕送来三百枚天正大金币时，我就应该注意到，她其实已经筋疲力尽了。但我那时无法将再兴畠山家的欲念切断，结果招致这种下场。”

“不过，修理大夫……哦不，长老，这些事您是如何得知的?”

“是古溪宗陈告诉我的。小夕对谁都不能敞开心扉，过着孤独的一生，唯独对宗陈却无话不谈。”

宗陈是业已灭亡的朝仓家出身。而且因与三成对立被流放外地，再因庇护利休而打算在秀吉的使者面前切腹自杀，是个十足的硬骨头。夕姬敬佩他这样坦荡的生存方式，所以只对宗陈无话不说。

“包括她从长谷川先生你那里骗取六百两巨款之事，还有让武之丞替罪之事。小夕是哭着跟宗陈忏悔的。我没有颜面请求你的谅解，但还请明白，她也有一颗忏悔的心。”

“我明白！我当然明白!”等伯悲伤得想要哭泣。夕姬也是被这个时代所玩弄的一颗棋子，也是想游至对岸而拼命挣扎了一生的可怜人之一。

“听说你回七尾了?”

“去参加青柏祭了。有气派的山车，整个城下充满活力。”

“听说七尾城毁了。”

“嗯，好像是的。”等伯不忍说出，七尾城只剩下了断垣残壁。

“也好！我和父亲还有孩子们，在那个城里尝尽了说不出的痛苦和悲伤。毁得干干净净的才好，不知道心里有多么轻松。”

义续、义纲父子当初被流放，出了七尾城。义纲的长子义庆被重臣七人众拥立为新城主，可天正二年（1574），弱冠二十岁便惨遭暗杀。其后次子义隆也于两年后，同是二十岁时被暗杀。隔代被拥立的义隆之子春王丸也在一年后遭遇被杀的命运。夕姬之所以不择手段地想要支撑起畠山家，或许也是对娘家的惨状实在太过于痛心疾首。

“遭遇如此不幸，或许也是前世因缘。因此我遁入佛门，想彻底了断这段因缘，替子孙们消灾祈福。”

“那么，畠山家呢?”

“托付给胞弟义春了。之前他曾受上杉谦信公庇护，但后来因意见不合出奔。现在受秀吉公赐封三百石，在肥前名护屋侍奉。”随后义纲微微颔首致意，起身去了禅堂。虽曾贵为太守，但如今已是专心修行的一介僧人了。

京都的初夏已经十分闷热。空气潮热温润，黏着肌肤，即便到了夜里也凉不下来。被太阳烤焦的地面无论何时都热腾腾的，仿佛下面藏着熊熊烈火。

或许因为睡不好吧，长谷川等伯被噩梦纠缠。他梦见自己乘船横渡琵琶湖，不知是早上还是晚上，湖面为浓雾笼罩。他在一片白雾中迷失方向，也不知究竟要去往何处。船客只有自己一人。没有摇橹之人，船却在悄无声息中兀自前行。

等伯开始懊悔自己为何会上了这船，此时前方出现一道若隐若现的身影。是一个头部裹着白布，全身白色装束的女人，正低头啜泣。

等伯知道她是夕姬，所以忍不住开口问道：“您怎么了？为何事悲伤?”

夕姬没有回答。等伯这才意识到那是夕姬的亡灵。但却无法弃之不理，于是更加靠近一步。突然，一阵大风吹来，头部裹着的白布被吹走，长长的黑发轻舞飞扬，露出夕姬的脸庞。只见她面色苍白，容颜悲戚，垂首而立，一双血红的眼睛斜睨着等伯。

“我知您冤屈。我知您冤屈。”等伯念咒般不断重复之时，整个人都像要被拉入湖底。他紧紧抱住船舷抵抗，但全身却被诡异的力量紧紧揪住，无法挣脱。“请放过我！请早日成佛！”

等伯四肢僵硬、殊死挣扎着从梦中惊醒。

还是半夜，夜深人静万籁俱静。外面似下着小雨，若有若无地敲打着房檐。等伯的脖子全是冷汗，湿透了的睡衣紧贴着肌肤，很是难受。旁边睡着清子、新之丞和久太郎。清子睡在中央，两个孩子左右依偎着，呈小字排开。

等伯坐起身来拭擦汗水，思忖着究竟是怎么回事。他近来老做噩梦，不知是不是厄运来临的征兆。等伯越来越不安。

六月十日，等伯下决心走访了神泉苑。这是一个祭祀着善女龙王的神社。据说这里的女巫解梦特别准，口碑很好，他也想占卜一下自己近来的噩梦。

年老的女巫让等伯坐在面前，什么都不问，先在神前祈祷了一阵，然后说：“你主家的小姐好似经常入梦来。”一语说中等伯的担忧。

“那些梦是什么意思呢？”

“你的亲人将有灾难，她这么做是想通知你。”夕姬只是想告知等伯这事，但因自身亡魂为执念所牵扯，所以只能以这种方式现身。

“亲、亲人？”

“你远行的儿子。灾祸已经迫在眉睫。”

“要如何才能避开？”

“请将善女龙王的护身符送去，这样或许能得到庇护。”

等伯一口气买了三个装在金线织锦袋里的护身符，然后令弟子新左卫门带去送给名护屋的久藏。这个年轻人原本在狩野家为徒，后因仰慕久藏，便跟着来到了顿图子。

“详细情况都写在这封书信里。今天赶紧出发去肥前！”

“可妙光寺的工作呢？”

“我会让其他人接替，但这件事只能拜托你！”等伯交给新左卫门一张银票，并嘱咐无论花费多少都无所谓。

新左卫门当天搭乘了去往大坂的航船。单程七日，往返十四日。在那边停留三天，大约十七天就能回来了吧。等伯一直等待着，但到了六月底仍然不见新左卫门的踪影。

（果然已经出什么事了么？）

等伯被不祥的预感烦扰着，只要一有人进店便马上站起身来。

“怎么了你？似乎有些心神不宁啊。”坐在账房的清子眼尖，马上觉出了异样。

“没有。没什么。”等伯觉得会被清子嘲笑自己迷信，所以什么也没说。

六月最后一天是驱邪日。为的是让人们洗净半年来累积在身上的污秽，并祈求后半年的身体康健。

翌日清晨，等伯似乎听见了新左卫门的脚步声。他步履轻健，且迈得很开，所以能听得出来。虽然觉得没有可能会在清早到家，但等伯还是忍不住出门去看。

“师父，怎么了？”正在门前洒水的弟子问道。

“没什么。我看看天气如何。”

“不用担心。今天大概也会极热。”从现在开始，酷暑将持续至祇园祭为止。每日里都是火辣辣的大晴天，让人很是渴望来场淋漓的大雨。

正午刚过，等伯再次听到新左卫门的脚步声。外面的大街上人来人往，喧嚣不已。在如此嘈杂声中，怎能听出新左卫门的脚步声呢？等伯压抑住了自己的情绪。

“快！新左卫门他——”

突然听见清子这样惊慌失措地大嚷，等伯吓了一跳，赶紧奔出店门。只见新左卫门一头倒在泥地上，发髻蓬乱，一身和服被汗得透湿。

“水！快拿水来！”吩咐清子后，等伯抱起新左卫门，让他坐到长凳上。

“师、师父……”新左卫门喘着粗气，像有话要说。只是大热天的一路跑回来，已经上气不接下气发不出声来。

“先喝一口。等镇定下来再慢慢说。”等伯喂他喝了一碗水。不祥的预感令他双手发抖，有一半都喂到了嘴外。

“小、小师匠他——”

“久藏怎么了？发生什么事了？”

“小师匠他，在工作中——”新左卫门伏倒在地，说自己没能赶上，便哭出声来。进店的客人与路过的行人好奇围了上来，想要探个究竟。于是等伯拉起新左卫门，带他去了里面的客间。

“冷静一下。久藏在工作中怎么了？”

“鹰架……鹰架倒塌，他已经回不来了。”

“怎么可能?！久藏负责的是——”是御座间和大广间，即便从鹰架掉下来也死不了。

“他临时受命去绘天守阁的外墙，据说是和狩野派一同工作的。”新左卫门终于恢复过来，含泪讲述了整个事件的始末。

秀吉原本没有打算在名护屋城的天守阁外墙作画。此城本是配合出兵朝鲜而修筑的城郭，也来不及做得那么精细。可日本与朝鲜的和议商讨顺利，明国皇帝的使者将要造访名护屋城。这是小西行长等人和明国将军沈惟敬，为了早日结束战争所策划的。不明缘由的秀吉为了彰显自己的威信，便命人在天守阁的外墙绘龙。

在中国，龙自古以来便是帝王的象征。因此秀吉想以此告诉使者，自己便是日本的皇帝。于是，名护屋城天守阁的第五层被涂成佛青色，上有黄金蛟龙盘旋畅游。

“据说，最初仅由狩野家负责此事，但因人手不够，所以小师匠他们也被派了过去。”

将外墙涂成佛青色需要使用大量的岩石颜料，光是调配这些颜料就很费时间。而且，需把鹰架搭到天守阁第五层，所以进度一直跟不上。

五月十五日，小西行长和石田三成带领明使二人到达名护屋城。此时，他们尚未完成预期工作的一半，而秀吉对天守阁的绘画又十分执着，便责令他们必须在明国使者离开之前完工。

“把外墙涂成佛青色的工作，弟子们也可以做，但描绘黄金蛟龙，却只有小师匠和狩野光信两人才能胜任。因此两人决定了各自负责的场地之后分头工作。可是，六月十五日，小师匠的鹰架却突然倒塌。”

“鹰架怎么会突然倒塌?!”突然的打击使得等伯的意识快要游离。

“不知道。因为位置很高，据说鹰架搭得很是小心谨慎。”

“用的什么木材？绑绳是掺了麻的吧?”

“没能调度到木头，所以用的是竹子，但据称竹子的强度没有问题。绑绳中加了棕榈，而且两圈三圈地绑在一起，再上去几个人都不应该断裂。”新左卫门到达名护屋的时候，已是事故发生的第三天。听说久藏已死，他惊慌失措，但还是从同行的弟子中拼命打听到了事故的始末。

“既然绑得那么坚固，为什么还会坍塌?!”

“不知道。虽然不清楚到底怎么回事，但听人说，是有人故意割断绑绳的。”

“是有人故意让久藏摔下去，是吗?!”

“他们说，除非故意做手脚，否则鹰架不可能坍塌。小师匠遭遇事故的前一天，有人目击什么人爬上了鹰架。”

“狩野他们——”可怕的疑云在等伯的脑海里旋转。

“虽然没有证据，但是据说小师匠和狩野在现场有过数次意见不合。”

“既然这样，为何不跟奉行众申诉？绑绳中有没有刀割的痕迹，查一下不就立马知道了?!”

“可是狩野宗光先生说，不能让明国使者看到这种窘态，便马上命人收拾掉了。”

“宗光……那人也在名护屋?!”

“是前来辅佐光信先生的。我们要求好好调查，但他说这是石田治部大人吩咐的，对我们根本不予理会。”而且久藏的遗体也迅速被运出城外火化了。

“事到如今，可他们连一句抱歉的话都没有。我带回了这个。”新左卫门拿出一个纸包，里面放着久藏的发髻。

等伯死死盯住发髻，却不伸手接过。怕拿到自己手上，便确认了久藏的死，他还不能接受。可目光却无法移开，只能全身僵硬地面对这个发髻。

“出什么事了？”等新左卫门出门后，清子过来问道。

等伯没有听见，在巨大的冲击之下，耳朵都塞住了。

“你……这是怎么回事?!”清子看到发髻，脸色大变。

“久藏他……”哀恸瞬间席卷而来，语声就此中断。等伯紧握拳头，忍住哭泣，身子不由得因这难耐的悲痛而扭曲。

“去世了?! 这是久藏的?!”

“说是从名护屋城的鹰架上摔下来了。新左卫门刚刚告知的。”

“如果真是这样，还需料理后事吧。赶快去肥前，去问个清楚。”清子硬声硬气说完这些，就要去准备行李。

“说是已经火化了。鹰架也已经收拾掉，真相已无从查明。”

“我是说，正因为这样，你才更应该去问个清楚啊。你不是父亲吗？不管是百里还是千里，若不能立马赶过去，久藏也太可怜了。”清子拧眉说罢，接着就伏倒在地哭泣起来。

“是啊。确实如此。”等伯回过神来，开始准备出发去名护屋城。

就在这时，两位旅行打扮的人前来造访，均是四十出头、未曾谋面的武士。

“我是浅野弹正大人的家臣，黑江兵部。您是长谷川等伯先生吗？”

“是。”

“因令郎之事，我们授命从肥前赶来。”浅野弹正长政，是名护屋城的建造奉行。这二人就是奉他之命前来的。

“令郎久藏先生，在此前的六月十五日，从鹰架上不慎跌落过世。因家在远方，所以就地焚化，由我等将骨灰带回。”黑江说罢，拿出一个装有骨灰壶的包裹。壶小得跟伟岸的久藏十分不相称。

“只有这些？”

“因为事故缘于本人的过失，所以本来连骨灰都不留的。但因他是太阁殿下看重之人，所以我们大人才特意网开一面。”

“您说久藏是从鹰架跌落下来的，是吧？”

“正是。”

“我家弟子说是鹰架坍塌所致。”

“这个……”黑江晒黑的脸上露出动摇的神色，于是又改口说道，就是因为鹰架坍塌所以才跌落下来的。

“这么说，并非犬子自身的过错，而是搭建鹰架之人的责任。”

“鹰架是由长谷川家的人搭建的。因此，作为领班的久藏也不能免责。”因此长谷川家将不再参与名护屋城的任何工作，没有额外受罚已经算是仁至义尽了。二人盛气凌人宣告一通后终于离去。

等伯把青布包裹的小壶放入佛坛，茫茫然呆了好一阵。静子的忌日是六月十二日，谁曾想三天后就成了久藏的忌日！等伯实在难以接受这个现实。

“喂，你就打算这么了事了?!”清子不知何时已经坐在了一旁。

“你都听到了？”

“是的。那个黑江明显在撒谎。”

“可是，没有办法确认真伪。”

“办法还是有的，只要拜托油屋的叔父便可。”豪商油屋有自己的一套探知真相的方法。曾经连夕姬的一举一动都探得一清二楚。

“对啊，那就劳烦你了。”

拜托油屋的叔父后，前后只花了半个月，便查明了真相。

油商的探子们拿到任务后分头行动，有几个去了名护屋城，其他去畿内探访已经返回的画匠得到证词说，的确是有人切断了鹰架的绑绳。虽然狩野派的弟子们三缄其口，但在一些通过中介派去的人当中，有许多都对狩野派的做法义愤填膺。

“但是，他们都说无法在公众场合做证人。”探子头告诉等伯。因为他们担心，一旦被狩野派恨上了，以后就有可能得不到畿内的工作。

烦恼了数日后，等伯拜访了京都所司代前田玄以，跟他商量该如何让事件的真相公诸于世。玄以有秀以、茂胜、正胜三个儿子。秀以已经成人，但后两个尚且年幼，正在屋檐下悬挂写了祈愿的五色彩纸。这是七夕时祈愿自己艺能长进的习俗。

玄以马上出来迎他，说已经听闻久藏之事。“我从浅野大人处得到消息，还请先生节哀顺变。”

“浅野大人给你的是什么样的消息？”等伯直奔主题。对现在的他来说，一切都跟自己有仇，已无余力顾及玄以。

“我听说久藏在名护屋城的天守阁时，因鹰架坍塌而跌落。还说是为了招待明使，额外增加的工作。”

“来传信的人也是这么跟我说的，只不过另加了一句话，说事故是因久藏的过失而引起的，所以这项工作会将长谷川派排除在外。但这件事，其实是有人为了陷害久藏而故意设计的！”等伯将自己所知一五一十地告诉玄以，并向他请教，如何才能让真相大白天下。

“也就是说，你认为是狩野派干的，是吧？”玄以不加掩饰地蹙起眉头。

“近数年来，我们跟狩野派相争之事，前田大人想必也清楚吧。我们胜过狩野派，取得了天下第一的声誉。而由此心怀怨恨的狩野便杀害久藏，并拜托石田治部毁尸灭迹。”

“我知道你十分不甘。但没有证据就不能把这些话挂在口边。哪怕没有这桩事情，现在都是很艰难的时期。”

“并不是没有证据。而是事故之后现场立即被毁，是有人想掩盖真相。只要当时调查一下坍塌的鹰架，马上就能知道有人用刀割断了绑绳。”

“据说收拾现场是为了不让明使看到这边的窘态。但无论如何，这是在自己负责的场地发生的事故，终究不能完全免责。这便是武士的规矩，你应该很清楚。”

“狩野就是利用了这一点，才设计了这么一出。大人的意思是，即便在太阁殿下的脚下出现这种伤天害理之事，也要装作没看到吗？”

“即便确实有人割断了绑绳，那又如何能证明是狩野干的呢？”

“狩野把我视为永德的仇敌。我在永德过世时前去吊唁，狩野宗光便如此称呼我，都没让我再踏入狩野府邸一步。而这个宗光就是名护屋的现场指挥！”上次去探望狩野松荣时，松荣曾不停地劝他尽早跟狩野和解，想必就是担心迟早会发生这种悲剧。等伯捶胸顿足，悔恨中涕泪四流。

“长谷川先生，我也是有三个儿子的父亲。”这还多亏了先生在火烧比叡山时拔刀相助，玄以安慰他道。“所以我十分明白久藏过世，您有多么心痛。但是如之前所说，现在并不是触及这件事情的好时机。”

“为何？因为明使来访的缘故？”

“出兵朝鲜一事受挫极大，十五万兵马一年之内减少了一半，大名们已不堪忍受出兵的负荷。而太阁殿下的威信也大为受损，还有可能危及政权的存续。”因此殿下现在正拼命想恢复自己的威信，玄以确认周遭没有闲人之后小声嘀咕道。

秀吉军兵力损失如此之快，不仅仅因为战死或者冻死之人不断，还因为有不堪忍受异国征战的兵将出现集体逃亡事件，更有甚者投降了朝鲜那边。朝鲜把这些人称为降倭，向他们提供周密的保护，并将其再次投入战争的最前线。

“如果狩野和治部大人在名护屋的阴谋公诸于世，将伤及太阁殿下的体面。而且即便只是提出彻查的请求，也定会遭受严厉的处罚。”

“就是这个石田治部用莫须有的罪名陷害利休宗匠，还强行推行出兵朝鲜政策。既然知道出兵已经失败，那就让治部承担罪责不就行了？”

“殿下已经将关白一职让给秀次公，所以如果出兵失败一事公诸于世，他将不得不引咎辞职，成退而隐居之身。为了避开这种局面，他才命令治部大人火速跟明国言和的。”实际上，石田三成也知道小西行成和沈惟敬的计谋。只是他考虑到，在漏洞尚不是太大时讲和更利于太阁殿下和他自己，所以才放任不管的。而且，三成向秀吉保证能以有利的条件讲和，所以秀吉就用自己的命运做了赌注。“此外，还有一个殿下不能处罚治部大人的理由。”

“是什么？难不成要让治部大人成为自己的后继吗？”

“是的，正是后继问题。”其实，淀姬又怀孕了，将在八月生产。玄以面露讽刺的笑，像忌讳什么似的以手遮口道。“淀姬真是运势强劲，大概又会幸运地生下一个继承人吧。如此一来，便能像鹤松在世时那样，由治部大人与浅井家的旧臣掌握实权。”

“这便是不能忤逆治部的理由？”

“正是。权力就是这样的东西。”玄以嘴角的冷笑，不仅是源于对三成及近江吏僚派的反感，而且有对淀姬不偏不倚此时怀孕的疑惑。这个怀疑在鹤松的时候就有。坊间多有传言，说秀吉没有生育能力，鹤松其实并不是他亲生的。路易斯·弗洛伊斯对此有过记录：

“虽然他有唯一的一个儿子，但许多人都在背地里认为秀吉没有种子无法生育，所以那个儿子其实不是他的孩子。”（弗洛伊斯《日本史》中公文库版）。

鹤松的时候，秀吉只一句“别说傻话”而将其全盘否定，但这次却可能穷于应付。若是八月出生，那怀上孩子大约是去年十月前后。但那时秀吉正在名护屋忙于公干，基本没有与淀姬同寝的机会。

但是不要轻易认为淀姬怀上了杂种。大坂城深处的大殿处在严密的监视下，所以淀姬不可能跟谁私通。最有可能的是，淀姬是在秀吉认可的情况下怀上了谁的孩子。秀吉决意如此，大概是为了保护自己宠爱的淀姬的地位吧，除此之外别无他法。

当然，这些事情都是在大坂城深闺中暗自进行的，人们根本无从探明真相。但是，如弗洛伊斯所记载的那种传闻，比鹤松的时候还要传得更广更盛，秀吉权威坠地颜面无存，却也是不争的事实。

而丑闻缠身的秀吉自身，则因丧失了内心的余裕，变得更加执拗强权。所以若是出现等伯这样的诉讼，或许当即便被拖出去斩首了吧。这便是玄以这个老练官吏的判断。

可是，如若就此罢手忍气吞声，对久藏又太过不公。等伯正寻思着如何是好时，传来了狩野宗光从名护屋返回的消息。于是，等伯即刻让新左卫门前去查探宗光。

狩野家有很多弟子曾是新左卫门的同侪，所以打探宗光的动向并没有花费多少时日。

“宗光时常前往妙觉寺，拜祭过世总帅的坟墓。但据说那只是表面的理由，其实他在安乐小路的别墅包养了一个小妾。”新左卫门查明了宗光下次造访的时间，即永德的月忌日：十四号。

“会否借宿?”等伯胸中的怒火熊熊燃起。

“好像是午后造访，傍晚时分离开。”

待到这一天，等伯起身前往安乐小路。地点就在迁移前的本法寺附近，小路的尽头是妙觉寺高耸的围墙。宗光的别墅就在昔日细川家的府邸附近，是茶室般雅致风格的建筑，仅从门与围墙上便可看出，耗费了相当的金钱与精力，该不是光靠从狩野家领到的工钱就能够养得起的。

“大约半个时辰前进去了。”负责盯梢的新左卫门告诉等伯。

“同行人呢?”

“有三个，已经先回去了。现在大抵只剩下小妾和侍女了。”

门扉关得很紧。连小门都从内侧插上了金属门栓。等伯取出削竹笔的小刀，插入门缝，撬开金属门栓。“我一个人去，你先回去。”

穿过一条左右都是山茶花的小道，等伯来到玄关口。屋里传出孩子的笑声。把门打开一条小缝一窥，只见宗光当马，一个三岁左右的孩子正骑在马背上。孩子高兴得忘乎所以，越发扭动身子，加倍地拍打着宗光。

“这么粗鲁，父亲可为难了。快下来!”三十五岁左右的细腰女子过来，打算把儿子从宗光背上抱下。

等伯心里一阵闷得慌，想就这么折回了。他不愿打扰这样一个平和的家庭。可就在此时，等伯的目光与四肢伏地的宗光偶然相碰。

宗光的眼里闪过一丝怯懦。只透过缝隙看到一双偷窥的眼睛，他便知道是等伯了。于是在罪恶意识的恐惧中发抖。

(果然是这家伙!)

等伯一副手持长枪的武士神情，慢慢拉开门。

“宗光先生，失礼了。”等伯没得允许便进了屋子，在宗光面前砰的一声坐下。

“什、什么事？这里是我的——”

“是你藏娇的金屋。因此，特别适合我们说些悄悄话。”

小妾惊恐于这不安的感觉，连忙抱起儿子逃一般地离开。

“好精神的孩子啊，差不多三岁了吧。”久藏也曾经有过这个时期，等伯尽量保持温和的态度。“我的后继者顺利成长，本来正是可以托付未来的时候，他却惨遭荼毒。这份惨痛你可明白?!”

“那、那是事故。不是我们的责任。”

“因为有人说并非事故，所以我特意前来质问。借你一只手吧。”等伯突然伸出左手，抓住宗光的左手，将其反压在榻榻米上，而后用右手取出怀里的小刀，卸下刀鞘。

“干、干什么?”宗光想缩回手，但力气不敌等伯。

“我不打算只是伤你了事。让我先把这只手刺穿，再来问你话。如果还金口难开，就将你绘画的手指一根一根削掉，直到你愿意说实话为止。”

“等一下。你这样做你以为我会放过你吗?”

“无所谓。你要是一直佯装不知，我便取了你的性命，再借你家的庭院把你晾起来。”武家出身的等伯把自己这份峻烈的决心充分说与对方听后，最终才慢慢举起手中那把细长的小刀。

“等、等等！那、那，那是内狩野干的。我什么手脚都没做。”宗光因恐惧而嘴角流涎，额头磕在榻榻米上，乞求原谅。

“内狩野？没听说过啊。”

“只是内部这么叫的，他们负责一些上不了台面的交涉和工作。”

狩野家自初代正信以来，一百多年来一直独占幕府与朝廷御用画师的席位。连续四代优秀的画师辈出，技术和技法代代相传，这确属事实，但这不足以维持百年来的御用画师的地位。为了获取朝廷和当权者的青睐，有必要做一些上不了台面的工作。比如尽早摧毁初出茅庐的竞争对手，又比如掩盖消除门派内的丑事，还不得不处理来自其他派别的威胁和攻击。这些事情都由当家之人的亲信负责，但究竟是谁在做什么，连弟子们都不知道。因此被称为“内狩野”或者“忍者狩野”。

“是这些人切断了鹰架的绑绳，致使久藏跌落的了?”

“我只受命迅速收拾场地，消灭痕迹。事先根本不知道有那样的企图。”

“那就劳烦你把事情的始末写成字据。这里有笔和纸。”

“这么做就无法在狩野家继续生存下去了。还请高抬贵手啊!”

“夺走了别家儿子的性命，还有脸自己过着悠然自得的小日子?”等伯怒吼着把小刀插入重叠的两只手背。宗光因剧痛而尖叫，等伯却连半声都没哼。

“快说！写字据？还是剁掉右手指?”

“等等。鹰架的竹子还放在二之丸的储物室。那里尚留有割断绑绳时的伤痕。只需一调查，便可知道那不是单纯的事故。”宗光颤抖着乞求原谅，让等伯高抬贵手千万别把他的名字公开。

等伯从手背拔出小刀，按住宗光的右手打算先削了小手指。这时宗光的儿子跑过来抱住父亲，一脸哭相狠狠瞪着等伯。小妾也趴倒在旁，双手合十乞求原谅。

等伯被孩子的目光灼伤，如石头般全身僵硬。当他意识到自己正打算以怨报怨时，不禁全身战栗。

闰九月二十日，秀吉在大德寺的天瑞寺举办了生母大政所阿仲的一周年忌法事。

原本应于七月二十二日举办的，但因忙于同明使的交涉及朝鲜战事的应对，秀吉未能在此前回京，而等他回到大坂城，已是八月二十五日。待见到了八月三日新生的拾丸（之后的秀赖），处理好与朝廷和诸大名的交涉之后，法事终于在这一天得以举办。等伯也被允许参列。

八月五日，在祥云寺举行了鹤松的三周年祭法事。等伯负责寺院隔扇画的解说，并得到公家武家要人的一致赞赏。秀吉听说此事后，便命他在生母的法事上锦上添花。

这一日，秀吉在本堂结束了盛大的法事后，带领公家和诸大名来到方丈的檀那间，用美酒佳肴加以招待。在此期间，等伯则在书院恭候，以便随时回答主宾的提问。

宽敞的书院里，藏有狩野永德所画的气魄十足的二十四孝图。等伯在七尾时曾反复临摹的范本郭巨图也在其中。其运笔不愧老练畅达，比范本看来更有气韵和风骨，昭示了永德业已到达的美之境地。

等伯的怀里揣着诉讼状。

记录了从新左卫门处听说的一切以及宗光所坦白的内容，并要求彻查久藏的死因。文末还加上这样一句：被刀具所伤的竹质鹰架还保管在名护屋城的储物室，所以只要一加调查便能明白，那决不是单纯的事故。

等伯想弹劾狩野派的心思早已淡薄。对于松荣的恩义，对于永德的感谢，以及不愿意怨上加怨的自省，让等伯远离了愤怒和报复心。但久藏的名誉却无论如何都要替他恢复，若非如此，自己作为父亲、作为师父，实在太对不起久藏了。

（现在，清子应该已经注意到他留在家里的书简了吧。）

考虑到自己万一惹怒秀吉而遭遇不测，等伯还留下了一封绝笔信。这是为了避免连累到清子和孩子们，他事先未曾做过任何商量。此时想到清子读到绝笔信时的心情，等伯胸中满是歉意与悲怆。

终于，有嘈杂之声从檀那间传来。酒宴终了，宾客们路经回廊，朝这边走来。书院的一角备有点茶道具，秀吉准备亲自替宾客点茶。等伯待在下座，静静地调整呼吸，以待时机。

（愿提我太刀一柄，今日此时天地抛。）

等伯念咒般重复着利休的辞世歌。

不多时，隔扇开启，德川家康、前田利家走在前头，诸大名随后陆续进入。五摄家和清华家[①]的当家们，也穿着五色斑斓的水干跟在后面。最后是带着石田三成的秀吉。

秀吉身着金桐纹的藏青色大纹[②]礼服，头戴乌帽。虽听闻他当下陷入了窘境，但此刻看起来却比之前还要精气饱满，一脸的肃杀似要上战场一般。

三成今年三十四岁，额宽目秀，是一张十分有能的面相。但他身材矮小，骨骼纤细，并不具备武人的资质。为了弥补这个不足，他勤奋好学，通过驱使冷酷无情的权谋术，现已成为秀吉的左右手，支配天下。

"噢，粗鲁的画匠也在哪。"秀吉发现等伯，热情地打了个招呼。"过世的老母亲也十分中意你画的麻雀。你把这个寺庙也绘上那种画，以慰老母亲的在天之灵。"

"承蒙关白殿下厚爱，鄙人自当尽力！"

"永德画得怎么样？你认为如何？"秀吉表情严肃，目光冷峻，不允许等伯敷衍了事。

"无论是构图的精准，还是笔端的气韵所蕴藏的孝心之深厚，怎么看都是绝佳的作品。"

"是么，那就好。其他的画作也看看吧，能回想起他曾经的样子便好。"秀吉一踢袴裾的下摆，改换方向，正要往点茶的席位走去。茶会一开始，等伯便再也不能如此接近秀吉了。申述的机会只有现在！

"稍等！请稍等一下！"等伯膝盖跪地往前行了几步，而后深深伏地而拜。"名护屋城犬子的疏忽，给殿下添麻烦了！"

"那真是遗憾之事，想必你也很伤怀吧。"

---

① 清华家：公家的门第之一，仅次于最上位的摄政家。

② 大纹：男性用日本和服的一种，是绘有家纹的大名礼服。

“最初听说鹰架坍塌时，我以为是犬子的修行不够才招致丢了性命，因此对犬子的不成熟十分生气。但后来有人告诉我，那并非犬子的过错。”

“喔？那又是为何，才丢了性命？”

“是有人陷害犬子，故意设计谋害的。”

“是谁谋害的？”秀吉表情僵硬，站姿堂堂。“谁干的？说来听听。”

“因尚未有定论，鄙人不敢狂言。但此次事故确实不因犬子的过失而发生，我已将详情写在这封状纸上了。”等伯拿出准备好的诉讼状，请求殿下详阅文书、彻查此事。

“殿下，大家已恭候多时了。”三成急着把秀吉引至茶席，但手臂被秀吉一把甩开。

“你说清楚！在我的眼皮子底下，是谁做了这等可恶的勾当？”

“尚未有定论，请殿下原谅！”

“既然如此，那你为何不将此事全烂在肚子里？你难道不明白，我为何叫你列席法事，为何让你解说永德的画吗？”秀吉也听闻过等伯与狩野派之间的纠纷，大致也明白个中原委。之所以命他今日来做讲解人，就是为了告诉等伯，现在别意气用事需要等待时机。

“多谢殿下垂怜。但请务必收下这封诉讼状，搜捕真正的罪人！”

“行了！给我退下！”还以为你是真正懂武之人，真是看走眼了。秀吉说罢便朝点茶席走去。

等伯气聚丹田，说了一句秀吉无法充耳不闻之言：“利休宗匠曾说，茶需用真心来点。”

书院里冻僵般的静寂。

秀吉让利休背黑锅，以杀鸡儆猴的方式将其处死，随后强行出兵朝鲜。但如今却朝鲜兵败、民心已背，甚至危及政权的存续。可即便如此，多数重臣还是畏惧秀吉的权威与报复，不敢说出真话。在这个当口，等伯提及利休就等于正面违逆秀吉。

“这位先生，你说什么？”秀吉的脸被怒气染红，斜睨着目露狰狞。

“若无真心，则姿势不正；姿势不正，则欠缺圆满。这是宗匠的教诲。政治不也一样吗？”

“画画儿的！话说到这份儿上，便收不回了。你可知道？”

“无论受到怎样的责罚都无所谓。只请务必收下这封诉讼状，查明事故的真相。”

“这事不需要你这家伙来指手画脚。太碍眼了，速速赶走，关入大牢。”

三成动作麻利，想反手拧住等伯的手，将其押出书院。“冰冷坚硬的手指，令人毛骨悚然。好似在黑暗处被蛇紧紧咬住不放一般。”等伯想起了夕姬的这句话，于是条件反射似的一把将其甩开。虽没打算用力，但三成个子小身子轻，竟飞出老远，头部重重撞到绘有郭巨画的隔扇柱子上。

“你这个，粗人！快给我拿住！拿住！”三成叫声高亢。

十来个卫士应声而出，全是武艺高强之人。而与此同时，一位玄黑僧衣的高个儿僧人，也带了两个随从进入殿内。

“吵吵嚷嚷的成何体统！究竟何事争执？”来人是近卫前久。他在本能寺之变后出家，法号龙山。

“这家伙在太阁殿下面前动粗，闹得鸡犬不宁。”三成简短地叙述事情经过。

“哦，可惜啊。”前久看了一眼秀吉，神色不满。

“龙山公，您可是有话要说？”秀吉曾因做了前久的义子才当上关白，所以现在仍然对前久另眼相看。

“我听说，丰太阁为了迎接明使正在建造伏见城。”

“正是。来年夏天完工。”

“其实，我们也打算请明使顺路造访，正在修建府邸。”

“这么说，朝廷也会助我一臂之力喽。”

“为了议和，朝廷自当鼎力相助。可若是没了信春，就有些麻烦了。”

“这是为何?”

“明使看得上眼的画，我国还有谁能画得出来？新客间的画原本是打算让信春来画的，若是受了处罚，那该如何是好?”

“不好意思，龙山大人——”伏见城的画已经包给狩野了。三成从一旁插话进来。

“我说的就是他们不中用！小孩子给我闭嘴！”前久根本没把三成放在眼里。

“原来如此。龙山公竟如此力挺这个画匠呀。”

“丰太阁难道没有看出来吗，信春的实力?”

“确实有不少绝妙之作，但也不至于——”

“我不是指迄今为止的作品。而是说，今后将面世的画作。”若凭一时之怒而处死这个人，就如同杀死会下金蛋的鸡。

“有意思！既然您这么说——”秀吉面色铁青，咽下怒气说道，那就试试这家伙到底有几斤几两吧。“新作若能令我中意，便不再处罚。如若不然，也请龙山公担责。如何?”

“信春，怎么样？这场赌局，要不要应承下来试试?”

“只要龙山大人没有意见，鄙人没有任何理由拒绝。”

“好啊。年纪大了，最近都没什么有趣的事情了。赌一赌你的钻研境界倒是个不错的消遣。”不过前久的要求很严苛，叮嘱他别忘了曾经说过的话，要绘一幅迄今为止谁都没有见过的画作。期限是来年夏天，即伏见城完工后，秀吉搬迁那日为止。

“倒是可以当作酒宴的一品。是画作呢？还是画匠的脑袋呢？敬请拭目以待！”秀吉在宾客面前声言后，高耸着肩膀走向点茶席。

等伯从翌日起便开始挑战那幅性命攸关的画。

如在七尾时那样，于黎明时分沐浴除垢，然后在挂于堂前的曼陀罗面前坐禅。他双眼半睁，调匀呼吸。冥想释迦如来和多宝如来在大宇宙的高空向诸佛讲法的样子，让心灵充分宁静下来后才拿起笔。

目标是舍弃想要作画的欲望，无欲自然地画。那样的画才是前久所要求的“迄今为止，谁都没有见过的”。

前久曾说过这样一番话：

“听好了，信春！我们这些从政之人，多少要为了信念撒些谎。时而欺骗、诬陷或背叛。但这并不表示我们认可这些行为。我们也在内心祈求流芳千古的真善美能从心底打动并震撼我们。画师是求道者，不可被世俗的名利蒙蔽了双眼！”

原以为自己已被前久所摈弃，可这次他却说要赌一把自己的画业修行。所以，哪怕单为了回报他的期待，自己也应该绘出一幅远离名利、震撼人心的画作。

画题定为水墨山水。等伯在祥云寺的书院里没画成的，被七尾的海雾包裹着的情景。久藏曾说“父亲大人的话，什么时候一定画得出来”的那种，跟牧溪不同质感的水墨画。但他却不知道究竟如何才能如实绘出那样的感觉。要怎样，才能将烟雾朦胧的微妙的透明感和空间纵深的深邃感描绘出来，他甚至头绪全无。

（只要能如愿绘出那样的画——）

他深信一定能让秀吉叫好。但无论他画多少次，怎么下功夫，都出不来预期的效果。

等伯逐渐厌烦与家人和弟子们在一起。看到湿了尿片而大哭的久太郎，想让等伯陪玩而纠缠不休的新之丞，他的头脑中似有什么东西炸裂一般，十分焦躁不安。连端茶送食的清子都觉得厌烦。看到尚且手生的弟子们煞有介事舞动画笔时，他便想立即将他们赶出画坊。

清子对等伯的这种变化很敏感。

“你啊，暂时离开家一段时间怎么样？”某天夜里，等孩子们都熟睡了之后清子开口道。“我拜托了本法寺的日通上人，你可以在寺内一角的离院潜心钻研，直至自己满意为止。这样的话，或许还有出路。”

“可以吗？”

“看着你那么辛苦，我们却帮不上任何忙。”所以至少不想成为你的负担，清子拿出装有替换衣物和日用品的行李。

翌日，等伯让弟子拿着行李和一套画材，搬到了堀川寺内的本法寺。那是临近年底的大冷天。多宝塔周边的枫树也红叶凋零，在比叡山吹来的寒风中瑟瑟发抖。

“等你很久了！快，请进！”日通和蔼温情地前来相迎。

寺僧将等伯带到偏房一隅，有四个房间，可分别用作起居室、工作间和画坊。画坊中甚至搭建了绘隔扇画会用到的鹰架。

“事情我都从清子那里听说了。你写了绝笔书，直接告御状去了啊。”

“还一直被清子责骂呢。怪我不考虑后果，擅自行动。”

“不过她说，自己若是男子，定会跟你一样。她来我这儿拜托，说想让你在这里绘出好画，替久藏报仇。”

“还请多多关照。若达不到预期的境界，我不打算活着出来了。”等伯当天进入画坊，踩在鹰架上开始制作隔扇画。

草图已经出来了。跟祥云寺书院所绘的山水画一样，中心是雾霭笼罩下的松林与遥远处所望见的雪山。只要这里能绘出心中所想的意境，便能成为迄今为止谁都没有见过的水墨画。等伯振作起来开始工作，但不知怎的，笔端完全不能如意挥动。

他肌肉僵硬，神经紧张，要下笔的手一个劲儿地微颤不已。原来自己在家里绘不出来，根本就不是家人和弟子们的原因。他那颗被久藏之死而击垮的心，拒绝一切与画相关的事情。

这一点等伯第一次意识到，于是只怔怔地在鹰架上自顾愕然。

只因自己执着于画，迄今为止已经置好几个亲人于不幸。害得养父母自尽，让静子死于穷困流离，而现在连久藏都离他而去。若是当年没有离开七尾上京城的那份奢望，如今还会在七尾操持染坊，作为佛画师深受信赖，和家人过着平静安稳的生活。

但等伯却为追求绘画路上的成功而置其他于不顾。大家如此悲惨地死去，都是对自己的报应。他的心在这种思虑中冻僵，拒绝挥动画笔。

（连这一点都没能意识到，还怪罪清子和孩子们……）

等伯从鹰架上跌落，身子在榻榻米上滚了几圈，挣扎着。他神经紧绷，手脚有细微的痉挛，完全无法驾驭自己。

这时的等伯跌入了深渊。仿佛背骨失了劲道，瘫软着什么都不愿做。这个世间失去了意义，薄薄的雾霭笼罩中，只见生者的身旁，走过一个个死者。有时候是静子和养父母一起停停走走，有时候是久藏拿着柳桥水车图的样本过来探访，还有武之丞瞎了双眼在徘徊往复。

等伯的心离这个尘世越来越远，以至于一点儿都不觉得奇怪。

也不知究竟过了多久，他看见白雪皑皑的寺院里，梅树点缀着朵朵花蕾，樱花满开粉莹簇簇，柳条吐出柔软的绿叶。久藏坐在老柳根上，正一心一意舞动着画笔。

（哦，在作画呢。）

动念的瞬间，忽听有诵读法华经的声音传来。等伯循声而去，来到寺院本堂。日通正在本尊曼陀罗前做晨间修行。

“也可以让我参加么？”等伯想起自己与养父母、静子一同修行的时光。

“请吧。日莲上人曾言：烧烦恼柴薪，见菩提慧火。”日通看穿等伯的内心，一直在等待这一天的来临。

于是等伯返璞归真，像个孩子一样别无他念，只一个劲儿地诵读起经文来。如此切实地想要攥住佛祖的手，这还是生平第一次。

在本尊曼陀罗前诵读法华经，是为了如实知见，为了发现本真的自我和世界。通过皈依妙法莲华经，磨亮被欲望与执念遮蔽的知见，从而意识到本真的自己，本真世界的模样。这个实相，意味着人无论处在什么样的立场和境遇，都跟本觉的如来是一样的。

日莲上人说，只要有此觉悟，则“无明之云转晴，法性之月明耀，妄想之梦觉醒，本觉之月轮洁白如玉，父母所生之肉身，烦恼具缚之身，即能成为本有常住之如来”。

倘若明白了本觉之如来，便能加入在大宇宙的高空讲法的释迦如来和多宝如来的虚空会，之后便能意识到所有的菩萨便是自身。本尊曼陀罗是这个虚空会的样子的表象，法华经就是通往虚空会的天梯。

等伯想起自幼被灌入脑海的教导，与日通一起勤加修行。修行过程中，他逐渐可以相对地梳理自己的苦痛和绝望，于是感觉一股新的力量正自涌出。

等伯再次拾起画笔，用新的心情开始着手山水画的中心——雪山和雾霭沉沉的松林。雪山便是释迦如来和多宝如来。与此相对的松林是诸佛，是庶民，也是去往彼岸的亡魂们。

这画是引导人们得悟的曼陀罗，也是他自己。

他用全新的心境面对这幅画，似乎明白了自己用尽毕生潜心钻研画业的理由。

目标的画作大约半个月就画完了。比祥云寺书院的那幅出色太多。如预期那般，这画比牧溪的有着更多的湿雾朦胧之感，但等伯觉得还是差了点什么。也不知道究竟差了什么，于是误入迷途。在徘徊犹豫之间，时光却在一分一秒地逝去。伏见城已经筑好，秀吉搬入的日子定为八月一日。

还剩半个月了，日通前来告知等伯时，他已经到了无法感知时间的境地。他成了加入虚空会的如来中的一人，朝着虚空会本身，即自己的悟境一心不乱地诵读法华经。而又在某个瞬间，忽然觉得眼前敞开了一片云雾缭绕之境。正是山水画中七尾的海，只是空气十分紧张，松林在寒风的呼啸下无力地垂着头。

（啊，是那天早晨！）

等伯十一岁那年，被亲生父亲告知将去长谷川家当养子。被送去商家当养子，便意味着被烙下了武士失格的印记。等伯在自己的臆断中，被辛酸和悲伤击垮，于天亮时分离家出走。

时值初冬，早晨的气温骤降，七尾的海被一片气岚所笼罩。水气自温暖的水面升腾攀升，在半空被冷却成雾。此起彼伏的水气就这样一团接一团地冷却成雾，又被北风吹散，浓淡不一地飘浮空中。寒风呼啸下的岸边松林，由近及远、慢慢消失在气岚之中。这便是死者或失意之人奔赴黄泉国的样子。

等伯深深沉迷在这个不可思议的世界里，就这么杵在气岚之中。曾几何时，悔恨和愤怒已然消失，唯独剩下被抛弃于苍茫天地间的寒冷与孤寂。

人，总是孤独地生，又孤独地死。

这现实毫无争议地摆在面前，等伯不禁有些胆颤。然而，看着气岚在风中时时刻刻变换着姿态，等伯的心忽地镇定下来。身体似被某种温暖所包裹，鼓励着他只要朝相信的地方走去就好。

从那天至今，等伯持续行走在画业的道路上。无论多么艰辛也决不放弃画笔，正是因为心底深处存着那片气岚。

（那片景色才是最初触到的虚空会！）

等伯忽然意识到这一点，便中途离开修行，朝画坊走去。

再次站于山水图的隔扇画前，等伯一眼便看出到底缺少了什么。画上的雾是他与久藏一起见到的初春的雾气。但心底深处的，却是幼时所见的气岚之景。空气的寒冷度不同，吹向松林的风的冷峻度不同，雾霭的流向不同。而且最重要的是，此间便是虚空会的这种直观感觉，并没有彻底表现出来。

画出本真的实相，引导人们通向得悟的世界，使每一位观赏者都能感觉出画境是与自己相通的。做到这点，才算是真正成就了那日清晨的所思所想。

等伯在山水画前铺上草图用的纸张，尝试着该怎么画才能做到。

首先绘上中心部的雪山。用淡墨晕染雾气，左右绘上开阔的山脊线，然后用竹笔的笔尖点点戳戳地增减雾气的浓淡，这样，尽头的雪山姿态便鲜明地呈现出来了。接着，山势沿右下方倾斜，绘上远处的松林。一张纸并不够，他添了一张又一张，随着景色临近，着色便浓起来。这是上上之境，等伯舍不得中途停手。

他纵向排好四张纸，画上最前方的两棵松。松树在严冬下依然枝繁叶茂巍然挺立，酷似养父宗清。旁边静静依偎着的那棵，则是养母阿相。这样边想边绘，笔触随心所至开始自由奔走。手上竹笔迅猛地添着松叶，笔尖点上雾气的浓淡。雪山右下方的松林绘完后，接着着手左下方。

这完全像幼时在沙滩上作画，可凭着兴致无限制添加纸张。绘完的便被推至一角，接着再抽出新的一张继续绘。但在等伯的脑里，这些都是紧密相连的同一幅画，并没有任何不方便。

没有想画的欲望。只是惊叹着那日所见的光景，心被欢喜点燃，想将那片景复制下来。

“我替您拿来了烛台。”寺里的小僧端来烛台。是日通照顾周到，怕等伯因日暮而不便。

“多谢！请放在那边吧。”

烛台置于壁龛前。等伯靠过去，目不斜视地继续绘。时间和疲劳已经忘却，困倦与饥饿也感觉不到。只一个劲儿地在忘我之境中游走竹笔。忽然间，一阵风从取凉的窗户吹入，吹灭了烛火。房间顿时一片黑暗。

在没有月亮星光的暗黑中，等伯竟然没有感觉到任何的不便。只能说他并没有用肉眼在看。而是在暗黑之中，用心眼把脑里所成之像，自由自在地绘了出来。

鸦雀无声的寺里，只听见竹笔摩擦纸张之声。而等伯自己却是连竹笔的声音都听不见的，只一心不乱地描啊绘啊，在完成的同时也失去了意识。

不知过了多久。等伯苏醒过来，见枕边坐着日通和清子，两人正十分担忧地望着他的脸。

“你醒了？”日通在跟他说话。他那挂着两只招福耳的温和的脸庞，好似菩萨。

“我……究竟——”究竟怎么了，等伯完全想不起来。

“你绘了三天三夜的画，就这么晕过去了。”

“是真的哦。你总是乱来！”半哭半笑的清子终于安心地叹了口气。

“哦，对啊，我在绘山水画的草图，画得专心了点儿。”

“你画了三十三大张纸呢。”

“忘我地只顾挥笔了。已经帮我收拾起来了吗？”

“你要不要看看？亲自看看？”日通卖了个关子，脸上浮出笑容，而后朝隔壁的工作间喊了一声，“差不多弄好了？”

“现在刚刚完工。”千之助的声音响起，随后隔扇从两侧被同时拉开。房间的正中，立着一个绘有雪山与松林的屏风。

“这、这是……”等伯惊讶得屏住了呼吸。这正是那日早晨的气岚之景，真切地誊画在了屏风之上。望着它，便好似会被吸入那片景中，直至被带到虚空会。

“这等出色的画，究竟是谁——”

“长谷川先生，是你啊！”

“这个？我？”等伯无力地一笑，以为是日通取笑自己。

“真的啊。是你花了三天时间，废寝忘食绘就的啊。”得知等伯晕倒在地后急忙赶来的日通，看到屋子里的无数草图，不由得目瞪口呆。每一张画都泛着生命之光，他一眼便看出，等伯所绘的山水画，已经突破境界到达了虚空会。“然后我叫来千之助和茂造，一边确认绘画的位置，一边试着将草图张贴在屏风上。这样贴没错吧？”

“我确实是想绘一幅这样的画，可这画不可能在三天内绘完。而且，现在的我——”还没有这样的实力。这画如此出色，连等伯都不敢承认是出自自己之手。

日通诧异地盯着等伯的眼睛。“长谷川先生，失礼一下。”他摸了摸等伯的额头，确认是否异常。“好像没有发烧。你知道这是在哪儿吗？”

“是本法寺吧？我知道的呀。”

“那你为何却不记得自己绘的画呢？”

“呃，我也想弄明白。”

“你试试拿一下这个？”清子从道具箱拿来竹笔。

一拿起竹笔的瞬间，等伯体内描绘松林图的触感苏醒了过来。没错。自己在不经意间已经到达了新的境界。

“终于不负你长年的努力修行啊！”久藏也一定替你高兴着呢，清子掩目而泣。

“谢谢！多亏大家支持！”

“要把这画拿去伏见城吗？”日通问道。离秀吉搬迁只剩下三天。

“嗯。这一幅，让我赌上项上人头也无怨无悔了。”

“刚才我通知了大德寺的春屋长老，他应该马上就来了。”

说曹操，曹操就到。传话的小僧过来告知长老到访。

“哎呀哎呀！不肖弟子真是削命刨子啊！什么时候都得照看着他。”春屋宗园大声嚷嚷着进来。他一身皱巴巴的麻布小袖，好似年老的农夫。

“长老，劳烦您亲自过来，真是感激不尽！”日通是宗园的门外弟子。宗园作为求道者的生存方式，以及美术、工艺上的见识见地，都让日通极为钦佩。

“哪个？这个？”宗园在屏风前飘然立定，简直是目不转睛。过了一会儿稍许后退，不多久再后退一大截，然后又重新靠近。一面低声叹着，不再从画前移步。

等伯紧张地等待着，不知长老会做怎样的评价。但宗园却什么话都不说，就这么盯着看。大约过了半个时辰，道：“大饱眼福！你这家伙头一次让我延年益寿了。”

他摸了一下等伯的头，便匆匆离开。这手好温暖，好似气岚日的早晨从背后推助自己、鼓励自己的那只手，让等伯感觉那天和今天是相连的。于是他冲着宗园的背影双手合十，表示感谢。

“那么，就用这画赌上我们的命运吧。千之助，准备箱子搬运。”

当天，日通也同行，打算与等伯命运与共。

“等、等一会儿。”等伯叫住收起屏风的千之助，拿起笔又在左侧添上了几条松根。他觉得松根不够多，但屏风立着，不免会让墨汁滴落，画不出太大的效果。

“对不起！真是罪孽深重啊！”清子耸耸肩，自言自语道。

秀吉的搬迁定在八月一日，从八月朔日辰时开始。

一行人在数千军兵的守卫下，从聚乐第出发，沿大和路向南，进入修建在指月山的伏见城。指月山在宇治川沿岸，自古便是赏月佳所而为世人所熟知。秀吉原本打算在这里修一座符合利休口味的简陋的城郭，作为隐居之用。但自从把此城用于同明使的和平交涉后，秀吉便将其改成了显示日本国威的大规模豪华建筑。

得知秀吉一行人已经达到后，等伯便从伏见城的后门进入。日通上人和千之助、茂造等人虽也同行，但被允许入城的只有等伯一人。

通报姓名后，等伯需将装有松林图的箱子交给警卫。这时，一个身穿大纹礼服身形伟岸的武士出来相迎。“长谷川先生，鄙人在此恭候多时。”大纹礼服的家纹是二引两，蓄着胡子的堂堂面容，酷似等伯所绘的畠山义续。

“您，莫非是——”

“畠山义续次子，我叫义春。今日听闻是先生登城的大日子，于是特申请前来充当警卫。”义春作为秀吉的家臣出仕，在知晓等伯之事后志愿成为今天的警卫。“父亲和兄长，还有侄女小夕都承蒙先生厚待！我想至少能报答一下您的恩情，所以才跟太阁殿下申请的。”

“这幅画若是不入殿下的眼，到时候会怎么样你也听说了吗？”

“那个时候，便由我来帮您断头。”义春是在知晓全部情由下请愿担任警卫的，这番镇定自若的风采，也跟在越中榆原村会面时的义续一模一样。

等伯被带到了等候室。隔扇的那一面是一个大广间，庆祝乔迁之喜的酒宴正在进行。前来的近百名客人谈笑风生，阵阵喧闹如涟漪般穿透隔扇。时而也夹杂着女子的娇笑，那是随同淀姬前来的侍女们正在斟酒。

“时间差不多了。请准备！”在义春的催促下，等伯打开松林图屏风的箱盖。义春的两个家臣帮着等伯将屏风立好。

“不知大家还记得之前的约定吗？今天的节目，是要披露一幅画。”秀吉醉醺醺地朗声说道，显然心情颇佳。

四周静寂下来，等候室的隔扇从两侧被打开。

一百叠的大广间十分豪华，令人目眩。左右是松、虎的金碧隔扇画，折叠格的顶棚也绘着一朵朵色泽艳丽的花儿。秀吉和淀姬带着拾丸坐在上段间，其后，是比狩野永德所绘之图还要大两倍的唐狮子图，正斜眼盯着满堂的人。

等伯伏地而拜，得到秀吉许可后，来到下段间的中央。黄金屋的大广间也好，秀吉、淀姬，或是诸大名也好，在等伯眼中仿佛都不存在。只要想象如来在高空讲法的样子，这个世界便只剩下幻影。

“鄙人长谷川等伯，带来了殿下吩咐的画作。”

待等伯说罢，两位助手打开屏风。纵五尺二寸、横十一尺八寸的六曲一双大屏风一展开，雾霭笼罩下的松林便忽而现身了。

雾霭随风吹拂，时刻变动，仿佛要把人的心灵诱往幽玄的彼端。这是冲破了绝对的孤独，引导人去往得悟之路的曼陀罗。这画给人以真实的平和安宁，绚烂豪华的隔扇画与唐狮子图在其面前顿时黯然失色。

大广间内，鸦雀无声。秀吉和淀姬，以及德川家康、前田利家等响当当的大名们，都似被夺去魂魄般地，紧紧盯着松林图看得出神。

“等觉一转，名字妙觉呀。”上座的近卫前久顾自嘟囔。

“等伯一转？怎么转？”秀吉一下子清醒过来，询问前久。

“即观足下的意思。”

“回到初心。即返回最初一念的意思。”石田三成为了不让秀吉难看，连忙跟秀吉嚼耳朵。

或许是被突然的静寂所惊扰，刚满一岁的拾丸抓着淀姬的胸口开始哭闹。年纪轻轻的淀姬尚不能领会松林图的深奥。而且酒宴上只一群老人，淀姬或许正自憋闷，于是正好以孩子为借口离席走开。三成顾虑淀姬，想要追上去。

“没用的。别管他们。”秀吉恼怒淀姬的任性。

三成犹豫了片刻，但最终还是对秀吉致歉后离席而去。秀吉满脸憎恨地瞪着三成，似乎想说些什么，可又不愿显得气量狭小，便搬起黄金大酒盅，缓缓送酒入口。

“我这么些日子究竟都干了些什么啊?”秀吉把酒一气喝干，深深叹了口气。

“在下也一样。违背自己本心，让许多人死于非命。”德川家康眼噙泪水，也不顾众人在场，拿出怀纸拭擦。

这就像是一个信号，接着便听到各处都响起了啜泣之声。这些浑身沾满血迹、从战国的乱世活命过来的国之骄子们，此刻都被松林图洗净了心灵，摈弃了欲望与虚荣，回归了本真的自我。他们想起了死于非命的家人与朋友，还有不得不无情应对的辛酸。

“信长公对人毫不客气。你……”秀吉向家康投去安慰的目光。宽慰他曾经在信长的命令下，牺牲自己正室筑山御前和长男信康的悲伤。

“殿下也一样吧。在刀刃上度日，总算是挺过来了。”

“确实如此。我们都曾经几度几乎命丧黄泉。”前田利家苦笑着抚摸脖子。

“龙山公！不得不佩服您的慧眼！”秀吉向近卫前久举起酒杯。

“这个是信春的功劳呀。先敬那个人吧。”

“对呀，画匠，表扬你呢！”秀吉走近等伯，亲自递过酒杯，说不会忘记久藏之事。

“感激不尽！”等伯恭敬地回应道。诉讼状之事在此刻的他看来，已淡了。能绘出松林图来，便是对久藏最好的祭奠。

自那以后，十六年的岁月再度流逝，等伯已经七十二岁。年逾古稀都已经两年，应该算是少见的长寿了。自怀揣天下第一的画师梦离开故乡，也已经过去四十个年头。

等伯的晚年过得十分平静。

自绘了《松林图》以来，声名地位已无可动摇，订单从各方纷至沓来。妙心寺邻华院的《山水画》，大德寺真珠庵的《商山四皓图》，南禅寺天授庵的《禅宗祖师图》，春屋宗园和千利休的肖像画等都出自他的手笔。这些功绩受到认可，等伯于庆长十一年（1605），被朝廷封为“法眼”，名副其实地成为了天下第一的画师。

了顿图子的能登屋也生意兴隆，无论工作量还是弟子人数都已经超过狩野派。宗宅是从七尾的长谷川家过继的养子，并认定为后继人。宗也（新之丞）和左近（久太郎）也都各自年满二十一岁、十八岁，已能独当一面了。

最近五六年，等伯已经退出第一线。六年前妻子清子过世令他深受打击，在绘顶棚画时不慎从鹰架上跌落，自那以后，便不能再随意挥笔了。而且为了培养继承人，他明白还是不要过多出口干涉为好。

“父亲大人，这些行李够了吗?”宗也把行李的一览表拿了过来。

等伯受德川家康邀请，明日将出发去江户。家康这次邀请，有将长谷川派立为德川幕府御用画师的意思，所以仅是各方的赠品便有相当的数量。

（若是清子还在——）

就不至于这样劳烦了，等伯思忖着把清单确认完毕。他自己倒并不期待御用画师的宝座，但考虑到长谷川派与孩子们，能为他们开启这样一条路也不错。

到江户路途遥远，或许此生再也回不了京都了。这么一转念，等伯忽觉似乎还有很多事情没有完成。“我散散步去。”等伯拿起拐杖，沿着三条道向东走去。

二月初的京城街上，罩着一团冷飕飕的空气。街边与寺庙神社的境内，尚有积雪残留。等伯沿堀川道往北，来到二条城旁边。家康修筑的这座城郭，围着震慑四周的高耸城墙，墙下还有深深的护城河环绕。

这十六年间，世间风云巨变。

在等伯绘完松林图的四年后，秀吉去世，享年六十二岁。他以莫须有的罪名下令关白秀次自尽，并再次强行出兵朝鲜，彻底丧失了臣民对政权的支持与信赖，最后在失意中去世。

其后两年，发生关原大战。石田三成一派集结了西国大名，讨伐一直以丰臣家大老的身份执掌权势的家康，但仅仅一天便彻底败亡。

三年后，家康受朝廷册封征夷大将军，在江户设立幕府。与此同时，家康整顿二条城，使其成为牵制西国大名与朝廷的据点。这一年，即庆长十五年（1610），他决定用实力封堵大坂城的丰臣家，开始着手修筑名古屋城。

等伯沿着一条道折东，来到仙洞御所。围墙里面的八重樱，正舒展着枝条。对等伯来说，这株八重樱便是故乡的缘，而今年又跟往年一样，枝上满是花蕾。虽尚只是一些苞蕾，但等伯的脑海里，已经画出了它们簇拥盛放的模样。

等伯在围墙下伫立良久，而后朝堀川寺内的本法寺走去。《等伯画说》的作者日通，已在两年前去世。他这次过来，是想看看久藏七年忌时自己所绘的佛祖涅槃图。

“这可有些为难啊。”出来应对的年轻僧人明显不悦，说涅槃图太大，要挂在本堂可不容易办到。

“在本堂的地板上摊开便成。”

“这样啊，那请稍等一下。”年轻的僧人说要同住持商量，便入内而去。

日通去世之后，等伯和本法寺也多有疏远，寺内没听过等伯之名的僧人也有。所幸住持十分友善，让寺僧跟法事时那般将涅槃图悬挂在大本堂。纵五间三尺（约十米），横三间二尺（约六米）的涅槃图，依旧保持着初绘时的光鲜色泽。

在刚刚停止呼吸的释迦身边，五十五位弟子、有缘人、诸天们都在悲叹，连大象、狮子、老虎和犬也都低头沉浸在深深的哀恸中。八棵冲天而立的娑罗双树枯萎变色，夜空中飘浮着一轮满月。

等伯是把这幅佛祖涅槃图当做象征世间实相的曼陀罗来绘的。即便是释迦牟尼也无法避开生老病死的苦痛，对此叹息哀伤却也无济于事。但人生来就是本觉之如来，其实只要意识到这一点，便能立地成佛，获得救赎。

夜空中飘浮的满月并不是无常的象征，而是虚空会中如来的身姿，这是等伯的解释。他描绘涅槃图时，一直在为过世的养父母、静子、清子、久藏他们祈祷冥福。他在画作的背后写上了所有人的名字，是希望大家都成为虚空会的一员。等伯甚至还若无其事地绘上了自画像。那个坐在最左边的娑罗双树根处，身着绿色僧衣，手托腮帮的便是他自己。

画面下方，西洋犬柯利和萨路基也有登场。它们是由传教士们带来堺市的。等伯绘上它们，是为了纪念他和久藏二人一起素描西洋犬的往昔。

等伯面对涅槃图坐了大约半个时辰，思绪穿梭在往昔的记忆里。想来，自己的生涯正是由这些死去的人支撑着过来的。平日里虽会忘记祭奠，但留下这画，总算是对他们的一种报答。

傍晚归来，店里来了稀客。长谷川宗冬听说等伯明日将出发去江户，特地从七尾赶来。

“师父，好久不见！”宗冬自从等伯处求得一字，改称等誉以来，时不时前来京都受教。现在已经成了北陆地区知名的佛画师。“我带来一条鲑鱼，拿去洗净盐分，可以吃火锅。”

“这可真不错。做成海鲜汤吧。”等伯立即敬上一杯。他和七尾的长谷川一族长期断绝往来，在宗冬的推动下才保持了良好的关系。收宗宅为养子，其实也是宗冬提议的。

“宗宅怎样？稍微能帮上点儿忙吗？”

“多亏有他。原本想带他去江户，但这边店里也需要有人操持。”等伯这次带上宗也和左近，打算花费两三年树立起江户的长谷川派。而京都的能登屋则全权交给宗宅。

“去年，我也绘了一幅涅槃图，奉纳在本延寺。师父的画境我是望尘莫及了，不过不知能否不吝赐教，稍微指点一二？”不多时，宗宅端来了砂锅鲑鱼汤。一揭开锅盖，腾腾热气中，似有七尾海的香气溢出。

宗也和左近做好出行的准备，也加入酒宴在餐桌旁坐下。

“洋子，别做什么菜了，你也过来坐吧。”这么美味的鲑鱼可是很少见的，等伯也不忘顾及宗宅的妻子。她与宗宅育有一个三岁的儿子，现在正怀着第二胎。这些寄托着长谷川派未来的孩子们，一个个正在茁壮成长。

翌日清晨，等伯朝江户出发。他本打算徒步去的，但孩子们替他准备了四人抬的轿子。前后有二十多名弟子相随，宛如贵人出行。等伯将轿子的窗口打开一条细缝，眺望着京都大道，回想起昔日带着静子和久藏离开七尾的光景。

自那以来四十年，似很漫长却又恍若一梦。他并不后悔作为画师所走过的这条路。若得投胎重生，他唯一的愿望是，能画得更好些。

(或许是最后一次了。)

等伯打开轿窗，想将京城的情景铭刻于心，于是又用指头在腿上素描起来。早春的风儿掠过耳际，温煦中有新芽的清香。忽地仿佛传来了清子的声音。

“对不起！真是罪孽深重啊！”

译后记

生于乱世，是不幸亦是幸。因有更多现实中的苦难与磨砺可以助其破茧羽化，虽然此番过程通常有常人想象不到的艰辛。

本书主人公画师长谷川等伯就是这样一位在战国乱世中为追求至高画境而不懈努力一生的艺术家。他的一生充满了动荡年代的各种不幸，然而每当置之死地后蜕变成功的法悦，却又如同暗夜里的朗朗月华繁星点点，一次次化作他的信心之源，替他指明将来精进的方向。

历史上的长谷川等伯经历了战国织田信长、丰臣秀吉、德川家康三代政权更迭，一路从佛画师走来，最终登上画坛顶峰。其所留予后世的多数作品均被指定为重要文化遗产，包括如《松林图》等数幅国宝级佳作。

安部龙太郎选择长谷川等伯作为本书主人公，通过对其精彩生涯的演绎撷取了第148届直木奖，并成就了安部文学的巅峰之作。

作为译者，有幸追随安部龙太郎先生的笔触，跟等伯一起经历近十次穷途末路与破茧重生，翻译完成之后的欢喜或亦可称为法悦。作家安部、画师等伯通过他们嵌入灵魂的作品所教给译者的东西，读者们也将在此后的阅读中明显感受得到。我毫不怀疑用心通读此书的读者即将获得的满足感，以及有所悟的愉悦感。

在此，我觉得有必要提一提本书的两大特点，或将有助于读者们的精神阅读之旅。

其一，是有关佛法与禅，贯穿了本书的始末以及主人公等伯的一生。等伯原名信春，是继承家业的佛画师，所以自然离不开佛的话题。

梵文佛法自天竺传至中国，再传至日本，从比较文化的角度来看，经语言差异、翻译取舍、人文差异、政治取舍等因素的影响，其间的差异即便在古代也是很巨大的。

比如从佛教与王权的关系上来看，天竺佛教认为自人类社会形成以来，需要有人能担起维持治安、防止恶人当道的责任，所以这人碰巧成了国王，并非生来高贵。其地位也应与小偷无差，因为两者无论收税还是偷盗都是取他人之物为己所用。

而中国的帝王是受天命所托的天子，理应万众敬仰万民顺服。这与原始佛法的中心思想一切众生皆平等的慈悲说是相对立的。在东晋成帝时期，摄政大臣庾冰明确表示“僧侣亦为人臣，理应敬王”，认为帝王不可屈尊处于僧侣下位。时至唐宋，佛教已成为从属于王权的存在。但即便如此，佛教也不曾因王权的强势而积极地成为王权的工具。

这在日本则情况有很大的不同。

公元538年百济圣明王使者携金铜释迦如来像、佛具与佛教经典，献予钦明天皇。自此，佛教正式传入日本。从一开始，佛教在日本就是镇国护家的思想学说，在家国社会中处于支配地位。所以时代小说里总是有大量的各个年龄层的男女皈依佛门的桥段出现，社会地位较高者其受戒后的称呼多为某某院・殿。

就佛教流派来说，平安、镰仓时代以后主要有净土宗、净土真宗、日莲宗、禅宗等派别。而派别间的宗论也是时有发生的，比如本书中所提到的历史事件安土宗论。

另外从思想上看，佛法与禅在明代受过儒释道三教合一、禅净合一的影响，在同时代的日本还受了本土神道教的影响。不过其“找回本真的自我”——悟道这个要旨却是不变的。所谓“不立文字，教外别传；直指人心，见性成佛”。而这与艺术真谛的“纯”自然有相通之处。这也是画师等伯在精神上需要数度破茧之处。

所以作为本书主旨之一，本书借公家贵族近卫前久之口说过这样一段话：“我们这些从政之人，多少要为了信念撒些谎。时而欺骗、诬陷或背叛。但这并不表示我们认可这些行为。我们也在内心祈求流芳千古的真善美能从心底打动并震撼我们。画师是求道者，不可被世俗的名利蒙蔽了双眼！”

以上便是本书时代与思想背景中的佛法与禅的因素。无论是禅师、艺术家，还是普通人，对寻回初心的追求，在哪个年代都不过时。

其二，是数量极为庞大却个性鲜明的配角群。

出场人物众多，这当然与时代背景中军事政治经济文化的短时期风云巨变有关。本书篇幅不算长，但其配角数量即便相较于其他以战国为背景的时代小说，也是相当庞大的。而配角的刻画成功与否往往是决定小说成败十分关键的要素之一。

比如上文提到的“看似无所不能”的近卫前久、“愿提我太刀一柄，今日此时天地抛”的茶道大家千利休、睿智风趣能看透人心的禅宗大师春屋宗园、“被时代所玩弄，想游至对岸而拼命挣扎了一生的可怜人”夕姬、愚忠却至死不渝的兄长武之丞、内心矛盾而痛苦的天才画师狩野永德等等人物，着墨不多却个个都足以让人品味良久。

另外还有一笔带过的大量背景人物，只三言两语便栩栩如生，如后段出现的“让我来帮你断头”的畠山义春。

画师等伯在各种因缘下与这些构成小说血肉的各种人物碰撞摩擦，

在梦想与现实中再三徘徊往复，经历数度极大的苦闷焦躁与法悦，最后终于知晓了自己人生的目的，便是对自身灵魂与画技的不懈磨练，便是绘出更多更好的嵌入灵魂的画作，便是成为孜孜不倦追求至高画境以让自己更为满意的大画师。

等伯不负此生，《等伯》也定不负您的期待。

欧凌　书于2017年春

天狗文庫

井上靖《淀君日记》

她美艳不可方物，集万千宠爱于一身，
她飘摇于乱世之中，身边的亲人一个个离去，
而她，却嫁给了屠尽家门的仇敌——丰臣秀吉，
为他诞下权力的继承者，站在了权力的巅峰。
她是当权者秀吉的附属物，是德川家康的眼中钉，是世人眼中的恶女……

而世人都忘了，她不过是个女子，
她要与那不可预知的未来为敌，
她要活下去，直到城里的天守阁被烧为灰烬，直到非死不可的境地……

山本兼一《寻访千利休》

他被日本人奉为“茶圣”，获封“天下第一茶人”，得天皇赐名“利休”。
六十岁时，他侍奉关白丰臣秀吉，盛名如花，从者如云；
七十岁时，他与后者决裂，被勒令切腹。
秀吉曾言，只要他肯低头妥协，便可免于一死，
可是，千利休没有丝毫妥协的道理，
只因为，这是一场与“美”有关的论战，
而他发誓要让天下人见识到“至美”的深渊：

美，与权力无关，

美，与生死无关。

在人生最后的茶席上，
他阖上眼帘，黑暗中浮现出一张女人的脸庞。
很久以前的某一天，他让女人喝了茶。
也是从那一天起，千利休的茶之道，开启迈向“寂”的异世界……

万城目学《忍者风太郎》

火光冲天，杀声四起，天守阁摇摇欲坠。
这是丰臣与德川的最后决战，敌军已经开始攻入大坂城。

背上，是丰臣秀赖的遗孤；对面，是德川的十万兵马。
而他，只是一名被赶出伊贺的忍者。默默无闻，武功平平。唯一可取之处，是肺活量异于常人。
死亡的气息已经笼罩了巨城大坂，一向浑噩度日的他，此刻必须保护遗孤，杀出城去。

自己怎么一步步陷入如此田地了呢？他不禁开始回忆。
脑海里突然闪出的，是一颗大蒜，和一个葫芦——

司马辽太郎《风神之门》

他出身伊贺，如风般自由，一身本事只肯待价而沽；他出身甲贺，如磐石般顽固，认定主公便付出无悔的忠诚。他们明争暗斗，又惺惺相惜，最终双双拜服于真田家的六文钱大旗之下。然而等待着他们的敌人，却是那个全日本最可怕的男人……

庆长五年（1600）秋天，关原之战爆发，天下大势走向定局。这一日，猿飞佐助带着主公幸村光复丰臣家的理想，找上伊贺的天才忍者雾隐才藏，给了他两个选择：加入真田家，或者死。

庆长二十年（1615）夏天，大坂城被德川军重重围困，陷落只在眉睫。决战前夜，佐助与才藏道别，自白决意与主公同生共死。这让原本可以抽身离去的才藏，陷入了两难的抉择……

昔日荣光终会消逝；大坂城落日余晖，映出真田十勇士最后的身姿！

司马辽太郎《马上少年过》

他生在东北一隅，自幼因恶疾失去右眼，为生母所嫌，为家臣所厌；
他凭一己之力平定奥州，正欲策马逐鹿之时，却惊觉天下已成他人囊中之物！

纵观日本战国时代，大概没有哪位大名能像伊达政宗一样憋屈。
到底是英雄引领时势，还是时势造就英雄？

从萨摩到奥州，从战国到幕末，可称为“英雄”的人物层出不穷。他们或怀八斗之才，负五车之学，或挟风雷之势，引藩政之风。
然而时势洪流自顾滚滚东逝，不曾为任何一人停留。
当漩涡渐平，少年意气已在岁月蹉跎中化为寂寂无名的惆怅。唯余半生的风云被时间酿造成醇厚的回忆之酒，以供英雄执杯，与春风同饮……

马上少年过，世平白发多。残躯天所赦，不乐是如何？

司马辽太郎《幕末》

他们是普通的下级武士，却胸怀“天下兴亡，匹夫有责”的大义，抛却故土，远赴他乡。他们化身刺客，隐身暗处，挥舞手中长刀，不惜双手染血，唯愿在列强环伺中救国于危难。

安政七年(1860)三月三日，大雪。与美国人签订通商条约的幕府大老井伊直弼，在进城觐见将军途中，被刺客暗杀于江户城樱田门外。随后，开国主张被一片“攘夷”之声淹没。武士们纷纷请缨，誓要将外国人赶出日本。

明治元年(1868)正月十五日，取回政权的明治天皇昭示天下：与友邦建交，乃国际公理，需妥当处置，望万民谨记。此举掐断了企盼“攘夷”的武士们最后的希望。他们，成为了可悲的弃子。

暗夜中的刀光绽放，一曲鸟尽弓藏的武士绝响！

司马辽太郎《新选组血风录》

他们是幕末最强剑客集团，被称为“壬生之狼”；
他们的队规极为严酷，若有违背，切腹无赦；
他们坚守职责，却成为维护幕府的守旧势力，遭受灭顶之灾。
然而，他们最后的武士之心，却始终坚守在光阴变迁的夹缝中。

元治元年(1864)六月五日夜，新选组局长近藤勇仅率四名队士冲入京都三条小桥附近的旅店池田屋，与在此密谋的二十余名倒幕派浪人展开激战。刀光剑影，惊心动魄的一晚过后，浪人死伤殆尽，新选组迎来了最巅峰的曙光。

庆应四年(1868)五月三十日，年轻的天才剑士冲田总司在江户千驮谷植木屋旅馆里病逝。直至最后一刻，他仍不知局长近藤勇两个月前已被处斩，新选组已经成为历史，甚至武士的时代也即将过去……

时代洪流冲突激荡，“诚”字大旗下不屈的信念傲然挺立！

安部龙太郎《信长燃烧》

他能征善战，誓要一统混乱之世。
他励精图治，梦想将国家建设成如西葡一般的海权强国。
于是他化身燎原之烈火，竟要将自古以来君临天下的天子与朝廷一举焚尽。
然而就在功成前夜，他最为亲信的人，却背叛了他……

元龟四年(1573)七月，织田信长击败室町幕府末代将军足利义昭，却没有顺势就任将军开创新幕府。在会见过葡萄牙传教士弗洛伊斯后，信长眼界大开，开始从一个新的角度思索日本的过去与未来……

天正十年(1582)六月，为参加天皇让位大典，信长进京，入住本能寺。奉信长之命出征山阴的大将明智光秀，却掉转马头，于筱村八幡宫向麾下将士说出了那句著名的台词——敌人，在本能寺中！

人间五十年，如梦亦如幻。天下万般生灵，岂可长生不灭？

浅田次郎《**壬生义士传**》

他是一位平庸至极的武士；她是一位聪慧无比的女子。他只知上阵杀敌，博取功名；她助他腾挪周旋，化险为夷。在每一次命运的十字路口，夫妻二人同心协力，终于跨越乱世，筑成土佐一藩两百多年基业，功成名就。

永禄十二年(1569)，织田信长势力如日中天之际，一位名不见经传的武将木下藤吉郎也渐露头角。在妻子千代的提点下，原本身为信长近侍的山内一丰，转而投入这位武将麾下。他没有料到，这一不被人看好的举动，竟然是决定十三年后自己生死的关键！

庆长五年(1600)七月二十三日深夜，千代遣人十万火急从大坂秘密送来一个文书盒，山内一丰将其交给正为备战焦头烂额的德川家康。由此埋下了关原之战的胜局，以及山内家未来封疆拓土的伏笔……

妾当若蒲苇，君当如磐石。愿倾一生绵力，只为守护结发之誓！

井上靖《**风林火山**》

他形容猥琐，一目浑浊，一足残疾，却生就敏锐的洞察力与缜密的思维；他前半生寂寂无名，五十岁后被武田信玄拜为军师，一朝平步青云，百战不殆。然而，在野心和偏执的深处，却始终有一位女子的身影挥之不去。

天文十四年(1545年)正月，武田信玄挥师讨伐诹访。城破当夜，山本勘助独自步入熊熊燃烧的大厅，出现在他面前的，是诹访赖重女儿由布姬失神的双眼。那年，他五十二岁，她十五岁。

永禄四年(1561年)九月十日，信浓川中岛喊杀声地动山摇，刀枪剑戟遮云蔽日。勘助置身战场，迎来了他一生中最为平静的时刻。此时，他六十八岁，而她已经去世六年……

恋慕，犹如飘零之花瓣；吾心，犹如暗淡之森林。谋略筹划、征战杀伐，全为了一场跨越半生不知所措的守望。

毗沙门天

地天

十二天图（长谷川等伯）

永禄七年（1564） 绢本着色

80.3×36.9cm 石川·正觉院

月天

千利休像（长谷川等伯）

文禄四年（1595） 绢本着色

80.6×36.7cm 京都·不审庵

涅槃图(长谷川等伯)

永禄十一年(1568) 绢本着色

156.0×111.5cm 石川·妙成寺

陈希夷睡图（长谷川等伯）

纸本墨画

48.1×23.1cm　石川县七尾美术馆

日尧上人像（长谷川等伯）

元龟三年（1572）　绢本着色

98.2×49.1cm　京都·本法寺

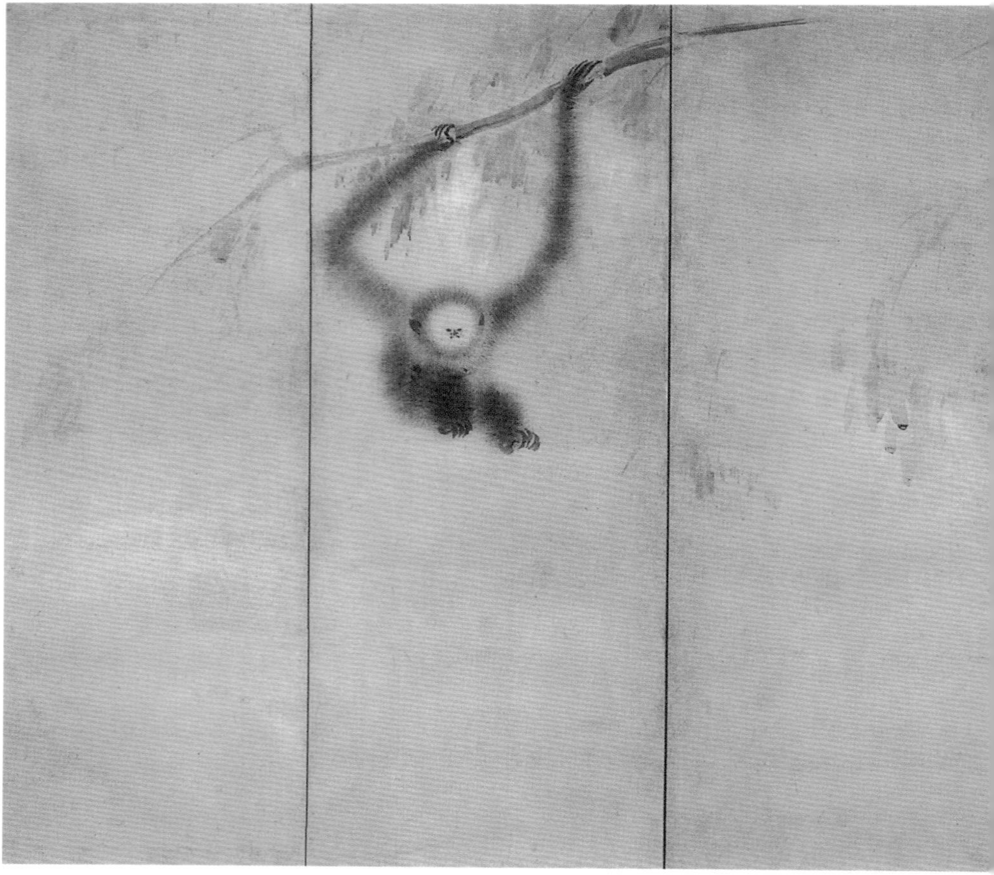

竹林猿猴图（长谷川等伯）
纸本墨画　六曲屏风　右支
154.0×361.8cm　京都·相国寺

枫图（长谷川等伯）

国宝　纸本金地着色

共四面　各高172.5cm　京都·智积院

桧图（狩野永德）

国宝　纸本金地着色　八曲屏风一支

170.3×460.5cm　东京国立博物馆

柳桥水车图（长谷川等伯）
纸本金地着色　六曲屏风　一对
各151.5×321.0cm　兵库·香雪美术馆

松林图（长谷川等伯）

国宝　纸本墨画　六曲屏风　一对

各155.0×346.8cm　东京国立博物馆

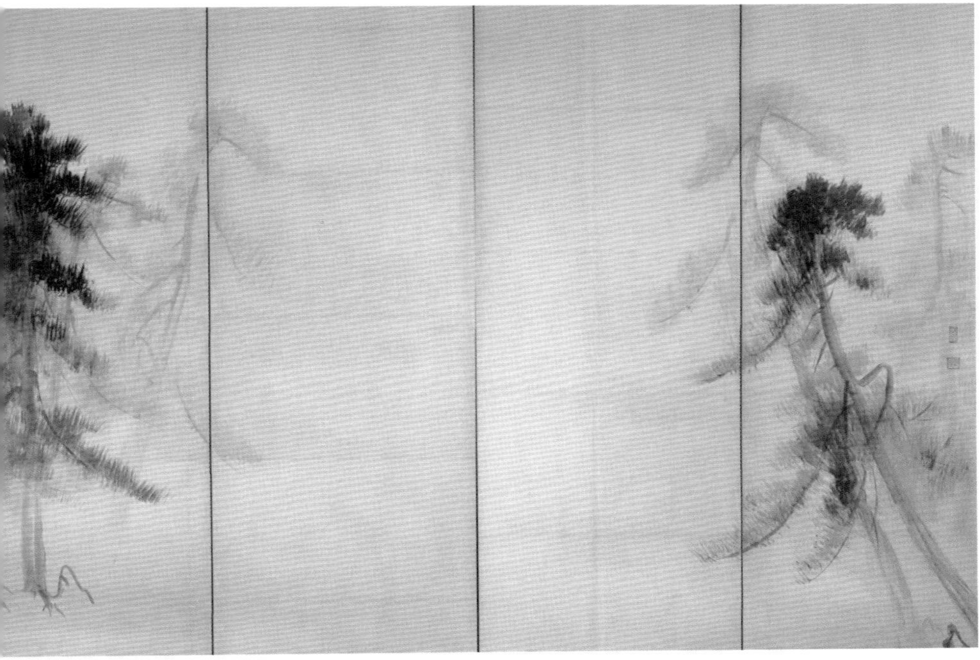

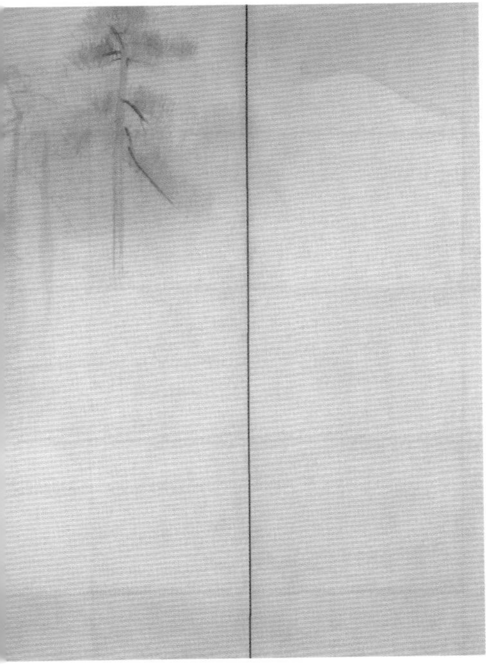

洛中洛外图屏风上京支(狩野永德)

1565年　六曲屏风　一对　纸本金地着色

各160.6×364.0cm　米泽市上杉博物馆　国宝

洛中洛外图屏风下京支（狩野永德）

1565年　六曲屏风　一对　纸本金地着色

各160.6×364.0cm　米泽市上杉博物馆　国宝

唐狮子屏风（狩野永德）

16世纪后半　六曲一支　纸本金地着色

224.2×453.3cm　宫内厅三之丸尚藏馆

织田信长像（狩野永德）

1582年　绢本着色

114.0×51.2cm　京都·大德寺